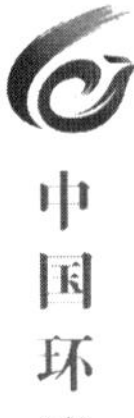

时代的脚步

——中国环境报新时代十年作品集

中国环境报社◎编

中国环境出版集团·北京

图书在版编目（CIP）数据

时代的脚步 : 中国环境报新时代十年作品集 / 中国环境报社编. -- 北京 : 中国环境出版集团, 2024. 6.

ISBN 978-7-5111-5908-3

Ⅰ. I253

中国国家版本馆CIP数据核字第20240QP735号

责任编辑 殷玉婷
装帧设计 金　山

出版发行 中国环境出版集团
（100062　北京市东城区广渠门内大街16号）
网　　址：http：//www.cesp.com.cn
电子邮箱：bjgl@cesp.com.cn
联系电话：010-67112765（编辑管理部）
发行热线：010-67125803，010-67113405（传真）

印　　刷 北京中科印刷有限公司
经　　销 各地新华书店
版　　次 2024 年 6 月第 1 版
印　　次 2024 年 6 月第 1 次印刷
开　　本 787 × 1092　1/16
印　　张 28.75
字　　数 600千字
定　　价 150.00元

前　言

PREFACE

新时代十年，是波澜壮阔、举世瞩目的十年。这十年，深深地铭刻在人们的记忆中，铭刻在历史灿烂的画卷上。

跌宕起伏的生态文明建设和生态环境保护历程，日新月异的城乡生态环境，极大地激起我们深入做好生态环境新闻宣传的热情，唤起我们当好生态文明理念传播者、生态环境变化记录者和美丽中国建设参与者的历史责任感。

我们用笔记录。从习近平生态文明思想的阐释，到“双碳”目标的贯彻落实；从党和国家重大方针政策的出台，到各地结合实际的探索创新；从生态文明体制改革不断深化，到生态环境法治建设逐步完善；从展现应对全球气候变化的大国担当，到引领全球生物多样性走向恢复之路……每一个重大的时间节点，每一个重要的历史时刻，都在我们笔下，成为令人难忘的记忆。

我们用情见证。从一个个乡村保护绿水青山换来金山银山，到一家家企业以提升环境绩效实现脱胎换骨；从“向雾霾宣战”，到越来越多的地方频频晒出家乡蓝；从掩鼻而过的黑臭水体，到蜿蜒流过家门口的清澈河水；从城市中一处处不堪入目的工业锈带，到变成令人赏心悦目的生活秀带……一场场精彩的蝶变，一个个生动的场景，都在我们笔下，凝成优美动人的华章。

我们用心推动。从跟随中央生态环境保护督察揭露破坏生态环境的典型案例，到积极回应公众关切，推动解决关系人民群众切身利益的环境问题；从全方位报道疫情防控期间生态环境保护工作，到大声呼吁全面禁止非法野生动物交易、革除滥食野生动物陋习；从多角度宣传“光盘行动”，到深入宣传并参与“美丽中国，我是行动者”系列活动；从广泛传播生态文化，到组织作家采风推动生态文学繁荣发展……一次次生动的活动，一个个精彩的瞬间，都在我们笔下，汇成生生不息的力量。

新时代十年，是《中国环境报》人守初心、担使命，以生态环境新闻宣传促进生态环境质量改善，建设美丽中国的缩影。创刊四十年来，我们始终紧扣历史的脉搏、紧跟时代的步伐，坚持不懈宣传环境保护基本国策、可持续发展战略。“三河三湖”的治理进程中，有我们的脚步；“一控双达标”的征途中，有我们的身影；大气污染治理，我们忠实地记录着艰苦卓绝的攻坚历程；河湖海洋保护，我们生动地描绘出每一片水域的美丽变迁；在建设美丽中国的岁月里，我们用笔、用情、用心，描绘出令人难忘的画卷。我们，始终与历史同行；我们，始终与时代共振；我们，始终与人民站在一起，向世人展示厚重的过往，更向世人展示共同的未来。

这部作品集，既有新时代十年生态环境保护的点点滴滴，也有生态文明建设的清晰脉络，我们以此向新时代十年献礼，也以此描绘美丽中国的愿景。

传播生态文明，守望美丽中国！是我们《中国环境报》人的责任和使命！

中国环境报社编委会

2024 年 1 月于北京

目 录

CONTENTS

第一章：理论实践篇

第二章：制度篇

第三章:“双碳”篇

第四章:督察篇

第五章：攻坚篇

第六章：生态篇

第七章：产业篇

第八章：应急篇

第一章 理论实践篇

在建设美丽中国的征程上不懈奋斗

——写在中国共产党成立100周年之际

◎本报编辑部

今天，伟大的中国共产党迎来百年华诞。

1921—2021年，这是矢志践行初心使命的一百年，是筚路蓝缕奠基立业的一百年，是创造辉煌开辟未来的一百年。

从石库门到天安门，从兴业路到复兴路，中国共产党用鲜血、汗水、泪水、勇气和智慧写就这不平凡的百年岁月，铸就了一个又一个彪炳史册的人间奇迹。点燃革命的火种，在战火硝烟中勇往直前，开天辟地建立新中国；面对满目疮痍、百废待兴，拿出“敢教日月换新天”的豪情，实现困境中的崛起，中国特色社会主义道路越走越宽广。从未向困难低头，从未因险境退却，中国共产党始终站在时代潮流最前列，带领全国人民不断从胜利走向胜利。

历史充分证明，中国共产党和中国人民不仅善于打破一个旧世界，而且善于建设一个新世界；不但要建设一个富强民主的社会主义现代化强国，而且要建设一个人与自然和谐共生的美丽中国。

百年征程波澜壮阔，百年初心历久弥坚。中国共产党坚定信念、牢记宗旨，站在实现中华民族永续发展的高度，保持生态文明建设的战略定力，带领全国人民顽强拼搏、不懈奋斗，天蓝、地绿、水清的美丽中国画卷正气势恢宏地展现在世人面前。

（一）

《中国共产党章程》规定，“中国共产党领导人民建设社会主义生态文明”“增强绿水青山就是金山银山的意识”“实行最严格的生态环境保护制度”。建设生态文明、践行

“两山”理论是中国共产党人的历史使命。

生态环境是关系党的使命宗旨的重大政治问题，也是关系民生的重大社会问题。从发出“绿化祖国”的伟大号召到实施可持续发展战略、提出科学发展观，再到正式确立习近平生态文明思想，中国共产党一直在破解保护与发展的矛盾，求索人与自然的和谐共生之道。

党的十八大以来，以习近平同志为核心的党中央把生态文明建设作为统筹推进“五位一体”总体布局和协调推进“四个全面”战略布局的重要内容，将坚持人与自然和谐共生作为新时代坚持和发展中国特色社会主义的基本方略之一，将建设美丽中国作为全面建设社会主义现代化国家的重要目标，将打好污染防治攻坚战列入决胜全面建成小康社会三大攻坚战。新理念、新思想、新战略引领生态文明建设和生态环境保护进入快车道。

保护生态环境就是“国之大者”，生态环境质量改善就是民生福祉。看山、看林、看河、看湖、看田、看草，习近平总书记每到一个地方考察，了解生态环境保护进展都是一项重要安排。“绿水青山就是金山银山”“像保护眼睛一样保护生态环境，像对待生命一样对待生态环境”“保护生态环境就是保护生产力，改善生态环境就是发展生产力”……掷地有声的话语，宣示了以习近平同志为核心的党中央推进生态环境保护的坚定决心，推动着美丽中国建设不断向纵深发展。

（二）

1973 年，第一次全国环境保护会议在北京召开，揭开了中国环境保护事业的序幕，环境保护被提上国家重要议事日程。进入改革开放时期，保护环境被确立为基本国策，纳入国民经济和社会发展计划，生态环境保护战略地位不断提升。

小智治事，大智治制。党的十八大以来，我国把制度建设作为推进生态文明建设的重中之重，加快制度创新，完善制度配套，强化制度执行。从国土开发保护制度、空间规划体系，到自然资源资产产权制度、资源有偿使用和生态补偿制度，从生态环境保护督察制度、监测监察执法垂直管理制度，到生态环境损害责任追究制度，督政与督企齐头并进，激励与约束双向发力，为护佑绿水青山筑牢根基。

只有实行最严格的制度、最严密的法治，才能为生态文明建设提供可靠保障。从 1979 年环境保护法颁布试行，到基本形成覆盖大气、水、土壤、自然生态、核安全等主要环境要素的法律法规体系，我国的生态环境法律体系日趋完善，法律要求越来越严格，构建起源头严防、过程严管、后果严惩的生态文明制度体系。

随着一系列根本性、长远性、开创性工作的开展，生态文明理念深入人心，污染治理力度之大、制度出台频度之密、监管执法尺度之严、环境质量改善速度之快前所未有，生态环境保护发生了历史性、转折性、全局性变化。

（三）

2005 年 6 月 30 日，首钢五号高炉停产拆迁，拉开了首钢搬迁的序幕。当时，成群结队的首钢人自发地来到五号高炉前，怀着难舍难分的心情，做最后的告别。如今，首钢园迎来冬奥组委入驻，众多文化、体育、餐饮等企业集聚，成为“北京网红打卡地”。而在 200 多公里外的曹妃甸，首钢京唐公司积极进行智能化升级，不仅生产效率大幅提高，而且实现了污染减少、成本下降。

杀鸡取卵、竭泽而渔的发展方式不可持续，顺应自然、保护生态的绿色发展才有未来。不仅是首钢，越来越多的工业企业加快了转型升级的步伐，越来越多的地方摒弃了以牺牲生态环境换取一时一地经济增长的做法，让良好生态环境成为人民生活质量的增长点，成为经济社会持续健康发展的支撑点。

实现国家现代化，是中国共产党人矢志不渝的奋斗目标。我们所建设的现代化，是人与自然和谐共生的现代化。为切实解决人与自然的矛盾，中国共产党坚持生态优先、绿色发展，把实现减污降碳协同增效作为促进经济社会发展全面绿色转型的总抓手，遏制“两高”项目盲目发展，加强科技创新，厚积绿色发展动能，生产发展、生活富裕、生态良好的文明发展之路越走越宽。

（四）

江山就是人民，人民就是江山。良好的生态环境是最公平的公共产品，是最普惠的民生福祉。从“盼温饱”到“盼环保”、从“求生存”到“求生态”，生态环境在人民群众生活幸福指数中的权重不断提高。

民之所望，施政所向。中国共产党想群众之所想，急群众之所急，解群众之所难，既要创造更多物质财富和精神财富以满足人民日益增长的美好生活需要，也要提供更多优质生态产品以满足人民日益增长的优美生态环境需要，坚持不懈为群众办实事、办好事。

为了蓝天白云、繁星闪烁，去产能、调结构、优布局，从源头减少污染物排放。北方地区冬季清洁取暖率提升到 60% 以上，约 9.5 亿千瓦煤电机组实现超低排放，全国 229

家钢铁企业完成或正在实施超低排放改造，基本完成“散乱污”企业排查和分类整治。空气质量明显改善，人民群众的“心肺之患”得到有效解决。

为了水清岸绿、鱼翔浅底，保好水、治差水，守护碧水长流。开展水源地保护、城市黑臭水体治理等标志性战役，饮用水安全得到保障，城市黑臭水体基本消除；共抓大保护、不搞大开发，长江干流历史性地实现全Ⅱ类水体，江豚戏水的景象重现；练江、茅洲河等重污染河流改头换面，人民生活环境随之焕然一新。

亮丽的生态环境答卷，是对人民群众期盼的最好回应。

（五）

“中国将提高国家自主贡献力度，采取更加有力的政策和措施，二氧化碳排放力争于2030年前达到峰值，努力争取2060年前实现碳中和。”这是中国向国际社会作出的庄严承诺。中国作为世界上最大的发展中国家，将完成全球最高碳排放强度降幅，用全球历史上最短的时间实现从碳达峰到碳中和。

地球是人类共同的、唯一的家园，保护生态环境是全球面临的共同挑战和共同责任。唯有同舟共济、守望相助，人类才能更好地应对好全球气候环境挑战，把一个清洁美丽的世界留给子孙后代。

作为一个负责任的大国，中国通过多种形式的南南合作，尽己所能帮助发展中国家提高应对气候变化的能力。从非洲的气候遥感卫星到东南亚的低碳示范区，再到小岛国的节能灯，中国应对气候变化南南合作成果看得见、摸得着、有实效。同时，我国在生态环境治理和绿色发展进程中探索积累的理念、经验和方法，为全球可持续发展提供了中国智慧、中国方案，作出了中国贡献。

更伟大的征程刚刚开始，更伟大的胜利还在前方。现在，我们比历史上任何时期都更接近中华民族伟大复兴的目标，比历史上任何时期都更有信心、有能力实现这个目标。越是伟大的事业，越是充满挑战，越需要知重负重。我们要有“越是艰险越向前”的英雄气概，保持“乱云飞渡仍从容”的战略定力，不断把为崇高理想奋斗的实践推向前进。

沧海横流显砥柱，万山磅礴看主峰。中国共产党将始终成为时代先锋、民族脊梁，不忘初心、不移其志，不懈奋斗、永远奋斗，在全面建设社会主义现代化国家新征程上，向着第二个百年奋斗目标、向着实现中华民族伟大复兴、向着美丽中国奋勇前进。

（刊登于《中国环境报》2021年7月1日一版）

站在人与自然和谐共生的高度谋划发展

◎周亚楠

党的二十大报告指出，要以中国式现代化全面推进中华民族伟大复兴。报告对中国式现代化的内涵和本质特征这样描述：中国式现代化是人口规模巨大的现代化，是全体人民共同富裕的现代化，是物质文明和精神文明相协调的现代化，是人与自然和谐共生的现代化，是走和平发展道路的现代化。

党的二十大期间，“人与自然和谐共生的现代化”这一表述引发了代表们的热议和社会各界的关注。

建设人与自然和谐共生的现代化是创造人类文明新形态

“生态环境是人类生存和发展的根基。当现代化与工业文明相伴而生，如何在生产力快速发展的同时避免巨大的生态环境代价，是世界现代化史上的一个难题。”党的二十大代表、塞罕坝机械林场党委书记安长明认为，党的二十大报告提出促进人与自然和谐共生，不仅是中国式现代化道路的重要内容，也是人类文明新形态的重大成果。

中共中央党校（国家行政学院）生态文明建设教研室主任李宏伟在接受记者采访时表示，党的二十大报告提出人与自然和谐共生的现代化是中国式现代化的重要特征，充分体现了中国共产党理论创新“不忘本来、吸收外来、面向未来”的鲜明特点，对全面建成社会主义现代化强国和推动构建人类命运共同体都具有重要意义。

李宏伟表示，从历史逻辑看，建设人与自然和谐共生的现代化是中国式现代化的必然选择。人类文明的发展史就是一部人与自然的关系史，生态环境变化直接影响文明兴衰演替。如何正确认识人与自然的关系是正确理解中国式现代化的重要前提。从现实需求看，建设人与自然和谐共生的现代化是实现中国式现代化的必由之路。这是以习近平同志为核心的党中央对中国特色社会主义生态文明建设的认识新突破，把促进人与自然和谐共生作为在更高层次上推动人类现代化的道路选择。而从未来发展看，人与自然和谐共生的现代化是创造人类文明新形态的必然趋势。

“中国式现代化是人与自然和谐共生的现代化，是以习近平同志为核心的党中央站在中华民族永续发展的高度，深刻把握人类社会发展规律和人与自然、保护与发展、环境与民生的辩证统一关系基础上提出的重大论断。”中国环境科学研究院生态文明中心主任张惠远告诉记者，这一论断深刻阐明了生态文明建设在新时代中国特色社会主义事业中的重要地位和战略意义，与中国特色社会主义事业“五位一体”总体布局相一致，与“全面建成富强民主文明和谐美丽的社会主义现代化强国”目标相一致。

推动绿色低碳发展是建设中国式现代化的必由之路

李宏伟表示，提出人与自然和谐共生的现代化是中国式现代化的重要特征，这既是对实现什么样的现代化命题的全新思考，也是对实现什么样的现代化相关路径、方式、举措的系统布局。

党的二十大报告提出，我们要推进美丽中国建设，坚持山水林田湖草沙一体化保护和系统治理，统筹产业结构调整、污染治理、生态保护、应对气候变化，协同推进降碳、减污、扩绿、增长，推进生态优先、节约集约、绿色低碳发展。

“一个新的文明必然伴随着一个新的产业兴起。当前，人类文明已经步入建设生态文明的新时代，生态文明需要什么样的经济和产业发展模式来支撑，是当前理论界迫切需要回答的重大时代课题。”辽宁大学环境经济研究所所长、辽宁省金融研究中心主任宋有涛教授说。

党的二十大报告中，习近平总书记指出：“必须牢固树立和践行绿水青山就是金山银山的理念，站在人与自然和谐共生的高度谋划发展。”

当谈及南京市在推进绿色低碳发展上有何打算时，党的二十大代表，江苏省委常委、南京市委书记韩立明表示，要积极稳妥推进碳达峰碳中和，推进钢铁、石化等行业转型升级，大力调整产业结构、能源结构、交通结构、空间结构，加快推动形成绿色低碳的生产方式和生活方式。

党的二十大代表、中国华能集团清洁能源技术研究院副总工程师部时旺表示，作为全球最大的能源生产和消费国，我国要在推动建设人与自然和谐共生的现代化进程中实现“双碳”目标，一方面要保障能源安全，另一方面要推动绿色低碳发展。

党的二十大代表，新疆金风科技股份有限公司党委书记、董事长武钢扎根风电行业三十余载。他告诉记者，当前我国正处在推动能源绿色低碳转型的关键期和传统能源与新能源交替期，实现人与自然和谐共生的现代化，应从需求侧和供给侧共同发力，构建新型电力系统，全面开启绿色低碳进程。

良好的生态环境是最普惠的民生福祉。张惠远表示："在实现中国式现代化的过程中，必须把加强生态环境保护作为改善民生的着力点、发力点，不断提升生态环境质量，满足人民群众对优美生态环境的需要，不断增强人民群众的获得感、幸福感。"

国家濒危物种科学委员会委员、云南省林业和草原科学院教授杨宇明表示，要实现人与自然和谐共生的现代化，人类必须突破"人类中心主义"，构建人与自然和谐的地球生命共同体。

让中国式现代化展现出更加强大的吸引力、说服力、感召力

在李宏伟看来，大力推进生态文明建设是实现人与自然和谐共生现代化的战略部署。

党的二十大代表、山东省委书记李干杰在小组会上表示："中国式现代化道路愈显生机活力，前景广阔光明。"他说，对山东来讲，一定坚定不移走中国式现代化道路，深入推进绿色低碳高质量发展先行区建设，不断开创新时代社会主义现代化强省建设新局面。

作为国家生态园林城市，南京市"山水城林"融为一体，有着非常优越的生态本底。对于如何在高质量发展中推进中国式现代化的南京实践，韩立明表示，将深入打好污染防治攻坚战，持续推进沿江产业转型转移、岸线功能调整优化，提升生态系统多样性、稳定性、持续性，进一步展现"蓝天白云、繁星闪烁、清水绿岸、鱼翔浅底"的生态画卷。

"党的二十大报告指出，中国式现代化是人与自然和谐共生的现代化。这更加坚定了我们继续保护好桂林山水的信念。"在学习讨论时，党的二十大代表、广西壮族自治区桂林市委书记周家斌说，要继续坚持生态优先、绿色发展，像守护生命一样守护一江绿水、两岸青山，努力创造宜业、宜居、宜乐、宜游的良好环境。

甘肃代表团也对党的二十大报告中的"中国式现代化"展开了热烈讨论。"持续加强祁连山生态环境保护，是张掖人的政治责任和重大使命。"党的二十大代表、甘肃省张掖市委书记卢小亨说，人与自然和谐共生的新格局正深刻改变着张掖，人民群众享受到了更多的绿色福利、生态福祉。

"努力探索中国式现代化的岳阳路径，着力推动高质量发展。"党的二十大代表、湖南省岳阳市委书记曹普华表示，将在"绿色示范"上擦亮新名片，高标准建设长江经济

带绿色发展示范区。

党的二十大代表、新疆维吾尔自治区阿克陶县布伦口乡党委书记李文娟说，党的二十大报告描绘了全面建设社会主义现代化国家的宏伟蓝图，今后，布伦口乡要在推动旅游发展、特色养殖、生态环境保护上下功夫，努力让老百姓过上更幸福的日子。

党的二十大代表、广东省阳春市八甲镇官河村党总支书记廖高珍对党的二十大报告中提到的中国式现代化尤其是人与自然和谐共生的现代化印象深刻。她说，作为一名基层代表，建成人与自然和谐共生的美丽乡村，也是她的美好愿景。

十年来，我国全方位、全地域、全过程加强生态环境保护，生态环境保护发生历史性、转折性、全局性变化。党的二十大代表，北京市生态环境监测中心党委书记、主任刘保献深有感触："我们要始终把满足人民群众对美好环境的需求作为工作目标，让祖国天更蓝、山更绿、水更清，让中国式现代化展现出更加强大的吸引力、说服力、感召力。"

（刊登于《中国环境报》2022 年 10 月 20 日一版）

习近平总书记考察广西关心生态文明建设在当地引起热烈反响

让八桂大地青山常在　清水长流　空气常新

◎梁雅丽

“习总书记来广西看望我们了！”连日来，壮乡儿女沉浸在激动和喜悦中。4 月 19—21 日，中共中央总书记、国家主席、中央军委主席习近平深入广西壮族自治区考察调研。习近平总书记此次考察，十分关心生态文明建设情况。

习近平总书记在考察北海金海湾红树林生态保护区、南宁市那考河生态综合整治项目时强调指出，生态文明建设是党的十八大明确提出的“五位一体”建设的重要一项，不仅秉承了天人合一、顺应自然的中华优秀传统文化理念，也是国家现代化建设的需要。付出生态代价的发展没有意义。保护生态，和谐发展，是现在我们建设方方面面都要体现的理念。

习近平总书记关心广西生态文明建设，让广西环保系统人员倍感激动。记者采访了总书记到过的北海金海湾红树林生态保护区和南宁市那考河生态综合整治项目，听当事人讲述与总书记面对面交谈的难忘时刻。

“把海洋生物多样性湿地生态区域建设好”

4 月 19 日傍晚，习近平总书记踏着晚霞考察了北海金海湾红树林生态保护区。

习近平总书记考察北海金海湾红树林生态保护区时，曾任北海市环保局副局长、现任北海市海洋局副局长彭在清有幸成为讲解员。“给总书记介绍情况时，激动的心情真是难以抑制。”彭在清对当时的情景记忆犹新，“下车后，总书记一一和工作人员握手，非常和蔼可亲，之前紧张的情绪一下子就消失了。”

“总书记看得很细，问得也很细。”彭在清边走边向总书记介绍沿途看到的白骨壤、招潮蟹等物种，“当介绍到弹涂鱼时，总书记说他在福建工作时就见过这种鱼，又名跳跳鱼。”

“拉关木是北海林业部门引入的外来红树品种，我向总书记介绍时，他特别提醒我们引进外来物种一定要考虑全面。”彭在清说，从这些细节中，能深深地感受到总书记对生态环境保护的重视。

习近平总书记指出，广西生态优势金不换，要坚持把节约优先、保护优先、自然恢复作为基本方针，把人与自然和谐相处作为基本目标，使八桂大地青山常在、清水长流、空气常新，让良好生态环境成为人民生活质量的增长点、成为展现美丽形象的发力点。

“总书记称赞北海红树林保护得很好、景色很美，叮嘱我们做好珍稀植物的研究和保护，把海洋生物多样性湿地生态区域建设好。”彭在清表示，“这是期许，更是动力。我和我的团队将进一步做好湿地生物的研究和保护，把海洋生物多样性湿地生态区域建设好，多与东盟国家开展海洋合作，特别是红树林保护与开发方面的合作。”

“付出生态代价的发展没有意义”

4 月 20 日下午，习近平总书记考察南宁市那考河生态综合整治项目时强调，生态文明建设是党的十八大明确提出的“五位一体”建设的重要一项，不仅秉承了天人合一、顺应自然的中华优秀传统文化理念，也是国家现代化建设的需要。付出生态代价的发展没有意义。保护生态，和谐发展，是现在我们建设方方面面都要体现的理念。

那考河地处南宁城区东北面，原本是一条泛着黑水的小河沟。以前河道沿岸有 40 个污水直排口，水质为劣Ⅴ类，极大地影响了下游竹排江、南湖的水质，加上垃圾及施工弃土堆放挤占河道、行洪不畅，经常造成上游内涝。

2015 年，南宁市被列为国家首批 16 个“海绵城市”试点城市之一。那考河生态综合整治项目在投入 11.9 亿元历时近两年的建设后，那考河已形成“山水相依、城水相融、人水相亲”的城市生态画卷。

负责那考河生态综合整治项目的北京排水集团南宁公司总经理高怀波也沉浸在喜悦之中。“总书记特别关注生态环境改善的效果，既仔细观察了河里的水生植物，还问我们水里的鱼是不是野生的。”高怀波说，“总书记还鼓励我们继续做好水体生态修复技术研发工作，为黑臭水体治理和海绵城市建设探索经验。这更加坚定了我们参与南宁海绵城市建设的信心和决心。”

南宁市海绵城市与水城建设工作领导小组办公室副主任刘东告诉记者，那考河湿地公园是国内首个实施并投入运营的城市水环境流域综合治理 PPP 项目，运用“渗、滞、蓄、净、用、排”等工程措施，实现了水体主要指标达到地表水Ⅳ类，区域生态环境显著改善，昔日的臭水沟变成了今日群众喜爱的湿地公园，成为南方丰水地区内河环境治理可复制、可推广的案例。

刘东说，习近平总书记对南宁整治内河河道，形成水畅水清、岸绿景美的滨水景观带做法表示肯定，希望探索更多的经验。对此，他们深受鼓舞，下一步将继续统筹推进海绵城市建设，完成建成区范围内的黑臭水体治理和内涝点整治，继续推进示范区内 25 个排水分区既有小区、区市两级单位的海绵化提升改造，提高南宁市的宜居度，为市民的幸福指数加分。

牢记嘱托，让广西山水之美遍布八桂大地

习近平总书记的讲话精神，为今后广西如何运用好生态绿色名片服务于社稷民生等工作指明了方向，引起了广西环保系统党员干部的积极反响。大家纷纷表示，一定牢记嘱托、不负期许，把习近平总书记的亲切关怀转化为做好环保工作的强大动力。

对于习近平总书记这次到广西考察谈及生态文明建设的讲话精神，广西壮族自治区环保厅厅长檀庆瑞认为：这既是对广西良好生态的充分肯定，也为广西进一步坚定生态优先理念，改善环境质量，增强人民群众的获得感，指引了努力的方向。檀庆瑞表示，要深刻领会和准确把握习近平总书记对广西生态的高度评价，增强生态品牌自信，以“四个意识”推进“五位一体”总体布局在广西扎根，促进环境保护工作迈上新台阶。结合广西实际，我们要坚决守住广西环境底线，扎实整改中央环保督察指出的问题，切实加强自然生态保护，着力解决国土空间开发破坏环境问题，让广西山水之美遍布八桂大地。

南宁市环保局认真组织全体党员干部学习习近平总书记考察广西时的重要讲话精神。南宁市环保局局长韦好鹏表示，守住“青山常在、清水长流、空气常新”的生态底线，推动“绿城品质”升级，是市委、市政府的庄严承诺，更是环保人义不容辞的责任和担当。南宁市环保局紧紧围绕“青山常在、清水长流、空气常新”的目标，以解决环境突出问题为导向，认真履行环保职责，持续狠抓大气污染治理，大力改善内河水质，坚决完成年内消除黑臭水体的任务目标，确保首府环境质量持续向好，人民群众的环境获得感不断提升。

北海市环保局干部职工学习了习近平总书记视察广西特别是视察北海时的重要讲话。北海市环保局局长宋毅表示，习近平总书记对北海优良生态的赞美和关心，是对我们加强生态保护的鞭策，我们要牢记习近平总书记的嘱托，认真履行职责使命，保护好北海的生态环境，让北海青山常在，绿水长流。

（刊登于《中国环境报》2017 年 5 月 2 日一版）

31 场新闻发布会细数 70 年发展成就，场场必谈生态文明建设、生态环境保护

听！各省级“一把手”如何话生态环保

◎史小静

近日，国务院新闻办公室举办的新中国成立 70 周年省（自治区、直辖市）系列主题发布会圆满收官。70 年步履铿锵，70 年沧桑巨变，3 个多月，31 场，31 地党政“一把手”总结成果，谋划发展。

从北国边疆到南国海岛，从雪域高原到东海之滨，在发布会上，虽然地域不同，但生态文明建设、生态环境保护不约而同成为普遍关注的焦点，成为各省（自治区、直辖市）发布会重点介绍的内容之一。

党政“一把手”重点推介，“生态环境”成高频词语

盘点 70 年风雨历程，生态文明建设和生态环境保护是不可或缺的内容。

记者发现，一些省（自治区、直辖市）的发布主题就对生态环境保护有所侧重，如广西的“建设壮美广西　共圆复兴梦想”，宁夏的“建设美丽新宁夏　共圆伟大中国梦”，内蒙古的“守望相助　建设祖国北疆亮丽风景线”，青海的“建设国家公园省　传递大美青海情”，甘肃的“抓机遇促改革陇原沧桑巨变、战贫困重生态聚力富民兴陇”。这些主题都涵盖了生态环境内容。

还有一些省（自治区、直辖市）则以绿色发展、高质量发展为主题，如云南的“新时代高质量跨越式发展的云南答卷”，吉林的“贯彻新发展理念，走出振兴发展新路”，福建的“坚定不移推动绿色发展的福建实践——加快建设高素质高颜值的新福建”等。

这一系列发布会的规格颇高。在 31 个省（自治区、直辖市）中，25 地都是地方党政

“一把手”同时出席，北京、重庆、上海、天津、广东、新疆则由政府“一把手”出席，而这6省（自治区、直辖市）的党委书记均为中共中央政治局委员。

在新闻发布会上，各地党政“一把手”也都表示出对生态文明建设、生态环境保护的重视。

“(河南很多干部）早晨醒来第一眼要看看空气质量的信息，晚上睡觉以前，最后一眼也是要看看空气质量的信息，不看这个心里就不踏实，每一天都在关注，一天不关注都不行。”河南省委书记王国生在发布会上透露。

“良好生态是吉林最大的优势、最大的品牌，也是最大的财富。说到底，绿色生态是吉林的家底。”吉林省委书记巴音朝鲁如是说。

绿水青山已经成为贵州一张亮丽的名片。贵州省省长谌贻琴直言：“要让绿水青山永远成为贵州老百姓用之不竭的‘绿色提款机’。”

不仅是各省（自治区、直辖市）“一把手”，参加发布会的记者也将生态环境保护、绿色发展作为提问的重要方面，聚焦“如何处理经济发展与生态文明建设的关系”“在生态文明建设方面有哪些做法”“在生态环境保护方面有哪些举措”等。

相关统计显示，在31个省（自治区、直辖市）的新闻发布会233条记者提问中，脱贫攻坚、生态环境、高质量发展、营商环境等成为共性话题。在记者提问中，“生态”“环境”分别被提及32次、28次，“高质量发展”被提及23次。

而在青海省的发布会上，生态环境成为当仁不让的“主角”。记者提问中有关生态环境方面的内容最多，7个提问有5个关于生态环境保护、国家公园、绿色发展等内容。青海省委书记王建军也大篇幅地介绍了青海的“美”、生态保护和建立以国家公园为主体的自然保护地体系示范省的内容。

重点关注、高频词语，足显各地对生态环境保护的重视，也传递出了各地坚决打好污染防治攻坚战、推进生态文明建设的坚强决心。

70年生态环境保护硕果累累

梳理这一系列发布会可以看到，70年来，特别是党的十八大以来，各地在生态文明建设和生态环境保护方面取得了丰硕成果。

在绿色发展方面，江苏省徐州市马庄村，原本是采煤塌陷区，在“绿水青山就是金山银山”理念的指导下，修复生态、优化环境，大力发展文旅产业，实现了从“黑色”经济到“绿色”马庄的蝶变。

在治气方面，北京$PM_{2.5}$年均浓度2018年较2013年累计下降43%，其做法和经验得到联合国环境规划署高度评价，认为北京的大气污染治理用20年的时间走完了伦敦用30年时间、洛杉矶用60年时间走完的大气污染治理历程，为世界其他城市大气污染治理提供了北京经验和北京样板。

在治水方面，云南九大高原湖泊水质明显改善，抚仙湖、泸沽湖水质保持Ⅰ类，洱海水质2015年以来持续保持优良，滇池水质从劣Ⅴ类转变为Ⅳ类，为30年来最好。

在产业优化提升上，河北省对钢铁、焦炭行业进行超低排放改造，淘汰和整治12万多家“散乱污”企业。2013—2018年，通过以上措施，累计减排烟尘27.6万吨，二氧化硫和氮氧化物排放分别下降45.5%和37.1%。

在美丽乡村建设方面，浙江的“千村示范、万村整治”项目获得了联合国“地球卫士奖”。安吉县的鲁家村由一个小山村变为中国美丽乡村的精品示范村，农民人均收入从2011年的14700余元增长到2018年的3.8万元，村集体的资产从2011年不足30万元增长到如今的2亿元。

在水土保持方面，陕西延安退耕还林近1100万亩①，植被覆盖度提高到81.3%，入黄河泥沙较20年前减少88%，水土流失面积减少23%，实现生态效益年价值量达210多亿元。

在城市绿化方面，上海人均绿化面积从1949年的0.132平方米提高到目前的8.2平方米，从原有的“一双鞋”发展到“一张报”，又到“一张桌”“一张床”，再到目前的“一间房”。

成绩的取得，再一次证明我国生态环境保护的方向策略是正确的，措施方法是有效的，也更加坚定了我们打好打胜污染防治攻坚战的信心和决心。

“绿色”渐成各地高质量发展底色

70年来，面对复杂的生态环境形势，各省（自治区、直辖市）也都结合本地实际情况，因地制宜、有所侧重地确定了不同的生态环境保护方向和举措。

资源优势形成的能源原材料产业比重大的状况，决定了河南环境治理的任务更为艰巨。因此，河南省提出“四大行动”。环境治理提效行动着力于打好三大保卫战；经济结构提质行动持续调整产业结构，努力打造高效、清洁、低碳、环保的绿色制造体系；生态功能提升行动将重点建设好“三屏四带”生态系统；国土绿化提速行动将让绿满中原成为出彩河南的亮丽底色。

① 1亩约为666.7平方米。

为推进生态文明建设，吉林省实施了东中西“三大板块”建设。东部山区是生态资源宝库；中部平原是山环水绕、沃野千里；西部是大草原，风沙弥漫、白茫茫的盐碱地减少了 6.5 万公顷，湿地恢复了 3500 平方公里。

31 场新闻发布会上，在展示成就的同时，各省（自治区、直辖市）“一把手”也亮出了区域的发展规划，其中充分融入了生态文明建设、绿色发展的考量。

在深刻吸取祁连山生态破坏教训的基础上，甘肃省提出要构建生态产业体系，推动绿色发展崛起，将十大生态产业分为三大板块：一是典型的无污染的，即节能环保、清洁能源、清洁生产；二是能够去污染的，如信息产业、军民融合；三是少污染，尽量不污染的。

作为长三角区域一体化发展的重要组成部分，上海未来的发展将紧紧扣住两个关键词——一体化和高质量。而在要紧紧抓住的三个重点区域中，建设长三角生态绿色一体化发展示范区列于首位。在实施长三角一体化战略过程中，在江苏苏州吴江地区、浙江嘉兴嘉善地区和上海青浦地区建设生态绿色一体化发展示范区。

湖北是长江径流里程最长的省份，生态环境保护任务非常繁重。在推进长江经济带发展特别是高质量发展过程中，湖北将着重推动“五大关系”的落实，强调做好生态修复、环境保护、绿色发展“三篇文章”。

陕西是西部大开发中的重要省份，省委书记胡和平表示，陕西坚持大保护、大开放、高质量发展，努力在推进西部大开发形成新格局中有新的作为。胡和平说，新时代推进西部大开发形成新格局，陕西就要走好生态优先、绿色发展的路子，坚决打好蓝天、碧水、净土、青山保卫战，特别是保护好秦岭这一国家重要的生态安全屏障。

云南省委书记陈豪在回答关于本省发展方向的提问时，提出要走“两型三化”的产业发展路子，打好世界一流的“三张牌”。“两型三化”就是开放型、创新型和高端化、信息化、绿色化。“三张牌”，就是绿色能源、绿色食品、健康生活目的地，也是基于云南的资源优势提出来的。

陈豪解释说，绿色化是云南的底色，云南发展一定要坚持绿色化，没有绿色或者影响绿色发展的，这种发展云南一概不要。

这些规划、举措虽各有差异，但相同的是生态环境保护都成为其中重要内容，也必将推动各地在高质量发展中实现高水平保护，在高水平保护中促进高质量发展。

（刊登于《中国环境报》2019 年 9 月 26 日一版）

长白山生态环境“提档升级”，稀有濒危生物物种频现身影

“两山”双向转换让优美生态环境成“标配”

◎潘　瑜　魏慧娟

夏日的长白山，正值天池破冰万物重生。长白山脚下百花盛开，而海拔 2000 米以上的长白山顶，仍是“长相守到白头”。湛蓝的天空与雪峰相映，茂密的森林与流水交织，长白山的生态之美绘就一幅壮丽和谐的画卷。

记者近日从长白山管委会生态环境局获悉，今年上半年，长白山保护开发区空气质量优良天数比例为 97.7%，$PM_{2.5}$ 均值浓度为 15 微克 / 米^3。饮用水水质达Ⅱ类以上，主要河流水质保持在Ⅲ类以上。污水集中处理率和生活垃圾无害化处理率分别达到 97.7% 和 100%。自然保护区森林覆盖率超过 95%，负氧离子每立方厘米超过 2 万个，人民群众对优美生态环境的获得感、幸福感不断提升。

$PM_{2.5}$ 浓度 15 微克 / 米^3、水质Ⅱ类、负氧离子每立方厘米超过 2 万个……长白山的生态环境质量已经成为高品质生活的标配。

如何让长白山的绿色底色越擦越亮？

近年来，长白山保护开发区牢记习近平总书记嘱托，聚焦建设践行“绿水青山就是金山银山”理念试验区，全面加强生态环境保护，不断擦亮生态底色，筑牢东北生态安全屏障，全面打造生态文明建设“升级版”。

“长白山保护开发区积极发挥‘三线一单’成果在改善环境质量的源头预防作用，在项目环评审批、排污许可审查、执法监管等方面实现相关数据的统一管理与共享。全面实行排污许可制，实现固定污染源排污许可发证和登记管理全覆盖。全面落实河（湖）长制，在全省率先创新实施林长制，持续加大巡护管控力度。”长白山保护开发区有关负责人介绍说。

一系列方案、政策、措施陆续发布实施，为深入打好污染防治攻坚战、推进绿色高质量发展保驾护航。

在生态保护修复上下功夫

长白山古木参天，森林覆盖率高，负氧离子浓度高，被誉为“中国天然氧吧”，在生态环境质量方面一直是吉林省内的排头兵，在生态环境治理与修复上也发挥着示范引领的作用。

大黄泥河是贯穿长白山池西区流量最大的一条河流，是当地的母亲河。过去，河道生态防护基础薄弱、水量小、水质差，影响和制约着池西区生态环境建设和社会经济发展。

2018 年，当地启动了大黄泥河生态保护整治及修复工程。项目总占地 141 万平方米，治理河道长度约 13.7 公里，通过生态搬迁、河道治理、两岸生态恢复以及其他配套设施建设，大黄泥河省级绿水长廊项目达到了改善生态环境和人民群众生产生活条件的目标。今年 2 月，大黄泥河绿水长廊建设项目获得省级项目奖补。

“20 世纪 90 年代前，大黄泥河的水特别干净，经常有人去河里洗澡，后来大量的垃圾、生活污水等往岸边和河道里堆积，大黄泥河的水质越来越差，大家都远离这又脏又臭的大黄泥河。自从对大黄泥河进行整治及修复后，垃圾不见了、河水变清了，我们没事儿就去河边遛弯儿。”居住在池西区 40 余年的李大爷介绍时满脸笑容地说。

长白山保护开发区忠实践行“绿水青山就是金山银山”理念，真正实现了“两山”双向转换。

动植物种群数量逐步增加

吉林长白山国家级自然保护区是世界生物多样性最为丰富的地区之一，拥有地球同纬度最典型、保存最为完好的温带山地森林生态系统，保存着丰富的野生动植物资源和珍稀濒危生物物种。

“近两年，通过不断加大生态环境综合治理力度，促进了长白山生态系统保护与可持续发展，在国家山水林田湖草项目本底调查中发现，长白山保护区植物资源现有 1669 种，种类增加了 10 属 50 种；菌类资源现有 794 种，增加了新记录种 36 个，新种 2 个；动物资源个体数量呈增加趋势。”长白山科学院科技处处长尹航介绍说。

特别值得一提的是，长白山保护区的中华秋沙鸭、东北红豆杉等重要野生动植物种群数量也在稳步增长。中华秋沙鸭在全球现有种群数量不足 2000 对，在我国约 160 对，在吉林省约 145 对，占全国繁殖种群 90% 以上。丰富而多样的生态优势成为吉林省绿色发展一抹生动活泼的亮丽色彩。

“吉林长白山国家级自然保护区横山保护站红外相机已经不止一次捕捉到国家一级保护动物紫貂了，黑熊、马鹿我们也经常能看到。”长白山国家级自然保护区管理局工作人员介绍道。

随着长白山地区的生态环境质量不断提升，一些稀有濒危的生物物种也频现身影。

污染防治攻坚更加坚实有力

记者了解到，今年，长白山保护开发区启动了全域“碧水保卫战”。通过持续开展对全区 75 个入河排污口再排查，实现标识清、底数明，常态化监测监管。强化饮用水水源地保护，建立水环境分析管理机制。河湖四乱清理、重点场所地下水监测监管进入常态化。雨污分流、城镇污水管网、老旧破损管网改造工作也在扎实推进。

长白山“气质”非凡源于不懈保护。今年上半年，长白山保护开发区优级天数达到 106 天，$PM_{2.5}$ 均值浓度达到了 15 微克 / 米 ^{3}。长白山保护开发区实现了秸秆全域禁烧“零火点”，全区年产秸秆综合利用率达 100%。全区 4 家集中供热企业达标排放。柴油货车和非道路移动机械整治力度不断加大，新能源车在公交汽车领域实现 100% 全覆盖。

在黑土地保护方面，不断加强耕地污染源头控制，严把土壤环境质量要求准入关。持续加强对全区土地征收、收回、收购、开发建设等环节监管，下发《关于进一步加强建设用地土壤环境管理工作的通知》，对用途拟变更为住宅、公共管理和公共服务用地的地块，督促项目单位开展土壤污染状况调查。

“今年上半年，我们突出实训实战，坚持‘全年、全员、全过程’练兵，推进日常执法与大练兵活动无缝衔接。上半年开展执法检查 1200 余人（次），检查各类企业达 1000 家（次），实现打击环境违法犯罪、锤炼执法铁军的练兵实效。”长白山管委会生态环境局局长王楠说。

记者从长白山保护开发区管委会网站了解到，2021 年，长白山地区投资 38.63 亿元的山水林田湖草生态保护修复项目全面完成。第一轮中央环保督察反馈的 22 项共性问题和第二轮转交的 10 件信访案件全部整改办结。6 处 16 栋违建别墅全部拆除，12 栋紫玉别墅签订征收协议并完成销号。建成区内 10 蒸吨以下燃煤锅炉全部完成取缔，环境空气质量优良天数达到 99.5%。

长白山保护开发区坚持保护与发展并重、生态与旅游并举的方针，通过不断地努力创新，长白山也是捷报频传。

长白山池北区先后被评为国家生态文明建设示范区、国家全域旅游示范区、国家 4A 级景区，池南区被评为国家全域旅游示范区，池西区被评为中国人气文旅小镇。

巍峨长白山，中国东北的“生态绿肺”正在奋力谱写生态文明新篇章。

（刊登于《中国环境报》2022 年 8 月 3 日一版）

塞罕坝的二次创业

◎温笑寒

杂英萋萋满芳甸，林海涛涛扑天涯，夏日的塞罕坝满眼绿意。一行行云杉、一排排落叶松，铸就着一望无际的绿色屏障，也讲述着这伟大的绿色奇迹。

60 年前，369 名来自全国 18 个省（自治区、直辖市），平均年龄不到 24 岁的创业者豪迈上坝，开始了高寒沙地造林。塞罕坝逐步实现从“飞鸟无栖树，黄沙满天飞”，到“水的源头、云的故乡、花的世界、林的海洋”的蜕变。

60 年后，塞罕坝人谨记习近平总书记“要传承好塞罕坝精神，深刻理解和落实生态文明理念，再接再厉、二次创业，在实现第二个百年奋斗目标新征程上再建功立业”的嘱托，接力传承，让发展的绿意更浓、成色更足。在习近平总书记考察塞罕坝机械林场一周年之际，记者来到这里进行了采访。

从量到质，森林“体质”壮起来

树，如今在塞罕坝是最稀松平常的东西，但也曾是塞罕坝最稀罕的东西。

塞罕坝展览馆里，解说员提及的一组数字展现着当年林场种树的艰难：1962 年造林千亩，成活率不到 5%；第二年再造 1240 亩，成活率不到 8%。

肩负着恢复植被、阻断风沙的使命，每一代塞罕坝务林人都将“树不种活不下坝”的理念深深融入血液。历经“大胡子”“矮胖子”等优质壮苗的培育、马蹄坑大会战的艰辛以及新世纪以来的攻坚造林，塞外荒原披上了绿装。

如今的塞罕坝总营林面积 115 万亩，林木蓄积量 1036.8 万立方米，森林覆盖率达 82%，成为世界上面积最大的人工林。几天的采访中，记者听到最多的一句话便是：“现在坝上可造林的空地不多了。”

怎样把这片林海守护好，成为塞罕坝在新阶段面临的问题。在林场营林科袁中伟的眼中，引种关、育苗关、造林关已被攻克，林场仍在摸索通过新的考验，比如推动森林质量提升。

“建场时期条件有限，塞罕坝林场植树品种以落叶松、樟子松和云杉为主，均是耐寒针叶林，树种单一。且栽种密度极高，每亩达到300多棵，是适生虫害的先天温床。”袁中伟对于林场内的病虫害问题极其了解，一年之前他曾向习近平总书记现场介绍相关防治情况。

袁中伟告诉记者，林场目前转变造林方向，在落叶松下栽云杉、白桦、花楸等树种，有意从纯林改向营造针阔混交、乔灌混交的环境，改变塞罕坝树种单一现状，让森林生态系统更多样、更健康。

与袁中伟有着相同看法的，还有林场林业科的常伟强。塞罕坝近年来人工林密度不断下降，林下乔灌草类植物不断增多，常伟强认为，这得益于林场的科学营林。

“通过抚育、间伐等手段，不断地去掉次树、选留好树，每亩只保留十几棵树，然后再利用树下空间栽上新树，让其他树种穿插落户，逐渐把林子培育成混交林、异龄林、复层林。”常伟强告诉记者。

近年来，塞罕坝先后启动了攻坚造林、人工林天然化改良和天然林近自然化改培三大工程，试图让人工森林更加接近天然。而现在，林场计划用两年时间开展8种阔叶乔木和2种灌木的种植试验，进一步加大混交林营造力度。

“我们的目标，是通过‘抚育间伐’腾出种植空间，将单一的人造林海变成上有松涛、中有灌木、下有花草的自然生态景观。”常伟强介绍，这样近自然的生态系统变化，能够使森林通风透气性增强，乔灌草类植物更丰富，野生动物越来越多，森林的“体质”更加强壮。

系统施策，生态家园好起来

阳光洒满茂密的森林，一只健硕的野猪缓缓地走向远处的森林，林子里传来啾啾的鸟鸣，这是在林场保护地管理科工作的孙朝辉为记者播放的一段拍摄于今年的视频。

类似的视频，孙朝辉办公电脑里还有很多。这些视频，由20多个布设于林场不同位置的红外相机拍摄，记录着各类动物在林场范围内饮水、进食等行动画面。

36岁的孙朝辉是一个地地道道的“林三代”。他的爷爷在建场的时候便来到塞罕坝工作，父亲当年开着拖拉机造林，母亲也曾为林场育苗。“与家中长辈们不同，我不再从事直接造林的工作，而是与同事们一起保护这个国家级自然保护区。”孙朝辉说。

根据规定，塞罕坝国家级自然保护区主要保护对象为：森林—草原—湿地交错带自然生态系统及其天然植被群落，滦河、辽河水源之地，珍稀濒危野生动植物资源。而经生物多样性调查统计，河北塞罕坝国家级自然保护区有陆生野生脊椎动物 261 种、鱼类 32 种、昆虫 660 种、植物 625 种。

一年来，塞罕坝实施自然保护地系统化保护工程，保护这方生物家园：

——加强生态保护力度。国家级自然保护区面积由 30.4 万亩增至 97.9 万亩，林场国家级公益林面积由 63.48 万亩增至 81.58 万亩。

——全面落实五级林长制。建立了林场“三级林长、四级管理、一长三员”网格化管理全覆盖的管理体系。

——开展相关项目建设。投资 3820 万元，实施国家级自然保护区保护及监测设施建设项目、塞罕坝松材线虫病等重大林草有害生物防控能力提升项目建设。

——强化自然保护地科普教育。塞罕坝人工林森林生态系统入选“全球生物多样性 100+ 案例”，深入开展“爱鸟周”“世界湿地日”“防治荒漠日”“国际生物多样性日”等宣传活动。

孙朝辉告诉记者，近几年狍子、灰鹤、大天鹅，天上飞的、地上跑的，林场里的动物越来越多，红外相机拍摄到的动物画面也越来越多。

“目前，林场正在大力压缩景点开放面积。”孙朝辉说。据了解，塞罕坝机械林场目前划定 1.89 万亩，用于集中学习考察和生态观光，约占林场总面积的 1.35%，其余的部分全年封闭管理，禁止游客进入，从而确保生态资源的安全。

开启探索，碳库钱包鼓起来

今年 8 月 9 日，一则固碳生态产品项目相关信息的公示在河北省生态环境厅网站上挂出。根据公示信息，河北省污染物排放权交易服务中心拟对塞罕坝机械林场森林固碳项目进行评估，涉及林场内 30 多万亩林地。

据中国林科院核算评估，塞罕坝林海有效阻挡了浑善达克沙地风沙南侵，改善了塞罕坝及周边地区的小气候，每年可吸收二氧化碳 86.03 万吨，释放氧气 59.84 万吨，可供 200 万人呼吸一年。

森林是碳库，更是钱库。挖掘塞罕坝机械林场内 115 万亩总营林的多重效益与价值，成为塞罕坝实施二次创业、实现“绿水青山就是金山银山”转化的关键课题。

事实上，塞罕坝机械林场对于碳汇价值实现途径的探索很早。常伟强告诉记者，2016 年，林场造林碳汇项目首批国家核证减排量（CCER）获得国家发展改革委核准，成为华北地区首个在国家发展改革委注册成功并签发的林业碳汇项目。但伴随着 2017 年 CCER 的暂停签发，塞罕坝的探索停滞下来。

习近平总书记考察塞罕坝机械林场后，塞罕坝迎来喜讯。河北省《关于建立降碳产品价值实现机制的实施方案（试行）》印发，省内生态产品价值实现机制加快建立健全。在目标部分，该方案明确指出要率先在塞罕坝机械林场及周边区域开发固碳项目，引导钢铁、焦化等行业购买降碳产品，实现降碳产品生态价值，助力塞罕坝二次创业。

承德市依托河北省森林固碳量调查试点契机，成立工作专班先行先试，于 2021 年率先在全省完成两批次森林固碳产品价值实现，实现金额 2032 万元。

河北省降碳产品的交易实践，塞罕坝人看在眼里，记在心上。“我们觉得不错，所以也就开展了尝试。”常伟强表示。于是，在河北省生态环境厅的支持下，塞罕坝机械林场将 30 万亩次生林开发为森林固碳产品项目，预计今年 8 月底完成固碳量核证并实现价值，于是便有了前文中提到的公示。

除去依靠森林的“呼吸”挣钱，塞罕坝机械林场还带动了周边乡村游、农家乐的发展。邢国林开的农家乐位于围场满族蒙古族自治县哈里哈镇，距离塞罕坝机械林场 20 多公里。但由于处在通往林场的交通干线边上，邢国林农家乐在旅游时节总是爆满。

邢国林告诉记者：“像我一样开农家乐的，我们村还有 20 多户，坝上对我们的带动作用非常明显。”与邢国林的感受一致，数据显示，塞罕坝林场每年带动 4 万多百姓受益，实现社会总收入 6 亿多元。

从初代造林到二次创业，从因林而生到与林共进，塞罕坝上演绎的，始终是对绿色理念的坚守、对永续发展的践行，以及对从“绿水青山”到“金山银山”的探索。

（刊登于《中国环境报》2022 年 8 月 23 日一版）

福建省生态环境厅着力推动生态环境项目落地见效

为“美丽福建”建设蓄力赋能

◎魏　然

3 月的八闽大地，一片绿意盎然、生机勃勃。奋进新征程，动起来、跑起来、忙起来，福建省生态环境厅正以争优、争先、争效的高度自觉，践行项目工作法，推动生态环境项目加速跑，支撑环境治理、拉动有效投资、培育新增长点，为“美丽福建”蓄力赋能，再添高光。

系统谋划　守护清新福建

春江水暖，漳州市漳浦县官浔镇，波光粼粼的南溪水与蓝天相互辉映，与两岸绿树、村庄形成了一幅生态村美图景。

南溪，福建第二大河九龙江的支流。曾经，它也是九龙江流域整治中最难啃的“硬骨头”。

针对生态环境短板问题，福建省生态环境厅指导当地从控源截污、生态修复、农村生活污水治理、养殖尾水整治等方面精准谋划一系列治理项目，推进山水林田湖草沙一体化保护和修复工程。

2022 年，14 个项目破土动工，阶段性完成投资 1.19 亿元，南溪整治按下“快进键”。项目落地见效，2022 年第三、第四季度，漳州连续两次成功入围全国水质改善幅度前 30 位城市。“水质实现了跨类别提升，太振奋人心了。”“‘清新福建’不能靠‘风吹雨打’，必须依靠一批批项目落地支撑。”福建省生态环境厅相关负责人表示。

把生态环境保护各项“大任务”，具体化、清单化为一批批生态环境治理项目——去年以来，福建生态环境系统大力推行项目工作法，让环境治理看得见、摸得着、落得实。

项目从哪里来？跟着任务走、奔着问题去。聚焦“十四五”生态环境保护规划、污染防治攻坚战重点任务、中央和省级生态环境保护督察反馈的突出问题，紧盯生态环境保护短板和弱项、群众诉求……民生需求在哪里，环境治理到哪里，项目就支撑到哪里。

据统计，去年以来福建省生态环境厅组织全省谋划生态环境治理项目 2600 多个、总投资 2900 亿元，同比增长一倍以上。首批“十四五”重大项目总投资 5600 亿元。福建成为全国首批中央生态环境资金预储备项目清单编制试点省份之一。

“我们的项目不能‘就环保讲环保’。”福建省生态环境厅要求，在项目谋划中，不仅要聚焦目标任务，还要注重系统谋划、统筹推进，多污染物协同治理、多环境要素协同控制；要主动融入城乡品质提升、乡村振兴、生态产品价值实现等大格局，借势借力整体谋划。

如在农村生活污水治理项目中，福建省探索“投、建、管、运”一体化，将之纳入农村建设品质提升、农村人居环境整治五年行动，谋划农村生活污水治理项目 69 个、总投资 142 亿元。

一个个项目立起来，一个个环境问题得以精准解决。2022 年，在全省生产总值（GDP）跨越 5 万亿元台阶的同时，福建生态环境质量保持优良并持续居全国前列，群众生态环境获得感明显增强，“生态优等生”继续优中求进。

逐绿生金　拉动“颜”“值”同升

连日来，莆田区域再生水循环利用试点项目施工现场一派热火朝天的建设景象。“项目总投资约 4.7 亿元，投用后每日可新增近 30 万吨再生水，相当于每天可节省 30 万元水费。”莆田市水务集团项目负责人给记者算了一笔账，可谓经济效益、生态效益“一举两得”。

长期以来，莆田存在“功能性缺水”问题，同时污水处理设施基础又较薄弱。如何破解难题？

2022 年，福建省生态环境厅指导莆田策划生成区域再生水循环利用试点项目，并帮扶莆田入选国家首批试点城市。项目通过统筹生产、生态、生活“三水”，实现区域再生水循环利用，不仅可缓解莆田区域水资源供需矛盾，转变高耗水发展方式，改善水生态环境质量，同时也带来了真金白银的经济效益。

多要素融合，做大项目规模体量，让环境治理项目横向联起来、纵向动起来，形成项目群。通过策划生成、落地实施、滚动生成一批批区域性、流域性、行业性生态环境大项目、好项目，福建正不断拉动环境领域的有效投资、培育新增长点。

“项目更接地气，不再小而散，含金量更足、含绿量更高、含碳量更低了。”各地探索出城乡统筹、陆海联动、山水共治、区域开发、产业融合等新形态、新模式。闽江生态保护修复工程入选全国示范案例，九龙江流域生态保护修复一体化工程加速推进，汀江—韩江跨省流域生态补偿列入国家生态文明试验区……生态环境项目“质”“量”同升，经济发展活水正向“绿色”汇流。

精准引领　造血活血并重

生态环保项目好不好，资金奖补到哪儿去？竞争评审说了算。

日前，在福建省生态环境厅会议室，现场答辩、专家点评、现场打分……参加重点区域、领域生态环境项目竞争性评选的各项目方，围绕工业园区综合整治、区域生态修复、绿盈乡村建设、美丽海湾等问题，同台角逐，气氛火热。胜出的项目，将分别获得500万元到5000万元不等的分档奖补资金。

“资金分配不撒胡椒面，而是与项目质量紧密挂钩，这样的竞争评选组织得好。”评审专家由衷点赞：此举既避免项目小而分散、零敲碎打、简单拼凑，还确保了资金指向更精准。

对生态环境治理项目，不仅注重输血，更注重“造血”“活血”。

为保障项目推进，福建省生态环境厅与发展改革委等部门联合出台《关于推进生态环境治理项目产业化促进“绿水青山”转化为“金山银山”的若干措施》，通过六大方面18条措施，对项目来源、项目审批、资金保障、环保产业发展等问题一一细化明确，全链式精准服务项目生成、落地、实施。

持续搭平台、建机制，不断完善政策支持、金融服务、专家智库、技术转化、项目对接、第三方服务等六大平台；对接多元化融资渠道，目前已与10家主要金融机构签署合作协议，未来五年给予生态环保领域8000亿元意向性融资支持。

创新项目融资模式，推进生态环境导向开发（EOD）模式，建设省级EOD项目库，推动生态环境治理项目与收益较好的关联产业有效融合。莆田市木兰溪绶溪片区、漳州市南靖县、三明市沙溪流域等总投资345.5亿元的10个EOD项目，列入国家项目库。

在更多更优的项目土壤中，“福建制造”环保产业更加筋强骨壮。据统计，去年全省环保产业总产值超2200亿元，年增长约6%以上；5家环保企业在国内主板上市，15家企业入选省科技小巨人领军企业培育名单，近百家环保企业获得省“专精特新”中小企业称号……为福建绿色经济再添新增长点。项目引领，守绿生金，福建“生态绿”和“发展红”正实现双向奔赴。

（刊登于《中国环境报》2023年3月17日一版）

生态之美催生发展之变
北京生态文明建设不断迈上新台阶

◎夏 莉

废弃矿山生态修复、拆违腾退土地、疏解一般制造业、提高森林覆盖率……党的十八大以来，北京市持续加大生态环境治理力度，生态文明建设不断迈上新台阶。

再为矿山披“绿衣”

在房山世界地质公园博物馆的展厅里，有一块乌黑发亮重约8公斤[①]的煤块儿，它坚硬致密，属于煤矿品种中的“无烟煤”。这块从能源燃料变成博物馆展品的“无烟煤”，见证了房山作为北京的主产煤区为首都建设和发展作出的重要贡献。

采煤曾是房山区史家营乡的主要经济支柱，长时间大面积地深层采挖，使当地生态环境遭到了严重破坏。“挖煤那会儿，到处飘着黑灰儿，路是黑的，树是灰的，就连在村里跑着玩的孩子，也是白白净净的小脸儿出家门，黑乎乎的花脸儿进家门。”村民曾大爷说，“挖煤挖了几十年，山上大洞小洞连成片，成百上万吨的煤矸石（与煤层伴生的一种含碳量较低、比煤坚硬的黑灰色岩石）堆得到处都是，一下雨，黑水横流，滑坡、塌方、泥石流经常发生。”

为了守护北京的绿水青山，2005年，北京市开始实行城市功能分区，门头沟、怀柔、平谷、密云、延庆以及房山、昌平两个区的山区被定位为“生态涵养区”，要求关闭煤矿，走可持续发展之路。

在生态先行的大背景下，2006—2010年，史家营乡将辖区142座煤矿全部关闭，结束了当地千年采煤史。

2011年，史家营乡曹家坊矿区启动治理泥石流沟，乱七八糟的山沟沟被梳理成了由

① 1公斤等于1千克。

急至缓的行洪河道，设置了拦挡坝、导流墙、截排水沟，沟内固体物也被妥善固定。随后，“客土回填”把沙土泥浆贴在岩壁上，“挂网喷附”让裸露的岩石上长出绿草，“边坡修护”让被碎石湮没的山坡重新长出植物，“鱼鳞坑围堰”让树苗不惧暴雨……

治理之后，山体稳住了，植被恢复了，溪涧河流也变清澈了。一面面裸露的崖壁有了绿色，遍体鳞伤的矿山重新披上了“绿衣”。

2018 年 5 月，完成修复以后的曹家坊矿区转型为百瑞谷旅游景区，为当地旅游、文化、餐饮、民宿等产业的发展提供依托，好山好水让山窝窝里祖祖辈辈以采煤为生的村民享受到生态产品带来的红利，走上了绿色发展新路。

工业遗存获“新生”

“老门房、麒麟雕塑、旗杆广场都还在，真是想不到，这老厂子居然成了公园一景。”站在城市绿心森林公园，原东方化工厂老工人徐瑞庆感慨不已。

总面积 11.2 平方公里的城市绿心森林公园，坐落在通州大运河南岸。几年前，这里是通州区老牌工业企业东方化工厂、东亚铝业及周边工业厂区所在地。

1978 年成立的东方化工厂曾是我国规模最大的丙烯酸及酯类产品的生产研发基地，随着重工业在北京谢幕，工厂于 2012 年关停。

在启动城市绿心公园建设前，相关部门已经对化工厂腾退地污染土壤进行了净化。厂房、生产设施基本拆除，但是，门房、麒麟雕塑、旗杆广场被原状保留下来。而昔日化工厂的核心区，现在成为城市绿心生态保育核所在地。

“所谓生态保育核，就是在园中留下一片荒野，借自然之力开展生态修复和生物多样性保护。”工作人员介绍，“这一片是原化工厂污染相对严重的区域，经过生态修复，保育核内的植物群落渐渐恢复，现在已经有野兔、黄鼬、松鼠、猫头鹰、刺猬等小动物入驻。”隔着铁栅栏望去，里面已是一派草长莺飞的原生态模样。

城市绿心森林公园开园建设之初，对工业遗迹的再利用已经成为共识。如何在保留主体结构、留住工业记忆的同时，通过局部改造来满足新的功能使用，成为“腾笼换鸟”的必答题。

公园南门处的红砖广场，是东亚铝业工业遗迹的变身。在原建筑结构图纸缺失的情况下，施工方走遍了老厂区的每一个角落，为建筑全面“把脉”。两台跨度 26 米的天车、古朴沧桑的红砖主厂房、红砖大烟囱基本保留，约 1.9 万平方米的空间改造成了一座现代化全民健身中心，营造出暖暖的怀旧色调。

注入新元素，发挥新功能，保留下的工业遗迹在这里实现了蜕变与重生。

翠拥京城更宜居

走到哪儿，都是郁郁葱葱的绿。北京市园林绿化局的数据显示，目前，北京市森林覆盖率达到 44.6%，平原地区森林覆盖率达到 31%，森林蓄积量达到 2690 万立方米；城市绿化覆盖率达到 49%，人均公园绿地面积为 16.6 平方米。这样的成绩单，被联合国粮农组织作为“森林与可持续城市”的 15 个范例之一，向全世界推介。

现如今，森林已不仅仅是山区成片的林海，它开始走进城市，越来越多地出现在百姓家门口。

松鼠撒欢儿，野兔奔跑，成群的鸟儿藏在芦苇丛中叽叽喳喳……温榆河公园朝阳示范区内一派生机盎然。2021 年，习近平总书记曾在这里的植树点参加劳动。

而在 7 年前，这里还是以出产优质河砂闻名的孙河乡沙子营村，30 多家砂石厂昼夜运转，尘土飞扬；厂房和群租房遍布，环境脏乱、污水横流。

在京津冀协同发展和疏解非首都功能的大环境下，2015 年，盘踞沙子营村多年的低级次产业链被“剪断”，腾退出的土地全部用来建设湿地公园。

2020 年 9 月，温榆河公园朝阳示范区开园。“开园后，各种动物眼看着多起来了。”公园园林部负责人崔东平说，公园在建设过程中就特别注重生物多样性的保护，种植了很多蜜源和食源性植物，无论是禽类、鸟类还是昆虫，都可以在园中找到自己喜欢的食物。同时，“精野结合”的管理模式也是温榆河公园保护生物多样性的重要举措，通过不同分区，保留一定区域的自然带，实施荒野化的管理模式，设置天然的屏障隔绝游园活动的干扰，让动物休养生息。另外，公园还打造了本杰士堆、昆虫旅馆等，用科学的方法为昆虫提供栖息地，进一步丰富生物多样性。

监测显示，温榆河公园朝阳示范区的植物品种有 430 种，其中垂柳、国槐、榆树、金银木、山桃等乡土植物比例超 90%。同时，园区还有 210 种鸟类、136 种陆生昆虫以及 3 种陆生哺乳动物。

而在寸土寸金的城市核心区，也有了小而美的森林。以广阳谷城市森林公园为例，它建在喧闹的菜市口，鸟鸣虫语能盖过汽车行驶的声音，每年观测到的鸟类就有几十种。

宜居之都，离不开自然生态的润泽。随着高质量绿色生态空间的持续扩大，北京已成为生物多样性最丰富的世界级大都市之一。数据显示，北京市陆生野生动物共 33 目 106 科 596 种，其中，鸟类也在 10 年间由 424 种增至 503 种。

“良好的生态环境是最普惠的民生福祉”，顺应了人们对美好生活的新期待，更体现着先进的生态理念和浓厚的为民情怀。北京持之以恒把解决突出生态环境问题作为民生优先领域，让良好生态环境成为美好生活的增长点。

（刊登于《中国环境报》2022 年 4 月 15 日一版）

以最严标准治理污染　用“两山”理念护好生态

绿水青山见证“北京奇迹”

◎夏清泉

“开窗见景，出门见绿”如今已成为北京市民日常生活的标配，“冬奥蓝”“北京蓝”被前来参加北京冬奥会、残奥会的众多国家运动员见证，成为与赛事并行的美丽话题，被联合国环境规划署誉为“北京奇迹”，得到国际国内社会一致好评。

这个奇迹是如何实现的呢？

对此，联合国环境规划署代理主任乔伊斯・姆苏亚曾深有感触地说，这不是偶然发生的，这是北京投入大量时间、资源进行治理的结果。北京大气污染治理故事对于任何一个想要实现类似成就的国家、地区或城市都会有所帮助。

良好的生态环境是最普惠的民生福祉。党的十八大以来，北京深入持久打好污染防治攻坚战，加强生态建设和生物多样性保护，空气质量全面达标，生态环境质量显著改善。

深治理攻难关：以首善标准善待生态环境

数年前北京深受雾霾困扰，为此，北京连续实施了16个阶段的大气污染控制措施、清洁空气五年行动计划、蓝天保卫战三年行动计划；在全国率先建立城市空气质量预测预报体系，先后三次量化分析北京市$PM_{2.5}$来源组成和区域传输影响，建立“天空地”一体化空气质量监测网络，建成覆盖街道（乡镇）的高密度监测体系，搭建首个重型柴油车在线监控平台；利用卫星遥感、走航、视频监控“千里眼”“顺风耳”等科技手段精准识别污染来源，一微克一微克“抠”出蓝天。

久久为功，2021年，经过全市共同努力，在区域空气质量同步改善、气象条件较常年整体有利的情况下，北京空气质量首次全面达标，细颗粒物（$PM_{2.5}$）年均浓度降至33

微克 / 米^3，优良天数达到 288 天，比 2013 年多出 112 天。其中 $PM_{2.5}$ 年均浓度较 2013 年下降 63.1%，平均每年下降 7.9%。

2020 年 8 月 30 日，习近平总书记在给建设和守护密云水库的乡亲们回信中写道："当年修建密云水库是为了防洪防涝，现在它作为北京重要的地表饮用水源地、水资源战略储备基地，已成为无价之宝。希望你们再接再厉、善作善成，继续守护好密云水库，为建设美丽北京作出新的贡献。"

北京以习近平总书记的回信为指引，全面推进碧水保卫战，彻底消除全市黑臭水体 142 条段，全市污水处理率达 95%。深入开展饮用水水源地环境保护专项行动，实现市区两级饮用水水源地水质信息公开，饮用水安全得到有效保障。密云水库、怀柔水库等饮用水水源地水质稳定达标，2021 年 8 月，密云水库蓄水量达到 33.59 亿立方米。利用南水北调中线水 52 亿立方米，直接受益人口超过 1500 万。打通西部应急补水通道，永定河北京段 25 年来首次全线通水。开展生态补水，五大河流 26 年来重现"流动的河"并贯通入海。北京逐步实现了"清水绿岸、鱼翔浅底"的美好景象。

此外，5086 个物种在这里和谐共生，不仅有豹猫、棘角蛇纹春蜓、紫椴等国家重点保护野生动植物，及数量较多的野猪、软枣猕猴桃、刺五加等重点保护野生动植物，也有青头潜鸭、褐马鸡、大花杓兰、轮叶贝母等一批受威胁的珍稀物种。

扎实推进净土保卫战，严格管控农用地、建设用地土壤环境，全市受污染耕地全部采取安全利用措施。首钢老工业区涉冬奥项目污染地块完成污染土壤治理修复后，安全转型奥运赛场用地，原有工业厂房和构筑物改造建成滑雪大跳台、短道速滑、冰球等比赛场地和训练场馆，滑雪大跳台成为全世界首例永久保留和使用的冬奥比赛场地与奥运遗产，成为绿色奥运的标志和亮点。原东方化工厂通过实施绿色管控、首创生态恢复、攻克历史难题，变身"城市绿肺"，还绿于民。

向转化要成果：把绿水青山变成生态饭碗

在筑牢首都生态安全屏障的同时，北京加快"绿水青山"向"金山银山"转化，生态文明示范创建工作已经覆盖延庆区、密云区、门头沟区、怀柔区、平谷区 5 个生态涵养区，并辐射到中心城区。

此外，海淀区坚持生态为根、文化为源、科技为魂，积极打造国际大都市主城区生态文明建设样板；怀柔区以生态涵养为核心，发展科技创新、会议休闲、影视文化三大板块，推进"1+3"融合发展新格局；平谷区积极探索"两山"转化路径，形成"生态桥"治理工程绿色循环经济、平谷大桃林果经济等典型案例和"乡镇吹哨、部门报到"工作机制。

2017 年年初，平谷区刘家店镇创新提出"生态桥"治理工程，把农作物秸秆、树枝等废弃物加工制成有机肥，发放给村民还田，不仅大大促进了农业循环可持续发展，还对大气、土壤污染治理发挥着重要作用，有效解决了农村“三烧”治理的“最后一公里”问题。“生态桥”治理工程被评为首都治理最佳实践一等奖，刘家店镇和寅洞村获评全国乡村治理示范镇、示范村。

2008年前，房山区周口店镇黄山店村依靠石灰石矿业甩掉贫困帽子，但也污染和破坏了生态环境。近年来，北京按照“工业反哺生态，绿色产业强村”的发展思路，在全市大力开展矿山生态治理与修复，黄山店村关停了区内所有矿山，以本地盛产的黄栌树和宝金山“红螺三险”遗迹为生态资源本底，打造生态文化旅游休闲景区，过去无人问津的“破破岭”，现在变为惊艳世人的“坡峰岭”红叶景区，成为享誉华北的旅游目的地。民宅被改造成精品民宿，建成集康养、休闲于一体的乡村绿色生活产业街区，先后荣获“中国最美休闲乡村”“全国文明村镇”等国家级荣誉称号。2020年，黄山店村生态文化产业发展态势旺盛，旅游综合收入2200万元，人均年收入2.6万余元。

勇探索强发展：共建共享走好绿色低碳之路

党的十八大以来，建设美丽北京、走绿色低碳发展之路成为党委领导、政府主导、企业主体、公众参与的全民行动。各级党委、政府及有关部门齐抓共管、主动作为，形成治污合力；企业自觉履行环保责任，开展环保技改、进行“一厂一策”深度治理，主动加入环保设施开放单位、生态环境教育基地行列，成为开展社会生态环境教育的“大课堂”；社会公众积极拥抱生态文明理念、践行绿色生活方式，通过参加有奖举报、拨打“12345”等投诉热线，反映身边的环境问题，监督环境违法行为，为北京生态文明建设献计献策。

目前，北京正积极落实碳达峰、碳中和国家重大战略部署，坚持将绿色发展作为城市发展的基本战略，持续推动产业结构优化和能源清洁转型，在绿色低碳发展领域取得积极进展。

北京率先在全国实行碳排放总量和强度“双控”机制，深化碳市场建设，发布企业（单位）二氧化碳排放核算等多项地方标准，核发重点排放单位配额并督促履约；推动全国温室气体自愿减排交易中心（CCER）落户北京；指导成立温室气体自愿减排行动联盟，加快构建以北京为中心的全国自愿减排产业生态圈。“十三五”期间，单位地区生产总值二氧化碳排放累计下降26%以上，超额完成国家下达的20.5%的任务，为全国省级地区最优水平。市民的获得感、幸福感、安全感更加充实、更有保障、更可持续。

（刊登于《中国环境报》2022年5月31日一版）

破解“化工围江”困局，打造城市“新客厅”，拓宽农村“生态路”

湖北绘就长江经济带高质量发展新画卷

◎喻　妙

湖北是长江干流径流里程最长的省份，是南水北调中线工程水源区、三峡坝区所在地。在全面推动长江经济带发展中，湖北肩负重大使命。

2018 年 4 月，习近平总书记深入湖北宜昌、荆州等地考察。他强调，要坚持把修复长江生态环境摆在推动长江经济带发展工作的重要位置，共抓大保护，不搞大开发。

厚望如山，催人奋进。

四年来，湖北牢记习近平总书记的谆谆教诲，把修复长江生态摆在压倒性位置，深刻作答长江经济带高质量发展的时代考题，大力推进生态环境整治，全面促进经济社会发展绿色转型。

贯彻新发展理念，破解“化工围江”困局

站在宜昌市猇亭区长江沿岸，一眼望去，一江碧水绿两岸，近旁约 1 公里长的沿江景观带，已融入兴发集团新材料产业园。

作为全国最大的精细磷化工企业，兴发集团园区看不到烟囱林立，更没有气味刺鼻、污水横流，取而代之的是鸟语花香、绿树成荫的厂区景象。

四年来，兴发集团全面推动“关停、转型、搬迁、治污、复绿”五大工程，加快产业绿色转型升级。

为守护一江清水，兴发集团新材料产业园封堵全部直排口，污染治理装置扩能到实际需求的 1.5 倍，同时重点推动工艺改进和提升环保水平两项工作，园区综合排放削减

30%，年取水量同口径下降 50%，“四废”基本吃干榨尽，综合利用率达 95% 以上。

为破解“化工围江”困局，兴发集团新材料产业园拆除了 22 套装置，拆除搬迁沿江 1 公里范围内装置 10 套，资产价值共 1.66 亿元。截至目前，兴发集团已累计拆除装置 32 套，资产价值达 13.58 亿元。

与关停、转型、搬迁同步的是植绿。兴发集团投资 1.12 亿元，修复沿江拆除腾退的 900 米岸线，打造长江绿色生态廊道，实现生产岸线向生态岸线的美丽蝶变。

兴发集团的转型发展，是湖北破解“化工围江”困局的一个缩影。近年来，湖北累计完成 440 多家沿江化工企业“关改搬转”，清查长江、汉江、清江入河排污口 1.25 万个，排查整治“千吨万人”水源地问题 900 多个、清废问题点位 600 多个。

加强生态修复，老码头变成城市“新客厅”

荆州是长江中下游地区径流里程最长的城市，长江荆州段河道蜿蜒曲折。洋码头，就坐落在荆江大堤上。这个有 3000 年历史的码头，是当地商埠文化的起源。经过长期发展，这里码头密布、商贾云集。

但由于缺乏管理，建筑混杂、污水横流，洋码头逐渐演变成为巨大的棚户区，部分生活污水、工业污水直排长江，成为威胁长江生态的一处顽疾。

长江大保护，是一场必须打赢的硬仗。为此，荆州市投资 16.58 亿元建设“洋码头”文创园，包括生态修复工程、景观工程、游步道等。建设过程中，拆迁棚户 1658 户、工矿企业 63 家。

“改头换面”后的洋码头最大亮点在于“整旧如旧”，通过保留部分历史建筑，展现出独特的码头、商埠文化。同时，通过复绿添绿，与周边临江仙公园、柳林洲体育公园等景点连线成片，成为游玩打卡地。

不只是洋码头，据了解，这几年湖北累计取缔 1200 多个长江干线各类非法码头。加强河道采砂禁采管理，基本清除“三无”采砂船。大力推进长江“十年禁渔”，全省 83 个水生生物保护区实施全面禁捕，拆除围栏围网养殖 127 多万亩。

践行绿色生活，解码移民村的“生态路”

宜昌市夷陵区太平溪镇许家冲村，紧邻三峡大坝，俯临长江，全村人口中移民占 90% 以上，被誉为“坝头库首第一村”。

在许家冲村广场，村民仍然保留着用棒槌洗衣的传统。过去是在江边洗衣服，现在用上了自来水和无磷洗衣粉，对污水进行集中处理，既照顾到村民的生活习惯又环保。

“当时，总书记走到村广场旁的便民洗衣池旁，接过洗衣用的棒槌，俯下身试着跟我们一样捶洗衣服”，“总书记还祝我们日子越过越好”，许家冲村村民对总书记来这里的场景记忆犹新。

四年来，大家牢记总书记的嘱托，争当生态村民，建设绿色家园。

如今，许家冲村已实现了垃圾分类、干湿分离、日清日洁、污水集中处理。村里采取积分兑换方式，鼓励村民将家里可回收利用的废物收集起来，兑换生活用品。

近年来，湖北共完成城市建成区黑臭水体整治 214 处，消除黑臭水体总长度 520 多公里。新建、改造乡镇污水处理厂 800 多座，实现乡镇污水处理全覆盖。

一江碧水奔流，一派新貌展现。四年来，湖北牢记总书记嘱托，聚焦长江保护修复，先后打响沿江化工企业关改搬转、城乡垃圾无害化处理、推进农业面源污染整治等长江大保护十大标志性战役，统筹推进加快绿色产业发展、推进绿色宜居城镇建设、实施园区循环发展引领行动等长江大保护十大战略性举措。

目前，湖北境内长江、汉江、清江干流水质提升并保持在Ⅱ类，长江湖北段生态环境正在发生转折性变化。

湖北省生态环境厅有关负责人表示，“十四五”时期，湖北将通过“三年集中攻坚、两年巩固提升”行动，继续稳步提升长江流域生态系统质量和稳定性，不折不扣贯彻落实党中央关于长江经济带发展的决策部署，确保一江清水永续东流。

（刊登于《中国环境报》2022 年 7 月 1 日一版）

点亮群众的“心灯” 根治群众的“心病”

广西用生态之笔描绘八桂之美

◎昌苗苗 余 锋 欧 亮

广西是得天独厚的生态福地，也是习近平总书记始终牵挂的地方。2022 年 4 月，《中国共产党广西壮族自治区委员会关于厚植生态环境优势推动绿色发展迈出新步伐的决定》出台，生态文明之光在八桂落地落实、熠熠生辉，展现出蓬勃生机。

如今，徜徉在八桂大地，桂林漓江诗情画意，犹如百里画卷；钦州三娘湾畔，中华白海豚追逐嬉戏；北海红树林郁郁葱葱，白鹭翩翩起舞；崇左森林连绵，白头叶猴自由嬉戏……

“绿色动能”为北部湾区域发展蓄积力量

北部湾素有“洁海”之称，近年来，“绿色动能”为地方发展蓄积力量。

2017 年至今，北海金海湾红树林生态旅游区累计补种红树苗 10 万余株，新增面积约 10 亩，旅游区内的鸟类由 2017 年的 136 种增加至 195 种，底栖类生物由 2017 年的 66 种增加至 206 种。

“我们把生态文明理念注入发展基因，持续推动绿色发展、坚持生态惠民，使生态之美成为品质北海、魅力北海建设的重大闪光点。”北海市委书记蔡锦军说。

冯家江流域东连北海金海湾红树林生态旅游区，西接北海银滩国家旅游度假区，自北向南贯穿北海市区，是主城区内最大水系，被称为北海的“绿肺”。曾经，这里有 2000 亩虾塘、24 个养殖场和 363 个雨污直排口，每天约 4.5 万吨污水排入江中，远远超出环境可承受范围，导致该流域水体水质常年处于Ⅳ类或Ⅴ类，生态环境不断恶化。

为了啃下这块“硬骨头”，北海市委、市政府投入 25 亿元启动北海市滨海国家湿地公园（冯家江流域）水环境治理工程项目，通过控源截污、内源治理、生态恢复、智慧水系等各项措施进行综合治理。

“我家就住公园旁边，天天带小孩儿来散步。”市民符先生见证了冯家江流域改造前后的变化，直夸这是一项惠民的好工程。

随着区域环境质量的改善，冯家江片区生态产品的价值逐步显化和外溢，从土地资源的单一储备向“资源＋生态产品”共同储备转变。近年来，片区土地储备和综合开发的收益达 64.5 亿元，成为“绿水青山就是金山银山”的生动实例。

如今，滨海国家湿地公园已成为北海“生态立市”的新名片，也是国内首个近海流域水环境综合治理 PPP 项目、红树林湿地生态修复的样板工程。

随着近岸海域生态环境不断改善，布氏鲸、中华白海豚和中华鲎等珍稀海洋动物频频现身北部湾，人与自然和谐共生的美丽画卷徐徐展开。

漓江流域环境升级　乡村振兴　百姓乐业

“我们率先在全国设立生态环境保护公安分局，建立健全市、县、乡、村一体化联动机构。漓江水生态整治坚持山水林田湖草沙系统治理，将生态保护与产业发展、城市发展深度融合，实现生态、旅游、民生多方共赢。最近，漓江流域山水林田湖草沙生态一体化保护和修复工程入选了国家‘十四五’第二批试点项目。”桂林市生态环境局局长曾鸣介绍道。

灵川县公平乡梅子村位于桂林市青狮潭水库库区（漓江上游水源）。村民苏冬喜告诉记者，原来全村都养猪，臭气熏天，摆喜酒客人都不肯进村，后来猪舍拆了，改种草珊瑚、食用黑皮鸡枞菌、羊肚菌，不脏不臭，收入高，村里环境也越来越美，很多新人特意来拍婚纱照。

人不负青山，青山定不负人。桂林市委书记周家斌表示，桂林市将大力实施漓江全流域生态保护和品牌提升工程，把漓江打造成为国内江河综合治理的典范和世界级生态环境保护的样板，探索生态产品价值实现机制，全力打造世界级旅游城市。

“习近平总书记来我们毛竹山村时，嘱咐我们要好好干，把葡萄种好奔小康。我们村成了‘网红村’，葡萄是生态种植的，品质好，农家乐也越办越红火，年轻人也回村创业，打造现代农家乐，去年，共接待游客超过 30 万人次，生活越来越有奔头。”全州县才湾镇南一村党总支部副书记王金学欣喜地告诉记者。

如今，毛竹山村家家户户都有葡萄园，人均年收入达 3.5 万元。村里还邀请一家传媒公司进驻，帮助销售村民种植的葡萄和当地特产。截至 2021 年年底，直播间已为村民销售葡萄 1.2 万多斤[①]。

群众“急难愁盼”问题得到解决，绿色生活步步高

“20 世纪八九十年代，点灯山采石场主要开采石灰岩，经过几十年的粗放式开采，大部分植被遭到破坏，山体损毁严重，如遇暴雨，崩塌、滑坡、泥石流等地质灾害时有发生，周围群众‘谈山色变’，都躲着山走。”南宁市隆安生态环境局党组书记、局长林宇真介绍道。

点灯山曾是当地群众的“心病”。2018 年起，这座山就开始变了模样，点灯山矿山修复被纳入广西左右江流域革命老区山水林田湖生态保护与修复工程。截至 2021 年 7 月底，修复矿山面积近 10 万平方米，建成了集休闲、健身于一体的开放性公园，这里还成了广西生态环境宣传教育实践基地，实现了废弃矿山安全和可持续利用。

点灯山公园的落成，为宝塔新区规划安置的扶贫生态移民提供了活动场所，大家都说，点灯山点亮了群众的“心灯”，根治了群众的“心病”。

“以前村里都是烂泥路，河里脏乱臭，环境差。”南宁市马山县古零镇乔老村党总支部书记、村委主任潘海崇告诉记者，2012 年，他回到家乡，南宁市正开展河湖环境集中整治工作，昔日的“臭水沟”变成了“清水河”。环境变好后，乔老河片区大力发展特色生态种养，曾经无人问津的小山村变成了客似云来的“生态村”，当地群众吃上了“旅游饭”，产业日渐兴旺。

环境改善气象新，青山绿水带笑颜。广西壮族自治区生态环境厅厅长陈亮表示，下一步，广西将以生态为笔，描绘人与自然和谐共生的壮美画卷，让人民群众幸福美好的生活更具品质、更有品位。

（刊登于《中国环境报》2022 年 7 月 22 日一版）

① 1 斤等于 0.5 千克。

要“面子”更要“里子”，有“颜值”更有“产值”

福建在美丽乡村建设中走出生态振兴之路

◎林祥聪

习近平总书记指出，建设好生态宜居的美丽乡村，让广大农民在乡村振兴中有更多获得感、幸福感。

近年来，福建省深入学习“千万工程”经验，持续改善农村人居环境，优化村庄建设布局，提升乡村风貌和建设品质，打造清洁美丽田园，立足农业资源多样性和气候适宜优势，培育特色优势产业，在美丽乡村建设中，走出了一条生态共富之路。

2022年，福建省在农村居民人均可支配收入增长7.6%的同时，全省生态环境质量保持优良并持续位居全国前列。全省已有39个市、县（区）获国家生态文明示范区命名，6个县（市）和1条流域获国家“绿水青山就是金山银山”实践创新基地称号。

内外兼修，“美丽乡村”有“颜值”更有“内涵”

长汀县河田镇的原野乡间，青山连绵、群鸟蹁跹……

“现在这么好的环境，以前想都不敢想。那时这里的山都是光秃秃的，地里的收成也不好，正常年份一亩水稻也就收个400来斤，现在水土治理好了，产量也跟着上去了，亩产最高有1300多斤。”河田镇伯湖村村民傅木清感慨道。

曾几何时，长汀县因水土流失严重而“闻名”。草木不存、红壤遍露，一到雨天，雨水就裹杂着山上大量的泥沙倾泻而下，一度成为我国南方红壤区水土流失最为严重的县份之一。

把水土保持作为推进乡村振兴的重要举措，长汀县围绕水源修坡改梯，围绕坡改梯建水源，围绕水源种林草，让跑水、跑土、跑肥的“三跑田”变成“保水、保土、保肥”

的丰产、高产田。

水土治理，让山川披绿、田园“生金”，也让“以前想都不敢想”的生态宜居环境成为日常。长汀县水土保持中心治理股负责人曹正金介绍，结合美丽乡村建设，长汀县从生态景观改造、打造“自然型”河道、建设生态农家等方面综合发力，让群众的获得感更加充实。

长汀的嬗变，是福建美丽乡村建设的一个缩影。以生态环境保护为主要抓手，八闽大地一座座有“颜值”更有“内涵”的美丽乡村，正成就着“清新福建、人间福地”的美丽愿景：以治理项目“小切口”撬动“大民生”，瞄准群众房前屋后的环境问题，找准“急难愁盼”的切入点，统筹谋划、一体推进农村生活污水治理、小流域水环境综合整治等项目；持续推动政策支持重心、项目布局重心向重点地区倾斜，不断提升人居环境，让人民群众看到变化、得到实惠、感到满意。

把保障饮用水水源安全作为增进民生福祉、提升人民生活品质的重要举措，扎实推进“划、立、治、管、防”工作，打好“监测、监管、执法”联动组合拳，全覆盖开展农村饮用水水源地排查整治，全力守好人民群众的“大水缸”。

改变，不仅体现在乡村生态环境治理的成效上，还体现于人们的思想观念。“以前垃圾都是哪里方便往哪儿扔，现在乡村面貌焕然一新，谁也不忍心再去破坏，环境一天更比一天好了。”莆田市常太镇岭下村村民刘仁武不禁竖起大拇指说道。

激活动能，厚植生态“底色”提升幸福“成色”

持续推进的环境治理，擦亮美丽乡村的幸福底色，也让越来越多的群众在奔“富”未来的道路上，端稳了“绿饭碗”、吃上了“生态饭”、鼓起了“钱袋子”。

不仅在“净”上下功夫，更要在“美”上做文章。充分利用乡村“四旁四地”植绿添彩，优先选择乡土树种，营造乡村风景林，建设乡村公园，着力打造林居相依、山花蔓绕、入目皆景的环境，让绿色充盈乡间。

塑形铸魂，让古村焕发活力。加大传统村落、传统民居保护力度，强化和塑造地方特色，让百姓望得见山、看得见水、记得住乡愁，一批乡土特色鲜明、质量效益高的乡村产业，正成为乡村振兴的新引擎。

在宁德，曾经无公路、无自来水、无电灯照明、无财政收入、无政府办公场所的下党乡，通过整合经典红色文化、名人文化、古建筑文化、自然生态等资源，如今已成为游人如织的景点。

“今年以来我们已经接待20多万名游客，预计全年将突破50万人。”下党乡下党村党支部书记王明秀告诉记者，看到村里日新月异的变化，越来越多外出打工的村民返乡创业，200 多人在家门口找到合适的岗位。村里的发展也辐射带动了周边下屏峰、西山、碑坑山等村共同致富。

在三明，常口村村口的“青山绿水是无价之宝”石碑，见证着这里绿色发展的足迹。画好“山水画”，做好山水田文章，20 多年间，这里村集体年收入从不足 3 万元提升到 185 万元，人均年收入从不足 2000 元提升至 3 万元。

将乐县高唐镇党委宣传委员张林顺介绍，常口村立足常上湖生态资源优势，实施生态保护修复项目，开发“两山”理论实践基地、高端民宿酒店等生态文旅项目，打造红色党建、教育研学与全域旅游相融合的新业态。

在南平，融合茶文农旅特色产业，推广建成绿色生态茶园 48 万亩，打造茶空间、茶博物馆，提升茶文化内涵，让游客住有茶宿、吃有茶膳、游有茶庄园、学有茶文化。2022 年，南平茶业全产业链产值达到 410.5 亿元，较 2020 年增长了 25.6%。

“这几年我们真正感受到，有了好生态，才有好的品质。”南平武夷山星村镇茶农杨文春说，由于管理科学和没有污染，产量与之前相比提高了一成，而且茶叶色更绿、香更足、口感更鲜爽，茶叶制优率也明显提升，茶商争相采购，效益增加不少。

福建省把美丽乡村建设抒写在八闽大地上，落实在具体行动中，让“田园变公园、产品变商品、农居变景点、农村变景区”，不仅实现了“美丽环境”到“美丽经济”的蝶变，也为希望的原野绘就了收获的金色。

凝聚合力，同奏美丽乡村“新乐章”

福建省在美丽乡村建设中，坚持政府的事政府办、村民的事村民办、市场能办的事市场办，把握好政府、群众、市场三者的关系，激活内生动力，让美丽乡村建设成为全社会的共同行动。

以群众满意为目标，一线调研走访，倾听农民声音，找准群众需求，在群众“最盼”的问题上出真招，在群众“最急”的事情上下功夫，针对性制定生态环境治理提升方案，把好事办到农民的心坎儿上。建立跟踪调度和定期会商机制，及时了解项目工作进展、资金落实情况；精准指导帮扶，及时解决项目推进中的难点、堵点。

充分发挥政策激励和工程示范作用，引导各地结合区域现状和特色，探索不同领域“生态治理 + 产业开发”融资模式。鼓励更多企业参与生态环境项目投资、建设和运营，通过关联产业反哺生态环境治理，切实增强乡村自我“造血”功能，让人民群众长期受益。

缔造美丽乡村建设的“雁阵效应”，引导党员干部、乡贤等“头雁”领航，村民、志愿者等社会力量“群雁”同航，将“微行为”汇聚成“众力量”。依托福建省生态云平台，用数字为村庄画像，群众只需扫描“一村一码”，即可参加村庄环境治理。

民之所望，施政所向。福建省把生产发展、生活富裕、生态良好有机融合，凝聚各方力量，共同绘就业兴绿盈的美丽乡村，一幅幅人与自然和谐共生、生态宜居的“工笔画”，正串点成线、连线成面，从东海之滨到武夷山脉，八闽大地越来越多的乡村正成为人们向往的“诗和远方”。

（刊登于《中国环境报》2023 年 8 月 23 日一版）

81% 的区域划定为生态保护区，
最大限度保留原始生态和自然风貌

黑瞎子岛“生态留白”展现人与自然和谐共生

◎李明哲

夏日的黑龙江省黑瞎子岛，鸟语花香。自由出没的野生动物，让岛上增添了许多神秘和灵性。

2016 年 5 月 24 日，习近平总书记登上地处我国东北端的黑瞎子岛，实地察看这里的保护与开放开发总体规划，强调岛上建的基础设施都应是对生态起保护作用的。保护生态，留一张白纸。

六年来，黑瞎子岛始终坚持生态优先、绿色低碳发展，黑瞎子岛湿地公园晋升为国家级湿地公园，黑瞎子岛获批国家 4A 级旅游景区。如今，黑瞎子岛已成为推动人与自然和谐共生的生动注脚。

健全保护机制，加大保护力度，熊岛变鸟岛

早年因熊得名的黑瞎子岛，如今因鸟扬名。黑瞎子岛上有多少熊能数得过来，但有多少鸟，没人知道。用拍鸟达人阿修的话说：“天知道有多少鸟。”

在黑瞎子岛，人们能看到“熊出没请注意”的遇熊预警牌，不过遇到熊并不容易，但是想看到国家一级保护鸟类东方白鹳、白尾海雕却不难。

7 月 13 日一早，记者登上了黑瞎子岛巡逻快艇。一路上，一群群不知名的鸟儿在船头振翅接力导航；三五只苍鹭则优雅地在船艇上方伴游；船尾卷起的浪花里时不时地会有鱼儿腾起、跃回，稍不留神就被俯冲下来的“长脖老等”（苍鹭）叼走……

上午10时许，巡逻艇驶入青龙水道，巡护员张辉突然急收油门并喊“往上看！”。在距离水面100多米的空中，一群黑白相间的大鸟沿顺时针方向在空中盘旋，形成一个直径约30米的“旋涡”。张辉一眼认定这群大鸟是国家一级保护鸟类东方白鹳。

在青龙水道与抚远水道交汇的一个无名小岛，常年栖息着数以万计的苍鹭，拍鸟达人阿修将其命名为“鸟岛”。记者一行靠近鸟岛，远远看见苍鹭在树梢上盘旋、起落。近距离观察，发现在一棵大树上竟然有43个大鸟巢，枝头站满了苍鹭。

近年来，黑龙江省相关部门通过建立健全保护机制，严格实施保护管控，黑瞎子岛上的鸟类已由173种增加到225种，苍鹭鸟巢由原来的不足30个增加到200余个。

看屏幕的“动物专家”，认识了更多野生动物

118个监控探头将1.3平方公里的黑瞎子岛探秘野熊园无死角覆盖。

魏传相是野熊园的监控员，在监控屏前观察黑熊是他的工作。他介绍，熊园里的熊完全在野生环境中生活，“从小到大，从选择配偶到生育小熊都是自由的，没有人工干预。”

监控屏幕上，时常会出现野熊入侵的镜头，它们用肥大的熊掌将外围铁网扒出一个窟窿，试图闯入熊园，却被第二层电网挡住。园内的熊也一样，它们也嗅到了同伴的气息。

魏传相话不多，提起动物，他却滔滔不绝。2017年，他“上岛”后在野熊园监控室负责监控。

在监控屏里，魏传相看到了许多有趣的画面：有大熊直立行走的，有小熊打闹的，有猎食野猪的，还有捉鱼的。除了熊，监控视频中还能看到狍子、马鹿、野猪、水獭等动物。

“开始我并不知道闯入镜头的都是些什么动物，于是我操作鼠标跟拍，在网上‘搜同款’，找不到‘同款’就向来岛上搞研究的各路专家请教。”渐渐地，魏传相认识了30多种珍稀鸟类，监控屏中，东方白鹳、白尾海雕已非稀客。同事戏称他是“黑瞎子岛的动物专家”。

管护员一年要在哨卡待7个月

青龙水道哨卡隐藏在黑瞎子岛国家自然保护区深处，一座小房淹没在草木之中，旁边的瞭望塔为我们指明了方向。

7 月 14 日凌晨两点，黑瞎子岛就开始醒了。三点一刻，酝酿了一个多小时的太阳终于喷薄而出。伴随着华夏第一缕阳光，祖国最东端自然保护区的管护员们开始了一天的工作。

“一般情况下，凌晨三点钟我们就出去巡护了，这个时间段天不热，巡护两三个小时，回来吃早饭。”巡护员张辉说。

保护区范围内的岛屿，通过银龙水道、抚远水道、青龙水道、黑龙江串联起来。水上巡护总里程 100 多公里，走走停停，一般要耗时四五个小时。

青龙水道哨卡有 5 个管护员，老少三辈，最大年龄差 22 岁。每年的 4 月末（开江）到 11 月（封江），5 个人要连续在哨卡待 7 个月。这样的哨卡在保护区有 3 个。

管护员们的苦乐与酸甜，记者在随同巡护中得到了深刻体验。烈日炙烤，蚊虫叮咬，强烈的紫外线似乎要穿透皮肤。游弋于水道之上，穿梭于岛屿之间，船头有鸟儿带路，船尾有鱼儿“断后”，巡逻快艇劈波斩浪，勇往直前。

黑龙江省政府黑瞎子岛建设和管理委员会环保林业国土资源局局长翟忠喜评价管护员队伍“是一群有情怀的人”。

兴趣和热爱是他们 5 个“凑到一起”的理由。

巡护一天后，5 个人聚在饭桌上，交流巡护过程中看到了什么鸟，发现了什么野兽，分享拍摄到的视频，猞猁过道、黑熊游江、鹰击长空，说得眉飞色舞，欢声笑语从黄昏的哨卡中传出。

记者了解到，黑瞎子岛上实行最严格的禁渔禁猎管理，相关部门制定了《黑龙江黑瞎子岛国家级自然保护区巡护工作制度》，对重点流域、重要河道设卡、设岗、设监控，联合公安边防开展常态化打击行动，实现了流域非法船只、非法入岛捕猎盗猎全面清零。同时，全岛禁用明火，哨卡做饭全部用电，不冒烟，就连 5 人产生的生活垃圾和污水也要被收集运出岛外处理。

最大力度保护生态环境，最大限度保留自然风貌

众多游客奔赴黑瞎子岛，其实看的不仅仅是风景。

2011 年 7 月，黑瞎子岛旅游开放，岛上也仅有黑瞎子岛湿地公园、东极宝塔、回归交接地对外开放。

旅游开放之初，黑瞎子岛年接待游客 30 万人，最高日接待达 5000 人。

到黑瞎子岛旅游看什么？感受华夏东极神韵，体验“两国一岛”风情。其实最大看点还是生态。

“在岛上，有水就有鱼，有鱼就有鸟。”黑瞎子岛旅游投资发展有限责任公司总经理宋立坤说。

黑瞎子岛上岛屿星罗棋布、水道纵横，其湿地和水域面积占95%。在黑瞎子岛，路上看到狍子、黑熊已是见怪不怪。“这里既是鱼类洄游通道，又是东北亚鸟类迁徙通道。”翟忠喜说，“保护区建立以来，启动常态化增殖放流行动，累计放流鱼类超千万尾。由于实施全岛禁渔管控和增殖放流，黑瞎子岛鱼类资源蕴藏丰富。”

佳木斯市委常委、抚远市委书记、黑瞎子岛建设和管理委员会主任何大海表示，近年来，抚远市按照《黑瞎子岛保护与开放开发总体规划》，最大力度保护岛内岛外生态环境，最大限度保留原始生态和自然风貌，把黑瞎子岛西侧约占我国岛屿面积81%的区域划定为生态保护区，全面实施生态红线管控，实施常态化禁渔禁猎，中俄国际合作示范区内的绿化面积达到90%以上。下一步，抚远市将在注重生态保护的同时，以建设黑瞎子岛中俄国际合作示范区为目标，打造人与自然和谐共生的绿色生态旅游岛和新时代高水平开放的国际贸易岛。

（刊登于《中国环境报》2022年9月6日一版）

抬头可见湛蓝天空　水清岸绿已成常态
消失鸟类重回家园

上海十年攻坚建设人与自然和谐共生的人民城市

◎丁　波

蓝天越来越多，微信朋友圈里被天空“大片儿”轮番刷屏；“一江一河”两岸从“锈”到“秀”，水清岸美，引来游人流连忘返；公园绿地被放在了“家门口”，想与自然来一次亲切对话随时可以安排……眼下，在上海，享用身边的优质生态环境已经成为老百姓生活中的一部分。

何以让城乡面貌焕然一新，人民群众的满意度、获得感明显提升？上海市生态环境局党组书记、局长程鹏介绍，党的十八大以来，上海坚定不移走生态优先、绿色低碳发展之路，积极探索“绿水青山就是金山银山”与“人民城市”两大重要理念的深度融合与实践。通过全社会的共同努力，上海污染防治攻坚战阶段性目标全面实现。

现如今，上海这座人民城市，初步走出一条符合超大城市特点和规律、彰显社会主义现代化国际大都市特征的现代环境治理新路。在申城大地上，人与自然和谐共生的景象欣然呈现，生态文明的锦绣画卷已然绘就。

天空湛蓝、流水清澈，居民幸福感满满

2012 年以来，安装在外滩光明大楼上的 100 米高空摄像头，会以每 15 分钟一次的频率，记录下黄浦江对岸陆家嘴一角的实况。翻看十年来积累的 35 万张照片，能观察到浦东新区日新月异的变化，更能感受到的是，上海的天空日益变得“通透”。

数据是最好的印证。2021 年，上海市 $PM_{2.5}$、二氧化硫、PM_{10}、二氧化氮的年均浓

度均为有监测记录以来的最低值。其中，$PM_{2.5}$ 年均浓度为 27 微克 / 米 ^{3}，较 2013 年的 62 微克 / 米 ^{3} 下降 56%。

十年前，居民们“谈天色变”，连呼吸都觉得要小心翼翼。现如今，双彩虹、晴空月、艳晚霞、蓝水晶……已成为上海天空的循环曲目，人们只要抬起头，就能感受到湛蓝天空带来的抚慰。

蝶变的不仅有空气质量，水变清、岸变绿同样给市民留下了深刻的印象。

苏州河是上海的“母亲河”，也是上海城市变迁的重要见证。早年的苏州河一度“黑如墨、臭如粪”，让很多沿岸居民都恨不得尽早搬离河边。如今，苏州河重现久违的清澈，河上鸥鹭翩飞，岸边绿树与花草生机盎然，已经成为一道最亮丽的风景线。随着日前苏州河水上旅游航线正式开通试运营，上海市民游客梦寐以求的坐船畅游夙愿终于可以实现。

不只是苏州河，十年间，上海坚持清水为民、还岸于民，依托水污染防治行动计划的实施，完善水质考核监督、信息公开机制，全面提升水污染防治基础设施能力。2018 年基本消除黑臭河道，2020 年基本消除劣Ⅴ类水体，从根本上解决了河道污染问题。2021 年主要水体水质优于Ⅲ类比例达 80.6%，较 2013 年上升 70.5 个百分点。水清岸绿、鱼翔浅底的生态美景再次显现。

十年间，上海聚焦让老百姓“吃得放心、住得安心”，有效控制土壤污染风险，受污染耕地和污染地块安全利用率均达到 100%。

生态家园变美了，小天鹅回来了

去年年底，曾一度消失多年的小天鹅再次以 1000 只的“大家庭”出现在崇明东滩，让鸟类爱好者们欣喜不已。

天鹅从“嫌弃”到“回归”，正是崇明岛生态环境向好的见证。20 世纪 80 年代，崇明小天鹅是国家二级保护动物，它的数量最高曾达到 3500 只，后来因为外来生物互花米草入侵，小天鹅基本上一只都没有了，数量从 3500 只降到 0 只。

痛心于此，崇明投入资金近 12 亿元，启动了全球生态保护、湿地修复领域投入最大、规模最大的互花米草修复项目，对 25 平方公里的互花米草进行治理。项目实施后，小天鹅陆续回归，从 0 只到 300 只、400 只、500 只，去年监测到小天鹅已经有 1000 多只。目前，崇明生态岛水鸟成规模种群已从 7 种增加至 11 种，东滩被列入中国黄（渤）海候鸟栖息地（第二期）世界遗产提名地。

十年间，上海努力探索打造人与自然和谐共生的超大城市新模式。截至 2021 年年底，生态空间大幅提升，森林覆盖率达到 19.4%，人均公园绿地面积达到 8.8 平方米，“环、楔、廊、园、林”生态格局基本形成，城市变得更休闲、更宜居。与此同时，城市生物多样性水平逐渐恢复，貉、多年未记录到的小灵猫等野生动物，獐、麋鹿等曾在上海生活过的物种通过重新引入工程相继“返沪”；被誉为“水中大熊猫”的国家一级保护动物——长江江豚，再次在长江口被记录到；长宁区“生境花园”、复旦大学“貉以为家：公民科学助推城市生物多样性的研究、保护和科教”，都入选 COP15 联合国“生物多样性 100+ 全球典型案例”，上海生物多样性保护成为具有国际影响力的品牌。

多维推进，绿色发展动能强劲

这十年，上海坚持标本兼治、治本为先，更加注重结构调整、布局优化等源头防控。坚持以亩产、效益、能耗、环境论英雄，积极落实碳达峰碳中和战略，充分发挥环保引领、倒逼作用。

数据显示，近十年上海不断加大能源、产业、交通和农业等“四大结构”调整力度，培育绿色低碳发展新动能：累计完成市级产业结构调整项目 1 万余项，“五违四必”、金山地区、桃浦、南大、吴泾等重点区域加快绿色转型；完成低效建设用地减量 66.8 平方公里，减出来的土地主要用于生态建设；2010 年以来，上海单位 GDP 二氧化碳排放和单位 GDP 能耗累计降幅均超过 50%。截至 2021 年年底，累计推广新能源汽车 67.7 万辆，轨道交通通车运营里程继续保持全球第一，绿色建筑规模达到 2.89 亿平方米，装配式建筑推广力度全国领先。

与此同时，上海坚持多元共治、精细管理，持续提升城市环境治理的现代化水平。

坚持以法治力量推动生态文明建设。上海陆续制定了《上海市环境保护条例》《上海市大气污染防治条例》《上海市饮用水水源保护条例》等地方性法规，发布 30 余项地方性标准，推进生态环境损害赔偿制度改革。

努力强化以市场手段撬动绿色发展。上海在全国率先推行环境污染第三方治理试点，推动排污收费向环境税全面转变；去年 7 月，全国碳排放权交易市场在沪上线运行，上海地方碳市场是全国唯一连续八年实现企业履约清缴率 100% 的试点地区，国家核证自愿减排量（CCER）成交量始终稳居全国第一。在绿色金融方面，积极推进生物多样性金融、绿色供应链等试点，浦东新区成为全国首批气候投融资试点地区。除此之外，上海注重用高质量生态环保工作推动经济高质量发展。全面实施排污许可、环评改革，推动重大项目加快落地，放大环评制度改革促进经济增长的优势效应。不断夯实企业环境治理主体责任和基层“最小单元”监管责任，积极探索基层组织社会自治，加快实现政府治理和社会调节、企业自治良性互动。

十年来，上海收获沉甸甸的成绩。2020年反馈的第二轮中央生态环境保护督察报告指出："上海市生态文明建设和生态环境保护工作取得显著成效，走在全国前列。"党中央对各省市污染防治攻坚战进行考核，上海连续两年均为优秀，其中2020年度排名全国第一。

面向未来，上海将继续坚持绿色低碳发展，深入打好污染防治攻坚战，加快建设人与自然和谐共生的美丽家园。上海已印发《关于深入打好污染防治攻坚战　迈向建设美丽上海新征程的实施意见》，部署了水、大气、土壤等8个污染防治专项行动，提出一系列约束性指标，这将进一步夯实生态环境作为城市发展的根基，让绿色成为城市最动人的底色、最温暖的亮色。

（刊登于《中国环境报》2022年10月12日一版）

美丽生态　低碳发展　绿色共富　景美人和
美丽中国样貌看浙江

◎朱智翔

在“绿水青山就是金山银山”的石碑旁，第一次到余村的游客争相拍照；村里道路两边，“世界最佳旅游乡村”标志闪闪发光；“全球合伙人”共创基地中，一个个创客背靠青山、面朝田野忙碌着；各家门口，景观品装饰一新……深秋时节，浙江省湖州市安吉县余村，蓝天碧水绕青山，欢声笑语飘农家，处处美景如画、繁荣兴盛。

行走在余村，听老余村人讲村子的美丽，听新余村人讲创业的美好，这里的“美”是习近平生态文明思想在浙江实践的生动写照。

20 年来，浙江省坚定不移沿着习近平总书记指引的路子走下去，全面贯彻习近平生态文明思想，深入践行“绿水青山就是金山银山”理念，从美丽生态到美丽经济、美好生活，再到低碳发展、绿色共富，一个山川秀丽、景美人和的全域大花园，正成为映射美丽中国样貌的鲜活样板。

伟大思想耀之江

滨湖大道宛如长龙蜿蜒，沿岸芦苇随风摇摆，龙之梦乐园里处处回荡着孩子们的欢声笑语，远处丘陵绵延起伏，大片湿地绿意盎然……秋日的太湖南岸，风景如画，游人如织。

然而，曾经南太湖却是另一番景象：湖面遍布养殖围网和密不透风的渔民“住家船”，岸边连片的芦苇荒滩，周边到处是灰尘和裸露的矿山，水泥厂、印染厂和纺织作坊污染让太湖水浑浊发黑发臭。“身处太湖不见湖”“守着太湖没水喝”，是当时湖州人的真实写照。

正当湖州人亟待一场改变之际，时任浙江省委书记的习近平同志来到南太湖调研。他对当地干部说："既要保护生态，也要发展经济，经济发展不能以牺牲生态为代价。"

彼时，浙江从资源小省一跃成为经济大省，也率先感受到"成长的烦恼"和"制约的疼痛"。面对高增长背后不蓝的天、不清的水、不绿的山和百姓对美好生态环境的向往，时任浙江省委书记的习近平同志审时度势，高瞻远瞩，亲自擘画实施"八八战略"，并把"进一步发挥浙江的生态优势，创建生态省，打造'绿色浙江'"作为八项举措之一，亲自担任生态省建设领导小组组长，亲自搭建生态省建设"四梁八柱"，亲自谋划部署"千村示范、万村整治"工程、"811"环境污染整治行动，积累了创新驱动、科技支撑、法治保障、舆论监督等一系列生态文明建设的宝贵经验财富。

20年来，浙江坚定不移实施习近平总书记为浙江擘画的生态省建设战略蓝图，由省委、省政府主要负责同志担任生态省建设、美丽浙江建设工作领导小组组长，每年召开领导小组会议和全省推进大会，压茬推进，不断深化。

从"绿色浙江"到"生态浙江"，再到"美丽浙江"，率先开启人与自然和谐共生的中国式现代化省域实践的浙江，建成了全国首个生态省，"千万工程""蓝色循环"接续荣获联合国地球卫士奖，国家污染防治攻坚战考核持续优秀，生态环境公众满意度不断提升，绿色发展综合得分、城乡均衡发展水平位列全国第一，率先走出了一条经济转型升级、资源高效利用、环境持续改善、城乡均衡和谐的绿色高质量发展之路。

美丽浙江织锦绣

又萌又憨的外形，栩栩如生的设计……第19届杭州亚运会期间，一种可爱的小工艺品——"加油鸭"火出圈。

"加油鸭"来自浙江省杭州市余杭区百丈镇，由废弃的木料和笋壳做成。笋壳是竹笋外面包裹的一层层保护壳，伴随着竹子的生长全部脱落，化入泥土。以前，村民会捡拾脱落的笋壳当柴烧。随着生活方式的转变，如今已经很少有人再捡拾笋壳。脱落的笋壳一般被当作废物垃圾处理，等待自然降解。

浙江省土布纺织技艺非遗代表性传承人、杭州市余杭区传梭博物馆馆长郑芬兰说，当初看到"毛竹之乡"百丈镇漫山遍野的废笋壳，她便起心动念要用这一材料制作工艺品，没想到能和亚运会结缘。

"加油鸭"只是"无废亚运""绿色亚运"的一个例子。亚运会开幕式散场后"大莲花"干净如初，绍兴废矿山蝶变羊山攀岩场馆，数字烟花璀璨绽放……一个个绿色探索、绿色实践在亚运会期间被网友频频点赞。网友盛赞的背后，是浙江对美好宜居环境持之以恒的追求。在污染防治攻坚、减污降碳协同的持续加码下，生态环境、城乡建设的每一处肌理都不会被放过。

如今，“浙”里的清新空气，已是标配。来到西湖边，只要天气晴好，湖光山色、蓝天白云，随手一拍就是大片。2022 年，省设区城市 $PM_{2.5}$ 平均浓度从 2013 年的 61 微克 / 米 ^{3} 下降到 24 微克 / 米 ^{3}，环境空气质量优良天数比率从 2013 年的 68.4% 提高到 89.3%。

“浙”里的河流湖泊，越发养眼。走进杭州市上城区钱江新城高端商务区，穿过一座座高楼后眼前豁然开朗，小桥流水、葱茏掩翠，宛若“世外桃源”。截至去年年底，浙江省控断面Ⅰ～Ⅲ类水质占比 97.6%。

“浙”里的产业发展，绿色低碳。俯瞰富春江岸，曾经烟囱林立的造纸产业集聚地已不复存在，取而代之的是产城融合、绿色生态、宜居宜业的富春湾新城；遥望钱塘江畔，杭州亚运场馆在亚运史上首次实现 100% 绿色电力供应。

“浙”里的人与自然，和谐共生。自生态环境部门组织开展重点区域生物多样性调查以来，浙江已正式刊发新物种 15 种，记录物种 1.2 万种。欧亚水獭、蕊被忍冬、中华鹧鸪、大鸶、阳彩臂金龟等一批珍稀濒危野生动植物被重新发现，发掘了庆元黄粿、遂昌乌米饭等生物多样性传统知识。

“浙”里的城镇乡村，全域和美。目前，浙江美丽乡村覆盖率达 93%，1191 个小镇基本消除脏、乱、差现象，创成 49 个国家生态文明建设示范区和 14 个“绿水青山就是金山银山”实践创新基地，数量位居全国第一，形成了“美丽乡村、美丽城市、美丽田园、美丽园区、美丽海岛”各美其美、美美与共的全省域大花园、大美格局。

眼下，从城到乡，由山至海，移步成景为画，处处绿意盎然。一幅现代版“富春山居图”已在之江大地徐徐展开。

绿色共富向未来

“盛家布艺”看扎染、“李氏梨膏糖”喝糖水、“猫的小院”撸猫……有着 500 多年历史的金华义乌李祖村，白墙黛瓦、绿意盎然，诗画的景致，活力的韵味，吸引着一批批游客纷至沓来。

保护生态，绣“美”环境，美丽的生态环境也会回馈你。在浙江，如李祖村一般将“绿水青山”转化为“金山银山”的故事比比皆是。

杭州下姜村从“脏乱差”蜕变为“绿富美”，先后建成全国美丽休闲乡村、国家 4A 级景区、世界“最佳旅游乡村”，培育农林采摘、精品民宿、研学培训等新业态，人均可支配年收入从 2002 年的 2755 元跃升至 2022 年的 48818 元。

衢州浦山村依托好风景，发展农家乐、小吃店等“小生意”，区块内畲族民宿、共享食堂、亲子研学基地等多元业态风生水起。仅“凤凰部落”亲子游乐村项目每年就可为村里带来保底分红 20 万元和净利润 20%的合作收益分红，村民户均收入超 3 万元。

不只是乡村，在浙江山水之间，以好生态实现绿色共富，势头正猛。

在龙游，创新“点碳成金”模式激活了山林经济，发展花菇产业带动产业融合，连续两次入选全省共富试点县和山区 26 县生态工业样本县。

在丽水，依托生态优势，打造丽水山耕农产品区域公用品牌，让粮食、食用菌、笋干、水干果、蔬菜、禽畜等农产品走出大山，大大提升了丽水生态产品的溢价空间，两年时间平均溢价 50%。

在安吉，余村人按照当下每吨五六十元的碳汇市场价，对村里 6000 亩竹林碳汇进行了交易，拓展了竹林资源的生态产品价值实现之策……

如今，一个个“绿水青山”就是“金山银山”转化的探索实践，都成了富民增收的强大引擎。一条高质量发展的共同富裕之路，正从现在通往未来。

人不负青山，青山定不负人。下一步，浙江省将牢记习近平总书记的殷殷嘱托，着力推动生态环境保护与经济发展相统一、与改革开放相衔接、与共同富裕相促进，在坚定不移深入实施“八八战略”中绘好现代版“富春山居图”，在强力推进创新深化改革攻坚开放提升中打好“生态牌”、走好“绿色路”，奋力打造生态文明绿色发展样板，谱写中国式现代化浙江新篇章。

（刊登于《中国环境报》2023 年 11 月 6 日一版）

在建设美丽中国征程上展现铁军风采

◎宋　杨

一代人有一代人的使命，一代人有一代人的担当。

加强生态文明建设，推进人与自然和谐共生的现代化，是一场大仗、硬仗、苦仗，需要我们薪火相传、久久为功才能实现目标。

作为生态文明建设的主力军和排头兵，党的十八大以来，全国生态环境系统广大干部职工怀着崇高的使命感和强烈的责任感，在建设美丽中国的征途上奋力拼搏、勇毅前行，全力以赴投入到生态环境保护各项重大战役中。通过不断努力，我们欣喜地看到，蓝天越来越多，河水越来越清，周边的环境越来越美。

加强政治建设，做“两个确立”的坚决拥护者

保护好生态环境，是“国之大者”，关系民心向背。

2013 年 4 月，习近平总书记在党的十八届中央政治局常委会会议上指出，我们不能把加强生态文明建设、加强生态环境保护、提倡绿色低碳生活方式等仅仅作为经济问题。这里面有很大的政治。2018 年，习近平总书记在全国生态环境保护大会上进一步强调，生态环境是关系党的使命宗旨的重大政治问题。

生态环境部门肩负着生态文明建设和生态环境保护的历史使命，旗帜鲜明讲政治，始终是第一要求。

——重视理论学习，坚持用习近平新时代中国特色社会主义思想武装头脑。

党的十八大以来，生态环境部党组发挥示范引领作用，带头学习习近平总书记关于生态环境保护最新重要论述和各类文献，要求切实把学习成效转化为建设美丽中国的生动实践。

经党中央批准，2021 年 7 月，习近平生态文明思想研究中心揭牌成立，确立了理论研究高地、学习宣传高地、制度创新高地和实践推广平台、国际传播平台的建设目标，推动习近平生态文明思想进一步深入人心、走向世界。

生态环境系统各部门各单位，也将深入学习贯彻习近平生态文明思想作为长期坚持的重要政治任务，多措并举提升党员干部政治理论水平。

生态环境部黄河流域生态环境监督管理局每月一次开展理论学习，46 名青年职工组成理论学习小组，通过青年读书会、青年论坛、业务论坛 3 种形式，学习研讨，交流思想。

新疆维吾尔自治区生态环境厅建立以厅党组理论学习中心组为龙头、支部学习为主体的学习机制，依托“学习强国”“石榴云”平台，采取以上促下带动学、及时跟进持续学、结合党史系统学以及个人自学、专题辅导等多种方式，不断夯实各级领导干部的思想根基。

——推动党建与业务深度融合，不折不扣地将党中央决策部署落到实处。

党的十八大以来，各级生态环境部门坚持把贯彻落实习近平总书记重要讲话和指示批示精神作为重要政治任务，作为做到“两个维护”的具体行动，作为衡量政治站位、政治立场、政治品格的重要标尺，坚定不移予以推进。

生态环境部认真办理习近平总书记重要批示件，健全办理、督查和考核制度，坚持全过程督促盯办，加强效果评估，建立长效机制，举一反三，务求实效。

为推动党建与业务深度融合，生态环境系统各单位坚持将党建与业务同步安排、同步推动，在落实任务中锻炼能力，在破解难题中提高水平，在重大行动中培养意志品质。

生态环境部对外合作与交流中心最重要的业务之一，就是提供决策支持。在工作中，中心着力聚焦主责主业，一体谋划党建与业务。在 COP15 第一阶段会议、国合会年会、金砖国家环境部长会议等国际交流活动的现场和后方，在绿色“一带一路”、环境公约履约、绿色供应链等重点领域，都留下了中心党员干部忙碌的身影。

生态环境部西南督察局开展“一支部一品牌”创建工作，针对云南省滇池沿岸违规违建问题整改工作，督察四处党支部组织精干队伍进行现场盯办，还对昭通市、曲靖市督察整改工作开展指导帮扶，同步开展基层党支部共建活动。

坚持自我革命，做全面从严治党的模范践行者

全面从严治党是我们党永葆生机活力、走好新的赶考之路的必由之路。

2020 年，《党委（党组）落实全面从严治党主体责任规定》出台后，生态环境部党组

组织制定全面从严治党责任清单，拉条挂账、明确责任。定期听取各部门各单位全面从严治党情况汇报，与驻部纪检监察组建立定期会商机制，研判全面从严治党形势，针对性开展整改工作。

全国生态环境系统持之以恒推进全面从严治党，为推进生态环境保护工作发挥了重要的政治引领和政治保障作用。

——狠抓作风建设，力戒形式主义、官僚主义。

近年来，全国生态环境系统坚持发扬“钉钉子”精神加强作风建设，在“抓常、抓细、抓长”上动真格、出实招。推动党的群众路线教育实践活动深入开展，聚焦作风方面存在的问题，生态环境系统广大党员干部“照镜子、正衣冠、洗洗澡、治治病”。“三严三实”专题教育把作风建设引向深入，严的精神、实的作风蔚然成风。

2020 年以来，生态环境部华北督察局分党组以公开的违纪违法案例为重点，开展党风廉政警示教育 18 次。在负面典型教育中，剖析案例细节，对照分析存在的风险点及应汲取的教训。安徽省生态环境保护综合行政执法局以厅党组巡察反馈问题整改为契机，梳理更新廉政风险点，对 12 项权力确定风险等级，制定防控措施，将责任落实到人。

生态环境保护“一刀切”是典型的形式主义、官僚主义表现，生态环境部一直以来态度鲜明、坚决反对。

2018 年 5 月 28 日，在第一批中央环保督察“回头看”全面启动之际，生态环境部发布《禁止环保“一刀切”工作意见》。2020 年 6 月 24 日，在第二轮第二批中央生态环境保护督察进驻前，生态环境部办公厅又印发《关于平时不作为、急时“一刀切”问题专项整治现场抽查情况的通报》，致函被督察对象，明确要求不得“一刀切”应付督察，进驻期间共公开曝光 15 起生态环保不作为、慢作为，不担当、不碰硬的典型案例。

一些地方也明确禁止“一刀切”。如四川省成都市要求决不允许借生态环保督察名义影响企业正常生产和群众正常生活；山东省淄博市要求决不能一关了之，要分类施策；湖南省株洲市规范生态环境行政处罚自由裁量权和基准，审慎采取查封、扣押和限制生产、停产整治等措施，防止“以罚代管”。

——树牢宗旨意识，用心用情用力解决好群众“急难愁盼”问题。

“人民对美好生活的向往，就是我们的奋斗目标。”党的十八大以来，以习近平同志为核心的党中央坚持人民至上，坚持以人民为中心的发展思想。

解决突出问题，聚焦民生保障。生态环境部党组坚持把“我为群众办实事”实践活动贯穿党史学习教育始终，把中央生态环境保护督察作为“我为群众办实事”实践活动重要载体，得到人民群众普遍称赞。全国生态环境系统密切联系群众，把人民群众的信访举报当成发现环境问题、解决环境问题的“金矿”。大兴调查研究之风，党员领导干部急民之所急、解民之所忧，到矛盾最集中、生态环境问题最突出的地方和单位认真开展蹲点调研。

增强服务意识，提升服务水平。生态环境系统自觉把生态环保工作融入经济社会发展大局，积极服务“六稳”“六保”工作。山东省生态环境厅与省高级人民法院联合建立“企业环保法律服务日”制度，邀请各类企业代表作为“出题人”，部门现场“作答”，对企业提出的诉求，给出时间节点，尽快落实回应；浙江省生态环境厅组建服务企业、服务群众、服务基层的“三服务”小组，通过“全程跟踪、随叫随到”式的贴心服务，为企业排忧解难。

锤炼本领担当作为，加快打造生态环境保护铁军

“要建设一支生态环境保护铁军，政治强、本领高、作风硬、敢担当，特别能吃苦、特别能战斗、特别能奉献。”在 2018 年 5 月的全国生态环境保护大会上，习近平总书记对生态环保队伍建设的殷殷期望和政治要求，为我们指明了前进方向、提供了根本遵循。在深入打好污染防治攻坚战的战场上，生态环境系统广大党员干部敢于斗争、善于斗争，越是艰险越向前。

——强化素质提升，紧贴实战练精兵。

生态环保工作具有较强的专业性和技术性。随着经济社会的不断发展，我国生态环境执法也面临诸多挑战。为进一步提升执法人员能力，规范执法程序，连续多年，生态环境系统开展了多项岗位比武活动。

2016 年，环境保护部启动了第一次生态环境执法大练兵。随后，以当下执法工作为练兵内容，以切实提高执法能力为练兵目标，以维护群众环境权益为练兵宗旨，以严格环境行政执法要求为练兵重点，一场场大练兵的开展，有效提升了各级执法队伍的积极性、凝聚力和整个执法队伍依法行政的意识和能力。如今，生态环境执法大练兵活动正在向实训、实战和实效转型。

与生态环境执法大练兵活动相呼应的，还有全国生态环境监测专业技术人员大比武。2019 年，第二届大比武成功举行，通过加强培训指导、组织集中训练等多种方式，进一步提升了生态环境监测工作的科学化、标准化、规范化水平，为监测数据“真”“准”“全”提供了保障。

——忠诚担当无私奉献，在攻坚战场上展现铁军精神。

2020 年年初，生态环境部党组出台《关于加强生态环境保护铁军建设的意见》，并召开生态环保铁军建设推进视频会议。全国生态环境系统积极行动起来，结合自身工作

实际出台具体措施，扎实推进铁军建设。面对急难险重的生态环保任务，生态环保铁军一直冲锋在前，勇于担当。

无论是在海拔 5000 米以上的雪域高原、风沙漫天的戈壁沙漠，还是面临突发的重大火灾、爆炸事故，只要党有号令、人民有需要，生态环保铁军都毫不犹豫、不讲条件，克服一切困难和危险，圆满完成污染防治、执法监测、应急处置等任务。留给我们的，是他们拼搏的身影和湿透的衣背。

无论是对暗管偷排、超标排放，还是对环评文件粗制滥造、监测数据弄虚作假，全国生态环境系统不断加大查处力度，严厉打击各类环境违法行为。面对暴力抗法，生态环保铁军从未退缩，始终保持打击违法犯罪的高压态势，维护公众环境权益。面对个别地方党委、政府和企业的误解甚至是阻挠，生态环保铁军从未躲避，而是积极回应社会关切，加强宣传引导，破除把生态环境保护和经济发展对立起来的错误舆论，凝聚起治污攻坚的强大合力。

为做好中央生态环境保护督察工作，有的人腰伤复发却无暇系统治疗，有的人婚礼第二天就收拾行囊远赴一线；为做好蓝天保卫战重点区域强化监督定点帮扶、“绿盾”自然保护地强化监督专项行动等工作，“5+2”“白 + 黑”成为常态……

在生态文明建设和生态环境保护新征程中，除了洒下汗水和泪水，还有人付出了宝贵生命：陈奔、田洪光、孟祥民……他们的名字与他们的精神、情怀一起，激励着千千万万生态环保人奋力前行。

征途漫漫，唯有奋斗。站在新的起点上，面对依然繁重的生态环境保护工作任务，全国生态环境系统广大干部职工将始终牢记初心使命，继续奋斗，勇往直前，为建设人与自然和谐共生的美丽中国作出新的更大贡献。

（刊登于《中国环境报》2022 年 9 月 28 日一版）

挺起环保人的脊梁
——追记“环保卫士”孟祥民

◎周雁凌

一位普通环保工作者的先进事迹，何以能够走进人民大会堂？一件件看似平凡的点滴小事，何以能够感动百姓，震撼社会？

9 月 5 日，在孟祥民同志先进事迹报告会上那雷鸣般的掌声中，在人们的泪眼中，我们找到了答案。

孟祥民这一生，为环保，他豁出性命履行职责；为环保，他勇担重任不辱使命；为环保，他守住清贫公正执法；为环保，他殚精竭虑无私奉献。他身上体现的这种精神，正是我们中华民族的灵魂，环境保护需要这种精神，科学发展需要这种精神，民族振兴、国家昌盛需要这种精神。这种精神，足以推动历史的车轮滚滚向前。

孟祥民忠于职守，面对绝症不认宿命，面对工作不辱使命，用罹患癌症的瘦弱身躯，挺起了环保人的脊梁

1963 年，孟祥民出生于山东曲阜一个地道的农民家庭，18 岁入伍，15 年的军旅生涯，将他锤炼成一名优秀的共产党员。1996 年，33 岁的孟祥民从部队副营职干部转业来到淄川环保分局工作，这一干又是 15 年。

有段时间，孝妇河断面经常出现一股黄色污水，孟祥民与同事们逐家排查污染源，最后锁定了一家矿山企业，但企业污水处理设施运转正常，出水口水质也达标，大家判断问题极有可能出在排污口那几十米管道内。

面对着蚊虫飞舞的废水管道，孟祥民毫不犹豫地说：“我进去看看。”

他打着手电筒钻进了污水管道，管道直径不足 1 米，孟祥民只能双腿跪地，用手撑

着逆水前行。大约一刻钟后，满身满脸泥污的孟祥民从污水口钻了出来，一脸兴奋地告诉大家，污染源找到了。

两年前，孟祥民亲手接过了结肠癌的诊断书。在住院保命与坚守岗位之间，他选择了坚守，把诊断书塞进口袋，回到了环境监察的岗位。

我们问孟祥民："为什么不马上做手术？"他说："正赶上关停'土小'企业的关键时刻，大家一个萝卜一个坑，不能因为我打乱了工作计划。"

他宁愿喝着香油通便，毅然坚守岗位，直到专项行动结束才去做手术，术后50天就拖着虚弱的身体回到了岗位。他与病魔抗争，与死神争夺时间，边工作边治疗，先后做了两次手术22次化疗，每次治疗后都第一时间回到工作岗位。

他的同事告诉我们，孟祥民生病后更加拼命了。原来下去督察，一天查3～5家企业，生病后一天查5～8家，从上午查到下午一两点钟才吃饭，下午天不黑不收工。

2010年，山东省提出了年底前省控59条重点污染河流全部恢复鱼类生长的目标。淄博市决定，对境内的孝妇河等主要河流进行全面综合整治。

正在住院化疗的孟祥民沉不住气了，他找到淄川环保分局局长李开华说："我对孝妇河排污情况最了解，这个行动你得让我参加！"看到他态度坚决，李开华心疼地答应了他。

一连两天，在淄博市环保局局长李洋的带领下，大家顶着烈日，徒步巡查完孝妇河淄川境内30多公里河段。一天下来，健康人都累得浑身散架，可正在化疗中的孟祥民硬是拖着病弱的身躯，顽强地支撑下来。

这就是孟祥民，用常人难以做到的坚韧和执着，用生命履行使命，用身患绝症的瘦弱身躯，挺起了环保人的脊梁。

孟祥民善于学习，刻苦钻研，努力掌握业务知识，从环境保护的门外汉成为行家里手

环境保护是一项专业性很强的工作。作为一名转业军人，为了尽快熟悉业务，孟祥民找来很多相关书籍，从最基本的环保概念开始学起。

为了解辖区内每个企业的生产流程，他一有空就跑企业，向技术人员和一线工人请教。孟祥民身边总是带着一两本书，抽空就看，不懂就查，边学边干。白天工作繁忙，他就晚上挤时间埋头苦学，记了大量的读书笔记。

功夫不负有心人，靠着这种勤奋学习、锲而不舍的精神，孟祥民很快就从一个环保

的门外汉成为行家里手。

丰富的环保知识，让孟祥民的工作得心应手。有一年，一家机械加工企业申报项目，提交的材料称可以做到废水零排放。科里的同事初审材料后觉得没问题，就报给了他。但孟祥民仔细审查后，认为生产工艺中有酸洗的环节，肯定有废水产生。经过查证，企业果然漏报了一个污水处理的重要环节。

孟祥民不仅善于发现问题，还常常利用自己多年积累的经验，为企业治污出主意想办法。一家生产耐火材料的民营企业，因为环保不达标上了限期治理的名单，上千万元的投资眼看要打水漂。

就在企业一筹莫展的时候，孟祥民主动找上门来，连续几天查阅资料反复研究，最终帮助企业上马了全区第一个天然气隧道窑。企业不仅达到了排放标准，还提高了经济效益，现在已经发展成全区同行业的佼佼者。

这就是孟祥民，干一行爱一行，爱一行专一行，为了环境质量的持续改善，兢兢业业，无私奉献。

孟祥民勇于担当，面对违法行为敢于说不，面对亲朋情深义重，艰难困苦扛在肩上，平安快乐留给别人

从部队转业进入环保分局工作的孟祥民始终保持着军人本色，敢于同违法排污者做斗争。

近年来，随着环境监管逐步加严，有的不法排污企业开始琢磨“歪招”，利用罐车等各种隐蔽手段非法转移倾倒有害废水，以逃避监管。2007 年，淄博市开展含酚废水集中整治，历时 100 余天的专项行动，孟祥民和同事们蹲防布控、严查重罚。在公安机关的配合下，全区刑事拘留随意倾倒工业废水的违法者 54 人，处罚企业 200 余家，从此当地再也没人敢偷排滥倒。

在一次关停小石灰窑的专项行动中，孟祥民和同事们遭到了一家业主的蛮横阻挠。他们人多势众，手拿砖头、棍棒，气势汹汹地围了上来。危急时刻，孟祥民上前一步，大声说道：“你们违法生产，还要暴力抗法，知道这样做的后果吗？”违法者依旧不依不饶，孟祥民又耐心地跟他们讲道理：“为了自己致富，让周围的老百姓遭殃，你们的老人、孩子也跟着遭殃，挣这样的钱，良心上过得去吗？”

经过一番斗智斗勇的较量，违法业主最终配合拆除了相关设施。不到 3 个月的时间，孟祥民带领同事们，先后关停取缔小砖瓦窑 124 家、小炼铁厂 21 家、小石灰窑 292 家。

执法敢于碰硬的孟祥民生活中却情深义重，他孝敬父母，眷顾亲朋。

他的同事李文清说，老孟对谁都很关心，不管谁有个小病小灾，只要听说，他都会买上几斤水果赶去探望；工作上，苦的、累的、危险的，他总是抢在前边。监测断面取水样，夏天蚊虫叮咬，冬天得爬冰卧雪，他总是让同事们靠后一点，自己上前；查烟尘污染，观测口大都在三四十米高的烟囱上，无论何时，他总是说："我身子轻，我上。"

孟祥民的女儿回忆说，一年 365 个夜晚，爸爸差不多有一半是在客厅的沙发上睡的。原来，经常参加夜查活动的孟祥民，回家时往往是下半夜了。为了不吵醒妻子和女儿，他就悄无声响地蜷缩在沙发上睡一觉。孟祥民心灵手巧，妻子过生日，买不起贵重的礼物，就亲手缝了一床被子送给爱人。结婚十周年纪念日那天买的塑料花，至今还摆放在妻子的床头。

这就是孟祥民，面对违法行为敢于碰硬，敢于说不，对父母、乡亲和同事满腔柔情，把辛酸苦辣咽在肚子里，把平安和快乐留给别人。

孟祥民廉洁奉公，为人坦荡，为了环保殚精竭虑，执法多年两袖清风

一个人，手里握有一定权力，却家境贫寒，妻子下岗没工作，唯一的亲弟弟四处漂泊打零工，自己为了省几十块钱，窝在家里打吊瓶。

孟祥民长期战斗在执法第一线，想通过请客送礼干扰环境执法的事没少遇到过，都被他严词拒绝；生病后有好些朋友想帮他，也被婉言谢绝。

一家企业的老总告诉我们，孟祥民和他是师徒关系，学开车时老孟是教练。有一次去医院看望老孟，一番安慰后把 5000 元现金放到枕边就走，正在打吊瓶的老孟立刻把钱扔了回去。当时这个老总也急了，说："老孟我不求你办事，我们是兄弟感情啊！"孟祥民却说："你的企业归我管，这钱我不能要。"后来他知道老孟去化疗要倒两次公交车，便把一辆桑塔纳开去让他用，不料第二天孟祥民就把车送了回去。

在孟祥民身后，是一个异常清贫的家庭，全家人的生活开支就靠孟祥民每月 2000 多元的工资，女儿正在上学，家里入不敷出。父母还住在 20 世纪 50 年代的老房子里，冬天冷就用秸秆扎成箔挡在屋里墙上，连煤都舍不得买。他患病以后，经济压力更大了，淄川环保分局党组带头，全局先后 3 次为孟祥民捐款。

2011 年 7 月 24 日，孟祥民走了。从 2011 年 5 月 4 日发表的"站着是座山"的报道到他去世，整整 82 天。

在这 82 天里，山东省委书记亲自批示，各级党委、政府、环保部门关心慰问，社会各界捐款捐物，爱心如潮水般汇聚；治病期间所有的医疗费用当地政府全部解决，妻子女儿今后的工作和生活有关部门做了妥善安排；这一切都让这位山东汉子感恩感动。最

后的 82 天，他是在感动中度过的，是在欣慰中度过的。

孟祥民把有限的生命奉献给了无限热爱的环境监察工作，只为了让父老乡亲多呼吸一口新鲜空气，多喝一口干净的水；让家乡多一片蓝天白云，多一夜繁星闪烁。

站着是座山，堂堂正正；躺下是条河，清澈坦荡，这就是环保人的杰出代表——孟祥民。

（刊登于《中国环境报》2012 年 9 月 6 日五版）

生态环保铁军的先锋
——追记原台州温岭市环境监察大队副大队长兼大溪中队中队长陈奔

◎王　玮

陈奔，一个原本普普通通的名字，现在却深深印在了人们心里。

一名基层环保人——原浙江省台州温岭市环境监察大队副大队长兼大溪中队中队长，2018年12月1日，因为调查一起群众举报的固体废物倾倒事件，被犯罪嫌疑人凶残地驾车冲撞，恪尽职守英勇牺牲，年仅30岁。

从此，家乡人民失去一个好儿子，生态环境保护铁军队伍少了一名好战士。

记住一个人，原本可以有很多种方式，而这样的方式，让很多人难以接受，难以面对。

陈奔的牺牲，让无数人为之震惊愤慨，为之扼腕痛惜，为之心潮难平。

用孜孜不倦诠释了担当

和环保工作的交集，发生在2013年。这年年初，陈奔靠着自己的努力，从外单位考进温岭市环保局，成为局环境监察大队的一名执法人员。

陈奔工作的这几年，正赶上国家环境法律法规大调整的阶段，也是公众环境意识和维权意识迅速崛起的阶段。虽然曾就读于浙江万里学院生物与环境学院，但从学校到社会、从课堂到实践，还有很长的路要走。如何当好环保“守门员”？陈奔的选择是：学，在实践中磨炼。

和他同一批入职的应静瑶至今仍清楚地记得，每次开会碰到陈奔，聊的永远都是他正在办一个什么案子，又遇到了哪些法律难题，并会问如果是她会怎么处理。

说起陈奔的钻劲儿，方成、颜伟国等和他并肩作战的同事，如数家珍。

“队长学习能力很强，对各类污染物排放标准、各项环境法律法规条文了然于胸。”

“队长经常晚上一个人在办公室看书，平常翻得最多的是《环境保护执法手册》和《大气污染防治法》，因为大溪涉气的环境违法问题最多。”

凭着这样一股精神，他迅速成长为一名业务精湛、经验丰富的环境执法人员。

这一切，温岭市环保局领导班子都看在眼里。2014 年 4 月，参加环保工作刚一年多，陈奔就被任命为市环境监察大队大队长助理。2015 年 3 月，陈奔再被点将到温岭工业重镇大溪，任市环境监察大队副大队长兼大溪中队中队长。

深厚的知识积累，换来了能力的迅速提升。正如同事卢昌东所说：“不管遇到什么执法难题，只要队长一上手，总能迎刃而解。”

2017 年 12 月，作为“执法尖兵”，陈奔被抽调到京津冀及周边地区大气污染防治强化监督第 18 轮次第 20 组，奔赴山东省滨州市检查。凭着出色表现，陈奔获得 2017 年全国环境执法大练兵表现突出先进个人。

今年 5 月，陈奔加入刚刚成立的温岭市环保公安联合执法队，专啃环境执法的“硬骨头”。不久，陈奔就牵头开展了执法队成立后的首次大型联合执法行动，于 5 月 26 日深夜查处了一处非法炼铜窝点，现场控制涉案当事人 13 人，成功打响了联合执法“第一枪”。

陈奔的业务能力也令一同执法的公安人员印象深刻。温岭市公安局食药环犯罪侦查大队副大队长王亮说：“他是打交道的行政执法人员里面，极少数移交案件不会出任何问题的人。”

就是这样一个人突然离开了我们，温岭市环保局局长项根法形容，“痛失了一员大将”。

用恪尽职守诠释了信仰

温岭，中国第一家股份制企业诞生地，拥有摩托车、水泵、空压机、小型电机、鞋类等多个国字号出口基地称号，全市有 4 万余家企业、个体户。

相对于如此庞大的企业群体，环境监管的力量显得有些“势单力薄”：温岭市环保局共有正式在编人员 78 人，陈奔所在的大溪中队仅 6 名工作人员，下辖大溪镇和横峰街道的 137 个村居，1 万多家工业企业。

人手不足，但工作得干，而且必须干好。

台州市环境监察支队副支队长康乐向《中国环境报》记者提供了这样一组数据：当地执法人员平均每人每年处置 200 件以上信访投诉，18 件以上环保法配套办法案件，20 件以上行政处罚案件，这些行政处罚案件办结耗时几个月到一年不等，平均每个案件要跑七八趟现场。此外，不算上专项执法行动，每人每年也至少需要出动 780 次。

“可以负责任地说，陈奔的工作量远远超过这个平均数。”康乐告诉《中国环境报》记者。

每起环境违法行为背后，受损的都是人民群众的环境权益和切身利益。执法中，陈奔始终秉承为民情怀，对待群众的每一个信访投诉，他总是锲而不舍，一查到底。

2016 年 7 月，有群众举报一处民房为非法电镀窝点，大溪中队执法人员几天晚上 10 点以后蹲守，有时蹲到凌晨两三点钟，但始终无法确认。

一天夜晚，陈奔决定联合公安部门再去。

黑灯瞎火，不少村民在乘凉休息，仔细询问，都说不知情。

就在队员们都开始有所怀疑的时候，突然，一间紧挨其他民房的矮小房子，引起了陈奔注意。

“为什么这家没人？有人吗？”陈奔边说边推开门，映入眼帘的是典型的民房布局。“不会是这家吧。”同事说道。陈奔笑了笑，继续喊道：“有人吗？”还是无人应答。

陈奔又推开第二扇门，还是同样的场景，但是空气中的酸味儿顿时让现场的执法人员兴奋起来。

“肯定是这里了。”陈奔叫道。

推开第三扇门，触目惊心的污染现场映入眼帘：污水横流，酸味儿刺鼻，那场景让现场执法人员一时都没回过神来。

随后，在派出所民警现场控制当事人的同时，陈奔等人也完成了调查取证，案情至此真相大白。

陈奔常对身边人说，群众的满意是我们干环保的动力。

更难能可贵的是，在一些违法企业主的“糖衣炮弹”面前，陈奔还给自己定了一条铁律：在办案期间，拒接一切说情、请托电话，无论违法对象关系多复杂。对发现和查处的环境违法行为，一律严格按照相关法律法规进行处理。偶尔遇到不小心接了说情电话而又不便解释的，陈奔都以“信号不好，回头联系”婉拒。对方如果再打，他就直接拒接。

陈奔还坚决拒绝处罚对象想方设法送去的通融礼品、礼金以及饭局邀请。他说，只有不碰廉政红线，才能守住生态保护红线。

用热情服务诠释了情怀

生态环境保护是一项崇高伟大的事业，关系党的执政基础和人民的生活幸福，陈奔发自内心地认同这份事业，热爱这份事业。

在温岭，很多与陈奔打过交道的企业主，都对他的爱岗敬业印象深刻，他们一致评价陈奔，“既执法严格，又很有人情味。”

每次执法的时候都是彬彬有礼。正如浙江跃鑫机械制造股份有限公司的刘旭晖所说，接触两年多来，感触最深的是陈奔对待工作，就像老师检查学生的作业一样，一丝不苟，非常严格；说起话来，又非常平易近人，还会对他的企业在环境治理方面提很多建设性的建议。

谈起陈奔，很多企业主话语中流露出浓浓的感激。

“以前公司每年会产生 1 吨多的危险废物，但却找不到企业愿意接收处置，是陈奔协调了临海市的一家危险废物处置企业，解决了我们的大难题。”温岭市荣华装潢包装股份有限公司总经理李荣华告诉《中国环境报》记者。

同样心怀感激的还有温岭市鑫泰工艺品有限公司负责人张仙友，当年企业因为不符合环评要求而面临停产，关键时刻是陈奔和他们一起想办法，前后跑了五六趟，有时候半夜还会打电话，提醒他有没有其他工序可以替代。“最后，企业终于找到了新技术，不仅每月支出省下了 50 万元，还达到了环保要求。”

对于执法者，个别企业主本能地会心存抵触，但面对陈奔，他们慢慢发现，原来自己错了。

在 2015 年开始整治电泳行业前后，温岭市久仁电泳厂的童佳和温岭市威宇金属表面处理厂的陈兵，开始与陈奔有了交集。他们都领教过陈奔执法的严格，陈兵起初一度很是排斥。

“陈奔总是非常耐心地指导我们如何补办环评手续，污水处理设施怎么建设等。”童佳告诉《中国环境报》记者。

对于陈奔的工作，陈兵也终于有了深刻的感悟：“陈奔执法的目的就是让企业规范起来，能够长久地经营下去。”

对于陈奔来说，为企业做好服务，是自己应尽之责，他总是匆匆来，又匆匆去。“有时候到了饭点留他吃个工作餐，一次也没留住。”

没留住陈奔的还有森林包装集团股份有限公司的徐明聪。他们厂区比较大，陈奔经常一转就是几个小时，然后赶着去下一家企业。

徐明聪清楚地记得，2014 年他们企业的污水处理时常处在达标边缘，陈奔发现后，语重心长地告诉他们，政策只会越来越严，建议他们赶紧更新相关设备。

用年轻生命诠释了奉献

12 月 1 日 17 时 59 分，温岭市交警大队指挥中心接群众报警：有人被车撞了。箬横交通中队赶到现场后，初步调查发现不是一起普通的交通事故，立即通知温岭市公安局刑侦大队，他们现场了解后决定以故意杀人罪介入调查。

大溪镇分管环保的副镇长陈小康得知消息后，立刻赶到现场。“陈奔当时就躺在离我一两米远的地方，什么叫生离死别，这辈子也忘不了。”陈小康说，“陈奔牺牲头天晚上10点43分还跟我联系过，我说辛苦了兄弟，他笑着回了句‘职责所在’。”

陈小康还记得第一次见到陈奔时的情景。

今年5月他刚到大溪，陈奔就过来向他报到：“陈镇长，我是大溪中队长陈奔。”“我看他戴着一副眼镜，脸上还有个痘痘，顺口就问他几岁了，他说30岁了。我当时心里就嘀咕：这么年轻，环保工作能不能做好？”

后来的经历很快让陈小康改变了看法，进而将他深深打动：“陈奔也是我的好老师，给我找过很多环保方面的书，他说你看了以后就对环保工作有感觉了。陈奔是个有环保理想的好青年。”

“回忆里面，他永远是一张笑脸。”大溪派出所民警郑伟伟说起陈奔泣不成声。陈奔出事那天下午4点多，郑伟伟回所里拿衣服还碰到他，互相寒暄了几句，到了晚上就听到他出事了。“我想不通为什么，下午刚见过他，怎么就出事了。”

这起案件也是生态环境领域迄今为止最严重的暴力抗法事件之一。

陈奔，在履行生态文明建设的历史使命中实现了个人价值，他的英勇和无畏也感动了公安机关。12月20日，温岭市公安局破例接受了媒体的联合采访，并透露了一些案件信息。

据介绍，犯罪嫌疑人江某某因故意杀人罪，已于12月10日被温岭市人民检察院批准逮捕；另一名犯罪嫌疑人王某某，目前正在审查批捕阶段。此外，陈奔生前最后时刻正在办理的这起环境案件，被当地列为温岭固体废物倾倒第一案，已有8名犯罪嫌疑人因涉嫌环境污染罪，正在刑拘阶段。

打击违法犯罪，保护生态环境，建设生态文明，必须锤炼一支政治强、本领高、作风硬、敢担当，特别能吃苦、特别能战斗、特别能奉献的生态环境保护铁军，这是新时代的要求。

陈奔，为我们树立起了标杆。

（刊登于《中国环境报》2018年12月27日一版）

做环保卫士　守碧海蓝天

——记全国环保系统先进集体大连市环境监察支队

◎张　茉　赵冬梅

“抗霾攻坚百日会战”“利剑斩污碧水行动”“蓝天保卫战”“利剑斩污卫蓝行动”……近年来，辽宁省大连市环境监察支队一个战役接着一个战役打下来，个个打出声势、打出成效，始终保持环境执法的高压态势，以绿色盾牌守护滨城碧海蓝天。

与时俱进，添环境执法新利器

工欲善其事，必先利其器。从无人机、无人船、污染源自动监控系统，到最新的环境移动执法软件、在线扬尘监控设备，支队充分运用现代信息技术，推动环境监管由粗放式向精细化转变。

大连市环境监察支队在全省率先使用无人机航拍遥感，开展饮用水水源地环境监管、矿山环境监管、秸秆禁烧等工作，有效实现全天候、全方位检查，解决了特殊领域执法人员无法现场监管的问题。目前，大连市共安装自动监控设备 166 台（套），运行率达到 100%。

近日，正在建设的“扬尘在线监控系统”成为大连环境执法的最新利器。这套“扬尘微观站”借鉴上海、北京、天津等地区扬尘监管先进经验，实现了扬尘管控的电子化和信息化。2017 年下半年开始，大连陆续在市内 5 区的 1 万平方米以上建筑施工工地安装 100 套在线扬尘监控设施，主要检测 PM_{10}，并可以监控施工工地噪声，监测数据直接与辖区执法人员手机 App 链接，执法者可以实时了解企业污染治理设施状况和扬尘排放状况。目前，已安装 70 余套。

2016 年起，大连市环境监察支队自主开发了环境移动执法软件，并在全市范围推广使用。同时，支队正在积极参与构建“智慧环保”生态环境大数据平台，整合并共享系统内与企业相关的全部信息。

以人为本，打造高素质执法队伍

大连市环境监察支队是全市环境监察执法工作的牵头部门，提高全市环境执法人员的素质和能力，积极适应和应对高标准的执法要求和日益繁重的执法任务，是支队党委和班子始终狠抓的头等大事。

“一支队伍要有执行力和战斗力，人是最关键的。”支队长吴殿龙说。大连市环境监察支队一直是一支团结向上、有凝聚力和战斗力的队伍。支队凝心聚力，在工作中充分发挥每个人的能力和水平，力争把支队每个人都培养成执法专家。这支承担着环保局重要任务的集体，也成为培养干部的重要基地，近年来，大连市环保局从支队抽调近十名干部到重要岗位上工作。

为提升执法人员法律素养和执法能力，支队从理论和实践两方面组织大量的培训、学习。随着企业法律意识的提高，环境执法过程中依法行政、规范行政执法越来越重要。为此，支队严格规范了立案、调查、处罚的程序，出台了《大连市环境保护局环境执法人员行为规范》，力争做到每个案件公开、透明、可推敲。

大连市还建立了案件讨论制度，每一个案件在向环境违法者下达处罚告知之前，由法规大队组织案件的调查人员、调查大队的大队长、分管副支队长和法规大队大队长以及支队长一起开会，共同研究讨论案情，提出处理意见；在下达处罚决定之前，再次召集上述相关人员开会，根据企业陈述申辩情况，研究下达决定；如果企业拒绝缴纳罚款，那么在法院强制执行之前，这样的会议还要再开一次。“因为要求查处分离，让相关人员都坐在一起开会，就是要保证调查人员、决策人员对案情从头到尾都清楚，所做出的每一个处罚是集体决策，在支队内部实现案件的公开透明，每个案子都清清爽爽，大家办案子才能更踏实，积极性更高。”吴殿龙说。

“近年来，我们的环境执法工作思路在不断转变，现在我们紧紧围绕改善环境质量这一核心，从行业、领域等角度狠抓环境执法工作。我们联合公安等相关部门，一个战役接一个战役打下来，始终保持环境执法高压态势，应该说成效非常明显。”吴殿龙说。

2017 年，大连市共出动环境监察人员 2.9 万余人（次），检查企业 1.38 万余家（次），查处环境违法企业 1267 家，收缴罚款 4662 万元，其中实施按日连续处罚的企业 22 家（次），累计下达处罚金额 885 万元；限产、停产整治的企业 116 家；对 24 家企业的相关责任人移送公安机关行政拘留；对 3 家企业的相关责任人移送公安机关追究刑事责任。

（刊登于《中国环境报》2018 年 6 月 6 日二版）

书写新时代生态文学壮美篇章
——2023年中国生态文学论坛侧记

◎王琳琳

金秋将至，辽阔的内蒙古天蓝水碧、地绿山青。在这个收获在望的美好时节，由生态环境部、中国作家协会联合内蒙古自治区人民政府举办的2023年中国生态文学论坛，在美丽的“草原明珠”鄂尔多斯举行。

这是深入贯彻落实习近平生态文明思想和全国生态环境保护大会精神的切实举措，也是繁荣生态文学、弘扬生态文化，以文学助力新时代美丽中国建设的扎实行动。

生态环境部、中国作家协会、内蒙古自治区领导，长期关注生态文学的作家、学者，以及生态环境部门和作协部门代表，共话生态文学，共享文化盛宴，交流理论与实践成果，以文学助力新时代美丽中国建设，为推进生态文明建设和人与自然和谐共生的现代化夯实思想基础，凝聚奋进力量。

畅谈理念认知，展现自觉生态文学创作意识

“天苍苍，野茫茫，风吹草低见牛羊。”

若干年前，中国作家协会原副主席、著名作家叶辛曾到访鄂尔多斯浩瀚无际的大草原。在夜深人静的晚上，他走出帐篷，好奇地望着深邃幽远的星空，凝望良久，内心生出关于地球、关于大自然的感慨。

此次再访鄂尔多斯，叶辛仍像当年一样充满好奇。吸引他的，不仅是辽阔的内蒙古大草原带给人的无限遐想与灵思，更是身为一名写作者对生态环境、人类健康的关注。在他看来，论坛和采风的意义，正在于让作家们充分交流、获得实感，写出更具时代感、更加出色、更受欢迎的文学作品。

作为内蒙古人，中国作家协会主席团委员、中国报告文学学会常务副会长兼秘书长梁鸿鹰也无时无刻不在关心家乡的生态建设。结合他个人的所见所闻、亲朋好友的叙事讲述以及工作的观察实践，梁鸿鹰看到了勤劳的内蒙古人民为建设美好家园，抵御风沙和水土流失而接续奋斗的点点滴滴。

“这些伟大壮举，是美丽中国建设的有机组成部分，永远值得被记录与书写。”梁鸿鹰说。这次，他特意选择坐动车从北京到内蒙古，看到一路上郁郁葱葱，满目青翠，内心十分欣喜。

在呼伦贝尔陈巴尔虎旗莫尔格勒河边生活超过十年的中国作协全委会委员、黑龙江省作协副主席格日勒其木格·黑鹤谈到了呼伦贝尔草原和大兴安岭森林对他的创作的影响。草原上的天狗、游牧民族的传统、使鹿鄂温克人与鸟儿的互动……点点滴滴构成了生态系统的自然伦理，既塑造着他的人生观、世界观，也成为他书写的所在。

格日勒其木格·黑鹤表示，他希望每一个看过他作品的孩子，放下书的时候，都能够感受到从中国北方旷野吹来的风。他也想告诉孩子们，人类从来不是这个世界的主宰，而是与所有的生命共享自然。

良好的自然环境启发着作家的创作灵感，恶劣的生态环境亦能触动创作者敏感的心灵。

吉林省作家协会副主席、吉林省文学院院长王怀宇从小生活在俗称“八百里瀚海”的吉林白城地区，导致了他对生态环境极其敏感，并在文学作品中不自觉地关注自然生命、关注生态环境。

从 20 世纪 90 年代至今，王怀宇持续创作小说作品，尤其是以《血色草原》为代表的长篇小说三部曲，更加有意识地书写家乡的自然生态和人文生态，引发了业界和社会的广泛关注。在王怀宇看来，生态文学是生命与文学相融合的文学，不仅呈现着生命意识或生态观念，更要对人类盲目发展给予警示和批判。

展现丰硕成果，汇聚学术观察与思考

随着生态文明建设以波澜壮阔的气势在新时代铺展开来，如何立足新时代生态文明建设实践，创作生产有鲜明时代特色、中国特色的生态文学作品，推进生态文化建设，成为作家以及文学活动组织者面对的新课题和新局面。

论坛上，生态地位极为重要、生态文化底蕴深厚的内蒙古和有着现实主义文学传统的山西相关文联、作协部门，介绍了各自繁荣生态文学、推进生态文化建设的思路与举措，展现了令人瞩目的丰硕成果。

内蒙古文联党组书记、主席冀晓青表示，通过加强对生态文学组织引导，开展一系列主题活动，当前内蒙古生态文学作家队伍不断扩大，生态文学创作氛围浓厚，推出了一批成熟的生态文学作品，以肖亦农、艾平、牛海军等为代表的老中青三代作家薪火相传。

山西省作家协会党组成员、驻会副主席罗向东说："山西近年来生态文学的实践，使我们认识到，时代翻天覆地的变化，才是最动人的书写。"

这些文学活动组织者和文学创作者的行动举措，对增进全民生态意识、激活中国文学的自然情结起到了积极作用，也推动着生态文学的学术研究和理论研究。

论坛上，多位来自高校领域的专家学者谈到了对当前中国生态文学的观察与思考。

湖北大学文学院党委书记、生态文明建设研究院研究员万明明建议，生态文学创作者应转变自身观念和生活习惯，创作符合时代需求的生态文学作品；提高自身的专业性与科学性，深入了解和挖掘生态现状，推出生态文学精品。

结合当下中国生态文学现状，西南交通大学人文学院教授、博士生导师胡志红从跨文化视野提出，让自然复魅，让自然活起来，生态作家要重视生物学知识的学习，提防生态文学排斥人的倾向，大力推动少数民族生态文学发展等思考与建议。

上海交通大学博士生导师龙其林从全球化背景下探讨了全球化对中国生态文学创作的影响，认为中国生态文学将在世界生态秩序、人类与自然关系方面提供全新的思考与构想，期待中国作家创作出更多视野开阔、境界高远、富于人类命运共同体意识的优秀生态文学作品。

但当前生态文学仍然面临地位和重要性有待提升，理论批评仍需加强，作品推优亟待推进等挑战。

梁鸿鹰建议，从两个方面培护生态文学的独特气质：一是启示性，即致力于建构充满生态意识的文学书写导向，为人类创造某种新的文学范式有所贡献；二是引领性，推动生态文学创作展现社会性、现实性、担当力，启发世人践行保护环境、节能减排等绿色生活方式。

勇担时代使命，抒写美丽中国壮美画卷

生态环境部高度重视生态文化建设，为生态文学发展提供支撑和保障，鼓励更多作家积极投身生态文学创作。尤其是今年 5 月，生态环境部和中国作协联合印发《关于促进新时代生态文学繁荣发展的指导意见》（以下简称《意见》），全国各地积极跟进、主动作为，生态文学在祖国大地呈现出蓬勃向上的发展态势。

论坛上，内蒙古、重庆、吉林等省（自治区、直辖市）生态环境部门代表就各自推进生态文学繁荣发展的举措以及下一步行动计划进行交流分享。

作为开展过“大地文心”生态文学作家采风活动的所在地，重庆市生态环境局党组成员、副局长刘芹表示，重庆是著名的山城、江城和历史文化名城，在千里长江的滋养下，拥有熠熠生辉的多元文化，将着力培育具有重庆辨识度的生态文学作品，生动展现重庆筑牢长江上游重要生态屏障、加快建设山清水秀美丽之地、在推进长江经济带绿色发展中发挥示范作用的恢弘场景，为高质效建设美丽中国先行区、建设美丽重庆强基铸魂。

吉林省生态环境厅在《意见》印发后，也第一时间和作协部门沟通合作，举办座谈会。吉林省生态环境厅党组成员、副厅长蔡宝峰表示，吉林将充分发挥生态文学的“文学轻骑兵”作用，加大生态文学创作力度，促进文化资源整合，搭建创作平台，引领绿色生活时尚，围绕“良好的生态环境是吉林最突出的优势、最宝贵的财富、最重要的品牌”，讲好新时代生态文明吉林故事，书写美丽吉林建设的时代新篇章。

内蒙古自治区生态环境厅党组书记、厅长王旺盛表示，内蒙古将积极搭建生态文学创作平台、传播平台，大力开展生态环境主题征文和生态文学采风活动，鼓励引导社会各界人士特别是广大作家参加生态文学创作，讲好内蒙古生态环保故事，凝聚起全社会共同筑牢我国北方重要生态安全屏障的磅礴力量，形成生态文学创作与生态文明建设相辅相成、互促共进的良好局面。

为培育和弘扬生态文化，促进优秀生态文学作品传播和普及，本次论坛还发布“首批生态文学推荐书目”，《树梢上的中国》等作品入选。

此外，为推动作家、学者深入生态文明建设一线，充分挖掘和弘扬内蒙古生态文化，以多种文学形式全景展示近年来内蒙古生态文明建设的生动实践，中国环境报社、内蒙古自治区党委宣传部、内蒙古自治区生态环境厅、内蒙古自治区文学艺术界联合会以及鄂尔多斯市人民政府，还联合启动内蒙古生态文学周，并为“大地文心·内蒙古生态文学创作基地”揭牌。

在隆重热烈的气氛中，“大地文心”生态文学作家采风内蒙古行也随即启动。会场内，掌声经久不息，仿佛在宣告，聚焦我国生态文明建设和生态环境保护伟大实践的生态文学，在生态环境部门、广大作家、文艺工作者等各方的携手努力下，正踔厉奋发，开拓进取，力争为推进美丽中国建设和人与自然和谐共生的现代化贡献更大力量。

（刊登于《中国环境报》2023年9月1日一版）

环境文学激荡人文力量

◎李景平

我一直以为，环境保护时代，生态文明时代，最应该注重的是培植和发展生态环境保护乃至生态文明建设的人文力量。

环境保护的根本力量，来源于人的心灵力量；人的心灵力量，来源于绿色的人文潜化；绿色的人文潜化，来源于环境人文意识的深刻塑造。而在环境人文意识的深刻塑造上，最具力量的，就是环境文学的创造。

文学创造的本质，在于人的塑造，在于人性的塑造。生态环境保护的本质，生态文明建设的本质，在于对人的文明的建设和塑造、人性文明的建设和塑造。

正是在这个意义上，我们要高举环境文学创造的旗帜，构建新时代的环境保护人文精神，树立新时代的生态文明心灵力量，营造生态环境保护和生态文明建设的人文潜化力，从而缔造环境保护和生态文明建设的绿色内驱力。

王蒙曾经说过，作家是环境保护的天然同盟。我以为，环境文学作家是天然的环境人文责任者。其环境人文责任就体现在，要做一个世纪的思想者，一个时代的记录者，一个历史的批判者，一个现实的塑造者。

作为世纪的思想者，就在于给世界创造引领绿色人文理念和绿色人文理想的思想精神。21 世纪是人类走向生态文明的新世纪，尊重自然，顺应自然，保护自然，是这个世纪新型的世界文明观，是传统文化和现代文化融合的新型文明观。在这个时代，环境文学作家应是生态文明思想的接受者，生态文明思想的传播者，更应是生态文明建设的思想者。怎样讲述好生态环保故事，传播好生态文明理念，使绿色思想成为人们的新型意识和新型行为，是环境文学作家应该思考的事情。作家可以是一个哲学上、思想上、理论上的人文思考者，可以将生态环境保护和生态文明建设的哲学意蕴、思想精髓、理论感悟转化为文学形象的塑造和文学审美的创造，从而实现对人类情感和人性精神的潜化与塑造。

作为时代的记录者，就在于给社会呈现反映时代环境现实和时代环境认识的心灵刻录。一个走向绿色发展的时代，也是告别黑色道路的时代，是从黑色走向绿色的时代。我们的现实，每每发生着黑色理念与绿色理念的遭遇、抵牾、冲突，也每每发生着黑色发展与绿色发展的矛盾、交锋、斗争。那么，真实记录这些矛盾冲突以及这些矛盾冲突中的故事和人物，创造符合时代真实的矛盾冲突以及矛盾冲突中的故事和人物，就成为文学的责任。以历史的角度观照存在，以发展的理念观照现实，以现实的进程观照历史和未来，呈现出这个时代绿色发展艰难崛起和趋进的真实故事和心路历程。

作为现实的批判者，就在于给人类提供对于环境文化糟粕和环境现实悖谬的尖锐批判。一个走向现代文明的社会，一个走向生态文明的社会，揭露，批评，鞭挞，批判，是绝不可少的。所谓走向生态文明，这个“走向”就表明，一切尚在路上。黑色的思维并未完全消失，绿色思维尚未完全树立，一切都在路上。那么，对于传统文化遗留的黑色糟粕和灰色污渍，就要除旧布新，驱黑植绿。一个变革的时代，需要勇敢的批判者，没有批判就没有剔除，没有批判就没有创新。批判一切人性劣根及其导致的环境作恶、环境丑恶、环境罪恶。绿色人文、绿色文化、绿色文学的社会价值，其实就是在批判中坚守，在批判中建树，没有批判，也就没有坚守和建树。

作为文明的激扬者，就在于给时代贡献体现环境人文建树和生态文明建设的审美激扬。毕竟，我们处在一个前所未有的生态文明时代。这个时代的生态文明建设，标志着我们不仅要建立一种人与自然的新型关系，还要建立一种人与人的新型关系，甚至建立一种人与心灵的新型关系。作为生态链的人与人、人与心灵的关系，应遵循和坚守人与自然的天人合一规律，致力于构建新型生态文明时代的审美关系、审美故事、审美冲击，从而，形成一种新型的生态文明建设的感情激扬、精神激扬、审美激扬，进而，建立一种生态文明时代的情感与理性。

思想者也好，记录者也好，批判者也好，最终在于激扬、树立、建设。环境文学对于生态文明的人文建设，就在于它要给生态文明时代贡献建设性作品、建设性内容、建设性审美，提供生态文明这种人类文明中最先进、最优秀、最精华的世界观、价值观、人生观、审美观，从而触动感动人的心灵，塑造再造人的精神，实现人的全面完善。

中国环境文学 30 多年的创作历程，笔者认为，大体经历了三个创作阶段，即人祸批评阶段，人性批判阶段，人文树立阶段。而这些阶段，与中国环境保护的渐次发展和深入趋进存在着正相关效应。中国环境文学，在中国环境保护发展之初，具有启蒙的意义；在中国环境保护发展之中，具有推进作用；在中国环境保护发展之盛，具有树立的功用。

环境文学的人祸批评阶段，在于揭露生态环境问题的社会现象，引起国人关注。水危机、水污染、水土流失、森林凋敝等，都曾成为环境文学揭露、曝光、批评的热点。徐刚的《伐木者醒来》，沙青的《北京失去了平衡》，岳非丘的《只有一条长江》，刘桂贤的《中国水污染》等，成为震惊中国的人祸批评性报告文学。而正是这种人祸批评的报告文学，曝光了环境的治理失守，批评了官员的麻木失责，形成了环境文学对社会的直击、刺痛、震撼。从尖锐披露环境问题的人为现象、社会现象，到深刻挖掘环境问题的机制根源、社会根源，使国人由震撼到惊醒到觉悟，彰显了环境文学启蒙和开智的作用。

环境文学的人性批判阶段，在于批判生态环境问题的人性根源，引领社会理性。揭露环境问题的社会现象已经不足以深彻环境问题的人祸根因、社会根因，所以寻找环境问题的文化根源、人性根源，成为环境文学题材创作的深入开掘。哲夫的《毒吻》《天猎》《地猎》，麦天枢的《西部在移民》，姜戎的《狼图腾》等等，成为深刻的人性批判虚构和非虚构环境文学。这些人性批判的环境文学，直接鞭笞了黑色发展之中人的杀鸡取卵和竭泽而渔，痛击了环境污染背后人的自私短视和残酷贪婪，剥露了生态破坏内藏的人的文化劣根和人性劣根，揭示和呈现了拯救环境灾难在于拯救国民的人文失范和人性失落。使人们认识到拯救生态环境危机的根本要害，在于人心的自我救赎、人性的自我救赎、人类的自我救赎。

环境文学的人文激扬阶段，在于激扬生态环境保护的人文建树，引领社会潮流。环境文学的社会疗效和社会功用，仅仅以人祸揭露和人祸批评，以人性挖掘和人性批判，不足以彰显环境文学的意义。社会应更注重人文激扬和人文建树。何建明的《那山　那水》、哲夫的《水土中国》、李青松的《中国塞罕坝》等，以典型报告的形式，激扬和展示了生态环保和环境人文的建树。作品让人看到了觉醒和行动的人们，终于以坚强的环境人文追求和环境保护践行行动，实现外在生态环境的保护和改善、自身环境人文的改变和再造；实现生态文明时代的国家梦想，也实现着生态文明时代的人性完善。

（刊登于《中国环境报》2018 年 7 月 12 日四版）

社论：今天的行动关乎明天的幸福

◎陈　谦

党的十八大以来，习近平总书记多次以“绿水青山就是金山银山”理论来阐明生态文明建设的重要性，为美丽中国指引方向。“绿水青山就是金山银山”理论已经成为习近平治国理政思想的重要组成部分。各地深入学习、准确把握“绿水青山就是金山银山”理论的科学内涵和精神实质，把良好生态作为可持续发展的最大本钱，保护“绿水青山”，赢得“金山银山”。

让生活变得更加美好，这是每一个人的向往和追求，也是人们在春去秋来的日子里不断付出、坚持和努力的原生动力。

对于美好生活，不同的人会有不同的憧憬，这往往基于不同的年龄、阅历，源于不同的生活现状甚至面对的不同困境，正如“一千个读者眼中就会有一千个哈姆雷特”。但无论怎样的梦想，都离不开两个最基本的支点：物质富足，心灵愉悦。

财富的拥有，内取决于制度安排，外取决于辛勤劳作；精神的享受，内取决于文化素养，外取决于自然环境。“金山银山”和“绿水青山”之于美好生活，恰似左手与右手，缺一不可。

如同鱼和熊掌，我们曾经左右两难。在摆脱贫困、快速致富的极度渴望下，靠山吃山，靠水吃水。经历过“50 年代淘米洗菜，60 年代洗衣灌溉，70 年代水质变坏，80 年代鱼虾绝代，90 年代身心受害”的水之殇；遭受过“越穷越挖，越挖越穷”的山之痛，付出了辛劳，却并没有换来富裕；牺牲了健康，却仍没有得到幸福。

山清水秀但贫穷落后不行，殷实小康但环境退化也不行。人们希望安居、乐业、增收，也希望天蓝、地绿、水净。只有把被对立、被割裂的“绿水青山”与“金山银山”统一起来、融合起来，才能让今天变得美好，让明天驶向幸福。从徘徊于取舍的苦闷与焦灼，到坚定于兼得的果断与自信，绿水青山就是金山银山，我们明确了方向；绿色发展，我们找到了方法。

于是，有了长汀的清溪横翠、屋舍俨然，告别了山光、水浊、田瘦、人穷，绿色成为发展的最亮底色；于是，有了安吉的美丽乡村，“卖风景真的比卖石头赚钱”，“绿水青山”曲线和“金山银山”曲线同向而行，同步而进；于是，有了南昌高新区航空制造、光电、信息技术等企业纷至沓来，聚成一流主导产业集群，优美的生态环境成为吸引优质企业的梧桐树，成为创造高质量经济的驱动器。

你看到“一根翠竹挑起百亿产业”的奇迹中人们欣喜的笑容；你看到库布齐沙漠里生态治沙“种下甜根根，拔出穷根根”，10万名群众摆脱贫困后激动的泪水；你看到曾经光秃的山又变绿了，儿时游泳的河又回来了。

美丽环境转变成实实在在的美丽经济，青青的叶子带来了厚厚的票子，良好的生态环境，成了百姓的“聚宝盆”。美丽环境造就出千姿百态的独特风光，让人们望得见山、看得见水、记得住乡愁，良好的生态环境，筑起了心中的“桃花源”。这一切改变，正真真切切发生在你身边，用生动而有力的事实告诉你，“绿水青山”和“金山银山”，不是矛与盾，而是鱼和水。

是的，我们依然会因遭遇雾霾而发出抱怨，依然会因城市河流的黑臭而紧皱双眉，依然会因一些企业违法排污而愤然投诉。但我们要知道，绿水青山就是金山银山，践行理论，培育果实，我们依然在路上；这些困扰更向我们证明，只有坚持绿色发展，现象才能改变，情况才能好转，困境才能突破，道路才能越走越宽。

各级决策者顺应群众诉求，不再把GDP作为唯一追求；企业担起社会责任，不再把环保当成累赘和负担；公众从生活中的每一件小事做起，像爱护眼睛一样爱护环境，践行“绿水青山就是金山银山”，就能凝聚起蓬蓬勃勃的不竭力量。

这是一个转型的时代、改革的时代、创新的时代，注定会有割舍，会有阵痛，也注定会有新的机遇，会有新的收获。

幸福的本质其实很单纯，但需要我们坚持正确的方向，付出艰苦的努力。无论你在哪个阶层，无论你从事什么职业，无论你生活在城市还是乡村，没有人能置身事外，也没有人能坐享其成。

你今天的行动，关乎明天的幸福。

（刊登于《中国环境报》2017年6月5日一版）

与自然共生，同万物相融

◎谢佳沥

人类社会发展进程曲折起伏，现代化道路的历程充满艰辛。我们究竟需要什么样的现代化，怎样才能实现现代化，追求与探索从未停止。

到底什么是现代化，每个人都有不同的理解。

有人说现代化是高楼林立，有人说现代化是灯红酒绿，有人说现代化是车水马龙，有人说现代化是遨游太空。

但是，当王维的空山被机器的轰鸣打破宁静，当李白的鲸豚被污浊的江水缠绕周身，当杜甫的沙鸥被窥伺的猎网无情笼罩……我们明白了，只有钢筋水泥没有绿水青山的现代化，不是真正的现代化。

人与自然的对立与冲突，给现代化带来了不和谐之音，也给我们带来了深邃的思考。真正的现代化既是物质的，也是精神的，讲效率，也讲公平，重视发展的速度，也不能忽视了心灵的温度。所以我们致力于建设人与自然和谐共生的现代化，既要创造更多物质财富和精神财富以满足人民日益增长的美好生活需要，也要提供更多优质生态产品以满足人民日益增长的优美生态环境需要。

从青藏高原到东海之滨，“十年禁渔”的万里长江生物多样性日益丰富；从荒原变林海的塞罕坝林场到沙漠变良田的库布其，“绿色地图”在神州大地不断拓展；从云南大象北上南归到藏羚羊安然繁衍迁徙，人与自然界生灵和谐相处成为亮丽风景……人与自然和谐共生的现代化，是坚持尊重自然、顺应自然、保护自然的现代化。

云南昆明开展绿美河湖三年行动，不断提升当地群众亲水满意度、获得感和幸福感；四川成都全面加强环境基础设施建设，为老百姓提供更多普惠生态产品；浙江安吉成立竹林碳汇收储交易中心，开辟“双碳”共富新路径……人与自然和谐共生的现代化，是践行生态为民、生态利民、生态惠民的现代化。

宁夏贺兰山砂石矿区整治修复后成为葡萄酒庄，产业转型带来丰厚回报；黑龙江伊春全面停止天然林商业性采伐，良好生态吸引八方游人；江苏连云港持续推进海洋生态环境保护，渔业产出得到大幅提升……人与自然和谐共生的现代化，是兼顾经济效益、社会效益、生态效益的现代化。

“天地与我共生，而万物与我为一”，庄子顺应天地万物，叩问生命本质；“鸟鸣识夜栖，木落知风发”，谢灵运寄情山光水色，感悟四时节律；“劝君莫打三春鸟，儿在巢中望母归”，白居易俯察鸟兽花木，展现仁爱情怀……五千年中华文明充盈着人与自然相处的智慧结晶。

以古鉴今，砥砺前进。建设人与自然和谐共生的现代化，需要我们牢牢把握完整准确全面贯彻新发展理念这一思想之舵，需要我们牢牢把握推动绿色高质量发展这一根本之策，需要我们牢牢把握提升生态系统多样性、稳定性、持续性这一发展之基，需要我们牢牢把握加快健全现代环境治理体系这一长效之计，需要我们牢牢把握深入打好污染防治攻坚战这一关键之举。

道路不可能一帆风顺，蓝图不可能一蹴而就，梦想不可能一夜成真。如何实现人与自然和谐共生的现代化，是人类文明发展的基本问题，也是摆在我们面前的重大时代课题。每个人都是生态环境的受益者，也是保护者、建设者，都应该像保护眼睛一样保护生态环境，像对待生命一样对待生态环境，与自然共生，同万物相融，开辟现代化建设新境界。

在新征程上，我们以共同的理想信念，汇聚更加磅礴的奋进力量，描绘人与自然和谐共生的美丽中国新画卷。我们以不懈的艰苦奋斗，攻克前行路上的风险挑战，书写彪炳千秋的人类文明新篇章。

（刊登于《中国环境报》2023 年 6 月 5 日一版）

第二章 制度篇

十一年全国人大代表生涯，十一年为环保代言，看得出艰辛，也看得到信心

吕忠梅：环境保护法必须大改

◎黄婷婷

2月21日，全国“两会”倒计时。听说曾经采访过的吕忠梅今年又当选全国人大代表，马上给她发了短信。“请问您今年的议案或建议是否有环保相关内容？”记者问。“环保是我永远的议案内容。”吕忠梅答。

3月11日，十二届全国人大一次会议议程过半。湖北省代表团召开小组会议，会后想采访吕忠梅的记者非常多，她特别给《中国环境报》留出了时间。

吕忠梅和她的环保议案

“11年来，我都在为完善环境法治而努力，只是角度不同。”

11年的全国人大代表生涯，是少见和宝贵的经历。对于吕忠梅来说，这11年都在为环保代言。当记者问到，回顾11年来的环保议案和建议有什么感受，吕忠梅长叹一口气，看得出艰辛，也看得到信心。

“这11年我都在为完善环境法治而努力，只是角度不同。包括修订《环境保护法》《大气污染防治法》《水污染防治法》《环境影响评价法》，包括建立公益诉讼制度、设立环保法庭、建立环境与健康监管体制等。”吕忠梅说，这些年来，她不停地在就这些问题提出议案和建议。

吕忠梅实际参与的工作也越来越多。她参与了《水污染防治法》修正案起草工作，参与了《大气污染防治法》修正案相关研讨工作，2010年还专门就《大气污染防治法》修改到美国进行了考察。此外，环境公益诉讼司法解释制定、环保法庭建设等相关工作，

她也参与其中。最近正在主持国家环保公益项目，是重金属污染对人体健康危害的法律监管。

有动力继续推进法治进程

“无论是议案，还是建议，都得到了回应，并实际参与了许多工作。”

正因为有吕忠梅这样一些人的努力与付出，环境法治建设才更有希望。比如，最高人民法院出台了加强环境保护司法的文件，鼓励有条件的地方成立环保法庭，对过去全国法院系统的环境司法状况进行了全面的调查和分析。

《民事诉讼法（修正案）》通过后，最高人民法院相关业务庭制定环境公益诉讼的指导性文件。吕忠梅等专家学者受邀参加座谈会，讨论制定环境公益诉讼的司法解释问题。环境保护部也出台了《环境信息公开办法（试行）》等规章制度，积极推进环境公益诉讼制度。

吕忠梅认为，作为人大代表，无论是议案还是建议，都得到了回应，并实际参与了许多工作。“感觉到有动力继续推进环境法治进程。”吕忠梅说。

特别是《环境保护法》修订。吕忠梅说，全国人大法工委等部门多次邀请她参与研讨工作。“去年一年，我都记不得参加了多少次《环境保护法》修订的座谈会了。”吕忠梅笑着说。

环保法修订，她有话要说

“《环境保护法》不能是小改，中改也不行，必须是大改。”

目前已经向全国公开征求意见的《环境保护法》修正案草案，并不能让吕忠梅满意。

“全国人大已经将《环境保护法》修订列入了2013年立法计划，现在的问题是二审怎么审。是就原来的草案审，还是重新起草一个草案？”吕忠梅说，这是目前面临的最大的问题。

据吕忠梅介绍，去年9月全国人大常委会公布了《环境保护法》修正案草案并向全国公开征求意见，已经征集到一万多条意见，绝大多数意见认为尚不成熟，不宜直接提交二审。

“这个草案存在硬伤。”吕忠梅直言。从微观层面看，草案中一些具体制度的设计还不够完善，没有很好地解决制度的可执行性、可操作性问题；从中观层面看，与此次启动修法程序时确定的“有限修改”思路以及修法目标尚有相当距离；从宏观上看，依然没有摆脱以污染防治为主、以环保部门为主、以城市环保为主的模式，没有把生态安全、人体健康、城乡一体等中国环境保护最应该解决的问题在草案中予以考虑。

吕忠梅特别指出，目前的修法环境发生了变化，《环境保护法》的定位也应该随之变化。党的十八大报告提出大力推进生态文明建设，同时提出建设法治国家，更加注重改进党的领导方式和执政方式，把制度建设摆在突出位置。

“一方面是经济建设、政治建设、文化建设、社会建设和生态文明建设‘五位一体’，另一方面是法治国家、法治政府、法治社会‘三位一体’，这就要求我们把生态文明和法治建设相融合，建设生态法治。”吕忠梅强调。

按法律的学理分类，有公法、私法、社会法。但我国目前宣告已经建成的法律体系中，并未遵循统一的分类标准。公法、私法领域有多部法律属于基本法，但社会法却不能有多个基本法，似乎没有道理。其实，将生态环境保护法确立为法律体系中的一个独立部分，是没有问题的。如果说在中国的法律体系刚刚建成的情况下，不宜做大的变动，将生态环境保护法纳入社会法范畴，也有其合理性。但社会法领域为何不能有几个基本法？吕忠梅认为，首先应认真研究社会主义法律体系的结构问题，继而将环境保护法定位为基本法。

“因此，《环境保护法》不能是小改，中改也不行，必须是大改。”吕忠梅说，作为基本法，要规定国家环保政策、政府环保责任、公民环境权利、环境保护范围、生态环境保护和污染防治的制度体系、司法程序等，为将来单行法修订或重新制定提供支持。

人体健康牵动她的心

“如果这么好的修法时机都没有把握住，将愧对百姓。”

吕忠梅认为，目前迫切需要解决几个问题。

一是制度设计要突出人体健康保护。在立法目的方面，要强调人体健康优先、生态安全优先，不主张再以经济发展为目标。“这部法律就是生态安全与人体健康的底线保护法。”吕忠梅说。在政府监管体系方面，要建立以保护人体健康为目标的政府决策体系和监管体系。在制度建设方面，环境标准要考虑人体健康，环境影响评价要关注健康风险，同时制定环境健康影响的预防和应急机制。

二是完善生态环境保护制度。吕忠梅说，她的建议稿没有按照法律要素去列，而是按照生态保护系统要素建立制度体系，包括城市生态保护、农村生态保护等。

三是完善法律责任制度。建立完善的政府环境问责、环境侵权责任、环境公益损害赔偿、环境责任保险、环境共同基金、政府补偿基金、政府代赔偿责任制度；明确行政处罚标准、政府及工作人员责任、刑事处罚中生态损害的考量等。

“《环境保护法》修订已经具备了许多条件，物权法、侵权责任法、民事诉讼法等法律都为环境保护法修订提供了良好的基础，再加上中国发展方式转变和文明转型的过程中凸显的严重环境问题促使社会公众环境意识全面觉醒，如果这么好的修法时机都没有把握住，将愧对百姓。”吕忠梅饱含感情地说。

（刊登于《中国环境报》2013 年 3 月 15 日三版）

放下牧羊鞭　重寻致富路
——探访三江源头生态移民的新生活

◎李　莹

在青海省玉树州玉树县结古镇的西南约半小时车程的地方，是一片缓坡草原，大自然的鬼斧神工，在草场与天的边界轻轻勾勒出了一道淡淡的弧线，一边是澄澈的蓝，摇曳着慵懒的云，一边是如洗的绿，游荡着觅食的牦牛。

在这如画景致对面的缓坡上，是一片整齐的白色平房，这里是甘达村。更为准确地说，这里是甘达村 300 余户居民中近半居民放下牛鞭、不再逐草而居后的新家。

这个新家园，是能让生态移民安心的地方吗？

问题一：支出大为增加　返贫现象突出

离开家只为保护家

甘达村的村民们之所以搬迁，是为了保护重要的生态屏障——三江源自然保护区。

近年来，生态环境脆弱的三江源地区，受到气候变暖、变干、风蚀、水蚀的影响，加上超载放牧等人为因素干扰，草场严重退化，水土流失加剧。

以玉树县为例，经过专家测算，玉树县的理论载畜量为 73.6 万羊单位，但 2009 年年末全县各类牲畜存栏数量折羊单位已达 107.3 万只，依据核定的理论载畜量，需要核减牲畜 33.7 万羊单位。以减人减羊为目的的生态移民已经成为三江源保护的重要举措之一。

而玉树地震后的灾后重建，无疑为这项庞大的移民计划提供了一个契机。玉树地震后，有关部门对玉树县及周边地区进行了全面地质勘测。发现很多地方已不再适合人类生活，有再次发生地质灾害的可能，必须将很多分散的灾民重新安置。

同时，北京及四大央企对口援建工作也迅速开展，约 400 亿元灾后重建资金陆续到位后，一座座房屋短短两年中拔地而起，解决了移民新建房屋的资金问题。

2010 年 11 月，甘达村作为最早一批搬入灾后重建新居的村庄，在搬进新居的同时，村民们也成为玉树县生态移民大军中的一员，告别了他们的牛羊。

没有牛羊的新生活

60 岁的根秋卓玛发现，虽然政府已经为村民统一建设了每户 80 平方米的房子，但生活方式的改变并不像搬家这么简单。原本并不需要的花费，现在成了一笔不小的开支。

根秋卓玛和其他村民一样，依然在用烧牛粪的炉子。这种原本是牛羊副产品的东西，如今也成为商品。每袋牛粪 15 ～ 16 元，只能烧一天。仅牛粪的支出，一个月就需要 400 多元。

肉食，为生活在高寒缺氧环境中的人们带去了热量。但如今，没有了牛羊，市场上 28 元一斤的羊肉价，让他们“望羊兴叹”。

50 岁的伽马错加特意带我们看了他家门前的暖棚。他告诉记者，三江源办公室给每家每户都发了一些菜种子，并帮助村民在家门前支起了种菜的暖棚，但当记者问到，是否适应吃菜时，他说：“那种青草的味道，吃起来还是很不习惯。”

青海民族大学教授骆桂花对三江源生态移民的调查显示，三江源生态移民后的家庭支出大为增加。仅食物一项，移民前的年支出费用为 1860 元，移民后为 3590 元。此外，水、电、卫生费用等也成为家庭的新增支出项目。移民返贫现象比较严重。

根秋卓玛无儿无女，且患有严重的风湿。政府每月发给五保户的钱她全都用来买药，日常生活则要靠村里给的青稞、油、盐。采访时，根秋卓玛告诉记者，现在电价又涨了，每年要从 500 多元涨到 700 多元，她已感到无力负担。

问题二：补偿标准单一　生态压力加大

资金补偿难解渴

依希拉毛告诉记者，迄今为止，村民还未拿到生态保护补助奖励资金。玉树县草原生态保护补助奖励机制实施已两年，为何甘达村村民仍然没有一户收到这笔补助款？结古镇党委书记藏拉解释，这是村民在自发抵制这项补偿措施。

原来，补助款是每家每户在完成减畜量的基础上，按照每户拥有的土地面积给予补偿。甘达村的很大一块面积被划给了国营牧场，每户的面积比其他村庄的牧民少很多。2012 年全村补偿款仅为 38 万多元，平均每户分到的补偿款仅为 1000 多元。这笔钱远远不能满足基本生活需要。

藏拉告诉记者，草原生态保护补助奖励机制并不合理。在人口较为稀少的地区，每户牧民拥有的土地面积较大，草场压力相对就较小，但牧民获得的补偿款却较多。而对于人均土地面积本来就较小的地区，本来草场压力就较大，但牧民获得的补偿款却相对更少。

一些长期关注三江源生态补偿问题的专家认为，当前迫切需要解决的问题是建立三江源生态补偿的长效机制。退牧还草的主要依据是2011年8月国家发展改革委、农业部、财政部发布的《关于印发完善退牧还草政策的意见的通知》。该通知明确规定，5年为一个补助周期。随着政策逐步到期，解决退牧农户生计的长效机制尚未建立，国家预算投入缺乏连续性和稳定性。

此外，有专家认为，生态补偿是个综合的概念，不仅包括退牧还草的补助资金，还应包括各种基础设施建设资金。

靠山吃山的再次破坏

对于这些不会说汉语，一辈子与草原打交道的藏民来说，挖虫草也许是他们唯一不需要培训就能带来丰厚收入的工作。

伽马错加告诉记者，今年的虫草季他平均每天挖5根虫草，按照一根约80元的收购价格，一个月他赚了近6000元。

但是，挖掘虫草也使这里十分脆弱的生态环境遭受了又一次沉重打击。当地人介绍，挖虫草所用的工具是镢头和小铲，当他们发现一根虫草后，为不破坏虫体，会将虫体周围的草皮连土一起挖出，取出虫草后，极少有人会将草皮和土回填。这样一来，挖一根虫草最少会破坏30平方厘米左右的草皮。专家介绍，不及时回填草皮，将使本来生态就极其脆弱的高原土地迅速沙化。

记者在玉树一周期间，虫草价格就从7.5万元一斤飙升到8.5万元一斤。当地人介绍，这是不能挑选的价格，如果要剔除断草，就得12万～13万元一斤。

随着虫草热的升温，很多外地人淘“虫草金”。出产虫草的地方会收取1万～2万元的管理费用。虽然增加了地方收入，但“淘金者”也变本加厉。记者看到，虫草季刚过的草原上，饮料瓶、塑料布、食品包装袋等随处可见。

伽玛错加说，虫草季过后，他会到结古镇打零工，每个月有个700～800元的收入，这已经是村里的中上等水平。在灾后重建的特殊时期，工作并不难找。

但同时，各种随意堆放的建筑垃圾也成为环境问题的隐患。玉树县县长尼玛多杰告诉记者，在大面积建设过程中，建筑垃圾随意堆放填埋到河道、山谷的现象严重。

虽然，随着灾后重建的完成，各类地材企业也将陆续被关闭，草原也得以休养生息，但移民的生计又会成为问题。

问题三：产业发展艰难 缺乏长效机制

特色产业发展困境

采石、建房，这些替代产业似乎并不可持续。事实上，当地人并不是没有尝试挖掘自身特色，走可持续发展之路。

甘达村村委会在三江源办公室的帮助下，开办了缝纫培训班，每期 1 个月，教授当地不能外出务工的妇女制作藏族服装，布料由三江源办公室提供。但由于没有销售渠道，培训班成立 1 年多来，只售出了 8 套服装。做好的藏袍只能挂在墙上成为展品。

在中国扶贫基金会的帮助下，2011 年 4 月甘达村成立了运输队。甘达村运输队利用扶贫项目的 300 万元资金，购买了 7 辆车。在灾后重建的大背景下，运输车辆第一年纯利润 99 万元。但由于灾后重建运输的收缩、车辆的严重损耗，第二年的收入就明显减少，只有 24 万元。目前，甘达村运输队正在尝试转型。他们卖掉了 5 辆车，转做粮油批发生意。

甘达村的情况正是当地产业化过程的缩影。国家发展改革委国土开发与地区经济研究所课题组对三江源地区生态补偿情况的调研发现，从外因看，由于三江源地区位置偏远、交通不便，再加上高海拔和恶劣气候条件，产业发展的成本高，远离主要消费市场、当地的市场容量和消费水平较低，特色优势产业的发展难以做大、做强，资源优势难以转化为产业优势。从内因看，移民中相当一部分藏民不会说汉语，与外界接触沟通和获取市场信息能力弱，就业技能单一。加之他们并不熟悉项目运作，管理也不规范，三江源地区在产业发展过程中面临着更多困难。

对于移民后续的产业发展，藏拉提出了自己的看法，一方面，要结合当地实际，建设奶牛生产和养殖基地、牛羊肉加工基地、优质饲草料生产基地等。另一方面，要加大培训力度，充分开发当地特色资源，如旅游资源等，吸纳富余劳动力。

改变需要一代人的时间

如何破解三江源面临的诸多难题?

一些专家提出，解决三江源的问题必须要打组合拳。三江源不是青海省的三江源，而是中国的三江源，三江源地区应当成立类似于生态特区的三江源保护国家委员会，由其全权负责三江源地区的事务。

三江源的保护必须形成稳定规范的利益补偿长效机制。国家可以将原来的用于三江源地区生态保护和建设的主要来自中央预算内专项资金和原有投资渠道项目资金等，整合捆绑拨付给三江源保护国家委员会，由其统一管理支配。

依希拉毛的大女儿开学就要到镇上去读六年级了。她受益于玉树实行的另外一项政策——让所有适龄儿童到结古镇上初中，接受包括汉语在内的教育。通过提高当地人口素质，鼓励有能力的人走出去，以减少三江源地区的人口压力。

专家认为，解决三江源的问题需要一代人的时间。通过教育培养年青一代走出去，将三江源的人口减少一半。建立完善的社会保障制度，提高当地的公共服务水平，让无法走出去的人没有后顾之忧。只有这样，才能真正解决三江源地区的移民问题。

（刊登于《中国环境报》2013 年 8 月 14 日七版）

下移窗口 延伸服务 方便百姓
杭州拱墅区设社区环保服务站

◎钟兆盈

浙江杭州金张生记餐饮有限公司不久前要在拱墅区沁园社区审批一家餐饮店。以前要挤着车把材料送到市中心的环保审批窗口，还要排队等候安排人员现场查看，如今材料就近交到社区环保服务站就可以了。

据悉，这样方便百姓的环保服务站，杭州市拱墅区已先后设立了5个。

让百姓少跑路、少等候

拱墅环保分局是杭州市5个城区分局之一，位于杭州市城北，所辖面积87平方公里，有92个社区、10个街道。窗口下移、服务延伸的工作一直都在做，但难题也一直困扰着他们：分局本身就是市环保局的派出机构，不可能像县（市）一样下设环保所。人员也就10来个，1个人要管百余家企业和工地，没办法再外派代办人员。

在今年6月群众路线教育实践活动中，窗口如何下移、服务如何延伸，再次成为拱墅环保分局所讨论的重点话题。许多工作人员提出这样一个思路：除环境执法外，环保审批、信访联系处理等是否可由社区派人，经过环保专业知识培训、工作实践后，对这些工作进行协助办理呢？最后分局经过讨论决定，尝试在社区、街道设立基层环保服务站。

拱墅环保分局局长陈健松说："让办事的百姓少跑一次路、审批少等半天时间，是我们的心愿。"

社区欢迎环保载体入驻

拱墅环保分局在社区设立环保服务站，受到了拱墅区社区工作人员和居民的欢迎。

从工作意义来说，近年来随着环保力度的加大，环保工作在社区已不是可有可无的事情，而是一项大家都想参与的事情，都想把自己的社区建设得环保一些、美丽一些。

从方便群众角度来说，有了环保服务站，社区居民办事更方便了。比如新文社区的居民，要递一份材料到分局就要转两三次公交车，就算不堵车也要花近两小时车程。新文社区书记姚巍告诉记者："有了环保服务站这个载体，感觉环保就在家门口，社区的品位提高了，居民办事也方便了。"

但毕竟是一次新的尝试，拱墅环保分局在几十个要求设站的社区中，确定了沁园、新文、蒋家浜3个社区和大关、康桥两个街道，作为首批设立环保站试点单位。

接下来，双方确定环保服务站人员由社区推选1～2人，环保分局负责培训，并到环保窗口实习，再由环保分局人员指导就地开展工作。主要工作包括协助进行环保审批办理、项目环评初审、信访联系协调、环保知识宣传、免费开展室内环境检测等方面。说得通俗点，除罚单不能开外，其他方面都可协助环保管理。

小站发挥大作用

很快，5个社区和街道按照分局要求，在本单位工作人员中优中选优，以后备干部的标准，各选出一人负责环保服务站工作。分局人员为他们准备了环保法律法规书籍、环保工作规章制度等资料，并介绍相关环保工作流程，在分局工作人员指导下陆续开展相关工作。

同时，拱墅环保分局还采取了"以工代训"的培训形式，即让环保服务站人员到分局综合科、管理科、审批窗口进行半个月的实习，一边接受指导培训，一边上班实践。

环保服务站成立后，已开始发挥作用。最近，沁园社区范围内的一家大型商城即将开张，其中规划了69家中西餐、快餐、点心等餐饮店，每家餐饮店又各自不同，环保审批也不一样。

过去业主跑一趟市中心的环保审批窗口，开车也得半小时，还要遭遇停车难。如今，拱墅环保分局就将审批材料的接受、环评初审把关、现场初查等事项交由沁园社区环保服务站代办，使市民避免了奔波和等候，大大地方便了业主。

拱墅环保分局表示，等5个环保服务站运行一段时间后，将进行经验总结和制度完善，把环保服务站设立到更多的社区、街道中，把服务窗口下移工作做得更深、更广。

（刊登于《中国环境报》2013年11月7日一版）

区域一体化，环保要先行

让污染控制效果从“1+1<2”到“1+1>2”

◎李　维

子弹头列车飞速穿行在华北平原的雾霾与旷野之中。乘坐 C2099 等城际高速，从北京到天津只需要 33 分钟。乘坐 D2001 等高铁，从北京到河北保定也不过 40 分钟。

“地缘相接、人缘相亲，地域一体、文化一脉”。作为一个重大国家战略，“京津冀一体化”一经提出，就引起了北京、天津、河北三地甚至全国的高度重视和关注。随着保定成为“政治副中心”，中关村迁到天津市宝坻区等说法纷纷传开，无论是事实还是传言，京津冀一体化的铿锵脚步声离我们越来越近。

也许在不久的将来，北京、保定以及京津冀范围内的城市会联系得更加紧密，时间、空间不再是阻隔这些城市的牵绊。

就在人们探讨区域一体化的同时，环保的一体化也再次被提及。

环保一体化最终将实现区域整体效益最大化

日前，国家发展和改革委员会称正研究编制“首都经济圈一体化发展的相关规划”，并特别指出，重点将就完善重大基础设施建设、统筹产业布局、提升创新驱动能力、加强生态建设和环境保护等方面，提出工作思路和操作措施。

随着环保工作的深入开展，行政分割这一体制性障碍影响了区域性环境问题的根本解决。于是，区域环保合作成为大趋势。

在区域一体化的范畴内，环保一体化需要开展哪些工作？环保一体化最终要实现什么目标？如何通过区域一体化给区域经济带来巨大的动力？

如果要问在推进区域一体化的过程中，环保是否也需要一体化？答案是肯定的。

中国社会科学院城市发展与环境研究所副所长、研究员魏后凯说，区域的一体化涉及经济、社会、市场、基础设施等很多方面，其中，生态环境治理的一体化是其中很重要的一个方向。

所谓环保的一体化，就是在一定区域内，为实现区域内各城市的共同环境质量目标，通过创新相关的机制与制度，以保障各项措施与手段的有效实施，实现区域内各城市在环境管理上的分工与合作，最终实现区域的整体效益最大化。

有人说，提到这个概念，就不得不说到雾霾。正是全国范围频发的雾霾让人们意识到了区域整体发展的必要性和迫切性，因为在改善空气质量的过程中，任何一地都无法靠自己的力量独善其身。

从北京奥运会到上海世博会，再到广州亚运会期间的成功经验也证明，只有彼此合作协调、统一部署、共同行动，开展区域联防联控，才能有效应对空气污染。

北京大学环境学院教授张世秋说，区域的合作，特别是大气治理当中的联防联控工作，可以产生环境治理的正外部性。

“单个地区采取的治理行动可能由于周边污染的传输抵消其成果，而地区间的联合治理将会促进区域大气环境质量的整体改善。因此，对于大气复合污染，以行政区块为界各自进行大气污染控制会呈现‘1+1<2’的治理效果，而基于区域整体的联防联控则可能催生‘1+1>2’的治理成效。”张世秋告诉记者。

就在去年，国务院出台的大气污染防治“国十条”中，“建立环渤海包括京津冀、长三角、珠三角等区域联防联控机制”就被作为一条措施单独列出，这进一步明确了区域联防联控在我国大气污染防治工作中的地位。

由此可见，对于现阶段城市频发的环境问题，区域环保的一体化是完全必要的。

区域环保和经济的一体化相辅相成，互相补充

早在今年2月召开的京津冀协调发展座谈会上，中共中央总书记习近平就强调指出，要着力扩大环境容量生态空间，加强生态环境保护合作，在已经启动大气污染防治协作机制的基础上，完善防护林建设、水资源保护、水环境治理、清洁能源使用等领域的合作机制。

由此可见，协同解决区域内的生态环境问题，已成为京津冀区域一体化发展的重要内容。

在中国人民大学社会与人口学院资源环境经济学研究室主任张耀军看来，污染的治理倒逼了区域合作，也正是京津冀一体化上升为国家战略的推门石。

“现在全国的大部分城市都面临着雾霾的问题，而区域联防联控给治理大气污染带来的巨大作用，让人们认识到了区域一体化的重要性。尤其是京津冀这个地区，城市之间的联系太紧密了，可以说是环保的要求倒逼出了区域一体化这一命题，使得中央对此高度重视。”张耀军告诉记者。

在采访中，多位专家表示，环保和经济不能割裂开来讨论，区域环保的一体化和经济一体化相辅相成，互相补充。

张耀军认为，正是因为经济的发展才衍生出了环境问题，所以区域协同发展的过程中，有经济的一体化，就必然要涉及环保的一体化。而且，与区域经济的一体化相比，环保的一体化更为现实和紧迫。

“因为在城市经济一体化的范畴内，城市之间的资金流、物质流等经济流存在明显的区域异质性。但是对于环保而言，一体化的范围更大，毕竟空气、水是流动的，区域同质性较强。”张耀军说。

“区域经济的一体化发展有助于推进区域内的环境管理制度建设和政策的实施。由于经济和社会发展水平的差异，各地发展与环境之间的矛盾冲突各异，政府和民众对经济增长、社会发展和环境保护的诉求也呈现区域性差异。而一体化的进程，可以有效促进区域内各主体间的协调与合作，并通过相关的制度和政策促进环境质量的改善。”张世秋认为。

那么，区域环保的一体化究竟需要解决哪些问题，能够给经济的一体化带来哪些好处呢？

在采访中多位专家指出，区域环保的一体化能够促进环境和自然资源等在区域范围内有效配置，使生产要素进行合理优化。

张世秋表示，区域环保一体化的发展会推进整个区域的经济发展水平和技术研发水平升级。

“环保的一体化能够通过统筹安排，既有效发挥各地不同的资源禀赋优势，又促进区域内进行有利于环境的产业结构调整，进而整体提升环境容量资源和自然资源的利用效率和产出效率，从而助推经济发展。”张世秋说。

“以京津冀区域为例，北京地区对于本地的污染源控制日趋严格，产业结构调整使得典型污染企业搬迁出北京，机动车排放标准也高于全国大部分地区，但这种属地控制力度与空气质量改善的幅度并不对等。尤其是迁出的企业大部分落户在津、冀两地，污染排放仍然会影响整个区域的空气质量，从而使得北京的污染减排措施带来的改善效果被削弱。”张世秋说。

魏后凯同样以京津冀为例作了进一步阐述。“在区域环保一体化的过程中，要对区域内的产业进行合理布局，重新给每个城市定位。比如北京作为政治中心，就要对它的产业进行疏解，而周边的承德、张家口就要充分发挥生态功能的作用。这样一来，统筹布局下的这些城市能够形成从生产、加工到零部件和销售，再到物流的一体化产业链条，从而形成产业集群化发展，带动整个区域经济的发展。”魏后凯说。

打破行政区域的分割，发挥市场主体作用

所谓区域一体化，就是在一定区域内，地缘接近、文化相通的城市能够形成一个整体，协调合作，差异竞争，错位发展。如何通过一体化的模式来促进区域经济的发展，成为区域一体化需要解决的重大课题。

“对于产业来说，没有好坏之分，只有适合不适合。每个城市都有各自的特点，要根据社会发展的现状，找到自身的比较优势，找到独特的、适合这一地区发展的优势产业。在一体化的过程中，我们的城市管理者不能盲目跟风，更不能短视，不能看别人发展什么好，就发展什么。”张耀军说。

张耀军认为，经济一体化的问题解决了，就会为环保的一体化创造非常有利的条件。“要根据这些比较优势和环境承载力进行功能定位，包括落户什么样的产业，规划如何制定，都要协同考量。从原料生产，到加工，再到销售、物流等等，让区域内的城市根据特色承载这些功能，互相合作，通盘考虑，形成一套有机联系的产业链条。”

有人说，区域一体化最关键的是打破利益藩篱，打破自家“一亩三分地”的思维定式。

张耀军认为，区域一体化要想带来经济的“聚合效应”，就要充分利用好“市场之手”，发挥市场的引导作用，让市场机制来打破行政区划的分隔，变“投资导向”为“产业导向”，转“市长导向”为“市场导向”，并且避免区域间的恶性竞争。

“珠三角在区域一体化发展中之所以有很多经验值得学习，是因为这个区域内市场的发展较为完善，远远高于北京、天津和河北。国外的经验也告诉我们，政府应该把更多的权利给市场，让更多民间的力量来试错。要让政府‘有形’的手和市场‘无形’的手平衡着力。”张耀军说。

他还认为，就京津冀来说，三地应科学明晰城市定位，避免同质竞争。现在，制约京津冀三地协同发展的主要矛盾就是区域差异梯度太大，北京集中了太多的资源，如教育、医疗、社会保障等优质资源，于是就产生了“虹吸效应”，人口和产业过分密集，也就容易在发展中引起矛盾。如果北京能适当让渡一些自己的利益和资源，减少这种差异，那么京津冀就有了区域协调发展的前提。

区域一体化是个复杂的课题，不可能一蹴而就。在魏后凯看来，中央出台政策可能使进程加快一些，提供一个好的外部条件，但是这还是要有一个过程。

“京津冀区域民间的力量、市场的力量发育相对比较滞后，要素市场还不够完善。就拿高速收费来说，从北京到河北，到天津交一次费，到了河北又要交一次费，这种限制还没有打通。因此，要让社会生产的各要素在区域间自由地流动，每个城市享受到均等的机会，发挥各自优势。”魏后凯说。

他认为，一体化首先要发挥市场的作用，能够由市场解决的要交给市场。同时政府的积极引导作用也不能忽视。“政府要制定规划，提供基本的公共服务，基础设施，社会保障。同时，还要有一定的鼓励、补偿政策。比如，对承德、张家口就应该有生态补偿，不能剥夺这里发展、富裕的权利。”他说。

无论是区域环保的一体化还是区域经济的一体化，在推行过程中一定会遇到更多的矛盾与问题，城市管理者要把自身的发展放在区域中来考虑。同时，还要大胆创新，建立新的体制机制，使合作走向制度化。

（刊登于《中国环境报》2014 年 4 月 29 日六版）

建立清单　厘清边界

富阳晒出环保权力家底

经整合梳理，共设定75项权力，其中常用权力27项

◎周兆木

浙江省富阳市环保局厘清环保权力，日前建立并公布权力清单，明确哪些权力是环保部门应该履行的，避免环保权力滥用。

清权厘责，全面梳理

为加快环保行政权力清单制度建立，富阳市环保局出台《富阳市环保局推行权力清单制度试点工作方案》，明确清理工作的重点、时效、要求等，保障清理工作的有效推进。

据了解，富阳市环保局从2009年开始就推行环保行政权力清理工作，当时设定了5类244项行政权力。随着环保工作不断深入，环保法规不断完善，有必要对原设定的环保行政权力清单进行全面梳理整合。

在梳理整合过程中，富阳市环保局针对2009年设定的行政权力清单，按照“法治、精简、效能、严控”四项原则，对行政监管、行政强制、行政征收、行政处罚、行政许可等5方面的环保行政权力，依照法规、职责和运行中的实际问题进行了全面清理、整合。

经过梳理整合，减少原环保行政权力共171项，新增两项，确定设定环保行政权力75项，其中常用权力27项。目前，富阳市环保行政权力清单已经由富阳市纪委监察和法制部门审核，并上报省法制、纪检部门批准。

富阳市环保局局长李百山说，通过全面清理、整合，与现行的环保法规相衔接，使行政权力更加清晰，对一些当地无用的权力进行了清理，使权力清单更具可操作性，使我们更加清楚环保部门究竟有哪些权力，更好地避免了滥用环保权力的现象。

多方监督，让权力透明化

富阳市环保局厘出行政权力清单后，在媒体、网上进行公示，接受各方的监督。李百山告诉记者，晒清单的过程也是让公众参与、监督的过程，让大家一起来看看还有哪些问题与不足，还有哪些地方需要完善和改进。

有了权力清单，关键在于如何管好这些权力，把权力关进制度的笼子是长久之策。富阳市针对工作实际，采用了多方监督机制，使环保行政权力置于监督之下。

纪委监察部门是监督环保行政权力清单制度的“总管”。翻开《富阳市环保局行政权力清单》资料本，75 项权力清单排列有序，清单内事项编码、事项名称、服务对象、办理依据、办事机构及地点、责任科室和责任人、办理时限、联系电话、监督电话、办事流程、风险点防控措施等写得一清二楚。富阳市纪委监察部门特别重视办事流程和风险点防范，实行定期检查、暗访相结合，听取服务对象的意见，发现问题及时纠正，并实行通报制。对那些滥用权力、不作为、乱作为、慢作为，群众意见大的将视情节作出严肃处理。

为加强社会公众对环保行政权力清单制度的监督，富阳市环保局聘请了人大代表、政协委员和行政村党组织书记、主任、村民代表以及企业代表等 200 余人作为权力清单制度监督员。这些监督员除了参与权力清单制度落实情况的督查外，还参与富阳市环保局和基层站所的现场执法检查和相关流程的监督。一些监督员在参与监督过程中对环保部门依法行使环保行政权力给予了充分肯定，同时也对工作中出现的不足提出了中肯建议。

富阳市环保局还积极依靠媒体力量加强对环保行政权力清单制度的监督。今年，借助媒体开展了在全市境内寻找污染源、环境执法程序跟踪、环境污染拍客等活动，从中分析环保行政履职情况，极大地增强了环保工作人员的履职责任感。

富阳市环保局法制科科长姜燕全程参与了环保行政权力清单的清理工作，她说：“权力清单出台后，关键是加强监督，保障有效运行，除了强化外部监督外，富阳市环保局还加强内部的自身监督，制定了一系列保障制度，签订了岗位履职责任书，将权力清单分解到职能科室，落实到专人。使行政权力清单制度有制度保障、有岗位落实、有专人履职。”

权为民用，减权不减责

“和审批打了这么多年交道，现在办事最‘通气’。”正在富阳市行政服务中心大厅环保窗口办事的富阳市胥口镇工作人员邵先生感叹，“以前一个项目的环保审核可能需要花两三个月，现在只需个把月。原来部门审批时间要15个工作日，现在最快只要1天，最晚不会超过3天。”

行政服务中心从去年开始实行网上批文资料信息共享。邵先生说，以往仅为资料就要跑好几趟，现在只要进了信息共享库，不需要再来回跑、重复交了。据富阳市环保局行政许可科科长汪东明介绍，这一举措实施后，业主在审批过程中不需提供已在其他部门提交的材料，大大方便了群众办事。

前不久，市民俞瑞东创办的五金制品公司刚刚拿到营业执照。从递材料到拿执照，包括周末，前后还不到一个星期。俞瑞东说：“以前，我有个朋友也办小五金公司，仅办理环评手续就花了一两个月，折腾得要命。”据悉，从今年1月开始，富阳市环保局按照富阳开展的投资审批制度改革，取消或简化前置审批，充分落实企业投资自主权，取消了环保审批这一前置条件，像俞瑞东开办的这种小企业可以直接领到营业执照。

针对如何迈入权力改革深水区，真正把权力置于阳光下有效运行，李百山满怀信心地说：“要做到清单之外再无权，就要做到减权不减责，责任大于权力。要依法行政，努力为群众办好环保实事，不断深化环保行政权力改革，使改革成为群众利益的保护神，为群众创造更加优美的工作生活环境。”

（刊登于《中国环境报》2014年4月29日五版）

财政部、国家发展改革委、环境保护部联合发文
排污权出让收入纳入预算管理
统筹用于污染防治，发挥市场机制作用促进污染物减排

◎霍　桃

财政部、国家发展改革委、环境保护部近日联合下发《排污权出让收入管理暂行办法》（以下简称《办法》），规范开展排污权有偿使用和交易试点地区（以下简称试点地区）的排污权出让收入征收、使用和管理。

《办法》旨在规范排污权出让收入管理，建立健全环境资源有偿使用制度，发挥市场机制作用促进污染物减排。

《办法》明确规定，排污权出让收入属于政府非税收入，全额上缴地方国库，纳入地方财政预算管理，统筹用于污染防治。《办法》将从 2015 年 10 月 1 日起施行。

排污权交易市场渐具规模

据了解，2007 年以来，国务院有关部门已组织天津、河北、内蒙古等 11 个省（自治区、直辖市）开展了排污权有偿使用和交易试点，试行企业等排污单位按规定限额排污，超标排污部分向市场购买指标。

从交易额来看，截至 2013 年年底，11 个试点地区排污权有偿使用和交易金额累计近 40 亿元。其中有偿使用资金、交易金额分别为 20 亿元左右，并由初期的政府储备出让为主逐步过渡到企业间自主交易为主。

业内人士认为，市场机制的引入成功改变了排污企业的支付和收益模式，为环境保护的市场化探索出一条有效途径。

从政策方向来看，2014 年 8 月出台的《国务院办公厅关于进一步推进排污权有偿使

用和交易试点工作的指导意见》，正式从中央层面为排污权有偿使用和交易制度建立确定了时间表，提出到2015年年底前，试点地区全面完成现有排污单位排污权的初次核定。到2017年，试点地区排污权有偿使用和交易制度基本建立，试点工作基本完成。

随着此次《办法》正式出台，排污权交易的配套政策开始逐渐完善，业界表示，排污权交易全面铺开已进入倒计时。

“通过排污权交易，企业可以将减排这一行为转化为资本。以前我们说环境治理是外部成本，企业不愿意去做。现在可以把做得好的成果转化成资本到市场上进行交易。这对做得好的企业来说是一种激励。”中国人民大学生态金融研究中心副主任、环境学院教授蓝虹表示，排污权制度是通过市场经济促进环境保护的重要手段之一，值得尝试、探索和推广。

“在目前的排污权交易中，做得相对比较好的就是碳交易。其他的像SO_2（二氧化硫）、COD（化学需氧量）、BOD（生化需氧量）方面开展得并不如碳交易。”蓝虹透露。

“因为排污权交易有一个总量控制的边界，要求交易双方具有类似的交易特性，买卖需求能保持一致。碳交易是基于全球温室气体减排的大背景，流动性也比较好。相对来说，像SO_2的流动性就比较弱，一般局限在省内。而COD或者BOD则受流域的影响更为显著。这就意味着上游企业削减的COD配额可以卖给下游企业，但是下游企业削减的COD配额无法卖给上游企业。”蓝虹表示，SO_2、COD、BOD的排污权交易机制要比CO_2更为复杂，目前，这方面的交易机制设计有待完善，开展起来难度更大。

一个好的交易机制应该是怎样的？

“明确的总量控制边界、环境质量的同质性、受益者付费原则，这些都必不可少。”蓝虹认为。

价格由各省制定，地方环保部门负责征收

在征收缴库方面，《办法》规定试点地区地方人民政府采取定额出让或通过市场公开出让（包括拍卖、挂牌、协议等）方式出让排污权。对现有排污单位取得排污权，采取定额出让方式。对新建项目排污权和改建、扩建项目新增排污权，以及现有排污单位为达到污染物排放总量控制要求新增排污权，通过市场公开出让方式。

排污权有效期原则上为5年。有效期满后，排污单位需要延续排污权的，应当按照地方环境保护部门重新核定的排污权，继续缴纳排污权使用费。缴纳排污权使用费金额较大、一次性缴纳确有困难的排污单位，可在排污权有效期内分次缴纳，首次缴款不得低于应缴总额的40%。《办法》同时强调，分次缴纳排污权使用费的具体办法由试点地区

确定。

关于两种出让方式，蓝虹表示，之所以对既有排污单位和新增项目排污权采取不同的分配方式，目的之一在于减少排污权交易过程中的阻力，以便更好地实施。

“定额出让和市场公开出让的不同在于，前者是发放配额，在目前的阶段来看是免费的，后者则是通过市场拍卖等方式进行配额交易。当前出让应该仍是以免费为主，逐步向拍卖等市场方式转变。定额出让就排污权来说是免费的，但仍然要交固定的排污费，市场出让是排污权的获得需要费用，获得后还需要缴纳排污费。”蓝虹指出。

《办法》指出，排污权使用费由地方环境保护部门按照污染源管理权限负责征收。对现有排污单位取得排污权，考虑其承受能力，经试点地区省级人民政府批准，在试点初期可暂免缴纳排污权使用费。通过市场公开出让方式出让排污权的，出让底价由试点地区省级价格部门、财政部门、环境保护部门参照排污权使用费的征收标准确定。

同时，试点地区应当建立排污权储备制度，将储备排污权适时投放市场，调控排污权市场，重点支持战略性新兴产业、重大科技示范等项目建设。储备排污权主要来源包括，预留初始排污权，通过市场交易回购排污单位的富余排污权，政府投入资金进行污染治理形成的富余排污权，排污单位破产、关停、被取缔、迁出本行政区域或不再排放实行总量控制的污染物等原因，收回其无偿取得的排污权。

专款专用于污染防治，不得擅自减免更改

在使用管理方面，《办法》明确，排污权出让收入纳入一般公共预算，统筹用于污染防治。政府回购排污单位的排污权、排污权交易平台建设和运行维护等排污权有偿使用和交易相关工作经费，由地方同级财政预算予以安排。相关资金支付按照财政国库管理制度有关规定执行。

北京大学财经法研究中心主任刘剑文认为，《办法》明确将排污权出让收入纳入一般公共预算，必须专款专用于污染防治，有利于防止排污权出让收入被挪作他用，从而影响排污权有偿使用和交易制度发挥作用。

“当然，污染防治只靠排污权出让收入是不够的，还需要从财政预算安排相关经费。未来环保税推出后，将与排污权有偿使用和交易制度一起，综合运用财税政策和市场机制来推动环境管理。”刘剑文说。

《办法》明确规定，任何单位和个人若出现擅自减免排污权出让收入或者改变排污权出让收入征收范围、对象和标准或不按照规定的预算级次、预算科目将排污权出让收入缴入国库等情形的，将依照国家有关规定追究法律责任。涉嫌犯罪的，依法移送司法机

关处理。

记者了解到，目前所谓的排污权交易主要在污染企业之间展开。但有专家提出，排污权交易应该引入更多的相关方。“比如在流域排污权交易中，购买者不一定是污染企业，通过流域治理而获取收益的相关方也可以纳入交易范畴中来。”有关专家表示，引进收益方的首要作用是帮助解决历史遗留的污染问题。有的污染企业已经搬迁，或者难以找到污染相关方的，交易主体也就处于缺失状态。

同时，现行排污权交易更强调控制工业企业等点源污染，但忽略了面源污染。已经有许多地方采用 PPP 模式治理污染取得了较好的效果，这些成果如能转化成资本，到排污权市场上进行交易，就会增加污染治理的积极性，增强污染治理的内生动力。

“现在银行等金融机构开始探索排污权抵押贷款，这是一种让排污资本化的运作方式。既然大家都意识到了这方面的问题并开始探索解决，那么对于排污权交易制度的创新研究也就更有必要。”蓝虹表示。

名词释义

1.《办法》所称污染物，是指国家作为约束性指标进行总量控制的污染物，以及试点地区选择对本地区环境质量有突出影响的其他污染物。

2. 排污权，是指排污单位按照国家或者地方规定的污染物排放标准，以及污染物排放总量控制要求，经核定允许其在一定期限内排放污染物的种类和数量。排污权由试点地区县级以上地方环境保护主管部门按照污染源管理权限核定，并以排污许可证形式予以确认。

3. 排污权出让收入，是指政府以有偿出让方式配置排污权取得的收入，包括采取定额出让方式出让排污权收取的排污权使用费和通过公开拍卖等方式出让排污权取得的收入。

（刊登于《中国环境报》2015 年 8 月 12 日六版）

圣山亦受垃圾之苦？
专家呼吁国家层面推出生态补偿办法

◎赵　娜

梅里雪山地处世界自然遗产“三江并流”的核心地带，是全球生物多样性热点区域，也是藏民顶礼膜拜的“神山”和藏传佛教朝觐圣地。

梅里雪山朝觐线路分为内转经和外转经。外转经线路是众多朝圣者选择朝觐梅里雪山的重要线路，近年来也有部分徒步爱好者加入了转经的队伍。络绎不绝的朝圣者、游客在外转经线路沿途留下了大量的饮料瓶、包装袋等各种垃圾。

云南省迪庆藏族自治州梅里雪山国家公园管理局近日开展了梅里雪山外转经线路清洁行动，共发动沿线村民400多人，征集骡马200多匹。从云南德钦县出发，途经云南德钦云岭乡、佛山乡、升平镇和西藏察隅县察瓦龙乡、左贡县碧土乡等，长达250公里，共清理存留垃圾150吨，放置钢丝编织垃圾筐300只。

现象：沿途垃圾众多

今年是梅里雪山卡瓦格博主峰的“本命年”，来梅里雪山转山的人数比去年翻了一番，达到了100多万人（次）。

瓶瓶罐罐、各式包装袋散落在整条外转经线路上，其中又集中分布在方便休息歇脚的地方和转经路上的简易客栈旁。每走一段路，都可以看到垃圾筐，但有些筐内垃圾已装满，很多垃圾散落在筐外。

经过实地开展垃圾清理工作，发现外转经线路沿途的垃圾主要有塑料瓶（饮料罐和矿泉水瓶等）、塑料包装袋、衣服首饰等。其中以塑料瓶的数量最多。

清洁行动志愿者金安次里才走了1公里左右就捡了很多垃圾。记者看到捡拾过垃圾的道路基本干净了，但是随着不停地有朝圣者和游客进山，清理后的干净效果保持不了多久。

外转经路大部分为无人区，山高谷深，很多垃圾就在悬崖边，底下就是湍急的河流。记者看到，志愿者有的爬上大树捡拾垃圾，有的要走到山下面捡。

在海拔4300米的多克拉垭口附近的登山路线上，连骡马走起来都困难。饮料瓶、易拉罐等垃圾随处可见，山下小溪里也横七竖八躺着游客随手丢弃的垃圾。清洁行动的志愿者只能排成长队，沿山坡一步步捡拾垃圾，收入袋中再集中处理。游客随手扔个垃圾可能就是一秒钟时间，志愿者要捡起来却需要十几分钟，甚至还要冒着生命危险。

云南省林业科学院研究员马建忠表示，垃圾问题在藏区朝圣地是个大问题，不仅是梅里雪山，在其他圣地、圣湖也是比较突出的现象。目前也没有更好的办法，着实让当地管理人员和志愿者头疼。

危害：破坏自然环境

由于外转经线路都在崇山峻岭、密林峡谷间，很多地方都是无人区，没有垃圾回收、清理人员，大量的垃圾滞留沿途，严重影响了梅里雪山的生态环境。而且梅里雪山外转经线路沿途生态脆弱，极易遭到破坏，且恢复难度大。

梅里雪山国家公园管理局办公室主任李强表示："这一地带是山下众多村庄的水源地，随意乱丢的垃圾，严重影响了村民的饮水安全；无法降解的塑料制品暴露在高山裸露地带，环境承载压力过大，也严重影响了视觉景观效果，还容易导致野生动物误食中毒；放置的衣物、饰品等在雨水的冲刷下，不卫生和有毒成分进入河流将污染水源，影响人畜饮水安全，难闻的气味也污染着周围环境。"

记者看到一群志愿者把各处捡到的垃圾堆积在一个宽阔地方，倒上柴油进行焚烧。近处找不到合适焚烧区域，则由骡马运送到某一地方，集中进行焚烧或填埋。

梅里雪山国家公园管理局局长白玛康主说："由于梅里雪山外转经线路长，加上山路险峻，沿途的垃圾无法运输出来。靠马驮费用高，山路狭窄也不安全。在没办法的前提下，我们只能焚烧或填埋。"

阿青布是这次清洁行动的马帮带头人，多年来一直在这条路上当向导，已经沿着这条线路绕梅里雪山走过了113趟，垃圾也是多年来让他头疼的问题。

阿青布说："7年前我把一个塑料瓶和一个纸的食品包装袋埋在同一个地方。然后过了5年再看时，在同样海拔高度和温度条件下，纸的包装袋基本上就降解了，剩下一点点白色的粉末。但是塑料一点颜色都不变，跟埋下时一模一样。"

垃圾收集起来，填埋或者焚烧就万事大吉了吗？

北京林业大学园林学院副教授乌恩指出，国家公园内的垃圾堆放、填埋，会对国家公园生态环境和视觉景观造成污染，比如会造成土壤、水质污染，饮料瓶、玻璃碎片危害动物健康甚至生命。

马建忠也表示，填埋会造成二次污染，尤其梅里雪山地处“三江并流”生态敏感区域，很容易造成水源污染。

对策：推进垃圾减量

一进外转经路口，一个硕大的宣传牌映入眼帘，提示着进山的朝圣者和游客，自觉爱护转经路上的环境，不要随地乱扔垃圾，把自己带进来的垃圾带走。

外传经路上，也随时可以看到一些宣传牌，上面写着诸如“留下一路洁净，带走一身快乐”等提示语。

为了提高藏民及游客环境意识，梅里雪山国家公园管理局撰写宣传标语，并统一制作成印有藏文和汉字的双语温馨提示牌。负责挂宣传牌的志愿者说：“这次清洁行动共悬挂环保提示牌 300 处，张贴环保宣传画 100 张。”

梅里雪山国家公园管理局从 2009 年开始，已经开展了 7 次清洁垃圾活动，但由于缺乏经费和路途艰难，这种清洁行动无法从根本上解决问题。

马建忠表示，垃圾靠捡是捡不完的。首先，应从源头上控制，把量减下来。让转经者和游客有环境意识，少丢弃不可降解的垃圾。通过举办各种形式的环境教育活动，将宗教信仰、传统文化与环境宣传有机结合。其次，在管理过程中，不能仅靠一两个机构来管理或者组织一些清洁活动来控制。除了建立政府相关部门的联动机制外，要广泛动员附近的社区，以各个村庄为单位，将治理目标分解到各个村民小组，共同探讨垃圾怎么收集、如何运出去和处理。同时建立灵活的激励机制，让村民意识到，这不仅是管理部门的事情，也要当作自己社区的事情。但无人区的垃圾问题只能由政府管理部门来解决。

在永芝村口的一块蓝色牌子上，写着永芝村村规，其中就有对转经路环境清洁的有关规定。这次清洁行动，德钦县佛山乡政府、升平镇政府组织机关干部和村民群众在各自辖境路段清理垃圾。

记者看到，沿途有些客栈直接把垃圾扔到窗外。为此，梅里雪山国家公园管理局将采取有效措施控制外转经沿线客栈数量，并签订环保责任书，进行规范管理，切实减少由客栈产生的垃圾数量。比如，对简易客栈出售商品的环保指标做出严格限制，教育引导经营者出售环境压力小的商品，尤其限制销售瓶装商品。

困难：缺乏固定经费

马建忠说："梅里雪山整个外转区范围，以前没有一个综合部门来负责管理，垃圾问题也没引起社会关注。梅里雪山国家公园管理局（云南部分）的建立，是实现这一区域综合管理的一个良好开始。"

但是，梅里雪山外转经线路治理垃圾每年至少需要几十万甚至上百万元。国家公园管理局虽然偶尔能争取到一些经费，却没有专项经费。

针对紧张的资金问题，白玛康主一直积极争取上级财政补贴，今年从迪庆州政府争取到 100 万元，同时呼吁社会团体和个人捐款。自从 2009 年以来，7 次清洁行动花费了约 180 万元。仅这次大规模清洁行动就花费 93 万元。

记者了解到，凡进入德钦县梅里雪山国家公园滇藏生态文化走廊景区，须购买 150 元的门票。若进入明永、雨崩景区，需再次购买门票。据统计，2014 年梅里雪山国家公园门票总收入达 1700 万元。

李强表示，云南省城投每年拿出门票收入的 8% 反哺给迪庆州政府。州政府只拨给管理局日常行政经费，没有垃圾处理方面的财政预算。

其实，明永冰川和雨崩村（内转经线路）也存在垃圾问题，但和外转经线路在管理归属上不同。"大转经路线不收门票，也无人打扫。这两个景区门票收入归公司所有，公司只负责这片垃圾处理。"李强表示。

白玛康主希望国家能出台政策，征收一些环保费作为环境治理的经费保障。同时，积极争取公益项目。梅里雪山有着丰富的自然资源，生产出了矿泉水、松茸等产品，希望厂家能拿出部分资金用于环境治理，也算是回报社会。

"应该探讨上下游的生态补偿机制。梅里雪山属于怒山山脉中段，处于金沙江、澜沧江、怒江'三江并流'地区。下游地区应该对上游地区给予一定的资金补偿，以帮助上游地区为下游提供更好的生态环境。同时，应该跟西藏地区联合治理垃圾，多渠道筹集资金。"马建忠说。

马建忠建议，借鉴国际上对自然（文化）遗产及保护地成熟的管理经验，建立跨省区、跨部门的国家公园试点，逐步探索出有中国特色、符合中国实际的国家公园管理机制，是保护这一区域重要物种栖息地完整性、延续传统文化空间上的连续性、最终解决梅里雪山垃圾问题的最佳选择。

（刊登于《中国环境报》2015 年 11 月 24 日六版）

党政同责抓环保　绿色发展阔步行
青山绿水渐成陕西新名片

◎冯永强　肖　颖

- 生态环保指标分值由原来的 12 分增加到 25 分
- 2015 年淘汰落后和过剩产能 341.4 万吨，节约标准煤 172 万吨
- 实施治污降霾分季对标考核，强化特定时段重点防治

“秦岭保护、江河治理、关中水系的构建，营造了优美宜居的生态生活环境。”

“陕西的英文拼写‘Shaanxi’中的 S 代表 Spectacular，展现了陕西秀丽壮美的自然景观。为了保护好多彩宜人的自然环境，陕西实施了最严格的污染控制措施，并坚持数十年在陕北临近沙漠地区大面积植树造林。位于陕南的汉丹江始终保持良好水质，为我国南水北调中线工程提供了 70% 的水量。”

上述文字是前不久在中国外交部与陕西省政府联合举办的“开放的中国・迈向世界的陕西”全球推介会上，陕西省委书记娄勤俭和省长胡和平推介词中的一小段，虽然字数不多，但足以窥见保护青山绿水已经成为陕西省委、省政府施政兴秦的重要理念。

调整考核机制　强化督政力度

2015 年 2 月，习近平总书记在陕西视察时指出，陕西生态环境保护，不仅关系自身发展质量和可持续发展，而且关系全国生态环境大格局。陕西一定要切实推进生态文明建设，让三秦大地山更绿、水更清、天更蓝。

为此，陕西省委、省政府强调，要把治理污染作为当务之急，把青山绿水作为基本追求，把保护环境工作作为重要责任，全省上下坚持党政同责，推动生态文明建设再上

台阶。到2020年，要初步形成与全面建成小康社会、建设美丽陕西相适应的生态文明新格局。

陕西相继推出一系列顶层设计与战略部署，强化党政领导干部环境保护责任。

调整年度目标责任考核制度，大幅增加了生态环保指标权重。其中，生态环保指标分值由原来的12分增加到25分，雾霾治理指标由原来的3分调整为8分。GDP的分值适当调整，各市生产总值达到全省平均值视为完成任务。而生态环保指标分值增加，超额完成治霾任务还能加分，不断增强考核的“风向标”和“助推器”作用。

2016年1月，陕西省政府印发《陕西省各级政府及部门环境保护工作责任（试行）》，明确各级人民政府及部门的环境保护工作实行行政首长负责制和一岗双责制，探索环保监管由督企向督政转变，给地方和部门套上环保“紧箍圈”，抓住污染治理的“牛鼻子”。省委、省政府还出台了《陕西省党政领导干部生态环境损害责任追究实施细则（试行）》，明确对不顾生态环境盲目决策，导致环境质量恶化，造成严重后果的领导干部，要记录在案，视情节轻重，给予组织处理或党纪政纪处分，已经离任的还要终身追究责任。

陕西从今年开始，建立环保综合督查制度，每年对各设区市污染整治、减排等存在的问题进行督查，明确整改要求和时限，并上报省政府。除此之外，陕西还编制了全省自然资源资产负债表，进行自然资源资产离任审计试点。

升级产业结构　推进绿色发展

陕西省经济增长主要依赖能源化工产业，资源能源约束趋紧，环境污染形势不容乐观。另外，人民群众过去“求温饱”，现在“盼环保”，对生态环境质量的要求越来越高。

对此，娄勤俭、胡和平多次提出，要把握好发展方向和原则，主动转方式调结构、走转型发展之路，提倡科学、生态、绿色的发展，宁可牺牲一点GDP，也要保护好青山绿水。

科学、生态、绿色地发展，具体路径就是推进绿色发展、循环发展、低碳发展，形成节约资源和保护环境的空间格局、产业结构、生产方式、生活方式。

地处革命老区的陕北高端能源化工基地经过十多年特别是“十二五”的发展，成为全省重要增长极。进入“十三五”时期，受到国际能源价格持续下跌影响，基地建设遇到困难。与此同时，石油管道泄漏造成的环境污染事件频繁发生。

无论是经济建设还是生态建设，能源基地都走到了十字路口，下一步该怎么走？

转型发展，调整产业结构，需要壮士断腕的决心。陕西按照消化一批、转移一批、整合一批、淘汰一批的思路，全力打好“三去一降一补”歼灭战，坚决淘汰“僵尸企业”

和落后过剩产能。启动煤电机组超低排放和节能改造，重点抓好 10 万千瓦以下环保不达标火电机组的关停工作。

2015 年，陕西省淘汰落后和过剩产能 341.4 万吨，节约标准煤 172 万吨，超额完成国家任务。今年上半年列入超低排放改造计划的 20 台共 942 万千瓦火电机组，已完成 11 台共 504 万千瓦。合计拆除燃煤锅炉 733 台、1477 蒸吨，关中地区规模以上工业企业燃煤消费量削减 193 万吨。在陕西这样的产煤、燃煤大省，实属不易。

陕西在深入推进能源化工产业高端化的同时，大力发展绿色循环载能工业，加快培育电子信息、新能源汽车、航空航天、新材料等新支柱产业，一批具有引领作用的项目建设亮点纷呈。依托地理优势、资源优势的太阳能、光伏产业布局也在不断扩大。

在调结构的同时，产业的转型升级也成为陕西科学发展的新常态。

兰炭曾经作为神木、府谷的支柱产业，产品单一、产能过剩、污染环境。为了改变这一现状，他们从技术创新入手，通过资源、人才、技术、资金的整合，在进行了尾气综合利用、污水处理回用、烟气脱硫处理后，兰炭企业实现了生产规模化、工艺节能化、环保标准化、操作自动化，实现了战略转型。

位于汉江流域的汉中，出境水量占丹江口水库多年平均入库水量的 60%。汉中市结合实际，提出了强力推动循环发展，建设生态宜居汉中的战略思路，从根本上确保水质保护“硬约束”。“十二五”期间，汉中完成工业企业废气、废水治理工程 20 家，累计关停污染严重企业 58 家、淘汰落后工艺生产线 18 条。实施污染物减排项目 188 个。汉中市省级以上的循环工业园区达到了 21 个，2015 年园区企业实现产值 840 亿元，较 2014 年同期增长 18.5%。园区已经成为汉中展示循环经济发展的窗口。

防治大气污染　改善农村环境

生态文明建设，要求把重点突破和整体推进作为工作方式，既立足当前，着力解决对经济社会可持续发展制约性强、群众反映强烈的突出问题，又着眼长远，持之以恒全面推进生态文明建设。

在前两年治污降霾的基础上，陕西省委、省政府提出，2016 年，陕西要实行治污降霾分季对标考核，强化特定时段重点防治，确保全省空气质量持续好转。

面对上半年严峻的空气质量形势，陕西省委、省政府围绕治污、压煤、控车、抑尘、禁燃、增绿六大措施，完善政策、建立机制、增加投入，优化产业结构布局、调整能源结构、提高城市清洁能源比例。通过“气化陕西”工程，推广实施国Ⅴ标准车用汽柴油等措施的有效落实。同时，以科技创新为引领，以关中地区燃煤火电大气污染物减排为重点，全力部署推进超低排放改造工作。

承担着西安市1020万平方米采暖供热的西郊热电厂，由于建设较早、设施陈旧，二氧化硫排放占全市总量的25%。在各方的协助下，西安热电厂在两个采暖季之间的7个半月时间里同时进行3台电站锅炉脱硫脱硝除尘改造和4台燃气供热锅炉建设，成为省内第一家达到特别排放标准的热电企业、减少燃煤消耗幅度最大的企业和大气污染物减排幅度最明显的企业。

64岁的村民张平华很感慨："咱农村人富了，也想把垃圾、污水管理好。现在政府建起了污水净化、垃圾填埋场和收集站，环境好多了。环境一好，来游玩的人也多了，腰包也更鼓了。"

为了让广大人民群众望得见山、看得见水、记得住乡愁，陕西连续5年开展农村环境连片综合整治工作，600万名农民因此受益。眉县、西乡和彬县创出的3种农村环保治理典型模式得到广泛应用。如今，绿水青山，不仅是展示美丽的"绿名片"，更是百姓致富的"金名片"。

"我们一定要按照五大发展理念的要求，强化系统化思维和运用市场机制治理环境的意识，积极推动生产方式的绿色化转型；要依法监管，对各种环境违法违规行为决不手软，坚决打好大气、水、土壤三大治污攻坚战；要创新机制，激发全社会参与环境保护工作，为实现'三个陕西'目标做出应有的贡献。"娄勤俭说。

（刊登于《中国环境报》2016年8月5日一版）

改体制 调机构 动人员 强保障
河北垂管改革落地生根

◎周迎久 张铭贤 程凤飞

这是一项牵动全局的重大改革。实行省以下环保机构监测监察执法垂直管理制度，是对地方环境保护管理体制机制的全面改革，是“底盘性”制度改革。

这是一项没有经验可循的改革。河北超前谋划、大胆创新、先行先试，细化量化实化各项改革措施，为全国构建环境保护管理新体制趟路子、摸经验。

改体制，调机构，动人员，强保障，一项项改革从“设计”迈向“施工”。如今，环保垂改正在河北的“试验田”上落地生根。

体制怎样改？
横向激发“块”上主动性，纵向加强“条”上权威性

坚冰深处春水生。

2015 年年底，河北在全国率先启动了环保垂直管理制度改革的前期准备工作。省委书记赵克志要求，河北省这项改革要走在前、作表率，形成可推广、可示范的经验模式。

2016 年 12 月 17 日，河北省委办公厅、省政府办公厅印发了《河北省环保机构监测监察执法垂直管理制度改革实施方案》（以下简称《实施方案》）。

两天后，省长张庆伟主持召开河北省环保垂直管理制度改革工作领导小组第一次（扩大）会议，就启动实施环保垂直管理制度改革进行了动员部署，标志着河北省环保垂直管理制度改革进入全面实施阶段。

“这次省以下环保垂直管理制度改革一定意义上说是‘命题作文’。”河北省环保厅环保机构监测监察执法垂直管理制度改革推进工作领导小组副组长兼办公室主任杨智明解释说，要通过改革切实解决好现行管理体制存在的“4 个突出问题”。

具体来说，一是难以落实对地方政府及其相关部门的监督责任，二是难以解决地方保护主义对环境监测监察执法的干预，三是难以适应统筹解决跨区域、跨流域环境问题的新要求，四是难以规范和加强环保机构队伍建设。

强化问题导向，细化环保责任，在横向上激发“块”上主动性。《实施方案》提出，要强化地方党委和政府主要领导成员对当地生态环境负主要责任，其他领导成员在职责范围内承担相应责任。制定各级党委、政府及其相关部门环保责任规定和负有生态环境监管职责相关部门的环境保护责任清单，落实“管发展必须管环保，管生产必须管环保”要求，实行领导班子成员“一岗双责”，强化相关部门环保监管责任。

《实施方案》全面理顺了环保管理体制，在纵向上加强“条”上权威性。改革后，河北各市（含定州、辛集市）环保局将实行以省环保厅为主的双重管理，县（市、区）级环保局调整为市级环保局的派出机构，由市级环保局直接管理。在干部任免、财政供养关系上进行相应调整，从管理体制上避免地方干预。

确保监测数据有效性，推进“测管协同”。《实施方案》确定，将环境质量监测上收到省级，确保数据真实有效；将执法监测、污染源监测以及应急监测重点放在市县，支持配合属地环境执法，形成环境监测与环境执法有效联动、快速响应。

与此同时，河北还将加强基层环境执法，规范队伍建设，强化属地环境执法；依法赋予环境执法机构实施现场检查、行政处罚、行政强制的条件和手段。同时，通过建立省、市、县生态环境保护委员会，研究解决环境保护重大问题，强化综合决策，形成工作合力。

“河北一系列改革的目的，是要建立健全条块结合、各司其职、权责明确、保障有力、权威高效的环境保护管理体制，统筹解决跨区域、跨流域环境问题，规范和加强环保机构队伍建设，构建高效协调的运行机制。”杨智明说。

机构怎么调？
重点解决县级环保部门与当地党委、政府及其部门间的协同问题

“落实‘党政同责、一岗双责’，河北在改革中将成立省、市、县三级生态环境保护委员会。”杨智明说，这个机构的设立，主要是建立健全环境保护议事协调机制，重点解决环保垂直管理后各级环保部门特别是县级环保部门与当地党委、政府及其部门间的工作协同问题。“目前，河北省生态环境保护委员会成立方案正在征求相关部门意见，初步确定省级生态环境保护委员会组长由省长担任，副组长由同级党政分管领导担任，通过后将进入实施阶段。”

紧盯改革目标，河北将对现行环保管理机构进行调整。在监察机构设置上，河北省将在省环保厅设专职负责环境监察工作的厅领导和相关处室，同时跨区域设置6个环境

监察专员办公室，向各市派驻环境监察处，驻市开展环境监察工作，实现对省直部门和市县党委、政府及其相关部门日常环境监察和定期环境督查的全覆盖、常态化。

在监测机构调整上，河北将组建 11 个省驻市环境监测中心，由省环境保护厅直接管理，主要负责本市行政区域内的生态环境质量监测，人员和工作经费由省级承担；领导班子成员由省环境保护厅任免。

在执法机构调整上，河北将执法重心下移，将市环境监察支队更名为市环境执法支队，将县（市、区）环境监察大队更名为县（市、区）环境执法大队，随县（市、区）环境保护局一并上收到市，由市级承担人员和工作经费，具体工作接受县（市、区）环境保护分局领导。市环境保护局统一管理、指挥本行政区域内县（市、区）环境执法力量。

在乡镇街道环保机构设置上，河北要求，乡镇（街道）必须明确负责环保工作的机构和人员，确保责有人负、事有人干。

“在调整中规范和加强环保机构、队伍建设是河北省环保垂直管理制度改革的又一项重要任务。”杨智明说，目前仍为事业机构、使用事业编制的县（市、区）环保局，要结合体制改革和事业单位分类改革，逐步转为行政机构，使用行政编制。

人员怎么动？
逐步解决混编混岗问题，合理调整实现人编岗一致

随着机构调整，紧随其后的就是人员调动。杨智明认为，人员划转是河北环保垂直管理制度改革的重点和难点，涉及人员划转、转岗、安置等诸多问题，直接关系环保队伍稳定和改革成败。

据了解，由于历史原因，河北环保系统人员身份和构成比较复杂，既有行政编制，也有事业编制，还有编外人员。河北将根据机构调整、履职需要和各自实际，坚持分批分层、公开公平、统筹推进的原则，启动人员划转工作并妥善解决这一过程中遇到的新情况、新问题。

按照《实施方案》，河北将结合机构隶属关系调整，相应划转编制和人员，科学调整行政机构设置和事业机构设置，对本行政区域内环保部门的机构和编制进行优化配置，合理调整，实现人事相符。在不突破各市现有机构限额和编制总额的前提下，统筹解决好体制改革涉及的环保机构编制和人员身份问题，保障环保部门履职需要，逐步解决混编混岗、一编多人的问题，实现人编岗一致。

“本阶段主要涉及的是省级环境监测和环境监察人员的调整，主要任务是完成省驻市环境监测中心 468 名工作人员的划转，完成环境监察专员办公室 72 名工作人员的遴选。河北将按照职能调整要求，坚持编随事走、人随编走的原则，在环保系统内环境监测、

环境监察机构在册正式人员中确定上划人员。”在河北省召开的环保机构监测监察执法垂直管理制度改革人员上划工作部署电视电话会上，杨智明强调，在监测人员选配上，总的原则是把负责环境质量监测的人员选上来，执法监测、污染源监测以及应急监测人员要留到地方，推进执法测管协同，加大地方执法力度。在监察人员选配上，要重点考虑督政任务，要求满足政治素质高，理想信念坚定；坚持原则，敢于担当，公道正派，清正廉洁；熟悉环保业务和环保法律法规政策，能胜任异地任职、交流等条件。

据了解，河北省已经明确各市环境监测站现任站长作为改革后的省驻各设区市环境监测中心负责人，在省环保厅党组和各市局党组的领导下，负责与环境质量监测事权上收相关的人财物选配具体工作。在环境监察人员选配上，河北将采取笔试、面试、考察遴选的办法进行。按照中央和河北省的有关规定，环境监测、环境监察工作人员待遇按属地化原则办理。

步调怎么齐？
构建“1+9”方案体系，多部门步调一致合力推进改革

为确保改革顺利开展，河北省已经成立了省环保机构监测监察执法垂直管理制度改革工作领导小组，省长张庆伟任组长，统筹协调解决改革过程中出现的问题，指导、推动、督促各地各相关部门落实改革任务。

在部门分工上，河北提出各相关部门要对牵头负责的工作任务建立台账，逐项明确牵头领导、承办处室、具体责任人和完成时限，一件一件推进落实，一项一项办结销号，确保如期完成各项任务。

据了解，目前河北省已搭建起“1+9”方案体系。“1”就是由河北省环保厅制定的环保垂改总体工作方案，具体明确工作目标、工作步骤、责任分工和完成时限，现已印发实施。“9”就是分别由河北省委组织部、省直工委、省编委办、省国家保密局、省财政厅、省人社厅、省审计厅、省档案局等部门牵头制定领导选配、党的机构设置、环保机构编制调整、保密工作、资金保障和固定资产划转、环保执法机构纳入行政执法序列、工作人员选调、审计工作、档案移交等9个专项工作方案，加强对本领域环保垂改工作的指导推动，形成齐心协力、齐抓共管的改革合力。

河北省要求，推进环保垂直管理改革过程中，各地各部门要严格遵守政治纪律、组织人事纪律、机构编制纪律和财经纪律，严禁在体制调整过程中突击进人、突击提拔干部，严防擅自转移、处置国有资产和违规调动资金。对违纪问题严肃查处，对情节严重、造成恶劣影响的，严肃追究有关责任人责任。

（刊登于《中国环境报》2017年2月24日一版）

簋街餐厨垃圾去哪儿了？

◎欧阳近人

从后厨端到餐桌上的美味佳肴，再回到后厨，便成了垃圾。

簋街，一条“越夜越火”的京城著名美食街，现在平均每天接待客流量突破 6000 人次，周末或节假日更是能突破万人次。

这条街上 60 多家餐饮企业大概一天产生 20 多吨的垃圾。这些垃圾，有下脚料，有残羹冷炙，还有废弃油脂，极易腐败发酸发臭，滋生有害物质。那么，它们最终都去了哪儿？

厨余有专车　随产即随清

4 月 12 日凌晨 5 点，北京的簋街还没睡醒，一辆餐厨垃圾收运车就已经从玉蜓桥餐厨垃圾中转站出发，沿着幸福大街、北京站前街和东直门内大街，开始了一天的垃圾收运之旅。

在簋街“花家怡园”饭店旁边的胡同口，一辆标有“东城厨余收运”的电动垃圾车停了下来。只见工作人员启动遥控器，车尾应声降下隔板，随后载着绿色垃圾桶一起缓缓上移，再手动归位，这就完成了一次收运，整个过程不到 8 分钟。

东城区城管委副主任卢占芳介绍道，自 2010 年开始，东城区城市综合管理委员会就开始对簋街进行垃圾分类收运治理。“花家怡园”饭店是先行试点，现在已成为东城区“001 号垃圾分类油脂清运定点示范店”。

“为配合簋街综合提升工程，我们近期加大了对簋街餐厨垃圾的收运治理力度。1 辆密闭式餐厨垃圾收运车，1 辆绿皮电动车，6 辆三轮车，这是最新阵容。每天 5 个时段，只收运餐厨垃圾，随产随清。”东城区城市运行管理服务中心负责人赵波说。

油水初分离　干湿两车运

记者来到“花家怡园”饭店的后厨，发现里面摆放了不同颜色的垃圾桶，算上纸箱桶、瓶罐桶、杂物桶等一共有16个。后厨一侧安有3个不锈钢的小“柜子”，原来是油水分离器。

饭店经理介绍，油水从后厨灶台下的管道进入油水分离器后，里面的特殊构造会自动将油、渣、水分开，污油、废弃物被分别截留，分离出来的废弃油脂则抽出来运走。

油水分离器不仅可以将大部分油脂类物质有效分解，省去人工清掏，还能避免油脂结块造成的管道堵塞和环境污染问题。

油污水直排入下水道，会被不法分子收集做成危害健康的“地沟油”。那么这些收集起来的餐厨垃圾、隔离的废弃油脂，最终各去向何处？废弃油脂会不会再流回餐桌？

赵波解释道：“餐厨垃圾和废弃油脂由不同的车收运。”在这里就地初次分离出的废弃油脂，会被专门的清运车收取运走，而餐厨垃圾则被运往中转站，接着进行二次分拣；到了终端处理厂，还会进行更细化的分拣收集。

“我们会与餐饮企业签一份《北京市餐厨垃圾收集运输服务合同》，合同里写得很清楚，包括食物残渣、残液和废弃油脂等废弃物，我们只收这些，其他垃圾由环卫中心负责。”赵波说。

合同里还规定了餐饮企业必须每天某个时间将餐厨垃圾放置指定位置，确保日产日清；餐饮企业必须如实申报餐厨垃圾产生种类和数量。最重要的是，餐饮企业应确保餐厨垃圾成分符合收运要求，不得将塑料、筷子、尘土、炉渣等混入。

提高收运率　分类需强制

记者跟随满载簋街垃圾的收运车，来到了位于丰台区蒲黄榆二里小区的玉蜓桥垃圾中转站。

中转站内，15名身穿工作服的垃圾分拣员正在把掺杂的各种塑料、纸巾、筷子、餐具碎片清理出来，旁边的几名工作人员则在清洗空了的垃圾桶。餐厨垃圾运到这儿就开始进入二次分拣，最终处理还要到河北大厂的再生资源利用基地。

人工分拣这一步可不可以省？能挑出多少非餐厨垃圾？中转站负责人告诉记者，目前，东城区餐厨垃圾规范收运率约62%。这意味着，即使餐饮店进行“干湿分离”，还是会有很多非餐厨垃圾混入其中，这使得实际餐厨垃圾收运率大大降低。

卢占芳说："针对分类工作，我们近期开始加强监管，建立垃圾分类处置台账，加大人员设备投入、优化收运时间路线、强化上门政策宣传，不断完善收运过程中的服务措施。"

小小黑水虻　能吃"大家伙"

在河北大厂再生资源利用基地，一个4500平方米的大厂房正在处理每天从北京东城区玉蜓桥垃圾中转站拉过来的餐厨垃圾。这才是簋街"小龙虾壳"们的终点站。

"以前是用物理的方法，即分拣好的垃圾通过搅碎、挤干、隔油池处理、高温炉烘干后，转化为饲料添加剂。"企业负责人介绍道，"但是由于高温烘干能源消耗较大，现在开始用一种叫作亮斑扁角水虻的生物做无害化与资源化处理。"

亮斑扁角水虻其实就是黑水虻，成虫没有口器，不会传播疾病；而幼虫能吃餐厨垃圾，停食后化蛹，可以做家禽饲料添加，成品营养价值更高，虫粪也可以做化肥。

据了解，1万只水虻可以在不到1小时之内便吃掉1公斤猪牛羊肉，不到20分钟吃掉1公斤水果。在适宜环境下，这些水虻24小时内可处理约800公斤的餐厨废弃物，消纳烂果、猪粪、剩饭菜等有机废弃物特别有效。

簋街的"簋"，是古人用于盛放煮熟饭食的器皿。圆口，双耳，寓意专门的收集。八方食客在这里品尝美食，却也给这条老街带来了诸多问题。如今，餐厨垃圾有了去处，但是垃圾分类，却是需要全民参与的事情，源头减量了，处理才高效。

卢占芳说："餐厨垃圾减量化、无害化和资源化，既是食品安全问题，也是资源节约型和环境友好型社会建设的重要课题。只有居民自觉减少垃圾产生、做好分类，餐饮企业分类收运规范统一，多元参与，各负其责，才能共护美丽城市，共享绿色生活。"

（刊登于《中国环境报》2017年4月19日九版）

武汉首创市域内跨区长江水质断面考核奖惩机制
上下游左右岸　水质升降说得清

◎鄢祖海　杨海垚

按照《长江武汉段跨区断面水质考核奖惩和生态补偿办法（试行）》（以下简称《办法》），湖北省武汉市近日公布了首次长江武汉段13个跨区断面水质监测结果，并按照水质考核核算原则，对13个断面综合污染指数进行了预警核算和上下游对比。

改善奖励、下降惩罚
水质变化情况与干部绩效挂钩

根据公布的13个断面化学需氧量、高锰酸盐指数、氨氮和总磷4项所测水质指标，除滠水入长江口断面为Ⅲ类外，其余12个监测断面均为Ⅱ类，优于国家考核Ⅲ类标准要求。

武汉市对13个断面综合污染指数进行了预警核算和上下游对比，11个跨区考核断面中，武汉关码头、窑头、喻家塆、杨泗村、武金堤渡口、东兴洲村6个断面综合污染指数较上游对照断面下降（水质改善），分别奖励50万元、100万元不等；老官村、王家巷码头、滠水入长江口、东港村、牛家村5个断面综合污染指数较上游对照断面上升（水质变差），分别扣缴100万元、200万元不等。其中，滠水入长江口断面水质由上游对照断面的Ⅱ类下降为Ⅲ类，主要污染物为化学需氧量。

据介绍，2017年12月23日，武汉市出台《办法》，明确规定对长江武汉段水质按区分段监测、考核，每双月通报武汉市各辖区内长江武汉段水质状况。

《办法》明确，以所属区的长江断面水质为考核依据，设置简明的考核指标，实行“水质改善的奖励”“水质下降的扣缴”，并与干部绩效挂钩，推动建立“成本共担、效益共享、合作共治”的生态补偿机制。

按上下游、左右岸设断面
11 个考核断面对应沿江 11 个区（管委会）

按照《办法》的要求，武汉市环保局根据长江武汉段区界和岸上的实际情况，按长江上下游、左右岸的关系，设置了 13 个监测断面。

长江左岸设置了水洪中心、老关村、王家巷、武汉关、滠水入江口、窑头、喻家埪 7 个监测断面。长江右岸设置了王家湾、杨泗村、武金堤渡口、东兴洲村、东港村、牛家村 6 个监测断面。

除水洪中心、王家湾为入境对照断面，其余 11 个为考核断面（同时为下一个区的对照断面），分别考核沿江 11 个区（管委会），长江左岸依次为武汉经济技术开发区（汉南区）、汉阳区、江汉区、江岸区、黄陂区、新洲区，长江右岸依次为江夏区、洪山区、武昌区、青山区和东湖新技术开发区。

跨区考核断面水质与入境对照断面水质相比，综合污染指数持平或下降比例不超过 10% 的奖励 50 万元，综合污染指数下降（水质改善）比例超过 10% 的奖励 100 万元。

跨区考核断面水质与入境对照断面水质相比，综合污染指数上升（水质下降）比例不超过 10% 的扣缴 100 万元，综合污染指数上升比例超过 10% 的扣缴 200 万元。

按照《办法》有关规定及程序，最终按年度平均水质核算、兑现考核奖惩和生态补偿结果。

据了解，《办法》出台之前，长江武汉段水质只设置入境对照、出境考核等监测断面，对各区水质状况没有开展监测考核。长江流经武汉的过程中，水质上升或下降的责任是上游还是下游、左岸还是右岸得不到全面反映。

市域内跨区断面水质考核奖惩和生态补偿机制，是武汉作为长江经济带特大城市，在长江武汉段水质优良情况下的全国首创。此举通过强化生态保护责任，调动各区保水治水积极性，形成共抓长江大保护的长效机制，对探索大江大河生态保护及生态补偿有效机制有着积极示范作用。

（刊登于《中国环境报》2018 年 1 月 11 日一版）

上好党建第一课、构建士气加油站、全程廉政高压线，
渤海入海排污口现场排查以党建促实效

心中有信仰　脚下有力量

◎季英德

辗转倒车40多个小时，来回4天时间，不远千里赶来参加渤海入海排污口现场排查；

冒高温战酷暑，每天沿海岸线徒步几万步，衣服被汗水打湿全然不顾，只为了有口皆查、应查尽查；

士气高涨干劲足，自己组的任务完成后，顾不上休息就主动请缨，帮助别的组分担排查任务。

他们都有一个共同的身份——生态环境执法人员，都有一项共同的职责——入海排污口排查，大部分人还有一个共同的称号——共产党员。

心中有信仰，脚下有力量。

从7月22日开始，生态环境部从沿海、沿江15个省份和部系统抽调810名同志，组建270个现场组，对河北省沧州市，辽宁省营口市、盘锦市、锦州市、葫芦岛市，山东省东营市、潍坊市、滨州市等8市开展渤海入海排污口"全口径"排查，把"不忘初心、牢记使命"主题教育融入现场排查全过程，以抓好现场党建工作为重点，上好党建第一课、构建士气加油站全程廉政高压线，以党建促进排查工作实效。

把主题教育融入现场排查全过程

生态环境部党组书记、部长李干杰多次强调，要坚持围绕中心、服务大局，把开展主题教育同深入学习宣传贯彻习近平生态文明思想、全面落实全国生态环境保护大会工作部署结合起来，同完成生态环境保护领域改革发展稳定各项任务结合起来，同推进打

好污染防治攻坚战各项工作结合起来，使党员干部焕发出来的热情转化为攻坚克难、干事创业的实际成果。

排污口排查工作既是贯彻落实中央打好污染防治攻坚战决策部署的具体行动，也是“不忘初心、牢记使命”主题教育的具体实践。

参加渤海入海排污口现场排查的810名同志，来自全国各地。怎样让大家心往一处想、劲往一处使？如何带队伍、鼓士气？

生态环境部生态环境执法局党支部书记、局长曹立平表示，渤海入海排污口排查工作要以党建为统领，把“不忘初心、牢记使命”主题教育融入现场排查全过程，做实做细党建工作，进一步提高排查人员思想认识，凝心聚力，以党建促排查。

为加强排查整治工作中的党组织建设，生态环境部生态环境执法局党支部专门制定了《环渤海8市入海排污口现场排查党建工作要点》，将排查作为主题教育的实践点，提出把握“上好党建第一课、构建党建加油站、全程廉政高压线”3个关键，在促学习、强作风、严纪律、见实效上下功夫，全力做好现场排查党建工作。同时坚持问题导向，狠抓排查质量，落实排查质控体系及措施，破解现场排查“漏查”“误判”问题，以真抓实干确保主题教育各项要求落到实处、见到实效。

上好党建第一课，就是进驻首日组建临时党小组，覆盖到现场全体党员，通过重温入党誓词、学习中央决策部署等方式，迅速统一思想、严明纪律，形成共识、凝聚力量，确保工作有序开展。

构建党建加油站，就是在进驻期间，各临时党小组结合实际开展好党的组织生活，重点关注现场遇到的困难问题和一线人员的思想动态，通过学理论、树典型、立榜样、谈体会等多种方式，取长补短、互促共进，不断提升党建科学化水平，进一步鼓舞士气、激发干劲、遵守纪律，带动业务工作扎实深入开展。

全程廉政高压线，就是进驻首日全体人员学习“五不准”“七承诺”，逐一签订廉洁守纪承诺书；进驻期间，通过提醒谈话，进行“点穴式”教育；结束时，全体人员填报廉政自查表，让排查人员全程心中有底线，不碰高压线，打造风清气正的生态环保铁军。

为推动现场排查扎实开展，生态环境部生态环境执法局专门组建了联络员、保障员、技术员队伍，明确了“三员”职责，即传递讯息、响应需求、营造氛围、兜底保障，并制作了“三员”PPT，开展业务培训，预设各类场景对话，确保准备充分、保障有力。

记者在《临时党小组工作规范》中看到，排查期间，以片区工作队为单元，当党员人数超过3名时，建立临时党小组，按照党章等规定开展工作。临时党小组遵循基层党组织总体定位，以服务和保障排查专项行动工作为基本任务，突出政治建设，强化纪律作风建设，发挥党员领导干部表率作用、党组织战斗堡垒作用和党员先锋模范作用，保障排查专项行动工作风清气正。

一个党小组就是一座坚强的战斗堡垒

“我志愿加入中国共产党，拥护党的纲领，遵守党的章程，履行党员义务，执行党的决定，严守党的纪律，保守党的秘密，对党忠诚，积极工作，为共产主义奋斗终身，随时准备为党和人民牺牲一切，永不叛党。”

面对鲜红的党旗，大家高举右手，握紧拳头，郑重宣誓，锦州市工作组第一党小组组织全体党员重温入党誓词。

记者在东营港片区工作组临时党小组学习内容的表格上看到，从进驻当天开始至排查结束，每天都安排了学习内容，既有习近平新时代中国特色社会主义思想特别是习近平生态文明思想，也有生态环境部党组有关工作部署和要求等。

一个党小组就是一座坚强的战斗堡垒，敢打硬仗，善打硬仗。

“F 大队共有 45 人，其中党员 31 名，进驻首日就成立了临时党小组，明确了宣传、组织、纪检、学习 4 个委员，每个人都签订了《生态环境部入海排污口现场排查工作廉洁守纪承诺书》。”来自江西省环境监察局的东营片区 F 大队大队长、党小组组长熊正渊告诉记者，“我们每天晚上都组织学习，以学习促管理，让大家把精力、时间放在排查上。排查结束后又对照遵守纪律情况、遵守中央八项规定精神情况开展自查，每个人都填写了现场排查工作人员自查表。通过自查情况看，没有发现违纪方面的问题。”

扎实有力的党建工作，让大家上下一条心，拧成一股绳，不忘初心，敢于担当。

东营港片区 D 大队第 30 组组长孙冠军和组员王密海，来自秦皇岛市环境执法支队，另一位组员是来自承德市围场分局执法大队的刘野，他们三人都是共产党员。

在排查编号 20927 点位时，必须通过一道窄窄的有裂缝的土坝。他们飞快穿过，圆满完成排查，事后也是心有余悸，因为听说裂缝土坝边的河水有 15 米深。他们说，当时就只有一个想法，这个点位一定要过去看，必须排查到位，不能漏下。

孙冠军参加过大连的现场排查，明知道这种排查很辛苦很累，但还是主动请缨，“我参加过排查，有经验，还是我去。”

刘野 7 月 18 号刚结束在外地 15 天的随机检查，回到家仅待了一天，又坐了一天车赶到东营市参加现场排查。7 月 25 号在排查一废弃虾池的管道时，为了采到管道里面的水样，几乎是趴在管道上，鞋子也掉进了河里。

一名党员就是一面迎风飘扬的旗帜

骄阳当空的排查现场，一名名共产党员奋勇当先，积极发挥党员的先锋模范作用，带头排查，带头遵守各项规定；其他组员也以党员的标准严格要求自己，冲锋在前，冒着酷暑，一丝不苟采样检测，严格按照技术规范操作。烈日下，大家齐心协力，互相鼓劲打气，加快排查速度，确保排查质量。

渤海入海排污口现场排查东营组组长王锷一介绍，为落实主题教育要求，结合现场实际，执法局党支部及时编发一线工作通报、一图一故事、现场排查“点赞榜”等，树典型、立榜样，鼓舞士气，激发干劲，促进大家对标对表找差距、抓落实，切实强化排查队伍纪律作风，带动现场工作扎实深入开展。

在排查现场，一名党员就是一面迎风飘扬的旗帜。旗帜是方向，旗帜是力量。

守初心，担使命。共产党员、东营片区第66组的徐建武，来自江西省九江市德安生态环境局。7月24日上午因要穿过溢洪河，由南岸到北岸查看编号为21666点位，他翻过一废弃引水渠时，头部撞到水泥横梁上擦破了皮，依然继续排查。

东营港片区D大队第38组组长黄杰，来自国家海洋环境监测中心。她告诉记者，她们组共排查了14个点位，大约徒步15公里，都是用脚量出来的，有的点位根本就没有路，只要在确保安全的情况下能走过去，就一定想方设法过去。她家里有两个孩子，一个5岁，一个才2岁，自己出来排查就没法照顾孩子，但家人非常理解、非常支持。

同是来自国家海洋环境监测中心的第38组组员金媛，是一名共产党员，排查期间身体不舒服，但还是每天都参加排查，徒步一两万步从没叫苦喊累。来自沧州市生态环境局盐山县分局的第38组组员于胜利，父亲生病需要人照顾，但他还是克服困难毅然参加这次现场排查。挽起短袖，胳膊上黑白分明，他笑称东营的太阳真厉害。

来自江西进贤县生态环境局的东营片区第62组的于建芳，在排查明乐闸附近滩涂上的疑似点位时，小河沟里的水挡住了前行的路，他二话没说，脱掉鞋子蹚水过去排查，决不放过任何一个疑似点位。

熊正渊告诉记者，参加入海排污口现场排查最大的收获是得到了锤炼，提高了能力，为回去更好地做好当地生态环境保护工作积累了经验，增强了信心。

（刊登于《中国环境报》2019年7月31日二版）

河北率先在生态环境系统开展巡察

推动全面从严治党向基层延伸，巡察结果和整改情况作为干部评价考核、任用、奖惩重要依据

◎张铭贤　周迎久　董巧亮

自河北省生态环境厅成为河北省首批开展巡察工作的省直单位之一，河北省也成为全国率先开展生态环境系统巡察的省份。截至目前，河北省生态环境厅党组已组织开展了对廊坊市生态环境局党组第一轮巡察试点工作，并启动了第二轮巡察，分别进驻石家庄市生态环境局党组和厅第一环境监察专员办公室，开展为期一个月的常规巡察。

河北省生态环境厅党组通过开展巡察工作，探索创新适合生态环境系统的巡察方式方法，完善了巡察制度，提高了巡察质量，推进了全省生态环境系统全面从严治党向纵深发展。

强化组织领导，落实主体责任

“厅党组高度重视巡察工作，多次召开专题会议，确保了巡察工作精准聚焦政治监督。”河北省生态环境厅党组巡察工作领导小组成员、第二轮第一巡察组组长陈建英介绍说。

加强巡察机构和巡察组建设。河北省生态环境厅党组坚持把巡察工作作为“书记工程”，压实巡察主体责任，党组书记担任巡察工作领导小组组长，主管人事、机关党委的副厅长任副组长，驻省厅纪检监察组和厅机关人事等部门主要负责同志任成员。

“在对廊坊市生态环境局党组的巡察中，我们创造性形成了‘一体两翼’巡察模式，‘一体’即常规巡察，‘两翼’即选人用人、财务审计两个专项检查组。在为期一个月的巡察中，我们坚持常规巡察与专项检查同步开展、同步进行、互相促进。”陈建英介绍

说，“在第二轮巡察中，我们采用了巡察 + 延伸、机动的巡察模式，即巡市局党组带县局分党组，明确对 2 个县（市、区）分局党组开展延伸巡察，对 3 个县（市、区）分局党组进行机动式巡察，选择一些问题线索突出的县（市、区）分局党组开展专项巡察，稳步推进巡察全覆盖。”

河北省生态环境厅党组还指导督促 11 个设区市生态环境局党组建立巡察制度，成立巡察机构，明确巡察任务，全力构建省厅党组巡察市局党组，市局党组巡察县（市、区）分局分党组的系统巡察工作格局，做深、做实、做细系统巡察工作，贯彻“发现问题、形成震慑、推动改革、促进发展”巡视工作方针，深化政治巡察，打通全面从严治党“最后一公里”。

规范巡察流程，提高巡察质效

巡察工作从哪入手、如何开展、怎样推进？针对这一系列问题，河北省生态环境厅党组从巡前、巡中、巡后各个流程环节入手，进一步细化巡察准备、进驻等 12 个环节 38 个规定动作，同步制定巡察工作流程图。

巡察前，河北省生态环境厅大气、水、土壤等职能处室积极向巡察组提供涉及被巡察单位的问题线索、工作情况和生态环境监测数据，发挥专业特长和职能优势，凝聚工作合力。

巡察中，驻厅纪检监察组提前介入，与巡察组共同研判，逐一“把脉”，逐个审定，看问题定性是否准确、支撑材料是否充分，综合研判后按照边巡边交、集中移交原则进行分类，对每个问题线索研判为进一步了解关注类、了解关注类和参考类 3 个类别。

巡察结束后，河北省生态环境厅巡察工作领导小组办公室发挥统筹、协调作用，会同相关业务处室催办、督办、审核被巡察单位整改情况，确保如期整改到位，建立长效机制。

“我们坚持建立巡察工作日志，进一步规范完善‘一审核一报告一申请’回避制度，巡前签订保密承诺书和遵守巡察纪律承诺书。”河北省生态环境厅党组第二轮巡察组副组长、厅机关党委专职副书记刘军介绍说。

在巡察实践中，河北省生态环境厅党组还结合省级以下生态环境系统垂直管理工作实际，进一步完善了巡察工作领导体制和工作机制，先后制定了《中共河北省生态环境厅党组巡察工作规划（2019—2021 年）》等 36 项工作规则、工作制度和工作模板。

随着巡察工作的推进，河北省生态环境厅党组还将继续完善巡察制度建设，力争在第二轮巡察结束时，形成一整套适合生态环境系统巡察工作实际的规章制度和工作流程，为生态环境系统开展巡察工作提供有益借鉴。

强化巡察整改，深化成果运用

“巡察发现，廊坊市生态环境局党组学习落实习近平生态文明思想和全国生态环境保护大会精神不够全面系统；推进污染防治攻坚战工作举措不够有力，对治理‘散乱污’企业态度不够坚决，重点工作进展还不平衡；自身环境监测能力建设缺失；落实优化营商环境要求不力；履行管党治党主体责任还有待加强，抓党建工作标准有待提高，向基层传导从严治党政治责任不到位……”

据了解，在第一轮巡察中，河北省生态环境厅党组巡察组共发现廊坊市生态环境局“四个落实”方面突出问题 32 个，向纪检监察机关（机构）、人事部门移交了相关问题线索，巡察的利剑作用得到初步彰显。

“巡察工作，发现问题是主要任务，整改问题是根本任务。扎实做好巡察‘后半篇文章’，河北省生态环境厅党组坚持把巡察整改与中央和省委巡视反馈问题整改结合起来，与‘不忘初心、牢记使命’主题教育检视问题整改结合起来，督导廊坊市生态环境局统筹制定整改方案，建立整改责任体系、组织体系，定期梳理整改进展情况。”陈建英介绍说，河北省生态环境厅党组巡察办将适时组织开展“回头看”，以钉钉子精神确保巡察反馈意见整改落实落细。

深化巡察成果运用，河北省生态环境厅党组提出，对巡察发现的问题线索，认真梳理，及时处置，分类移交，督促相关单位综合运用监督执纪“四种形态”，研究提出谈话函询、初核、立案或者组织处理等意见，凡是反映集中、性质恶劣的人和事，提级办理、限期办结，做到发现一批、移交一批、查处一批。

河北省生态环境厅党组还明确，将巡察结果和巡察整改情况作为干部评价考核、任用、奖惩的重要依据，真正做到利剑高悬、震慑常在，为打造生态环境保护铁军，打好污染防治攻坚战，建设经济强省、美丽河北营造风清气正的良好政治生态。

（刊登于《中国环境报》2020 年 7 月 15 日一版）

生态保护与精准脱贫相结合，引导牧民参与生态保护、公园管理

三江源头的生态答卷

◎夏连琪　刘　红

4月的青藏高原，冬去春来。嫩绿色的草场与湛蓝的天空、巍峨的雪山相映成趣，景色十分别致，远处成群的岩羊、悠走的蓝马鸡、漫步的白唇鹿，让这个海拔最高、面积最大的国家公园焕发出勃勃生机。

三江源区生态环境质量持续提升

地处三江源核心区的曲麻莱县，是我国南北两大水系的重要水源涵养区之一，既是长江北源发源地，又是黄河源头约古宗列所在地。

在青海三江源国家公园长江源园区内的曲麻莱县曲麻河乡多秀村，生态管护员卓玛加佩戴着红袖标，每天骑摩托跑三四十公里去巡护，遇到野牦牛产仔的时候，最远的巡护里程超过50公里。摩托车进不去，便骑着牦牛一天走20多公里，有时候晚上独自在野外搭个简易帐篷露宿。

过去，卓玛加拿着羊鞭放牧。三江源国家公园成立后，他戴上生态管护员袖标，守护着三江源生态安全，卓玛加亲眼见证了三江源头的变化。

他说："现在草是越长越高了，雨水也比以前多了，以前靠帮人放牧和国家发放的草原奖补，全家一年的收入不足1万元。自从有了这份工作，每年有了2.18万元的固定收入，我们家也实现了脱贫。"

在这几年的巡护路上，卓玛加经常遇见以前鲜见的雪豹、金钱豹、猞猁、棕熊等野生动物。对祖祖辈辈生活在这里的卓玛加来说，他已经把野生动物当作朋友和亲人。

牧民是草原的主人，也是三江源国家公园建设的主体。体制试点以来，有效调动了

牧民参与国家公园建设的积极性，筑牢了三江源国家公园建设的基层网底。

国家发展改革委生态成效阶段性综合评估报告显示：三江源区主要保护对象都得到了更好的保护和修复，生态环境质量得以提升，生态功能得以巩固，水涵养量逐年增长，草地覆盖率、产草量分别比十年前提高了11%、30%以上。这表明三江源国家公园体制试点的设立，换来的是绿草如茵、碧水蓝天的喜人景象。

随着三江源生态保护与建设二期工程深入实施、三江源国家公园体制试点的设立，三江源区域的湖泊、湿地面积增大，湿地与水体生态系统有所恢复，三江源地区水体与湿地生态系统面积净增加300平方公里以上；监测区域内黑颈鹤、斑头雁等鸟类以及藏野驴、藏原羚等种群数量不断增加，生物多样性得到保护。

玉树藏族自治州生态环境局局长多加说，玉树州处于三江源核心地区，五年来，大力实施退牧还草、生态移民、建设养畜、鼠虫害防治、黑土滩综合治理、沙漠化土地治理等16个项目，累计投入28.7亿元，实施了三江源、可可西里、隆宝国家级自然保护区规划，完成草原禁牧387万公顷，减畜209.03万只羊单位，灭鼠5297.26万亩，黑土滩治理69.34万亩，生态移民6535户33012人，封山育林0.78万公顷，森林覆盖率达到3.2%。

建立我国首个体制试点的国家公园

党的十八届三中全会明确提出“建立国家公园体制”。在中央和国家相关部门支持指导下，在前期充分调研论证、广泛征求意见、精心谋划设计的基础上，2015年11月，青海省委、省政府向中央上报了《三江源国家公园体制试点方案》（以下简称《试点方案》）。

2015年12月9日，习近平总书记主持召开中央全面深化改革领导小组第十九次会议，审议通过了《试点方案》。2016年3月5日，中共中央办公厅、国务院办公厅正式印发《试点方案》。

根据《试点方案》，三江源国家公园的总体格局可简要概括为“一园三区”：“一园”即三江源国家公园，“三区”为长江源（可可西里）、黄河源、澜沧江源3个园区，总面积12.31万平方公里，占三江源面积的31.16%。其中冰川雪山883.4平方公里，河湖湿地29842.8平方公里，草地86832.2平方公里，林地495.2平方公里。涉及玉树藏族自治州杂多、治多、曲麻莱3县和果洛藏族自治州玛多县，以及青海可可西里国家级自然保护区管理局管辖区域。3个园区涉及12个乡镇、53个村、17211户牧民。

三江源国家公园是我国首个体制试点的国家公园，因其覆盖范围广、地处三江之源，备受社会各界的广泛关注。目前，三江源国家公园探索构建了省、州、县、乡、村全覆盖的国家公园管理体制，基本解决了“九龙治水”和监管执法碎片化问题；建立了行政管理体系，实施了 4 县大部制改革，整合林业、国土、生态环境、水利、农牧等部门的生态保护管理职责，设立生态环境和自然资源管理局；整合林业站、草原工作站、水土保持站、湿地保护站等设立生态保护站，国家公园范围内的 12 个乡镇政府挂保护管理站牌子，全面建立了集中统一高效的保护管理和执法机制。此外，组建成立三江源国有自然资源资产管理局和管理分局，积极探索自然资源资产管理与国土空间用途管制“两个统一行使”的有效实现途径，将三江源国家公园全部自然资源统一确权登记为国家所有。

自三江源国家公园建设以来，算生态账、打生态牌、吃生态饭已经成为人们的共识。通过创新出思路、出举措、出方案、出对策，将生态文明建设引向深入，形成了国家所有、全民共享、世代传承的生态保护新模式。

“生态体验”开辟绿色致富新路

对于世代逐水草而居的三江源地区牧民而言，放牧是大多数人唯一的生存技能。如何引导禁牧减畜后的牧民参与国家公园的保护与管理，并使其从中受益、实现脱贫致富？这在三江源国家公园体制试点工作中，就成了最值得研究的重大民生问题。

位于澜沧江源头的玉树藏族自治州杂多县昂赛乡，具有独特的峡谷风貌、原始森林和丹霞景观，是国家一级保护动物雪豹的主要分布区，也是三江源国家公园内第一个开展生态体验特许经营活动的试点。昂赛乡年都村生态管护员白玛文扎就是生态体验特许经营活动的首批受益者，通过带领访客到峡谷观测野生动物活动，一年下来有着不错的收入。

“2015 年我成为生态管护员，主动减少了家畜放养，平时和其他牧民一起巡护山水林草湖。自从成为自然体验接待家庭后，加上生态管护员的工作，家庭收入增加了不少，生活也有了很大改善。”白玛文扎说。

和白玛文扎一样的接待家庭，在昂赛乡有很多户，他们通过培训，掌握红外相机和望远镜操作、使用技术，为体验者提供食宿，并担任司机和向导，进一步拓宽了增收渠道，参与国家公园保护建设的积极性也越来越高。

还有许多当地群众，也看好得天独厚的生态资源优势，搭上了发展乡村旅游的“快车”，在自家院子里开起了农家乐，收入持续提高。吃上生态饭的群众，环保意识也更强了。

三江源地区将生态保护与精准脱贫相结合，鼓励引导并扶持牧民从事公园生态体验、环境教育服务以及生态保护工程劳务、生态监测等工作，使牧民在参与生态保护、公园管理中获得稳定的收益。开设了“三江源生态班”，招收三江源地区 40 余名牧民子弟开展为期 3 年的中职学历教育；对园区内外近万人次开展民族手工艺品加工、民间艺术技能、农业技术等技能培训，并积极开展特许经营试点；在澜沧江源园区昂赛大峡谷开展生态体验项目特许经营试点，实现经营年收入 100 余万元。

目前，三江源国家公园体制试点任务全面完成，已具备在今年年底正式设立国家公园的条件。根据规划，三江源国家公园建设将逐步实现从打好基础向提升质量转变，从制度建设向巩固完善转变，从探索试点向全面推进转变。按照 2020 年、2025 年、2035 年 3 个时间节点设立目标，逐步推进建设。

（刊登于《中国环境报》2021 年 5 月 20 日一版）

县级分局党组由县级党委批准设立，构建省、市、县、乡四级生态环境保护委员会

山西高质量“垂改”盘活生态环保“一盘棋”

◎王　璟

明确县级分局党组由县级党委批准设立；构建省、市、县、乡四级生态环境保护委员会，盘活生态环保“一盘棋”；成立4个生态环境保护监察办公室，组建副厅级生态环境监测和应急保障中心，建立14个跨县（市、区）的生态环境监测机构；省厅党组对各市党组开展政治巡察，加强对下级“一把手”和领导班子的监督，推进全面从严治党向纵深发展，打通政策落实的“最后一公里”……一段时期以来，山西省高度重视“垂改”工作，通过高质量“垂改”有力推动了高水平保护。

2021年，山西省各项约束性指标均超额完成目标任务，全省 $PM_{2.5}$ 年均浓度首次进入“30+”，达到38.55微克/米^3，同比下降15.2%，创“十三五”以来最大改善幅度。全省环境空气质量综合指数首次进入“4+”，达到4.60，同比下降11.5%。全省重污染天数比例首次进入“千分位数”，为0.6%，汾河稳定实现“一泓清水入黄河”。

基层环保“垂改”落地，打通政策落实中的难点和堵点

“你怎么穿这么薄就出来了，不冷吗？”

“家里暖和就穿得比较少。我家二十四五摄氏度，你家多少？”

“我家窗户都开着呢，就这还二十一二摄氏度呢。大暖就是好，又便宜，又暖和，多亏了李主任。”

这是山西省曲沃县乐昌镇西南街村两位居民之间的对话。他们口中的李主任是乐昌镇主任科员李啸。

李啸告诉记者，那两户居民家位于清真寺站附近，该换热站辐射300多户居民，一网、二网及通往居民户家中的三网管道已接入完成，但去年由于土地纠纷问题，换热站一直未能建成，所以这几百户居民还是自己采暖。

“今年在镇生态环境保护委员会的组织下，我们积极攻克工作中的难点问题，与生态环境、住建、公安、国土等部门积极沟通，与西南街村委共同努力多次与占地居民户协商调解，终于在供暖季到来之前顺利完成换热站建设任务。”李啸说。

“300多户居民供暖问题得到了解决，大家都夸西南街村、乐昌镇的干部是干实事的干部。”乐昌镇西南街村一位干部说道。

乐昌镇生态环境保护委员会成立于2020年4月。委员会主任翟剑表示，乡镇生态环境保护委员会的成立，畅通了各部门的协调沟通渠道，为乡镇开展工作腾开了手脚，从而能有更多的时间专注于解决群众的问题。

“绿水青山就是金山银山”，环保“垂改”也直接或间接给基层群众带来了红利。

曲沃县丰惠新村在推行集中供热项目落地时也是困难重重。丰惠新村的村书记说：“当时，因为立杆、地埋、往墙上挂管道这3种方式都有居民反对。他们认为，每天烧点煤没有多大的污染。”

镇村两级干部走街串巷、进门入户，对不理解集中供热工程的群众做耐心细致的思想工作，讲政策、讲道理。通过大家的共同努力，最终取得了居民们的理解和支持，丰惠新村小区集中供热工程得以顺利推进。

谈到集中供热带来的好处，丰惠新村的村民说：“过去，虽然我们村是城中村，处于曲沃县繁华地段，距离周边学校也不远，但是我们村的房子不好出租。关键就是供热问题。自从集中供热后，家里既舒适又干净，而且节能环保。今年来租房的人明显多了，而且租金也在上涨，我们可以把闲置的房子租出去增加一笔收入。生态环境保护委员会的扎实工作给我们村带来了绿色‘财富’。”

截至目前，山西省设立各级生态环境保护委员会1522个，实现了省、市、县、乡四级全覆盖。同时，实行“周调度、月汇总、季通报”工作机制，大力推广试点市经验做法，及时解决基层改革推进中的困难，通过深化“垂改”推进监管体制顺畅“换挡”。

全省监测“一盘棋”，提供精准数据支撑

2021年2月3日8时，山西省大同市生态环境监测中心工作人员抵达墙框堡地表水饮用水水源地和安家小村地下水饮用水水源地开始监测；

8时，山西省临汾生态环境监测中心到达土门地下水水源地进行现场监测；

8 时，山西省长治生态环境监测中心分组出发，赴辛安泉方向、沁源县方向、襄垣县方向采集水源地样品；

8 时，山西省晋城生态环境监测中心第一组人员驱车前往白水河晋城市污水厂下游断面；第二组人员赶赴沁河山里泉断面。

……

同一时间实现对全省生态环境监测的实时调度，是山西省在生态环境监测领域“垂改”成效的一个缩影。

环境监测是生态环境管理的“尺子”“耳目”，山西环境监测机构建设起步很早。各市、县环境监测机构陆续成立后，一直隶属于同级环保部门，接受同级党委、政府指挥调度，其监测数据首先服务于当地，全省环境监测队伍按“块”管理。

实施环境监测垂直管理，旨在打破地方保护主义的干扰，防止环境监测数据造假，构建监测管理全省“一盘棋”、监测队伍建设上下“一条龙”、监测技术天地“一体化”的运行模式，强化环境监测的独立性、统一性、权威性和有效性。

一些生态环境监测管理人员表示，随着垂直管理的有序推进，环境监测承受的不当干预明显减少，监测人员“站得住顶不住，顶得住站不住”的老大难问题逐步减少，环境监测质量明显上升。

目前，通过改体制、调机构、划人员、抓规范，山西省已初步构建了条块结合、各司其职、权责分明、保障有力、权威高效的生态环境监管新体制，探索建立了符合省情实际的生态环境管理体制。

下一步，山西省将扎实做好改革“后半篇文章”，推动由“塑形”到“铸神”的转化，以实际行动助力山西全方位推动高质量发展。

（刊登于《中国环境报》2022 年 2 月 14 日一版）

马彦伟：把自己"种"在沙漠里

◎任　靖

硕士、沙漠、种地，这3个词无论怎么排列组合，看起来都似乎有些格格不入，但它们却在43岁的马彦伟身上达成了一种奇妙的平衡。

马彦伟，北京师范大学生态学硕士，在阿拉善盟腾格里沙漠旁拥有一座占地160亩的生态农场。阿拉善盟位于内蒙古自治区最西部，是全自治区占地面积最大的盟，其中近三成土地为沙漠。

农场的名字叫"致良田"，马彦伟希望通过发展生态农业，实现改善阿拉善土地的目标。

初见：阿拉善带着异域风情的美

2004年，马彦伟还是一名在读研究生，特别关注环保领域，经常参加环保组织举办的活动。5月8日，他在翻阅邮箱时发现一封邮件——阿拉善正在招募有生态学背景的志愿者，那是马彦伟第一次知道在遥远的内蒙古有一个名叫阿拉善的地方。

"'阿拉善'这三个字有一种异域风情的美。"带着对远方的向往，他发出了简历，3小时后，他正式成为阿拉善SEE生态协会（以下简称SEE）第一名志愿者。

当天晚上，他就坐上了北京开往银川的火车——因没有直达车次，要去阿拉善只能从银川中转，翻过贺兰山，再驱车100公里。

出发前，他搜了搜阿拉善，在脑海里形成了对阿拉善的初步印象：那是一个很荒凉的地方。但下车后的他大为震撼，这里的沙漠黄得纯粹，沙丘连绵不绝，曲线、弧度浑然天成；天空蓝得纯净，完全没有一丝杂质，"风里都带着自由"。

更让他意想不到的是，沙漠里有很多绿洲——由于时间紧、任务重，马彦伟下了车便被拉到了月亮湖。湖如其名，形似弯月，镶嵌在腾格里沙漠腹地，湖边是一丛丛芦苇，随风飘荡。

马彦伟的工作是监测月亮湖的水位变化，记录当地常见的鸟类和植物。“我们还在月亮湖边搭了一个观鸟台。”那是一座用实木搭建的房子，湖里的芦苇作装饰，马彦伟说，“都是就地取材。”

芦苇一点点割，台子一点点搭，一个月过去，观鸟台搭好了，马彦伟也要回北京了。“这一个月改变了我的认知——沙漠不是荒无人烟、没有生命力的，这里有上百种植物，还有很多野生动物，人也很友善。”

毕业后的他进入北京一家媒体做纪录片，忙碌且疲惫。远离自然的快节奏生活让他觉得压抑，带着对自由的向往，他决定重返阿拉善，正式成为SEE的一员。

马彦伟入职后经手的第一个项目在贺兰队。贺兰队位于阿拉善盟左旗，村民多以在贺兰山放牧为生。但长期的过度开采和超载放牧，导致贺兰山生态环境破坏严重，植被退化明显。

贺兰山生态移民工程在此背景下启动。1999年起，上万名牧民赶着牲畜下山，转牧为农，贺兰队也在此列。马彦伟的主要工作就是帮助村民尝试产业转型，包括试种小米、发展节水农业等，这也在他的心里埋下了发展生态农业的种子。

重逢：我想离土地近一些

2008年，马彦伟回到阔别两年的阿拉善。

“翻过贺兰山，进入阿拉善，熟悉的感觉一下就上来了，就像闯荡多年的游子终于回家了。”马彦伟说着有一丝哽咽，“心情和第一次来的时候大不一样，以前一直觉得自己是个过客，这次想到后半辈子可能就要在这里定居，眼眶一下就湿润了。”

这次回来，他的身份也发生了变化——从项目官员变成项目部主任。同样发生变化的还有他的角色——从执行者变为管理者。那些年，他负责的项目越来越多，从梭梭林保护到推广节水农业，从荒漠化治理到保护生物多样性，他和阿拉善的关系越来越近。

“但我感觉离土地越来越远了。”身份的变化导致马彦伟需要处理的琐事越来越多，比如需要带着同事推进不同的项目，频繁出差，经常和不同部门沟通，“待在田间地头的时间反而少了。”

“我更向往的是一种自然的状态。”马彦伟不断回想起小时候在田间地头嬉戏的经历——他是地地道道的东北人，家里有几十亩黑土地，小时候，他最常做的事是在自然里穿梭，在田野里、池塘边肆意奔跑，土地带给他的是最原始的愉悦和亲近。

于是，他决定辞职，回归土地。2015 年，他在阿拉善有了自己的生态农场，农场位于腾格里沙漠边缘，土质算不上好，40% 的土是沙土，用手捧起来会从指缝漏下去，剩下的土地是板结的，有机质含量很低。

“阿拉善很多耕地都是这样的。”他给农场起了个名字——致良田。“灵感来自王阳明的‘致良知’，‘致’是实现的意思，我们希望把阿拉善现有的不太好的耕地、农田变成更好的土地。”

在马彦伟看来，阿拉善的土地虽然不像黑土地那么肥沃，但也有独特的魅力——充足的阳光、昼夜温差赋予作物良好的品质，干旱的气候减少了病虫灾害，传统的牧业带来了高品质的牛羊粪，生态农业得以在这片土地生根发芽。

长期做项目的经验让马彦伟在种田这件事上拥有了极高的敏锐度。“阿拉善传统的漫灌方式是不环保的、不可持续的。”马彦伟想做的正是改变这种状况。

扎根：是农场，更是实验室

“致良田”的目标之一，是改善当地土壤的营养结构——以秸秆、牛羊粪作为天然肥料，增加土壤有机质含量。“它们不像化肥这么立竿见影，但它们能够持续地释放营养，让土壤越来越好。”

“致良田”的另一个目标是节水。水对于沙漠来说尤为珍贵，马彦伟在 SEE 工作期间，机构曾邀请一位院士来做地下水研究。“经过测算，阿拉善的地下水正超载使用，如果一直使用传统漫灌的方式来种地，地下水每 3 年要下降 1 米。如果放任不管，粮食产量会降低，盐碱化与荒漠化会加剧，沙漠原生植被也将慢慢消亡。”

但种地并不像看起来那么简单，即使有扎实的项目经验，很多事还是要从头学起，从灌溉方式到作物的选择，马彦伟和他的伙伴们一点点探索。7 年下来，40 亩试验田变成了 160 亩耕地，作物的亩产量也从刚开始的 200 多斤提高到了 300 斤。“进展并不算快，但我已经很知足了。”

种田的过程中，马彦伟始终表现得很“佛系”。他在选择作物的时候，并不会一味追求高产，而是更关注质量和环境的可持续。比如种小米而不是玉米，这种选择能节约 30% ～ 40% 的用水量。又如用滴灌代替漫灌，则能减少 60% 的用水量。

“最欣慰的是经过多年努力，土质疏松了不少，土壤有机质含量也提高了，还有不少当地人接受了我们的做法。”目前，马彦伟已经和 10 余户农牧民达成了合作，累计改变了 800 多亩耕地的种植方式，使他们每年增收 1 万多元。

说着说着，马彦伟的思绪飘回了 2006 年夏天的一个晚上，他和两个朋友坐在院子里喝茶、看星星。当时聊到 40 岁之后的梦想是什么，3 个人不约而同地说道——拥有一片属于自己的农田。

“现在这个梦想实现了。”马彦伟笑着说，“不过，我更愿意把它定义为一个打开门的实验室，我们在实验室里尝试新的品种、技术，好用的就推广出去。”

在谈及对沙漠的期待时，马彦伟觉得“保持原样就够了”。在他看来，很多人对沙漠有刻板印象和偏见——黄沙漫天、寸草不生。但真实的阿拉善沙漠很美，沙漠里有几百个湖，湖边是绿洲。

“沙漠本身并不可怕，可怕的是荒漠化。”在马彦伟看来，很多人觉得沙漠可怕，是因为把沙漠和荒漠化搞混了。沙漠是一种独特的生态系统，有自己的规律和价值，而荒漠化则是生态破坏造成的土地退化的过程，导致原本不是沙漠的地方变成了沙漠。

“要治理的永远都是荒漠化，而不是沙漠。”

（刊登于《中国环境报》2022 年 9 月 23 日四版）

“保真”与“打假”两手发力

◎刘海涛

环境数据质量是环境管理的“生命线”，监测数据是否客观、真实、准确，事关科学决策、市场公平和政府公信力。近年来，第三方检测业务快速普及、第三方检测机构大量出现。然而，由于机构服务质量良莠不齐、缺乏社会责任意识等原因，导致第三方检测机构环境监测数据“造假”行为时有发生。

第三方检测机构数据造假案件频发，原因唯“利益”二字。如本文涉案公司就是典型的“拿人钱财替人消灾”：为满足客户“特殊”要求，编造、篡改检测数据，提供虚假报告，助其顺利“通关”，以收取额外“好处费”，获取更多客户资源。

当前，第三方检测机构“造假”呈现出两个新特点：一是花样越来越多，手段也越来越隐蔽，如近期频频见诸报端的机动车检测机构利用软件修改篡改检测数据的多起违法案件。二是涉案领域越来越广，从各地通报的案例来看，包含环境保护、食品制造、药品制造、电器制造、汽车制造、机动车检测等各个行业，就连碳排放等新兴产业领域都有涉案。今年3月14日，生态环境部就通报了中碳能投等4家机构碳排放报告数据弄虚作假等典型问题案例，其他领域也有类似情况。因此，有必要进一步加大对第三方检测机构的监管力度，“保真”与“打假”两手发力，坚决确保监测数据真实准确。

一要提高准入门槛，严格资质认证、审核、管理。根据我国法律法规，第三方检测机构只有具备特定的检测能力和条件，并获得实验室资质管理部门颁发的资质认定证书才可向社会出具检测报告。要采取有效措施，坚决杜绝无证检测、超认证范围检测、数据不准或不检测就出证等情况的发生。

二要压实各方责任。督促地方党委、政府落实领导责任，建立健全防范和惩治环境监测数据弄虚作假的责任体系和工作机制。压实排污单位和检测机构对监测数据的真实性、准确性负责的责任。行业内部要加强职业操守培训和约束，机构内部要不断完善制度机制，加强人员管理，从根源上杜绝“造假”行为发生。

三要持续保持高压态势，严厉打击检测机构“造假”行为。今年5月25日，生态环境部相关司局负责人在新闻发布会上表明立场：“谁弄虚作假，谁就触碰了‘带电的高压线’，我们坚决‘零容忍’，发现一起、查处一起。”凡是弄虚作假的，一律严惩重罚，让他们“得不偿失”；凡是涉嫌犯罪的，一律依法追究刑事责任，决不姑息。

四要建立生态环境监测单位“白名单”制度。“白名单”制度是加强生态环境监测机构管理的一个探索，通过鼓励企业优先考虑和选择“监测单位白名单”中的检（监）测机构，引导行业正确发展。目前，广东中山市等一些地方已通过管理办法的颁布，初步建立了生态环境监测单位“白名单”制度，探索严格监管和正面激励相结合的方式，以“白名单”的形式引导委托单位择优选取监测单位。

此外，还要加强多部门协作，共同推动对检测机构跨区域从事检测活动协同监管；进一步运用好大数据等现代技术，不断提高发现问题的能力。只有这样，才能提高执法监管的震慑力，从根本上杜绝“造假”行为，建立规范、有序、公平的第三方检测服务市场。

（刊登于《中国环境报》2022年10月18日六版）

国际环境法博士黄婉莹：

法治建设为生态环境十年之变提供了重要保障

◎江虹霖

我国生态环境十年之变，身处其中的每个人都能讲述自己的切身体会。但黄婉莹的视角，多少有些特别。

2011年，黄婉莹远赴英国思克莱德大学攻读法学硕士学位。用她自己的话说，虽然是法学专业出身，但当时对环境法还知之甚少。2022年的黄婉莹，名片上却增加了很多身份：英国国际环境法博士、原联合国环境规划署项目官员、英国思克莱德大学环境法与治理研究中心国际政策研究员……

十年时间，黄婉莹与环境法结缘，并将其确定为自己的研究和发展方向。她在苏格兰看当地环境法如何执行，在非洲感受不同国家对环境保护的态度和力度，在联合国深入了解国际环境政策与法治。对于在“国际舞台”上忙碌的黄婉莹来说，最深刻也最骄傲的事莫过于看到祖国生态环保法律体系逐渐形成，并护航山河无恙。

在见过一些发达国家、发展中国家和不发达国家如何对待生态环境、如何制定环境保护政策和法律之后，黄婉莹更能理解过去十年我国生态文明建设取得显著成效的背后，有怎样的决心和力度，有多少不易和艰辛。同时，她也敏锐地感知到我国环境法治建设中尚存的不足，并尝试提出探索方向。

如何协调经济发展与环境保护，这十年，我国给出了最好的答案

“肯尼亚对我的触动比较大。”黄婉莹陷入回忆。彼时的黄婉莹对国际环境法产生兴趣，已经决定将自己的硕士论文选题定为环境法方向。为了收集论文数据，她踏上了非洲大地。

“我其实没想到，那里的公众环境意识很强。凡是污染环境的相关行为，他们不仅自己不做，也会主动提醒‘你也不要做’。”黄婉莹想起了肯尼亚对野生动物的严格保护。

2013 年，肯尼亚新修订《野生动物保护和管理法》，第 92 条规定：任何人承认针对濒危物种或濒危物种动物制品的犯罪，一经公诉判决，可处以不低于 2000 万肯先令（约合 134 万元人民币）罚款，或终身监禁，或同时处以罚款和监禁。

非洲其他国家也像肯尼亚这样吗？黄婉莹摇头：“并不都这样，有些国家不够重视。肯尼亚有这样的效果，很重要的原因是他们是旅游型国家，生态环境可以为他们带来直接的经济效益，这一点几乎每个肯尼亚人都能感受到。”肯尼亚旅游部相关数据显示，2018 年到访肯尼亚的外国游客突破 200 万人（次），给这个国家带来了 15.7 亿美元收入。肯尼亚野生动植物管理局的官网上写着一句话：“我们相信，如果人们从野生动植物及其他自然资源中获益，他们就会照管好这些资源。”

肯尼亚是撒哈拉以南非洲经济基础较好的国家之一，经济实力也是其推行环保的优势之一。黄婉莹去过一些相对贫穷的非洲国家，“你能明显感受到，贫穷的地方，百姓的环境意识就相对薄弱，因为他们看不到生态环境能给自己带来什么。在这些国家，环境相关的法律并不少，但是推行并不理想，因为还有很多经济问题、治安问题要解决。一旦出现其他问题，被牺牲的往往会是环境。”

很多发达国家是在经济发展到一定程度后，再着手治理环境，而发展中国家往往面临发展经济和保护环境的矛盾。一定要二选一吗？黄婉莹认为，我国这十年，给出了最好的答案。

“绿水青山就是金山银山”理念深刻阐述了发展与保护的辩证统一关系，党的十八大首次把“美丽中国”作为生态文明建设的宏伟目标，把生态文明建设摆上了中国特色社会主义“五位一体”总体布局的战略位置。自此，一场轰轰烈烈的生态环境保卫战在华夏大地展开。

“我出国之前，环保还没有成为热门议题，很多人也没有意识到生态环境与自己的生活有什么关系。而现在，‘绿水青山就是金山银山’的理念已经成为大家的共识和行动。”在黄婉莹看来，环境法律是实现生态环境保护的保障和手段。但有了法律还不够，还要有观念，这是驱动我国生态文明建设和生态环境保护发生历史性、转折性、全局性变化的重要力量。

这十年，我国的环境法律执行力呈上升趋势

2019年，联合国环境规划署发布了《环境法治—全球首份报告》(以下简称《报告》)。《报告》指出，自1972年《斯德哥尔摩人类环境宣言》以来，全球环境保护相关法规及机构得到了极大发展：截至2017年，全球有176个国家制定了环境框架法律，并有164个国家设立了环境保护部门或同等权力机构。

虽然自1972年以来，全球范围内的环境法数量增长了38倍，但未能全面实施和执行这些法律已成为阻碍各国减缓气候变化、治理污染和防止大范围物种和栖息地丧失相关努力的最大挑战之一。

联合国人权与环境问题特别报告员大卫·博伊德曾表示，这解释了为什么近几十年来环境法发展呈现繁荣态势，但污染、生物多样性丧失和气候变化等问题持续存留的原因。如果环境法治不能得以加强，再严格的法律也注定不会成功。

在黄婉莹看来，导致执法不力的原因有很多，最常见的是政治意愿。如国际法治专家托马斯·卡罗瑟斯所说，“(法治)改革的主要障碍不在于技术或资金，而是政治和人。”另外，政府机构之间协调不佳、执法能力薄弱、获取信息渠道不通、公民参与受限等也是影响执法的关键因素。

黄婉莹说：“这十年，我觉得我国的执行力是呈上升趋势的。”我国的环境法治体系，很像建房子的过程：设计图纸，打地基，浇筑地梁，主体砌筑，填土砸夯，考虑电线、水管、屋顶的钢筋等走向，封顶。而在一些国家，第一步“设计图纸”就出了问题，泛泛而谈、模棱两可，没有明晰责任和标准。但我国一直在探索，生态环境保护“党政同责”“一岗双责”、各相关部门生态环境保护的责任清单、生态环境损害责任终身追究、生态文明建设目标评价考核、生态补偿、生态环境损害赔偿、生态环境监测“谁考核谁监测，谁出数谁负责”、企业环境信息依法披露等责任制度不断完善。这十年，我国已经基本形成了党委领导、政府主导、企业主体、社会组织和公众共同参与的责任体系。

黄婉莹还提到一个细节，我国在制定方案、法规时，善于预判一些情形和细化指标。比如，《2030年前碳达峰行动方案》指出，到2025年，国内原油一次加工能力控制在10亿吨以内，主要产品产能利用率提升至80%以上。“这不仅告诉你应该往哪个方向走，还告诉你具体该怎么走，并用数据让你直观地看到目标。”

兼顾力度和温度，是我国环境执法的特色

“我至今都记得，有一年在英国，一个人在河边跟天鹅‘打架’，天鹅被打伤了，这个人被罚了 1600 英镑。原本以为事情到这里就结束了，没想到一周之后，天鹅出院，那个打天鹅的人却入狱了，在牢里待了大概 6 个月。”英国对于破坏生态环境行为的处罚力度，令黄婉莹印象深刻。

加大处罚力度和不留情面的执法，可以让生态环境法律、法规、条例尽快落地见效。一定程度上，黄婉莹认同这一观点。无论是在英国还是在肯尼亚，似乎都可以佐证这一点。

我国做得怎么样？“有人说，我国的环境法是不够严厉的。我无法认同这点，最严格制度和最严密法治，是我国保护生态环境的有力抓手。”黄婉莹说。

是不是越严越好？黄婉莹其实也有困惑。2017 年，号称全球最严的肯尼亚“禁塑令”实施。在肯尼亚生产、销售或使用塑料袋将面临 1 ～ 4 年的监禁或最高 400 万肯先令（约合 26 万元人民币）的罚款，手持塑料袋的公民有可能遭到警方逮捕。“禁塑令”的效果虽然立竿见影，但肯尼亚制造业协会曾表示，这一禁令会导致约 6 万个工作岗位丧失、至少 175 家制造商关闭，他们曾一度向法院起诉，要求废止“禁塑令”。

即便在英国这样的发达国家，对企业的“无情”处罚，推行起来也并不顺利，且有时往往效果并不好。

“温度”是我国生态环境执法常用的一个词。在有力度的同时，通过强化执法帮扶体现温度。“这是具有中国特色的执法方式，但是这个尺度到底该怎么把握，其实特别考验执法人员的智慧。”黄婉莹说。

立法与执法之间如何衔接？

在采访中，黄婉莹多次提到执法人员能力建设的问题，她认为这是接下来需要重点解决的难题。

黄婉莹表示能够理解基层执法人员的难处。以中国和英国为例，两个国家的国情不同。在英国，环境法律、法规已经相对完善，而且人口没有那么多，执法人员面对的挑战没有那么大。但是我国不一样，地大物博，比如野生动植物保护，一些物种还在陆续被发掘、保护，所以相关名录、法规会动态更新。基层执法人员是否能及时了解这些动态？如果不完全了解，如何能有效执法？另外，一些法律法规在大城市可能执行得比较

到位，但是到偏远地区是否会产生偏差？

“随着一些新观念、新法规的出现，比如碳排放，这些问题会越来越凸显。”黄婉莹认为，我国执法队伍的内部网络建立得比较好，比如内部培训，跨部门、跨区域联合执法等，但是外部网络参与或建设还不够。比如，英国会同法国、意大利等国家组建形成执法网络，可以互通信息、进行合作、互相借鉴等。“我国在这种国际执法合作行动中参与的空间还有很大，其实有很多国家、组织非常希望与我国合作，因为我国这十年探索了很多环境法治经验，但是国外并不了解我们。另外，对于一些跨境执法合作，我特别希望生态环境系统的基层执法人员能够参与进去，这对他们将是一个很大的提升。”

“另外，我也希望会有更多环保知识的普及，无论是对于执法人员还是公众，都是必要的。在肯尼亚，他们的部落首领会不停地讲：你不能这样做、不能那样做……我听得耳朵都要长茧子了。”黄婉莹笑着说，“但不可否认，这是有效的，这也是我国可以借鉴的。”

刚刚胜利闭幕的党的二十大提出，中国式现代化是人与自然和谐共生的现代化。尊重自然、顺应自然、保护自然，是全面建设社会主义现代化国家的内在要求。必须牢固树立和践行“绿水青山就是金山银山”理念，站在人与自然和谐共生的高度谋划发展。“希望世界各国都能像我国一样，把生态环境保护提到关乎国家发展的重要高度。”黄婉莹期待全球生态环境法治的新进展，也相信我国会给世界带来更大的惊喜。

（刊登于《中国环境报》2022年11月8日六版）

集中审批一批　上门服务一批　开工建设一批

宁夏生态环境系统积极服务助力高质量发展

◎牛进频　崔万杰

审批报告书（表）160 多份，备案登记表 400 多份；开工复工重大生态环保项目共 40 多个，涉及总投资 180 多亿元……

今年一季度以来，宁夏回族自治区生态环境系统便以等不起的责任感、慢不得的紧迫感、坐不住的危机感，充分发挥生态环境系统促进保障经济发展职能作用，形成自治区、市、县（区）、工业园区四级联动机制，集中审批一批，上门服务一批，开工建设一批，打好环保服务“组合拳”，以务实的举措助推全自治区经济实现首季“开门稳”“开门红”、全年新突破。

集中审批一批项目，让群众和企业少跑腿好办事

春节刚过，宁夏各级生态环境系统便收心履职，迅速投入新年工作，确保开好局开新局。按照国家和自治区关于稳经济保增长促发展安排部署，在继续推行生态环境领域稳保促“十项措施”的同时，宁夏生态环境部门充分发挥“严细深实勤俭廉快”的工作作风，依法调整审批权限、压缩审批时间，让群众和企业少跑腿好办事。

记者了解到，去年年底，宁夏修订并发布了新的建设项目环评文件分级审批规定，上收下放部分建设项目环评审批权限，进一步优化分级审批体系，全力提高审批效率，支持传统产业改造升级和全区“六新六特六优”产业发展，积极融入高质量发展大局。

位于中卫市的宁夏协鑫光伏科技有限公司，是一家致力于高效率光伏材料研发生产的企业。今年 1 月下旬，因生产工艺发生重大变动，企业启动重新报批流程，属地生态环境部门第一时间召集专家进行技术审查，2 月初，企业便拿到了环评批复。

“作为颗粒硅N型单晶示范项目，生态环境部门对重大投资项目实施即报即受理即审查，审批速度快，为项目早日落地投产达效赢得了宝贵时间。”宁夏协鑫晶体科技发展有限公司相关负责人孟祥龙告诉记者，这项目总投资11亿元，预计今年3月完工，建成后年产单晶硅方棒可达14939吨，新增产值将超过40亿元，新增就业岗位400多个。同时，也能为降低碳排放、增加碳汇提供支撑。

据统计，今年前两个月，全自治区共审批建设项目环境影响报告书（表）165份，涉及总投资约163.09亿元；完成建设项目环境影响登记表备案413份，涉及总投资约348.9亿元，有力保障了蓄能电站、风力发电、氢能储能等上半年全自治区开工项目取得环评批复。

上门服务一批项目，确保重大项目建设“加速跑”

为服务一季度经济建设“开门红”，宁夏各级生态环境部门对重大项目和民生工程项目建设实行清单式管理，通过电话问询、现场查看、召开座谈会、邀请专家预审、重点项目报备等多种方式，跨前服务、主动对接，前置梳理项目环评办理中的政策障碍和制约因素，适时开展政策咨询和相关帮扶指导工作，确保重大项目环评审批“加速跑”。

国能中卫热电有限公司主要经营电力、热力的生产、供应及销售，是中卫市唯一的集中供热热源，供热面积达1100万平方米。随着中卫市供热面积逐年扩大，以及工业园区氢气、压缩空气、蒸汽等综合能源供应等方面的需求，这家公司计划将4×660MW机组扩建工程作为“宁电入湘”配套项目，拟建设4台660MW高效超超临界空冷燃煤发电机组、两座贮煤场以及附属设施，同步建设脱硫、脱硝装置等环保设施。

为核实拟扩建项目的总体布局、地理位置以及所涉及的生态环境问题，2月初，自治区生态环境厅成立由分管厅领导带队，包括环评、评估、执法、监测等方面专家在内的环保帮扶指导组，对项目选址进行现场踏勘，听取企业有关扩建项目的情况介绍，详细了解项目实施的环保措施等情况。

帮扶指导组现场指出，扩建工程建设必须坚持生态优先、环境保护优先，让生态环境保护成为社会经济可持续发展的原动力。

目前，这一扩建项目可研报告及审查工作已经完成，项目前期各项工作进展顺利。

同时，宁夏生态环境部门已先后对宁夏宝丰能源集团有限公司红四煤矿一采区北翼塌陷区生态修复治理项目，宁夏海力电子有限公司新能源、大数据、云计算高性能电极箔项目，宁夏银星能源贺兰山风电场30.6MW老旧风机“以大代小”更新项目，国能固原六盘山电厂2×100万千瓦扩建项目，苏利（宁夏）新材料科技有限公司精细化工产品等项目开展环保帮扶指导和法规政策宣讲。

“提高效率，提升效能，提增效益，主动靠前，持续优化审批服务，为企业排忧解难，尽全力保障重大建设项目快速上马，快速开工。”自治区生态环境厅环境影响评价与排放管理处处长樊永学表示。

开工建设一批环保项目，加快补齐生态环境基础设施建设短板

生态环境治理离不开项目资金的支持。今年，宁夏将继续推进“十四五”生态环境领域一批环保项目实施，包括指导宁夏首朗吉元新能源科技有限公司回收利用工业尾气，引领铁合金行业节能减排、构建循环经济体系实现绿色发展，支持石嘴山市继续探索老工业城市和资源型城市转型发展新路径，大力培育绿色园区、绿色工厂，推动大宗固体废物综合利用示范基地建设、六盘山生物多样性保护重大工程等重大环保项目开工建设，加快补齐生态环境基础设施建设短板，推动区域经济社会高质量发展。

位于宁夏石嘴山市的沙湖，是典型的西北内陆干旱地区湖泊，其沙水相依的独特景观受到各地游客的青睐。但由于蒸发量大，补给量小，受周边面源污染影响、生态系统退化等原因，致使沙湖水质曾一度恶化为劣Ⅴ类，还被列为中央生态环境保护督察事项。

为此，宁夏先后实施 7 项良好湖泊项目、10 项水质达标方案项目和 13 项具体治理措施，沙湖水质逐年改善，截至 2022 年年底，沙湖水质稳定保持在Ⅳ类，符合考核目标要求。沙湖治理经验做法也为西北内陆干旱地区绿洲灌溉退水补给型湖泊、旅游类湖泊污染治理提供了经验借鉴。2022 年，沙湖还入选了全国首批美丽河湖优秀（提名）案例。

同时，“宁夏农垦大沙湖区域生态环境导向开发项目”作为宁夏首个国家生态环境导向开发（EOD）模式试点落地实施，项目总投资 25.03 亿元，包括 8 个子项目，其中，生态环保项目 4 个。沙湖补水水质净化工程和沙湖北岸污水处理厂人工湿地水质净化工程，便是其中两个生态环保项目。

3 月 14 日上午，记者在沙湖补水水质净化工程施工现场看到，里里外外一片繁忙景象，施工车辆频繁出入，工人们正在进行潜流湿地混凝土浇筑，钢筋加工、模板支设等其他工段也在有条不紊地进行作业。“自今年 2 月中旬复工以来，主体工程进展顺利，预计 11 月底通水运行。”工程总承包单位山东省环科院项目负责人赵松表示。

“生态环保重大工程项目是改善和修复生态环境、提升环境质量的基础工程。”宁夏社科院研究员李禄胜指出，生态环境部门以项目落实政策，以项目争取资金，以项目推动生态环境高水平保护和经济高质量发展，不断为宁夏努力建设黄河流域生态保护和高质量发展先行区作贡献。

据了解，今年一季度以来，在各级财政部门的大力支持下，宁夏目前已开工复工重大生态环保项目共41个，涉及总投资182亿元，已到位资金60亿元，已完成投资额45.4亿元。

此外，今年以来，宁夏已新增生态环保储备项目15个，涉及总投资34.84亿元，其中，中央生态环境资金项目14个，生态环保金融支持项目（EOD项目）1个。

（刊登于《中国环境报》2023年3月22日一版）

水资源配置工程如何尽快落地?

生态环境部门提供规划和项目环评技术支撑，提高评估效率

◎刘 蔚

习近平总书记4月10日在广东徐闻县大水桥水库考察调研时指出，推进中国式现代化，要把水资源问题考虑进去，以水定城、以水定地、以水定人、以水定产，发展节水产业。广东要把水资源优化配置抓好，加快全面推进水资源配置工程建设，推动解决区域发展不平衡问题，尽早造福广大人民群众。

环北部湾广东水资源配置工程是国家水网骨干工程，是国务院确定2022年重点推进的55项重大水利工程之一。工程总投资614.56亿元，工程受益人口1800万人。“项目带动整个投资的拉动效果明显。经过判断，工程建设将带动GDP增长0.1个百分点，新增就业岗位30万个。”广东粤海粤西供水有限公司副总经理李代茂说。

在广东省水利厅，本报记者通过采访了解到，环北部湾广东水资源配置工程点多、线长、面广，在环评推进过程中遇到了一些问题。为了推动项目在守住生态环保底线要求的基础上尽快落地，生态环境部在环评审批等方面提供了极大支持。

环北部湾广东水资源配置工程目前进展情况如何？在环评过程中遇到的问题得到了怎样的解决？带着这些问题，本报记者花费了两天时间，从工程最南端的接水点徐闻县大水桥水库，沿西北方向行进约500公里，中途探访已开工的茂名贵子支洞隧道工程，最终到达位于西江云浮段地心村的取水口。

坐标：大水桥水库
“这个项目保的是生命水、政治水和经济水”

位于中国大陆最南端的广东省湛江市徐闻县，菠萝种植面积达35万亩。据称中国每3颗菠萝，就有1颗产自徐闻。红色的土地，黄绿色的菠萝，加之附近板桥水库形成的光线反射和水汽缭绕，这里的“菠萝的海”不仅是田园也是景观。

距“菠萝的海”西南20多公里的大水桥水库，更是徐闻县的“大水缸”。它关系着徐闻县城和周边乡镇十多万人口的供水，以及近50%乡镇的农田灌溉。然而，徐闻所处的雷州半岛，降水量普遍偏少，十年九旱，水库蓄水常常听天由命。为了获取更多的生产生活用水，雷州半岛机井已经超过5万多口，最深的甚至达到了400米，海水入侵、地面塌陷等问题开始显现。

环北部湾广东水资源配置工程，将在云浮市地心村建设泵站。从西江取水，在现有的10个水库之间建起连通管线，引西江水一路南下约500公里，补足沿线生产生活用水。这一重大水利工程对于改善民生、促进地区发展有着重要的作用，但在立项到环境影响评价报告的制定过程中，却经历了一番曲折。

环北部湾水资源配置工程涉及广东省和广西壮族自治区两个省区，是水利部珠江委根据《珠江流域综合规划》西水南调工程提出的跨流域调水工程。

“但因变化较大，涉及的敏感区和环境影响也发生了重大变化。比如，供水范围由3市扩大为10市，供水量由6.8亿立方米增加至24.08亿立方米，引水水源河段由干流1处增加为干支流20余处等。”生态环境部环境工程评估中心高级工程师王民说，“为了推进重大民生工程尽快落地，同时确保项目符合《水法》《环境影响评价法》和《建设项目环境保护管理条例》等法律法规要求，生态环境部环评司和环境工程评估中心组织专家进行技术服务，提供规划和项目环评技术支撑，助力项目落地。”

广东省水利厅建设处副处长谭国辉说，为了推动项目尽快落地，2021年，生态环境部环评司和环境工程评估中心相关工作人员开展了一系列技术支持和帮扶工作。7月，指导规划环评和项目环评明确主体，并建议分别申报。8月，对工程线路涉及的23个生态敏感区生态影响专题论证，对工程的水资源配置水量进行重新梳理。11月，组织召开环评工作调度会，持续开展专项调度、提高评估效率。

2022年3月底，生态环境部先后正式受理项目环评、规划环评文件。仅仅一个多月的时间，同年4月底，生态环境部就正式印发了规划环评审查意见和项目环评批复，并严守生态环境底线，提出了控制开发利用规模，进一步增加调蓄能力，优化引水过程，加大雨洪资源利用，强化水污染防治，避让环境敏感区等严格的生态环境保护措施，保障生态安全。

在大水桥水库不远处，广东省水利水电第三工程局七公司已经入驻。公司副经理郭少斌告诉记者，环北部湾广东水资源配置工程共分为4个标段开展建设，这里是最南端的施工标段，目前已完成清表和管道试安装。

“这个项目保的是生命水、政治水和经济水。”郭少斌说，这段工程计划到2035年竣工，能够系统解决雷州半岛缺水问题，特别是解决湛江市西南部雷州、徐闻等地干旱缺水问题，还可使雷州半岛新增灌溉面积185万亩，促进群众增产增收，保障国家粮食安全。

坐标：贵子支洞隧洞
“减少对自然保护地的地面扰动和影响”

从大水桥水库一路东北方向前行370多公里，记者来到正在施工的贵子支洞隧洞工程。隧洞总长约64.5公里，最大埋深约910米，将穿越拥有粤西第一高峰的云开大山。2022年8月31日，环北部湾水资源配置工程开工仪式在这里召开。

在工地区域，记者看到，矗立的电子显示屏正显示实时数据：PM_{10}：36、$PM_{2.5}$：25、TSP：43、噪声：45.5等。“环境保护牌”宣传板上清楚地列出了“路面要经常洒水，指派专人加强对扬尘的管理”“运输车辆要严密遮盖，防止遗撒、扬尘”“施工现场的强噪声设备，必须封闭使用”“严禁进场施工人员袭击、猎捕野生动物”“不得损坏现场及周边的古树名木及既有林木”等十项要求。

广东水电三局环北广东工程D4标项目党支部书记赵垒君说：“除了环保要求以外，我们还对临时用地有严格要求。工程完工后要做好生态修复，招标文件中有专门用于临时用地生态修复的专项资金。”

环北部湾广东水资源配置工程输水线路穿越涉及多个自然保护区、森林公园、湿地公园及饮用水水源保护区，环境敏感程度高。怎样在严守生态环保底线的同时积极推动这一国家重大项目工程建设？

生态环境部在《关于环北部湾广东水资源配置工程环境影响报告书的批复》中明确提出了6条减缓生态环境影响的主要措施。在第5条“落实陆生生态保护措施”中，特别强调要“进一步优化涉及环境敏感区和生态保护红线的输水线路布局和施工布置，优先采取避让方案。严格落实部分敏感区地下穿越方案，加强弃渣综合利用，减少弃渣量。禁止在自然保护区、湿地公园、森林公园、生态保护红线等生态环境敏感区内违法毁林开道、设置弃土（渣）场和施工营地。”

项目设计负责人、中水珠江设计有限公司副总工兼水利院院长王盟说：“工程布置方案经过多次调整，避开了国家级和省级自然保护地。难以避让的县、市级自然保护地，也尽可能通过隧洞的方式地下穿越，减少对自然保护地的地面扰动和影响。地下隧洞形式穿越，我们也要求做好生态环保方面的相关措施。比如，要求全线隧洞施工都采用先堵后排的方式，以降低可能对地下水环境造成的影响。在设计过程中，我们还在输水建筑物的形式上做了大量的比选。比如，如果建设输水渡槽，地面建筑会很雄伟、很壮观，但不仅会对生态有影响，还可能对区域的未来发展有一定的制约，因此，我们忍痛割爱，全部取消了地面输水渡槽的设计形式。”

广东粤海粤西供水有限公司副总经理李代茂说：“所有的渡槽都变成往地下走，其实就是把难题留给我们自己。因为地下工程不仅设计难、施工难，在完工后的运行、检修也都比较困难。此外，我们也尽量想办法减少项目的永久占地。除了泵站建设用地约 1300 亩，约 500 公里的输水线工程永久占地也只有 1500 多亩。少占地，也是尽量减少对生态的破坏。”

坐标：云浮市地心村
“严格落实水生生态保护措施”

从贵子支洞继续向东北方向前行 140 公里，记者到达西江边的云浮市地心村，这里将成为环北部湾广东水资源配置工程的取水口。

西江上，运输船只来来往往。岸边，几只鸡鸭奔跑追逐抢食地上的几条小鱼，十几只渔船安静地在江边停泊。一个小伙子站在岸边甩动鱼竿正在钓鱼。当记者问及是否知道这里要建取水泵站时，他回答说，村里都知道这里要建泵站，但具体什么时候还不太清楚。

顺着坡路走进村子，公告栏里贴着《环北部湾广东水资源配置工程（郁南段）建设征收地心村委员会一村村民小组土地公示》，由郁南县建城镇人民政府盖章，日期为 2023 年 2 月 23 日。公告栏对面，悬挂着一条红色长条幅，上面的黄色大字格外显眼：禁渔时间：2023 年 3 月 1 日 0 时至 6 月 30 日 24 时。

在这里建取水口，会不会影响当地的水生态环境和渔业资源？会不会影响当地居民的生产和生活？《关于环北部湾广东水资源配置工程环境影响报告书的批复》中明确提出了“严格落实水生生态保护措施”的要求，在设计中又如何落实？

王盟告诉记者，取水口上游约 7 公里，就是国家级水产种质资源保护区，为了保护水生物特别是鱼类资源、减少水生态影响，设计采取多方面的综合措施加强对取水河段鱼类资源的保护。一是建设鱼类增殖站，开展人工育苗，培育大鱼产小鱼，然后把鱼苗放回到西江。二是在取水口的前方设置拦鱼网和电栅，减少取水对鱼类资源的卷吸损失。三是从设计的角度给运行单位提出调度运行规则，在鱼类集中繁殖期停止取水3天到5天，以减少鱼卵进入输水管线。

环北部湾广东水资源配置工程由西江水源工程、输水干线工程和分干线工程组成，从云浮市西江干流取水，通过泵站加压，将西江水输送至湛江、茂名、阳江、云浮4市。那么，如何科学控制引水量？如何保障下游生态水量？记者注意到，《关于环北部湾广东水资源配置工程环境影响报告书的批复》明确提出了“西江引水量不得超过16.32亿米^3/年”“取水口取水流量以满足下游生态流量及各类用水需求为前提”“枯水期及生态敏感期尽量少引或不引水”“进一步优化生态流量过程”等具体要求。

王盟说：“为了保护下游的生态流量，以及必要的用水量，我们在确定可引水量和引水时段时，将下游思贤窖断面流量大于下游生产、生活、生态用水所需的2700米^3/秒作为可引水的条件。只有思贤窖断面的流量不低于2700米^3/秒时，项目才可以引水，以确保下游断面流量。”

广东省水利厅建设处副处长谭国辉说，为了确保下游生态流量及各类用水需求，工程将对取水口上下游的水文站流量开展联动监控，动态调整引水流量。同时，“以新代旧”，为8座水库设计了向下游河道下泄生态流量的工程设施和监控设施，退还之前被生产生活挤占的河道内生态用水。

据介绍，湛江、茂名、阳江、云浮粤西四市，是环北部湾广东水资源配置工程的受水区，也是国家北部湾城市群和珠江—西江经济带的重要城市。整体工程在8年建成后，受水区增供水量20.79亿立方米，可实现江库联调、水源互济，系统解决粤西地区缺水问题，大幅提高水安全保障能力。同时，每年可退减地下水5.66亿立方米，退还城市挤占的农业和生态水量，使河湖功能更健康、生态更安全。

（刊登于《中国环境报》2023年5月15日一版）

采取异地替代修复、劳务代偿、碳汇补偿等多种手段

陕西生态环境损害担责有“多元解法”

◎肖　成　侯佳明

当绿水青山遭到破坏或者污染后，因为它的特殊性，往往很难及时进行修复，所以对当事人大多会一罚了之、一判了之。虽然起到了一定的威慑作用，但环境之殇却难以根治。近年来，陕西省不断探索丰富生态环境损害修复路径，一罚了之等类似情况正在逐步改变。

异地替代修复，让臭水潭变生态绿地

对于家住陕西宝鸡市高新区杨家店村的部分村民来说，原来每到夏天，村子铁路高架桥下的一处水潭便开始发黑发臭，严重影响大家的生活与周边环境。

“不敢开窗，严重影响休息。”“臭水排过来全部在这儿聚集，种的菜没办法收。”家住臭水潭附近的居民说。

时间长了，这个占地十来亩的臭水潭就成了附近住户的一个“心病”。变化，还要从宝鸡市首个生态环境损害赔偿异地修复项目说起。

2020 年 7 月，宝鸡市一企业油库油品发生泄漏，污染土壤及地下水。好在当时应急处置及时，未对下游居民用水产生影响。特殊的地理位置，让修复工作一时无法开展，但环境已被污染，责任必须承担。

宝鸡市生态环境局法制与督察科科长汪红刚说：“通过生态环境损害赔偿，我们确定了土壤污染的范围和程度。经过磋商，企业积极履行赔偿义务，向市政府财政专户缴纳了生态环境损害赔偿金，同时开展了相关的异地替代修复工作。我们在高新区范围内，确定了一处环境点位。”

经过筛选，宝鸡市高新区磻溪镇杨家店村的臭水潭污染治理被确定为异地替代修复项目。该企业通过聘请第三方施工单位，修建污水管道，将这里的生活污水全部接入市政管网。与此同时，通过采取拉运黑臭水、清淤疏浚、回填土方、栽种观赏性作物等措施，对臭水潭进行综合治理。

原来的臭水潭如今变成了周边群众赏花游玩的好去处。

劳务代偿，让着火荒山重新焕发生机

除了异地替代修复，劳务代偿也是修复被污染、被破坏的生态环境的重要途径。咸阳市泾阳县在办理首例恢复性司法案件时通过引入劳务代偿方式，让一度因大面积着火被烧得光秃秃的嵯峨山逐渐恢复了生机。

两年前的一个冬天，几名学生在渭北旱腰带的嵯峨山生态修复试验区游玩时，不慎引发了一场山火，造成近 6 万平方米的林草被烧毁，生态破坏严重。经鉴定及评估，被烧毁的侧柏价值损失近 16 万元，生态功能损失费约 1.7 万元，生态林地植被恢复费约 8.7 万元。

随后，泾阳县人民检察院以放火罪对放火人提起刑事附带民事公益诉讼，建议对其判处三年有期徒刑，并承担相应修复责任。

咸阳市泾阳县人民检察院检察官薛慧芳说："在本案中，我们提出依法判令胡某及其监护人按照专家咨询意见出具的生态恢复方案，补植补种树木，如果不能补植补种，则承担生态林地植被恢复费用，并承担生态功能损失费用。"

泾阳县人民法院在受理该案件后，发现放火人是名未满 18 周岁的在校学生，如果按照以往类似的案件判罚，那么既会影响放火人的学业，被烧毁的林草也无法得到修复。

为了最大限度挽救未成年人，并及时让受损的嵯峨山生态得到修复，经过积极协作，泾阳县人民法院探索出了"刑事惩戒 + 未成年人挽救 + 环境修复"的新司法模式。

咸阳市泾阳县人民法院院长高山说："由于被告人作案时未满 18 周岁，且认罪认罚，按照涉未成年人刑事案件'教育、感化、挽救'方针和'教育为主、惩罚为辅'原则，依法对被告人从轻处罚。同时，我们充分考虑环境资源审判案件的生态损害后果特性，依照生态环境保护跨部门联动机制，与检察院、司法局等多部门多方沟通，主动作为，积极践行恢复性司法理念，在判决中明确修复事项，督促被告人履行修复义务。"

后经过认真研究合议，泾阳县人民法院对被告人胡某依法判处有期徒刑三年，宣告缓刑五年。附带民事公益诉讼部分全部支持了公益诉讼起诉人的诉讼请求。

按照判决，被告人支付生态功能损失费 1.7 万余元，对于 8 万多元的生态修复费用，考虑到被告人及其监护人无力进行足额经济赔偿，于是让其以劳务代偿方式，补种被烧毁的树木。据了解，目前过火区域已完成补植工作，补种树苗成活良好。

协同发力，推动修复手段多元化

为了进一步推动受损生态环境的修复工作，陕西省积极推动跨部门间的协作。

2020 年以来，陕西生态环境、司法、财政等多部门联合印发了涉及生态环境损害赔偿资金管理、赔偿磋商、鉴定评估及赔偿修复的专门文件，为后期修复打下坚实基础。陕西生态环境部门与检察机关还联合印发了《关于加强生态环境保护行政执法与检察监督协作深入推进陕西生态环境保护的意见》，对建立生态环境损害赔偿与公益诉讼衔接机制提出明确要求，持续深化协同推进工作合力。

与此同时，陕西全面落实环境资源民事、行政、刑事案件“三合一”职能划定，实现了全省三级法院环境资源审判机构全覆盖。当前，陕西有环境资源审判机构 93 个，环境资源巡回审判法庭增至 110 个，覆盖秦岭、黄河、南水北调工程水源地等主要生态区。

此外，陕西持续推进受损环境修复方式的多样化。

陕西省生态环境厅法规处副处长王青说：“赔偿只是一种手段，我们最终的目的是让受损的生态环境得到修复，所以我们这几年在提起生态环境损害赔偿的过程中，特别注重生态修复这项工作，也在不断探索修复手段的多样化，比方说异地替代修复、劳务代偿等。”

原生地移栽、增殖放流、碳汇补偿等，也都已成为陕西生态修复的可选手段。目前，40 多个司法保护与补偿基地在秦岭、黄河、汉江流域建成。

陕西省自 2018 年实施生态环境损害赔偿改革以来，赔偿案件数量逐年上涨，截至目前，涉及大气、水、生态等环境要素的赔偿案件共计 178 起，办结 109 起，涉案金额约 9400 万元。

环境有价，损害担责。陕西通过补齐生态修复短板，进而为破解长期以来“企业污染、群众受害、政府买单”的困局提供了突破口，推动了环境破坏行为由“金钱罚”向“行为罚”的转变，促进了“用最严格制度保护生态环境”理念的落实，切实维护了人民群众的环境权益。

（刊登于《中国环境报》2023 年 9 月 15 日一版）

第三章

『双碳』篇

蒙煤烧黑了冰城的天空?

燃料本身无过错，关键在于怎么用

◎杨晓娣

进入供暖期，黑龙江省哈尔滨市及周边地区被雾霾笼罩，空气污染指数实时监测连连爆表，10 月 30 日，太平机场一度关闭，高速公路一度封闭。

大街上，人们戴着口罩行色匆匆，就连见面时的问候也变成了抱怨：哈尔滨的雾霾天怎么越来越多了。

蒙煤有市场
污染虽重却有价格优势

记者采访了哈尔滨的一些专家，其中包括在哈尔滨市进行污染源解析工作的人员。

哈尔滨市环境科学研究院院长孙志武说，造成哈尔滨雾霾现象有四大主因——能源结构不合理、秸秆焚烧、机动车尾气排放和城市扬尘。其中，供暖期和秸秆焚烧是眼下雾霾频发的主要原因。哈尔滨的能源结构是以煤炭为主要燃料，近年来又大量使用污染程度较高的蒙煤，使燃料结构进一步恶化，燃料结构变化是引起雾霾的一个重要原因。

“哈尔滨市过去烧的均是黑龙江地产煤，而现在有大量锅炉用的是蒙煤。”哈尔滨市洁净煤管理中心副主任张大康向记者坦言。他说，以往哈尔滨市用的燃料基本是鸡西、双鸭山、鹤岗、七台河这 4 个城市生产的煤。而近几年，随着产自内蒙古的蒙煤源源不断地运到哈尔滨，哈尔滨的发电企业和供暖公司都大量使用蒙煤。因为蒙煤价格低廉，每吨 300 元左右，相对于每吨七八百元的优质煤来说，具有价格优势。

在采访中记者了解到，决定煤炭燃烧热效率的是煤炭的挥发分和固定碳。如果燃烧条件不适当，挥发分高的煤燃烧时易产生未燃尽的碳粒，俗称“黑烟”，并产生更多的一氧化碳、多环芳烃类、醛类等污染物，热效率降低。龙江煤属于二类烟煤，其挥发分基本在 22% ～ 30%。而且，地产煤的含硫量也是比较低的，而蒙煤的挥发分基本都在 30% 以上，有的甚至高达 40% 以上。

而地产的锅炉基本上是按照地产煤来量身定制的，地产锅炉的炉膛空间决定了锅炉的送风量。而蒙煤由于挥发分很高，它需要更大的锅炉炉膛，也需要更多的送风量。

现在，哈尔滨越来越多的锅炉使用蒙煤，在没有使用适合的锅炉的情况下，在没有对原有锅炉进行改造的情况下，使用蒙煤就使得煤炭在炉膛中得不到充分燃烧，更多的烟尘随着水汽排放到空中。

蒙煤无过错
错在“煤不对炉”

蒙煤不远千里来到哈尔滨，进入了哈尔滨人的生产和生活当中，难道是一种过错?

然而据专家介绍，蒙煤无过，只是遇上了不对的锅炉和不正确的使用方式。蒙煤属于褐煤的一种，它并不是劣质煤的代名词，只要使用适合的设备，就能够实现充分燃烧，发挥它的热效率。

蒙煤是地质上非常年轻的一种煤炭，只有几百万年到千万年的年龄，有的煤块都能看清楚树木的年轮。这种煤堆积在地面的表层，开采起来非常方便。因而，开采费用是很低的。黑龙江省的地产煤都是沉积上亿年以上，而且都是深埋于地下几十米或上百米深处，开采非常不方便，开采成本也相当高，需要动用许多现代化设备。

由于开采成本的因素，决定了煤炭的价格。目前，黑龙江地产煤价格比较高，而蒙煤价格比较低，即使加上运输费用，其价格也很低。无论煤炭价格如何波动，蒙煤与地产煤之间的巨大价差始终存在。

价格因素决定了市场需求，一些煤炭的用户，相中蒙煤价低，大量地购进蒙煤，于是，更多的烟尘随着蒙煤进入了冰城的生活。

降低污染
需要全社会共同发力

蒙煤每吨二三百元的价格，是用户难以抵制的诱惑。进行锅炉改造，又非一日之功，让用户购买蒙煤锅炉，其造价很高，会增加用户的负担。

应该怎样去面对蒙煤是亟待解决的棘手问题。哈尔滨市洁净煤管理中心经过市场调查，他们给出了一个答案，那就是推广使用洁净配煤。专家说，地产锅炉在煤炭挥发分达到 30% 这个节点上时，燃烧是最充分的，热效率也是最高的。那么把地产煤和蒙煤掺在一起使用，使挥发分高的煤炭和挥发分低的煤炭，与介质混合在一起，最终使燃料挥发分达到 30%。

对用户来说，就是购买一部分蒙煤，再购买一部分地产煤，在节约一部分资金的情况下，既实现了煤炭的充分燃烧，也实现了达标排放，更减轻了城市污染。

今年，哈尔滨市按照《黑龙江省大气污染行动计划实施细则》的规定，出台了清洁空气行动计划，就大力推进清洁能源、实行高污染燃料区域禁燃、推进煤炭清洁利用、优化工业布局、淘汰落后产能、发展循环经济等作出了明确部署。

（刊登于《中国环境报》2014 年 12 月 3 日二版）

南疆四地州煤改电让群众住上“暖房子”

不仅家里变得安全、便捷、干净，而且可节约标准煤95万吨

◎杨涛利

“前几年，农村取暖基本上靠煤，冬天家家户户烟囱冒黑烟，远远就能闻到刺鼻气味。”

“现在走到农户家里，拉着小孩和老人的手，都是暖暖的，家里暖和了，小孩脸蛋也都红扑扑的。”

在今年年初的新疆维吾尔自治区“两会”期间，几位人大代表畅谈“煤改电”工程时颇有感触。

从2019年供暖季开始，由过去的靠烧煤取暖逐步转变为电采暖，南疆四地州许多农牧民的取暖方式正在迎来巨大的变化，而这一变化主要得益于新疆自2019年启动实施的南疆四地州煤改电（一期）工程。

3年完成89.2万户“煤改电”

新疆南疆四地州——阿克苏、喀什、和田地区、克孜勒苏柯尔克孜自治州，是全国“三区三州”深度贫困地区之一。这里扶贫成本高、脱贫难度大，是打赢脱贫攻坚战最难啃的“硬骨头”之一。实施南疆四地州煤改电工程是贯彻落实党中央治疆方略、助力脱贫攻坚的重大工程，也是充分发挥资源优势、加强生态环境保护的重要举措。

2019年年初，为改善南疆四地州群众的生产生活条件，增强农牧民群众的获得感和幸福感，新疆决定开展南疆四地州“煤改电”（一期）工程。一期工程计划总投资131亿元，分3年实施，涉及89.2万户，每户按50平方米供暖面积配置供暖设备。

据了解，南疆四地州煤改电（一期）工程的改造范围主要是南疆四地州中电网条件较好、煤炭价格较高、实施“煤改电”具有经济性的农村居民及兵团农场。

2019年，实施的南疆四地州煤改电一期工程涉及33.8万户（含兵团2.18万户）居民，共覆盖南疆24个县、224个乡镇、1205个村、316295户居民，以及兵团14个团场、138个连队、21756户居民。

今年3月，自治区住房与城乡建设厅印发通知，部署安排2020年南疆四地州煤改电居民供暖设施改造工程，计划为199个乡镇、1078个村的近28.9万户居民进行“煤改电”居民供暖设施改造，计划于今年10月31日前完成。

目前，南疆相关地州有关部门及企业加紧施工进度，加强质量监督，不断推进“煤改电”居民供暖设施改造工程。

在和田地区，作为今年南疆地区煤改电工程中最重要的“咽喉”性工程，和田市北郊的220千伏输变电工程连日来正在加紧施工建设。该工程施工项目部经理向时安介绍：“目前工程已经进入建设倒计时阶段，建成投运后，能在和田地区形成一个连接和田、墨玉、洛浦的220千伏环网，不仅有效解决和田电网110千伏变电站串供等问题，还能为‘煤改电’工程提供强有力的电网支撑。”

距和田市28公里的墨玉县，今年的“煤改电”配套电网工程也在顺利推进，目前供电线路已拉到11个乡镇、73个村、2.3万户村民家门口。

只要一按开关，房子很快就热了

据测算，按一个采暖季135天、供暖面积50平方米计算，每户每年电采暖用电量约为5000千瓦时，综合电价约0.198元/千瓦时，每户电费支出约1000元，而南疆农村居民冬季取暖做饭用煤则在两吨左右，每户用煤支出要2000元左右。

2019年，喀什地区叶城县恰萨美其特乡有4个村完成了“煤改电”工程改造任务，728户居民受益。只要一按开关，房子很快就热了，温度还可以调节。受益群众纷纷表示，实施煤改电后，房子干净亮堂了，人的心情舒畅了，庭院更加漂亮了。

“起初，有些群众对‘煤改电’工程不理解，现在看到了效果，大家都觉得好，还没有实施的村都很着急。”叶城县恰萨美其特乡乡长佐热木·买买提说，今年他们乡计划再推进4个村的“煤改电”工程，让更多群众住上“暖房子”。

目前，“煤改电”项目部分费用中央补助37.5%、自治区补助37.5%、居民自费25%。国网新疆电力有限公司党委副书记、总经理开赛江表示，在后续的“煤改电”工程建设中，将加大储热式电采暖推广力度，更好地保障供暖可靠性，并进一步优化“煤改电”电价政策。

此外，除了向农牧民宣传电供暖的安全、便捷、环保的优势之外，电力工作人员还教当地农牧民学会通过手机支付和微信公众号等新型方式缴费，引导各族群众过上电气化的新生活。

自治区住房和城乡建设厅党组书记、副厅长叶林说，“煤改电”工程对改造户来说，主要是对室内线路进行改装布线，安装配电箱、温控开关及电发热装置。为保证工程质量，自治区住房和城乡建设厅制定了相关技术规程，要求有电气安装专业资质的专业技术人员安装，同时自治区市场监督管理局也参与其中，加强对“煤改电”工程质量和产品“事前、事中、事后”全链条监管。

减少煤炭、薪柴散烧污染大气环境

南疆四地州生态环境脆弱，风沙大，干旱又缺水，地表植被生存比较困难。长期以来烧柴的取暖做饭方式，不仅导致大量植被遭到破坏，还会造成大气污染。

“以前家里过冬都是烧煤，房子里总是一层灰，人也变得灰头土脸的，每年过冬买煤都要花掉3000元左右。”农民图尔迪拜克·图尔干说，“去年我家也进行了‘煤改电’，房子干净多了，一冬天下来还省了1000元左右，电采暖确实好太多了。”

图尔迪拜克·图尔干是克孜勒苏柯尔克孜自治州乌恰县黑孜苇乡农民，也是“煤改电”工程的受益者。图尔迪拜克说，现在电暖气片都挂在墙上，按一下开关，一晚上都是暖和的，再也不用半夜起床加煤，也不用担心煤烟中毒的情况。

喀什地区疏附县塔什米里克乡农民阿布都热合曼·吾布力望着装好的电暖气脸上笑开了花。阿布都热合曼回忆说：“小时候，家里冬季取暖主要靠木柴、牛粪等，后来开始用煤采暖。烧柴和烧煤使这里冬天的空气变得很差。”

有关数据显示，实施南疆煤改电一期工程后，截至今年年底预计可节约标准煤95万吨，减少排放二氧化碳246万吨、烟尘0.95万吨、二氧化硫2.28万吨。

（刊登于《中国环境报》2020年8月28日二版）

污染防治攻坚和碳达峰行动统筹推进

减污降碳协同，落实地方主体责任，能源消费结构加快转变

◎徐卫星

生态环境部日前公布《碳排放权交易管理办法（试行）》，并印发配套的配额分配方案和重点排放单位名单。全国碳市场第一个履约周期于 2021 年 1 月 1 日正式启动，全国 2225 家发电行业重点排放单位被划定碳排放配额。这意味着我国第一次从国家层面将温室气体控排责任压实到企业，标志着全国碳市场的建设和发展进入了新的阶段。

新打法：减污降碳协同
牵住以降碳为源头治理举措的“牛鼻子”

虽然受 2020 年年初疫情的影响，碳市场建设进程受阻，但随着疫情防控转好复工复产，我国确定了实现碳达峰和碳中和目标的时间表，碳市场政策暖风频吹加速落地，进一步彰显中国应对气候变化的决心。

2020 年 9 月 22 日，习近平主席在第 75 届联合国大会上首次提出，力争于 2030 年前二氧化碳排放达到峰值，努力争取 2060 年前实现碳中和。

在 2020 年 12 月举行的中央经济工作会议上，“做好碳达峰、碳中和工作”也被首次列为重点任务之一，要求加快调整优化产业结构、能源结构，推动煤炭消费尽早达峰，大力发展新能源，加快建设全国用能权、碳排放权交易市场，完善能源消费双控制度。

与此同时，全国碳市场多项配套制度密集出台，为全国碳市场启动提供制度保障。2020 年 11 月，生态环境部公开征求《全国碳排放权交易管理办法（试行）》（征求意见稿），并于 2020 年 12 月 25 日审议通过，自 2021 年 2 月 1 日起施行。2020 年 12 月 30

日，《2019—2020年全国碳排放权交易配额总量设定与分配实施方案（发电行业）》正式公布方案，并一同公布《纳入2019—2020年全国碳排放权交易配额管理的重点排放单位名单》。

生态环境部表示，在谋划深入打好污染防治攻坚战、继续开展污染防治行动的同时，抓紧制订2030年前碳排放达峰行动计划，牵住以降碳为源头治理举措的“牛鼻子”。支持有条件的地方率先达峰，鼓励一些重点行业率先达峰，加快建立全国碳市场，同时选择典型地区和城市，开展环境质量达标与碳排放达峰“双达”试点示范。

可以预见，减污降碳协同，统筹推进深入打好污染防治攻坚战和二氧化碳排放达峰行动将是未来生态环境部门的新思路、新打法。

减污降碳协同，一是有一定的法治基础。2015年修订的《大气污染防治法》专门增加条款，要求实施大气污染物和温室气体协同控制。二是有体制基础。2018年党和国家机构改革，把应对气候变化职能调整至新组建的生态环境部，打通了大气污染物和温室气体的管控。三是有行动基础。近年来通过清洁取暖、压减过剩产能等手段，大力推进污染物减排，协同推动能耗强度和碳排放强度下降，积累了不少经验。

发挥地方作为责任主体的作用
个性化试点探索为全国碳市场提供地方实践

碳排放权交易作为控制温室气体排放的一种市场化手段，相对于行政手段具有全社会减排成本较低、能够为企业减排提供灵活选择等优势。国际实践表明，碳市场是控制温室气体排放的有效手段之一。

2011年以来，我国在天津、上海、重庆、深圳、广东和湖北7省市启动碳排放权交易试点。目前，我国已经成为配额成交量规模全球第二大的碳市场，截至2020年11月，试点省市碳市场共覆盖20多个行业、接近3000家企业，累计配额成交量4.3亿吨二氧化碳当量，累计成交金额近100亿元。

碳交易试点为碳交易机制进行个性化探索，在交易机制设置、配额分配方法、CCER抵消机制等方面积累了大量的地方经验，为全国碳市场建设提供了参考。其中，广东碳市场交易较为活跃。

广东省生态环境厅日前透露，开展国家低碳省试点以来，广东省超额完成国家下达的碳强度目标，10年累计下降超44%。其中，“十三五”前4年广东省碳强度累计下降20.1%，接近完成国家下达的下降20.5%的目标。在碳排放交易方面，截至2020年年底，广东省碳排放配额累计成交量1.69亿吨，累计成交金额34.89亿元，占全国碳交易试点的 38%，位居全国第一。通过碳市场中灵活的市场机制，广东逐步将占全省碳排放近 70% 的钢铁、石化、电力、水泥、航空、造纸六大行业约 250 家控排企业纳入碳市场范围，覆盖全省约 70% 的能源排放量。

生态环境部环境规划院院长、中国工程院院士王金南表示，地方是落实国家碳达峰任务的责任主体，“十四五”期间，经济发展水平高、绿色发展基础好、生态文明创建积极性高的地区应争当“领头羊”，率先实现碳达峰。北京、上海、天津等直辖市，国家生态文明试验区、美丽中国创建示范区以及京津冀、长三角、粤港澳大湾区等应该积极主动作为，率先提出并实现碳达峰。

江苏作为能源消耗和碳排放大省，是全国碳减排的重点区域和潜力地区。在 2020 年年底召开的江苏省委十三届九次全会上，江苏提出要在全国率先实现“碳达峰”的目标。

江苏以占全国 1.1% 的国土面积，承载了占全国 5.8% 的人口，创造了超过 10% 的 GDP，单位国土面积污染物排放总量高于全国平均水平，生态环境“超载”、环境成本“透支”的现象仍然存在。在这样的条件下，江苏提出在全国率先实现碳排放达峰，必将为全国达峰目标实现提供有力支撑。

目前，在能源结构变革上，江苏已经抢先一步。全省有 61 个风电场，海上风电规划容量 1460 万千瓦，领跑全国。其中，盐城规划容量占全省的 56%、全国的 11%。盐城新能源发电利用率同样领先全省，发电量占全市用电量的 62.9%。

持之以恒减少化石能源消费
能源消费结构加快转变，增加清洁能源供应

王金南表示，二氧化碳排放主要来自化石能源消费，因此，碳达峰和碳中和的关键是实施能源消费和能源生产革命，持之以恒减少化石能源消费。

国际经验表明，碳达峰的核心路径就是“一控一增一减”——“一控”指严格控制能源消费总量，“一增”指大幅增加非化石能源供给，“一减”指持续减少以煤炭（含焦炭）为主的化石能源消费。

“对于我国而言，煤炭是化石能源消费的主体，煤炭燃烧产生的二氧化碳占我国二氧化碳排放总量的 70% 以上。因此，近期能源结构转型的重点在于严格控制煤炭消费。”王金南指出，各地应制定“十四五”及中长期煤炭消费总量控制目标，确定减煤路线图，保持全国煤炭消费占比持续快速降低，大气污染防治重点区域要继续加大煤炭总量下降力度。按照集中利用、提高效率的原则，近期煤炭削减重点要加大民用散煤、燃煤锅炉、工业炉窑等用煤替代，大力实施终端能源电气化。

日前，国新办发布的《新时代的中国能源发展》白皮书指出，中国能源生产和利用方式发生重大变革，能源生产和消费结构不断优化，能源利用效率显著提高，2019 年单位国内生产总值能耗比 2012 年累计下降 24.4%，相当于减少能源消费 12.7 亿吨标准煤。以能源消费年均 2.8% 的增长支撑了国民经济年均 7% 的增长。

国家气候战略中心研究员李俊峰表示：“我们曾向全世界承诺，二氧化碳的碳强度（单位 GDP 的二氧化碳排放量）到 2020 年要比 2005 年下降 40% ～ 45%。2019 年已经实现了 48.1%，2020 年接近 50%，提前完成了目标，这说明我们国家在能源利用效率方面有了大幅度提高。”

李俊峰表示，一方面增加了清洁能源的供应，另一方面控制不合理消费，构建清洁、低碳、安全、高效能源体系。这是我们国家一个重要的目标，在这种情况下逐步减少对化石能源的依赖，所以必须优先发展非化石能源。

截至 2019 年年底，中国可再生能源发电总装机容量 7.9 亿千瓦，约占全球可再生能源发电总装机容量的 30%。其中，水电、风电、光伏发电、生物质发电装机容量均居世界首位。

光伏发电的材料和技术曾经“两头在外”，如今国内的一些企业在这方面不仅做到了自给自足，而且装机占比和效益也越来越高。比如国家电力投资集团有限公司（以下简称国家电投）清洁能源装机占比从 2010 年的 28% 提高到了 2020 年年底的 55%。

国家电投是中国五大发电集团中，首个清洁能源装机占比过半的企业。根据规划，到 2025 年，国家电投电力装机将达到 2.2 亿千瓦，清洁能源装机比重提升到 60%；到 2035 年，电力装机达 2.7 亿千瓦，清洁能源装机比重提升到 75%。这标志着，国家电投将从传统发电央企转型成为国内清洁能源装机第一位的绿色智慧能源企业。

国家电投党组书记、董事长钱智民表示：“这几年清洁能源的效益远远大于其他传统化石能源效益。碰到新冠肺炎疫情这么大的考验，我们企业的净利润仍然增长了接近 30%，这主要得益于新能源的发展。”

近日，国家电投还宣布，到 2023 年，企业将实现在国内的碳达峰。这意味着，国家电投计划提前 7 年实现国内碳达峰。

（刊登于《中国环境报》2021 年 1 月 11 日一版）

嘉陵江铊污染源头竟是钢铁企业

为钢铁行业敲响警钟，须从生产各环节着手加强管控

◎乔建华

今年1月，嘉陵江入川断面水质自动监测站数据显示铊浓度超标，事件发生以来长江上游嘉陵江及其支流铊浓度超标事件备受各方关注。1月28日，生态环境部在例行新闻发布会上就此事的调查进展进行了公布，经排查，铊浓度超标事件污染来自嘉陵江两条支流，基本确定甘肃省一有色冶炼企业和陕西省一钢铁冶炼企业分别造成嘉陵江支流青泥河、东渡河铊浓度异常。生态环境部获悉后，高度重视并连夜派出工作组现场督导，在多方努力下，自1月21日20时，东渡河水质持续达标,1月27日2时起，青泥河入嘉陵江水质达标。

事实上，在我国，重金属污染事件并不少见。2010年10月18日，广东省北江上游曾发生过铊污染事件，事故原因为中金岭南有色股份公司韶关冶炼厂违法排污；2017年5月5日，嘉陵江广元段也曾发生过铊污染事件，经调查，事故原因为汉中市宁强县燕子砭镇汉中锌业铜矿有限责任公司排放含铊废水。

本次嘉陵江铊污染值得关注的一点是，钢铁企业成为东渡河铊污染源头。“以往铊污染往往发生在有色金属企业，钢铁企业造成的铊污染还是很少出现的，应引起钢铁行业重视。”钢铁工业环保专家、清华大学环境学院梁思懿博士表示。那么钢铁行业哪些环节容易造成铊污染，应该如何预防？

生产原料选择环节：含铊原料矿和辅料是源头
目前国家对进口铁矿石的规范中没有要求检测铊含量

梁思懿称，与较为常见的“五毒”元素（汞、镉、铅、铬和砷）相比，铊的危险性和毒性更大，微量摄入即可致死，因此铊化合物是世界卫生组织重点限制清单中列出的

主要危险废物之一，也被我国列入优先控制的污染物名单。

铊是在未来几十年支撑全球发展的战略性关键金属之一。2018 年欧盟发布的《关键原材料和循环经济》报告中将铊列为 27 种关键金属之一。据介绍，铊污染有两种途径：一是从全球范围看，电子、军工、航天、化工、冶金、通信等各方面需要用到铊元素，在这些行业提炼并使用铊元素的过程中可能会产生铊污染；二是冶金、电力、化工、矿山等行业采选和冶炼过程中可能使用含铊的矿石和辅料，这些工业生产中排放的废水和烟尘是铊进入环境的主要途径，如对铊的管控不当，将带来水体和土壤污染，危害公众健康。

“值得注意的是，铊极少单独形成具有开发价值的矿床，通常与长石、云母等硅酸盐矿物和铅、锌、铜、砷、锑、硒等元素的硫化矿物共生。钢铁企业一般会对硫酸渣等高硫原料进行重点检查，但往往忽略进口矿石铊类重金属检测。”梁思懿说，“在本次嘉陵江铊污染源调查中发现，进口矿石存在铊含量高的现象。因多种原因，要求钢铁企业必须采用无铊矿石并不现实，但目前国家对进口铁矿石的规范中还没有要求检测铊含量，因此如果进口矿石铊含量较大则很容易被企业忽视。”

生产过程环节：烧结、渣处理工序易产生铊污染
排放标准修改单新增企业排水总铊指标，现有企业或设施于明年 1 月 1 日执行

“一般情况下，钢铁企业的烧结、炼铁区域铊污染源风险较大，应作为重点管控对象。”梁思懿说，在烧结工序中，铊类化合物会在高温条件下发生气化，随烟气进入后续脱硫工序。在采用闭路或者半闭路循环的烟气脱硫系统中，铊会随着碱性吸收液进行多次循环并逐步富集，因此，脱硫废液中往往含铊量较高，是管控的重中之重。

此外，钢铁厂冶炼区域渣处理工序的用水管控同样值得关注。据介绍，在高炉炼铁过程中，每提取 1 吨生铁，会产生 300 千克左右的高炉渣。高炉渣粒化过程中会用到大量冲渣水。为减少新水的使用量，同时增加生产过程中低品质废水的消纳量，钢铁企业有时会选择脱硫废液等低品质水进行冲渣。在这个过程中，易导致脱硫废液中的铊在高炉渣表面沉积，后续高炉渣作为水泥、建材等资源化利用过程中，容易给环境带来污染。此外，如果高炉渣资源化过程中长时间被雨水淋湿或浸泡，铊也有可能随雨水流入自然水体中。

“目前不少钢铁企业在烧结工序和渣处理工序中还没有相关的铊含量监测手段。”梁思懿说。

据了解，2020 年 12 月 31 日，生态环境部颁布了《钢铁行业水污染排放标准》

（GB 13456—2012）修改单（以下简称修改单），修改单中唯一增加的指标即为排水总铊指标，不仅要求钢铁企业直接排放和间接排放水中铊含量均不得超过 0.05 毫克 / 升，而且对总铊的监测和检测也提出了明确要求。一是企业应按要求开展自行监测，总铊自行监测频次至少为半年 1 次；二是重点排污单位应当按要求安装重点水污染物排放自动监测设备，并与生态环境主管部门的监控设备联网，并保障监测设备正常运行；三是规定了总铊检测方法标准。

“根据修改单要求，钢铁行业新建企业或设施于 2021 年 1 月 1 日正式执行，现有企业或设施于 2022 年 1 月 1 日执行。在此提醒钢铁企业高度重视铊污染防控规定，按照修改单落实相关要求。”

废物处理环节：扬尘和污泥处置不当易引发铊污染
生产和管理人员对铊污染防控的意识不强

记者了解到，钢铁冶炼过程中产生的尘泥也可能富含铊。在这些尘泥储存和转运过程中，企业往往没有做到精细管控，如降尘洒水、运泥车辆轮胎冲洗水和地坪冲洗水等都可能导致铊通过雨排水进入自然环境，造成铊污染。另外，也要注意含铊尘泥的储存或转运区的高程安全问题，例如是否存在洪水季外水倒灌厂区引起的铊污染风险。

“关键还是企业整体管控意识要提升。以往钢铁行业不注重铊的相关检测，像扬尘和污泥处理这类细节问题，企业一般不会将铊含量的达标与否纳入检测范围，而且铊检测过程也相对复杂，员工对铊防控的意识并不强。”梁思懿指出，在钢铁企业内，应加强铊污染危害、处理技术、管控方法等内容的宣传教育工作，提升全员的环境意识和管理能力，完善企业环境行为自我约束机制，严格落实企业环保责任制。

经验教训：嘉陵江铊污染事件为钢铁企业敲响警钟
开发铊污染处置相关技术，以“铊资源利用”实现“铊污染防控”

这次嘉陵江铊污染事件为钢铁行业敲响了警钟，为避免出现此类环境事故，钢铁企业必须从生产各环节着手加强管控。针对钢铁企业生产过程中容易引发的铊污染风险，梁思懿提出了以下几点建议：

首先，在原料采购过程中，应选择铊含量较低的矿石和辅料。企业可根据自身条件建立相应标准，要求原料供应方提供铊含量检测报告；钢铁企业应严格按照国标要求，建立铊的监测检测体系，如企业不具备铊的监测检测能力，应委托有资质的第三方进行定期执行，过程数据及时存档并可追溯。在总铊的检测过程中，要注意遵照国家环境保护标准进行样品保存，要确保消除检测结果干扰源。在使用原料的过程中，企业也要定期抽检，避免意外事故发生。如不可避免需使用含铊量较高的矿石进行冶炼，企业应制定全厂铊元素平衡图，做好铊从进厂到出厂的全过程评价工作，做到定量管控和定期监测。

其次，在生产环节和水处理工序中，要通过科学的技术手段，有效控铊。钢铁企业要重点监管脱硫废液的终端处置过程，例如在生产工艺选择上，尽量选择高炉煤气干法除尘、半干法烟气脱硫等工艺减少含铊废液产生量。针对风险较高的脱硫废液、废水需设置单独的有效处理设施，不混入其他水系统。同时，应建立全厂事故应急系统，事故状态下可将脱硫碱液排至应急系统储存池内。储存池在设计上还要充分考虑防渗并做渗漏监测。在涉铊排放指标上，钢铁企业既要满足修改单中的行业排放标准，更要满足受纳水环境质量标准。

再次，钢铁企业应建立排放口铊超标的应急预案并报送属地政府环境管理部门。如出现总排放口铊超标情况，应迅速切断企业涉污排口，第一时间启动应急预案并及时上报，按照既定应急预案做到有效组织、高效运转。

最后，建议企业加强应急能力建设，应急物资储备、监测设备维护和人员培训等都不能忽视。政府、行业协会、科研院所、设计院和服务商等也要形成合力，倡导并积极推广经济可行的铊资源化技术，开发铊污染应急处置技术、储备铊污染物资源化技术，在生产过程中富集和分离可用铊，以“铊资源利用”实现污染防控突破。

（刊登于《中国环境报》2021年2月19日七版）

丢没处丢，卖不好卖，回收也不知道找谁

大件废旧家具回收处理难题如何破解？

◎程梓桐

近年来，随着人们生活水平的提高，大家对衣食住行的要求也越来越高，家用电器、家具等更新换代越来越快。不同于小件物品的方便处理，淘汰下来的大件旧家具该如何处理成为困扰大多数人的一道难题。针对这个问题，记者近日进行了走访了解。

大件废旧家具如何处理成市民共同的难题

针对大件废旧家具如何处理这个问题，记者随机采访了一些市民。

“送给有需要的亲戚朋友、联络回收二手家电的卖钱、放到楼道或者社区角落等待‘废物利用’，小区好像有大件垃圾投放点，不知道是不是可以放在那里……”

面对记者的提问，大多市民表示，都曾遇到或正处于有大件废旧家具需要处理的情况。其中，大部分市民选择将家具送给有需要的人；也有部分市民选择家具回收商上门回收或挂在网上售卖，但不是价格没谈拢就是迟迟找不到买家；还有一些市民选择直接将家具扔在小区或送到小区的大件垃圾投放点；也有市民沉默良久，略显尴尬地表示，确实不知该如何处理。

针对大件废旧家具的处理问题，清华大学环境学院教授刘建国表示：“现阶段大件家具等低值可回收物回收，需要政府统一规划，建立暂存—回收—交易—拆解—利用全过程管理体系，由第三方专业公司开展收集运输处理等服务，主要依靠市场机制运行。”

随着垃圾分类的进一步推进，废织物、废弃大件家具等低值可回收物已被列入北京市可回收物指导目录中。北京市关于加强可回收物体系建设的有关意见也明确要求，街道（乡镇）合理设立可回收物中转站，承担辖区内低值可回收物托底回收工作，同时明确，政府为企业提供用地保障，有效降低企业投资成本。

“楼道和小区空地上的旧家具不见了，大件垃圾都被集中到一处暂存点，对社区来说是一件好事儿。”在朝阳某社区一处大件垃圾投放点，居民李先生说道。

这个点位堆放着居民丢弃的沙发、床垫等物品，李先生将自家大件废旧家具放到这里后，物业会联络相关负责人，最后这些大件垃圾会有专车运往朝阳循环经济产业园进行集中处置。

建立旧货交易体系　促进资源合理利用

让仍然可以继续使用的大件家具进入旧货交易市场，重新“发挥余热”，也不失为一种解决大件废旧家具“回收难”的办法。但二手家具不好卖的市场现状也制约着问题的推进。

“大件家具的运输费用有时要高于家具本身的价值，不划算。”记者电话采访了一位从事二手家具回收生意多年的张先生。他表示，搬运大件家具需要有专门的人员及车辆，假如一张沙发的回收价格是几百元，但人工搬运及车辆运输费至少也要几百元，“回收后既要考虑存放地点，还要考虑能否顺利出售，实在太不划算了。”

张先生还表示，近几年随着生活水平的提高，已经很少有人愿意购买二手家具了，“现在回收二手家具也要注意新旧问题，表面上有划痕印记的家具不太好卖。有的二手家具甚至比新家具的价格还高，大家就更不愿意买‘二手货’了。”

记者了解到，北京市相关政策此前就有提及，将鼓励废旧家具等进入旧货交易体系，同时探索建立大件垃圾上门收集收费、定点定时投放等机制。对此，刘建国也表示：“从减量化、资源化角度出发，废旧家具优先考虑进入旧货交易体系应该成为一项基本原则，地方政府以及作为行业主管部门的商务部门应该为废旧家具进入旧货交易体系创造便利条件。”

其实，早在 2012 年，北京市就试点实行过家具以旧换新补贴政策，主要包括柜体、沙发、床具、桌椅 4 类家具（仅限可移动家具），并明确提出回收的旧家具，可再使用的由家具销售企业交由合法的二手家具经营者回收或进行公益捐赠，不可再使用的须由家具销售企业自行或委托再生资源回收企业全部拆解，实现资源回收利用。

打通循环利用“瓶颈”　破解回收难题

据了解，目前，全国许多省市的政府主管部门，都在摸索建设大件废旧家具的回收处理体系。谈及大件废旧家具的回收处理现状，刘建国坦言："现在什么情况都有，也可以用不平衡、不充分来描述，不同地方、同一个地方不同区域的要求和做法也存在差异：有收费的，有免费的；有统一收运处理的，也有各行其是的；有进入回收利用渠道的，也有进入焚烧填埋处置设施的。"

推进建立良好的大件废旧家具回收处理体系，关键在于如何调动回收体系中各环节参与者的积极性。政府要做好全链条的保障工作，让消费者既有意愿也有渠道，能够便捷地交出废旧家具；对于处理企业也要给予适当的政策鼓励和资金支持。

政策保障是一方面，破解大件废旧家具"回收难"，更需要各方的共同努力。

刘建国指出，政府除提供一定补贴外，还要出台大件家具等低值可回收物的付费政策，并强化监管。"付费观念尚未得到居民普遍接受，人们对这一观念的转变需要时间，规则的形成、体系的建立也需要一定磨合期，但目前还处于起步阶段。"

所谓万事开头难，刘建国表示，短期内还是要靠政府在设施建设与系统运行方面加大投入，同时做好宣传教育与约束引导工作；远期要严格落实"产生者负责，污染者付费"原则，由废物产生者承担收集运输处理利用的成本；同时出台有利于资源化产品利用、增强回收利用企业盈利能力的政策与标准。

通过多方联动，打通循环利用的"瓶颈"，才能破解废旧家具的回收处置难题。相信在大家的努力下，未来这个难题将不再是难题。

（刊登于《中国环境报》2021 年 7 月 13 日四版）

构建绿色经济体系 深化重点领域低碳转型 加强区域协同治理
北京大踏步迈向低碳发展新时代

◎张雪晴

碳排放量，关系着一个地区的发展质量和水平。近年来，北京在碳减排这条道路上，正朝着碳达峰、碳中和的目标步步迈进。2020年，北京万元GDP二氧化碳排放量仅为0.41吨，比2015年下降了26%以上，在全国省级地区最优、超额完成国家下达的20.5%的“十三五”任务。

锐度：两手齐抓，构建绿色经济体系

近年来，北京成立“北京市应对气候变化及节能减排工作领导小组”等，构建支撑减污降碳的组织体系，并将二氧化碳强度下降率和碳排放总量达峰目标纳入规划约束性指标体系，在全国率先实行碳排放总量和强度“双控”机制，并相继发布《企业（单位）二氧化碳排放核算和报告指南》等多项地方标准及碳排放权交易规则。

今年，北京在“十四五”规划纲要中提出了较高的目标——“十四五”期间，碳排放稳中有降，碳中和迈出坚实步伐。这为推进碳达峰、碳中和工作创造了一个好的开端。

除了制度设计，从市场层面来看，碳市场交易是控制温室气体排放的重要工具。2013年，北京成为首批试点省市之一，在管理体系、履约执法等多方面进行探索，为全国碳市场建设积累了经验。

8年来，北京碳市场以建立完善碳排放权交易政策法规为先导，以健全温室气体排放统计体系为支撑，以强化监管和规范交易为保障，以培育公平交易市场为手段，达到了明显的减碳效果。2020年，重点碳排放单位共843家，100%完成履约，碳排放配额成交 538 万吨，交易额达到 2.74 亿元，成交价格保持增长趋势。

同时，北京的绿色金融一直走在全国前列，绿色领域的上市公司数量占全国比重超过 10%。近年来，已有 60 余家外资金融机构落地北京。截至 2020 年年末，北京市绿色信贷规模超过 1.2 万亿元，居全国首位。

深度：精准施策，深化重点领域低碳转型

“十三五”时期，北京以较低的能源消耗实现了较高的经济增长，2020 年万元 GDP 能耗相比 2015 年时下降 24%。北京市燃煤消费量从峰值的 3000 余万吨降至 2020 年的 173 万吨；电力、燃气等清洁优质能源占比提高到 98.1%，在北方城市中率先基本解决燃煤污染问题。

做好传统减排的“减法”，还要开发再生能源的“加法”。今年，国网北京市电力公司积极推行零审批、零上门、零投资的“三零 + 全电餐饮”服务，至 6 月末，首都核心区已有 1149 户餐饮企业完成改造，每年可减少二氧化碳排放约 2.6 万吨。目前，北京加快发展风电、太阳能等非化石能源，探索构建以新能源为主体的首都新型电力系统已成为新方向。

伴随着疏解非首都功能，大量一般制造和污染企业退出，产业结构逐渐低碳化，构成降碳工作的良好基础。据统计，“十三五”时期北京聚焦“高精尖”，全市退出一般制造业企业 2154 家，高技术产业占比达 24.4%，新一代信息技术和医药健康产业双引擎加快形成，智能制造为北京产业转型注入新动力。

交通是北京市碳减排的主要领域，2020 年，北京市中心城区绿色出行比例达 73.1%。目前，北京公交集团新能源和清洁能源车比例超过公交车总规模的 80%，北京“节约型地铁”形成每年 4400 万度电的节能能力。

此外，调整车辆结构和改善货运结构、既有建筑节能改造、发展超低能耗建筑等手段，切实保障了城市绿色低碳运行。

碳中和愿景下，绿色化将成为数字化转型的内在要求。

2020 年，北京市交通委、市生态环境局联合高德公司、百度公司，基于 MaaS 平台规划共同推出“MaaS 出行　绿动全城”碳普惠活动，通过提供优化绿色出行路线和发放碳激励资金，引导用户低碳出行。国网北京市电力公司与市生态环境局共同开发重点企业用能环保监测平台，可及时发现异常用能等情况。此外，北京政务云平台将政府部门 IT 业务系统和数据信息系统迁至“云端”，通过云计算和大数据实现政府组织和工作流程优化重组，实现集约管理。

广度：一体推进，形成全民低碳新风尚

碳减排需要长久的减排、增效、提质。加强区域低碳产业合作，才能有力促进生态环保领域实现率先突破。

其中，发展氢能产业则是推动京津冀能源结构转型、促进京津冀在全国范围率先实现碳达峰目标的重要支撑。今年，北京市经济和信息化局印发《北京市氢能产业发展实施方案（2021—2025年）》。据统计，目前，以北京为核心的京津冀全产业链基本贯通，在全国处于领先位置。2023年前，京津冀区域累计实现产业链产业规模将突破500亿元。

北京连续多年举办“北京国际大都市清洁空气与气候行动论坛”品牌活动，积极参加C40全球市长峰会等重大国际活动，并通过双边合作框架以及友好城市渠道，与多机构建立长期稳定的合作关系，做到多平台吸收国际先进经验，广泛宣传北京绿色低碳发展阶段性成果。

近年来，北京发布节能减排全民行动计划，打造节能宣传周、低碳日等品牌活动，全方位宣传节能理念，累计7.5亿人次通过线上线下参与了第七届北京生态环境文化周等生态环保主题实践活动，低碳意识逐步深入人心。

北京市公众环境意识调查结果显示，2020年，绿色出行占比为99.4%。同时，“社会责任感”一跃成为影响公众参与环保活动的主要因素，相较2018年上升了20个百分点，公众绿色生活意愿明显提升。

（刊登于《中国环境报》2021年9月1日一版）

格拉斯哥的“重要一步”

中美两国承诺携手应对气候变化对全人类的挑战

◎牛秋鹏

72岁的中国气候变化事务特使在中国代表团办公室郑重地写下：“解振华，2021.11.10，16:33”。

旁边是77岁的美国总统气候问题特使的签名：“John F. Kerry，10/11/21”。

两位相识20多年的老朋友，以一种非正式的方式，在多处修改的《中美关于在21世纪20年代强化气候行动的格拉斯哥联合宣言》（以下简称《联合宣言》）文本上签名。

五星红旗与星条旗，以一种“出人意料”“令人错愕”的方式，在阴晴不定的苏格兰，让愁云惨淡的联合国气候变化格拉斯哥大会重现一丝曙光。

“这是朝着正确方向迈出的重要一步。”联合国秘书长古特雷斯第一时间表示欢迎。

“这真的很令人鼓舞，有助于我们在大会上达成协议。”欧盟气候事务负责人蒂默曼斯认为。

夜幕笼罩苏格兰会展会议中心，18时05分，解振华在座无虚席的新闻发布厅，面对一个小时前才接到消息并赶来的媒体记者，率先自信而坚定地说：“下面我发布一个重要的消息，就在刚才，中美达成了关于在21世纪20年代强化气候行动的格拉斯哥联合宣言！”

18时——这是两国商定的当地发布时间。而在正式达成一致意见前的两小时，两国还就宣言的细节反复沟通。

16时30分，略显疲惫又笑容满面的解振华向中国代表团宣布：同志们，我们的目标达成了！办公室掌声雷动。

在过去10个月里，两位特使从上海到天津，从伦敦到格拉斯哥，近30场视频会谈，4次面对面会谈。尤其是大会期间十余次的日夜磋商，“几乎每天都要见面”。

太平洋足够大，容得下中美在分歧中找共识。中美两国作为世界上两大经济体，在风云变幻的国际形势下，承诺携手应对气候变化对全人类的挑战。

2017 年 6 月，美国宣布退出《巴黎协定》，中美气候合作被迫中止。而在一年前，2016 年 4 月，代表美国正式签署《巴黎协定》的正是时任国务卿约翰·克里，他抱着孙女签署协定的画面广为流传。

2021 年 1 月，美国又宣布重返《巴黎协定》，并将应对气候变化上升为“国策”。

“美国退出《巴黎协定》，耽误了气候变化多边进程 5 年，应该追上来，我们一起合作。”解振华在大会期间接受采访时直言不讳。

相向而行，聚同化异。《联合宣言》正成为两国合作的路线图。

2254 字的《联合宣言》全文，“合作”共出现 10 次；40 分钟的新闻发布会，解振华更是提到了 25 次“合作”。

约翰·克里坦诚：“中美之间不乏分歧，但合作是唯一途径。这关乎科学。”

基于科学和规则的《巴黎协定》，符合全球发展大方向，成果来之不易，应该共同坚守，不能轻言放弃。

“中国只要作出了承诺，肯定百分之百兑现。”面对西方媒体的提问，解振华斩钉截铁地说：“为了实现远短于发达国家的 2030 年之前碳达峰、2060 年之前碳中和的目标，中国制定了‘1+N’政策体系，时间表、路线图都非常清晰。”

18 时 45 分，记者们将刚走出新闻发布厅的解振华层层围住，希望获得更多关于中美强化气候行动的信息。站在五星红旗前的解振华，继续自信而坚定地回应关切。

此时，新闻发布厅内，星条旗下的约翰·克里说：“现在每一步都很重要，而我们还有很长的路要走。”

（刊登于《中国环境报》2021 年 11 月 15 日二版）

垃圾焚烧处理设施下县难在哪?
经济性差、投不起是当前县域小焚烧设施建设遇到的最大难点

◎刘良伟

近日，国家发展改革委、住建部、生态环境部等五部委联合印发了《关于加强县级地区生活垃圾焚烧处理设施建设的指导意见》(以下简称《指导意见》)。

这是我国首个聚焦县级地区生活垃圾处理的政策文件。有人从中看到了小型垃圾焚烧装备的发展前景，认为100吨、200吨的焚烧装备将迎来较大的市场需求；有人则认为“焚烧下县”面临很多现实困境，需谨慎布局。

那么，加强县级地区垃圾焚烧设施建设，面临哪些难题？文件中释放出哪些重要信号？如果说推进“焚烧下县”将打开更大的市场空间，环保产业可以从中发掘哪些机会？围绕这一系列问题，记者采访了相关专家和行业企业。

县级地区垃圾焚烧缺口究竟有多大？缺乏高质量的垃圾处置设施

《指导意见》的核心精神是加快补齐县级地区生活垃圾焚烧处理设施短板，推动县级地区生活垃圾处理方式由“以填埋为主”向“以焚烧为主”转变。那么，目前县级地区垃圾焚烧缺口究竟有多大？

《2021年中国城乡建设状况公报》和《2021年城市建设统计年鉴》显示，2021年，我国城市生活垃圾无害化处理率接近100%。从总量看，焚烧处理量约为1.80亿吨，占比72.54%；填埋处理量约为5208.51万吨，占比20.97%。从处理能力方面看，2021年，全国无害化处理能力为105.71万吨/日，其中焚烧处理能力为71.95万吨/日，占比68.06%。

这说明，焚烧已成为我国城市生活垃圾主要的无害化处理方式。

与之相对应，2021 年，我国县城生活垃圾无害化处理率达 98.47%。从总量看，垃圾焚烧处理量约为 2772.59 万吨，占比 40.83%；填埋处理量约为 3784.44 万吨，占比 55.72%。从处理能力看，县城共拥有生活垃圾处理场（厂）1441 座，其中焚烧厂 257 座，卫生填埋场 1123 座。

截至 2021 年年底，我国城市数量为 692 个，其中地级市 300 个，县级市 392 个；县城数量为 1482 个，目前 1225 个县城没有建设垃圾焚烧厂，缺口较大。

中华环保联合会废弃物发电专委会秘书长郭云高告诉本报记者：“加强县域垃圾焚烧设施建设是建设美丽中国、建设美丽乡镇的必然要求。生态环境部于 2018 年开展的垃圾焚烧发电行业专项行动充分证明，焚烧与其他措施相比具有明显的比较优势。但缺乏高质量的垃圾处置设施是我国绝大部分县域地区的短板弱项。经过 30 多年的发展，我国除极少数不发达地区的地级市没有垃圾焚烧设施外，基本都规划、建设、投运了垃圾焚烧设施，部分城市还出现了垃圾焚烧产能过剩的问题。县域地区也基本都有垃圾焚烧设施的规划，但因各种原因，‘规划不建、建而不投、投就过剩’的情况比较普遍。”

垃圾焚烧下县难在哪？
经济性差是最大难点，缺少余热利用等提高经济收益的方式

“困难很多，主要是钱。”郭云高告诉记者，自 2020 年以来，垃圾焚烧发电电价补贴由拖欠逐渐变成退坡，最后明确退出，垃圾焚烧发电企业基本都放弃了野心勃勃的扩张计划，慎重投资或者不投资已渐成行业共识。

一位不愿透露姓名的某大型环保企业相关负责人告诉记者，其所在的企业在江苏、安徽、福建等地都有垃圾焚烧业务，但已经很长时间没有拓展垃圾焚烧发电方向的业务了，今年仅新增了一个垃圾发电项目。

众所周知，垃圾焚烧设施的建设和运营成本远远高于垃圾填埋设施的相关成本。此外，县级地区垃圾焚烧设施建设还面临其他挑战。

“首先，不同于城市垃圾，县域垃圾处理具有自身的特点，如垃圾量不够、收集难度大、无法杜绝建筑类等非生活垃圾混入及县级财政脆弱等；其次，垃圾焚烧发电行业的发展阶段也会带来一些问题，如鼓励支持产业政策退坡退出、小型垃圾焚烧设施环保排放标准较低等。”郭云高说。

也就是说，垃圾质量差导致热值低、产渣量大；垃圾量不够、收集难度大导致收运费用增加，县级财政脆弱导致其能承受的垃圾处理费用较大城市偏低；不能规模化焚烧，

影响余热多元化利用……多重因素叠加，导致县级地区垃圾焚烧业务经济性差。

与此同时，《指导意见》中着重谈到的问题也是困难所在。“如垃圾分类（不同于大城市的分类）、收集、清运这些前置工作不到位，垃圾焚烧设施运行不稳定，烟气达标排放困难以及商业模式不成熟等。”郭云高说。

中城院（北京）环境科技有限公司副总经理吴剑说：“大城市的大规模垃圾焚烧厂，可以通过发电获得大部分收入，可以很大程度上减少地方财政需负担的垃圾处理费用（50～100元/吨处置费）。然而县级300吨以下的小焚烧设施，发电经济性较差。如果不发电，则需要由地方财政承担所有的垃圾处理费用，合计约300元/吨以上，经济上难以承受。经济性差、投不起是当前县域小焚烧设施遇到的最大难点。”

缺钱怎么办？
财税政策加强保障，探索余热多元化利用

为提供政策支撑，《指导意见》给出了包括积极安排中央预算内投资支持县级地区生活垃圾焚烧处理等环境基础设施建设，对生活垃圾小型焚烧试点予以支持，充分发挥引导带动作用等在内的多项细化措施。

一位业内人士认为，从财税角度讲，这些措施可以说是不遗余力地推动县级地区垃圾焚烧设施建设。

郭云高对记者表示：“巧妇难为无米之炊。从纯市场的角度看，这项工作缺钱是个无解的难题。也许从民生和社会保障的角度出发，让地方国企担起社会责任，接手此事是条出路。”

郭云高认为，也只有地方国有企业才能把文件中的保障措施协调到位。比如探索余热多元化利用，加强垃圾焚烧项目与已布局的工业园区供热、市政供暖、农业用热等衔接联动，丰富余热利用途径，降低设施运营成本。有条件的地区要优先利用生活垃圾和农林废弃物替代化石能源供热供暖。比如科学开展固废综合协同处置。推广园区化建设模式，在具备条件的县级地区建设静脉产业基地，鼓励开展辖区内生活垃圾与农林废弃物、污泥等固体废物协同处置，实现处理能力共用共享，提升项目经济性等。

（刊登于《中国环境报》2022年12月13日八版）

最高法出台第一部涉“双碳”规范性文件
并发布配套典型案例
为积极稳妥推进碳达峰碳中和提供司法服务

◎张　聪

统计数据显示，自我国签订《巴黎协定》以来，全国各级人民法院一审审结涉碳案件近112万件。随着国家应对气候变化工作的持续推进，涉碳诉讼案件数量呈现逐渐增多趋势，各级人民法院审理涉碳案件急需及时、有力的审判指导。2月17日，最高人民法院发布《关于完整准确全面贯彻新发展理念为积极稳妥推进碳达峰碳中和提供司法服务的意见》（以下简称《意见》）。

“《意见》是最高人民法院贯彻落实党的二十大精神的重要举措，也是最高人民法院出台的第一部涉‘双碳’规范性文件，对于各级人民法院依法妥善审理涉碳这一新领域的各类案件具有重要的指导作用，对于助力推进碳达峰碳中和具有重要意义。”发布会上，最高人民法院环资庭庭长刘竹梅如是说。

2016年以来，全国各级人民法院一审审结涉碳案件近112万件

党的二十大报告明确提出，中国式现代化是人与自然和谐共生的现代化，并专门论述推动绿色发展，促进人与自然和谐共生。其中，部署积极稳妥推进碳达峰碳中和，强调要立足我国能源资源禀赋，坚持先立后破，有计划分步骤实施碳达峰行动。

发布会上，刘竹梅介绍，《意见》紧扣国家“双碳”目标，对标中共中央、国务院《关于完整准确全面贯彻新发展理念　做好碳达峰碳中和工作的意见》主要任务，遵循全国统筹、节约优先、双轮驱动、内外畅通、防范风险的原则要求，立足发挥审判职能作用，为积极稳妥推进碳达峰碳中和提供有力司法服务。

统计数据显示，自我国签订《巴黎协定》(2016年4月22日)以来，全国各级人民法院一审审结涉碳案件近112万件。其中，涉经济社会绿色转型案件1.5万件，占比1.4%；涉产业结构调整案件13万件，占比11.9%；涉能源结构调整案件90万件，占比最大，为80.4%；涉碳市场交易案件600余件，占比0.06%；其他涉碳案件6.9万件，占比6.2%。

为贯彻落实党的二十大关于加强统筹协调，协同推进降碳、减污、扩绿、增长的要求，《意见》提出，审理新业态新模式生产服务消费案件，要强化对新类型环境权益交易模式、资源要素市场创新的规则指引；审理温室气体排放民事侵权案件，大气污染防治行政、刑事案件，要坚持生态修复优先，处理好固碳和增汇的关系，积极引导和规范侵权人购买碳汇产品折抵赔偿碳汇损失、生态环境受到损害至修复完成期间服务功能丧失导致的损失；审理企业环境信息披露案件，要强化企业环境责任意识，依法披露环境信息，有效遏制资本市场“洗绿”“漂绿”不法行为。

自2021年7月正式启动全国碳排放交易市场以来，我国碳市场已成为全球覆盖碳排放最大的市场。针对涉碳交易纠纷案件类型新、数量逐年增多等特点，《意见》提出，审理碳排放权交易案件，要依法明晰碳市场交易相关主体之间的权责，推动提高市场流动性、形成合理碳价，增强企业碳减排动力；审理碳排放配额等担保案件，要稳固碳市场业务创新的制度基础，助力碳交易产品发挥融资功能，稳定市场预期。

碳排放数据是开展交易的基础，数据质量是碳市场的生命线。刘竹梅介绍，《意见》提出，审理温室气体排放报告案件，要支持行政机关依法对部分企业虚构、捏造、瞒报、漏报温室气体排放数据行为进行行政处罚；构成犯罪的，依法追究刑事责任。要助力提振市场信心，为全国碳市场有序发展提供坚实的法治保障。

指导各级人民法院正确审理各类涉碳纠纷案件

为进一步总结审判经验，指导各级人民法院正确审理各类涉碳纠纷案件，最高人民法院2月17日同步发布11个司法积极稳妥推进碳达峰碳中和的典型案例。

最高人民法院环资庭副庭长李相波介绍，本批典型案例系经过地方三级人民法院推荐，最高人民法院在筛选过程中充分征求了相关科研院校的法学、环境学等方面的专家以及部分审判执行一线法官意见，最终遴选而出。

记者注意到，这批案例包括比特币“挖矿”服务合同、温室气体排放环境侵权、水泥产能指标转让合同、破产案件中将危险废物处置费用认定为破产费用、碳排放配额转让合同及国家核证自愿减排量技术服务合同、碳排放配额清缴行政处罚、碳排放配额强制执行、破坏环境监测计算机信息系统、滥伐盗伐林木碳汇赔偿等多方面的内容，都是近年来人民法院环境资源审判中的新类型案件。

如，在上海某实业公司诉北京某计算科技公司委托合同纠纷案中，人民法院适用《民法典》第九条“绿色原则”，将能源消耗巨大且已被国家列入淘汰类产业的比特币“挖矿”行为所涉合同，认定因违反公序良俗而无效的合同。

北京大学法学院研究员洪艳蓉认为，这一案例的开创性意义在于，既有效缓解了面对多变的黑/灰色产业无法及时上升至法律、行政法规强制性规定层面预先规制的困境，也深入贯彻了市场化的纠纷解决思路并建立起治理“挖矿”行为的风险收益约束机制，充分体现了人民法院通过审判活动规范、保障和引导绿色发展的积极作用。

杭州某球拍公司破产清算案，是入选本批次的典型案例之一。本案中，人民法院坚持预防性司法理念，践行生态权益优先保障的破产审判新思路，在破产程序中将生态环境治理费用作为破产费用优先列支，消除了破产企业留存危废物的环境污染隐患。

环境瑕疵财产无论在清算程序还是重整程序中，都极易成为意向买受人或潜在投资人参与竞买或重整投资的“绊脚石”，易导致破产财产因市场化程度不足而未能实现价值最大化。清华大学法学院副院长、教授程啸点评认为，先治理污染再处置资产的破产财产处理思路，既保护了破产企业的财产安全，又解除了意向投资人的后顾之忧，加快推动破产财产的价值最大化，切实保障了全体债权人的合法权益。

此外，广西某矿业公司诉内蒙古某水泥公司等合同纠纷案中，人民法院在依法确认前后两份转让协议均有效的同时，考虑到第二份转让合同的水泥产能置换已经按照转入地、转出地政府要求实际履行完毕，依法驳回第一份转让合同受让人主张继续履行合同的诉讼请求，依法保障产能置换政策有效实施，避免出现合同履行“僵局”，为建材行业开展节能降碳改造、产业结构深度调整提供了有力的司法服务。

不断探索裁判执行方式，完善“双碳”审判体制机制

自 2014 年最高人民法院设立环境资源审判庭以来，各级人民法院共设立环境资源专门审判机构或审判组织 2426 个，设立南京、兰州、昆明、郑州、长春、乌鲁木齐环境资源法庭，构建有助于积极稳妥推进碳达峰碳中和的案件归口审理制度，实行环境资源刑事、民事、行政案件“三合一”审判模式。

2020 年，最高人民法院发布《环境资源案件类型与统计规范（试行）》，将应对气候变化、生态环境治理与服务案件分别纳入五大环境资源案件类型之列。各级人民法院建立环境资源专门审判机构，归口审理涉碳案件等环境资源案件，统筹推进碳达峰碳中和与应对气候变化。

“人民法院环境资源专业化审判经过十余年发展，坚持山水林田湖草沙一体化保护和系统治理，统筹产业结构调整、污染治理、生态保护、应对气候变化，探索创新了一系列符合生态环境保护特点的环境资源审判独有的裁判执行方式和经验。”最高人民法院环资庭三级高级法官孙茜介绍。

如，坚持保护优先、预防为主，适用禁止令、行为保全等措施；探索适用“补植复绿”“增殖放流”“技改抵扣”“劳务代偿”“认购碳汇”等裁判执行方式，促进森林、草原、湿地、海洋等生态系统及时有效恢复，提升固碳增汇能力；树立恢复性司法理念，设立碳中和等生态修复基地。此外，审理高耗能、高碳排放企业生态环境侵权纠纷案件，还注重引导企业采取淘汰落后产能、扩大绿色生产的方式替代履行。

比如，典型案例陈某华滥伐林木案中，人民法院探索在破坏森林资源刑事犯罪案件中引入“系统化、流程化、规范化、可量化”的森林碳汇补偿机制，落实“损害担责、恢复生态、堵疏补漏”原则，体现了生态修复优先、固碳与增汇并举、刑事责任与修复赔偿相协调的环境资源司法理念。

全国碳市场是我国控制温室气体排放、落实碳达峰碳中和目标的重要政策工具，是低碳技术创新的主要资金来源之一，发挥着促进企业控制温室气体排放的作用。同时，碳市场这个新生事物在运行过程中，产生的一些争议纠纷也进入诉讼渠道。

“随着全国碳排放权市场交易主体、交易品种和交易方式的扩容和多元化，还会带来涉碳纠纷案件类型、数量的进一步增加。”孙茜表示，在新形势下，人民法院将加大对碳排放配额、核证自愿减排量、碳汇等涉物权、合同、侵权案件，以及在碳排放权注册登记机构、交易机构，核证自愿减排注册登记机构、交易机构，进行登记、交易的其他碳产品案件，环境保护税案件等涉碳领域新类型案件的审判指导力度，推动碳市场在法治轨道上健康有序运行。

此外，人民法院还将强化诉讼与调解、仲裁等替代纠纷解决机制的衔接，尊重意思自治和市场逻辑。加强与行政主管部门沟通协作，依法推动有为政府和有效市场更好结合，协同推进绿色低碳转型和生态环境系统治理，坚定不移走符合我国国情和实际的司法服务道路。

（刊登于《中国环境报》2023年2月22日六版）

建成一批科创平台，实现技术改造全覆盖，构建“1+4+N”“智治”体系

镇海科创赋能高质量发展跑出加速度

◎雷英杰

在浙江省宁波市北部，有一座向海而生、因港而兴的“海天雄镇”——镇海。凭借得天独厚的区位优势，绿色石化产业在镇海蓬勃发展。

“石化”是镇海的工业底色，也是留给外界的深刻印象。而今，镇海在绿色石化的基础上主动寻求新的增长极，依托扎实的产业基础、丰沃的科创资源，构筑科技创新动力源和高质量发展增长极，努力建设现代化滨海大都市科创强区、品质之城。

厚植科创基因 激发产业新动能

镇海素有“浙东门户”之称。2022 年，镇海地区生产总值 1374.3 亿元，同比增长 5.9%，增速在宁波市排名第一，总量跃居浙江省第十六位，比上年上升两位。镇海以占宁波市 2.5% 的土地创造了全市 8.75% 的生产总值。

随着绿色石化产业不断发展壮大，镇海实现了跨越式发展，同时也为宁波市经济作出贡献。不过，这种“橄榄形”的产业结构，一度让镇海发展面临“瓶颈期”。未来可持续发展空间在哪里，如何结合绿色石化打造经济增长新引擎？

很快，镇海便找到了答案：科创赋能。

此后，镇海主动融入甬江科创大走廊，加快中官路创业创新大街建设，中石化宁波新材料研究院、哈工大宁波智能装备研究院、宁波中乌新材料产业技术研究院等一批科创平台相继落地，汇聚起科创成果孵化转化强大动力。

然而，要实现更多“从 0 到 1”的突破，离不开基础研究。作为甬江科创大走廊的“发动机”、打造长三角重要科创策源地的重中之重，甬江实验室落户镇海新材料小镇，

围绕新材料领域国家重大战略和产业需求开展前沿科学研究。

2022 年 11 月，国家石墨烯创新中心获批，成为我国石墨烯领域唯一的国家制造业创新中心，同时也是浙江省首个国家制造业创新中心。这意味着镇海又新增了一个高能级科创平台，高质量发展底气更足。

除了绿色石化、新材料产业，集成电路是镇海的又一大布局。为推动集成电路产业发展，镇海将建设面积约 7 平方公里的集成电路制造产业园。

得益于科创平台的虹吸效应和镇海人才引培环境，越来越多的创新英才选择镇海、扎根镇海。“镇海为科研人员提供了一个良好的科研生态环境。”中国科学院宁波材料技术与工程研究所新能源所副所长陆之毅告诉记者，“科研人员要心怀‘国之大者’，潜心研究颠覆性技术，切忌跟风、抱大腿，切实为国家提供未来有竞争力的原理和技术。”

在科创平台和人才赋能的加持下，一批曾经束之高阁的科研成果转化落地，从科研院所走向车间、走向市场，成为镇海做大做强的驱动力。

如今，由绿色石化基地、甬江实验室、新型研究型大学、集成电路产业园构成的新“四大工程”，系统化地构建起“再造一个镇海”的四梁八柱。

加速数字改造　焕发企业新活力

曲折的管廊、林立的高塔、跳动的仪表、变化的库存……在位于宁波石化经济技术开发区（以下简称石化区）的博汇股份“未来工厂”内，每一台设备的运行情况、每一个数据的微妙变化，都源源不断地汇总到“中央大脑”。

博汇股份总经理韩铁成说：“近年来，公司深度应用数字孪生、人工智能、大数据、物联网、5G 等新一代信息技术，打破了‘数据’孤岛，实现企业内部数据集成，同时基于实时数据进行流程优化、共享共用，既提高了决策的科学性，又保障了产品性能的稳定性，还加强了安全环保管控能力。”

“看，这是智能防爆巡检机器人，它正在按照系统指令在厂区内进行巡检工作。”石化区另一家企业巨化科技副总经理黄波指着显示大屏向记者介绍说，“以前生产线出现故障，巡检人员需要检测每台设备、挨个测点查找问题，工作强度大、处理时间长，还容易出现漏检、误检。现在有了智能巡检机器人，不仅做到隐患排查无盲区，还能第一时间发现异常源并进行迅速处置。”

走进恒河材料数字化智能仓库，升降机器人沿着安装于地面与天花板的轨道高速奔跑，自由穿梭在高达 24 米的货架上，灵活取放自主创新产品石油树脂。公司安全环保部经理刘剑告诉记者，公司从生产经营、安全环保、降耗增效等多个维度全面实施数字化改造，生产效率、能源利用效率大幅提升，运营成本明显下降，产品研制周期逐渐缩短。

截至 2022 年年底，镇海石化企业已经实现技术改造全覆盖、智能化改造率 50% 以上，数控化率和上云率均达到 100%。

深耕智慧应用　提升管理新水平

石化区拥有规模以上工业企业 112 家，并形成了以中国石化镇海炼化公司为龙头的石化产业链。这种以石化为主导的产业结构导致区域主要污染物排放基数大，石化区环境综合治理成为镇海生态环境保护工作的重中之重。

立足区情，镇海决定构建“1+4+N”绿色石化“智治”体系，推动清新园区、污水零直排标杆园区、无废园区和辐射安全园区“四个园区”建设。所谓“1+4+N”，即以石化区规划环评为引领，以大气、水、固体废物、辐射四大领域治理为关键抓手，创新建设 N 个应用场景，实现石化区环境监管体系重塑。

在清新园区建设方面，镇海在浙江省率先开展石化行业重点企业挥发性有机物（VOCs）全流程管控工作，率先引进泄漏检测与修复（LDAR）技术，率先构建高密度监测网络，架起“数字治气”应用体系，实现精准治气。目前，镇海 239 个 VOCs 主要排放口非甲烷总烃平均浓度 9.48 毫克 / 米 ^{3}，远低于排放标准。与此同时，镇海以打造清新园区为契机，逐步在石化区企业中推行无异味工厂建设。

在零直排标杆园区建设方面，建设“五水慧治”应用体系，通过引入数字孪生技术，全景立体显示石化区企业污水处理设施、雨（污）水管网和排口等重要信息，加强对重点企业废水的用、产、处、排全周期监管，以数字化改革打通过程监管壁垒。

在无废化工园区建设方面，建设“数治危废”应用，在集成浙江省固体废物管理系统功能基础上，创新构建固体废物“集市”、危险废物运输监管两大场景。

在辐射安全园区建设方面，创新建设“辐射安全智控”应用，部署 N 套高风险移动放射源出入库一体机，推动企业现场上传射线探伤作业图像和监测记录，提升了高风险移动放射源监管能力，填补了射线探伤作业过程数字化监管的空白，实现了固定源工况、高风险移动源定位等辐射安全重点领域的数字化监管全覆盖。

宁波市生态环境局镇海分局副局长蔡星告诉记者，通过构建“1+4+N”绿色石化“智治”体系，建立一套数据库，塑造一套全流程，搭建一套新体系，让数据“聚”起来、“跑”起来、“活”起来，以环境“智治”跑出镇海绿色高质量发展加速度。

（刊登于《中国环境报》2023 年 6 月 28 日一版）

宜昌船舶岸电让码头“绿”起来

累计为17445艘（次）船舶提供清洁岸电2761万千瓦时，替代燃油6488吨

◎余桃晶　何　坤　张　特

记者日前来到湖北省宜昌市秭归港游轮码头，蓝天白云映衬下，船只有序来往，在码头趸船上，电力工人展放线缆，点击操作岸电智能控制装置，船舶很快就通上了岸电，轰鸣的柴油发电机声随之消失。

以往船舶柴油发电带来的排放高、费用高、噪声大等问题，随着船舶岸电带来的绿色变革迎刃而解，不仅节省燃油、减少排放，昔日杂乱吵闹的码头环境也变得安静、干净。

6种供电模式，满足不同船舶岸电需求

作为三峡大坝和葛洲坝所在地，每年近6万艘（次）的船舶在宜昌市待闸、过闸。船舶靠港后用电依靠船舶燃油发电，造成空气、噪声污染，使得船舶污染一度成为长江生态环境治理的一道难题。

推进船舶“以电代油”，建设船舶靠港期间停用自身燃油发电系统，改用陆岸电网电力供应的“绿色岸电”迫在眉睫。

2015年以来，宜昌市开始探索岸电建设。国网宜昌供电公司以三峡库区秭归县为核心，加快推进长江流域港口岸电建设。

2020年年底，长江宜昌段实现岸电全覆盖。据国网宜昌供电公司岸电运维服务人员李兴衡介绍，目前，岸电建设已覆盖宜昌江段67个经营性码头、两个锚地、167台套岸电桩，岸电供电容量为2.52万千伏安。

为满足各类港口、船舶的岸电服务需求，宜昌市创造性推出靠岸固定式、靠岸浮动式、离岸固定式、离岸浮动式、水上服务区综合能源保障系统、船电宝充换电服务6种岸电供电模式，满足各种水文条件、各种船舶类型、各种停靠方式的岸电需求。

岸电供应与柴油发电相比，价格明显下降，经济、生态价值兼备。“长江三峡10号”游轮轮机长欣喜地告诉记者码头发生的变化：“以前靠柴油发电吵得不行，现在用上岸电，噪声和异味都没了，舒适度提高了。”

“三件套”疏通外省船舶用电堵点

“用岸电噪声小，还省钱，我们也想用，可是条件不允许……”今年4月，宜昌市水路交通执法人员在对港口岸电巡查时，偶遇一艘河南籍货船靠港未接岸电，船员望“电”兴叹。

据了解，部分外省籍船舶尚未进行岸电受电设施标准化改造，部分已改造船舶配备的63A受电接口无法与宜昌港区岸电箱的125A标准插座兼容对接。

为解决岸电接口不匹配、部分外地船舶无法使用岸电的问题，宜昌长江三峡岸电运营服务公司建议从港口端对岸电设施进行技术改造或升级，以满足不同船舶受电接口需求。

经多方深入论证和反复测试，最终推出了岸电对接“三件套”——外置转接箱、岸电桩箱体内置63A插座、外置转接头。各港口码头根据实际情况，采用“三件套”中的一种或多种，实现了充电又快又便捷。

5月，“三件套”已在所有货运港口配设完毕，最后的“堵点”也随之打通，63A受电接口船舶可以无障碍使用岸电。

截至目前，在三峡坝上运营的54艘旅游客轮岸电标准接口改造完成率达到100%，改造后节省了大量人力、物力。

编织“充电网”，解决充电续航难题

每天，全球载电量最大的纯电动游轮“长江三峡1号”往来于长江两坝一峡，为旅客提供休闲娱乐、旅游观光服务。“长江三峡1号”总电池容量约为7500千瓦时，相当于100多辆电动汽车的电池容量总和。

如此大的电池功率，怎样实现快速稳定充电？

“高压充电、低压补电，编织一张覆盖航线的‘充电网’，这种新模式解决了大型纯电动船舶大功率充电难题。”李兴衡说，通过船载变压器将10千伏高压岸电变为低压，再逆变为直流电给游轮电池仓充电，船舶航行到上游后，能在多个游轮港口补电。在宜昌坝下九码头、坝上秭归港建设专属高压充电桩，实现充电4～6小时续航150公里；在黄柏河、三峡人家、三斗坪等游轮码头建设低压补电设施，化解船舶续航里程焦虑。

自去年3月首航以来，这艘游轮总用电为109万千瓦时，对比同型常规燃油动力船舶，相当于减少了800余吨的二氧化碳排放，真正实现“零噪声、零污染、零排放”的新能源纯电动游轮。

此外，宜昌市研制了标准统一的T形接口箱，解决了多船并靠级联供电的难题，研制了电缆自动收放系统、电缆自动提升装置、程高分布式岸电装置，解决了水位落差大、供电电源设置难的问题，开展了移动式“船电宝”试点实验，解决了远距离江心散抛船舶供电的难题。

李兴衡告诉记者，为支撑岸电运营服务的保障能力，宜昌市成立了由国网湖北电力、三峡电能、国网电动汽车湖北公司等单位合资组成的长江岸电运营公司，组建了专业化的港口岸电运营服务团队；依托国网智慧车联网平台，自主研发投运了车船一体化岸电云网服务平台，为港口、船舶提供统一结算、移动支付等便捷服务，让岸电使用更加透明、方便，为实现长江流域港口岸电互联互通、信息共享等服务奠定了坚实基础。

从最早的劝说船舶使用岸电，到现在船舶主动申请使用，船舶停靠码头使用岸电已成为大家的自觉行动。

截至2023年6月，宜昌港口码头累计为17445艘（次）船舶提供清洁岸电2761万千瓦时，为船舶节约用能成本3100万元以上，替代燃油6488吨，减少有害物质排放2.0438万吨。

长江清了、岸线绿了、码头静了，长江宜昌段江豚频频现身，一幅山水辉映、人水和谐的动人画卷正在徐徐铺展。

（刊登于《中国环境报》2023年7月20日五版）

生态环境部正式发布4个方法学

300余个中选出4个，为什么是它们？

◎班 健

生态环境部此次发布造林碳汇、并网光热发电、并网海上风力发电、红树林营造等4个温室气体自愿减排项目方法学，社会和公众对此颇多关注。为什么是这4个，怎么选出来的？记者为此采访了生态环境部应对气候变化司（以下简称气候司）有关负责人。

气候司有关负责人介绍说，温室气体自愿减排项目方法学（以下简称方法学）是指导特定领域温室气体自愿减排项目设计、实施、审定和减排量核算、核查的主要依据，是支撑全国温室气体自愿减排交易市场规范高效运行的必要配套技术规范文件。生态环境部首批发布这4个方法学，意味着将要启动的温室气体自愿减排市场中，这是首批纳入的4个具体支持领域。

记者采访了解到，先易后难、成熟一个发布一个、择优选择、社会期待高、额外性等，是理解此次为何发布这4个方法学的关键信息。

气候司有关负责人接受采访时表示：“我们以服务‘双碳’目标为根本出发点，在面向社会广泛征集方法学建议的基础上，先易后难、循序渐进，按照‘成熟一个，发布一个’的基本原则，择优选择了4个社会期待高、减排机理清晰、数据质量有保障、社会和生态效益兼具、可以实现有效监管，并且具有明显额外性的项目方法学，服务自愿减排交易市场启动。”

气候司有关负责人指出，作为为全社会提供的一种高质量、可交易的公共产品，核证自愿减排量应当可核算、可追溯、可核查，具有较高的社会诚信、资质准入、政府监管等数据质量管理要求，特别是对额外性有较高的要求。所谓具有额外性的前提必须是人为努力取得的减排量，像原始森林和海洋自然产生的碳汇就不能开发为可交易的自愿减排量，大家一定要有理性认识。

为什么是这 4 个方法学?

有优势及减排潜力，有效回应社会期待，保障自愿减排交易市场具备一定规模

记者采访了解到，本次发布的 4 个方法学各具特色，具有一定的代表性和减排潜力。造林碳汇方法学可以有效回应社会期待，有利于推动实现碳达峰碳中和，是生态产品价值实现的有效渠道，是对践行“绿水青山就是金山银山”理念的生动诠释。

并网光热发电项目兼具消纳弃风弃光和作为灵活性调节电源进行快速调峰的优势，是可再生能源行业普遍认可的绿色低碳技术，也属于生态环境部发布的《国家重点推广的低碳技术目录（第四批）》技术。发布这一方法学体现了自愿减排交易机制对示范性、创新性和引领性低碳技术的支持。

海上风电项目与我国海上风电产业向大功率、深远海发展的战略方向相契合，是可再生能源领域的朝阳产业。单个项目规模大、数据质量清晰有保障，能够为全国碳排放权交易市场履约抵消和国家自主贡献目标实现作出显著贡献。

红树林营造方法学生态环境效益突出，有利于推动红树林保护。

这 4 个方法学是怎么选出来的?

共征集到 300 余个方法学，按照社会期待高、减排机理清晰、数据质量有保障、社会和生态效益兼具、可以实现有效监管等原则遴选

关心方法学的行业和机构还记得，今年 3—4 月，生态环境部向全社会公开征集自愿减排项目方法学建议，社会反响非常热烈，共收到方法学建议 300 余个，涉及能源产业、林业、废物处理处置等 15 个领域。从“300 余个”这个数字就可以感受到全国自愿减排市场及方法学的热度。

征集到 300 余个方法学，怎么选？气候司有关负责人说，这背后有大量的工作要做，生态环境部制定了温室气体自愿减排项目方法学建议评估遴选工作方案，确定了评估遴选程序和要求，先后组织开展了两轮方法学评估遴选工作。第一轮评选出 10 个优先支持的方法学领域，这相当于一个粗筛的过程。第二轮从 10 个优先支持领域中选出 10 个具体方法学建议，入围最后的筛选。

今年 8—9 月，气候司组织专家对遴选出的 10 个方法学建议从科学性、公平性、可操作性逐一进行研究，按照社会期待高、减排机理清晰、数据质量有保障、社会和生态效益兼具、可以实现有效监管等原则，进一步选出具备发布条件的方法学。此后，又组织方法学建议提交单位、行业主管部门支撑单位、行业协会、项目业主、审定与核查机构等各领域专家反复研究讨论，请相关部门提前介入，对相关方法学进行修改完善，先后召开修编会议 20 余次，参与超过 300 人次，修改形成当前 4 个方法学征求意见稿。

此后，气候司就 4 个方法学征求意见稿征求了各方意见，再次动员各方力量逐个予以反复修改。

之前的方法学怎么办?

原方法学难以满足“双碳”目标下的新形势要求

方法学不是新事物。原应对气候变化主管部门在 2017 年前共备案 200 个方法学，但原有方法学已经不能适应当前自愿减排市场管理要求。

一是原 200 个方法学中有 173 个由联合国清洁发展机制（CDM）翻译转化而来，165 个方法学从未得到实际应用，方法学总体设计脱离我国目前实际情况，部分方法学已不符合当前产业政策导向，对近年涌现的创新减排技术缺乏相应支持。

二是原有方法学覆盖范围宽窄不一、交叉重复，过于依赖额外性论证结果判断合格性，如应用率较高的“可再生能源并网发电方法学”覆盖范围宽泛，将风电、光伏、水电、地热等大量项目涵盖在内，过于依赖项目额外性判断项目是否符合条件。

三是原有方法学中要求监测的参数存在无法追溯、核查的情况，缺少对数据核查方法的指引，难以满足新自愿减排市场“双承诺”机制下的项目真实、数据准确要求。

根据《温室气体自愿减排交易管理办法（试行）》规定，原方法学不再适用，项目业主需按生态环境部发布的项目方法学申请登记温室气体自愿减排项目。

在确保数据质量方面，有哪些考虑?

产生国际公认的高质量碳信用，维护市场公平

那么，方法学的编制思路和基本原则是什么？就是综合考虑我国相关产业政策要求和绿色低碳技术发展趋势，明确符合我国管理实际的基本条件，强化数据质量管理要求，提升数据核算和监测的可操作性，做到既符合国际标准，又确保减排量真实、准确、保守，能够产生国际公认的高质量碳信用，维护市场公平。

基本原则则强调科学性原则、公平公开性原则、可操作性原则、保守性原则。

一是科学性原则。衔接我国相关行业管理要求，方法学减排机理清晰无争议，项目

边界划定、监测方法选择、数据交叉核对方式等符合行业相关技术规范要求。衔接国际通行做法，温室气体源（库）选择、减排量核算等思路与联合国清洁发展机制（CDM）等国际机制保持一致，具备互认科学基础。

二是公平公开性原则。方法学适用范围“小而精”，项目合格性判断标准明确，市场各参与主体基本无须进行额外性论证等复杂技术流程即可判断是否符合开发为自愿减排项目的条件，对于具备公认的额外性的行业领域，采用免予论证方式，保障项目额外性论证要求和结果公平一致。方法学全过程指导项目设计、实施、审定与减排量核算、核查流程，引导市场各参与主体充分公开减排量计算流程、数据获取方式，确保公众能够对核查结果进行复核。

三是可操作性原则。各方法学以科学、可操作的方式，细化了数据监测的方式、方法、审定与核查要求，明确了项目业主具体实施以及审定与核查机构工作要求，确保相关数据质量的技术要求落地。使用计量参数缺省值和减排量计算模型代替需要项目业主自行监测的参数，提升项目数据质量监管的可操作性和公平性，在加强数据可靠性和一致可比性的同时，降低项目开发成本和监管成本。

四是保守性原则。在确保所有数据可监测、可追溯、可核实的基础上，严格按照保守性原则进行数据监测与核算，对于开展监测的参数，以及存在不确定性的温室气体源（库）等，采用保守方式进行估计、取值，确保项目减排量不被过高计算，同类项目减排量结果公平、可比。

（刊登于《中国环境报》2023 年 11 月 13 日七版）

第四章 督察篇

天津对静海区水务局提供虚假材料责任人严肃追责

责成区委、区政府作出深刻检查，免去区水务局局长职务

◎刘晓星

2015 年出台的《天津市大气污染防治条例》为什么会出现在 2013 年天津市静海区水务局会议纪要中？2014 年 2 月才调任天津静海区水务局工作人员为什么会作为参加会议人员出现在 2013 年会议纪要中？近日，天津市静海区水务局在接受中央第一环境保护督察组问询及调阅资料过程中，提供虚假材料，被督察组调阅时当场发现。

日前，天津市委办公厅、市政府办公厅印发《关于对静海区水务局向中央环保督察组提供虚假材料问题有关责任人问责情况的通报》，责成静海区委、区政府向市委、市政府作出深刻检查，对相关责任人严肃问责，要求各级党委、政府和有关部门及各级领导干部引以为戒、实事求是。

到底有哪些材料是虚假的？

日前，中央第一环境保护督察组一行下沉至天津静海区，在对天津静海区水务局有关环境工作问题进行问询及调阅资料时发现，该局提供的 2013 年工作档案中，《大气污染防治办公会议纪要》（第二次）的讨论内容里竟然出现了 2015 年才发布的《天津市大气污染防治条例》讨论议题，与事实严重不符，时间没有逻辑性。

督察组工作人员经过进一步翻阅其他文件发现，2014 年 2 月进入天津静海区水务局的某工作人员竟然作为参会人员出现在了 2013 年 3 月 12 日的天津市静海区水务局大气污染防治办公会议纪要（第一次）中。

针对提供材料中的“漏洞百出”，在接受督察组的问询过程中，天津市静海区水务局相关工作人员解释说，她是2015年接手水务工程扬尘治理工作的，当时与前任负责相关工作的原工程科工作人员交接资料时，就只有部分2014年工作情况和2015年之后的工作开展情况。为了让资料更“充实”，所以在2017年年初，参照2017年的相关文件，编造了《大气污染防治办公会议纪要》（第二次）。同时编造的还有《静海县水务局水务工程建设大气污染防治细则》。

经查，静海区水务局相关负责人在接到调阅资料通知后，擅自指使其分管的工作人员虚构事实，编造2013年度《天津市静海区水务局大气污染防治会议纪要（第一次、第二次）》和《静海区水务局水务工程建设大气污染防治细则》，而这位工作人员既未提出反对意见，也未向局党政主要负责人报告，而是直接将编造的文档归入迎检材料，被督察组调阅时当场发现。

然而，在问询过程中，这位工作人员介绍的一些情况前后存在着多处矛盾的地方：自从2015年9月，她接手扬尘污染防治档案管理这块，移交给她的关于扬尘污染防治的档案资料到底有多少？这位工作人员给出的答案是：只有部分2014年工作情况和2015年之后的工作开展情况。但是，静海区水务局提供给督察组的2013年、2014年档案材料中，从年初到年末，从实施方案到工作安排再到通知多达几十份。

为什么要提供虚假材料？

环境保护工作关系人民群众切身利益，来不得半点虚假。天津静海区水务局本应抓住中央环保督察这一发现问题、解决问题的重大契机，及时弥补工作中的不足和漏洞，但却采取弄虚作假的错误方法应付检查。

“为什么要这么做？可不可以理解为2013年没有开这个会？……”面对督察人员的追问，相关工作人员坦言，区里面开会要求，从哪年到哪年的资料必须有，这样做也主要是把资料攒齐。

“从去年就开始说，要检查的话，材料都是从2013年开始，我找之前负责扬尘管理的同事要资料，他们也没有，2014年也没有多Ω少，我觉得要是检查什么都没有，也说不过去。”这位工作人员介绍说。

督察组工作人员追问：“那根据你们了解，是否部署过这项工作？”对此，这位工作人员坦言，如果有部署过这项工作的话，办公室等相关部门和人员就会有相关记录。

“活是现在干的，为了凑齐材料，就把现在的材料往前推。很多工作，问谁谁也不知道。既然你没干，你也得有点东西。不能说2013年、2014年你什么都没有，从去年他们就开始要资料，你就得把现在的一部分东西填充到2013年里面去，只能是那么补，其他根本没法补。”这位工作人员说。

实事求实，严肃追责问责

对于静海区水务局向中央环保督察组提供虚假材料问题，天津市委书记李鸿忠，市委副书记、市长王东峰在中央环保督察组转办件上作出批示，要求严肃彻查，坚决追责问责。天津市纪委、市监察局及有关部门成立调查组进行调查处理。

通报指出，经核查，静海区水务局在接受中央环保督察组问询及调阅资料过程中提供虚假材料，有关责任人严重违反工作纪律，该局党政主要负责人政治意识不强，传达贯彻落实市委、市政府部署要求不认真、不严格，对相关工作不检查、不审核，存在失职失责行为。静海区水务局负责扬尘管理等工作的相关负责人在接到调阅资料通知后，擅自指使下属采取弄虚作假的手段向中央环保督察组提供虚假材料，造成恶劣影响，给予其党内严重警告、行政撤职处分；静海区水务局档案管理相关工作人员，未坚持原则，没有对上级的错误做法提出反对意见，而是盲目服从，编造相关虚假材料，给予其党内严重警告处分；静海区水务局党委书记，作为落实全面从严治党第一责任人，政治敏感性不强，履职尽责不到位，对本单位配合中央环保督察工作重视不够，未对所提供材料审核把关，存在失职失责行为，给予其党内严重警告处分。静海区水务局党委副书记、局长，作为行政主要负责人，对本单位配合中央环保督察工作重视不够，未对所提供材料审核把关，履职不到位，免去其静海区水务局党委副书记、局长职务。静海区副区长，主管水务工作，落实“一岗双责”不到位，对分管单位领导班子和干部队伍要求不严，对区水务局配合中央环保督察工作监督管理不到位，给予行政记过处分。

（刊登于《中国环境报》2017年5月22日一版）

猛药治痼疾 良方促长效
——第一批中央环保督察工作综述

◎吕望舒

第一批中央环保督察尘埃落定。仔细梳理8个督察组的反馈意见，被许多媒体比喻为“风暴”的这次环保督察，或许更应称之为惊潮。它不仅以锐利之力直击地方在环境污染方面的沉疴宿疾，以雷霆之势直指地方党委和政府在环境保护方面的敷衍塞责，更以治本之措推动各地健全完善全面治理污染、改善环境质量的长久之策。正如席卷而来、往复不息的巨大浪潮，既有荡涤污浊、淘沙见金的浩然之力，更有推动履职、完善制度的久久之功。

解决突出环境问题 推动地方履职尽责

此次对内蒙古、黑龙江、江苏、江西、河南、广西、云南、宁夏8个省（区）开展的“央字头”环保督察，力度之大引起社会广泛关注。

调查之深有目共睹。中央环保督察组进驻后，除了与省级领导个别谈话、梳理当地环保工作线索和漏洞、深入县市核实取证外，还开通值班电话、邮箱等举报途径。据统计，8个督察组及相关工作人员近4万人参与督察，共向当地政府交办群众来电来信举报环境问题13316件，其中责令整改9617件，立案处罚2659件，共计罚款1.98亿元。

督责之严有目共睹。“推动落实环境保护党政同责、一岗双责”，这是中央环保督察的重要特点。随着由“督企业、督政府”向“党政企同督”的转变，一些地方党委、政府及其有关部门相关负责人因环保不作为和乱作为，在本轮督察中受到了问责。据悉，此次8省（区）中央环保督察共立案侦查207件，拘留310人；约谈2176人、问责3287人。

震撼之强有目共睹。中央环保督察反馈后，各省（区）党政主要负责人均第一时间对督察中指出的问题作出了回应并亲自部署、亲自督办各项问题的落实，压力自然也传导到了基层。一些基层干部表示，过去环保工作是"夹生饭"，两头着急中间不急，现在则是从省、市、县一直到村，压力只增不减。

压力不仅传导到了各级政府，也传递给了众多企业。很多企业负责人在接受媒体采访时表示，绝不敢再轻视企业的污染问题，现在企业如果不消灭污染，污染就会消灭企业。有的企业负责人也形象地比喻，原来治污就像打一巴掌，这次感觉刀真的架在了脖子上。

中央环保督察一针见血地刺破了地方病灶，在地方缺乏环保动力，不挪不动、不推不走，而民众在环保中的博弈力量散而小的情况下，中央直接施压、直接干预，以环保督察强力推动，督促8省（区）落实党政主要负责人环保职责、切实解决突出环境问题。立行立改，边查边改，这正体现了督察之效。

总体状况有所改善　共性问题不容忽视

客观地说，8省（区）的环保工作还是有成绩的。督察反馈意见显示，党的十八大以来，8省（区）认真贯彻党中央、国务院关于生态文明建设和环境保护的决策部署，深入学习贯彻习近平总书记系列重要讲话精神，制定实施多项环境保护政策、法规、制度，深入推进重点领域污染治理，着力解决突出环境问题，环境质量总体得到改善。

但有成绩并不代表没有问题，从中央环保督察的情况来看，8省（区）对环境保护工作仍然存在认识不够、研究部署不多、贯彻落实不到位等问题，仔细分析不难看出，很多问题具有共性且相当严重。

缺乏危机意识不容忽视。在8省（区）督察反馈意见中，"认识不足""盲目乐观"等词汇频频出现。内蒙古自治区不少盟市和职能部门领导不仅没有认识到生态环境面临的严峻形势，反而认为全区环境容量大，环境不会出问题；广西壮族自治区一些领导对生态环境保护存在盲目乐观情绪，对环保工作艰巨性和敏感性认识不足；云南省一些地方和部门不少领导认为云南省生态环境基础好，环境容量大，有点污染无所谓，环保工作主动性不够；江西省多数地方不少领导对环境问题认识不够，危机感、紧迫感不强，存在盲目乐观情绪，导致在具体环境保护工作推进上不严不实。

缺乏责任意识不容忽视。内蒙古自治区半数盟市党委常委会很少专题研究环境保护，有的甚至一年间没有研究环境保护问题；河南省不少干部仍然认为短期内牺牲环境换取增长不可避免；黑龙江省七台河、双鸭山等地市2013—2015年市委常委会未专题研究过生态环保工作。更有甚者，绥化市部分县市对中央环保督察组交办的环境信访事项办理不认真、调查不细致，办案质量标准不高、定性不准确，导致上访人重复上访或案件被督察组退回，为此，4 名县级领导和 11 名案件查办人员被问责。

缺乏转型意识不容忽视。在党的十八届五中全会大力推动绿色发展的大背景下，8 省（区）在转型发展方面差距依然不小。宁夏回族自治区党委、政府对推进绿色发展的艰巨性、紧迫性和复杂性认识不足，存在重开发、轻保护问题。河南省重增长、轻保护情况较为普遍；江西省鄱阳湖水质 2013—2015 年持续下降，鄱阳湖流域特别是鄱阳湖生态经济区内违法违规排污问题严重。记者查阅江西省环境状况公报发现，2013 年鄱阳湖Ⅰ～Ⅲ类水质点位占比为 58.8%，2014 年下降到 41.2%，2015 年仅为 17.6%。

正是因为这些原因，导致地方存在各种环境污染和生态破坏问题，一些群众反映十分强烈而且问题长期得不到解决。

中央环保督察组向云南省反馈时指出，高原湖泊治理保护力度仍需加大，九大高原湖泊规划治理项目总体进展缓慢，违规开发现象突出。据《春城晚报》报道，今年 6 月以来，昆明艺术职业学院在滇池一级保护区内，对滇池湖滨湿地进行违法填埋，在没有任何审批、无施工图审查的情况下，在紧邻滇池水体的空地上违法建设房屋约 3600 平方米。昆明市官渡区相关执法部门多次下达《停止违法行为通知书》《询问调查通知书》和《催告书》，责令当事方立即停止施工行为、清理施工现场、清退施工人员，限期拆除违法建筑，但施工方仍利用执法巡查间隙继续施工。在查处过程中，昆明艺术职业学院多次组织在校教职工及学生拦截执法车辆、阻挠执法，妨碍正常执法。在中央环保督察期间，昆明艺术职业学院因填埋滇池湖滨湿地被立案处理。

从督察反馈情况看，一些省（区）对“两山论”还缺乏深刻的领会。“绿水青山就是金山银山”，但绝不能把“绿水青山”变卖成“金山银山”。一些具有生态资源优势的地方，对于如何将生态资源优势转化为生态经济优势，开辟一条经济发展与生态环境保护共赢的发展道路，还缺乏科学和系统的考虑，在转变发展方式上缺思路、缺办法；在淘汰落后产能上缺魄力、缺手段。

由表及里找准症结　治理尚需痛下苦功

第一批中央环保督察中暴露出的现象，迫使人们深入思考 3 个问题。

地方党委和政府对于经济发展与生态环境保护的统筹是否足够全面？显然，不够。经过不懈努力，我国经济逐步企稳回升，但与经济渐渐稳定向好的趋势相比，不少地方环保工作显然滞后。国家统计局发布的 2016 年沿海大省半年报数据显示，江苏全省实现生产总值 36531.7 亿元，位居全国第二。然而同时在中央环保督察反馈意见中却看到，江苏全省现有各类化工生产企业 6300 余家，入园率仅 30% 左右，有的地区入园率甚至只有约 10%，盐城市、连云港市等地被点名批评。中央环保督察组督察期间，江苏全省责令整改企业 2712 家，立案处罚 1384 件，处罚金额 9750 万元，拘留 108 人，约谈 618 人，问责 449 人。立案处罚数量占 8 省（区）总处理案件的 50% 以上，处罚金额占总处罚金额的 45% 以上，拘留人员占总拘留人数的 30% 以上。这些数据一方面说明了江苏的经济发展水平，另一方面也反映出地方党委和政府对经济环境协调发展的统筹还显得不足。同样，内蒙古自治区和宁夏回族自治区存在自然保护区内违法违规开发事件依然多见、部分国家级自然保护区生态破坏问题突出等现象，这说明经济发展过分依赖于资源环境的消耗，用的还是“靠山吃山，靠水吃水”的老套路。

地方党委和政府对于环境保护“党政同责”“一岗双责”的落实是否足够到位？显然，不够。在目前的政绩考核中，虽然相关部门一再要求大幅增加环保权重，可实际上，并没有得到很好的执行。江苏省在落实环境保护“党政同责”和“一岗双责”方面还存在考核偏软问题。2015 年 10 月，江苏省明确将环境质量“只能更好、不能变差”作为地方各级政府责任红线，但在对 2015 年各地生态文明建设责任考核时，对南京市七桥瓮、昆山市赵屯断面水质不升反降问题，没有明确处理措施；对无锡、泰州违反生态红线规定侵占绿地或违规建设等问题，也未明确相关要求。在 2013—2015 年太湖治理目标责任考核中，对直湖港、武进港等 11 条河流总磷、总氮未达国家治理目标的责任单位和人员，也未提出整改要求。河南省郑州市空气质量在全国 74 个重点城市排名中，2016 年上半年倒数第三，成为全国污染最重的省会城市之一，但 2015 年郑州市却在环保考核未完成的情况下，经济社会发展目标考核竟然为优秀。根据《河南省市县经济社会发展目标考核评价工作办法》，“生态环境和可持续发展能力”只占到了 18% 的权重，这还是针对郑州这样的发达地区，对于人均生产总值在 3 万元以下的地区，“生态环境和可持续发展能力”只占到了 16% 的权重。而与之相对应，“经济规模质量效益”的权重高达 50%。这充分说明，一些地方仍在坚持“GDP 主义”，环保考核的权重依然不大，环保工作被放到考核边缘，小打小闹可以，一旦碰到“硬骨头”就啃不动了。

地方党委和政府对于解决突出环境问题、改善环境质量的力度是否足够强大？显然，也不够。黑龙江省地级及以上城市集中式生活饮用水水源水质状况 10 月月报显示，全省监测的 33 个在用集中式饮用水水源中，有 22 个水源达标，占 66.7%，其中齐齐哈尔市 6 个监测点位中仅有 1 个达标，达标率不足 20%。记者逐月查阅了今年黑龙江省地级及以上城市集中式生活饮用水水源水质状况月报，发现从 2016 年 1 月至今，齐齐哈尔市这样的状况持续了近 1 年。中央环保督察反馈意见中也指出，齐齐哈尔市中心城区污水处理厂十余万吨污泥堆存于嫩江行洪区内，对嫩江水环境安全构成严重威胁。这样的环境问题不是一朝一夕之事，而群众的强烈反映，数据的不断恶化，却没有引起地方有关部门的足够重视。

针对中央环保督察，国家行政学院生态文明研究中心主任张孝德曾说，由于思维惯性和地方利益驱使，一些地区对环境保护的重要性还没有充分认识。中央环保督察“重拳出击”，一方面是对具体环境问题进行整治；另一方面是向全社会传递信号，使人们充分认识到环境保护关乎国民经济发展和社会稳定。相信中央环保督察不仅仅凸显出了各省（区）的环境问题，更是找准了问题的症结，督促地方建立长效机制，从根源上消除地方环保工作中存在的问题，推动问题解决。

中央环保督察是手段不是目的，环境保护工作要靠各级党委和政府真正重视起来并切实采取行动。美国的质量管理专家威廉·戴明博士曾说过一句很著名的话：产品质量是生产出来的，不是检验出来的。这句话放在地方生态环境保护工作中也同样有效，好的生态环境也应该是地方党委和政府治理出来，而不是依靠督察检验出来。

（刊登于《中国环境报》2016 年 11 月 24 日一版）

矿山全部关停
核心区缓冲区无任何经营性项目
解决突出问题为祁连山减负

◎吴玉萍

年初，随着中央环保督察组披露问题和央视的曝光，甘肃省张掖、武威、金昌3市及肃南、甘州、永昌、天祝4县（区）内祁连山生态破坏问题呈现在公众面前。社会期盼给祁连山减负，恢复昔日容颜。

张掖市6个县（区）和53个部门立下“军令状”，所有问题逐一建立台账，由市县两级干部包抓整改一项，验收一项，销号一项；市组织三轮直赴所有现场的明察和不定时的暗访，发现工作不力立即追责。截至4月21日，祁连山国家级自然保护区张掖段179项问题（其中属于农业部中农发山丹马场8项），由张掖市负责整改的171项已完成整改140项，整改率81.9%，其中环境保护部约谈的45个项目完成整改39项，整改工作取得显著成效。矿山探采全部关停，水电设施规范运行，核心区、缓冲区已无任何经营性项目，张掖市主要领导称，祁连山迎来历史上最为平静的时期。

水电站
下泄生态水不再随心所欲

沿黑水河大峡谷蜿蜒而上，甘肃电投河西水电开发有限责任公司龙首二级水电站映入眼帘，两道白色飞练顺着泄水大坝飞流直下，跌入大峡谷。阵阵涛声为黑水河大峡谷带来勃勃生机。

黑水河龙首二级水电站和小孤山水电站下泄生态用水量不足、发电高峰期甚至存在完全断流的问题是中央环保督察和媒体曝光的突出问题。

“关闭闸门就是断了黑水河的血脉，以前不懂啊！”甘肃电投河西水电开发有限责任公司副总经理雷江逵对以往生态泄水问题上的认识不足深表自责。雷江逵说，如今（水电站）从技术上把生态泄水的问题彻底解决掉了。其公司旗下黑水河大峡谷里的4家水电站统一标准，设置了三道技术门槛，确保按要求足量下泄生态基流。一是安装红外线视频监控设施，二是在泄水闸门底部安装垫块杜绝闸门完全关闭，三是安装流量计。

甘州区石庙二级水电站生活垃圾、生活污水处理处置设施一应俱全，危险废物管理井然有序。提起总经理因祁连山生态问题被拘留的事情，负责人高文军悔不当初。“深刻反思、吸取教训、迅速行动、立行立改”的条幅总结了这家企业近日来在环保问题上的深刻蜕变。

据了解，张掖对保护区内31个水利水电项目进行了全面治理、环境修复，垃圾清运、污水处理等设施配套到位。18座水电站全部安装生态流量下泄视频监控设备，24小时不间断记录监控，并建立了环保、水务部门定期巡查制度。

至此，祁连山保护区里，水电站下泄生态水不能再随心所欲，生活垃圾、生活污水和危险废物也都有严格的标准和管控措施。

矿山
关闭退出是治本之策

到达甘肃锦世化工有限责任公司海潮坝石灰石矿关闭拆除现场，要经过一段近1小时车程的颠簸路段，这个矿点位于民乐县海潮坝林区海拔2820米处。工地上数辆挖土机、翻斗车正在紧张施工中，上千株松树苗等候着被栽植在即将平整好的矿点上。

锦世化工工程部部长姚文茂介绍，这一矿点的修复面积是11400平方米，修复需要2000多方土，这些土是从距此70公里外运来的，土壤搅拌了牛粪，提高土壤肥力，保证高海拔处栽种植被的成活率。修复所需资金粗算在900万元。

矿山探采是祁连山生态的硬伤。经过多年的持续整治，张掖境内祁连山区的矿山探采已从最高峰时的770多家下降到117家。2015年环境保护部约谈后，张掖将经过三轮拉网式排查清理出矿山探采项目117项（探矿59项；采矿58项，其中无主矿7项）进行集中整治，2015年年底前，117项中有114项处于停工停产状态，中央环保督察后仅有的3个采矿项目也全面停产。今年以来，张掖重点开展关闭退出和矿山环境恢复治理，到4月21日，已全面完成整治任务的达93项，其中矿证到期的40个项目已关闭退出并拆除了所有生活设施，27个矿山完成了环境恢复治理，16项矿证未到期的矿权全部冻结。目前，祁连山保护区张掖境内已无矿山探采活动。

“没有矿山的关闭退出，祁连山是保护不好的，开矿挖山体对祁连山是硬伤，开矿是一个点，但围绕开矿会形成系统性破坏。”张掖市市长黄泽元说，“矿山关闭退出是治本之策，对地方是伤筋动骨之举。”

张掖市从严格执法，合理的补偿，做好耐心细致的教育引导和矛盾化解3个操作层面上生成解决矛盾问题的组合拳，确保矿山关闭退出不留后患。

农牧业
核心区内农牧民全搬迁

矿山关闭退出是保护区内工业的治本之策，核心区农牧民搬迁就是农牧业的治本之策。

肃南县马蹄乡小寺儿村，44岁的金德富于2011年告别了逐水草而居的游牧生活，住上了游牧民集中定居点100多平方米的房子。从“草哪里放、羊哪里喂、马哪里拴、粮哪里存”到如今拥有20座棚圈养着600只羊，金德富经历了生产、生活方式上的大改变。

黄泽元给记者算了一笔账，一个羊单位需要0.4吨草料，目前张掖市的超载量是20万个羊单位，需要8万吨饲草料。而张掖农区有350万吨秸秆，现在仅转化了150万吨，再转化50万吨就可解决所有的草料需求。

和金德福一家一样，肃南县18个牧民定居点的数千户农牧民通过生活方式转变带动生产方式转型，继而又带动着生活方式的转变。

为了从根本上解决祁连山核心区、缓冲区内人为活动对生态的破坏，张掖市启动了农牧民异地搬迁工作，目前入户摸底调查工作已完成，搬迁方案已制定，包括生态补偿、牧民安置、舍饲建设在内的各项工作已全面展开。今年年内核心区范围内149户、484名农牧民将率先全部迁出。据了解，祁连山自然保护区划设后，经过生态搬迁、牧民定居工程，张掖市境内核心区、缓冲区范围内的牧民已从1.8万多人下降到2213人。

黄泽元说，要让群众守着良好的生态过富裕的日子。除了转变生产生活方式，还要大力转变资源开发利用的模式，主要从降低对自然资源的依赖，大力发展旅游文化产业，走循环经济的路子，提高资源使用的效率，减轻对自然资源的依赖。

旅游景区
核心区缓冲区项目实现了全关闭

核心区、缓冲区是祁连山生态保护的重中之重，但由于保护区规划屡次调整，致使一些旅游、水电及生活设施进入保护区。为了更好地保护祁连山生态，张掖对保护区内所有旅游设施均进行停业整顿。位于核心区、缓冲区内的海潮坝旅游景区彻底关闭退出，七一冰川接待站已拆除了所有临时建筑，并对景区周边进行了恢复。位于缓冲区的寺大隆二级电站全面停工停产，肃南县已作出关闭退出决定，待解决债务等法律纠纷后彻底退出。经过整治，实现了祁连山自然保护区核心区、缓冲区范围内无任何生产经营活动的历史性目标。

与此同时，一项总投资52.6亿元的祁连山（黑河流域）山水林田湖生态保护修复工程试点项目已经全面启动，2017年计划实施的矿山环境恢复治理、水生态环境恢复治理、草原生态恢复等九大类57项、17.5亿元投资的项目正在进行方案论证等前期工作，森林植被恢复等项目已经启动实施。黄泽元表示，这项有史以来投资规模最大的生态保护项目将使祁连山焕发新的容颜。

（刊登于《中国环境报》2017年5月3日一版）

云南个旧认真落实环保工作“党政同责、一岗双责”抓实督察整改加快产业转型

◎蒋朝晖

“长期扰民的炼铅鼓风炉拆除了，蓝天白云多了，河流变清澈了，多年不见的野蜜蜂和麻雀回来了，连成熟的芒果都更加香甜……”云南省红河哈尼族彝族自治州个旧市沙甸区冲坡哨村周边多位村民近日在接受记者采访时，绘声绘色地描述当地推进中央环保督察反馈问题整改后发生的新变化。

相关数据显示，2017 年 1—9 月，个旧市集中式饮用水水源地水质达标率为 100%；浑水河（卡房大沟）断面稳定达到功能区划水质标准，倘甸双河重金属呈下降趋势；个旧市城区环境空气质量优良率达 96.3%，比 2016 年同期上升了 9.1 个百分点。全市预计完成工业总产值 231.44 亿元，同比增长 19.4%。

个旧市委副书记、市长赵刚认为，如果没有中央环保督察，解决老大难环境问题肯定需要更长的时间。中央环保督察既给改善区域环境质量带来实实在在的好处，也加快了全市产业转型发展。

刮骨疗伤摘除污染病灶

被誉为“世界锡都”的个旧市是中国有色金属老工业基地，也是一座资源枯竭亟待转型发展的城市。由于种种原因，当地在长期的经济社会发展过程中积累了不少生态环境问题。

2016 年下半年，在中央环保督察组反馈意见中，涉及个旧市的生态环境问题就有三大类共 18 项。

以中央环保督察为契机，个旧市痛定思痛、知耻后勇，在强化环境保护工作组织领

导、完善环境保护政策措施、提升环境保护队伍能力水平、严惩环境违法行为的同时，多管齐下，对长期影响区域环境质量的老大难问题进行刮骨疗伤式整改。

为确保整改工作精准施策、落地见效，个旧市委、市政府实施强有力组织领导。市政府相关负责人亲自上阵，组织市级部门、乡镇集中办公，针对存在问题研究制定76项整改措施，细化确定了具体责任单位、责任人、整改目标、整改措施和整改时限。

淘汰涉重金属粗铅冶炼鼓风炉和关停淘汰落后选矿企业，是个旧市落实整改的重中之重和难中之难。

沙甸是个旧市环境污染最严重的地区之一，因当地涉炼铅鼓风炉企业相对集中且长期未做到烟气、污水达标排放，经多次整治也没有从根本上解决问题。

冲坡哨村村民李进彬谈起以前的环境污染情形仍然十分愤慨：到处乌烟瘴气，满鼻臭鸡蛋味儿，好好的庄稼地被盖上厚厚的灰尘、流入乌黑的废水，辛辛苦苦种下的作物几乎颗粒无收。

为彻底摘除这些污染源，个旧市制定了《个旧市沙甸地区环境污染综合整治实施方案》，派出多个工作组下访冶炼企业，耐心宣传产业政策和环保法律法规，协调解决企业难题，市政府自筹资金建立落后产能淘汰机制，加快推进落后产能淘汰。经过全市上下艰苦努力，冲坡哨区域环境污染综合整治取得突破性进展。

记者在冲坡哨村看到，除个别通过技改符合环保要求经批准保留的炼铅企业正在加紧厂区建设外，其余相关企业已按计划全部关停拆除。

2016年以来，个旧市已对多家不符合产业政策的涉重金属落后产能进行淘汰拆除，共拆除炼铅鼓风炉39座，关停淘汰选矿企业231家。

挖潜创新夯实产业转型根基

个旧市副市长汪霞介绍，在中央环保督察反馈问题整改中，个旧市不仅出重拳整治环境污染，确保按时限要求完成整改任务，还采取“政府引导、企业主体、市场运作”的方式，把加快实施资源综合利用、淘汰落后产能、支持技术改造升级和产业链延伸、引导环保违法违规选矿企业整合进入工业园区规范生产等作为全面推进产业转型的重要内容。

按照个旧市委、市政府统一部署，全市多部门齐心协力，抓紧推进再生铅综合回收、富含稀贵金属冶炼废渣综合利用技改、含锡铅锌铜危险固体废料资源综合利用工程等一批重点项目建设。同时，支持资源回收综合利用企业做大做强，如鑫联环保公司成功在新三板上市，成为全市第一家上市的民营企业。

在淘汰落后产能上，个旧市已兑现拆除的39座炼铅鼓风炉补助资金4800余万元，

2018年年底前，将淘汰其余18座炼铅鼓风炉。

按照“上大关小”原则，个旧市支持淘汰炼铅鼓风炉企业联合组建大型冶炼项目，支持民营龙头企业带头整合区域内冶炼资源，大幅提升铅冶炼技术和装备水平。

目前，全市已关停淘汰选矿企业231家，剩余选矿企业已由149家整合为38家，并签订了入驻南北选矿试验示范园区合同。

在政府引导下，部分以鼓风炉为主的冶炼企业，有的积极升级环保设施设备，有的延伸产业链，有的转型发展。

个旧市联兴贵金属有限责任公司在投入环保设施整改现有设备的基础上，延伸银产业链，把传统的有色金属产业向文化产业转变，通过打造银工业品，不断提升企业的后劲；

个旧市南翔有限责任公司在拆除选矿设备后，把原用于选矿的地下水用于矿泉水生产，发展成为红河州目前唯一一家瓶装矿泉水生产企业；

个旧市四通矿业有限公司淘汰选矿设备后，转型发展鲜花、水果种植及深加工，订单应接不暇；

红河州联达矿业有限责任公司在拆除选矿设备后，注册成立了一家新能源出租汽车有限公司，专业从事新能源商务车的出租业务，目前正在筹建市区充电桩建设工作。

……

汪霞表示，个旧市高效实施产业转型，促进产业多元化发展，大大降低了涉重金属企业在全市工业企业中的占比，一举扭转了过去粗放型经济发展模式，有效提升了全市的环境承载能力。

强化保护增强持续发展后劲

个旧市委、市政府认识到，抓住中央环保督察契机促进全市产业转型，不仅要转得快，还必须转得好。尤其在环境保护上不仅要加速偿还旧账，还要努力做到不添新账。

在政府财力十分有限的情况下，个旧市着眼可持续发展，严把建设项目准入关，严守生态环境保护红线。坚持不符合产业政策的一律不批，不符合环保要求的一律不批，新增重金属污染物排放的一律不批。

在采取多种措施强化环境管理的同时，个旧市统筹做好提升城乡人居环境、中央环保督察反馈问题整改、重金属污染综合整治、非煤矿山转型升级、矿山修复治理等各项重点工作。

今年1—10月，个旧市共计投入环保资金2.98亿余元，占一般公共预算支出的10%，比2016年全年投入环保资金增加5.6%。

目前，个旧市南北部选矿示范园建设已完成投资18.18亿元，通过整合集中入驻南北选矿园区的选矿企业开展规模化生产，统一排放尾矿、集中治理污染正逐步成为现实；中央资金支持重金属污染治理“黑冲河重金属污染综合治理工程”和“冲坡哨片区工业‘三废’集中处置场工程”两个项目已按时限要求建设完成；红河州危险废物和医疗废物集中处置场已建成投运，即将开展项目整体验收工作；鸡街镇工业废渣集中处置场已开工建设。

随着《个旧市党政领导干部生态环境损害责任追究办法（试行）》和《个旧市贯彻落实各级党委、政府及有关部门环境保护工作责任规定（试行）的实施意见》的出台实施，全市各级各部门环境保护工作责任进一步细化，严厉追责问责倒逼生态环境保护工作的压力传导更加到位，各司其职、各尽其责、齐抓共管打好污染防治攻坚战的格局已经形成。

据了解，个旧市委、市政府、各级各部门都把环境保护工作列为核心工作来抓，各乡镇均设立了环保办公室，乡镇党委和政府每月研究部署环保工作均不少于1次。设置在沙甸区、鸡街镇、大屯镇的3个空气自动监测站已建成投运。

今年1—9月，个旧市行政处罚各类环境违法行为14起，罚款285.33万元；采取限制生产措施1起，责令停产整改两起，约谈企业10家；破获红河州第一起环境污染刑事案件，判处责任人有期徒刑6个月，并处罚金人民币3万元。

“坚持把生态保护修复和环境综合整治作为促进资源枯竭城市可持续发展的关键环节，污染治理提速增效，环境管理扎实到位，产业转型稳步实施，个旧市的明天一定更美好。”赵刚信心满满地说。

（刊登于《中国环境报》2017年11月30日一版）

乌梁素海的“前世今生”

◎文　雯

4月16日，天刚蒙蒙亮，乌梁素海湿地水禽自然保护区管理站站长马海明就来到保护区巡视。这段时间，很多往北迁徙的候鸟都来到这里休整。

“今年水质明显好了，鸟也多了。”马海明怀里抱着他的“大炮筒”——长焦相机介绍说。“到现在我已经拍到疣鼻天鹅、鹈鹕啦。”他突然指着不远处小声说：“看，那是翠鸟。”

一只翠蓝的小鸟一头扎进清澈的湖水里，湖面泛起小小的涟漪。

曾几何时，富饶美丽的乌梁素海被称为“死海”。在2016年第一批中央环境保护督察中，内蒙古自治区各级党委和政府被要求要切实抓好乌梁素海等重点湖泊综合治理和生态修复。

中央环保督察后，乌梁素海发生了哪些变化？记者近日走进乌梁素海，亲眼见证它的变迁。

前世：水质逐渐恶化、生态平衡被破坏——乌梁素海面临消失的危险

作为我国八大淡水湖之一的乌梁素海，位于内蒙古自治区巴彦淖尔市乌拉特前旗，蒙语的意思是“长着红柳的地方”，是全球荒漠半荒漠地区极为少见的大型草原湖泊，素有“塞外明珠”美誉。

50多年前，巴彦淖尔人工开挖了248公里总干渠，而乌梁素海则与这些干渠一起，成为河套灌区灌排体系的重要组成部分，由此创造出北纬40度以上的“吨粮田”奇迹。

作为黄河流域最大的湖泊湿地，也是地球同一纬度最大的湿地，乌梁素海在2002年被国际湿地公约组织正式列入国际重要湿地名录，对于调节我国北方气候和黄河干流水量、保护区域生态平衡具有极其重要的作用。

54 岁的李增平是内蒙古乌梁素海实业发展有限公司职工，从 20 岁开始就在乌梁素海上打鱼。“以前我们冬捕捕到最大的鱼有 60 多斤，湖水也清，从冰上面就能看到被冻在冰下的鱼。”后来水质越来越差，他捕到的鱼也越来越小。最严重的时候，夏天阴雨天，鱼因为缺氧成片死掉。“湖上漂着一层死鱼，臭气熏天。”

内蒙古自治区巴彦淖尔市环保局党组书记、局长尹兆明关注乌梁素海治理已经 7 个年头了。他解释说，乌梁素海灌区在工业企业快速发展的同时，城镇化水平也飞速提高，灌区有机污染物产生量大幅度增加，乌梁素海污染点源、面源、内源叠加影响显著，因此，水质呈现持续恶化趋势。

到 2008 年，乌梁素海污染达到顶峰，湖区暴发大面积的黄藻。

根据巴彦淖尔市环境监测站 2005—2010 年的监测资料，乌梁素海环境污染和生态功能退化形势严峻，氨氮超标率为 30.3%；底泥污染严重，总氮、总磷和重金属超标；鱼的种类和数量大幅减少，淡水渔业基地功能逐渐丧失。

到 2010 年年底，乌梁素海面积从新中国成立前的 800 平方公里缩小到 293 平方公里。生态地位如此重要的乌梁素海一旦消失，“土地沙化将更加严重，沙漠将长驱直入，加剧北方地区的沙尘暴灾害。”全国政协人资环委的调研报告指出。

“巴彦淖尔市采取了工业点源污染控制、灌区控肥控制面源、收割水草控制内源等措施，但收效甚微。”尹兆明感到单靠生态环境部门有些力不从心。

今生：提高认识、精准施策——举全市之力再现“塞外明珠”美丽风采

尹兆明的办公室里挂着两张乌梁素海的流域图，他对图上每条水渠、每个监测点位都如数家珍。在他看来，中央环保督察在带来压力的同时，也带来了治理好乌梁素海的动力。“最大的改变是党委、政府从思想上认识到治理乌梁素海的重要性，并迅速将治理措施落到实处。”

2016 年，在中央环保督察提出整改要求后，内蒙古自治区政府进一步加大了治理乌梁素海的力度，立刻批复了《乌梁素海综合治理规划》，从乌梁素海全流域统筹考虑，将乌梁素海治理看作促进绿色发展落实的关键环节。

“必须系统治理乌梁素海。”正如巴彦淖尔市委书记常志刚所说，要举全市之力再现“塞外明珠”美丽的风采。

尹兆明将环保局多年来治理乌梁素海的经验和方案上报巴彦淖尔市，并得到市领导的采纳。由市委、市政府牵头，环保、农业、水务等部门参与的系统治理乌梁素海的行动迅速开展。

2017 年下半年，内蒙古自治区人大批准了《乌梁素海湿地保护条例》；巴彦淖尔市委确定了山水林田湖草沙系统治理方案，通过了《乌梁素海流域环境治理、生态修复和绿色产业发展总体方案编制计划》等一系列方案。

从高处俯瞰，乌梁素海就像一只顽皮的海豚顶着一个皮球，在阴山与黄河之间嬉戏玩耍。四通八达的干渠在为这只海豚“供血”的同时，也带来了周边的污染。目前，乌梁素海点源污染占污染源的 5% ～ 10%，面源污染占污染源的 70% ～ 75%，内源污染占污染源的 15% ～ 20%。

针对乌梁素海的特点，巴彦淖尔市精准施策，先后实施完成乌梁素海生态补水、点源、面源和内源治理等工程 20 多项，投资约 32 亿元。

针对点源污染，巴彦淖尔市委、市政府制定了《乌梁素海源头污水治理实施方案》，自加压力提出污水零入海的要求。

“目前点源污染占比很小，这也是我们有信心和底气提出‘到今年年底，全市 60% 的点源污染将不再入海’的一个重要因素。”尹兆明说。

巴彦淖尔实施了城市污水处理厂提标改造等 14 个点源污染治理项目，关停了乌梁素海周边造纸厂等企业，还成立了专项督察组，对全市各旗县区及工业园区开展乌梁素海点源污水“零入海”专项督察。今年上半年，巴彦淖尔市将制定出台《七个旗县区污水处理厂综合排放标准》，增加硫酸盐、氯化物、溶解性总固体 3 项指标的监测；下半年研究制定针对企业的污水排放标准，以更加严格的排放标准推进乌梁素海点源污水“零入海”目标如期实现，以受纳水体环境容量“倒逼”企业技术升级提标改造。

针对面源污染，巴彦淖尔市选择了走绿色农业发展道路，推广长效缓释复合肥和高效低毒低残留的农药以及测土配方施肥等技术。2017 年，巴彦淖尔化肥总使用量减少 1.5%，利用率提高 3%；实施绿色防控 700 万亩，绿色防控覆盖率达到 60%。乌梁素海面源污染得到初步控制。

2017 年，巴彦淖尔市建立了 60.3 平方公里人工湿地，将总排干的农田退水首先引入到人工湿地，通过植物削减氮磷后，再进入乌梁素海，进一步减少了面源污染。

针对内源污染，巴彦淖尔市实施生态补水、引黄入湖。黄河凌汛时，将河水引入乌梁素海，实现了生态补水和减灾“双赢”。今年，乌梁素海分凌补水已达 2.05 亿立方米。

巴彦淖尔市还实施乌梁素海网格水道工程，开挖网格水道 54 条，总长度 119.5 公里，提高了湖水自净能力。

2017 年，湖区整体水质达到地表水Ⅴ类标准，局部区域水质达到Ⅳ类标准。乌梁素海断面 COD 浓度从 2012 年的 69 毫克 / 升，下降到 2017 年的 36 毫克 / 升。

乌梁素海综合治理取得了一定成效，碧水蓝天、水鸟翔集的美景得以再现。

未来：发展循环经济、寻找致富道路——建设绿色农产品基地

在乌梁素海边，一位垂钓者告诉记者，最近两年乌梁素海水质好转，他又重新拿起钓竿。

在这位垂钓者身后不远处，是一个刚刚建成的水质自动监测站。这个监测站将对流出乌梁素海的湖水水质进行24小时不间断自动监测。这样的水质自动监测站目前已经建成了10个。今年上半年，乌梁素海流域建设的36个水质自动监测站将全部投用。这些监测站保证了每个县区的进出水水质说得清，责任认得清。一旦发生污染事件，可以立刻找到源头。

尽管乌梁素海环境质量各项指标达到或优于自治区考核要求，但是，隐患仍然存在。乌梁素海总排干入黄口断面水质为V类；乌梁素海湖心区断面水质总体为V类，环境污染治理任务仍然十分艰巨。

《乌梁素海综合治理规划》总投资80亿元，尹兆明坦言，市委、市政府确实下了很大决心治理乌梁素海。

巴彦淖尔计划到2019年上半年实现城镇污水处理厂、工业园区以及未纳入集中式污水处理厂的工业企业废水全部再生利用，不再进入乌梁素海。

"'水十条'规定，到2020年，缺水城市再生水利用率达到20%以上。巴彦淖尔不是缺水城市，但是我们还是提出在2019年实现再生水全利用，污水零入海。"尹兆明说，有家企业需要继续投资3亿元增加再生水设备。"企业当然不高兴。我说，你算好账，如果不投这3亿元，厂子必须关停。如果将再生水回用，还可以节省一部分水费。"通过环保局多次做工作，这家企业终于决定继续投资。

"污水零入海项目计划投资9.65亿元。"尹兆明说，这笔资金主要用于基础设施建设、水质监测等方面，资金来源通过争取上级项目资金、盘活水利资产资源、争取地债等方式予以解决，其余通过招商引资、市场化运作等方式解决。

靠水吃水。乌梁素海水质在逐渐变好，一些脑筋活络的村民把自家改建成农家乐。巴彦淖尔市政府也在积极探索绿色发展道路。

目前，巴彦淖尔市正围绕乌梁素海流域生态环境治理，全力推进绿色发展和山水林田湖草沙治理系列项目，打造河套全域绿色有机高端农畜产品生产加工输出基地。

2017年年底，乌梁素海首届冰雪节开幕。

"38斤的头鱼拍了20万元呢。"李增平感慨道，已经好多年没有见过这么大的鱼了。

（刊登于《中国环境报》2018年5月7日一版）

中央生态环保督察组进驻湖南，为何而来？
找症结、破僵局，助力地方高质量发展

◎陈妍凌

中央第六生态环境保护督察组进驻湖南约有半月，目前，督察组正在开展下沉督察。从2017年第一轮中央环境保护督察进驻湖南，到2018年的中央生态环境保护督察“回头看”，督察坚持问题导向，敢于动真碰硬，高位推动解决了一大批环境问题，增强了公众获得感。那么，这一轮中央生态环境保护督察到湖南，又是为何而来？

中央第六生态环境保护督察组总协调人、华南督察局局长岳建华说：“我们是来‘画像’的。”对省级党委、政府贯彻落实习近平生态文明思想和党中央、国务院生态环境保护决策部署情况，省级有关部门生态环境保护责任落实和担当作为情况，地市级党委、政府生态环境保护工作推进落实情况开展督察。“更是来找症结、破僵局，助力湖南高质量发展的。这个思路与历次督察一脉相承。”

湖南省副省长陈文浩也表示：“中央生态环保督察组到湖南，既是对我们工作的全面检视，更是对湖南生态文明建设的有力推动。”

解决“老大难”问题
高位推动添助力，不为挑刺为纾困

“如果没有中央生态环保督察，这件事可能不会做。”湖南省一位发展改革系统工作人员说，“督察对工作推动很大。”

他所指的是湖南省娄底市的砷碱渣处理问题。娄底市的锡矿山开采历史悠久。2017中央环境保护督察指出，娄底市有大量含重金属废渣简易堆存在山体、河道中，长期未得到妥善处置。娄底市锡矿山地区积存混合砷碱渣超过100万吨，仅有的砷碱渣无害化

处置中心，环境风险隐患突出。

从乏人问津，到一批技术专家被请来出谋划策、研发生产线，砷碱渣治理因督察而不同。娄底市锡矿山先后取缔选矿手工小作坊 145 处，将 90 多家锑冶炼小企业关停减少至 8 家，完成修复重金属污染土壤 400 亩，治理含重金属废渣 5200 万吨，植树造林 1.6 万亩，建设两万亩矿区复绿示范基地。

同为“老大难”问题，洞庭湖生态环境治理也因督察有了新成效。

洞庭湖被称作“长江之肾”，洞庭湖生态质量直接关乎能否“守护好一江碧水”。湖南省生态环境部门工作人员坦言，过去也为此做了不少工作，但效果有限。在督察推动下，湖南省清理湖区保护区核心区近 10 万亩欧美黑杨，强力推进港口码头专项整治，依法拆除 47 万亩矮围、网围，用 13 天时间坚决拆除延续 17 年的下塞湖矮围，湖区水质总磷浓度开始下降，越冬水鸟数量创近十年之最。

湖南省生态环境厅党组副书记、副厅长刘群说：“督察极大地推动了环境问题的解决，压实了各级党委、政府的责任，起到了‘四两拨千斤’的作用。”

湖南省住建厅城市建设处处长陈华对此也有同感。他表示，几轮督察下来，从省里到地市，“绿水青山就是金山银山”的意识不断提高，共抓督察指出问题的整改氛围愈发浓烈。比如，乡镇污水收集处理问题，点多面广，相关设施建起来难，运行也不易。“所以我们考虑要借助督察的力量，推动这项工作。”陈华表示，要让乡镇领导干部对相关问题更加重视，并愿意为此投入更多精力和资金。

据悉，第一轮中央环保督察以来，湖南省建立起省委、省政府主要领导挂帅、14 位省领导督办 14 个市（州）整改的高位推动机制，对标对表中央要求，严把验收销号关。

在此背景下，湘潭市绿心地区违建仿古建筑、张家界大鲵国家级自然保护区违建小水电站等一批老大难问题，得到有效解决。

督察不为挑刺，而旨在解决问题。

在本轮督察中，湖南省发展改革委党组成员、副主任周震虹发现，督察组调取的相关资料，都针对工作中的重点、难点问题，其中也包括发改部门工作中尚存困惑的。“通过他们调资料，我们就自己再想一想，该怎么干，把一些思路给厘清了，对下一步工作应该是有很大的促进。”

同样表示很受启发的，还有陈华。几天前，督察组在湘西发现，农村生活垃圾焚烧站的作业方式既影响环境，焚烧产生的二噁英等有害气体也不利于人体健康。当地个别人员见势便琢磨着，要不赶紧把小焚烧炉都取缔了？督察人员立即制止了这种“一刀切”行为，指出要实事求是，科学推进。

这让陈华感觉到：“督察特别务实。”不是一味找问题，而是为了解决问题。

服务高质量发展
企业涅槃迎新生，城市整改教训深

在老观念里，想发展经济，环保就要适当“睁只眼闭只眼”。但督察案例表明，忽视环保，恐栽跟头；重视环保，方可行稳致远。

在湖南，企业因督察而“历一时之阵痛，焕长久之生机”的例子并不少见。

位于长沙、株洲、湘潭三市接合部的清水塘工业区，紧邻湘江，是国家“一五”“二五”期间重点建设的重工业基地。湖南有色金属控股集团有限公司控股的株洲冶炼厂，就是其中的龙头企业。然而，这家有着60多年历史的铅锌冶炼企业，一度在“企业排放总量大”与“地区环境承载能力弱”的矛盾中问题突出，企业的经营效益也不理想。

2017年年初，清水塘工业区启动搬迁改造。此后，中央生态环保督察助推加速搬迁进程，倒逼株洲冶炼厂腾笼换鸟，升级迭代冶炼技术。去年，企业效益创下近十年来最佳。“湖南有色”相关负责人对记者表示，经过两次中央生态环保督察，深刻体会到“抓环保工作不仅靠责任，也要凭良心，还要真用心”，也深深地被督察组严谨务实的工作作风和实事求是促整改的良苦用心感动，“我们没有理由不做好。”

与“老株冶”境遇相似的，还有另一家上市企业——中钨高新材料股份有限公司。督察人员还记得，几年前到访这家企业时，厂区空气中不时飘来一股股氨气的味道。经年累月，这种酸性气体将闲置在厂里的老拖拉机和各类金属设备腐蚀得锈迹斑斑。其下属的湖南瑶岗仙矿业有限责任公司和湖南柿竹园有色金属有限责任公司，被第一轮中央生态环保督察“回头看”点名批评。

此后，湖南省和郴州市生态环境部门对柿竹园、瑶岗仙开展专项环境执法检查，全面排查其环境安全隐患和是否存在环境违法行为，企业也主动提高精细化管理水平，改进生产和环保处理工艺。如今，资源利用率提升了，企业生产效率也更高了。

在推进生态文明建设和实施中央生态环保督察背景下，湖南推进产业结构调整，整治“地条钢”，开展“散乱污”企业治理，推动化工生产企业搬迁改造等，成效显著。

督察，于污染企业而言是涅槃重生，于一度忽视环保的城市而言，是及时止损，教训深刻。

湖南是有色金属之乡，锰矿开采一度非常普遍。一些山间矿区密布，作业粗放，导致生产废渣污染环境，并可能影响人体健康。第一轮中央环保督察及中央生态环保督察“回头看”反馈意见中，有多处提及相关问题。多地近年下决心整治。但据湖南省经信部门相关负责人介绍，以湘西为例，整治费用可能将十倍于当地锰矿过往所创造的财政收入。“要真正算清账，过去那种发展是不可持续的。”这位负责人说。

无独有偶，益阳市石煤矿山治理也花了大价钱。石煤是一种含碳少、热值低的燃料，其中硫含量及镉、镍、砷等重金属含量较高，开采过程中会产生大量酸性含重金属废水。石煤矿产业经济效益不高，主要服务低端市场。督察曾指出，石煤矿山露天开采生态环境破坏严重。益阳市举一反三，投入数亿元，整治域内石煤矿产业。如今，一些曾因开采而被“啃秃”的山头总算复了绿。

“都是代价啊，想想就心疼。”督察人员感叹，湖南一些市县财政本就不宽裕，个别整治项目成本或许尚可负担，“可要是都按这个思路，先破坏后治理，那得花多少钱啊。”

督察人员坦言，湖南各地积极推进督察指出的环境问题整改、及时纠偏纠错，值得点赞。“同时，我们更希望推动机制建设，提高决策者的系统性观念，把生态账、经济账算在决策之前，推动经济高质量发展。”

增强群众获得感
信访投诉有回音，问题重治更重防

“感谢督察组，养猪场养殖废水问题已处理。”4 月 13 日，中央第六生态环保督察组收到举报人的感谢电话。

几天前，这位举报人电话投诉，4 家私人养殖场污水乱排乱放，流经农田并排入附近河流，导致下游鱼塘鱼虾死亡。督察组接到投诉后，立即移交转办，推动当地立行立改。

截至 4 月 19 日，中央第六生态环保督察组共向湖南省交办 13 批信访件。

群众不仅来信来电，还寄来了 U 盘、光盘等电子材料。一位信访组工作人员表示，因为知道藏在这些材料背后的公众期待，所以自己每次拆开来信，都会珍之重之。群众的每一通来电都会被录音，每一份纸质或电子信息都会被扫描或上传入档，每一个有效投诉都会被登记在册、移交转办。信访件办理情况还会向社会公开。

据统计，第一轮中央环保督察及生态环保督察“回头看”期间，督察组共向湖南省交办近 9000 件信访件。截至本次督察进驻前，绝大部分已办结。

几年来，督察推动解决了一大批群众身边的环境问题，其中就包括群众多次投诉而未得解决的问题。例如，湖南省临武县在处理群众反映多年的石珠兜村饮用水井污染问题时，无视村民家中末梢水浑浊度、氨氮均超标的事实，公示称“石珠兜村内水质正常”。2018 年 7 月再次接到投诉后，又以更宽松的水源地取水水质标准作为判别依据，再次掩盖末梢水氨氮超标事实。直到 2018 年中央生态环保督察“回头看”进驻前，县政府迫于问责压力，才着手解决。仅用时一周、耗资 20 万元便基本解决，与之前群众长期投诉未果的情况形成鲜明对比。

督察人员分析，这类问题的产生有多种原因。部分地方对群众身边环境问题重视不够，导致小问题变成大问题，小事情闹成大事情，失去了群众信任，工作陷入被动。同时，一些小型开发项目因选址、审批等不合规，从落地起就为日后厂群矛盾埋下了伏笔。例如，部分涉矿企业选址与居民住所距离过近，噪声、粉尘等问题影响公众生活，引发纠纷不断。一旦矛盾激化，很有可能造成三输局面——居民行为过激踩了法律红线，企业生产被“闹”停，基层引资计划落空。

“生态环境问题，要治更要防。”督察人员表示，督察重在督政，推动地方党委、政府转变发展观念，开展科学决策，从根子上避免这种“娘胎里带问题”的项目落地上马。同时，对于现存的问题矿区，鼓励采取技术升级、矿产置换或关停并转等综合手段应对，“而不是单纯依靠环境执法处罚或者粗暴关停”。

中央第六生态环保督察组成员笑着说：“如果还有人觉得，中央生态环保督察只是来‘关企业’的，那真是误解督察了。”

（刊登于《中国环境报》2021 年 4 月 21 日五版）

地产开发“寸土必争”，整改过程弄虚作假，管网改造滞后导致污水入河

滇池保护岂能缺了“红线意识”？

◎童克难

5 月 6 日，中央第八生态环境保护督察组对外通报：云南昆明晋宁长腰山过度开发，严重影响滇池生态系统完整性。

典型案例的曝光，反映了当地党委、政府政治站位不高，相关职能部门履行职责不到位。从一个侧面暴露的，是整个滇池生态环境保护存在的问题。

从“九五”时期纳入“三河三湖”水污染防治范围，到“十三五”末，滇池的水环境有了很大改善：从持续 20 多年的水质劣Ⅴ类提升到了 2020 年全湖水质保持在Ⅳ类。

但从记者跟随中央第八生态环境保护督察组采访调查的情况来看，滇池水质改善过度依赖调水，控源截污漏洞仍然较多，滇池外海 2020 年 4 月至 6 月水质为劣Ⅴ类，“贴线开发”问题仍然突出，保护治理形势不容乐观。

围湖开发破坏生态

“喜欢我们春城吗？”

“喜欢啊！对面在建房子，你们知道吗？”

“知道啊，本来有树的，盖了房子景观不好了，烦得很！”

正在滇池边游玩休息的当地居民和督察组的这段对话，正是当着包括昆明市委、市政府领导在内的一众官员所说。

对话中所说“对面在建房子”，是典型案例中所指打着旅游康养“幌子”建设的地产项目。

“景观不好了，烦得很”是市民最直观的感受。而从督察组的角度，长腰山的野蛮开发导致的最终结果是严重影响滇池生态系统。

2015 年 1 月以来，昆明诺仕达企业（集团）有限公司在长腰山区域陆续开工建设滇池国际养生养老度假区项目。包括湖景林苑和滨湖御景地产项目在内，项目规划占地 3426 亩，占长腰山总面积的 90% 以上，规划建设别墅 813 栋、多层和中高层楼房 294 栋，建筑面积为 225.2 万平方米。其中，面向滇池区域规划建设别墅 390 栋、多层和中高层楼房 25 栋。

“大量挡土墙严重破坏了长腰山地形地貌。原有沟渠、小溪全部被水泥硬化，林地、草地、耕地全部变成水泥地。整个山体被钢筋水泥包裹得严严实实，基本丧失了生态涵养功能，长腰山变成了‘水泥山’。”典型案例指出。

长腰山开发殆尽，在滇池周边并非个案。

据调查，2016 年以来，昆明市在滇池水域 500 米范围内开发建设养老地产、商业地产和住宅项目 12 个。滇池 163 公里岸线中，有 61 公里已被地产项目侵占。

“其中，滇池草海片区尤其突出。环草海 25 公里湖滨带已全部被地产项目侵占。”督察人员表示。

“没有反映吗？”

“我们老百姓没有办法的。这种事情是无能为力的。”

督察人员与市民的对话，很有意思。

事实上，早在 2018 年第一轮中央环境保护督察“回头看”时，督察组就曾明确指出：《云南省滇池保护条例》对二级保护区内允许建设“生态旅游、文化建设项目”的规定没有明确界定，导致一些旅游地产项目“打擦边球”。

2018 年 11 月，《云南省滇池保护条例》明确了在二级保护区内限制建设区可以建设健康养老、健身休闲等生态文旅项目。诺仕达集团也正是以健康养老产业为名，获得了层层审批。

“除了当地党委、政府在滇池保护上算小账，规划、滇管等相关部门‘密切配合’，为项目办理审批手续也是项目上马的主要原因。”督察人员表示。

比如，昆明市城乡规划委员会 2017 年审查通过的《西山区草海五号片区概念调整方案》明确：五号片区“西至草海水域边界”，规划总面积 233 公顷。草海与一级保护区内的滨湖路为第一空间，与房地产等项目一并进行开发建设。

假整改被现场揭穿

新种的树苗，轻而易举地被连“根”拔起。仔细查看，所谓的“树苗”只是插入浅层表土 10 厘米左右的树枝，而枝上树叶已经枯死。

4 月 14 日，督察组现场对一家名叫铭真高尔夫球场检查时，发现了问题。

“请书记把这几棵‘树’拔起来。”督察人员说道。

在现场，昆明滇池国家旅游度假区管委会党工委书记武斌拔起几根完全没有根茎的枝条，面露尴尬之色。

从长腰山向北望去，这个占地 703.64 亩的高尔夫球场从 2010 年 5 月到今年 4 月，已经存在了 11 年。

据调查，这一球场 5 号、12 号球道的全部区域，4 号、6 号、11 号球道的部分区域位于滇池一级保护区内，共侵占滇池一级保护区 456.68 亩，占整个球场面积的 64.9%。

值得注意的是，在国务院办公厅 2004 年印发的《关于暂停新建高尔夫球场的通知》明确要求不得新建高尔夫球场的情况下，这一球场仍以“户外旅游休闲公园”的名义取得了相关手续。

2011 年开始，各级部门开展多轮高尔夫球场清理整治工作，但这一球场一直未退出一级保护区。仅 2016 年至今年 3 月期间，其累计经营收入达 1247.5 万元。

“昆明滇池国家旅游度假区管委会主体责任履行不到位，为其长期违法违规提供了‘保护’。”督察人员表示。

督察人员的话，也有根据。

2011 年 5 月，上述管委会向昆明市发改委上报清理整治报告时，隐瞒球场未取得合法审批手续的事实。2017 年发现侵占滇池一级保护区之后，这一管委会在 2018 年、2019 年、2020 年向昆明上报的高尔夫球场清理整治自检自查报告中，仍未如实报告情况，也未认真督促整改。

4 月 6 日，督察组正式进驻云南，这一高尔夫球场的整改终于有了“动作”。

4 月 11 日，昆明滇池国家旅游度假区管委会采取紧急措施，铲除了部分侵占一级保护区的球场，并在铲除的球场上种植树木。

“为显示整改进度和成效，管委会弄虚作假，这是典型的虚假整改。”督察人员表示。

这也就出现了上文提及的一幕。而对此，工作人员却辩称“插枝充树”并非欺骗，而是标记地下的水管所用。

事实上，从之前了解的情况来看，这种说法值得怀疑。督察人员介绍，2018 年年底，这一球场曾在一级保护区范围内的球场上象征性栽种了少量树木。

“栽种的树木很细，而且都是围绕着发球台的周边种植，球场的基本功能并没有消除，球场下的沙土对生态的影响依然存在。在之前摸底时，我们也发现有人在球场打球。”督察人员说。

雨污分流问题严重

“滇池的‘腰’没了，治标不治本，何谈系统治理？”针对滇池存在的问题，督察人员感叹。

这并非简单的比喻。山水林田湖草沙是生命共同体，滇池的治理也是一个系统工程。

“地产、高尔夫等项目围湖建设，将使山体生态受到破坏，之前的涵养和缓冲功能丧失。即便所有的污水都可以回收，地表径流不能流入滇池，对于水质的改善也是不利因素。”督察人员表示。

所有的问题，最终的指向是水质是否改善。“即便”二字透露的含义很明显：昆明市生活污水的收集和处理率也不乐观。

而控源截污，恰恰是保障入滇河流水质的基础，是滇池水质改善的根本。

起于广福路的金家河，在盘龙江入湖口西侧自流进入滇池。除了正大河、青苔河等支流，主要收纳昆明市第七、第八水质净化厂处理过的废水。

按照督察组核查的数据，金家河多年的水质“稳定”为劣Ⅴ类。

金家河的问题很有代表性。“2020 年，30 条滇河流中仅 18 条达标，达标率为 60%。特别是包括金家河在内的海河、广谱大沟等河流，水质常年为劣Ⅴ类。”督察人员表示。

这其中的根本问题，是昆明市雨污合流问题突出。

督察组发现，昆明市二环内雨污合流区域为 45.48 平方公里，合流制管网长达 211.49 公里，尚未完成改造的城中村有 284 个，老旧小区为 997 个，存在雨污混接、错接点 4455 个，大量雨污合流水溢流。

这就导致雨季大量的污水混合雨水短时间排入污水处理厂，只能采用“雨季应急快速处理模式”简单处理后排入滇池。

数据显示，昆明市第七、第八水质净化厂 2020 年 7 月进入应急快速处理模式 24 天，处理水量 243.6 万吨。

而所谓应急处理，标准是化学需氧量不高于 70 毫克 / 升、总磷不高于 2 毫克 / 升。这达不到污水排放的一级 A 标准。也就是说，仅 2020 年 7 月金家河就有 243.6 万吨不达标的废水排入滇池。

“雨污分流改造推动不力的原因，是昆明市对此问题重视不够。直到 2020 年 9 月，昆明市住建局才印发《昆明市主城区排水管网排查工作方案》，导致昆明市雨污合流问题突出。”督察人员表示。

“治标”动作迟缓，沿湖开发过度，最终结果是导致滇池水质改善过度依赖调水。

据了解，从 2014 年到 2019 年，昆明市每年以 2 元 / 米 ^{3} 的水价，从盘龙江外调 5 亿～ 6 亿立方米的生态补水至滇池，而 2020 年调水减少至 2.5 亿立方米。

从监测数据来看，2020 年滇池外海 4 月、5 月、6 月均为水质劣Ⅴ类，与 2019 年同期相比水质较差。

滇池是云南九大高原湖泊之一，有着“高原明珠”之称。

习近平总书记始终牵挂着滇池。2020 年 1 月，在云南考察的习总书记察看了滇池保护治理情况，并强调“我们不能吃子孙饭，要造福人类”。

滇池保护治理取得的成效有目共睹，但存在的问题同样需要引起高度重视。

值得注意的是，典型案例公布之前，“五一”假期第二天，云南省委书记阮成发、省长王予波就率队对滇池保护治理昆明市立行立改工作进行现场督办，实地察看了古滇名城破坏生态环境问题整改情况和铭真高尔夫球场侵占滇池一级保护区整改情况。

阮成发强调，要加快推进管网和污水处理设施建设，尽快把入湖污染负荷减下来。要坚决整治长腰山过度开发，尽快恢复生态功能。要举一反三，全面规范滇池的保护治理。

王予波强调，要以久久为功的战略定力加强滇池保护，按照全省湖泊保护治理工作会议的部署要求，坚决做到“退、减、调、治、管、截”，多措并举、持续全面加强滇池治理保护。

知耻才能后勇，力行方能解困。我们也期待着，滇池生态治理和保护有更多的新变化、新成效。

（刊登于《中国环境报》2021 年 5 月 7 日五版）

未经任何部门审批，未采取防流失、防臭措施，
数十万吨污泥堆积如山

辽宁朝阳市临时污泥堆存场13年无人管

◎陈媛媛

“2008年至今，辽宁省朝阳市3座污水处理厂产生的40万吨污泥，长期堆存在龙城区七道泉子镇新地村。”这一问题不仅多次出现在省市两级的会议纪要和整改计划中，还出现在辽宁省第四生态环境保护督察组向朝阳市的反馈意见中。日前，中央生态环境保护督察通报第四批典型案例，“朝阳市生活污泥无害化处置工作推进不力”又列其中。

13年，应急处置演变成长期违法处置

4月13日，中央第二生态环境保护督察组组长朱之鑫带队来到朝阳市龙城区七道泉子镇新地村，专程调研朝阳市生活污泥处置情况。

记者现场看到，占地85亩的污泥堆存场，贮存着厚度达5米的生活污泥，散发出阵阵臭味儿，70米外就是古山子河。

2008年以来，朝阳市区先后建成3座城镇污水处理厂，每天产生污泥约180吨。由于无污泥处置企业，朝阳市选取此地作为污水处理厂生活污泥的临时堆存晾晒点并沿用至今。督察发现，这个堆存点未经任何部门审批，未采取污泥贮存防流失、防臭措施。

按照国家相关标准要求，临时堆存和卫生填埋的污泥含水率应在60%以下。督察发现，3家污水处理厂至今均未进行提标改造，污泥含水率高达80%，流动性强，流失入河和污染地下水的风险隐患突出。

2016年11月—2017年7月，为迎接第一轮中央环境保护督察，在朝阳市委、市政府协调下，朝阳市生活垃圾处理中心接收了3家污水处理厂3.9万吨污泥。在未履行污泥填

埋环保审批手续的情况下，该中心未按照国家有关标准要求对污泥进行无害化处置，而是采取用石灰掺和、与垃圾混埋的方式，对污泥进行了分散填埋，占地面积达 3 万平方米。

填埋 9 个月后，朝阳市生活垃圾处理中心以处置成本高且不合规为由，拒绝再接收污泥。

此后，新地村堆放点容量接近上限。朝阳市不但没有吸取教训、加快推进污泥无害化处置工作，反而又在不远处的山嘴村另外选取了一块占地 20 亩的河滩地，作为新的污泥堆存场。

据了解，新地村临时污泥堆存场长期无人看管，直至 2021 年 3 月，听闻第二轮中央生态环境保护督察组即将进驻，相关部门才匆忙用绿网苫盖污泥堆体，设置围挡和看护板房。

13 年，政府部门不作为、慢作为

污水治理行业内有句顺口溜："污水变污泥，污染大转移，治水不治泥，等于白治理。"污泥里含有病原体、重金属和持久性有机污染物等有毒有害物质，若污泥得不到有效处置，会经过多种途径使污染物再次进入水体和土壤，造成二次污染，直接威胁环境安全和公共健康，使污水处理设施的环境效益大大降低。

在 2019 年、2020 年第二轮前两批中央生态环境保护督察中，污泥问题成为各督察组关注的重点，多地因违规处置生活污泥被督察组点名批评。

《水污染防治行动计划》《"十三五"全国城镇污水处理及再生利用设施建设规划》明确要求，地级及以上城市污泥无害化处理处置率应于 2020 年年底前达 90% 以上。

2017 年 12 月，辽宁省为落实第一轮中央环境保护督察反馈问题整改工作，印发了《辽宁省城镇污水处理及再生利用设施建设"十三五"规划》，要求朝阳市 2019 年 9 月完成污泥处理厂（一期）工程建设，2020 年年底前污泥全面实现无害化处置。

朝阳市相关领导向朱之鑫汇报时，工作人员抬出展板。展板上写着：2018 年以来，市委常委、市政府常务会多次听取汇报，市委书记亲自安排部署，市长现场办公，实地解决问题。

事实是否真如展板上所写？督察发现，2017 年至今，朝阳市先后召开 12 次市委常委会和市政府常务会等有关会议，研究生活污泥无害化处置工作。督察人员调阅朝阳市委、市政府会议纪要和相关文件，相关部门一直未予提供。直至下沉督察时，相关部门才陆续提供调查所需材料。

在朝阳市委、市政府会议纪要上，有领导强调"要高度重视环保和生态建设工作，污泥要抓紧解决""责成各县（市、区）政府将污泥处理工作纳入政府城建重点工作"字样，但无具体落实措施。

督察组用“只听楼梯响，不见人下来”形象地指出朝阳市污泥无害化处置停留在纸面上，一直落实不到位的问题。

2019 年 8 月，已临近辽宁省要求朝阳市建设完成污泥处理厂（一期）工程的最后期限，朝阳市匆匆寻找一系列“救火项目”。

此时，新地村临时堆存场已无容量。2019 年 8 月，经过招标方式，朝阳市与辽宁益农科技环保有限公司签订协议，由该公司计划投资 1.4 亿元建设污泥处理厂，利用连续低温热解工艺处置每天产生的生活污泥。在污泥处理厂项目未建成前，由辽宁益农科技环保有限公司将城区每日新产生的污泥运至 140 公里外的葫芦岛瑞博斯环保科技公司进行无害化处置，力争做到日产日清。但是，据葫芦岛瑞博斯环保科技公司相关负责人介绍，近两年来日均处置污泥量 80 余吨，不足每日新产生污泥量的一半。

根据朝阳市提供的材料，辽宁益农科技环保有限公司筹建的污泥处理厂正在施工，2021 年年底前建成投入使用。督察发现，朝阳市污泥处理厂（一期）工程项目建设无实质性进展，仅处于用地动迁和场地平整阶段。

为消化临时堆存点的污泥，朝阳市又与山水水泥朝阳公司、喀左丛元号水泥有限公司签订了利用水泥回转窑处置存量污泥协议，材料显示，已累计处置污泥 4.5 万吨。

督察人员发现，这次仍是违规操作，两家企业至今未办理环评手续，也未按照国家有关工艺规范要求对生产设备进行改造。

近年来，朝阳市污泥管理职能先后由市水利局、市住建委承担。2018 年机构改革后，此项工作职能划归市住建局管理。污泥长期违规堆存、处置缓慢的“锅”谁也不愿意背。相关主管部门在日常工作文件中，只提及“污泥堆放晾晒不符合卫生填埋标准”，并无下文，问题处理不了了之。

2021 年 3 月 18 日，在一份城区污泥处置报告上，一位市领导作出批示：“迅速牵头解决这一问题。”

督察组作出原因分析：“朝阳市委、市政府对生活污泥无害化处置工作重视不够，不作为、慢作为，工作推进不力；监管部门的失职失责，污泥长期违法临时堆放，环境风险隐患突出。”

2021 年 2 月 5 日，朝阳市与绿源生物环保科技有限公司签订委托合同。材料显示：“中标企业已基本完成建厂，开始试生产，4 月 15 日正式投产，两年内完成 40 万吨存量污泥处置。”

鉴于之前种种表现，朝阳市这一承诺能否落实到位，仍需画一个大大的问号。

（刊登于《中国环境报》2021 年 5 月 10 日二版）

谁在为“两高”项目盲目上马开绿灯？

◎邹祖铭

4月，第二轮第三批中央生态环境保护督察进驻全国8个省（自治区），督察组把严格控制“两高”项目（高耗能、高排放项目）盲目上马以及去产能“回头看”落实情况，作为督察关注的重点内容之一。

在督察过程中，督察组在不少地方都发现了“两高”项目违规上马、监管不力等问题，并对一批典型案例进行了通报。在“十四五”开局之年，如何加大力度遏制、监管“两高”项目盲目发展，值得关注。

政策执行出现偏差：未达到“十三五”能耗控制目标

督察发现，部分地方不仅突破了“十三五”期间能耗总量控制目标，而且违反国家产业政策，加大投入，新建“两高”项目，给“十四五”能耗总量控制带来严峻挑战。

有的地方未严格落实国家目标任务，在减污降碳方面与中央要求存在明显差距，旧账未了又添新账。

按照国家要求，辽宁省“十三五”期间单位地区生产总值能耗和二氧化碳排放量应比2015年分别下降15%和18%。然而，辽宁省“十三五”前四年，两项任务却分别只下降了9.49%和8.62%，辽阳市、营口市能耗强度指标分别较2015年还上升了12.47%、6.3%，均分别超出增量控制目标150余万吨标准煤。

《国务院关于印发打赢蓝天保卫战三年行动计划的通知》明确提出，重点区域要加大独立焦化企业淘汰力度，京津冀及周边地区实施“以钢定焦”，力争2020年炼焦产能与钢铁产能比达到0.4左右。但是截至2020年年底，河南省安阳市焦钢比却为0.58，高出国家要求的标准近一半。据了解，近年来，安阳市环境空气质量在全国168个重点城市中一直排名靠后，2020 年排名位列倒数第一。

有的地方虽然出台了“十三五”节能减排和煤炭消费减量替代方案，但在实际工作中并没有落实到位。

安徽省淮北市连续在 2018 年、2019 年未完成《安徽省煤炭消费减量替代工作方案（2018—2020 年）》要求的煤炭消费减量年度目标，煤炭消费总量较 2015 年不降反升。2019 年，淮北空气质量考核位于安徽省倒数第一。

江西省九江市从 2019 年开始便突破“十三五”能耗控制目标，2020 年有 22 个高耗能项目未落实能耗替代，全年消耗标准煤达到 1464.92 万吨，超过控制目标 56.06 万吨标准煤，没有落实《江西省“十三五”节能减排综合工作方案》相关要求。数据显示，2020 年，九江市是江西省唯一一个未达到空气质量二级标准的地市。

由于一些地方在审批、监管等方面对“两高”项目开口子，没有紧盯“十三五”能耗控制目标，能源替代方案也如同一纸空文，导致中央的决策部署在地方没有得到很好的落实，其结果是能耗总量“节节爬升”、空气环境质量“步步后退”。

绿色转型发展动力不足：把“两高”项目作为 GDP 增长点

记者通过梳理通报的典型案例发现，一些地方依然存在盲目上马“两高”项目的现象，产业结构偏重的问题仍然突出，对实现碳达峰碳中和目标、推动经济社会全面绿色转型的紧迫性、重要性仍然缺乏清晰的认识。

辽宁省作为我国重要的老工业基地之一，能源结构偏重。尽管辽宁对准备上马的“两高”项目进行了大幅度压减，但 2020 年，辽宁省规模以上工业综合能源消费量以及六大高耗能行业综合能源消费量，均较 2018 年增长 20% 以上。

属于京津冀大气污染传输通道城市的安阳市也面临产业结构偏重的问题，第二产业中钢铁、焦化等“两高”行业占比高，全市冶金、建材、煤化工产业占规模以上工业的比重高达 56.7%。

江西省的工业重镇和唯一通江达海的沿江港口城市——九江市，2019 年煤炭占一次能源消费比例比 2015 年增长 20 个百分点，石油化工、钢铁有色、水泥建材、火力发电等重工业增加值占全市工业增加值的 62.3%。且 2020 年又有 22 个高耗能项目未落实能耗替代，新增能耗 167.22 万吨标准煤。

从督察的情况来看，一些地方经济增长没有脱离高碳轨道，对“两高”项目具有较强的依赖性，主要以“两高”项目拉动 GDP 增长，没有从根本上、结构上摆脱粗放型发展模式，推进高质量发展存在诸多障碍和挑战。

履职不尽责，把关不严格：“党政同责、一岗双责”没有落实到位

披露出来的问题虽然都在企业身上，但是源头在于地方党委、政府和相关部门思想认识、监督管理不到位，导致一些项目一路绿灯违规上马，一些项目的违法违规行为没有得到严肃处理，有的甚至弄虚作假，以至于问题越来越突出。

按照国家要求，政府投资项目建设单位在报送项目可行性研究报告前、企业投资项目建设单位在开工建设前，均需取得节能审查机关出具的节能审查意见。但辽宁省各市上报的拟投产达产重点用能项目中有 37 个项目没有取得节能审查意见就擅自开工建设或建成投产。江西省九江市、山西省晋中市也存在多个高耗能项目未批先建的情况，部分项目已建成投运。

安阳市也不例外。安阳市政府向河南省政府报送了申请将安钢公司焦化产能指标留在本地、用于新建焦化产能替代的方案。在请示尚未获批的情况下，安阳市擅自转移焦化产能从而实现产能压减指标，并将其余焦化产能全部用于企业新建焦化产能指标。

同时，相关审批和监管部门对企业煤炭消费减量工作敷衍应付，对违规项目建设不予处罚或处罚不力，致使项目“带病建设”。

安徽省淮北市发展改革委提供的数据显示，2019 年全市煤炭消费总量比 2015 年增加了 9.53 万吨，但据督察组测算，实际增量却为 236.8 万吨。

九江市濂溪区发展改革委虽然对违法企业作出了责令停建整改的通知，但相关处罚文件一直未按要求送达企业；九江市德安县发展改革委不仅未按要求报请本级政府责令企业停止违法建设，反而积极为企业协调省市相关部门推动审批流程。

此外，山西省晋中市焦化项目未依法依规严格落实建设项目水资源论证、环境影响评价和节能评估审查等要求，在水资源严重匮乏情况下，地方相关部门监督管理工作也不到位，导致企业违规取水、超量取水问题突出，没有落实以水定产要求。

一些地方的监管部门在对企业的违法行为简单作出处罚通知后就认为履职完毕，对项目依旧存在的违法建设行为听之任之；更有甚者，完全放弃了自己的职责，为违法企业撑起了“保护伞”，表面上看是服务，实质上是失职。

今年以来，中央不断释放坚决遏制“两高”项目盲目发展的信号。

“十四五”规划纲要指出，要大力发展绿色经济，坚决遏制高耗能、高排放项目盲目发展，推动绿色转型实现积极发展。同时，明确了“十四五”时期要完成的具体指标，即单位国内生产总值能源消耗和二氧化碳排放分别降低 13.5%、18%，主要污染物排放总量持续减少。

4 月 30 日下午，中共中央政治局就新形势下加强我国生态文明建设进行第二十九次集体学习，习近平总书记强调，不符合要求的高耗能、高排放项目要坚决拿下来。

近日，生态环境部组织起草了《关于加强高耗能、高排放项目生态环境源头防控的指导意见（征求意见稿）》，提出要严把新建、改建、扩建“两高”项目的环境准入关，率先对“两高”项目开展碳排放影响评价试点。

“十四五”是实现碳达峰碳中和的重要攻坚期、窗口期，各地要进一步提高思想认识，认清当前面临的严峻形势，认真落实中央决策部署，坚决遏制“两高”盲目发展，为推进经济社会发展全面绿色转型创造有利条件。

（刊登于《中国环境报》2021 年 5 月 21 日一版）

中国黄金环境问题的根源在哪？

历史遗留环境问题长期被搁置，过度开发资源，企业发展理念出问题

◎崔煜晨

中国黄金集团有限公司（以下简称中国黄金集团）是我国黄金行业唯一一家中央企业，组建于 2003 年，目前集团所属企业在国内遍布 29 个省（自治区、直辖市），现有矿山企业 46 家、冶炼企业 6 家。截至 2021 年 7 月底，拥有矿业权 271 宗，面积达 8364 平方公里。

项目点多面广且多数地处偏远，如何监管？

尾矿库 107 座环境风险压力大，如何治理？

矿产资源开发和生态环境保护，如何平衡？

……

摆在中国黄金集团面前的环境大考才刚刚开始。

在习近平生态文明思想的引领下，在高质量发展的新阶段，时代是出卷人，人民是阅卷人。中央生态环境保护督察来帮忙，不只是监考，更多的是指导，帮助中国黄金集团答好这张生态优先、绿色发展的时代考卷。

新官也要理旧账，接资产更要担责任

历史的变迁总会留下痕迹，企业的发展历程也会留下烙印。此次中央生态环保督察发现的不少环境问题都与中国黄金集团的成立和发展阶段有着密切关系。

中国黄金集团前身为国家黄金管理局、中国黄金总公司，2003 年成立之初接手了一批老矿山企业。部分老企业或因资源枯竭效益下降，或因粗放发展环境欠账，历史遗留

环境问题长期被搁置，无人问津。

如黑龙江乌拉嘎金矿，始建于1936年，曾为行业发展作出过突出贡献，现因生态修复不力被作为典型案例曝光。乌拉嘎镇由矿而建，停产后一边要生存，一边要治理，处境艰难。此前集团疏于管理，鲜少支持。

2006—2013年，中国黄金集团经历了“超常规思维、跨越式发展”阶段，并购了49个项目，占2006年以来并购总数的91%。

当时并购的优质项目如内蒙古矿业公司等为集团长远发展提供了战略空间，通过快速提升集团保有资源储量，将资源优势转化为产能优势、效益优势，支撑和保障了集团发展。

但问题也随之而来。一方面，并购时以经济指标为主，对生态保护红线、产业政策不研究、不了解，忽略了项目存在的环境风险。内蒙古矿业位于呼伦贝尔草原，草原用地审批严，露天开采破坏重，公司终因违法侵占草原被曝光。

另一方面，“大干快上”后，项目监管成难题。集团直接管理能力不足，将部分企业托管于二级公司。辈分相同，二级公司“管也不是，不管也不是”。如辽宁金凤金矿被托管于“中金科技”，厂区生活污水直排，连最基本的污染治理都没做到。

中国黄金集团新一届领导班子组建于2019年，新官要理旧账，接资产更要担责任。能否以中央生态环保督察为契机，解决历史问题、弥补环境欠账，这份考卷如接力棒交到了本届领导班子手上。

问题出在“前三排”，根子还在“主席台”

广西凤山天承公司和凤山宏益公司是中国黄金集团2006—2007年并购的企业，因在国家重点生态功能区内，被列入产业准入负面清单，责令停产。作为第一个典型案例被通报，是因公司不但不退出，反而恢复生产建设。

有的问题是历史遗留的，有的问题却是没有跟上发展的步伐。近年来，生态环境保护和治理要求越来越高，若仍以旧的观念敷衍应付，只会感到担子越来越重，问题越来越多。

治理没有跟上政策要求。尾矿库治理对中国黄金集团来说是污染防治“重头戏”，数量全国众多。不少项目建设早，当时未要求防渗，2015年新环保法出台后，新建项目均要求做防渗。

老项目怎么办？不可能挖开重做，要按照科学的方法，从渗滤液收集、截排洪、地下水监测、坝体修复等全方面逐项完善防治措施，并做好日常维护。但这一工作在中国黄金集团任重道远，尾矿库渗滤液直排、该闭库未闭库等问题频发，重金属污染风险隐患突出。

“先有矿区后有保护区”，也是发展中面临的新问题。2018 年至今，中国黄金集团有 54 座矿权与生态保护红线重叠。其中，典型案例通报的辽宁排山楼金矿因在国家级自然保护区内面临退出，嘴上说着不纠结，但行动上却不积极主动，生态修复进展缓慢。经中国黄金集团自查，2018 年以来生态修复方面问题共有 55 项，其中 22 项未完成整改。

重经济利益轻环境治理的观念，仍普遍存在，如集团在滇桂黔区域内 70% 的企业没有承担起污染治理主体责任。更陈旧的观念是，重资源占有轻环境保护。对资源的过度开发成“惯性”，三批典型案例中，涉及未批先建、越界开采的企业不在少数。

自查结果还显示，集团有 27 家企业存在 39 项未批先建、未验先投、排污许可证不符等问题。督察发现的问题更严重，第三批典型案例曝光的河北金厂峪矿业公司，以治理之名行露天开采之实，就是想方设法占有资源的体现。

问题出在“前三排”，根子还在“主席台”。如果发展理念不转变，只算“经济账”，忽略“环境账”，生态破坏、环境污染等问题将长期存在。中国黄金集团目前的考核体系不全面，在上级公司对下级公司的考核中，仍以生产指标为重，环保考核和问责制度在实际执行中流于形式。专业人员配置不足，如“中金香港”没有设立单独的环保管理部门，“中金资源”本部没有环保专业的管理人员。

值得关注的是，企业自查已经迈出了理念转变的关键一步。中央生态环保督察也点醒中国黄金集团，要将生态环保工作放在重要位置，保护与发展并重，但能否痛定思痛，彻底转变？是敷衍应付，还是脱胎换骨？要看实际行动。

绿色发展应该成为企业出路

陕西太白矿业位于秦岭腹地，每克黄金的生产成本已经达到 330 元，仍在艰难运转。这个老矿山企业背负着解决当地就业的责任，同样也面对着环境修复治理的挑战。

未来一旦金价下跌，成本将难以为继，怎么发展，是道思考题。

内蒙古太平矿业，黄金资源品位不到 0.6 克 / 吨。由于资源储量大，露天采场建起来了，成为亚洲最大的黄金堆浸矿山。在美国、加拿大等发达国家，低于 1 克 / 吨的品位不做堆浸。在这里，选矿采用大规模堆浸工艺，黄金产量 4 吨 / 年，位居集团第一。

督察人员在现场看到，2 亿吨矿石在草原上堆成两座高高的大山，未来将达到 150 ～ 180 米高。怎么修复，费用是多少？国内外都没有先例。企业的治理方案规划到了 25 年后，未来还有 3 亿吨矿石等待处置。目前，太平矿业已侵占草原 20291 亩，督察人员直言：

“企业发展理念出了问题。”

资源禀赋如此之低，环境影响如此之大，是否还要开发？又是一道思考题。

考题一道接一道，企业的出路在哪里？绿色矿山的创建，本应成为企业绿色转型的机遇。如果能够做好资源综合利用、节能减排降耗等工作，完全可以向技术要效益、向管理要效益。

创建一阵风，管理上稀松。中国黄金集团累计创建了32家国家级绿色矿山，数量居行业第一。然而不少企业却顶着绿色矿山的称号，忽略了真正的绿色发展。

如河北金厂峪矿业公司早在2012年就成为国家级绿色矿山，环评报告中要求，选矿废水全部回用于浮选工序。这本是循环经济的好路子，既节约新水成本，又减少环境污染，但督察发现公司并未做到。

作为黄金行业唯一的央企，中国黄金集团有责任引领行业绿色发展，率先采用绿色技术。如氰化工艺是目前黄金选矿的主要工艺之一，而氰化物有剧毒，成为行业面临的共性难题。

中国黄金集团下属单位长春黄金研究院是专门从事黄金工业基础理论研究与工程技术开发的国家级科研机构，近年来研发出低氰和无氰环保药剂，水平国内领先，但环保技术产品在自家系统都难以全面推广。

“目前的市场鱼龙混杂，我们的很多生产企业还是‘低价中标’。”曾在研究院工作过的相关负责人表示，虽然集团要求现有项目积极改用低氰环保药剂，但不少企业不愿意投入资金改造，还有的认为环保药剂成本高。“实际上，整体工艺改造后，不仅成本能够降下来，而且安全环保。”

当生态环境保护从附加题变成必答题，“先开发、再治理，环保工作可以缓一缓”的错误观念已经行不通。中国黄金集团只有坚持生态优先、绿色发展理念，才能走下去；而通过推进科技创新、技术改造，为绿色发展注入强劲动能，才能走得更远。

（刊登于《中国环境报》2021年10月8日二版）

练江汕头段重现“水清如白练”景象

◎刘　晶

艳阳高照，练江银波泛泛，奔流不息，鱼欢鸟鸣，两岸迷人的风光，更让人流连忘返。

“练江变化太大了，以前江水黑臭、堤岸‘脏乱差’现象严重，我们都躲得远远的。现在是水清岸绿，不仅白天风景如画，而且夜晚两岸流光溢彩，绿道、公园人气就更旺了，大家散步、唱歌、跳舞，其乐融融。”住在江边的广东省汕头市潮阳区和平镇新华社区群众孔叔说出练江边群众的心声。

这就是练江“水清如白练”原本的样子。但3年前，作为汕头的“母亲河”，练江却因污染严重臭名远扬。2018年6月，中央第五环保督察组将练江作为反面典型通报，给了当地干部“当头棒喝”。

绿水青山就是金山银山。沿着习近平总书记指引的方向，广东省委书记李希深入现场调研练江整治，强调要痛定思痛、知耻后勇，将污染典型变为治污典范，吹响了练江整治的号角；省长马兴瑞牵头督办练江，坚持每半年到练江督办一次，现场调度办公，切实为地方解决实际困难；广东省生态环境厅将练江作为全省污染整治攻坚的重中之重，由厅主要负责人挂点督导，坚持每月至少一次带队实地开展调研督导，并联合省财政厅、住建厅、工信厅、水利厅等七大部门落实每月一督导，为推动汕头练江流域整治提供技术帮扶和政策资金支持。

战鼓一擂响，汕头全市上下紧紧围绕广东省委、省政府的工作部署，狠抓中央环保督察“回头看”反馈意见整改落实，坚持科学、依法、精准治污，坚决打好打赢练江综合整治的大仗、硬战。

多年来，生态环境部领导对练江整治工作高度关注，多次作出指示批示，为地方治水提出建设性指导意见，不断拓展整治工作的深度与广度。同时，生态环境部华南督察局建立“一月一督”工作机制，高标准严要求全程跟进督察，局主要领导专门撰文为练江整治“把脉会诊”。

2020年，练江实现从普遍性黑臭到国考断面消除劣Ⅴ类、再提升至Ⅳ类的重大转折性变化，完成国家、省下达的污染防治攻坚的指标任务；2021年1—9月，海门湾桥闸国考断面水质均达标，16条重要支流的水质均值达到地表水Ⅴ类标准……

扛责问诊练江，汕头市领导班子成员河边驻点、现场办公

记者前不久跟随中央第四生态环保督察组走近谷饶镇溪美村旁的谷饶溪。昔日又黑又臭的溪水、岸边林立违建已荡然无存，眼前变成了溪美人欢的景观带。

谷饶溪、峡山大溪曾是练江整治的“硬骨头”。汕头坚决扛起练江综合整治政治责任，市领导带头包干重要支流。

据了解，汕头市委书记温湛滨履新后，就马不停蹄奔赴潮阳区、潮南区，深入察看走访练江海门湾桥闸、谷饶溪、峡山大溪、梅花湿地公园、万里碧道，以及潮阳区城区污水处理厂、潮南区纺织印染环保综合处理中心、和铺社区等，调研督导练江流域综合整治工作，研究解决生态环境存在的问题。

温湛滨说：“要深入学习贯彻习近平生态文明思想，坚决贯彻落实中央决策部署及省委、省政府要求，提高政治意识，坚决扛起政治责任、属地责任，切实增强落实中央生态环境保护督察整改工作的责任感和使命感，进一步查漏补缺，总结经验做法，形成长效机制，不断巩固提升练江流域综合整治成效，确保练江真正实现长制久清。”

今年以来，汕头市市长曾风保多次带队前往潮阳、潮南，走近练江流域的重要支流、纺织印染环保园区、污水处理厂、万里碧道和村居，调研练江流域综合整治工作，强调要深入学习贯彻习近平生态文明思想，站稳人民立场，坚守百姓情怀，加油鼓劲继续推进练江流域综合治理，持续修复和巩固练江流域水生态，不断优化水环境、保障水安全，切实为练江两岸老百姓谋福祉。

截至目前，汕头市领导班子成员驻点225人次，市主要领导在练江驻点调研现场办公140多场次；全域设置四级河长，1132名河长一级带着一级干，形成了“党政主导、部门联动、群众参与、齐抓共管”的全民治水大格局。

猛药治疴断源，百余家企业入园，投产后实现“两降两提”

根治练江之患，必须斩断污染源头。练江流域潮阳、潮南两区是纺织服装产业重镇，

但一些印染企业违法排污，成为练江汕头段的重要污染源之一。

为此，汕头下了一剂“猛药”：流域183家印染企业2019年1月1日起全部停产。加快潮阳、潮南印染园区建设，推动企业入园集中生产、集中治污。为了让企业在停产至搬迁入园期间平稳过渡，汕头千方百计想办法：技术改造的给补助，助推企业转型升级；服务外包运输的也给补助，确保产业链不断裂；提供金融支持，解决企业入园建设资金难题；此外，在标准厂房建设和使用、职工就业帮扶等方面也都推出了最优的政策扶持。

“印染园区因治污而生，面对印染企业无序监管、排放的状况，潮南区委、区政府按照上级部署，下定决心，加快园区建设，推动企业入园集中生产、统一供汽、集中治污，从源头上进行治污，目前潮南区入园投产的印染企业有102家。”潮南区纺织印染环保综合处理中心管理办公室主任何永强说。

走进占地近4000亩的潮南区纺织印染环保综合处理中心，记者看到，一座座拔地而起的现代化楼房，污水处理厂、热电联产项目等正在紧张运作，绿色的蒸汽管道连接着各栋厂房，为企业提供充足的热力保障。

“园区通过构建集纺织印染、供水、污水处理、再生水利用、热电联产、固废处理与资源化‘六位一体’的循环经济产业链创新模式，实现了资源利用率最大化、污染排放最小化，被国家发展改革委、生态环境部评为园区环境污染第三方治理示范园区，成为全国印染行业循环经济产业园的标杆。”中信环境汕头公司园区管理部经理李国君说。

目前，潮阳、潮南两个印染园区已有125家企业完成设备升级、流程改良并顺利投产，投产后实现“两降两提”，即用水降低40%、用电降幅超20%，生产效率提高25%、产能增加1倍以上。企业入园后，印染中心通过统一治污及中水回用，废水、COD、氨氮年排放量分别降低50%、49.97%、49.98%，今年以来工业总产值超48亿元。

“入园后，企业的管理更规范，污染物控制更容易，原来是动员企业入园，现在很多企业都主动申请入园，还有外地的企业也想争取入园。”何永强告诉记者。

“大兵团”补短板，落实“五个一”工作机制，群众幸福感提升

环保基础设施建设是练江综合整治的核心。汕头下大力气补齐环保设施建设短板。

据介绍，面对流域里程长、施工面广、拆迁量大的现实，汕头积极引进有环保工程建设经验的省属大型国有企业，发挥“大兵团”作战作用，推行项目集中审批、定期研判调度、扁平化协调，落实“一项目一领导、一项目一方案、一项目一专班、一月一考核、一季一通报”的“五个一”工作机制，把工程建设的任务“卡”到具体人、具体时

间节点，一块块“硬骨头”就这样被啃下。

目前，练江流域共建成13座生活污水处理厂、两座工业污水处理厂、79座农村分散式一体化处理设施、8135公里配套管网、两座生活垃圾焚烧发电厂及两座纺织印染园区，污水日处理能力达98.25万吨、垃圾日处理能力为4000吨。

生活污水在练江污染成因中占比约30%，雨污分流、截污控源是改善练江水质的根本举措。自2019年年底启动，仅仅一年的时间里，练江流域汕头段514个自然村全面实施源头截污、雨污分流工程，从源头实现了“污水不入河、雨水不入厂”。

“以前一下大雨，大埕就会积水，雨污分流建成至今近两年，社区再也没有发生内涝，水生态环境也明显提升。”作为全市启动雨污分流工程第一个“吃螃蟹”的社区，潮南区峡山街道桃陈社区原党支部书记陈镇伟笑道。

桃陈社区既有成片的传统老宅，又有新建房屋，多年使用的是雨污合流排水系统，尤其是群众的不理解、不配合，让陈镇伟面临很大的挑战。但他通过成立工作专班，党员干部及亲戚示范带头，同时挨家挨户上门做群众思想工作，终于得到绝大多数人的信任和支持。“家里雨水、污水分流后，到处清清爽爽，没有臭味儿了，蚊子、苍蝇也少了很多。”桃陈社区居民陈迎辉说。短短一个月，该社区完成了雨污分流试点工程建设。

“和铺社区因户施策，采用‘绣花功夫’实施雨污分流工程，不到一个月的时间完成了新寨片区215座农户的先行先试建设示范点，至2019年年底全面完成雨污分流项目。”潮阳区和平镇副镇长陈坚辉如是道。

良好的生态环境是最普惠的民生福祉。华灯初上，谷饶溪堤岸开始热闹起来，溪美村村民肖亮伟和邻居沿着溪边散步、拉家常，享受家门口环境变化带来的福利。肖亮伟高兴地说，现在不再受以前下大雨就积水的困扰了，内外都很干爽，家里蚊虫少了，觉也睡得踏实。

东华村水系发达，最终汇入练江。搭乘练江整治的东风，东华村“靠水吃水”，大力发展乡村旅游和生态农产品，成片种植番石榴、阳光玫瑰葡萄及优质水稻等，产品产量高、品质优，深受消费者的青睐，吸引了一批又一批的游客前往游玩。如今，陇田镇把东华村列为乡村振兴示范村、先行村，以点带面，积极推进乡村振兴示范片建设。

从人水矛盾到人水和谐共生，汕头以中央生态环境保护督察为契机，将压力转变为动力，经过几年的努力，扎扎实实推进治理措施。目前，滔滔江水宛如“白练”，生生不息。

（刊登于《中国环境报》2021年11月9日一版）

“耕地中的大熊猫”无奈瘦身
绥化市黑土地保护不力被督察点名

◎程维嘉

黑土地是全国有机质含量最高、产出能力最强的沃土良田，被誉为“耕地中的大熊猫”，土壤质量更好的典型黑土区则更加珍贵。

然而，曾经“一两土二两油”的肥沃黑土地变薄、变瘦、变硬，正在加速退化，“现在一攥，连水都不出了”。黑土层大面积流失，有机质含量下降，土地承载能力降低，严重威胁生态安全和粮食安全。

黑土地保护的严峻形势在黑龙江省绥化市可见一斑。中央生态环境保护督察在日前公布的第四批典型案例中指出，绥化市存在大量“未批先建”违法占用黑土耕地问题，2018 年以来全市大量黑土耕地甚至永久基本农田遭到破坏，多项重点保护措施推进滞后，黑土地保护任务落实不到位。

占用、流失、浪费，督察指出绥化市黑土耕地保护三大问题

东北平原是世界仅有的三大黑土区之一，其中典型黑土耕地面积达 2.78 亿亩，主要分布在松嫩平原。黑龙江省绥化市地处松嫩平原黑土核心区，典型黑土耕地面积达 2512 万亩，在全国黑土地中占比将近 10%。在绥化市 10 个县（市、区）近 2900 万亩耕地中，黑土类耕地、黑钙土类耕地、以黑土和黑钙土为母质的草甸土类占全市耕地面积的 90% 以上。得天独厚的黑土地资源使“寒地黑土之都”成为绥化最亮丽的一张名片。然而，绥化市黑土地保护形势不容乐观。

督察指出，绥化市黑土耕地保护存在三大问题。

一是非法占用黑土耕地问题突出。2018 年以来，绥化市共发生占用黑土耕地违法案

件124起。2019年以来，绥化市强力推动的两个省级交通建设项目违法开工建设，施工中实际违法占用黑土耕地18144亩，其中永久基本农田10923亩。

二是侵蚀沟治理任务推进滞后。绥化市全市有1.4万余条侵蚀沟，沟壑总面积达128.9平方公里，自然损毁黑土耕地十余万亩。绥化市应于2020年年底前完成1152条侵蚀沟治理任务，实际完成率仅为22%左右。其中庆安县应完成128条侵蚀沟治理任务，实际一条都没有完成。

三是表土剥离落实不到位。绥化市2017年以来实施的426个已办理用地审批手续的非农业建设项目中，仅有5个项目编制表土剥离方案并实施剥离，多达1.3万余亩耕地被直接占用，超过180万立方米的黑土资源没有得到有效再利用。

督察人员表示，绥化市黑土地保护工作在方方面面暴露出短板，反映出分布广泛的黑土地亟须进行统筹保护和治理。

黑土地保护工作重点明确，却在实施中落空

为了把黑土地保护好、利用好，我国发布《东北黑土地保护规划纲要（2017—2030年）》《东北黑土地保护性耕作行动计划（2020—2025年）》，黑龙江省出台《黑龙江省耕地保护条例》《黑龙江省水土保持条例》《黑龙江省黑土耕地保护三年行动计划（2018—2020年）》《黑龙江省黑土地保护实施方案》《关于切实加强黑土地保护利用的决定》等，对黑土地利用和黑土耕地质量保护行为作出严格规范。

记者依据相关文件，对保护黑土地资源的几项重要措施进行了梳理。

严格控制非农业建设占用农用地，是严守耕地红线、保护黑土资源的重要措施。根据《中华人民共和国土地管理法》规定，国家实行永久基本农田保护制度。永久基本农田经依法划定后，任何单位和个人不得擅自占用或者改变其用途。

加强侵蚀沟治理是东北黑土区水土流失综合治理的关键内容和保护耕地最有效的途径之一。侵蚀沟是东北黑土区水土流失的典型表现形式，直接导致黑土地数量减少、土层变薄。黑土一旦流失殆尽，肥力也完全消失。侵蚀沟发展不仅吞噬耕地，加剧坡面侵蚀，降低土地生产力，影响机耕作业，还诱发山洪地质灾害，损毁基础设施，对群众生命财产安全构成巨大威胁。

黑土地表土剥离是指项目占用耕地之后，要把表层黑土作为资源剥离，综合有序利用到复垦、贫瘠土地的改良上。《黑龙江省耕地保护条例》和《东北黑土地保护规划纲要（2017—2030年）》均明确要求，对非农建设项目所占用耕地的耕作层土壤应进行剥离，剥离的土壤主要用于土地复垦和改良治理。

从督察情况来看，绥化市黑土地保护实际情况与黑土地重点保护措施的有关要求背道而驰。

不作为、慢作为，督察揭露保护不力原因

督察人员反复向记者强调，一定要认识到黑土地是珍贵的土壤资源，且不可再生。正如典型案例原因分析指出的，由于绥化市缺乏对黑土地保护极端重要性的深刻认识，从而纵容推动建设项目违法占用黑土耕地，落实黑土地保护相关措施敷衍应对、流于形式。有关部门履职尽责不到位，工作落实动作迟缓，不作为、慢作为问题突出，监管明显缺失。

以绥化市侵蚀沟治理为例，绥化市地处黑龙江省中部漫川漫岗区，漫川漫岗区是《全国水土保持规划（2015—2030年）》明确的侵蚀沟治理重点区域，其坡度较缓，坡面较长，汇水面积大，在降雨量和降雨强度较大时，极易发生水土流失，造成沟道冲蚀。在自然条件下，黑土地形成极为缓慢，每形成1厘米的黑土就需要200～400年。然而，水蚀坡耕地流失近1厘米表土只需要一个丰水年份。

记者注意到，此次被督察点名的海伦市是黑土地保护利用试点项目示范区。有媒体报道称，海伦市自2015年实施黑土地保护利用试点项目以来，探索总结出一批“可推广、可复制、能落地”的黑土地保护利用综合技术模式和运行机制。然而，督察发现，海伦市共合镇多条侵蚀沟近年来仍在快速扩大。

记者在采访中了解到，绥化市下辖县（市）有关部门负责人普遍认为资金不到位是侵蚀沟治理无法及时到位的重要原因，“上级不拨款就不治理”。而据海伦市水务局工作人员介绍，早在20世纪五六十年代，就已形成通过植树插柳等生物治理方式进行侵蚀沟治理的有效经验，且成本与工程治理相比大大降低。事实上，这种治理方式也没有及时实施。

督察指出，绥化市推动侵蚀沟治理缺乏主动作为，“等靠要”思想严重，甚至明显不作为。没有形成综合治理的协调机制，有关部门各自为政、缺乏统筹。

此外，在表土剥离方面，记者在未进行表土剥离就开工建设的收储站、交通建设项目、产业园区等现场看到，通过直接观察很难看出脚下已经硬化处理的场地下还有很多被浪费的未剥离的黑土层，可见有关部门及时有效的监管，对实施表土剥离工作而言十分重要。典型案例通报指出，绥化市有关部门对未实施表土剥离问题监管缺位，有法不依、执法不严。

据黑龙江省自然资源部门工作人员介绍，目前实施表土剥离后的黑土资源主要用于

城市绿化，与有关规定的要求相比属于“大材小用”，“如果找不到黑土资源合适的出路，对表土剥离的积极性就很难提高。”

“耕地中的大熊猫”将受法律保护

黑土地是大自然赋予人类得天独厚的稀缺宝贵资源，为了避免东北黑土区由“生态功能区”变为“生态脆弱区”，通过法治保障保护和提升黑土耕地质量，实施黑土区水土流失综合治理，刻不容缓。日前，这项工作有了新的进展。

督察进驻期间，黑土地保护法草案于 2021 年 12 月 20 日初次提请十三届全国人大常委会第三十二次会议审议，目前正在公开征求意见。其中第三条指出，县级以上人民政府应当开展侵蚀沟治理，实施沟岸加固防护，因地制宜采取措施，防止侵蚀沟变宽变深变长。第二十条指出，建设项目原则上不得占用黑土地。建设项目占用黑土地的，应当按照标准和技术规范进行表土剥离。剥离的表土应当就近用于新开垦耕地和劣质耕地改良、高标准农田建设、土地复垦等。第三十二条指出，未剥离或未按标准和技术规范剥离的将处以罚款。第二十二条指出，县级以上人民政府应当将黑土地保护资金纳入本级预算。

2021 年 12 月 23 日，黑龙江省十三届人大常委会第二十九次会议审议通过了《黑龙江省黑土地保护利用条例》，自 2022 年 3 月 1 日起施行，通过建立和强化黑土地违法行为发现机制、保护利用责任机制、投入机制、质量评价机制、奖惩机制五个保护机制，为加强黑土地保护利用提供有力的法治保障。

相信法治的完善能够进一步强化黑土耕地保护的责任和监督机制，坚持用养结合，综合施策，确保黑土地不减少、不退化，切实保护好“耕地中的大熊猫”。

（刊登于《中国环境报》2022 年 1 月 11 日一版）

直面问题抓落实　群众满意是关键
新疆扎实推动督察整改为群众排忧解难

◎冯伟科

3 月 25 日，中央第五生态环境保护督察组进驻新疆维吾尔自治区和新疆生产建设兵团开展督察。

督察组进驻以来，新疆各级党委、政府及各部门单位高度重视群众信访举报问题，立行立改、边督边改，扎实推进整改工作，推动生态环境质量持续改善，以实际行动为群众排忧解难。

立行立改，直面问题抓好整改落实

督察进驻动员会上进行动员，召开自治区党委常委会扩大会议就抓好督察反馈问题整改进行安排部署，多次就督察整改工作作出指示批示，督察组通报典型案例后第一时间现场督办……

3 月 25 日至今，自治区党政主要领导多次深入一线调研督导，要求各地各部门高度重视、主动配合督察工作，确保督察工作顺利开展。

“对督察组发现和指出的问题，不回避、不推诿，不讲客观理由、深查主观原因，虚心听取、主动认领、照单全收，举一反三、深挖细查。”自治区党政主要领导高度重视督察转办信访问题整改，提出明确要求。

第一时间启动核查、第一时间组织整改、第一时间反馈上报。各级党委、政府切实履行属地责任，即知即改、立行立改。

4 月 7 日，实现红山嘴断面 4.17 米^3/ 秒生态基流下泄，安排专人日常监管监测；4 月 9 日，石河子市水利部门拆除拦水坝；对不符合办证条件的机井制定整改方案，明确退出时限……兵地协调联动，一系列整改措施迅速落实。

乌鲁木齐市建立了领导包案、群众走访、每日调度等“六项工作机制”，严格落实“四个不放过”，做到“件件有回声，事事有结果”。阿克苏地委、行署树牢“问题不是包袱、整改才是机遇”的思想，实行1小时内将信访件分解下发至相关责任单位，2小时内到达现场进行核查，24小时内形成专题处置整改报告等“1224”办理机制，确保整改工作落在实处。

群众点赞，把落脚点放在群众满意上

日前，有市民向督察组信访举报，反映乌鲁木齐市沙依巴克区老满城街古城墙南侧垃圾回收站味道大、影响居民的正常生活。接到转办件后，沙依巴克区分管领导带领区城市管理、生态环境部门及所属八一街道、古城南社区等主要负责人，立即赶往现场核查，进行整改督办。

“小区物业设置的临时垃圾转运站距离居民小区较近，由于我们监管不到位，使整个环境受到污染，影响了周边群众的日常生活。”八一街道城区管理科科长孙鼎说，现场核查后，他们便及时协同相关部门连夜清运，拆除了临时垃圾转运站。

对于这样的处理，附近居民董燕说：“家里再也不怕开窗户了，这事办得快、办得好，很满意。”

像董燕一样满意的群众还有很多。看到身边的建筑垃圾被清理得干干净净，乌鲁木齐市民金玉娜笑了；看到周边扬尘少了，春日里的苜蓿青翠欲滴，阿克苏市居民王金举乐了；看到渠道淤泥、杂草清理了，伊宁市民肖国贤放心了；看到堆存的陈年垃圾被清运走了，库尔勒货运中心负责人高磊心里踏实了……中央生态环保督察组进驻以来，新疆各地各部门针对转办信访举报问题，立行立改，边督边改，依法及时解决了一批群众身边的生态环境问题。

随着督察工作的深入开展，新疆各地紧盯群众反映强烈的突出环境问题动真碰硬，真正做到让各族群众满意。

（刊登于《中国环境报》2022年4月26日一版）

中央督察促转变　一河清水惠两岸
开封市马家河综合治理取得阶段性成效

◎刘俊超

“我们也能用上马家河的水灌溉啦。”家住河南省开封市马家河两岸的百姓，没想到这么快就成为生态环境改善的受益者。

从“臭水沟”到“清水河”，如今，作为城市生态涵养河流的马家河实现华丽转变，河水清澈、涓涓潺流，两岸绿树成荫、郁郁葱葱，让城市居民享受到了与大自然久违的亲近。

直面督察问题　开展系统治理

开封市河多、湖多，是一座因水而美、因水而兴的城市。然而，在城市水系景观功能得到开发的同时，原本应具备的生态功能却没有得到有效保障。马家河就是典型之一。

2021 年 4 月，中央生态环境保护督察组指出开封市“人工造湖”问题后，河南省成立中央生态环境保护督察整改工作领导小组，制定《河南省贯彻落实中央生态环境保护督察报告整改方案》，省发展改革委、省生态环境厅等多部门协同联动，依法依规分类推进整改。

对照问题清单，一级抓一级、层层抓落实，开封市委、市政府以最坚决的态度、最迅速的行动、最有力的措施全力推进马家河综合治理工作，取得了阶段性成效。

坚持问题导向，全面开展系统治理，是开封市迅速完成问题整改的关键。

针对问题，开封市对马家河综合治理工程（晋安路—宋城路段蓄滞洪工程）进行了全方位踏勘，并组织相关单位技术人员现场测量，对督察指出问题进行详细技术论证，结合实际情况细化整改意见，最终确定了以全流域、全要素，上下游、左右岸系统治理为核心，统筹治、建、管等各项工作齐头并进的整改思路。

推进河道疏浚，开展流域治理。问题反馈后两日内，黑岗口调蓄水库晋安闸至马家河河口已经全面疏浚贯通，打通郑开城际铁路桥下阻塞河道，工程退水入惠济河，实现了黑岗口调蓄水库通过马家河向惠济河灌区补源供水。同时，进一步排查疏通灌区内沟渠，对排查发现的祥符区黑岗口灌区东干渠、禹王台区黑岗口灌区南干渠严重淤积问题，采取工程措施进行疏浚清淤。

恢复马家河灌溉、调蓄功能只是第一步，聚焦完善水利设施、全面恢复马家河的生态功能，开封市攻坚克难，积极开展配套的调蓄灌溉和供水工程建设。

据了解，马家河综合治理工程占地约1280亩，总投资约7.6亿元，包括滞蓄洪工程、建筑物工程、防渗工程、桥涵工程、绿化工程，是上游黑岗口引黄灌区调蓄水库工程的延续工程。在问题整改过程中，开封市科学组织施工、统筹治理提升，通过河道拓宽、滞蓄型湿地建设、调蓄库容增加，进一步削减了上游洪峰流量，提高了区域及下游河道防洪标准，保障了全市防洪安全。

问题解决后，如何杜绝反弹？开封市将目光聚焦在常态化规范管理上。

开封市成立了专项治理工作小组，对黑岗口调蓄水库开展去经营化工作，拆除了“开封西湖”标识标牌295处，还地于水、还绿于岸，高标准推动沿岸生态环境保护工作提升；落实汛期安全管理责任，对治理区域进行全天候、全覆盖式巡查，推动整改工作制度化、整改成果长效化，确保河道功能持续发挥有效作用。

同时，开封市对黑岗口工程、马家河综合治理工程的项目立项、审批、建设等各项手续问题进行梳理，追根溯源，完善用地、“农转用”和土地施工许可等行政手续，确保项目所有手续齐全，并严格执法，对破坏生态环境、违法占地行为进行立案查处，没收相关责任方非法所得。

坚持标本兼治　实现相融共生

马家河的问题是一面镜子，照出了开封在治水方面的短板。只有举一反三、立体施策、标本兼治，方能长治久安。

从马家河治理段东西交通西干渠、惠济河到南北连接涧水河，开封市将整改扩展到了马家河各支干渠，打通黑岗口调蓄水库与下游灌区的灌溉通道，明确提升农业灌溉能力、提升防洪减灾能力、实施污染防治攻坚、突出节约集约用水、坚持生态为民等重点任务，及时补齐工作短板，串联新、老城区河湖水系，保障下游农业引黄灌溉及城市供水需求。目前，这一工程已疏浚河道6.3公里，灌溉功能覆盖东干渠3.6万亩、南干渠3.03

万亩、郑闫渠 2.1 万亩、东风干渠 9.37 万亩农田，充分发挥出灌区综合效益，提高了粮食产量，保障了粮食安全，将马家河打造成了水清岸绿、保安澜、稳粮仓的惠民之河。

与此同时，开封市把推动黄河流域生态保护和高质量发展作为当前和今后一个时期的第一政治任务、第一底线工作、第一民生工程，以马家河综合治理工程为促进全域提升的重要抓手，深入推动黄河流域生态保护和高质量发展。加快实施黄河流域生态保护和高质量发展示范引领重大工程项目，强力实施黄河湿地保护修复工程，科学开展沿黄复合型生态廊道建设，推进沿黄生态廊道全线贯通，打造水岸相融的百里绿廊。

在马家河恢复生态功能的基础上，聚焦发展，开封市推进整改惠长远。开封市始终坚持生态优先、绿色发展，以整改为契机，将解决个性问题与治理共性问题相结合，协同开展“治水”和“管水”。通过生态护岸改造、种植水生植物群落、建设生态亲水设施、河道防护林建设等措施，修复河道生态环境，改善地区小气候，满足城市生态环境中生物多样性恢复需要。构建清水系统工程，利用种植水生植物、投放控藻生物及鱼类等生态系统营建，显著提升水生生态系统稳定性和抗干扰性。聚焦深化“四水同治”，常态化规范化推进河湖“清四乱”，构建“系统完善、丰枯调剂、循环畅通、多源互补、安全高效、清水绿岸”的现代水利基础设施网络，促进人水和谐，实现流域灌溉、供水、防洪、生态功能相融共生。

马家河综合治理工程集中体现了生态效益、社会效益“双丰收”，形成了开封市黄河流域生态保护和高质量发展的新标杆，不仅保障下游灌溉用水，也为两岸居民生产、生活提供了生态福利和安全保障。

（刊登于《中国环境报》2022 年 6 月 21 日一版）

中央督察解难题惠民生促发展

◎张春燕

仲夏时节，祁连山水草丰茂，秦岭千峰叠翠，滇池碧水清波，七里海飞鸟云集……我国生态文明建设势头喜人，生态环境保护硕果累累。

“建设生态文明，关系人民福祉，关乎民族未来。”党的十八大以来，习近平总书记着眼实现中华民族永续发展的根本大计，大力推进生态文明建设，推进生态文明体制改革。作为习近平总书记亲自谋划、亲自部署、亲自推动的重大制度创新，中央生态环境保护督察成效显著，成为建设生态文明的重要抓手。

7 年来，两轮督察，31 个省（自治区、直辖市）和新疆生产建设兵团全覆盖，第二轮督察还把国务院有关部门和有关中央企业纳入督察范围。中央生态环境保护督察推动生态环境保护“党政同责”“一岗双责”有效落实，解决了一大批突出生态环境问题。

督察体制不断完善，始终保持严的基调

把指针拨回 2015 年 7 月 1 日，习近平总书记主持召开中央全面深化改革领导小组第十四次会议，审议通过《环境保护督察方案（试行）》，标志着中央生态环境保护督察制度正式建立。

2015 年 12 月 31 日，中央环保督察组进驻督察试点河北。随后，第一批 8 个督察组正式进驻 8 个省、自治区。中央环境保护督察的大幕正式拉开。

2017 年年底，首轮中央环境保护督察实现对全国 31 个省（自治区、直辖市）和新疆生产建设兵团全覆盖。

2022 年 6 月初，第二轮第六批中央生态环境保护督察相继向河北、江苏、内蒙古等地反馈督察意见。

7 年来，中央生态环境保护督察制度体系不断完善——

2018 年 3 月 28 日，习近平总书记主持召开中央全面深化改革委员会第一次会议。会议强调，要以解决突出环境问题、改善环境质量、推动经济高质量发展为重点，夯实生态文明建设和环境保护政治责任，推动环境保护督察向纵深发展。

此后不久，“中央环境保护督察”改为“中央生态环境保护督察”，“生态”二字的增加，意味着贯通污染防治和生态保护，加强生态环境保护统一监管。

2019 年 6 月，《中央生态环境保护督察工作规定》印发实施，以党内法规的形式规范督察工作。

按照规定，中央生态环境保护督察工作领导小组正式成立，督察权威进一步强化。

2019 年 7 月，第二轮中央生态环境保护督察全面启动：明确把国务院有关部门和有关中央企业作为督察对象，把落实新发展理念、推动高质量发展情况等作为督察重点，将例行督察、专项督察、“回头看”结合起来共同发力，实行中央和省（自治区、直辖市）两级督察体制……

2022 年 4 月，《中央生态环境保护督察整改工作办法》出台，标志着督察整改进一步规范化、制度化，督察整改将形成“直面问题、发现问题、解决问题”的管理闭环。

7 年来，中央生态环境保护督察始终秉持严的基调，以问题为导向——

“敢于动真格，不怕得罪人”；

“要啃硬骨头，不做‘稻草人’”；

……

习近平总书记掷地有声的话语，指引着中央生态环保督察工作秉持“严”的准绳，不断推动各地各级党政领导高度重视生态文明建设，进一步持续强化“党政同责”“一岗双责”。

落实习近平总书记重要指示批示精神，中央生态环境保护督察严肃查处了一批问题：从陕西秦岭北麓西安境内违建别墅、新疆卡拉麦里山自然保护区违规“瘦身”、腾格里沙漠污染到青海木里矿区破坏性开采、吉林长白山违建高尔夫球场及别墅等。

通过督察推动，习近平生态文明思想更加深入人心，“绿水青山就是金山银山”理念成为全党全社会的高度共识。

通过督察引领，各地党委、政府深入贯彻习近平生态文明思想，对生态文明建设和生态环境保护的重视程度显著提高，生态环境保护“党政同责”“一岗双责”进一步压实、压紧。各省份普遍成立由党政主要负责同志担任组长的督察领导机构，制定生态环境保护责任清单，明确地方党委、政府以及有关部门承担的生态环境保护责任，推动形成“大环保”工作格局。

紧盯地方生态顽疾，推动经济高质量发展

纵观7年来的实践，中央生态环保督察深入贯彻党中央、国务院决策部署，深刻把握新形势新任务，围绕经济社会发展大局思考、谋划和推进督察工作，推动地方解决突出生态环境问题，实现经济高质量发展。

督察重点紧盯习近平总书记重要指示批示精神贯彻落实情况，聚焦京津冀协同发展、长江经济带发展、粤港澳大湾区建设、长三角一体化发展、黄河流域生态保护和高质量发展等区域重大战略实施中的生态环境保护要求落实情况，聚焦严格控制“两高”项目盲目上马以及去产能“回头看”落实情况等方面。

从“十三五”横跨“十四五”，两轮中央生态环保督察始终立足于各地省情，为当地生态问题精准号脉——

青海被誉为“中华水塔”，三江源、青海湖生态保护自然成为历次督察的焦点；

湖北是千湖之省，填湖占湖、违规开发、湖泊治理每次都是关注重点；

广西生态敏感，督察重点聚焦漓江生态环境保护、滥采乱挖破坏生态等问题；

海南四面环海，督察围绕海洋生态保护，重点关注违法填海造地、破坏红树林等问题；

东北资源富集，督察重点关注森林、黑土地保护不力等问题……

中央生态环保督察以前所未有的督政力度，涵盖生态环境领域的方方面面，瞄准地方生态文明建设的症结，精准科学依法督察，以磅礴之势全面推进，促进地方祛除难解“顽疾”，轻装上阵谋发展。

不负青山，方得金山。

啃下“硬骨头”、解决“老大难”，督察已成为解决突出生态环境问题的重要手段。

截至2022年4月底，第一轮督察和“回头看”整改方案中明确的3294项整改任务，总体完成率达到95%。第二轮前三批整改方案明确的1227项整改任务，半数已经完成；第四、第五、第六批督察整改正在积极有序推进。

一大批生态环境问题得到有效解决，见证着中央生态环境保护督察的决心和成效——

天津下大力气结束长达30多年的“村自为战”，七里海湿地回归往日的野趣质朴与恬淡宁静。

宁夏贺兰山无序野蛮开采、严重破坏生态的行为得到有效遏制，历史“疮疤”逐渐愈合。

四川成都大气污染治理交出了一份亮眼的“成绩单”，再现“窗含西岭千秋雪”。

“以督察促发展”在我国经济高质量发展征程中，书写了浓墨重彩的篇章。

督察工作紧密结合被督察对象实际，紧紧聚焦生态环境保护领域的突出矛盾和重大问题，推动各地区各部门围绕服务区域重大战略，推动产业结构调整和产业布局优化，实现经济效益、环境效益、社会效益多赢。

浙江省台州市以督察整改为契机，温岭造船修船行业整治等一批历史遗留“老大难”问题得到了解决，为当地经济高质量发展腾出发展空间。

“我们痛下决心完成整改，并借机向绿色制造进行转型。对此，我们要感谢督察组。”在船舶修造现场，一位当地负责同志发出肺腑之言。

重庆对位于长江干流的广阳岛大开发踩下“急刹车”，以生态保护为主重新定位，构建城市发展新格局和成长新坐标。

福建宁德全面吹响海上养殖综合整治的号角，科学规划、合理布局、规范养殖，实现海洋生态环境优化及海上养殖业健康可持续发展，“海上田园”奏响崭新的乐章。

……

实践充分证明，中央生态环境保护督察已成为推动经济高质量发展的强大动力。

始终坚持以人民为中心，不断增进民生福祉

“江山就是人民，人民就是江山。全党同志都要坚持人民立场、人民至上，坚持不懈为群众办实事做好事，始终保持同人民群众的血肉联系。”习近平总书记的谆谆叮嘱，一直回响于督察人员耳畔。

“以人民为中心”，贯穿督察工作始终。

深入群众问计，深入一线问效，深入基层问需。中央生态环保督察始终心系群众，把群众的小事当成大事，把群众的难事当成心事，急群众所急、想群众所想。

——边督边改，让责任一目了然。收到群众信访件，督察组第一时间转交地方。利剑出鞘斩顽疾，问题查到哪儿，整改就落实到哪儿。在上海，一位老人向督察组反映小区某处长期堆放湿垃圾，臭气弥漫，3 天时间，整改到位。

——强化回访，让群众安心放心。督察不仅受理群众信访举报，还强化抽查回访，确保事事有回音、件件有着落。“噪声大不大？办理结果满不满意？”在重庆，督察组钻隧道、绕山路，到村民家中亲切问询。

——“明厨亮灶”主动公开，让结果接受监督。群众信访举报办理结果全部要求当地政府在官方网站等媒体上对外公开，放到阳光下接受全社会监督。

水体黑臭、垃圾乱堆、油烟异味，这些群众身边看似不起眼的“小问题”，始终是督察关注的“大事情”。

截至2022年4月底，两轮督察受理转办群众生态环境信访举报28.7万件，已办结或阶段办结28.5万件。

“中央生态环保督察，真诚为民解忧！”“督察组的同志们辛苦了！”“护一江碧水，守两岸青山”……越来越多的信访投诉案件办结，群众送来锦旗、打来感谢电话。

这是群众对身边环境问题得到解决的真心表达，更是群众对督察组以及当地党委、政府切实解决群众“急难愁盼”问题的真实回应。

与群众交心，叫群众放心，使群众舒心，督察组的人气更旺了。正如一位网友所言：“一心想着老百姓，老百姓就会想着你。”

风正一帆悬，发展又日新。

在督察的强力推动下，许多长期想解决而没有解决的难题解决了，许多过去想办而没有办成的大事办成了。

当今中国，生态文明已家喻户晓，绿色发展之势越发强劲，美丽中国之路将越走越宽广。

（刊登于《中国环境报》2022年8月25日一版）

在根治生态环境顽疾的同时，
推动各地坚定不移走上绿色发展之路

陕西借督察整改“开方抓药”守好绿水青山

◎李　涛　侯佳明

督察是生态环境保护工作的“体检单”，是加快美丽陕西建设的“好方子”。近年来，陕西以中央和省级生态环境保护督察为契机，坚持以问题为导向，举一反三，全面推动环境顽疾消除。以“动真碰硬”的态度，切实推动陕西各市扛起生态环境保护责任，守好绿水青山。

截至 2022 年 7 月底，第一轮中央和省级生态环境保护督察反馈的 714 个问题，陕西已完成整改 702 个，交办的 7584 个信访问题已全部办结；第二轮中央和省级督察交办的 4802 个信访问题已办结 4758 件，剩余正在有序办理中。

储煤场由露天变为全封闭，煤尘污染不见了

盛夏，行走在塞上之城榆林，天空分外地蓝，大地出奇地绿，满眼都是欣欣向荣的生态美景。作为国家能源化工基地，榆林煤炭产业丰富，过去的煤矿储煤场大都是露天煤场，一旦遇到大风天气，扬尘污染对周边大气环境和空气质量影响严重。

2018 年，陕西省委生态环境督察组在榆林市督察期间发现，榆林市能源局在环保储煤场建设方面存在进度缓慢、偷梁换柱问题。督察意见反馈后，榆林市对症下药、精准发力，狠抓煤尘污染治理。

经过整治，在榆林市的陕西黑龙沟矿业、陕西榆林能源集团横山煤电有限公司和榆树湾煤矿等企业的很多露天储煤场，现在已经被一座座硕大的钢结构和气膜式煤棚替代，在蓝天白云的映衬下显得格外壮观。在这些蓝色以及白色的防护罩内，喷淋降尘设施正

在对开展作业的储煤场进行降尘。

“榆树湾煤矿拿出1亿元的资金，建设了高标准、符合国家环保政策要求的全封闭环保煤棚，具有消防、抑尘、通风、安全监控等各项功能。”榆林市榆树湾煤矿副总经理朱宁泉说。

借着督察契机，榆林市举一反三，补齐短板，2018年以来，针对该地所有涉及原煤存储的企业单位明确时限，倒排工期，有序推进储煤场的整顿工作。

“我们成立了整改领导小组，10余次召集市级部门和各县区主管部门召开座谈会，着力研究解决问题，先后出台了10余份文件，细化制定了9项整改措施，制定了‘一周一检查、半月一通报、一月一调度’工作机制。”榆林市能源局参与储煤场环保改造的一位负责人告诉记者。

目前，榆林市607家企业已全部完成了环保型储煤场建设，总投资约86.8亿元，实现了原煤堆存装卸封闭作业，基本达到“采煤不见煤、存煤不漏煤、刮风无灰尘、下雨无黑水”的治理要求。

在督察的“倒逼”作用下，陕西全省重要产煤区域也对露天储煤场进行了环保升级改造。以韩城市为例，截至2021年10月底，全市38家煤矿企业有35家均建成了封闭煤仓，使得韩城煤尘污染问题得到了有效解决。

受损“旱腰带”变绿，生态旅游热起来

除了聚焦数量众多的储煤场改造外，生态环保督察也将眼光投向了关中渭北受损矿山的生态修复上。

在咸阳市泾阳县的嵯峨山南面山脚下，一个名为“军魂湾门户公园”的施工项目正在进行收尾工程。“原先这里采石的时候，灰尘特别大，有时候汽车都找不到路，我们也不敢开窗。现在一片绿，我们走在这个路上心情都不一样。”咸阳市泾阳县安吴镇罗圈岩村村民刘继红见证了这几年嵯峨山周围的环境变化。

嵯峨山与相邻的北仲山，礼泉县的九嵕山、五峰山，乾县的梁山等，延绵百余公里，因年均降水量偏少，俗称“旱腰带”。该区域蕴藏着丰富优质的石灰岩资源，可由于过去生产粗放、管理滞后，造成山体大面积损毁，生态环境遭到严重破坏。

2016年12月和2017年9月，中央和陕西省生态环境督察先后下沉咸阳市，指出咸阳市“旱腰带”区域违法采石问题严重，受损矿山恢复治理问题整改不到位。“动真格”让当地感到了巨大压力，督察通报后，咸阳市委、市政府及时制定整改方案，通过采取关闭取缔、重新规划布局、开展生态修复和建立长效管控机制等措施进行全面治理。

2016年以来，咸阳市在整个“旱腰带”区域已累计投入3.99亿元，治理恢复14.26平方公里，其中泾阳县口镇吊庄治理区还被陕西省自然资源厅授予陕西5个“省级矿山地质环境治理示范区”之一。

看着不断变绿的“旱腰带”，居住在附近咸阳市泾阳县安吴镇罗圈岩村村民王小红一脸高兴:“现在我脚下站的这个地方，原来就是一个坑。整改以后，现在就打造成一个公园了。”

经过几年的大力整治，如今，泾阳县北部的“旱腰带”区域又回归了以往的宁静、和谐、美丽，“旱腰带”区域的农业、旅游业蓬勃发展，葡萄种植、花椒种植、元宝枫种植已初具规模。现在的“旱腰带”正在蜕变为“绿腰带”，生态效益、经济效益不断显现。

恶臭填埋场变为绿草地，群众投诉降至个位数

绿草地代替了原来的填埋场，垃圾不见了，恶臭味儿没了。这是近日记者来到闭场后的江村沟垃圾填埋场看到的一幕。

1994年，江村沟垃圾填埋场投入使用，当时设计的日处理垃圾量为2600吨，实际每天消纳生活垃圾1200余吨。随着社会经济的快速发展，在过去25年时间里，西安市每日产生的垃圾量增加了15倍，2019年达到1.3万吨。超负荷运行，让这座垃圾填埋场早已不堪重负。于是在2020年，江村沟垃圾填埋场提前25年“退役”闭场。

体量庞大的生活垃圾，带来了诸多环境问题，村民投诉举报不停。2016年与2018年，中央生态环保督察两次剑指江村沟垃圾填埋场的环境问题，直指其环境污染严重，风险隐患突出，对于问题整改不彻底、不到位。

面对多年久治不愈的环境顽疾，西安市下决心进行彻底整治。2018年，西安市成立了市生活垃圾末端处理系统建设工作领导小组，由市政府主要领导挂帅，专项解决全市生活垃圾、餐厨垃圾和垃圾渗滤液处置设施建设推进等问题。

“以前各个监管部门是各自为政，各管一摊，治理效率不高，督察来了以后，有了统一的领导，拧成了一股绳。”对于江村沟垃圾填埋场环境问题治理方式的变化，西安市城市管理和综合执法局副局长杨卫华说。

与此同时，西安市制定《西安市生活垃圾末端处理系统解决方案》，对垃圾渗滤液处理问题提出具体整改措施。在资金投入方面，西安市优先拿出6亿元，用于江村沟垃圾填埋场的生态环境问题治理，通过增建渗滤液处理设施、修建15万立方米的渗滤液调节池，有效提高了暴雨天应对突增渗滤液的收集能力。

督察整改动真碰硬，让长期困扰群众的江村沟垃圾填埋场环境顽疾得到了根治。如今，垃圾不见了，渗滤液得到了及时规范处理，臭味儿没了，周围环境也变好了。

这一变化，让长期跑投诉现场的西安市生态环境局灞桥分局局长郑树感受深刻："没关场之前，光我们局接到的投诉，一年至少有200个，现在是个位数，基本上没了。"

通过督察，根治环境顽疾，助推绿色发展

在中央和省级生态环保督察的推动下，曾经蚕食秦岭北麓生态的千余栋违建别墅，如今已得到彻底整治并进行了复绿；延安市桥山省级自然保护区的违法油井关停了，野生动物变多了。

截至目前，第一轮中央生态环保督察和"回头看"指出的104个问题已全部完成整改；转办的3020件群众信访件已办结。第二轮中央生态环保督察指出的43个问题，整改工作已全面展开；转办的2163件群众信访件已办结或阶段办结。

"咬住问题不放松"，在根治生态环境顽疾的同时，通过督察，全社会提升了对习近平生态文明思想的认识，推动了各地坚定不移走生态优先、绿色发展之路，努力实现经济效益、环境效益、社会效益多赢。

"通过督察，习近平生态文明思想更加深入人心。'绿水青山就是金山银山'理念成为全社会的高度共识，各级党委、政府对生态文明建设和生态环境保护的重视程度显著提高，人民群众对生态环保的意识明显增强。生态环境保护'党政同责''一岗双责'得到有效落实。各地普遍成立由党政主要负责同志担任组长的督察整改工作领导小组。市委常委会会议、政府常务会议研究部署生态文明建设和生态环保工作已经成为常态，各部门生态环境保护责任基本得到了厘清。"陕西省生态环境厅党组成员、副厅长姚晓军说。

通过中央和省级生态环境保护督察的推动，陕西环境质量实现了明显变好。2021年，全省环境空气质量达到新监测标准实施以来最好水平，空气质量6项指标首次全面达到二级标准，迈入达标省份行列；全省水环境质量创近20年来最好水平；生态环境安全得到了有力保障，各地党委、政府生态环境保护意识得到了强化，一批重点难点和群众身边突出问题得到解决，环境基础设施建设加快推进，生态环境保护长效机制逐步建立，绿色转型稳步推进。生态环保督察的"利剑"正在切实守护陕西的绿水青山。

（刊登于《中国环境报》2022年8月30日一版）

关停退出 144 宗探采矿项目，分类处置 42 座水电站，全面整改 25 个旅游项目
甘肃重绘祁连山苍翠底色

◎汪　蛟

祁连山是黄河流域重要水源产流地、甘肃省河西走廊的“生命线”，是西北地区乃至全国最为重要的生态安全屏障之一。巍巍祁连山，却曾伤痕累累。过去近半个世纪的“黑色增长史”，造成冻土破碎、植被稀疏，局部生态受破坏严重。党的十八大以来，习近平总书记对祁连山生态环境破坏问题高度重视，多次作出重要指示，要求坚决整改。

2016 年年底，中央环境保护督察组进驻甘肃，直指祁连山矿产资源违规开发、水电资源无序过度开发、生态破坏整改不力等问题。

2017 年 2 月 12 日至 3 月 3 日，由党中央、国务院有关部门组成中央督察组开展专项督察。7 月，中共中央办公厅、国务院办公厅专门就甘肃祁连山国家级自然保护区生态环境问题发出通报。

历经 5 年整改，从索取到守护，巍巍祁连恢复得如何？绿水青山回来了吗？

省市县三级联动，祁连山生态环境问题整治成效显著

近年来，甘肃全省上下勠力同心，祁连山历经“史上最严”整改，祛多年沉疴，还欠账旧账，迎来从黑色到浅绿，再到深绿的底色之变。

甘肃省委、省政府主要领导多次深入祁连山腹地调研指导，推动探采矿设施、水电站、旅游设施分类处置，生态环境修复治理等工作。省政府成立整改工作推进组，由分管副省长挂帅，推动各专项整改任务落实。省直相关部门制定出台专项整治行动方案，

牵头专项任务落实。相关市县落实主体责任，实行定期报告机制，推动形成左右协调、上下联动的工作合力。

自2017年开始，甘肃通过卫星遥感比对、无人机航拍观测、生态环境质量例行监测、人员现场核查等方式，连续对祁连山地区生态环境进行监测，形成了完整、系统的监测数据。2021年，甘肃省又委托中国科学院生态环境研究中心对祁连山生态环境变化情况进行评估，同时邀请国内权威专家对评估报告进行评审。

祁连山国家级自然保护区内144宗探采矿项目已全部关停退出，通过平整覆土、种草造林、围栏封育、加固护坡等措施，矿山环境全面治理恢复；42座水电站持续开展分类处置及周边环境整治和生态修复，实现远程视频监控全覆盖，保障河道生态基流足额下泄；25个旅游项目进行全面整改，并实施生态环境修复，对于保留运行的已完成手续补办工作；祁连山保护区核心区208户701名农牧民全部搬迁，迁出区住宅及棚圈全部拆除……综合评估结果显示，经过省市县三级和有关部门的努力，祁连山生态环境问题整治成效显著。

加强监督管控，打好政策法规“组合拳”

为从根本上减少人为活动对祁连山自然保护区生态环境的破坏，近年来，甘肃省不断完善生态文明建设目标评价考核体系，制定出台《甘肃省生态文明建设目标评价考核办法》，将祁连山地区生态治理修复列入省政府环保目标责任考核体系，对各类自然保护区、重点生态功能区等生态环境敏感区域发生严重生态环境破坏事件，被国家通报的市州实行“一票否决”。

同时，出台《甘肃祁连山地区生态保护红线划定工作实施方案》，完成祁连山地区生态保护红线划定。出台《甘肃省国家重点生态功能区产业准入负面清单》，针对拥有祁连山冰川与水源涵养生态功能区的10个县，严禁发展不符合主体功能定位的产业。

在强化规划管控和事中事后监管方面，出台实施规范祁连山等自然保护区项目审批建设监管、环境影响评价等工作文件，确保各类生态治理项目建设合规依法。制定《甘肃省贯彻落实中央环境保护督察反馈意见整改方案》，省市县各级政府将清理整治祁连山地区违法违规活动作为重要内容，不断加强督导检查，持续跟踪推进。组织开展祁连山地区森林、草地、湿地、冰川等生态系统监测，对保护区人类活动现象定期进行卫星遥感监测，严防生态环境破坏问题发生。不断加强祁连山外围保护地带及周边企业环境监管整治，开展祁连山生态环境问题整改“回头看”，对检查发现的问题及时交办、建立台账、分类施策，督促按期完成整改，确保整改工作扎实见效。

一系列政策法规“组合拳”的打出，为进一步加强祁连山自然保护区开发利用监管提供了制度保障，也为构建常态化保护修复治理机制提供了有力依据。

加大资金支持力度，创新体制机制建设

资金支持是开展生态保护修复和突出生态环境问题治理的重要保障。2017 年以来，甘肃省持续加大生态保护投入，多渠道筹措资金，共落实祁连山地区各类生态保护资金近 200 亿元，支持祁连山生态环境治理。

在健全完善生态补偿机制方面，制定印发《甘肃省贯彻落实〈建立市场化、多元化生态保护补偿机制行动计划〉实施方案》，积极争取国家发展改革委将甘肃列为生态综合补偿试点省份。印发《关于加快推进祁连山地区黑河石羊河流域上下游横向生态保护补偿试点的通知》，在张掖市肃南县、酒泉市金塔县等 3 市 7 县（区）开展祁连山地区黑河、石羊河流域补偿试点。

在自然资源资产产权和自然生态空间用途管制制度试点方面，积极争取将张掖市肃南县列为自然资源资产产权制度改革试点县，有序开展试点工作。同时选定武威市古浪县、张掖市肃南县，开展祁连山地区自然生态空间用途管制制度试点。

系统修订完善生态治理相关法律法规，差别化关停退出矿业权、水电站、旅游设施，受损区域应急人工修复结合生态系统自然恢复，探索当地居民有序参与生态治理，构建生态环境科学长效监管机制……一系列因整改整治“倒逼”而来的科学治理、协同管护、系统修复经验和实践，将为甘肃省持续推进生态文明建设和生态环保工作提供重要借鉴和参照。

（刊登于《中国环境报》2022 年 9 月 30 日一版）

海口开展生态修复 “垃圾山”治理再升级

150 万立方米生活垃圾外运处理后，垃圾填埋场将建成生态公园

◎孙秀英

近日，在海南省海口市颜春岭生活垃圾填埋场环境治理和生态修复项目工程现场，记者看见，黑色膜布覆盖的“垃圾山”山体上，四五台挖掘机正紧张忙碌地进行开挖作业，3 台大功率的除臭设备正随着开挖方向持续喷洒药剂，一旁的环保运输车装满垃圾经筛选分拣后立即运往附近的焚烧发电厂……

整个作业过程井然有序、有条不紊，在山体顶部，记者并未闻到任何不适味道，这与改造前“臭气熏天”的环境相比有了一定的改善。

据了解，颜春岭生活垃圾填埋场环境治理和生态修复项目是海口市完成中央生态环境保护督察问题整改后的再一次“自我提升”。“经过治理和生态修复后，这里将打造成生态公园和生态环保科普教育基地，成为垃圾填埋场治理和生态修复的标杆和示范工程。”海口市生态环境局局长薄毅说。

清理超容“垃圾山”：可填满 600 个国际竞赛泳池

颜春岭生活垃圾填埋场位于澄迈县老城开发区颜春岭，此前已于 2020 年 12 月底关停，累计服务近 20 年，主要处理海口市及澄迈县的城乡生活垃圾。关停时，填埋场库容已达到 450.43 万立方米，远超设计库容，形成高于路面约 55 米的“垃圾山”。长期超负荷运行导致填埋场存在臭气扰民、堆体失稳滑坡等较大环境风险及安全隐患。

2019 年，第二轮中央生态环境保护督察期间，督察组共收到涉及颜春岭生活垃圾处理设施的信访投诉件 1183 件，周边居民群众反映强烈，社会各界高度关注。海南省委、

省政府提出，要“彻底、根本性解决，将此地建设成为全省生态文明教育示范基地”。

针对填埋场超容超量带来的环境影响和安全隐患问题，海口于 2022 年启动环境治理和生态修复项目。项目合同工期为 2022 年 2 月至 2025 年 6 月，主要建设内容包括超容垃圾开挖转运、剩余垃圾规范化封场、垂直防渗阻隔体系工程等。

“先瘦身，再变身。”项目施工方中兰环保科技股份有限公司项目经理潘世彬介绍，项目将超容垃圾就地进行好氧预处理，再外运至垃圾焚烧发电厂用于发电，剩余垃圾进行稳定化处理后规范化封场，最后进行生态修复。

“工程需外运处理超容垃圾规模约 150 万立方米，相当于 600 个国际级标准竞赛游泳池的容积。截至目前，超容垃圾开挖外运总量累计 71 万吨，完成了总开挖进度的 39%。”潘世彬介绍。

建设数字化工地：助力科学精准修复

“今日 10：00—12：30，臭气含量即将超标，请提前处理。”项目指挥调度中心显示屏的一条预警信息，引起了记者的注意。

“当监测数据接近预警值时，系统就会自动提醒，工作人员可以提前采取应急预案中的技术措施进行防范。”项目指挥调度中心工作人员介绍说。

据介绍，为加强数字化管理能力，助力精准科学治污和修复，项目进行了数字化工地建设。通过物联网智能设备和数字化信息系统对入场人员、施工物料、机械设备、安全管理、环境监测等信息进行采集、管理分析，提高数据真实可靠性、减少人工干预，同时实现业务联动控制，有效提升科学精准管理水平。

“环境监测方面，可以对臭气、甲烷、氨气、硫化氢、堆体的稳定性、地下水质、微气象等开展实时监测。尤其微气象预测方面，专门在气象部门定制专人团队，对项目开展专项气象监测，可以精确到每小时。”潘世彬表示，此举大大提高了施工的精准性和科学性，同时也更有利于加强环保监管的导向性。

记者在现场了解到，为防止项目施工过程中出现环境指标超标现象，施工场界周边设置了多个环境监测点位，对有害气体、场界恶臭气体、周边敏感点等进行实时监测，并与调度中心联网实时显示。

与此同时，为加强扬尘和噪声监管，在线设备自动采集现场 $PM_{2.5}$、PM_{10}、噪声等数据，实时推送指挥中心大屏展示，从而实现环境监测的远程化、可视化。

加强环保监管：深化、提升督察整改成效

随着经济社会的迅速发展，颜春岭垃圾填埋场周边居民楼、工厂林立，生态环保成为项目首要考虑的问题。严格加强施工现场的环境监管，是项目的一大特色。

建设单位、海口市城市建设投资有限公司负责人韦进介绍说："项目开展的污染防治工程包括除臭、渗滤液调蓄池及外排处置、地下水污染管控、雨污分流、环境监测等，其中为严控施工期间的臭气外逸，项目配备了雾炮车两台、雾炮机 8 台、移动帷幕两套、手持除臭喷枪两套、环场除臭帷幕 1 套。"

"除臭设施使用了环保型植物除臭药剂和生物除臭药剂，在有效控制恶臭气体外溢的同时，有效保障了环境空气质量安全和周边群众的健康。"项目有关负责人说。

据介绍，为确保项目安全推进、杜绝二次污染，项目部针对项目存在的安全风险，建立了应急预案体系，包括 1 个整体应急预案、14 个专项应急预案和 7 个现场处置方案，并逐个进行了演练。

记者现场了解到，项目部还建立了公众开放日制度，定期邀请周边群众到现场观摩、提意见，提高群众的参与度；通过微信与群众随时互动，及时传递项目建设信息及现场环保措施；海口市、澄迈县加强协调联动，公开征集生态公园设计方案。种种措施使项目获得了周边群众的支持，化解了潜在的舆情风险。

薄毅认为，颜春岭生活垃圾填埋场生态治理和生态修复项目的实施，是在完成中央生态环保督察整改任务基础上的深化和提升，有利于消除环境污染及安全隐患，促进环境效益、经济效益、社会效益的多赢，实现城市生态环境的良性循环。

（刊登于《中国环境报》2023 年 6 月 19 日一版）

继续发挥中央生态环境保护督察利剑作用

◎张秋蕾

第三轮第一批中央生态环境保护督察于近日全面启动，分别对福建、河南、海南、甘肃、青海5个省开展为期约1个月的督察进驻工作。本轮督察是党的二十大召开后的第一次中央生态环境保护督察，是对全面贯彻落实党的二十大精神和习近平生态文明思想，贯彻落实全国生态环境保护大会精神的一次政治检验。

根据相关部署，本轮督察将聚焦习近平生态文明思想和习近平总书记重要指示批示贯彻落实情况，党中央、国务院有关重大决策部署落实情况，加快发展方式绿色转型、推动高质量发展情况，坚决遏制“两高一低”项目盲目上马和淘汰落后产能情况，区域重大战略实施中的突出生态环境问题，重大生态破坏、环境污染、生态环境风险及处理情况，环境基础设施建设和运行情况，此前督察发现问题整改情况，人民群众反映突出的生态环境问题，生态环境保护“党政同责”“一岗双责”落实情况等。通过督察，进一步强化中央重大决策部署落实，着力推动高质量发展，全面推进美丽中国建设。

中央生态环境保护督察是习近平总书记亲自谋划、亲自部署、亲自推动的一项重大制度安排。党的二十大报告强调，要深入推进中央生态环境保护督察。在今年7月召开的全国生态环境保护大会上，习近平总书记再次强调，要继续发挥中央生态环境保护督察利剑作用。不久前，中央生态环境保护督察办公室更名为中央生态环境保护督察协调局，对督察机构及职责作出调整，更有利于发挥中央生态环境保护督察利剑作用。

坚持服务大局，助推绿色低碳高质量发展，是中央生态环境保护督察始终秉持的信念。这些年来，全国各地以督察整改为契机，进一步提高政治站位，坚定不移走生态优先、绿色发展之路，努力实现经济效益、环境效益、社会效益多赢。比如长江经济带11个省（市）累计腾退长江岸线457公里，既提升了当地的生态环境质量，又为优质产业腾出了发展空间。实践证明，中央生态环境保护督察在推动高质量发展方面发挥了重要作用。

推动地方党委和政府及其相关部门进一步压实生态环保责任，是中央生态环境保护督察始终坚持的方向。啃“硬骨头”，攻坚“老大难”，督察解决了一大批长期想解决而未能解决的突出生态环境问题。比如甘肃祁连山国家级自然保护区生态破坏、陕西秦岭北麓西安境内违建别墅、青海木里矿区非法开采等问题的整改都在扎实推进。一些地方的不作为、慢作为，不担当、不碰硬现象得到有效遏制；一些地方的敷衍应对、弄虚作假等形式主义、官僚主义问题得到有效解决。中央生态环境保护督察强化了压力传导，使生态文明建设和生态环境保护“党政同责”“一岗双责”得到有效贯彻落实。

聚焦群众身边的“急难愁盼”问题，解决损害群众权益的“小事”，是中央生态环境保护督察始终坚守的责任。水体黑臭、垃圾乱堆、油烟异味、噪声扰民……这些人民群众身边的“小问题”，都是督察关注的“大事情”。为此，督察建立了一套完整的举报受理、转办、核查、督办、回访工作机制，保障群众举报的生态环境问题“件件有回音，事事有结果”。从 2015 年开始，两轮督察共受理转办群众的信访举报 28.7 万件，到今年 7 月底已办结或阶段办结 28.6 万件。金杯银杯不如口碑，一面面锦旗、一封封感谢信，就是中央生态环境保护督察取得显著成效的有力印证。

目前，本轮督察进驻已全面启动。中央生态环境保护督察是督察组与相关省份共同承担的一项重要政治任务，双方都要以高度的政治责任感认真落实中央要求，坚持问题导向和严的基调，高质量完成督察任务，以生态环境高水平保护推进高质量发展。

（刊登于《中国环境报》2023 年 11 月 24 日一版）

第五章 攻坚篇

引来“治土草” 解去“环江毒”

◎马新萍 梁雅丽

4月中旬，广西壮族自治区环江毛南族自治县大环江河岸边，绿油油的桑树焕发着勃勃生机。

思恩镇福龙村村民兰纯恒在田地里麻利地撸着桑叶，准备喂蚕。

他笑呵呵地告诉记者：“现在种桑养蚕是家里的主要收入来源，比遭受洪灾之前的收入要多不少，多亏了政府实施的这个项目，要不然就没有我们的今天。”

兰纯恒提到的这个项目，全称是“大环江河流域土壤重金属污染治理工程项目”。一期工程刚刚结束，即将迎来自治区环保厅的验收。

他说，苦了很久，现在终于好起来了。

洪水过后，沿岸田地再也长不出庄稼

让兰纯恒及乡亲们陷入绝境的是12年前的那场洪水。

2001年6月10日，突如其来的洪水淹没了大环江河两岸近万亩良田。

让他们没有料到的是，这场洪水不仅影响当年的收成，而且留下了可怕的后遗症。

兰纯恒说：“洪水过后，被水淹过的地变得硬邦邦，再也长不出庄稼，光溜溜地像个飞机场。”

开始他很茫然，不知道世代赖以生存的土地怎么了。后来他才清楚，地中毒了。

环江毛南族自治县是广西最大的“无煤烟之乡”和“铅锌之乡”，全县80%以上的工业产值、60%以上的财政收入来自矿产资源开发。

那场特大暴雨导致山洪暴发，使大环江河上游选矿企业的尾砂坝溃坝，积累多年的尾矿渣随洪水沉积在沿江两岸的良田，洛阳镇、大安乡、思恩镇9000多亩耕地受到砷、铅、锌、镉等重金属的污染。

12 年后的今天，在洛阳镇永权村肯任屯河边的一处空地上，还能看到那场洪灾留下的印迹。一处处红褐色的板结土地，如水泥地一样坚硬。村民们无法在这里再收获一颗粮食，只得把这片地出租给一家木材加工厂。

那场洪水让兰纯恒家原本贫困的生活雪上加霜。现在依然是国家级贫困县的环江，12 年前的贫困程度可想而知。他不愿多说当时的生活，只用“很苦”作答。

那场特大洪灾过后，沿江农作物大面积绝收，像兰纯恒一样，沿江两岸众多以地为生的农民，丧失了重要的生活来源，身体健康和生产生活受到严重威胁。

自此，环江人开始了漫长的土壤污染治理探索。

治理土壤酸污染，常规模式失效

洪水过后的第二年，兰纯恒在县里农业、环保等部门技术人员的指导下，往受淹的地里撒石灰。

兰纯恒说，撒石灰后，中毒轻的地方长出了一点庄稼，但成熟的水稻很多是空的，产量和质量都没法保证，而且第二年土地又开始返酸。年年撒，年年返酸，许多人家的地开始撂荒，村里的年轻人都外出打工。

2005 年，中国科学院地理科学与资源研究所环境修复中心主任陈同斌研究员应环江县委、县政府的邀请，赴现场考察农田污染状况，带领团队进行土壤修复试验。

科研人员发现，铅锌矿尾砂和硫等导致的土壤酸污染不同于一般的土壤酸化，按照常规耕作方式治理，土壤易于返酸，需要施用酸污染修复剂进行治理。

2007 年，在国家“863”高技术重点项目的支持下，中国科学院地理科学与资源研究所等单位开展土壤修复成套技术的研究和示范。

经过 3 年努力，科研单位研发出重金属污染农田的安全种植模式，切断了土壤中重金属进入食物链的途径。

2010 年 6 月，环江县政府联合中国科学院地理科学与资源研究所申报“大环江河流域土壤重金属污染治理工程项目”。

项目获得了环境保护部、财政部安排的国家重金属污染防治专项资金 2450 万元。从此，环江毛南族自治县农田土壤修复走上了探索之路。

县长黄炳峰说，项目得到了国家的资金支持，县里财政也配套 200 万元，同时，得到了中科院地理资源所卓有成效的技术支持。

推广种植“治土草”，快速修复土壤

有了资金和技术，就有了项目实施的保障。而农田污染修复项目还离不开农民的广泛参与。

“边生产、边修复、边监测”的治理理念开始走向深入。

在环江，修复农田实行责任制管理，政府免费提供技术、修复剂和种苗，农户自行承包种植作物，收入归自己所有。

2011 年，项目全面启动。

项目区分布在思恩、洛阳、大安 3 个乡镇的 7 个村，3 个乡镇各有一个核心示范区，共计 293 亩，集中示范当地适宜推广应用的修复技术，其余 987 亩为推广示范区。

兰纯恒家的地位于 3 个核心示范区之一的思恩镇福龙基地，这里是整个项目的蜈蚣草大规模快速育苗及植物萃取技术示范区。

随着项目的实施，兰纯恒和其他村民一样，开始熟悉蜈蚣草和东南景天两种野生植物。这两种植物是陈同斌带领科研队伍攻关治理环江土壤污染的关键元素，人们称之为“治土草”。

“蜈蚣草和东南景天是重金属超富集植物，对重金属有很强的吸收和富集能力，能够快速对污染土壤进行修复。”中国科学院地理科学与资源研究所驻环江的项目经理刘珍贵博士介绍说。

蜈蚣草对砷、铅等重金属有超强的富集能力，它的茎、叶能够富集大量的砷，最高可达 20000 毫克 / 千克，其最高含砷量比普通植物高 20 万倍。另外，蜈蚣草生长速度非常快，每年可收割 2 ～ 3 次，为解决土地砷污染问题提供了一条良好的技术途径。

东南景天也是一种超富集植物，主要对土壤中镉和锌具有很强的吸收和富集能力，能对受镉、锌污染的土壤进行快速修复。

这些超富集植物还有一大优点，主要把重金属富集在茎、叶中，把大量的重金属污染物从土壤中带走。这些收割下来的植物经过焚烧处理后，可作为金属矿物进行冶炼，或者作为危险废物集中处置。

“这是一种生态友好的修复技术。”刘珍贵说，通过植物吸附土壤中的重金属，以及焚烧、提取、利用，实现了资源的再利用，最重要的是，这个过程中没有二次污染。

经过修复，庄稼产量恢复到和洪灾前差不多

育苗占用了兰纯恒家一些地，他因此在育苗基地里做工，在技术人员的指导下，种植桑树和蜈蚣草，一天劳作 8 小时，可以挣 60 元。

除做工外，种桑养蚕成为他重要的经济来源。一亩地养蚕每年可以收入3000～4000元。他说，蚕到了五龄后，每天要采 300 ～ 400 斤桑叶才够喂，孩子们出去打工了，主要靠他养蚕，“很累，但是有收入啊！”

“政府帮我们治土地，我们还有收入，这个项目很好。”兰纯恒说。

大安乡大安社区下板六屯的村民陆未晚和兰纯恒一样，也经历了失地之痛。与兰纯恒不太相同的是，在这个项目中，他亲手把自家地的毒性解了。

他免费领回了培育好的蜈蚣草苗和东南景天苗，在科研、农业、环保部门技术人员的培训和指导下，与桑树、甘蔗、玉米、红麻等套种在一起，并按照要求，撒上了修复剂。

除以植物修复为主外，环江土壤修复还采用了物理化学技术——钝化剂和活化剂。

“蜈蚣草、东南景天附近土壤需施加活性剂，以提高重金属的生物有效性，促进吸收富集土壤中的重金属。”刘珍贵指着田地里的土壤重金属活化剂和钝化剂的包装袋说。在种植经济作物的土壤附近要施加钝化剂，降低土壤中重金属的生物有效性，阻止其被积累到农作物中。

陆未晚说，桑树、红麻等经济作物不是自己随便选种的，而是政府免费派发的。种这些经济作物，收入比原来种水稻收入高，他和其他村民也都很愿意种。

这些经济作物本身就对重金属吸收能力较弱，俗称为“抗重金属品种”，再加上钝化剂的使用，更降低了对重金属的吸收。

这正是科研人员研发的一种安全种植模式，它能切断土壤中的重金属进入食物链。

陆未晚精心种植作物，严格按照技术人员的要求栽苗、施修复剂，因为实行的是责任制管理制度。每家地的地头前都竖着一个小木牌，上面写着田地主人姓名和耕种面积。农田修复好坏一目了然。

很快，他的付出就获得了回报。原本长不出庄稼的土地，在种下第一年就让他看到了久违的绿色。

他笑呵呵地告诉记者：“经过两年时间，地里种的庄稼产量恢复到和洪灾前差不多，而且质量比以前还要好，绝收多年的田地又变回保收田了。”

为了提高农民的收入，县里还引进资金，开办丝绸纺织厂、制糖厂等企业，实现产

业链条化。农民的积极性被充分地调动起来，大家都很主动参与到污染土壤修复中。

项目一期工程共修复污染农田1280亩。其中，2011年修复1030亩，2012年修复250亩。

更为关键的是，地方政府在这个项目的实施过程中，已清醒地认识到，在生态上做文章才是环江未来的发展方向。环江要从资源型向生态型转变。黄炳峰说："有色金属企业明年将只留一家，而要重点做强农业和林业。"

（刊登于《中国环境报》2013年5月2日一版）

治污见效否？下河游一游

瑞安企业老板试游家乡河道

◎晏利扬

2月17日，正月十八，是浙江省瑞安市仙降街道一年一次传统的大集。但今年的这一天，有比赶集更热闹的事——多年无人下河的东河，马上将有一批企业老板下河游泳。

仙降街道为世人所熟知是在去年的2月16日。常年在外经商的仙降街道金光村人金增敏，因过年回家看到家乡金光河布满垃圾、臭气熏天，愤而发出一条微博：“环保局长要敢在河里游泳20分钟，我拿出20万元。”微博发出，舆论鼎沸，并促使浙江省委、省政府作出“五水共治”的战略决策，掀起新一轮的治水风暴。

时隔一年，居然有人敢在离金光河仅几百米的东河游泳，而且还是去年垃圾河被曝光后，备受指责的当地胶鞋厂老板们。

“来了，来了。”随着人群的骚动，东河桥旁的河埠头上，出现了一群身着泳裤泳帽的精壮汉子。

记者向河里望去，河水几乎没有流动，河面上虽没有垃圾，但河水并不是太干净：透明度不高，水面还偶见零星的油污。

在大家还在松筋骨、试水温之时，其中一名冬泳者径直走上临时搭起的平台，“扑通”一声跃入水中。余者见状，纷纷鱼贯跳进河里。

众声雀跃中，200米长的游程不久就结束了。似乎是不过瘾，一名冬泳者没上岸，返身又往起点游去。已经上岸的冬泳者们一瞧眼热，也再次下到河中游了回去。

“在这河里游泳感觉怎么样？”记者拦下一位刚上岸的冬泳者问。

“还可以，比预想的要好。”这名冬泳者叫伍长松，是当地一家胶鞋厂的老板。他们平时都在邻县的水库游泳，“路太远了，开车来回就要两个小时，还是在这里游好。”

同是胶鞋厂老板的林孝东既是冬泳者，也是这次活动的组织者之一。他的感受和伍长松一样:“水质比想象中要好，没有异味。”

年近半百的林孝东是土生土长的仙降人，从小就和伙伴们在东河里游泳。“小时候，大人们常常早起到河里打盆水回来用。”在他的记忆里，因河流被淤塞、污染，已经有20多年没人敢下河游泳了。

据了解，仙降街道有2000多家企业，以胶鞋、箱包企业为主，是全国胶鞋基地。去年曝光的金光河，满河的生活垃圾中，就夹杂着大量临河胶鞋作坊随意倾倒的生产废料。

金光河被曝光后，仙降街道迅速清理了总长550米的河面，打捞出8000余吨的垃圾，拆除了上万平方米违章建筑，对河道进行清淤、拓宽，修缮堤岸、绿化带等，并在沿岸安装了污水管道，配备了两个生态净化池。

仙降街道办副主任陈学士介绍，金光河治理预计总投资1000万元，目前已投入500多万元，而仙降街道共有43条河道，总长约85公里。去年，街道将18条河道列为垃圾河、黑臭河，全街道一年治水花掉了2000多万元。如今，这18条垃圾河、黑臭河基本被消灭。

“经过多年生态建设，各村的污水陆续开始纳管收集处理。”陈学士表示，最难的是如何让河道长期保持干净。对此，仙降街道建立起街道、村两级河长制，并由街道每年出资60万元，用于整个街道河面的日常保洁；每个企业则设置垃圾收集点，由环卫所统一清运。

金光村还修建了15亩外来务工人员公寓，其余村则由企业统一租房，疏散住在河边违章建筑里的务工人员，杜绝乱扔垃圾现象。除要求企业加强教育外，各村的联防队也被赋予了制止、教育乱倒垃圾行为的职责。

街道财力有限，企业主们就主动担起了治河的责任。林孝东说:“一旦哪条河要整治了，村里就会请企业主们开座谈会，每人自愿认捐，不够的再由村集体补。”

去年年末，当地成立了冬泳协会，仙降街道有100多人参加，大多数都是胶鞋厂老板。

“成立那天，大家提出要搞游泳活动，而且一定要在自己的家乡游。”林孝东表示，他们的初衷是促进政府和群众更重视河流治污。协会最后决定将地点选在前年开展整治的东河。

“我们都下去游泳了，其他人还好意思把垃圾扔进河里吗？”林孝东说，虽说今天只有50多位冬泳者来参加活动，今后，他们仍打算长期在这里游泳。“只要（治污行动）巩固下去，就没有问题！”

（刊登于《中国环境报》2014年2月20日一版）

警惕蓝天下的隐形污染

臭氧污染呈季节性高发态势，夏季“唱主角”

◎张　楠

进入 5 月下旬，随着气温的不断攀升，北京市民发现一桩怪事：明明是蓝天白云的好天气，可手机 App 里却常常提示有污染。

仔细看监测数据，原来“隐形杀手”臭氧已经悄悄取代 $PM_{2.5}$ 成为北京首要大气污染物。

据了解，北京市从 2013 年开始监测臭氧污染物以来，发现臭氧超标天数占总超标天数比例有增加的趋势。

而环境保护部日前发布的《2015 中国环境状况公报》则显示，我国的环境空气质量整体有所改善，但是主要污染物的比例发生了一些变化，臭氧污染逐步凸显出来，在有些地区甚至取代 $PM_{2.5}$，成为首要污染物。

臭氧污染程度几何？
74 城市臭氧浓度逐年上升

自 2013 年我国执行新《环境空气质量标准》以来，臭氧污染问题越来越多地进入公众视野。

以京津冀地区、长三角地区和珠三角地区为例，2013 年，三大区域超标天数中都是以 $PM_{2.5}$ 为首要污染物的天数最多，臭氧则处于第二位或第三位。

2014 年，京津冀地区和长三角地区超标天数中依然是以 $PM_{2.5}$ 为首要污染物的天数最多，臭氧分别占第三位和第二位。但是，这两大区域 $PM_{2.5}$ 年均浓度均呈下降趋势，而臭氧日最大 8 小时均值第 90 百分位浓度同比则分别上升 4.5% 和 6.9%。珠三角地区臭氧日最大 8 小时均值第 90 百分位浓度同比上升 0.6%，虽然上升幅度没有京津冀地区和长三角地区那么大，但是臭氧直接取代 $PM_{2.5}$，成为首要污染物。

而到了 2015 年，京津冀地区和长三角地区超标天数依然是以 $PM_{2.5}$ 为首要污染物的天数最多，臭氧均列第二位。珠三角地区超标天数中依然是以臭氧为首要污染物的天数最多。

环境保护部部长陈吉宁在向全国人大常委会作《国务院关于 2015 年度环境状况和环境保护目标完成情况的报告》时指出，2015 年，颗粒物为主要污染因子，臭氧污染问题日益增多。臭氧为首要污染物的天数占总超标天数的 16.9%。

全国 74 个新标准第一阶段监测实施城市的年际比较情况显示，臭氧浓度呈现出逐年上升趋势，但是达标城市比例却呈现逐年下降趋势。

臭氧具有季节性高发的特点，主要集中在夏季。对比北京市 2013—2015 年的环境状况公报可以看出，北京市臭氧污染呈逐年上升趋势。而且超标集中时间也有所变化，2013 年为 5—9 月，2014 年为 4—9 月，2015 年则为 4—10 月。

这也是为什么进入 5 月以来，明明朋友圈里晒蓝天白云的日子多了起来，但是监测数据却与公众的感受有所差别。欺骗我们眼睛的，正是臭氧。

臭氧为何难以捉摸？
单纯减排可能适得其反

臭氧替代 $PM_{2.5}$，成为最近一段时期的首要污染物，北京不是个例。浏览环境保护部网站 AQI 日报栏，南北方有不少城市出现了臭氧“唱主角”的现象。

为什么臭氧在夏季比较突出？这与臭氧的生成密切相关。

北京大学环境科学与工程学院教授谢绍东介绍，臭氧不是由污染源直接排放的，而是由氮氧化物和 VOCs 经过一系列光化学反应生成的二次污染物，臭氧的前体物排放影响臭氧的浓度水平和空间分布，高温、晴朗、湿度小和日照充足的天气有利于臭氧生成。

但是，为什么前些天哈尔滨在阴雨连绵的情况下也出现了臭氧污染？

据介绍，臭氧具有传输性。当臭氧生成后，会随风向下风向传输，因此，通常情况下，下风向的臭氧浓度相对较高。但是，由于臭氧性质不稳定，在随风飘散的过程中如果条件成熟，可能会被还原成氧气。

从臭氧的生成来看，要控制臭氧污染必须从其前体物入手，减少氮氧化物和 VOCs 排放。

然而，实际情况是，单纯减排对防治臭氧污染的作用有限。

“并不是说发生臭氧污染时，只要减少氮氧化物和VOCs排放量就能降低污染。臭氧与其前体物是非线性的关系，有的地方臭氧的浓度取决于氮氧化物的排放水平，有的地方则取决于VOCs的浓度水平，如果控制不当，臭氧的浓度不仅不会降低，反而还会上升。”谢绍东说。

对于优先控制VOCs还是氮氧化物，目前并没有一个简单的答案，因为不同地区臭氧产生的机制各异，即使同一个地区在不同时间点也可能有所差异，与当时的气象条件、排放特征等因素有关。

环境保护部相关部门负责人也曾表示，我国对于臭氧污染控制尚处于起步阶段，如何科学制定VOCs和氮氧化物减排比例，有效实现臭氧浓度降低，是当前臭氧污染治理的难点之一。

另外，VOCs的来源也比较复杂，不仅有人为排放的，自然中也存在着不可控的VOCs。减少前体物排放，主要指的是人为排放部分。但是，有关人员表明，目前VOCs控制还存在源底数不清、标准缺失等问题。这也为臭氧控制带来了一定困难。

今年开始实施的新《大气污染防治法》首次将VOCs纳入监管，“十三五”期间，VOCs也被纳入总量减排指标。专家建议，要加强对臭氧形成机理的研究，做到对症下药，制定适用于当地的规划和措施，科学指导公众参与治理。

（刊登于《中国环境报》2016年6月7日五版）

心中有条清澈的河

——记贵州省环保志愿者雷月琴

◎岳植行

清晨，雷月琴吃过早餐，拿上拐杖、水壶和环保笔记本，便准备出门了。她要去贵阳市南明河支流的市西河巡查。

“市西河沿岸有许多餐馆在备菜洗菜时，将污水、废水直接倒入河中。”雷月琴说。

转了两趟公交车，今年79岁的雷月琴拄着拐杖，穿过熙攘的人群来到市西河沿岸，开始了环保“巡查”。

这就是雷月琴普通一天的开始，而这一做已是30多年。

植根心底的绿色守望

雷月琴1937年出生，她4岁的时候，不慎喝到了被污染的脏井水，生了一场大病。经过漫长的艰难救治，雷月琴终于康复，但幼小的心灵里便有了环境与健康息息相关的概念，再加上目睹了周遭一些人因为水体、食物被污染，身患痢疾或重病，雷月琴认识到，生态保护对人的文明健康至关重要。

时值抗日战争期间，雷月琴随父母躲避战火，不断迁徙，一路看到了各种各样被污染的、荒废的河流。最终，他们到达贵阳并定居。从那时起，雷月琴被穿贵阳市而过、清澈见底的南明河深深吸引了。

“那时候的南明河清亮得一尘不染。”雷月琴说，“我们去河里游泳，波光粼粼，鱼虾结群，阳光照进水里，能清楚地看到水底的细沙反射着金色的光芒。”

然而，随着时代的变迁，社会经济和城镇工业化的迅速发展，南明河沿岸陆续建起了炼钢厂、造纸厂、皮革厂等工业企业，入驻了大大小小数不清的商户。当时，人们基本没有环保意识，各行业产生的污水几乎都直排进了南明河。

“黑废水、白泡沫，把南明河变成了一个大染缸！”看着曾在孩提时给自己带来无限快乐的母亲河变成这样，雷月琴心痛不已。她一直认为，一条纯净优美的河流，是一个城市充满灵气与魅力的重要所在。

于是，1984 年，雷月琴刚从贵阳市物资回收公司退休，便全心投入环境保护事业，成为一名环保志愿者。那段时间，她走访了全国很多城市，考察了太湖、洱海、滇池、松花江等各大水域，看到了被水藻压抑的河流、被白色垃圾笼罩的水面，更加坚定了雷月琴用行动保护母亲河的决心。

溯源查污，保护母亲河

2008 年的一天，贵阳市大雨倾盆，雷月琴冒雨前往花溪河沿线查看水质。走到龙王村时，她发现有一大股污水直排入中曹河。为了找到污水的来源，雷月琴连续 3 天到现场查看，最终弄清楚了污水的来源，并向有关部门反映了情况。

“从那时起，我就觉得自己应该画一张图，把了解到的南明河污染情况记录下来，向有关部门反映情况时也更简单明了。”雷月琴给自己下了死任务，摸排查清南明河流域的污染源到底都在哪里。

于是，只要有时间，雷月琴就会沿着南明河流域、市西河、中曹河、花溪河走一走、看一看。她把常走的近 10 条河流手绘成地图，标记出污染严重的地方，事后逐个蹲点，向当地市民宣传劝诫，并向政府管理部门举报乱排污水的企业。

采访时，记者看到了雷月琴绘制的“污染地图”。整条南明河流域的整体情况跃然纸上，包括上下游众多支流、其沿岸的各个大型工厂、污染源、排水口具体位置与状况等。其中，一些重点观察对象都用红笔数次圈画，“狠狠地标注”。

1994 年 8 月，河流重点污染源绘制图；2004 年 11 月，南明河亮丽工程进展状况；2012 年 5 月，遗留污染源标注图；2015 年 11 月，污水处理厂分布图……每过一段时间，雷月琴都会更新手绘的南明河污染源地图，如今，这张地图已经更新到了第 6 版。

用行动推动理念传播

2007 年，为了更好地治理、保护贵阳市民珍贵的饮用水水源，贵阳市成立了两湖一库（指贵阳市红枫湖、百花湖、阿哈水库饮用水水源）工作领导小组，对作为饮用水水源的两湖一库实施统一管理，并设立贵阳市两湖一库管理局、环境保护法庭、贵州省贵阳市两湖一库环境保护基金会3个机构。

当雷月琴从报纸上看到两湖一库环境保护基金会成立的消息后，立即找到基金会，当场申请并加入了基金会，成为基金会成立后的第一个志愿者。

但是，成为志愿者守护环境的道路上，雷月琴也时常遭遇被人排斥、抱怨、辱骂甚至“动武”的情况。

有一年，贵阳花溪河边，一名男子将死兔子挂在树干上解剖，并不断把内脏抛向河中。路过的雷月琴发现这一情况，立即上前劝阻，并告诉这名男子其行为污染了清澈的花溪河，要求他立即停止向河里丢抛血污内脏的行为。结果，这名男子不仅不听劝诫，还气急败坏地握着剖兔子的尖刀朝着雷月琴骂骂咧咧地走过来，并推攘雷月琴瘦弱的身体。雷月琴差点摔倒在地，但仍毫不畏惧地大声警告这名男子，指证他的错误，周围的群众终于挺身而出，扶住踉跄的雷月琴，把意欲行凶的男子从雷月琴身边拉开，齐声谴责他的不良行为。最终，这名男子狼狈地收拾东西，迅速离开。

还有一次，雷月琴和志愿者在阿哈湖水库“巡查”时，发现有年轻人在水库的核心区岸边钓鱼，同去的另一位志愿者在制止垂钓的过程中与钓鱼者发生争执，雷月琴上前劝解，希望钓鱼者不要再到饮用水水源地钓鱼。但是，其中一人怨声不断地指责雷月琴多管闲事，甚至一把扭开雷月琴拾捡塑料瓶的手，雷月琴的手指被扭得疼痛发肿，不能动弹，时至今日，右手无名指的关节仍然略微变形。

“我有时候也在反思，是不是真的管得太多、太严。”雷月琴说，“但是生态与文明，我相信始终是相辅相成的。当文明素养得到修正与提高，环境也自然而然得到保护和改善，相反亦是如此。管得多一些、细一点，污染就可能少一点。”

随着社会文明的进步和环境意识的提升，现在，南明河沿岸的许多商户都意识到了偷排乱排废水对河流的危害。雷月琴巡查时，他们会主动和她打招呼。做小吃生意的宋大姐亲切地称雷月琴为雷阿姨，说雷月琴是值得尊重的人。受雷月琴的影响，她不仅不再乱丢垃圾，还教育孩子要从小爱护环境。

贵阳市生态文明基金会秘书长叶小云表示，雷月琴没有轰轰烈烈的大事，也没有惊天动地的壮举，所做的事情也很琐碎，但是她几十年如一日从自己做起、从身边的小事做起，用坚持和行动影响着身边的人和年轻一代，用一点一滴的行动去保护生态环境，在实践中让生态文明的理念深入人心，让人们养成生态思维，促进生态与文明融合相成。

人生最美夕阳红

在两湖一库基金会的积极组织下，许多退休老人都加入到环保志愿者的行列中来，最多时达到了60余人。但日复一日的环保巡查工作枯燥、条件艰苦，慢慢地许多老人因为各种各样的原因暂停了巡查。

如今，以南明河流域和阿哈水库为原点，扩散至相关支流，时常走访巡视、劝诫护河的退休老人，只剩下雷月琴一名了。每年，她平均志愿服务300小时以上，不收取任何形式的报酬。同时，收入不高的雷月琴，每年还坚持拿出3000元左右捐献给基金会。

从一个人到一个人，雷月琴告诉记者，她其实并不沮丧。她说，老年人不像青年志愿者，视力不好，腿脚也不麻利，身体条件确实需要考虑。近年来，她不断地向大、中、小学生进行环保宣传教育，已经培养出了许多优秀的年轻志愿者，他们正成为不竭的力量，共同加入到保护南明河的队伍中来。

对此，雷月琴很是欣喜。在护河之外，她最开心的事，便是将环保的绿色种子播撒至更多年轻学生的心里。她的3个孙子也在她的带动下，加入到了“两湖一库”环保志愿者队伍中，并在就业时选择了绿色生产或发展的行业。

2014年11月初，雷月琴入选“全国十大江河卫士”，获得奖金5.5万元。接过奖金和证书，雷月琴当即将全部奖金捐赠给贵阳市生态文明基金会，用于开展少儿环境教育和绿化基金。

“只要还走得动，我就会一直坚持下去。”雷月琴告诉记者。在她心里，看着年轻一代逐渐懂得保护水资源、保护环境，不乱扔垃圾，爱护花草树木，养成绿色出行、节约生活的好习惯，是生活最大的安慰。

过几天，雷月琴又要与志愿者基金会的孩子们，一同到贵阳市郊的草原上，开展“绿色环保”专题夏令营活动。南明河的河水清绿，映衬着雷月琴心里那条没有污染的河。

（刊登于《中国环境报》2016年8月5日四版）

移动源污染空气能不能管住?

◎原二军

进入秋冬季以来，包括京津冀地区在内的我国中东部及东北地区频频遭遇重污染天气。作为导致重污染天气的重要因素之一，包括机动车及非道路移动机械在内的移动污染源成为人们的关注重点。

移动污染源究竟能不能管住？要管住还需从哪些方面发力？思考这些问题，将有助于增强移动污染源防治的针对性，加快我国大气污染防治的进程。

多措并举，移动源污染防治提速

为有效控制移动源污染，近年来，从国家到地方政府一直在积极行动。“十二五”规划纲要中明确提出要加大机动车尾气治理力度，国务院先后出台了《大气污染防治行动计划》等一系列文件，从提升新车排放标准、加强机动车环保管理、修订相关法律法规、提升燃油品质、加速淘汰黄标车和老旧车等方面入手，有力推动了机动车污染物的减排。

严格排放标准。2000 年，我国开始实施国一阶段机动车排放标准，到现在国五阶段，已经有十多年了。目前正在制定国六标准。从事多年移动源污染控制研究的中国环境科学研究院大气环境研究所研究员胡京南说，平均下来每 4 年机动车排放标准就有一个提升，“这个速度还是很快的”。

标准的提升，推动了机动车单车排放控制技术的进步。从三元催化技术到轻型车的 OBD 技术（车载诊断系统）及重型柴油车的 SCR 技术（排放后处理技术），使得污染控制技术越来越精准，机动车污染得以大幅度削减。“轻型汽油车和重型柴油车就标准来看，一氧化碳、碳氢化合物和氮氧化物这 3 种污染物和最初相比都削减了 70% ～ 80%。如果没有这些标准的持续推进，机动车污染肯定比现在严重得多。”胡京南说。

完善法律法规。从国家层面到地方层面，都出台了一系列法律法规，有力推动了移动污染源防治工作的开展。

在国家层面，2015 年开始实施的新修订的《大气污染防治法》对移动源污染防治的规定，内容更加丰富。在机动车污染控制方面，不仅只管新车准入，对于生产一致性、在用符合性也都提出了明确的要求，并充分体现了“车、油、路”一体化管理思路。在非道路移动源方面，也有了更加丰富和更具有可操作性的具体规定。在地方层面上，2015 年，江苏省、安徽省和天津市出台了大气污染防治条例，西安市和齐齐哈尔市出台了机动车污染防治条例，西宁市和荆门市出台了机动车污染防治管理办法，对地方机动车污染防治作出了明确规定。

加大监管力度。目前，我国初步建立起新生产机动车环保型式核准、环保一致性监管、在用机动车环保检验、环保标志核发和黄标车加速淘汰等一系列环境管理制度。以对在用车的监管为例，目前，许多城市采用年检、路检、路查、遥感监测等一系列手段，并加大了黄标车和老旧车的淘汰力度。

2011 年以来，北京已经淘汰黄标车、老旧车 217.2 万辆。今年北京出台政策，对提前报废老旧机动车的车主给予车均 8000 元的补助，有力推动了老旧车的淘汰，到 10 月底，北京共淘汰高排放老旧机动车 34 万辆，预计可减排污染物 4 万吨。天津于今年 8 月 1 日出台最大力度报废车补贴政策，按照 10 种不同车型分别给予不同金额的补贴标准。实施近两个月来，天津约有 6.7 万辆机动车已注册登记并达强制报废标准。河北省采取各种政策，2015 年淘汰黄标车 21 万辆。石家庄市规定，从 2015 年 1 月 1 日起，全面禁止黄标车在市区三环路内和县市城区内行驶，并对尾气检测连续两次不达标的黄标车实施强制报废，并出台补贴政策，对主动淘汰的黄标车给予 6000 ～ 18000 元的补贴，根据计划，到 2017 年年底，全市所有黄标车将全部淘汰完毕。

问题不少，尚需发挥监管合力

“我国在移动源污染控制方面虽然做了大量防治工作，但由于机动车总量居高不下，并且在协调机制、监管能力等关键环节存在短板，管理部门条块分割，不利于发挥监管合力，治理效果受到了一定的限制。”环境保护部环境与经济政策研究中心气候变化政策研究部副主任冯相昭表示。

近年来，我国机动车保有量呈现快速增长趋势。以北京为例，到目前为止，北京市机动车总量已经达到了 570 万辆，机动车排放污染物已经成为影响 $PM_{2.5}$ 的首要因素。四川省成都市目前汽车拥有量已超过 400 万辆，高居全国第二位，使得尾气污染变得极为严峻。

数据显示，2010—2015年，我国机动车年均增长6.5%，汽车年均增长更是达到了15.9%。2015年，我国机动车保有量达到2.79亿辆。胡京南说，要控制机动车污染，必须大力发展新能源车，大力发展公共交通。

监管方面仍存在不足。这方面最典型例子就是环保部门无上路拦车权限，上路检查时需公安交管部门配合。对机动车停放地开展检查时，需要交通运输等行业主管部门配合。冯相昭说，随着移动源污染治理任务越来越艰巨，执法工作日趋繁重，环保部门急需与公安交管、交通运输等随着我国交通体系的快速发展，移动源污染打破地区界限，也已成为当前一个比较普遍的区域性问题。以北京为例，外地进京车辆污染问题十分突出，目前每天外地进京车辆达到30万辆左右，80%为过境车辆。这些进京或过境外地车辆很多都无法达到绿标车排放水平（国三排放标准以上）。如何有效治理跨区域的移动源污染，是当前需要解决的一个问题。

除此之外，机动车监管方面还存在不少问题，比如在机动车准入环节方面，仍存在需要改进的地方。胡京南说，目前对机动车生产一致性和在用符合性的监管要通过抽查环节来实现，“如何设计抽查方案，确保其科学性和可操作性，都有着比较高的要求。”

重型柴油车监管亟待加强。重型柴油车虽然在机动车保有量中占比不高，却成为机动车尾气排放氮氧化物和颗粒物的主要贡献者。北京市环保局机动车污染治理处处长李昆生表示，在检查中经常发现“假国四”车辆在正常行驶，一辆“假国四”车辆排放的氮氧化物就相当于200辆国四小轿车的排放量总和。北京过境车辆中有1/3是重型柴油车，有一半属于黄标车，带来了严重的过境污染。

从国四阶段开始，重型柴油车要装备SCR系统（选择性催化还原技术）。为了降低成本，社会上出现了篡改重型柴油车电控单元标定的现象，以减少尿素的使用，最终导致氮氧化物排放量很高。“从目前市场上尿素溶液的实际消耗量来看，肯定有很多SCR系统没有起到实际的效果，所以这方面一定要加强监管。”胡京南说。

改进方向：“车、油、路、人、管理”协同进化

要管住移动源污染，应该从哪些方面着力？

冯相昭表示，管住移动源污染，至少要具备两个必要条件：科学有效的治理体系、现代化的治理能力。

他表示，现阶段我国移动源治理的思路基本上沿用工程治理的思维，出台标准、推荐减排技术等，政策作用对象聚焦在“车、油、路”上，而在对“人的出行需求”“监管

体制机制”等方面重视不足。

“所以，我们应该用系统思维完善现有治理体系，特别是合理引导出行需求、构建跨部门的有效监管体系，由当前的‘车油路’三位一体，切实转变为‘车、油、路、人（需求）、管理’五位一体的治理政策体系。”冯相昭说。这就要求要从源头上抓好油品质量监管，确保排放标准落实到位。做好车辆实际道路排放的监管，尤其对于重型柴油车的道路排放监管更要加强。新车上市不仅要抓好型式核准，还要确保生产一致性和在用符合性。

“此外还应该大力发展车用能源替代技术。”冯相昭表示，此外，目前经济政策用的较多是财政补贴，如淘汰黄标车、老旧车的补贴以及购置新能源车的补贴，“这些政策在实践中确实起到一定效果，但也暴露了一些问题，如数据作假、汽车厂商与购车者合谋套取补贴等，所以应及时展开政策执行的评估，适时调整补贴标准，同时构建绩效考核机制防范可能的政策风险。”

而对于非道路移动机械排放管理，冯相昭认为，《大气污染防治法》中强化了环保部门对非道路移动源的环保监管职能，需要进一步强化生产企业应承担移动源大气污染控制的主体责任。下一步应推动建立“国家地方分工明确的非道路移动机械环保管理模式”：即环境保护部在国家层面加快构建新生产非道路移动机械环保达标管理体系，包括型式核准、生产一致性、在用符合性、环保召回、环保标志等管理制度；地方环保部门要因地制宜，探索建立在用非道路移动机械环境管理体系，包括环保定期检验、环保抽查、低排放控制区、环保升级治理、加速淘汰等管理制度。

（刊登于《中国环境报》2016 年 12 月 14 日一版）

天津港“汽运煤炭”历史终结

专家估算，在京津冀范围内每年可减少氮氧化物排放约9000吨，减少细颗粒物排放约200吨

◎郭文生　任效良

2017年4月30日24时起，天津港码头全面停止接收公路散运煤炭焦炭，提前3个月完成国家下达的任务。30年来汽车车队从山西、内蒙古等地犹如巨龙般源源不断往来天津港长途运送煤炭的历史从此画上了句号。与之配套的，作为过去煤炭散货驿站，有着12平方公里面积的天津港散货物流中心也正式“下岗”了。

天津港散货物流中心大厦大厅里如今悬挂了两幅标语，其中一幅写着“凝心聚力抖擞精神共筑转型升级大梦想”17个大字，似乎在宣告这里正在酝酿着一场关乎转型升级的华丽转身。

记者从1984年开始经常去天津港采访，与天津港的多位“老码头”交流甚多，他们中的大多数认为，汽运煤炭的历史是追寻市场化改革的缩影。然而，也不得不承认，汽运煤炭在带来经济效益的同时，也客观上带来了诸如环境污染、运输安全等问题。

天津港从此再无汽运煤炭

6月7日，记者走进了天津港散货物流中心。如不是亲眼所见，难以想象，从前记忆中被以煤炭为主各式货物填得满满当当的天津港散货物流中心如今已空空荡荡。如不是内部道路的坑洼和路边偶见煤渣的提醒，难以想象，这里曾有数百辆重型运煤汽车不分昼夜往返穿梭，如今场区内坑洼的道路正是它们碾压留下的纪念。这里曾盛极一时，承担了来自山西、内蒙古两个主产煤区域北煤南运散煤暂存的重要任务……而如今，这一切都成为了历史，天津港从此再无汽运煤。

天津港不再接收公路运输煤炭是2017年国家下达给天津市的一项大气污染防治重点工作任务。今年2月17日，环境保护部、国家发展改革委、财政部、国家能源局和北京、天津、河北、山西、山东、河南等省市人民政府联合印发《京津冀及周边地区2017年大气污染防治工作方案》（环大气〔2017〕29号）明确，要大幅提升区域内铁路货运比例，加快推进港铁联运煤炭。充分利用张唐等铁路运力，大幅降低柴油车辆长途运输煤炭造成的大气污染。7月底前，天津港不再接收柴油货车运输的集港煤炭。9月底前，天津、河北及环渤海所有集疏港煤炭主要由铁路运输，禁止环渤海港口接收柴油货车运输的集疏港煤炭。

这是国家开展区域大气污染防治的重大举措。天津市委、市政府高度重视，及时研究制定措施。天津市委书记李鸿忠对此专门作出批示。市长王东峰专门赴天津港调研，主持召开市政府常务会议进行部署并在美丽天津·一号工程领导小组全体会议上明确时间节点。分管副市长孙文魁多次召集交通、公安、环保、滨海新区政府、天津港集团公司等部门进行研究，并组织铁路运输部门共同召开天津港集港煤炭海铁联运专题会议。

4月13日，天津市政府印发《天津市人民政府关于印发天津市2017年大气污染防治工作方案的通知》（津政发〔2017〕14号），提出“4月底前，天津港不再接收柴油货车运输的集港煤炭”的明确要求，较国家提出的任务完成时限提前3个月。

按照天津市委、市政府的要求，天津市交通运输委、市公安交管局、市环保局、滨海新区政府和天津港集团公司统一思想认识，认真落实责任，积极做好天津港煤炭运输交通结构调整政策落实工作。

天津市交通运输委会同市公安、公路、运管等部门执法人员联合开展天津港煤炭运输车辆专项治理，严控港区煤炭突击运输，严查运煤车辆道路运输资质。天津市公安交管局以天津港等主要储煤、用煤企业周边道路为重点，设立禁止汽运煤炭车辆通行的交通告示牌，严格查处违规车辆。

天津市环保局严格落实《天津市移动污染源专项执法检查百日行动分方案》和《天津港及周边强化机动车排放执法专项方案》要求，全面加大天津港及周边区域环境执法力度。滨海新区政府落实辖区属地管理责任，组织区内职能部门通过宣传、监督和执法检查等措施落实政策要求。天津港集团公司及时成立组织机构，签订接卸铁路运输煤炭协议、发布停止接收汽运煤炭通知并严格实施。

汽运煤曾占天津港煤炭吞吐量的半壁江山

今年50多岁的吴永远，是天津港集团有限公司散杂业务部负责人，他亲历了天津港从1吨煤都没有到2016年1.1亿吨煤炭吞吐量的发展历程。在他的记忆里，天津港的煤炭运输始于1986年，距今已有30余年的历史。

“国家实施改革开放后，东部沿海开放城市发展迅速，对煤炭的需求量很大。”吴永远说。当时，北煤南运主要有秦皇岛、日照、连云港等少数几个港口，仅靠这几个港口已经无法满足市场需求。天津港抓住市场开放的有利时机，也加入到煤炭运输的行列中。

“我们从1吨煤都没有，到煤炭吞吐量超千万吨，只用了4年多时间。”吴永远的语气中带着骄傲与自豪，他回忆说，1990年天津港的煤炭吞吐量已经超过了1000万吨，那时的运输方式依然以铁路运输为主。

到2016年，天津港的汽运煤比例已经占到全部煤炭吞吐量的50%。是什么刺激了汽运煤的大发展？吴永远认为，这是市场作用的结果。他说，在当时历史条件下，汽车运输相比铁路运输要有一定的优势：一是在结费方式上，汽车煤炭运输实行到付，减少了运输途中因为蒸发、失窃等造成的亏吨现象。二是汽车运输具有“门到门”的优势，也就是从矿场门口直接运到港口门口，减少了中间的转运环节，更为便利。

汽运煤的大发展，也带来了货运汽车尾气排放和扬尘污染。一位环保专家告诉记者，近些年，通过连续的卫星遥感地图监测，发现了一条横贯京津冀区域的污染带。这条污染带，从西始自山西省阳泉和内蒙古自治区乌兰察布市，东至环渤海的相关主要港口。

这位专家说，依据“2016年天津港煤炭吞吐量1.1亿吨，汽车运输比例50%左右”估算，停止汽运煤炭后，每年可减少往返天津港和煤炭产地山西阳泉、内蒙古乌兰察布市的重型货车总计约400万车次，减少柴油消耗80余万吨，在京津冀范围内减少氮氧化物排放约9000吨，减少细颗粒物排放约200吨，对改善运输沿线空气质量有积极的作用。

半个多月清空散货物流中心

对于天津港集团来说，煤炭运输交通结构调整无异于一场转型大仗。为全力以赴保证散货物流中心煤炭及时出清，天津港集团成立了环境整治工作领导小组及工作推动组，下设汽运煤停运组、港口清洁作业组、散货物流中心搬迁组、靠港船舶大气污染治理组和纪检监察组5个专项组，制定落实汽运煤停运的总体方案以及配套专项方案，形成“1+9”系统性工作方案，明确了散货物流中心搬迁转型、远程物流基地建设、环境提升、散货增量疏解等8方面22项重点任务，强化环境整治“三督三察”，全面推进整体策划、组织实施、统筹协调、督导推动等各项工作。

“集团对清空散货物流中心大开绿灯，举全集团之力，优先保障散货运输船舶进港装货，别的船基本都停了。”天津港集团散货物流有限责任公司业务部经理回金武告诉记者，从4月12日起，散货物流中心开始积极向客户做好政策宣传，夜以继日、争分夺秒全力推进清空倒运工作，确保按时完成搬迁任务。

4 月 11 日晚，散货物流中心仍存储有煤炭 370 万吨，而天津港集团仅有运输车辆 30 辆，运力仅为每日 5 万吨。为确保按期完成任务，天津港集团紧急从大港、黄骅等地调集车辆 260 多辆，并优化运输组织，将运力提高到每日 30 万吨。

4 月 19 日起，散货物流中心实施“只出不进”，停止接收公路运输煤炭。

截至 4 月 30 日 24 时，整体清空工作基本完成。“半个多月时间里，我们组织运力，共清运货物 270 多万吨。运费全部由散货物流中心支付。”回金武说。

董奎是天津港交管支队支队长，据他初步估算，停止汽运煤后，全港每日可减少货运汽车 5000 多辆次。

为加快推进散货煤炭全部实现铁路进港，在天津市政府和相关部门支持下，天津港集团积极协调铁路部门，联合中国铁路总公司及煤炭发运局制定铁路煤炭增运方案。专门成立了海铁联运办公室，统筹协调煤炭公路转铁路运输工作，安排专人 24 小时接待客户咨询。

4 月 26 日，南疆港矿石 26 场牵出线投产使用，增加年卸车能力 700 万吨。4 月 29 日，牵出线完成首列铁路煤炭接卸，火车接卸煤炭能力显著提升。同时，加快开展中部堆场南侧两股 1050 铁路卸车线建设前期工作，预计在今年 9 月底前完成，可再增加每年 2000 万吨接卸能力。4 月 30 日 24 时起，天津港各作业码头停止接收长途公路散运煤炭、焦炭，全部实现铁路进港。

积极求变转型在即

一份资料对政策实施一周内，天津港公路运输煤炭、铁路运输煤炭、煤炭下海变化量等方面与去年同期数据进行了比较。

公路运输煤炭方面，2016 年 5 月同期（1—7 日），天津港汽运煤炭及其制品共计接卸 128.2 万吨，共计 4.27 万辆（按 30 吨 / 车计），期间日均运煤货车流量约为 6000 辆。自 2017 年 4 月 30 日天津港禁止接收公路运输煤炭以来，天津港汽运煤到达量为零。

铁路运输煤炭方面，2017 年 5 月以来（1—7 日），集港煤炭火车累计接卸 308 列，共计 107.9 万吨，日均完成 15.4 万吨，同比上涨 13.5%。其中，煤码头火车累计接卸 106 列，共计 37.2 万吨，同比上涨 90.8%；神华码头累计接卸 202 列，共计 70.7 万吨，同比下降 6.5%。

煤炭下海变化量方面，2017 年 5 月 1—7 日，煤炭及其制品吞吐量累计完成 148.1 万吨，同比下降 40.1%。其中，煤炭累计完成 135.4 万吨，同比下降 42.9%；焦炭累计完成

12.7 万吨，同比上升 22.1%。

今年 9 月底前，天津、河北及环渤海所有集疏港煤炭都将改为主要由铁路运输，并禁止环渤海港口接收柴油货车运输的集疏港煤炭。“早改几个月，一方面看，我们可能是多损失了几个月，但从另一方面看，我们在求变和转型上也走到了前面。”天津港集团相关部门负责人说，应该辩证看待这一政策。他说，长远看，继续优化功能布局，促进转型升级，努力实现与周边港口的优势互补和错位发展，才是天津港的目标。

天津港集团在积极应变。天津港集团散货物流有限责任公司总经理袁毅说，在远程物流节点建设方面，天津港集团已多次深入内陆腹地，加快建设乌兰察布有色矿分拨基地、武安铁矿石分拨基地、阳泉（应县）煤炭聚集基地三大物流基地，火车在当地装卸，天津港进港煤炭和出港矿粉、矿石直接在物流基地集中或分流，实现无缝对接，彻底解决天津港进港煤炭汽车长途运输和散货堆放短途汽车转运问题。

5 月 12 日，山西阳泉煤业集团、天津港集团、北京铁路局、百度公司组建山西（阳泉）国际陆港集团，全面启动山西阳泉煤炭分拨基地建设，进一步拓展和完善金融服务、物流配送服务、中转分拨功能。

“天津港就是我的家，我也愿意自己的家干净整洁，也愿意在良好的环境里工作生活。”吴永远说，铁路运输是世界公认的最清洁的煤炭运输方式之一，希望未来能够进一步保障并加大铁路的煤炭运力，真正实现环境保护与经济发展的互相促进。

6 月 7 日傍晚，站在如今空旷的货场上，天津港散货物流中心的一位负责人感慨万千：“这里东边就是大海，距离滨海新区于家堡中心商务区的直线距离也就三四公里左右，是一块‘宝地’。”他说，散货物流中心“下岗”后，新的岗位也在等着它。

“未来这里应该会崛起一座生态、宜居、活力、智慧的创新新城。绿色环保、智慧城市、海绵城市、窄街廓密路网、轨道交通等是它的特色……”他绘声绘色向记者描述起未来这块土地上的景象。此时，夕阳西下，落日余晖洒在他的脸上，满是金色的光芒。

人还是这些人，地还是这块地……这里的未来，许多人都在拭目以待。

（刊登于《中国环境报》2017 年 7 月 12 日一版）

改善幅度相对较差的20个城市中占了9席

长三角空气质量改善缘何乏力?

◎高 楠

生态环境部日前发布了上半年空气质量改善幅度相对较差的20个城市名单。其中,长三角地区居然占了9席,在后十名中也占了4席。

具体来看,排名靠后的分别为常州市(169名)、嘉兴市(167名)、苏州市(163名)、上海市(162名)、芜湖市(155名),马鞍山市、淮安市、连云港(并列154名),盐城市(151名)。

从之前生态环境部每月公布的空气质量数据来看,上述情况早有兆头。

今年1—4月,长三角区域空气质量出现不同程度反弹。平均优良天数比例为72.7%,同比下降1.1个百分点。$PM_{2.5}$浓度为55微克/米^3,同比上升1.9%;PM_{10}浓度为85微克/米^3,同比上升1.2%。

到了5月,尽管平均优良天数比例同比上升17.3个百分点,PM_{10}浓度同比下降7.2%,但$PM_{2.5}$浓度为38微克/米^3,同比上升5.6%。

可见,长三角区域环境质量与经济社会发展水平还不匹配,空气质量改善程度与发展水平不匹配,甚至已呈落后的局面。相较于京津冀及周边和珠三角等区域,长三角空气质量改善明显乏力。

这与这一区域长期以来形成的产业结构、能源结构、交通运输结构等关系密切。

能源结构方面,长三角能源结构以化石能源为主,占比高达85%,区域煤炭消费总量依然为6亿多吨,与2013年相比并未实现负增长,尤其是非电煤炭消费量还在增加。

据了解,2015年长三角能源消费总量达到6.12亿吨标准煤,能源消费总量位于三区之首。

工业是长三角能源消费的主要部门。工业特别是高耗能行业在拉动经济增长的同时,也消耗了绝大部分能源总量，长三角区域结构性污染效应十分突出。

集聚的产业链和密集的交通网络也给该区域带来了巨大的环境压力。

交通运输结构方面，长三角区域道路交通呈现高速增长、高密度聚集、高强度使用的“三高”特征。长三角区域各省货运量均在全国前十，但铁路货运量占比不足3%；港口吞吐量位于世界前列，但铁路集装箱运输不足，主要依靠柴油货车运输。相关数据显示，2015年长三角区域的民用汽车保有量已达3645.80万辆，占全国机动车总量的13.07%左右，区域机动车保有量及汽柴油消耗量均比京津冀和珠三角大，且增速快。

同时，“公转铁”在京津冀区域已取得突破性进展，集港煤炭已禁止柴油货车运输，矿石疏港标志性工程也已实现，而长三角区域进展缓慢。

此外，长三角区域尚未统一预警分级标准，区域应急联动等也有待进一步完善。

（刊登于《中国环境报》2018年7月24日二版）

“蓝天白云特别多，心情也特别敞亮”

大连全力攻坚生态环境持续改善，群众获得感幸福感不断增强

◎杨安丽　赵冬梅　吕佳芮

“今年的蓝天白云特别多，心情也跟着特别敞亮。”今年以来，辽宁省大连市市民真真切切体会到了越来越多的蓝天幸福。

大连市民日益增强的蓝天幸福感，得益于近年来市委、市政府把打好打胜污染防治攻坚战、提升生态环境质量作为最大的民生工程来抓，尤其是2017年中央环保督察以来，以督察为契机，以问题为导向，以前所未有的力度，抢蓝天、还碧水、抓生态，全力以赴攻坚，解决了一批群众身边的突出环境问题。

今年截至10月，大连市共收获了266个蓝天，环境空气中6项污染物首次全面达标。生态环境部发布的1—10月169个重点城市空气质量相对较好的20个城市排名中，大连居第13位。

空气质量持续大幅改善，6项污染物首次全面达到国家二级标准

大连市委、市政府早在2013年就出台了《大连市蓝天工程实施方案》，全面打响了蓝天保卫战。随后，相继出台了《大连市大气污染防治行动计划实施方案》和《大连市人民政府关于实施蓝天工程的意见》，使蓝天保卫战向纵深挺进。

2016年以来，大连市攻坚战加力提速，针对$PM_{2.5}$和臭氧两大污染因子，以前所未有的力度，强化“四控一调”31项举措，综合施治，精准施策。

控煤方面，2016年大连全市上下打响了一场燃煤小锅炉拆除攻坚战，两年取缔燃煤小锅炉1912台，提标改造20吨以上燃煤锅炉918台，减少约19.55万吨煤炭消费量，减

少二氧化硫排放 1.25 万吨，减少烟粉尘排放 0.93 万吨。

控车方面，两年累计淘汰黄标车及老旧车辆近 7 万台；自 2016 年起新增公交车全部实现电动化，到 2017 年年底节能与新能源公交车达 2720 台，清洁能源车辆比例达 72%，全市公共交通出行比例近 70%。

工业源方面，重点打击挥发性有机物无收集系统直排、无处理设施直排、治理设施未及时更换活性炭等吸附剂、未达标排放等行为；完成了 5 家石化企业第一轮漏点检测与修复技术应用，完成 457 个加油站、油罐车及储油库油气回收改造项目，以及以 598 家船舶、家具、印刷行业企业和汽修行业为主的挥发性有机物整治工作，大幅削减 VOCs 排放。

控扬尘方面，以扬尘“五化”建设为抓手（即任务清单化、措施具体化、管控科技化、管理信息化、督查定期化），全力防控扬尘污染，逐步推进城市扬尘精细化管理，减少裸露地面 1.13 万公顷。

调结构方面，加快淘汰落后产能，培育发展低能耗、低污染的战略性新兴产业。

五措并举，空气质量持续大幅改善。2017 年，大连市共收获 300 个蓝天；2018 年，大连空气质量继续大幅提升，仅 1—10 月市区优良天数就达到 266 天，达标率为 87.5%，比去年同期多了 22 个“蓝天”，6 项污染物首次全面达到国家二级标准，$PM_{2.5}$ 浓度仅为 28 微克 / 米 ^{3}。

13 处县级及以上饮用水水源全达标，黑臭水体治理任务全完成

初冬马栏河畔，市民在一派河景风光中惬意慢跑。长达 20 余年，历经 6 轮整治，昔日的臭水河如今成了市民休闲运动的好去处。马栏河治理只是大连市驰而不息推动水环境整治的一个缩影。

2016 年大连市出台《大连市水污染防治工作方案》后，进一步强化了“保护好优质水源，治理好劣差水体，提升中间水质”的治水思路，制订时间表，明确路线图，治水攻坚战全面打响。

保好水方面，2017 年，市环保部门、属地政府合力一举关停 13 处县级以上饮用水水源一、二级保护区内各类企业和排污项目 110 个；完成了跨水库一级保护区的 6 条道路的环境风险防范工程；全面启动水源一级保护区围网封闭工作，预计今年年底前完成 4 处水源地围网建设工作。提前两个月完成 3 处地级饮用水水源地 25 个环境问题的整改。2018 年，13 处县级及以上饮用水水源全部达标。

治差水方面，2015 年开始，大连市通过打好污水截流、河道清淤、水质净化、中水

改造、生态修复等系列组合拳，标本兼治，消灭了中心城区马栏河、泉水河等6条8段黑臭水体，并在春柳河、周水河、泉水河等周围建设沿河景观带，不断改善和提升市民居住环境。今年7月，大连市黑臭水体治理任务顺利通过生态环境部和住建部组成的专项督查组验收。同时，大连市以前所未有的力度整治河流污染。2017年，碧流河、英那河等6条主要河流7个国考断面全部达标，消除了两个劣Ⅴ类断面；21个市级考核断面水质优良比例达到了86%，同比提高10个百分点。

此外，近两年，大连市新建及提标改造污水处理厂大提速，全市共新建泉水二期、大连湾等16座城市污水处理厂，提标改造老虎滩等13座污水处理厂，扩容改造德泰小窑湾等两座污水处理厂，污水处理能力从124.3万吨/日增加到198.9万吨/日，全面达到一级A排放标准，污水处理能力提升了60%，实现中心城区生活污水全收集、全处理。

自我加压加强保护区问题整改，扩大红线范围确保城市生态安全

目前，大连市已建成各级自然保护区11个，其中国家级4个。2017年在国家七部委开展的“绿盾专项行动”中，卫星遥感反馈大连市问题35个。

对此，大连市自加压力，对各级自然保护区开展“拉网式”监督检查，共排查出需要整改的问题251个，建台账拉清单逐个落实整改方案，明确整改时限，定期督办推进。

市委、市政府针对自然保护区问题整改先后召开5次常务会议，主要领导针对保护区问题整改进行了16次批示，并赴城山头保护区、斑海豹保护区现场办公督办整改，约谈整改进展迟缓的地区主要领导，强力推进自然保护区违法违规问题整改。

截至目前，大连市自然保护区内需要整改的251个问题中，已完成整改59个，拆除各类违建4万余平方米，收缴罚款2000余万元，预计到2020年年底将全部完成整改。

同时，大连市确定了把省级以上禁止开发区和生态功能最重要、生态环境最敏感区域纳入生态保护红线范围，最终确定红线划定面积为2437.89平方公里，占全市总面积的17.74%，高于省政府下达的底线指标17.09%。

（刊登于《中国环境报》2018年12月14日一版）

广西壮族自治区生态环境厅
开展“帮企减污”受欢迎
“以前见到环保的同志是怕，现在是很亲”

◎步雪琳　梁雅丽

想治不会治，这是困扰很多生产企业的难题；随着环保压力的增加，与企业之间的关系越来越紧张，这是困扰生态环境部门的难题。

协同推进经济高质量发展是生态环保工作的应有之义，也是打好污染防治攻坚战的根本之策。2016 年起，广西壮族自治区生态环境厅在全区持续开展“帮企减污”活动。

3 年下来，园区绿了，企业活了，生态环境部门与企业之间的关系更融洽了。有企业负责人由衷地说：“生态环境部门以前跟我们‘面对面’，现在变成了‘肩并肩’。”

“督企”还是“帮企”？

“产业劣势抵消了资源优势，环境治理劣势抵消了生态环境优势。”这是广西壮族自治区生态环境厅厅长檀庆瑞对广西生态环境状况的基本判断。

广西的自然资源丰富，但是正处于工业化中期，“两高”产业占比高。这种形势下的生态环保工作异常艰难，广西壮族自治区生态环境厅副厅长欧波无奈地说：“生态环境部门疲于应对，跟企业的关系也越来越紧张。”

欧波介绍，治污过程中，生产企业和环保公司之间互相不信任，环保公司有好的技术设备很难推广，生产企业又经常遇到不靠谱的环保公司，挫伤了治污积极性。“顽疾需下灵药，这考验着我们的责任担当和管理智慧。”

应该用一种什么样的理念实现经济发展与环境保护的“双赢”？“督企”“帮企”，两个词在檀庆瑞的心中反复揣摩，一字之差，却是工作思路和方法的巨大变化。

“督和帮并不矛盾，‘督企’是我们的责任，‘帮企’的目的也是腾出环境容量，促进经济高质量发展。”檀庆瑞说。

广西壮族自治区生态环境厅综合监察处处长陈祖芬说：“从原来传导压力式的只提要求的‘督’，向源头防控式的深度的‘帮’转变，激发企业的内生动力，这是在减排空间日益有限条件下‘环保再出发’的好方法。”

2016 年年初，“帮企减污”活动拉开序幕，第一站选在北部湾经济区。“我亲自带队去了，把沿海 3 市的政府领导和部分企业家都请到一起座谈，当面沟通。”让檀庆瑞没有想到的是，很多信息他们都不知道，国家有很好的政策也不知道。“隔阂打通后，大家都高兴，说早这样误会早就消除了。”

第一次活动的成功让所有人都很振奋，立刻向全自治区铺开。用檀庆瑞的话说就是：“生态环境部门要换一种‘活法’。”

环保压力在哪里就去哪里，治污需求有哪些就教哪些

怎样才能取得实实在在的效果，避免成为一场“秀”？“帮企减污”活动伊始，广西生态环境厅就确立了“帮实、帮早、帮准、帮强”的工作思路。

活动之前深入调研，环保压力在哪里就去哪里，治污需求有哪些就教哪些。

活动中遴选专家组建“帮企减污”技术服务队，每场活动都要科普在前。自治区生态环境厅科技标准处处长胡永东介绍：“先讲这种污染物到底是什么、有什么危害，让大家形成共识，然后再由业务处室讲政策，环保公司讲技术，大家就好接受了。”

活动之后生态环境厅建立成效跟踪和问题反馈机制，主动与科技部门实现信息共享，建立“帮企减污”需求项目库，建立广西污染防治先进技术名录和产品指导目录。

“每个处室都有任务，这项活动就是我们厅里的‘群英会’。”胡永东介绍，分管厅领导欧波几乎每场活动都亲自参加，为了不给地方增加负担，厅里还专门安排了 100 万元的活动经费。

“帮企减污”活动在全区陆续推开，办到哪里火到哪里的景象让参与组织的同志全都连呼“没想到”。企业和地方政府的迫切需求也让大家意识到，原来他们不是不想做好环保，很多时候是真的不知道该怎么做。

柳州市阳和工业园区的企业以汽车配件制造为主，涂装工艺基本都是开放的手工喷涂生产线，VOCs 排放量大，环保面临巨大压力。

“帮企减污”活动来到柳州，专家团队对园区的重点企业逐个问诊，按照专家的建议，所有涉 VOCs 排放的企业都开展了涂装生产线密闭化改造。

“以前我们一边急着交货，一边因为群众投诉异味被环保局要求停产，非常抵触。”一家汽配企业的负责人何坤告诉记者，“直到 2017 年参加‘帮企减污’培训，我才听说 VOCs 这个污染物，理解了政府的要求，也了解了治理方法。”完成密闭改造后，企业排放减少 70%，成本降低 30%，“因为没有异味，招工都容易了。”何坤说。

企业的变化使阳和工业园区管委会副主任吴浩改变了对环保工作的认识：“原来一直认为环保与经济是矛盾的，这个活动让我们认识到，环保不是阻碍，而是对经济发展的促进。”

“以前对企业的帮助是被动的，企业让我们给推荐治理技术，我们都很有顾虑，担心有人说我们有利益往来。”柳州市生态环境局总工程师覃国琴说，“现在有了这个活动，我们请专家来评估，专家认为过硬的技术，我们就敢名正言顺、理直气壮地推荐给企业”。

“我们就是真心去帮，真正地帮，这符合高质量发展的方向，符合‘放管服’的精神，符合改变工作作风的要求，又这么受欢迎，所以大家越来越有信心。”檀庆瑞说。

“生态环境部门能换位思考，我们之间的关系越来越融洽”

来宾市最大的工业园区河南工业园区内，很多企业都有自己的工业燃煤锅炉，热效率低，尾气治理难度大，经常有群众投诉。

来宾电厂是园区里的排放大户之一。来宾市环保局党组副书记、副局长陈林介绍，2016 年，“帮企减污”活动到了来宾，经生态环境厅大力推荐，来宾市的热电联产项目列入原环境保护部第五批环境服务业试点。

试点申请成功后，来宾电厂热电联产项目建设进入快车道，给电厂带来丰厚的经济效益，而且大幅减少污染物排放。来宾电厂总经理梁晓斌说：“以前我们在污染治理上弄虚作假，现在完全不用担心检查。生态环境部门能换位思考，我们之间的关系越来越融洽。”

走进位于河池市的南方有色冶炼有限责任公司，厂区内鸟语花香，流水潺潺。负责人吴少华见到胡永东来了非常高兴地迎上前。

说起生态环境部门的变化，吴少华深有感触：“生态环境部门以前提要求多，发文件多，很少技术培训，现在是服务多，主动服务、上门服务。以前见到环保的同志是怕，现在是很亲。”

在“帮企减污”活动中涅槃重生的还有广西的制糖业。

制糖企业的锅炉一直烧蔗渣，大气污染物排放标准提高后，氮氧化物始终不能稳定达标。为了生存，制糖企业自主研发，提出由烧粗渣转为烧细渣的清洁燃烧改造思路，立刻得到生态环境厅的大力支持。“帮企减污”活动中，广西壮族自治区生态环境厅积极争取财政资金给制糖行业提供了1656万元的清洁燃烧改造帮扶资金。

湘桂华糖的项目负责人何华柱说：“领导认可又支持，企业就有积极性，触动我们四五倍的配套投入，自发整改好。”

“有良好的愿望，帮不到点子上也不行。”檀庆瑞说，活动逼着生态环境系统的同志们尽快提升政策水平、技术水平，跟上国家构建高质量现代化经济体系，推动绿色发展的步伐。

广西壮族自治区环境科学研究院副院长陈志明告诉记者，开始出去讲课，大家讲得专业性很强，解决问题的技术路线也不清晰，后来技术人员根据企业的需求努力改进，现在效果越来越好。

2016年以来，广西壮族自治区生态环境厅先后开展10场“帮企减污”活动，累计有70多家技术机构、300多名专家参加服务活动，惠及企业1400多家，3500多名基层技术人员从中受益。

随着活动的深入开展，广西的生态环境质量持续改善。2018年，空气质量首次实现全区达标，地表水、饮用水水源地和近岸海域水质优良率都在90%以上。

作风转变推动了生态环境部门形象转变，持续不断地耐心帮扶、雪中送炭赢得了各界的普遍赞誉。过去生态环境厅绩效考评连年垫底，现在经常有企业送锦旗、领导写表扬信，绩效考评连续进入区直部门一类，还有的市政府专门组织学习生态环境部门如何主动服务。

（刊登于《中国环境报》2019年4月8日一版）

加强黑臭水体整治，实施地表水环境生态补偿

青岛奋力攻坚让水更清、岸更美

◎王 诺 吴健宾 宁振宇

绿树掩映、河水潺潺，不少市民在河边悠闲地散步……记者近日来到山东省青岛市李村河上游，看到了一幅和谐的生态景观画卷。

李村河由黑臭河转变成生态景观河，正是青岛市近年来在水污染防治上着力攻坚的缩影。青岛市前不久发布2018年水环境成绩单及2019年水污染防治重点，提出牢固树立“水环境质量只能更好、不能变坏”的底线思维，坚持攻山头、稳阵地，围绕三大方面进行攻坚。力争用2～3年时间实现阶段性目标，让青岛的水更清、岸更美。

14处黑臭水体全部完成治理

作为横穿主城北部的一条东西走向河流，李村河就像一条大动脉，穿城而过，蜿蜒17公里，与其他支流共同滋养着这片城区。但是，流域沿线大多是老城区或城乡接合部，历史欠账多、截污系统长期不完善，导致前些年李村河“久治不愈”，成为治理的“老大难”。

青岛市将李村河污染根治列入水环境突出问题整治重点，启动了攻坚行动，进行一年多的攻坚整治，不断加大投入，综合采取源头雨污分流改造、污水处理扩容提标、河道生态修复、中水回补等措施，大幅改善了李村河水质。

以李村河中游为例，此河段位于青岛市李沧区李村中心商圈，周边商铺、住宅众多，污染源复杂。长期以来，由于“李村大集”占用河道经营，沿线排污、乱倾倒垃圾问题突出，河道“黑臭”现象严重。

面对这段最难治的河段，青岛市因河制宜，以“水波再兴、水印绿廊、水韵雅市”为主题，通过新建九级调蓄池作为水生态净化系统和过滤器，整合雨洪利用系统、生物栖息地系统、大集文化系统和健康绿道系统，构建一个综合解决城市水环境问题的生态

基础设施，恢复李村河中游的生态调蓄功能，在河流生态恢复、两岸雨污治理、土地利用综合效益提高等方面作出了探索，力争建设成为以休闲、健身、绿色、生态为主导功能，兼具地域文化特色的城市乐活水岸。

近年来，黑臭水体的治理工作一直是青岛市水污染防治工作重点之一。住建部、生态环境部 2016 年公布的全国城市黑臭水体清单中涉及青岛市的有 14 处。清单公布后，青岛市直面问题、迅速行动，将黑臭水体整治作为生态文明建设的攻坚任务来抓，市、区、街三级层层发动，多部门联动，广泛发动河流沿线企业、商户、群众共同参与，因河制宜，“一河一策”实施雨污分流、清淤疏浚、生态补水等工程。

“截至目前，全市首批排查发现的 14 处城市建成区黑臭水体已全部完成治理，通过了生态环境部和住建部联合督查组的专项督查，并对新发现的黑臭水体及时安排整治。2019 年，青岛市成功入选创建首批“国家城市黑臭水体整治示范城市”。青岛市生态环境局党组成员、副局长董如增表示。

创新实施地表水环境生态补偿

当前，水污染防治攻坚战已在青岛全面打响，主要包括城市黑臭水体治理、近岸海域综合治理、水源地水质保障等。

为加快推动地表水环境改善，青岛市 2018 年 10 月开始创新实施地表水环境生态补偿，以此作为落实水污染防治行动计划、打好水污染防治攻坚战的重要抓手。

在生态补偿实施前期，青岛市提前谋划、主动出击，充分依据国家、省现有政策文件，借鉴其他地市先进经验，结合推行墨水河、大沽河流域生态补偿工作和全市实际情况，制定实施方案。

围绕全市重点地表河流、水库，采用区与区之间横向补偿、市与区之间纵向补偿相结合的模式，按照达标是义务、超标要受罚、改善获补偿的原则，实施地表水环境质量生态补偿制度，通过经济激励约束手段，提高了辖区治污积极性。

据了解，这项工作开展以来，青岛市已经对 2018—2019 年度实施生态补偿水体断面清单明确的 28 个断面进行按月计算和通报，有力调动和促进了各责任单位的积极性、主动性，实现了全市地表水环境质量持续改善。

“2018 年青岛市地表水环境质量进一步改善，在全市 35 条重点河流、33 个重点水库设置了 94 个断面，从水质监测结果来看，断流数量明显减少，劣Ⅴ类水体数量持续下降。”董如增说。

此外，青岛市充分发挥执法监督和自动在线监控作用，在推行网格化执法监管的基础上，创新实施突击检查、夜查、联合执法、交叉执法等，严查各类涉水违法排污行为，不断扩大水环境监管覆盖面。2018 年，共查处涉水违法排污行为 136 起，处罚金额 3641.27 万元，对严重违法、涉嫌犯罪的及时移送司法机关查处。

创新水质监测方式，对所有市控以上地表水监控断面，全部采用市级以上或委托第三方机构进行监测。对部分跨区界地表水监控断面，实行第三方加密监测或不同辖区之间交叉加密监测，由市级审定后及时通报，为水环境问题原因分析、治理措施制定等提供了可靠数据支撑。

展开“三大攻势”，坚决打好碧水保卫战

在谈到 2019 年青岛市水污染防治工作时，董如增表示，“我们既要巩固前期已经取得的成果，又要针对目前还存在的问题和不足进行攻坚，确保到 2020 年年底全面完成国家、省对青岛下达的“十三五”水环境质量改善目标任务。”

青岛市的治水行动将围绕三大方面进行攻坚：一是围绕饮用水水源地水质保障，打好水源地规范化建设及突出环境问题整治攻坚战；二是围绕城市黑臭水体治理深化，打好强基础、控源头的截污治污和水体修复攻坚战；三是围绕近岸海域尤其是胶州湾水环境持续改善，打好海陆联动的生态环境保护攻坚战。

董如增说：“作为攻坚内容之一的饮用水水源地环境安全保障工作，青岛市今年将从基础设施建设、环境问题整治和制度建设三方面共同发力。”

在基础设施建设方面，进一步明确饮用水水源保护区范围及具体边界，在已经划定地市级、县级饮用水水源地保护区划、勘界定标的基础上，今年将完成农村“千吨万人”等饮用水水源地保护区勘界，并完善各水源地界标界桩及警示标识、宣传标牌的设立等；完成饮用水水源一级保护区物理隔离设施建设、应急物资储备，建设视频监控系统。

在环境问题整治方面，在已经完成地市级集中式饮用水水源地 144 个突出环境问题清理整治的基础上，今年将完成县级集中式饮用水水源地 99 个突出环境问题清理整治，并查清“千吨万人”农村水源地突出环境问题，建立清单，实施销号管理，争取到 2020 年全部完成整治销号。

在制度建设方面，启动《青岛市生活饮用水水源环境保护条例》修订研究，借鉴其他地区先进经验和做法，全面分析查找水源地环境管理存在的不足，研究主攻方向，围绕职责义务的界定、保护举措的细化等方面进行深入探讨。组织建立政府层面和具体水源地管理层面的突发环境事件应急体系，进一步规范预警、应急防范、应急处置等方面的制度规定，全面提升全市饮用水水源地应急处置能力和水平，确保水源地水质安全。

（刊登于《中国环境报》2019 年 6 月 17 日五版）

中国海监一〇八号出海啦！

◎陈　婉

7月16日13∶30，一声长鸣，中国海监108号驶出大连市棉花岛综合执法码头，即将开始执行渤海水质监测夏季航次辽东湾航段的监测任务。

“此刻我的内心十分激动，像波涛汹涌的大海一样。”站在二层的甲板上，看着生态环境部的标志，中国海监108号船长徐新斋兴奋地告诉记者，这是中国海监108号入列后第一次执行任务，也是生态环境部第一艘专业海洋生态环境监测船。

徐新斋边走边告诉记者，中国海监108号具备在我国近岸和近海海域开展海洋生态环境监测及海洋综合调查等工作的能力，满足常规监测、应急监测及先导性研究监测等多种业务需求。

据了解，这艘500吨级的中国海监108号船全长49米，船宽9.4米，型深4米，吃水2.6米，正常排水量585吨，满载排水量594.5吨。船员定员15人，科考定员23人，会议室可容纳13人，具备在线视频会议功能。

在徐新斋的指引下，我们来到了驾驶舱。走到驾驶位前，徐新斋在一个平淡无奇黑色的正方形前，按照它的样子比画了一遍，脸上洋溢着幸福的笑容，骄傲地告诉记者：“深得我心的非他莫属，这是光电跟踪监视系统。”

“这套系统是海洋生态环境的‘取证员’，它能及时捕获和自动跟踪目标。如果前方的船偷排污水，它将通过串行数据算出目标地理位置，叠加在取证图像上，在录像中可将事件发生的日期、事件和地点自动叠录在一起，将记录的视频图像和图片存储在计算机上进行回放。”徐新斋告诉记者，这将为日后处罚海上偷排污水的行为提供强有力的保障。

“北斗”台前，一张A4纸上密密麻麻地写着经纬度。徐新斋介绍说，这是本次任务监测站位的具体方位，共46个。航线计划环辽东湾逆时针方向航行，航段全程约700海里。如果海上风力在 5～6 级，计划作业时间为 6 天；如果海上风力超过 6 级，估计需要 8 天的作业时间。

“一定要密切关注天气变化，遇到大风要及时靠港避风，注意安全防护，克服麻痹思想。”启程前，国家海洋环境监测中心办公室副主任姚翔在安全教育会议上反复强调安全的重要性。

出航前，针对海上工作交叉统筹难、安全压力大等情况，徐新斋带领船员对任务重点、难点及风险隐患进行了分析，全面检测和测试了设备动态性能，并有针对性地开展了任务实操训练和重点岗位人员任务前参试能力评测，旨在确保航程顺利并圆满完成任务。

有了这位“108”号新兵的成功入列，相信打好打胜污染防治攻坚战和渤海综合治理攻坚战来日可期。

（刊登于《中国环境报》2019 年 7 月 16 日二版）

南水北调一条清水长廊伴随万千变化

东、中线一期工程全面通水满5周年，沿线城市在治污攻坚中谋转变促发展，多重生态效益逐渐显现

◎闫海超

北京五棵松地铁站内一如往常。站台上，列车呼啸着穿梭而过，来往的行人步履匆匆。很难有人察觉，距离站台之下的3.67米处，两条世界级巨大混凝土涵道横贯而过，来自千里之外的滔滔江水，由此奔腾北上。它们一路穿行，从地下上百条纵横交错的管线中流过，经过河流、湖泊，最终流向千家万户。

自南向北汩汩而来，这澎湃流水承载的正是史无前例的超级工程——南水北调。不觉间，东、中线一期工程全面通水已满5年。

5年间，长江之水源源不断汇入淮河、黄河和海河流域，如今，已经在中国的版图上勾画出南北调配、东西互济的水网格局。

南方的水来了，北方越来越多的人告别了长期饮用高氟水和苦咸水的历史。如今，北京的10杯水中，就有7.5杯水来自南水。

南方的水来了，北方的河也“活”了，接近300亿立方米的调水量让沿途一度干涸的河湖重焕生机。如今，河北省12条天然河道得以阶段性恢复，北京密云水库蓄水量实现了自2000年以来首次突破26亿立方米。

浸润一方水、疗愈一方人。南水北调的效能还在不断扩大。“先节水后调水，先治污后通水，先环保后用水”，伴随一江清水北上的同时，更加科学的治水之策被源源不断地传送到沿途各地，一种新的治水思路和理念得以盘活。共谋绿色转型之路，促进经济社会高质量发展，在各地次第展开画卷。

治水：让绿色转型成为现实

千里调水，水质是焦点。南水北调能否成功，关键在治污。

根据专家论证，东线一期工程通水前，全线化学需氧量入河量需削减 29 万吨，削减率为 82%；氨氮入河量需削减 2.8 万吨，削减率为 84%。

形势严峻不言而喻，然而水质达标也是“南水北调”的底线，“先治污后通水”作为基本原则不容动摇。

为保一江清水北上，唯有攻坚克难。对于沿线城市来说，阵痛在所难免。而关停、淘汰，首当其冲，却也因此成为保障入流河道安全的第一道关卡。

自东线工程开工建设以来，因为污染物排放不达标，山东痛下决心关闭 700 多家造纸厂，江苏关闭了 800 多家化工企业。水面上，两省约 4000 艘水泥船和 2.4 万台船用挂桨机相继被淘汰或拆改。中线水源地丹江口水库上游流域，纷纷将采矿冶炼、黄姜生产、汽车电镀等众多排放不达标的高污染企业一一关停。

破旧立新，在淘汰落后生产力的同时，提升治污能力也在不断推进。几年间，东线工程沿岸的江苏省沿线就建成了 17 座船舶垃圾收集站、43 座污水（油）回收站。截至 2014 年，中线工程沿线城市的污水处理厂由 5 座增长到 174 座，垃圾处理场则由 1 座增至 99 座。

奇迹终于出现。2012 年，累计实施 426 项治理工程，东线工程通水前夕，沿线主要污染物入河总量削减 85%，全线 36 个监测断面全部达标。这是由被动治污到主动治污的转变。这中间，更新观念是前提，调整产业结构、转变经济发展方式是关键。实践中，越来越多的城市意识到，也做到了。

作为造纸大省的山东完成了绿色转型的“脱胎换骨”，通过实施更加严格的排污标准，非但没有桎梏企业的发展，反而促进了产业升级。从最多时的近千家造纸企业到目前的几十家，企业数量虽然减少了，但产业规模却是原来的 3.5 倍，造纸业技术水平更是至少领先全国 5 年。

作为老工业基地的江苏省徐州市，产业结构完成由重变轻，全市 162 家企业 5 年来开展清洁生产，直接经济效益达 11.66 亿元。

中线工程的核心水源地和渠首所在地河南省南阳市，正在以“保水质、促转型”为主线，通过深入推进与北京的战略协作，构建推动区域协调发展的新格局。12 月 6 日，南阳与北京签约 7 个重大合作项目，未来两地将在光电产业、养老产业、光控先进制造业等方面进行更多的合作。

因水而治城，以水促发展，“南水北调”提供了机遇也带来了挑战，越来越多的城市正在蜕变，一条条绿色转型之路正在绵延伸展。

护水：保一江清水永续北上

自中线工程通水至今，输水水质达到Ⅰ类的断面占比已经从30%增长到80%，历时超过8年的水源保护工程效果开始逐渐显现。如何维持并进一步打开局面，护水变得尤为重要。

如今的丹江口库区周边，已是林木成群。在这里，巡逻队员随时清理打捞水面杂物，监控探头时刻守护着水库，水质变化尽在掌握。设专人，配专业设备，甚至成立专业机构，已经成为更多城市护水的标配。

在水源地南阳市淅川县，5年来，千人护水一直在行动，专门成立的5支专业护水队、2000人分赴城区和水库码头，全天候开展水面巡查、库区执法和打捞漂浮物。在北京，南水北调调水运行管理中心每天都有技术人员24小时不间断值守，以保障工程的安全运行。

这些专业人员的配备，不仅能够强化日常巡查和监督管理，保护水质安全，更能以实际行动感染、教育身边人，推动形成全民护水的文明新风。

除了以人护水，实践中，更不乏一些以机制护水的创新举措。从2017年起，豫鄂陕3地4市检察机关建立了跨区域检察协作机制。通过召开联席会议，与地方党委、政府及行政执法部门主要负责人共谋中线水源区生态保护之策。

设定岸线保护区和控制利用区，则从源头规划上保障了水质安全。2013年以来，扬州沿东线输水廊道规划建设了1800平方公里的生态走廊，将沿江岸线的82.4%划为岸线保护区和控制利用区，沿江纵深1公里范围内3.86万亩土地列入限制和禁止建设区，实现了水源地生态保护从“一条线”到涵养“一大片”。

许多沿线城市还进行了库周生态隔离带建设，规定在库区周围1公里范围内不允许种植需要施农药、化肥的作物。

除此之外，水质中心、实验室、自动监测站的建设，完善了工程日常监测网络。应急预案、处置手册、应急演练，更加规范了工程应急管理体系的建设。

南水北上实属不易，守住一江清水永续北上，尤为必要。从人员配备到体制机制创新、全面护水行动的推进，标志着南水北调水质保护工作从此进入了制度化、规范化、全民化的新阶段。

用水：促区域协调发展

在不断探索恢复生态、保护环境的绿色发展新路中，南水北调工程带来了巨大的应用价值。

曾经一度，由于水量短缺、水体污染，可用的地表水所剩无几，让身处华北平原之上的人们不得不超采地下水、回用再生水，甚至通过挤占水源来填补庞大的用水缺口。

南水进京之前，北京市地下水位曾经连续16年下降，甚至出现平原地区的地下水位以每年1米的速度持续下降。在泉城济南，地下水的严重超采曾令一些泉眼停涌。

如今，南水已经成为北京、天津、石家庄、郑州等沿线大中城市的供水“生命线”。相较2015年，北京市平原地区地下水水位已经上升了3.16米。

除了补充地下水，对河流进行生态补水也是南水北调的一大应用。如今，中线工程向受水区20多条河流进行生态补水11.6亿立方米。断流近40年的滹沱河实现了复流。河北省12条天然河道得以阶段性恢复。

中线工程还持续为白洋淀及其上游河道进行补水。2017年4月，白洋淀淀区水位为8.45米，水面面积为262.61平方公里。而到了2018年12月，淀区水位为8.85米，水面面积已达309.789平方公里。

不只是补充地下水，“南水北调”更是惠及了民生。中线工程通水5年来，丹江口水库水质一直稳定在地表水Ⅱ类以上，直接受益人口超过1亿人。如今，天津14个区居民全部喝上南水；河南受水区37个市县全部通水，郑州中心城区自来水八成为南水；河北80个市县用上南水。

东线一期工程建设后，京杭大运河成为一条自黄河以南直至长江全线都可通航的“黄金水道”，新增运力达到1350万吨。有人更是形象地说，这相当于在水上架设了一条新的“京沪铁路”。

南水北调本身就是一个奇迹，同时，也在不断见证着奇迹的发生。未来，更多的水将会自南而来，如何用好南水，等待着我们创造更多的奇迹。

（刊登于《中国环境报》2019年12月27日五版）

我国覆膜农田土壤中地膜累积残留量已达118.48万吨，即将于9月1日实施的《农用薄膜管理办法》禁止流通非标准地膜

农田地膜残留难题迎来转机

◎李 欣

农用地膜残留问题依然令人担忧，吕军拿着铲子，轻轻叹了一口气。

作为新疆维吾尔自治区石河子农业科学研究院农业环境与可持续发展研究所所长，吕军在新疆某地进行残膜调查时，撬开土壤，只挖了几铲，便看到了一团团破塑料膜。她告诉记者，这就是残留在土壤中的农用地膜。在1平方米深约20厘米的耕层中，她收集到了一大堆残膜。

农业农村部农膜污染防控重点实验室的调研结果显示，在新疆棉区，连续覆膜10年、15年和20年的棉田里，地膜残留量分别为10.8公斤/亩、23.3公斤/亩和28.7公斤/亩，污染最严重的农田残膜量甚至高达39.8公斤/亩。

那么，这些地膜从何而来？

20世纪80年代，我国迎来了“白色革命”，蔬菜、棉花等作物开始大规模使用地膜覆盖技术。这一张轻轻薄薄的地膜，使我国农业生产出现了革命性的变化，人们的粮袋子满了，餐桌上的菜品丰盛了。西北和高海拔水热不足地区的农作物产量，由低而不稳转变为高产稳产，地膜覆盖技术使大部分作物水分利用效率提高20%～30%，产量提高30%～50%，每年为农民增加经济效益超过1000亿元。

“没有地膜，我国农产品的安全便无法得到保障。然而，过去粗放式的地膜应用方式在给农民带来增产增收的同时，也产生了日益严重的地膜残留污染问题。”农业农村部农膜污染防控重点实验室主任严昌荣对记者说。

7月3日，农业农村部、生态环境部等4部门联合印发并将于9月1日实施的《农用

薄膜管理办法》明确规定，禁止生产、销售、使用国家明令禁止或者不符合强制性国家标准的农用薄膜，鼓励和支持生产、使用全生物降解农用薄膜。

瘦身过度，地膜容易成“地魔”

每年我国地膜使用量达150万吨左右，农作物地膜覆盖面积近3亿亩，地膜的使用量和农作物覆盖面积均居世界第一位。“我国每年农作物地膜覆盖面积占全球90%以上，然而年使用量却只占全球总量的73%，这是为什么呢？”严昌荣接着说，“这是因为我国的地膜太薄，同样一亩地，中国使用地膜的重量是5公斤，而欧洲和日本则需用15公斤以上。”

为防治农田地膜残留污染问题，欧洲和日本等国家的地膜厚度在0.02～0.03毫米，使用后实行强制回收，达到了有效控制农田地膜残留污染的目的。我国在20世纪90年代，制定的地膜国家标准（GB 13735—92）中规定，地膜标称厚度为0.008±0.003毫米。但在实际生产中，为了降低成本，大部分地膜的厚度都没有达到标准，0.005毫米以下的超薄地膜充斥市场。

受长期光照、风吹雨淋，地膜自身老化后强度会大大降低，加之地膜本身就很薄、强度低、容易破碎，导致回收极其困难。又因劳动强度太大，不能产生直接经济效益，所以大多数农民会将地膜直接翻耕到农田中。

地膜应用需求广，清理难、回收难，无再利用价值，只能被翻耕在农田、弃置在田头及沟渠中。日复一日年复一年，昔日为农民增产增收的地膜，变成了今日的“地魔”。

第二次全国污染源普查显示，我国覆膜农田土壤中地膜累积残留量达118.48万吨。“目前，我国大部分耕作土壤均有不同程度的地膜残留污染，在西北局部区域，农田土壤中的残留量达到了12～13公斤/亩，这种现象和问题是属于我国特有的。”严昌荣说。

从田地中收集到的地膜处理困难，有些农民干脆将地膜直接焚烧。“国家明令禁止焚烧地膜，但仍有农民私自偷烧地膜。”吕军在调研时发现，焚烧地膜的现象依然存在。

为了提高农用地膜回收率，2017年，国家修订了《聚乙烯吹塑农用地面覆盖薄膜》（GB 13735—2017）强制性标准。新标准提高了地膜的厚度下限，规定地膜厚度不得小于0.01毫米。

“虽然新国标提高了地膜厚度、强度及耐候性，但对于卷收式地膜回收机的作业要求，这个标准仍然不够。”严昌荣给记者看了一张对比图，“左边是0.01毫米的地膜，用回收机回收的残膜都是断裂的，而且中间夹杂着大量的秸秆、碎土。而右边是日本0.03毫米的地膜，回收上来较为完整，且含杂率很低，基本可以实现全部回收。”

地膜夹带杂物，严重影响再生利用

地膜应用、回收处理和再利用是一个完整链条，环环相扣，处理和再利用环节对前端的依赖性极大。记者调查发现，在地膜回收过程中，会裹挟着作物秸秆和泥土沙石，如果回收地膜中含杂量过大，将严重影响回收地膜再生利用。

“5年前，公司刚开始做地膜回收业务，那时候由于没有经验，对回收地膜含杂率没有要求，从农户手里收回的残膜中含有大量的泥土和秸秆，含杂率过高导致我们根本无法进行生产和加工再利用。”云南科地塑胶有限公司经理丁燕莉回忆公司刚开始探索地膜循环回收利用业务时，十分无奈。

近年来，云南科地塑胶有限公司与当地烟草公司合作，进行回收地膜加工处理，回收的地膜经过“破碎—清洗—风送—造粒”等工艺，被生产加工成塑料再生颗粒。目前，这家企业每年收购6万多吨废旧地膜，生产塑料再生颗粒1万多吨。“不过，地膜回收再利用不是我们公司的主营业务，因为这块利润很低，基本上是在赔本经营。”丁燕莉说。

在云南科地塑胶有限公司的回收地膜处理车间，记者注意到，车间内共有4条生产线，只有3条在生产运行。经了解，生产线无法正常运行的主要原因是回收地膜所含杂质损坏了设备部件，不得不进行停机维修。“很少有4条生产线同时运行的时候，开工不足导致成本更高了。”丁燕莉说，2019年公司的废旧地膜库存量达2.2万吨，产能不足，导致大量回收地膜无法进行处理，而堆积在工厂的原料储存场地上。

受世界石油价格和新冠疫情的影响，今年塑料再生料市场尤为“寒冷”。丁燕莉为记者算了一笔账，生产塑料再生颗粒成本包括原料购买费用、运输费用、清洗再造粒人员费用、厂房设备折旧费等，大约在5000元/吨。往年，塑料再生颗粒的售价为5500～6000元/吨，而目前市场价只有4500元/吨左右，导致部分农膜回收再利用企业处于停产状态。

“事实上，塑料再生料的市场需求很大，一些生产诸如黑管、低端塑料制品的企业，对塑料原料的品质要求不高，就会选择再生料。一般新料价格在7000元/吨左右，再生料与之相比具有一定价格优势，随着世界石油价格的提高，塑料再生料市场还是有前景的。”丁燕莉说。

然而对于农膜回收再利用企业来说，地膜回收再加工有些“费力不讨好”。投入大量的人力、物力，但没有利润，企业无法运转，只好转变方向，通过回收棚膜，弥补原料不足的问题，从一定程度上来说，打击了企业对回收地膜处理再利用的积极性。

生物降解地膜能替代聚乙烯地膜吗?

如果在地膜残留的土壤中继续耕种，会有什么结果?

普通地膜的原材料是人工合成的聚乙烯（PE）。严昌荣表示，由于聚乙烯地膜增温保墒效果好且价格低廉，因此深受农户的喜爱。然而，这种聚乙烯地膜在自然条件下很难分解。吕军曾带领团队做过一个模拟实验。他们将甜菜种子播撒到高地膜残留量的农田中，发现残留地膜严重影响了甜菜生长发育，导致甜菜形成畸形根，含糖量较低，大大降低了甜菜的品质。

吕军介绍说，在新疆地区，甜菜生长前期需要地膜覆盖，覆盖地膜会起到增温、保墒、抑制杂草等作用。然而，在灌溉头水之后，地膜覆盖的功能就基本消失，而且会在一定程度上影响甜菜生长发育，地上出叶速度快，地下部分生长相对缓慢，能否及时揭膜将直接影响到甜菜品质。

为此，吕军团队开展研制“6 微米甜菜专用超薄生物降解地膜”。所谓生物降解地膜是应用生物降解材料吹制而成，在自然条件下能够在环境中微生物作用下，完全分解为二氧化碳和水的一类地膜。

相较于普通聚乙烯地膜，生物降解膜既能够满足甜菜生长发育的功能需求，又不用回收，可节省回收成本，实现甜菜覆膜种植的环境友好。

据了解，经过“6 微米甜菜专用生物降解超薄地膜”栽培出的甜菜，产量可达 7744 公斤 / 亩，产糖量为 1092.84 公斤 / 亩，较普通聚乙烯地膜覆盖甜菜增收了 584.4 元 / 亩。“推广生物降解地膜是今后解决地膜残留污染问题的重要途径，也是未来农用薄膜覆盖技术的必然趋势。”吕军说。

近年来，我国在生物降解膜产品研发上取得了较大进展，但严昌荣坦言，与聚乙烯地膜相比，生物降解膜仍然存在增温保墒功能相对较弱和成本高的问题。一般情况下，生物降解膜覆盖的农田 10 厘米土层，日均温比聚乙烯地膜覆盖的农田低 1 度左右；另外，价格是聚乙烯地膜的 2 ～ 3 倍。因此，在目前技术水平下，生物降解地膜完全替代聚乙烯地膜仍存有困难。

为了让生物降解地膜发挥更大作用，严昌荣建议，目前，普通 PE 地膜的操作方法、使用规范、管理措施等不适用于生物降解地膜，因此，应加快生物降解地膜产品和配套农艺技术的研究，利用生物降解地膜替代部分无法使用聚乙烯地膜，或者回收极端困难的聚乙烯地膜，促进生物降解地膜的合理应用。

探索建立地膜回收利用体系

“地膜回收再利用的参与者有生产者、销售者、使用者、政府部门，如何协调四者之间的关系，建立地膜应用、回收处理和再利用的机制极其关键。”严昌荣表示，对于地膜使用者来说，在享有使用地膜权利的同时，也应当履行回收地膜的义务。根据《土壤污染防治法》规定，未按照规定及时回收农用薄膜的个人，可以处 200 元以上 2000 元以下的罚款。

如何让地膜回收循环利用链条良性运转起来，谁来支付地膜回收再利用的成本？只靠地膜回收企业一己之力是不行的。如何平衡经济发展与生态环境之间的关系，是地方政府需要不断思考与探索的问题。

2019 年，农业农村部、国家发展改革委、财政部、生态环境部等部门联合印发《关于加快推进农用地膜污染防治的意见》中指出，坚持政府引导、部门联动、公众参与、多方回收，因地制宜建立政府扶持、市场主导的地膜回收利用体系。

云南省曲靖市在 2014 年便已开始建立废旧地膜回收再利用体系。云南省曲靖市烟草专卖局（公司）联合当地生态环境、农业农村等部门，在整个烟区开展烟地膜回收治理。他们建立了农户 + 烟草公司 + 企业的回收网络，以烟草公司下设烟站及烟农合作社为基础，建立废旧残膜回收网点，实现地膜使用、废旧地膜回收与烤烟种植共同联动机制。

即将实施的《农用薄膜管理办法》中提到，支持废旧农用薄膜再利用企业按照规定享受用地、用电、用水、信贷、税收等优惠政策，扶持从事废旧农用薄膜再利用的社会化服务组织和企业。

严昌荣表示，废旧地膜是农业的产业垃圾，而不是能够完全可自我循环的资源。政府有关部门负有对地膜生产、销售、回收处理监管和问责权力，同时，有关部门还应对回收地膜处理承担一定的义务，适当投入一定比例的资金，补贴农民和回收企业，形成可以在一定程度上自我维持运行的系统。

（刊登于《中国环境报》2020 年 8 月 27 日一版）

2020年辽宁省河流优良水质比例达74.4%，全面消除劣Ⅴ类水体

辽河流域治理　努力就有收获

◎战卫民

20世纪80年代初的北沙河，河水清澈，鱼虾丰富，河岸植被茂密。然而后来，原有生态遭到破坏，再加上沿河各种选矿厂的不规范生产、向河内排污，水质逐步恶化。

为改善北沙河水质，当地生态环境部门多措并举，持续发力。如今，辽河流域治理初见成效。

筑牢防线：控源截污、内源治理、水质净化

北沙河是太子河的主要支流，北沙河苏家屯河段长47公里，流经的5个街道人口集中，沿岸工业企业有80余家。多年来，农村生活污水直排入河，村民习惯在沿河区域养殖畜禽，工业企业污染物超标排放，而之前的截污管网及治水设施难以满足实际需求，多重因素导致北沙河多项水体考核指标超标，常年为劣Ⅴ类，生态环境恶劣，成为居民避而远之的“黑河”。

根据北沙河苏家屯河段的实际情况，当地生态环境部门深入调研，制定方案，最终锁定污水直排、河道垃圾、畜禽养殖、工业企业超标排污、污水处理设施超标排放五大突出问题，并建立了控源截污、内源治理、水质净化三道防线。

控源截污，新建21公里截污管线，从源头控制污水向城市水体排放；内源治理，通过清淤疏浚、垃圾收运等方式，清理水体底泥污染物和沿岸垃圾；水质净化，新建60多套污水处理设施，实施苏家屯城区污水治理工程项目二期工程，建设污水处理站4座，提标改造污水处理设施12套，为污水达标排放奠定坚实基础，今年计划将再建两座污水

处理厂，力争稳定解决污水处理问题。此外，还铺设了净化堤坝，重新划定了沿河区域畜禽养殖禁养区，将沿线区域全部纳入禁养区范围。

经过 3 年不懈努力，北沙河东羊角断面实现连续 8 个月退出劣Ⅴ类，连续 7 个月达到地表水Ⅳ类考核标准，2020 年水质均值已接近地表水Ⅳ类标准。“河清了，水美了，我们向苏家屯人民许下的还一片碧水的承诺正在一点点兑现。”区生态环境分局局长侯云腾表示。

联防联治：上下游、左右岸有效联动

由于北沙河是跨境河流，流经本溪、沈阳、辽阳三市，需协同治污、齐抓共管，上下游、左右岸有效联动，才能实现河流水质持续稳定达标。

2019 年年底，辽宁省生态环境厅组织本溪、沈阳、辽阳三市及有关县（区）生态环境部门，成立北沙河水质达标工作专班，开展周监测和定期会商，及时掌握水质变化，分区域、分支流归纳污染成因，点对点落实管控和治理措施。针对沈阳和辽阳的界河十里河水质污染较重的情况，仅 2020 年 10 月及 12 月，本溪、沈阳、辽阳 3 市 3 次联合现场排查。

为有效推进北沙河流域辽阳段治理，解决水质不达标和流域周边的生态问题，辽阳市加大各级资金投入，实施葛西河综合整治三期工程、铧子镇污水处理厂提标改造及管网工程、北沙河流域生态修复工程 3 个流域内污染治理工程（已经完成两个，在建项目 1 个）；对于较难解决的畜禽粪污直排问题，推进实施灯塔市粪污资源化利用整县推进工程；围绕北沙河河洪桥国控断面重污染流域区域，制定执法监管方案；采用异地交叉执法模式，解决工业源污染北沙河干、支流问题。

同时，聘请专业第三方团队对北沙河辽阳段、葛西河、幸福河及马峰河等北沙河流域干、支流采取无人机和徒步相结合的方式排查污染源，形成问题台账，交办县（市）区政府限期整改，基本形成“发现—转办—整改—核实”的工作流程机制。

自 2019 年 10 月开始，辽阳市持续对北沙河流域 11 个点位实施加密监测，精准研判污染成因。同时，将数据通报给沈阳、本溪上游城市和相关县（市）区政府，对超标河段精准研判，开展治理，确保达标。

历经种种努力，2020 年，北沙河河洪桥断面实现了历史性突破，稳定达到了Ⅴ类水质要求，从 2020 年 4 月开始，连续 9 个月达到地表水Ⅳ类考核标准。

初见成效：全面消除劣Ⅴ类水体

从一河而观一省生态之变，每一步都满是艰辛努力。水清鱼美的背后，是辽河水质的持续改善。

早在2005年1月，全国地表水水质报告显示：辽河、淮河等河流污染严重。其中，辽河水体属于重度污染，劣Ⅴ类水体占40.7%。自此，辽宁省启动辽河流域三年治理规划，进行辽河流域工业污染和农业污染的控制。

2008年，辽宁省围绕重点难点问题实施了以造纸企业整治为核心的工业点源治理、以提高城镇生活污水处理率为目标的污水处理厂建设、以支流河整治为抓手的生态治理“三大工程”；2010年年底，辽河干流首次实现了全部消灭劣Ⅴ类水体（按化学需氧量评价）的目标；2011年，全面启动辽河治理攻坚战、“大浑太”（即大辽河、浑河和太子河的简称）治理歼灭战、凌河治理保卫战“三大战役”。

创新流域管理体制，在全国首家按流域“划区设局”，新建辽河、凌河两个省级保护区，组建了两个保护区管理局，开创了全国流域管理与环境保护的先河。

相继出台《辽宁省辽河流域水污染防治条例》《辽宁省辽河保护区条例》《辽宁省凌河保护区条例》等地方法规以及《辽宁省城市污水处理费征收使用管理办法》《辽宁省污水处理厂运行监督管理规定》等政府规章。出台严于国家标准的《辽宁省污水综合排放标准》。

在国家科技重大专项中设立水专项，构建辽河流域五大重污染行业污染防治技术体系。

建立水环境质量年度考核、断面水质补偿、水质月分析、红黄色警戒线等一系列管理制度。

到2012年年底，辽河流域治理取得阶段性成效，由重度污染改善为中度污染。

辽河清，辽宁兴。作为全国首批生态文明先行示范区之一与唯一的流域型代表，辽河治理交出最新答卷：全省水环境质量改善成效显著。2020年，全省河流水质达到多年来最好水平，优良水质比例达到74.4%，比2016年改善30.2个百分点，高于国家考核标准23.2个百分点；全面消除劣Ⅴ类水体。

（刊登于《中国环境报》2021年6月9日一版）

科学组织　精准施策　精确治污
“西安蓝”持续升级有绝招

◎王双瑾

从 $PM_{2.5}$ 平均浓度 51 微克 / 米 ^{3} 圆满收官“十三五”，到今年第一季度圆满完成国家下达的秋冬季污染治理攻坚行动第二阶段空气质量指标任务，再到全运会期间空气质量实现全部优良，并刷新了多项历史纪录……在“西安蓝”持续升级的背后，到底有什么秘密？近日，记者专访了中国科学院地球环境研究所研究员、西安市“一市一策”驻点跟踪研究工作组副组长张宁宁，解读好“气质”是如何炼成的。

西安空气污染程度明显低于周边

见到张宁宁时，他正在忙着分析前几天刚结束的一次重污染天气过程。“综合来看，这次区域污染过程持续时间较长，但强度不大，关中五市以轻度污染为主。西安市提前应对，效果较为明显，污染程度弱于东西相邻城市。”他指着密密麻麻的数据和曲线介绍道，从 $PM_{2.5}$ 浓度看，西安市为 87 微克 / 米 ^{3}，明显低于周边的 112 微克 / 米 ^{3}。

没等记者追问是如何提前应对的，张宁宁继续介绍道，在预测重污染天气要出现时，提前作出响应、进入状态、有效应对。通过精准预测，将重污染天气应急预案落到实处，提前发布预警信息，尽力争取工作主动。同时，严格执行重污染天气应急减排措施，实现总量削减。

当然，以上只是探寻“西安蓝”持续升级秘密中的“冰山一角”。张宁宁向记者列举了一组数据：2016 年西安市的优良天数只有 192 天，到 2020 年达到了 250 天，$PM_{2.5}$ 平均浓度为 51 微克 / 米 ^{3}。超额完成了生态环境部下达的“夏防期”“秋冬季”大气污染攻坚治理目标任务，空气质量“优增重减”：优级天数达到 56 天，创下历史最佳纪录，蓝天含金量持续提升；重度及以上污染天数15天，同比减少13天，首次消除了严重污染天气。再说今年，第一季度圆满完成国家下达的秋冬季污染治理攻坚行动第二阶段空气质量指标任务，“十四运会”期间（9月15—27日）、赛会间歇期间（9月28日—10月21日）、残特奥会期间（10月22—29日）三个阶段共45天，西安市空气质量实现了全部优良，空气质量改善幅度均列陕西省关中五市第一。不仅如此，还创造了多项空气质量新纪录：连续最长优级天数13天（之前最佳纪录为连优11天），月度优级天数15天（之前最佳纪录为12天），年度优级天数已达62天（之前最佳纪录为56天），首次在10月实现优良天数全勤，自今年9月11日以来连续优良天数达到54天，实现空气质量连续合格天数的历史性超越。

“其实不看数据，大家也都能亲身感受到‘西安蓝’变多了。”张宁宁说，环境就是民生，蓝天也是幸福，大气污染治理成果成为广大市民看得见的获得感。而作为大气污染防治工作者更加清楚，贯穿空气质量持续改善的核心和关键是人努力。同时，科学组织、精准施策、精确治污，也是全面提升治理能力的工作经验。

如何打造“西安蓝”的全运时刻？

9月、10月的西安正处于季节转换期，气象条件复杂多变，区域性污染频发，主要污染物既包括臭氧也包括颗粒物。如何打造“西安蓝”的全运时刻？张宁宁介绍说，首先离不开科学组织，西安市坚决贯彻落实习近平总书记“办一届精彩圆满的体育盛会”重要指示精神，在市委、市政府的坚强领导下，在各市级相关部门、各区（县）和开发区的密切配合下，全市上下以高度的政治责任感和历史使命感，认真谋划、真抓实干，推动生态环境质量持续好转，做到只留经典不留遗憾。

其次是精准施策，专家团队每日会商研判，精准预测空气质量趋势，及时调整污染防控重点，提高污染源控制精度。第一时间调度资源力量处置解决问题，极大地提高了措施落实效率。例如，10月19日专家团队预测出10月23—25日受不利扩散条件影响，陕西关中地区将出现一次区域性$PM_{2.5}$污染过程。按照专家建议西安市提前两天启动了应急管控措施，督促全市生产生活各个领域，最大限度降低涉气污染物排放强度，提前腾出“余量”，并于10月23日建议全省进一步加强陕西关中地区的联防联控，以减少上风向城市污染传输影响。应急措施的启动有效遏制了西安市PM_{10}和$PM_{2.5}$上升趋势，10月25日在极大的区域传输和高湿静稳不利气象条件压力下，西安市颗粒物浓度相比周边其他城市削峰明显，相比秦岭背景站监测数据，市区的颗粒物浓度增幅明显降低，人努力在空气质量保“良”中发挥了决定性作用。

张宁宁说，在精确治污方面，根据实时分析及时调度，增强重点区域、重点企业的污染源问题巡查力度，并在重点时段增加抽查、夜查频次。同时，发挥西安市智慧环保综合指挥中心的功能，综合运用已建成的生态环境监测感知手段，企业工况用电量监控、烟火监控、走航监测以及网格化监管等系统，全面提升“技防”水平。这套组合拳打下来，查实整改了一批环境问题，切实强化了减排效果，为后续更精准地开展秋冬季大气污染防治工作提供了参考。

据了解，为持续打赢蓝天保卫战，不断增强老百姓的蓝天幸福感，西安市在“十四五”开局就把环境空气质量持续改善作为今年工作的首要任务。进一步深化“减煤、控车、抑尘、治源、禁燃、增绿”六项措施，着力提升区域环境治理水平，加强常态化执法监管，建立健全区域大气污染联防联控工作机制。同时，对重点行业涉气企业实施绩效分级，采取差异化应急减排措施。建立落实了24小时应急值守、空气质量会商研判、应急管控信息调度等制度，着力应对重污染天气。

那么，接下来的秋冬季大气污染防治攻坚战怎么打？张宁宁表示，人努力让“西安蓝”成色更足，但也必须看到，大气污染治理是一个长期且艰巨的过程。特别是随着污染物浓度不断降低、治理空间进一步收窄，空气质量每改善一分，都需要付出更大的努力。前期工作实战积累的一些经验，将成为常态治理工作的借鉴，也坚定了深入打好污染防治攻坚战的信心。

（刊登于《中国环境报》2021年11月26日六版）

协作创新成主基调　坚持共商共建共治共享

上海优化合作推动区域联防联治

◎蔡新华

2020年，区域$PM_{2.5}$年均浓度首次达到国家二级标准；2021年1—11月，区域内41个城市平均优良天数比例为87.2%，同比上升0.4个百分点，$PM_{2.5}$浓度为29微克/米^3，同比下降9.4%……长江三角洲区域是习近平生态文明思想的重要萌发地，“绿水青山就是金山银山”理念深入人心。

近年来，上海积极发挥龙头带动作用，苏浙皖三省各扬所长，在“共商共建共治共享”原则基础上，持续完善区域协作机制，统筹推进区域大气污染治理工作，区域空气质量持续改善。

齐心协力，优化协作机制

上海市生态环境局综合规划处四级调研员黄蕾长时间负责长三角区域生态环境协作工作。谈起区域协作，她深有感触：长三角区域大气污染联防联治能有如今坚实的基础，上海虽然发挥了龙头带动作用，但更离不开浙江、江苏、安徽三省的齐心协作、携手并进。

2013年，按照党中央部署，长三角区域大气污染防治协作小组成立，三省一市以打赢蓝天保卫战为轴心，在“联”字上下足了真功夫。

2021年，在原有大气污染防治协作机制基础上，调整成立全方位的长三角区域生态环境保护协作小组，区域大气污染联防联控进入了新阶段。

多年来，长三角区域三省一市合力破解区域难题，坚持问题导向，聚焦系统性、区域性、跨界性问题，求同存异，凝聚共识。上海不断推动优化分工合作，坚持做好机制协调和服务工作，牵头编制出台区域大气深化治理三年行动方案和年度重点计划任务。

此外，三省一市还建立完善了协作会议制度，审议重大事项，明确工作职责，各单位成员分别牵头落实，共推区域大气污染治理。区域柴油货车、港口和船舶、重污染天气联合应对等一系列专项行动方案的出台，有效解决了大家共同关注的重点难点问题。

敢闯敢试，深化协同创新

“长三角三省一市地域相通、文化相近，人员交流频繁，大家都有着一股敢闯敢试的劲头。”黄蕾介绍。多年来，协作创新作为一个主基调，有效地保证了大气污染防治联防联治工作顺利推进。

在协作方面，迄今为止，长三角区域累计完成约 13 万家“散乱污”企业综合整治、约 4 万台燃煤锅炉淘汰改造，实现区域 424 个空气质量监测站点、17 个超级站和 2179 家重点源在线数据常态化共享。

长三角区域共同提前实施轻型车国六排放标准，全面实施第二阶段船舶排放控制区措施，完成区域夏季臭氧、秋冬季大气污染综合治理攻坚行动目标任务，开展新一轮重点协同深化大气污染治理，首次打破行政区划壁垒，联合出台两项区域环境标准。

在创新方面，长三角区域三省一市积极用好生态绿色一体化发展示范区试验田，共同探索以标准、监测、执法“三统一”制度为核心的一体化生态环境管理制度创新，出台了 3 项示范区环境标准，多次开展大气专项联合执法，推出示范区跨界空气质量预报产品。一批机制、制度创新成果，已在全国其他地区复制推广。

真抓实干，强化协调合作

中国国际进口博览会是世界上首个以进口为主题的大型国家级展会。2018 年以来，连续四届进博会期间，上海市清新的空气、湛蓝的天空，给国内外参展者留下了深刻的印象。

上海市生态环境局大气处处长周军告诉记者，这是区域联防联治成功实践的范例。据了解，重大活动期间，长三角区域三省一市科学开展联合预报，构建天地一体的监测监控和共享平台，每日进行联合预报会商。根据会商结果，联合开展“点穴式”精细化环境执法检查，及时整改环境问题。在生态环境部的统一指导下，上海市落实主体责任，苏浙皖三省协同共进，发挥出了区域联防联控的巨大效能。

上海市生态环境局局长程鹏表示，“十四五”期间，上海市将继续坚持发挥龙头带动作用，与苏浙皖三省密切配合，深入打好蓝天保卫战，不断推动区域大气污染防治工作取得新成效。

（刊登于《中国环境报》2022 年 2 月 15 日一版）

狠抓环境治理　加强生态修复

江苏筑牢长江生态保护屏障

◎李　莉

生产岸线变为生活岸线，公园绿地替代码头船厂……从之前的“化工围江”到如今的一江清水、两岸葱绿，432.5 公里长江串联起 8 个设区市的江苏省，是如何实现嬗变的？背后又有着怎样的付出？

敢于“刮骨疗毒”，更敢于“壮士断腕”，这就是江苏的勇气。近年来，江苏清醒认识到“长江病了，且病得不轻”，始终坚持问题导向，狠抓长江环境治理，对突出环境问题下猛药，对违法违规行为零容忍，围绕修复长江生态岸线，沿江各地重拳出击，取得显著成效。

破而后立，重塑长江“高颜值”

南通是一座缘水而生的城市，狼山、军山、剑山、黄泥山、马鞍山临江而立，五山及滨江地区占地面积近 17 平方公里，拥有沿江岸线 14 公里。浩浩荡荡的江水从这里向东奔流而去，绿意盎然的沿江风光美不胜收。

2020 年 11 月 12 日，习近平总书记考察江苏的第一站就是五山滨江片区，总书记用“沧桑巨变”四个字形容这里从“脏乱差”变成人们流连忘返的滨江生态公园。

曾经的南通因港而兴，亦为港所困。长江边大大小小的码头，为南通经济腾飞提供了强大的支撑，但沿江岸线上星罗棋布的危化品码头、散货码头、集装箱码头等，使沿江“黄金岸线”成为不折不扣的“生态伤疤”，附近居民苦不堪言。

临港产业不搬，南通就难以发展。不生态，就淘汰。痛定思痛，南通在 2017 年全面实施港口码头、沿江企业搬迁和环境综合整治。在港口码头方面，由于股权结构复杂，南通市领导亲自带队上门服务。通过多轮艰苦谈判，最终理顺了港口的股权关系，做通了职工思想工作，初步实现了搬优搬活、搬大搬强。

2018 年 11 月 30 日，南通港口集团全面停止硫黄进港作业，并按照“只出不进、出清一块即清理一块”的原则，于 2019 年 4 月 15 日前完成了所有硫黄堆场的清理工作。与此同时，集团全力推进狼山港务分公司和江海港务分公司搬迁工作，原有 2626 米生产岸线及 1980 亩陆域土地腾出后，重新调整为生活型、生态型岸线。

作为南通长江沿线上地标建筑的姚港油库码头，也在 2019 年正式迎来了“谢幕”。这个始建于 1959 年的江苏省内中心油库，经过多年发展，占用长江岸线 184 米，年吞吐量达 240 万吨，配送业务覆盖了南通 70% 以上的成品油市场供应，并辐射周边城市。

“实行长江大保护是中央政策，必须不折不扣执行到位，没有讨价还价的余地。”任港街道姚港社区工作人员单东辉说，通过建立联动协调机制，形成攻坚合力，推动了码头搬迁。

如今，昔日繁忙的姚港油库码头已经变了模样，闲置地块经过平整，铺上了绿色草皮，斑驳的油库已变成绿意盎然的“绿库”。

破而后立，在港口迎来脱胎换骨大“整容”的同时，五山也在积极探索绿色环保的高质量发展新路。“这是南通市城建历史上生态修复和保护投资力度最大、措施最有力的工程之一。”时任城建集团副总经理、南通五山建设发展有限公司董事长朱建林，这样评价五山及沿江地区生态修复工作。

只有推动产业转型升级，才能让滨江片区的经济发展拥有生生不息的内在发展动力。

如今，通过生态修复，狼山森林公园新增森林面积约 6 平方公里，森林覆盖率达 80% 以上，城市绿肺功能进一步增强。五山地区基本形成了具有鲜明四季变化特色，林地、自然保留地、湿地、水体层次互生的生态体系。

破立并举，洗尽尘垢焕新生

在江苏沿江八市中，长江常州段岸线最短，仅有 25.8 公里，但却是化工企业分布最为密集、“化工围江”特征最为突出的区域之一。如何破解“化工围江”难题，让黄金水道再现“一江清水、两岸葱绿”？常州通过多年实践给出了最好答案。

问题在水里，根子还在岸上。常州新北区以壮士断腕的决心、刮骨疗毒的勇气，为环境“减负”，为生态“增容”。

2016 年以来，常州市委、市政府全力推进长江大保护。期间，江苏省委、省政府领导多次来常州调研，要求常州通过 3 ～ 5 年的努力，有效解决“化工围江”问题，打造水清岸绿、可感可亲的最美岸线。常州市委、市政府坚持规划先行，形成了以“长江大保护”战略总规统领、六个专规支撑的“1+6”规划体系，并同步编制了三年行动计划和各年度工作要点，统筹推进长江大保护。

常州新北区还专门成立了长江大保护指挥部，通过系统推进“停、拆、绿、提、转”五大行动，确保完成既定目标任务。

占地200多亩的常州清红化工有限公司，因债务问题一度成为全国多家法院的执行对象；在腾退拆除过程中，又因为危废转移问题被“钉”在了江边。不拆，沿江300米绿色示范带就建不起来。顶着大太阳，相关部门负责人直接“抓住”企业负责人召开现场协调会。对资产债务，要求企业请第三方进行评估，确保外地法院办事“有据可依”；对拆除过程中出现的问题，一个一个找方案解决。2020年7月底，这家企业终于被如期拆除，保障了连片复绿工程及时落地。

如今，披上层层绿装的江边，吸引了不少常州市民前来“打卡”。“以前空气中弥漫着难闻的味道，污水横流、码头脏乱。现在这里已经成为大家休闲健身的好去处。”谈到沿江生态环境的变化，常州市民曹先生感慨道。

37岁的朱海兵是常州新北区春江街道东海社区居民，他从小跟着父亲在长江打鱼。“十年禁渔”政策，让许多像朱海兵这样的渔民告别了赖以生存的水域。“长江是母亲河，退捕让长江休养生息，为了子孙后代，我全力支持。”朱海兵虽有不舍，但语气干脆。

从企业腾退到生态修复、连片复绿，常州沿江生态环境实现了绿色“蝶变”。一个个临江亲江生态休闲节点串联起来，为市民提供了“处处皆景”的绿色生态空间。

整修并举，黄金航道实现水清岸绿

71岁的扬州市民周丽如今每晚都要到家门口的运河三湾风景区，与街坊邻居们一起打太极，“以前只能在马路边找块空地练练，现在家门口建了这么好的公园，真是太好了。”周丽说。

因水而兴的扬州，正是得益于长江、大运河两大“母亲河”的哺育与滋养。2020年11月13日，习近平总书记在扬州广陵运河三湾生态文化公园考察时指出：“扬州是个好地方，依水而建、缘水而兴、因水而美，是国家重要历史文化名城。”

昔日的三湾曾经是扬州“脏乱差”的典型，这里曾是扬州南部工业区，区域内聚集农药、热电、皮革、水泥等80多家企业，各种化工原料和废弃的物料堆就在岸边，一些违规的小作坊还曾偷排废水。水中渔网渔具遍布，水面漂浮着大量垃圾，岸上则杂草丛生，三湾片区运河水质和空气质量不断恶化，生态环境遭受严重破坏，毫无景观可言。

近几年，扬州对三湾片区进行生态修复、环境整治，利用三湾原有运河湿地资源，启动建设3800亩的运河三湾生态文化公园，搬迁企业、拆除码头、清理违建，实施水系疏浚、驳岸改造、湿地修复，生态环境极大改善。

从污染严重的一汪死水到扬州人钟情的生态文化公园，如今的运河三湾风景区，保留了原有的湿地、滩涂、河流等生态资源，公园出水水质监测可达到Ⅲ类水标准，原本无人问津的荒地转变为鸟语花香的湿地公园，40多种鸟类在此栖息，2017年开放以来，每年来此健身休闲游览的人达到数十万。

绿色运河，需要绿色产业。近几年，扬州市关闭退出京杭大运河沿岸1公里内化工企业11家，全市产业布局进一步调优调轻，化工产业布局“小散乱”现象得到明显改善。

“十三五”期间，扬州对前期生态环保督察中发现的各项问题已全部完成整改。同时，大力推动高宝邵伯湖“三退三还”（退耕、退渔、退养，还林、还湖、还湿地），扩大湖泊湿地空间。监测数据显示，2016年以来，扬州区域内水域面积增加了5.53万亩，年均增长率为2.26%，尤其是湖泊湿地空间面积明显增多。

（刊登于《中国环境报》2022年6月7日一版）

通过铁腕治污，沈阳细河水清了岸绿了景美了

昔日“臭水沟”如今变身市民休闲地

◎姚　亮

夏日的傍晚，辽宁沈阳细河U谷公园风光旖旎，清澈的河水缓缓流淌，整洁的岸边绿草如茵，徐徐清风带来丝丝清凉，市民三三两两徜徉在河边的树荫下，享受着依水临岸的慢生活。

在细河两岸，像细河U谷公园一样的景观绿地穿成一串。细河已经成为城市中的一道滨水绿色长廊，是市民们休闲纳凉的好去处。

然而，几年之前细河还是一条“臭水沟”。市民刘亮回忆道：“那时河水又黑又臭，没有人愿意住在周边，就算遛弯儿都要绕着走，当时的感觉就是这条河真的‘没救了’。”

细河也叫仙女河，全长87.1公里，是沈阳市的一条城市内河。作为市内纳污河流，细河长期承接城市生产生活污水。2017年以前，细河河水常年为劣V类水质，化学需氧量、氨氮等主要污染物浓度均高于地表水V类标准数倍甚至数十倍。在第一轮中央环境保护督察期间，督察组明确指出细河水质恶化问题。

细河治理迫在眉睫。2017年以来，沈阳市委、市政府认真学习贯彻习近平生态文明思想，落实中央生态环保督察要求，按照部署要求，坚持问题导向，铁腕治污，以最大力度、最严措施，实施靶向治理及长效监管。

“针对细河上下游的现实情况，我们决定将入河的生活污水与生产污水分开处理。”沈阳市生态环境局相关负责人说，“其中，于洪区的河段为上游部分，主要处理城市生活污水；沈阳经济技术开发区的河段为下游部分，主要处理企业生产污水。”

在细河上游，随着沈阳市城市化进程的加快特别是于洪新城的开发，细河环境污染问题日益凸显，百姓反映强烈。沈阳市提出“因河施策、多措并举、强化监管、稳定达标”，在全面深入地调查和科学细致地研究后，对细河开始实施环境综合整治。

2018年投入2.4亿元，修建8.8公里截污管线，从根本上解决直排细河污染源问题；2019年，北部污水处理厂和仙女河污水处理厂完成提标改造、提质运行；2020年投入1300万元实施清淤疏浚综合整治工程……

沈阳市于洪生态环境分局局长张力军说：“通过综合施策，从2020年5月开始，细河于台国考断面水质稳定达到功能区标准，实现了历史性突破。近年来，细河水质逐年向好，2021年细河水体水质年平均值达到Ⅲ类。”

相比细河上游，细河下游工业企业集聚，尾水收集处理难度大，基础设施建设不完善，导致细河水体长期严重污染。而细河主要补水方式为沿河污水处理厂排放的尾水，因此污水处理厂出水是影响细河水质的关键之一。

“我厂设计日处理能力为25万吨，工程总投资6.6亿元，2018年6月30日正式达标运行。”在沈阳振兴污水处理有限公司，公司负责人袁志红指着身后的好氧区说，“根据水源不同，我厂预处理工艺分为两条主线，分别是‘曝气沉砂＋臭氧氧化＋水解酸化’工艺和‘曝气沉砂＋水解酸化’工艺。污水经过三级处理后，达到国家一级A标准排放至细河，对细河水质改善起到了一定作用。”

同时，沈阳市生态环境部门针对每家企业产生污水的不同特点，“一企一策”制定污水治理方案，实施精准帮扶指导，解决企业在污水治理上面临的难点堵点问题。

凭借多项治理措施及持续管控手段，细河水质显著改善，各项污染物指标呈现逐年递减趋势。经检测，2022年1月至5月，细河水质达到历史最好水平。

如今，细河不再是百姓掩鼻而过的“臭水沟”，而变身为沈阳西部一道独特的风景，成为沈阳夏日休闲旅游路线的点位之一。水清了，岸绿了，景美了，百姓也收获了满满的幸福感。

（刊登于《中国环境报》2022年7月28日一版）

解锁广东治水“密码”

◎郑秀亮

城市建成区黑臭水体全面消除；总书记指出的9个劣Ⅴ类国考断面2020年全部消劣，曾经污染最严重的茅洲河、练江成为“治污典范”……近年来，广东省高位推动碧水攻坚战，全省以“大兵团”作战的非常之举和绣花功夫的精细治理，挂图作战、系统治水，实现好水越来越好、差水越来越少的目标。

水清岸绿，鸥鹭齐飞，一江碧水倒映出两岸高质量发展的勃勃生机，一幕幕治水“蝶变”的故事在广东大地生动上演。

高位推动+重金投入，治水“硬骨头”迎刃而解

广东省委书记李希亲自挂点茅洲河，时任省长亲自挂点练江，省长王伟中要求巴掌大的黑臭水体都要消除、一切工程都要给治水工程让路……

“在治水工作上，省领导高度重视，真花时间研究落实、真花精力亲自部署。”广东省生态环境厅水生态环境处处长李新科告诉记者，广东省高规格成立污染防治攻坚战指挥部，省政府每月召开调度会，深入实施挂图作战，坚持全流域一盘棋，一河一策、一体规划、一并推进，“一图一表一方案”统筹实施，治理协同性显著增强，合力治水攻坚态势全面形成。

治水压力层层传导下，各地全面落实党政同责，出实招、解难题，东莞将茅洲河治理作为“头号工程”，广州市规定完不成黑臭水体治理主要领导干部不得调整岗位。广东省生态环境厅实施“一市一策一专班”，组织11位厅领导、17个处室挂点治水，针对性开展督导服务。

“包干河长每月至少现场驻点一次，通过巡河、开座谈会、走访群众，督导重点任务

和基础设施建设，协调解决难题。”汕头市练江办工作人员介绍，为了打赢练江治水翻身仗，汕头创立驻点工作制度，市领导对重污染支流驻点包干，人大代表、政协委员等沿岸逐村巡查。

治水护水离不开资金的投入。“2018—2020年省级财政安排污染防治攻坚战资金722亿元、水污染防治资金投入332.18亿元、有关地市围绕9个劣Ⅴ类国考断面投入整治资金达1874亿元。”广东省生态环境厅厅长鲁修禄介绍，为了全面加强流域污染综合治理，广东真金白银投入，全省上下以前所未有的力度和决心推动治污工程的建设运行，全省污水收集处理能力得到有效提升，累计建成城市（县城）生活污水管网7.34万公里，日处理能力2947万吨，连续多年居全国第一。

“大兵团”作战+“绣花”功夫，治水取得明显成效

污水处理设施建设严重滞后，主干管、支次管网极为欠缺，治水短板沉疴难除。短时间内，如何补上这些短板？

茅洲河治水攻坚高峰期，一线施工人员达3万多人，最高单日铺设管网4.18公里、单周24.1公里，刷新全国纪录。汕头练江段治水攻坚高峰期，流域内一线施工人员达9000多人，管网施工每天平均推进约6公里。“为补齐短板，广东充分发挥国企‘大兵团’作战优势，项目质量、效率大幅提升。”李新科告诉记者，“大兵团”作战模式下，全省多部门、国企成治水“主力军”，推动污水处理厂及配套管网保质提速，各重点流域迅速弥补污染治理能力短板，实现水质稳定改善。

相比大刀阔斧的工程建设，雨污分流管道、暗涵等如毛细血管，需深入社区、镇村下“绣花”功夫。

“没有居民的配合工程很难推动，这是一个细心活，更是耐心活，我们挨家挨户告诉大家施工计划，为他们描绘河涌整治后的美好场景，同时协调解决施工过程中的噪声扰民、交通出行等问题。”广州市生态环境局白云分局局长王焱介绍，为了推动管网建设，当地实行网格化管理，整个白云区被划成3075个网格，配备3215名网格员，走进每家每户做工作。

“最开始我们也不清楚这些工程有啥作用，特别是看着街巷被挖得破破烂烂，大家意见很大。”谈起当初管网建设，练江流域内谷饶镇居民记忆犹新，“后来村里每天都广播介绍雨污分流，村干部经常上门做解释工作，特别是看到改造后村里的河涌水质慢慢改善，大家也都非常配合。”如今村民的房屋外，一根根白色塑料管，把洗碗、洗衣服等生活污水都接到了专门的排污管。

在茅洲河流域，深圳实施“排水管理进小区”“物业管理进河道”，细致疏通排水管网最后 100 米；东莞将流域分成 237 个排水地块，逐栋逐户推进雨污分流，同时推进排水户监管全覆盖及网格化精细管理，分类整治重点排水户，从源头规范污水排放。

治水＋“治城”，水环境改善带来了高附加值

“水环境整治其实是打造一个生态环境，带来的是环境升级、产业升级、形象升级，随之而来的就是营商环境的提升，这是一个层层递进的关系。”广东省生态环境厅相关负责人告诉记者，广东坚持治水与“治城”深度融合，以治水倒逼经济转型升级。

鲁修禄提到，茅洲河以治水“倒逼”空间开发和产业布局优化提升，深圳释放沿岸土地价值高达 1200 亿元，东莞长安镇吸引集聚了一批优秀企业落户，使水生态资源逐步转化为生态资本。

“以前河水黑臭，连河边都不想走近，现在河水治好了，岸边的绿化也搞起来了，环境大变样，大家都愿意‘回归’了。”在长安镇，随着茅洲河水质不断改善，越来越多的群众选择回归茅洲河水畔定居，沿岸盆菜宴、老人宴、迎春长跑等群众活动接连不断。“临河的铺面租金每个月都涨了快 2000 块钱。”河畔村民喜笑颜开，村民的日子随着水质提升逐渐红火，切实享受到茅洲河的生态红利。

随着水环境改善，汕头练江沿岸的乡村绿化、道路也更加完善，村民抓住机遇打造生态宜居美丽乡村，发展乡村旅游和各类生态农产品。“村容变美，路也好走，周末很多城里的市民过来游玩，顺便买些瓜果，我们在家门口就能够挣到钱。”当地村民高兴地说，村里逐渐成为有名的“网红村”，村民也真正过上“靠水吃水”的好日子，有了实实在在的获得感。

（刊登于《中国环境报》2022 年 8 月 11 日五版）

从治湖泊向治流域转变，换来草绿水清鱼鸟成群
内蒙古“一湖两海”重现勃勃生机

◎杨爱群

守好这方碧绿、这片蔚蓝、这份纯净。党的十八大以来，内蒙古自治区深入践行“绿水青山就是金山银山”理念，坚定不移走以生态优先、绿色发展为导向的高质量发展新路子，生物多样性保护持续加强，生态功能得到显著恢复，在祖国北疆构筑起万里绿色长城。

呼伦湖、乌梁素海、岱海（以下简称“一湖两海”）是内蒙古面积较大、具有较强生态功能的重点湖泊，也是我国北方生态安全屏障不可或缺的组成部分。为擦亮这几颗草原上的“明珠”，内蒙古全力推进“一湖两海”综合治理，把做好“一湖两海”生态环境保护治理作为重要政治任务，从“治湖泊”向“治流域”转变，使“一湖两海”重现勃勃生机。

截至2021年年底，呼伦湖水域面积达2237.5平方公里，水量达到134.9亿立方米；乌梁素海湖心断面水质由2015年之前的劣Ⅴ类提升至2021年的Ⅳ类；岱海流域内62万亩耕地累计完成退灌改旱21万亩，退耕还湿4万亩……

呼伦湖流域生态环境持续向好

夏日的呼伦湖，犹如一幅飘逸的碧蓝画卷，水波荡漾，群鸟翱翔，芦苇丛和柳灌丛随风摇曳，焕发出耀眼的生机与活力。这一切，得益于呼伦湖生态环境综合治理各类项目的扎实推进。

呼伦贝尔市市民马桂芳兴奋地向记者说：“这里太美了，草绿、水清、鸟多，希望大

家都能感受到这里的美丽。”

呼伦湖是内蒙古第一大湖，由于气候暖干化和人类活动影响，呼伦湖水位连年下降，湿地严重萎缩。面对流域生态环境的严峻挑战，内蒙古对症下药，把呼伦湖保护治理作为筑牢我国北方重要生态安全屏障的“头号工程”，编制《呼伦湖流域生态与环境综合治理实施方案》《“十四五”期间呼伦湖流域生态环境保护治理实施方案》；组建呼伦湖草原生态试验站、呼伦湖湿地生态系统定位观测研究站等合作研究机构；实施《内蒙古自治区呼伦湖国家级自然保护区条例》。

深入实施生态移民、禁牧休牧和草畜平衡。在保护环湖周边草原生态系统的同时，有效减少了面源污染对于河湖水质的影响。从 2017 年起，呼伦贝尔市开展环湖沙化土地治理、草地退化治理、生态移民、部分休渔、入湖河流沿线污水处理厂提标改造等工程项目，流域草原生态保护力度不断加大，环呼伦湖植被恢复明显，植被覆盖率逐步提升，草地退化、沙化程度得到有效遏制，生物多样性得到提高，治理工作成效不断显现。

呼伦湖国家级自然保护区管理局副局长窦华山说：“这 10 年是呼伦湖逐渐恢复生机的过程，（湖水）面积增加将近 500 平方公里，鱼类总量也有了显著增加，生态环境就是我们自豪感来源之一。”

呼伦贝尔市生态环境局水生态环境科王瑞东告诉记者，2021 年 1 月 24 日，生态环境部办公厅印发《关于调整呼伦湖等湖泊水质评价考核方法的通知》，同意“十四五”期间对呼伦湖不开展水质评价考核，试点开展水生生物多样性和富营养化监测评价考核。呼伦湖成为国家首个开展水生态环境评价考核的试点湖泊。

丰盈的河湖、鲜美的水草，开阔的沼泽湿地和草原……每到鱼群繁殖和候鸟迁徙的季节，呼伦湖总会成为鸟鸣鱼跃的幸福天堂。

乌梁素海流域山水林田湖草沙共治

乌梁素海流域西部是浩瀚的乌兰布和沙漠，南部是奔流的黄河，东部是葱郁的乌拉山国家森林公园，北部是连绵的阴山山脉和辽阔的乌拉特草原，中部是沃野千里的河套平原，组成了一个山水林田湖草沙共融共生的生命共同体。

随着快艇驶向乌梁素海深处，水面泛起清澈的浪花，远处一只翠蓝的小鸟一头扎进清澈的湖水里，湖面泛起小小的涟漪。

然而，在 20 世纪 90 年代，由于工农业废水和生活污水排入乌梁素海，湖水变黑、变臭，气味儿呛鼻，一度被当地百姓失望地唤作“污水盆”。2008 年暴发大面积“黄藻”，对黄河水生态安全造成严重威胁。

“乌梁素海最差的时候，别说乘船上湖面了，就是在离湖远远的村子里关着门窗都能闻到阵阵臭味儿，湖面萎缩，湖水变得浑浊，鱼类、鸟类明显减少。”距离乌梁素海仅3公里的乌拉特前旗额尔登布拉格苏木西羊场嘎查47岁村民李建军这样描述曾经的乌梁素海。

一定要改变乌梁素海面貌。内蒙古下定决心，在持续推进乌梁素海流域山水林田湖草沙一体化保护修复的基础上，开展点源、面源、内源综合治理，推动农牧业转型发展，制定乌梁素海综合治理的实施意见和配套办法。

从源头遏制污水进入乌梁素海，全面开展“控肥、控药、控水、控膜”四大行动，推进秸秆综合利用、粪污资源化利用以及农村环境整治，引领农民和企业高质量生产，化肥、农药施用量连续3年实现负增长；实施水环境保护与修复工程，探索开展内源治理，在湖区开挖74条网格水道，长约187公里，实施1.02万亩底泥原位修复试验示范工程，进行生态补水，促进水体循环，推动湖区水质持续改善；在乌兰布和沙漠，2010—2020年累计完成治沙面积255万亩，减少输沙量1701万吨，被生态环境部命名为“绿水青山就是金山银山”实践创新基地；实施了乌梁素海生态环境大数据平台建设项目；11家污水处理厂全部达标。2021年，乌梁素海水域面积保持在293平方公里，水质总体好转。

如今的乌梁素海水碧波清，芦苇摇曳，栖息鸟类的物种和数量明显增多，总数量突破600万只，乌梁素海流域人居环境明显改善，群众幸福指数不断提高。

岱海湖面积缩减趋势明显放缓

落日余晖映衬着岱海金光闪闪，波光粼粼的湖面倒映着晚霞。位于乌兰察布市凉城县的岱海是内蒙古第三大内陆湖。由于自然气候变化和工农业取水，岱海湖面快速萎缩。

土生土长的凉城县岱海镇义和西村村民张根换对记者说：“我已经在岱海边生活了71年，小时候还能在海边戏耍，收工后会在水里冲脚。后来，水又臭又脏，水也越来越少了。”

面对即将消失的岱海，内蒙古启动了“拯救”岱海行动。2016年，实施了农业节水、工业节水、河道疏浚、生态补水、生态恢复、水质恢复等措施，推动岱海水生态治理。2020年，将岱海水生态综合治理思路由“一湖”治理转向流域治理，治理范围由岱海周边200平方公里拓展至流域2000平方公里，重点实施控水、控肥、控药、控膜以及畜禽粪污、城乡垃圾、城乡污水处理的“四控三处理”措施。

来到岱海边，张根换指着岸边茂密的杂草说：“现在我们都不放牛羊了，湖边的田地也都退了出来，家家都安了水厕，村民们都很支持政府的决定，生活质量也高了，岱海现在有了改善，我们是打心眼儿里高兴。”

记者看到，水面上有两台挖泥机在作业。乌兰察布市生态环境局凉城县分局副局长程凤岐介绍，要彻底解决岱海封闭性内陆湖“内治”只能治表的问题，“内治外引”才能标本兼治。目前，岱海生态应急补水工程已经完工，今年将开始注水，每年会有4400多万立方米黄河水注入岱海。

凉城县环境监测站副站长胡晓芳告诉记者：“目前已在岱海湖面布设5个点位，6条入湖河流布设9个断面，实现了湖泊、入湖河流、关键点位监测全覆盖，实现所有监测数据同步上传，并可进行查询和展示。”

“十四五”时期，内蒙古对重点流域水生态环境保护作出了总体安排部署。内蒙古自治区生态环境厅印发的《内蒙古自治区“十四五”重点流域水生态环境保护规划》明确，“十四五”重点流域水生态环境保护坚持山水林田湖草沙综合治理、系统治理、源头治理，统筹水环境、水生态、水资源等要素，持续做好“一湖两海”及察汗淖尔生态环境保护治理。

从保护一个湖到保护一个生态系统，“一湖两海”综合治理深刻揭示了山水林田湖草沙命运共同体的理念，是内蒙古生态文明建设进程中迈出的重要一步。

（刊登于《中国环境报》2022年8月24日一版）

沱江十年

——“臭水河”重现清水绿岸美景

◎王小玲

沱江是长江重要支流，也是四川城镇最集中、人口最密集、经济实力最强的区域，承载着全省 19.3% 的人口和 23.6% 的 GDP，水资源开发强度位居全省各流域之首。

20 世纪 70 年代以前，沱江还山清水秀。随着经济和人口的急剧增长，它慢慢变得恶臭难闻。虽采取了一些治理措施，但难破治污“瓶颈”，一度成为全省乃至长江上游污染最严重的河流。2017 年，沱江流域 16 个国家考核断面水质优良率仅 6.3%，干流污染十分严重，威远河、釜溪河、球溪河等支流长期为劣Ⅴ类。

然而一组最新数据的发布，让人们眼前一亮。2022 年上半年，沱江流域 37 个国考断面中有 33 个达到水质优良，水质优良率近 90%，Ⅴ类、劣Ⅴ类断面全面消除，水环境质量创近 20 年来最好水平，改善幅度位于全省主要河流第一。

昔日的“臭水河”已然碧波荡漾，恢复了最初的容颜，久违的“清水绿岸，鱼翔浅底”的美景再次呈现，桃花水母、红嘴鸥等珍稀水生生物和候鸟频频现身，赢得群众频频“点赞”。

沱江是如何“脱胎换骨”、一改“臭水河”形象的？近日，记者深入走访沱江流域各地，了解背后的治水故事。

1 万余名河长“齐上阵”“分散治理”变为“协同治理”

阳化河流域是沱江一级支流，资阳乐至段是典型的川中丘陵区农业小流域。由于农业发展方式粗放、农业农村面源污染强度大，长期以来，河流水质改善缓慢，富营养化严重。

为实现从Ⅴ类水向Ⅲ类水的跨越，针对流域内支流多、范围广的现状，资阳市乐至县设立县级河长 16 名、镇级河长 12 名、村级河长 95 名，将责任压实到最小单位。

“村级河长坚持常态化巡河，能充分掌握所负责河段及周边区域的基本情况，对不能解决的问题，也能及时上报，落实了‘发现问题—督办问题—解决问题’全流程管理。”资阳市乐至生态环境局袁玉龙介绍说。

2021 年，各村级河长深入河道巡查走访共发现问题 500 余个，现场处理 480 余个，上报问题 20 余个，均得到及时解决。

乐至县的河长人数，只是四川省、市、县、乡、村共 1 万余名五级河长的零头。

自 2017 年起的每年春天，四川省委书记都主持召开全省总河长会议，建立健全河长会议、信息共享、巡河督察等工作机制，做到各类水域河湖长无缝衔接、全域覆盖、网格化管理，推动水污染防治从“分散治理”变为“协同治理”。

据统计，省级河长巡河督导 10 余次，先后 6 次召开流域治理工作专题会，协调和督促解决流域治理和保护的重大问题。流域各级河长先后巡河巡湖 67 万余次，排查整改生态环境突出问题 8.5 万余个。

资阳市雁江区江南半岛生活污水直排曾列入第一轮中央生态环境保护督察“回头看”群众信访问题。然而，省级河长暗访发现直排问题长期未得到解决，生活污水仍然经冲沟进入沱江。在经过一场以水质提升及生态修复为重点的系统整治后，资阳市解决了污水直排问题。

在四川，暗访暗查已成为常态。在沱江流域，四川省相继开展沱江水污染防治强化督查、长江经济带生态环境问题暗查指导、沱江流域河（湖）长制暗访督查，严厉查处环境违法案件 1621 件，处罚 2.26 亿元，行政拘留 112 人，移送追究刑事责任 11 人。

仅 2021 年，省、市、县三级领导共对沱江流域开展暗查暗访 400 余次，其中党政主要领导带队 100 余次，发现问题 2506 个，完成整改 2387 个。

不仅如此，四川省出台的首部流域性地方法规《四川省沱江流域水环境保护条例》，就聚焦沱江流域；在生态环境保护“党政同责”考核中，也增设沱江专项，实施差异化考核，并对排名靠后的地方以省委、省政府名义实施约谈，共开展约谈 10 余次。

磷石膏渣山变身公园 “倒逼”沿江各市优化产业结构升级

德阳什邡市洛水镇南元村的宏达洛水磷石膏堆场，过去曾是长约 3 公里、高约 10 米的黑灰色“小山”。在采取加固防渗、绿化等措施后，现在表面已是郁郁葱葱，如同披上了“绿衣裳”。像这样焕发新生的磷石膏堆场，在什邡市还有不少。

磷矿资源丰富，为什邡地方经济发展插上翅膀的同时，也留下了伤痛。受制于技术

“瓶颈”，大量磷石膏只能露天堆积，由于渗滤液收集处置不到位，导致周边水体、土壤及石亭江总磷超标，进而影响沱江下游水质。

从2005年起，什邡市已彻底停止审批产生磷石膏的生产项目，关闭和淘汰一批产生磷石膏的企业及生产线。同时，积极引入企业，对磷石膏进行综合利用。

2017年3月，什邡市委、市政府再次痛下决心，以两年时间为限，彻底解决磷石膏环境问题。通过采取削坡减压防风险、“两布一膜”防渗漏、雨污分流去污染、渗滤液收集强治理、覆土植绿变景观的“五步走”整治措施，开展了一场“愚公移山”式的整治。

如今，整治后的渣场已变成生态公园，磷石膏综合利用也成为什邡“洁净工程”的重点项目。

“十三五”期间，四川省制定并实施重点流域总磷污染控制方案，开展沱江上游区域总磷攻坚，完成流域63家“三磷”企业整治，连续三年实现“产消平衡”，完成磷石膏由“黑”到“绿”的转变。

与此同时，其他产业也在提档升级。四川省生态环境厅水生态环境处处长芮永峰介绍说，近年来，四川出台实施长江经济带工业绿色发展意见，严格审批沱江干流1公里范围石油化工等项目；颁布实施《四川省岷江、沱江流域水污染物排放标准》，“倒逼”沿江各市优化调整经济结构和产业提档升级；大力发展绿色低碳循环产业，创建绿色工厂145家、绿色园区15家。

引入社会资本 补齐能力建设短板

“一切正常！”在内江市城镇生活污水运行监管中心，大屏幕上显示的实时数据均为“绿色”。工作人员借助“内江市城镇生活污水运行监管信息平台”，污水处理每个环节是否规范操作、排放水质是否真正达标、有无违规偷排私排等信息一览无余。

据了解，这一平台的监管范围扩大到城镇所有生活污水处理厂，实现了内江城镇生活污水运行监管可视化、动态化、标准化。

内江位于沱江下游中段，作为全国108个严重缺水城市之一，内江多年人均水资源量仅为全国的20.89%。

生态环境基础设施薄弱是内江的短板，也是制约水环境质量改善的重要因素。近年来，内江市紧紧抓住这个“牛鼻子”，推动威远县第二污水处理厂、严陵园区污水处理厂、内江市第二污水处理厂等16个生态环境基础设施整改项目陆续建成。

同时，采用“统筹规划、统一打包、投建营运一体、收集处理一体”模式，将全市污水收集管道、污水提升泵站和污水处理厂（站）等项目统一打包，形成内江沱江流域水环境综合治理PPP项目，引入社会资本负责建设、管理，项目总投资达62.82亿元。

目前，内江市累计新改建城镇生活污水处理设施135座，新建污水管网1070公里，实现建制镇（街）、二级场镇污水处理设施全覆盖，处理能力达38.5万米^3/日。

为强化城镇生活污染治理，四川省大力实施城镇生活污水垃圾处理设施建设3年推进方案，新增污水处理能力151.9万吨/日，新建污水管网近3000公里；42个工业园区集中污水处理设施全部建成投运。

同时，充分撬动社会资本参与流域治理，2017年以来，共投入治理资金近400亿元。率先建立流域横向生态补偿机制，省、市两级政府3年共同筹资28.5亿元用于流域保护。

“智慧管理”有了好帮手　科技支撑助力流域精准治污

“河流两岸庄稼旺盛、杂草丛生，很多河段存在暗河、支流与农灌沟渠交错等复杂情况，还有些河段内排污口为暗管，很难确定位置。”以前提起排污口排查，成都市新都生态环境局水科负责人熊林就头疼。

“不过现在不一样了，我们有个好帮手。”熊林口中的帮手指的是“成都市入河排口排查App”。App内含多种类型地图、经纬度导航、排污口照片和视频，可以精准定位排污口位置，“让我们少走了不少弯路。”

App的另一端，是“成都市入河排口信息管理平台”。除记录排污口信息、周边环境、水质水量等数据外，还能利用大数据平台实现排污口信息的整体呈现和入河排污口“一张图”管理，便于分区域、分类别整治排污口，因口施策。

这一项目是九道堰河流域18公里、1.8平方公里的水生态综合治理。在“大流域统筹规划、小流域单元治理、全流域智慧管理”治理思路下，总投资6000万元，构建起监测一平台、数据一中心、决策一张图、服务一平台。其采用云计算、大数据、物联网等新一代信息技术，融合水环境智能监测系统、图像融合系统、图像智能识别系统，建成信息化系统，实现了全要素监测监控预测，并逐步实现沱江流域成都段全流域智慧管控。

要实现精准治污，离不开科技支撑。四川省生态环境厅深知这一点。为此，四川先后成立由两院院士领衔的沱江治理专家顾问团和流域环境研究所，全面推行技术河长，组织专家会诊20次，并驻点跟踪研究。

此外，建成流域水环境管理平台，增设国家、省、市水质自动监测站59个，在全国率先实现48小时水质预警预报，为流域科学治水提供有力保障。

（刊登于《中国环境报》2022年10月11日五版）

宜昌从化工围江到江豚逐浪

在长江沿线实施化工企业“关改搬转治绿”，134家化工企业“离江而去”

◎张　黎

万里长江，对宜昌厚爱三分。在这里，长江穿城而过，滋润一方土地，哺育两岸子民。

凭借天然的地理优势，湖北省宜昌市创造了一段辉煌的码头商贸史，开创了长江中下游货运往来的先河。可多年的过度索取，长江“病”了，不堪重负；人们熟悉的“江猪子”曾一度身影难觅。

作为长江中下游水源安全保障的源头、三峡库区重要生态屏障，宜昌在长江生态保护中担负着重任。随着长江大保护工作的深入推进，长江又变了——宜昌江段水质发生转折性改善，江豚频频现身，岸线“镶”上绿边，生态潜力无限。

“生态优先、绿色发展”的长江大保护行动，如同一支妙笔，重新描绘出了这座江城的崭新面貌。

“走！去江边转转！”宜昌市民的口中，传递出实实在在的幸福感。

千亿元产业遭遇“化工围江”

宜昌与长江的故事，该从何谈起？

“不妨从壮士断腕破解‘化工围江’说起吧！”在宜昌市生态环境局党组书记、局长高杰眼中，宜昌在保护治理长江方面最大的特色和亮点，无疑是率先在长江沿线实施化工企业“关改搬转治绿”，其典型经验做法被国务院通报表彰，并在沿江11个省（直辖市、自治区）推广。

忆往昔，资源禀赋带来的优势，让化工产业与宜昌“结缘”。化工产业曾贡献宜昌市近 1/3 的工业产值，占全省化工产值近 1/3。

可千亿元化工产业的经济底盘背后，沿江边林立的烟囱厂房、密布的砂石码头威胁着母亲河长江的生态安全，也带来了“化工围江”的困局。

高杰表示：“扛起长江大保护政治责任，筑牢三峡生态屏障，宜昌义不容辞。痛定思痛，宜昌主动作为，破解‘化工围江’难题。”

2018 年 9 月 9 日，伴随一声闷响，兴瑞第一热电厂烟囱应声倒下，这是宜昌沿江化工企业的“第一爆”，随后，沿江 1 公里范围内的 134 家化工企业踏上“关改搬转”之路。

有着 47 年历史的田田化工关停，两亿元生产装置、3 亿元年销售额“归零”；投资 30 亿元的宜化煤气化改造项目，因选址距离长江只有 1 公里被否决，搬迁企业全部入园。

也痛、也难。宜昌市的 GDP 增速甚至一度跌落至 2.4%。“挺过难关，几年来的攻坚克难，134 家企业‘关改搬转’任务已基本完成，实现了从‘化工围江’到‘江豚逐浪’的转变，换来了长江流域水环境质量的明显改善。”高杰介绍说。

数据显示，2021 年，长江干流宜昌段水质稳定达到Ⅱ类标准。2022 年 1—8 月，长江干流总磷浓度下降至 0.045 毫克 / 升，较 2015 年下降 65.65%。

短短几年间，宜昌取缔非法码头 216 个、采砂场 134 家，腾退岸线 39 公里；一体推进“治水、治岸、治绿”，打造长江宜昌段 232 公里生态廊道；全域生态复绿 5.27 万亩，修复长江岸线 94 公里、支流岸线 196 公里，磨基山公园、滨江公园等一批新晋网红“打卡点”，成为市民休闲、健身好去处。

阵痛过后迎来逆势增长

看似退势，实则进势。

宜昌一手抓淘汰落后产能和化解化工过剩产能，一手利用旧动能腾退出的新空间培育精细化工产能，引导化工产业向高端发展。

按照“循环化、绿色化、高端化、精细化”要求，宜昌建设完成枝江姚家港和宜都化工园两个专业化工园区，化工产业走上了“腾笼换鸟、凤凰涅槃”之路。

新建的宜都化工产业园不仅对标国际先进、国内一流的绿色、智慧型化工园，更是“筑巢引凤”，形成了以磷化工、精细化工、医药化工、氟硅系化工、高端化工为主的生态型产业集群。在这里，不少化工企业得益于搬迁改造，环保设施提档升级，日子越过越好。

全球最大的氯化钡生产企业——宜昌华昊新材料科技有限公司副总经理魏风云说：

“搬迁入园‘倒逼’我们对整个技术路线和工艺流程进行了升级改造，节能环保理念更加深入人心。”他介绍，目前，企业主导产品电子级氯化钡纯度全球领先，全球市场份额超60%。

华阳化工副总经理徐明国表示，搬迁过程也是一个企业提质增效、产品升级换代的过程，新厂建成后，将全部采购世界一流的生产设备，生产效率将大幅提升，产品质量也更加稳定。

更令宜昌人欣喜的是，虽有沿江化工企业“离江而去”，但又迎来了宁德时代、山东海科、广州天赐等一批行业巨头“重仓”宜昌，宜昌化工产业正向新能源电池、动力总成和高端装备制造持续攀升。

短暂阵痛后，宜昌强力推动化工业转型升级，着力培育新兴产业，绿色发展势头强势。2018 年，宜昌 GDP 增速达 7.5%，2019 年达到 8.1%。2021 年，宜昌 GDP 迈上 5000 亿元台阶之后，今年上半年，GDP 又逆势增长 5.7%。

宜昌用实际行动诠释了——“不是不发展化工，而是发展什么样的化工”新理念实践之路，其建设智能、清洁、绿色的全国精细磷化中心的宏伟蓝图，正逐渐成为现实。

1973 个排污口查清楚、管起来

岸上，沿江企业全部腾退；水中，伸向长江的所有排污口都“管起来”。宜昌的治江故事，还在继续。

从 2019 年开始，生态环境部将排污口整治与推动国家区域重大战略相结合，开展了长江流域入河排污口整治，共排查出长江干流和 9 条主要支流入河排污口 60292 个。

宜昌拥有湖北省内最多的排污口—— 1973 个。

这些排污口分布广、基数大、情况复杂，且污水直排、溢流问题突出，群众反映强烈。怎么治？

“我们高度重视这项工作，将其纳入宜昌长江高水平保护十大攻坚提升行动，并作为第二轮中央生态环境保护督察整改的重要任务。同时，作为从源头推动污染治理、水生态环境改善的重要举措，狠抓落实。”高杰表示。

真金白银投入，宜昌市生态环境局申请专项资金 1500 万元，引入专业技术力量支持；安排资金 50 万元用于排污口规范化建设，方便日常管理和公众监督。

不仅如此，宜昌城区还调动市场力量，与三峡集团签署《共抓长江大保护 · 共建绿色发展示范区合作框架协议》，合作推进“四水共治”，启动污水厂网与生态水网项目，从根本上治理污水错接、混接、乱接问题。

打造整治样板，宜昌集中力量聚焦一批典型的排污口，确保有效解决排污难点。

在猇亭区，结合“两网”共建项目，解决雨污合流、溢流问题；在夷陵区，以片区治理为主线，助力综合整治；秭归县则规范码头污水收集处理，解决直排问题；宜都市加强工业园管网建设，实现工业废水应收尽收，达标排放；枝江市结合农村综合整治，规范生活污水收集处理。

虽然生态环境部门负责排污口整治工作的人手有限，但“一口一档”、积极协同其他部门配合的工作劲头却丝毫没有放松。

分管这项工作的宜昌市生态环境局总工程师郑斌告诉记者：“排污问题有没有真正解决、环境质量会不会改善，才是我们指导帮扶重难点排污口整治工作的衡量标准。”为此，他先后3次到现场开展“回头看”检查，对整治不彻底、不到位、监测超标的排污口加强工作督办。

因地制宜、对症下药，宜昌以入河排污口整治为重要抓手，推动补齐环境基础设施短板，为长江高水平保护和高质量发展奠定坚实基础。截至目前，宜昌市入河排污口整治完成1677个，完成率达85%。

探索流域综合治理的新模式

在宜昌市黄柏河流域水资源保护综合执法支队邹良的办公桌上，摆放着一本2022年最新版的《黄柏河东支流流域磷矿企业基本信息资料》，自2016年起，这份资料每两年更新一次，如今已是第4个版本。

翻开资料，41家企业139个硐口的坐标一清二楚；企业生产工艺、排水量、在线设施、排水去向、矿石堆场布局等各项环保指标也一目了然。

这是邹良地毯式摸排获取的环保台账。“有这本书，政府决策有据，队员执法可依，黄柏河治理污染有迹可循。”

黄柏河，是宜昌境内长江一级支流、葛洲坝库区最大支流。承担着宜昌城区及宜东地区200万人生产生活和100万亩农田灌溉供水的重任，也是长江流域最大的磷矿基地。

“十二五”时期，黄柏河流域生态问题日益加剧，两座水库相继发生水华，总磷浓度一度超标27.6倍，严重威胁城乡居民饮用水安全，直接影响长江干流水环境质量。

随即，宜昌市委、市政府在黄柏河流域进行流域水生态保护综合执法改革试点，探索出了可复制推广的流域综合治理经验。

一方面，流域综合执法机构要集中行使环保、水利、农业、渔业、海事等部门执法权，打造适应工作需要的执法队伍，提升能力。另一方面，流域跨多个行政区域，“上游要吃饭、下游要喝水”，要协调开发与保护、发展不平衡的关系。

为此，宜昌创新综合执法，提请编制部门批准成立河流水生态保护综合执法局，下设流域水生态保护综合执法支队，具体承担流域水生态保护职责，至此告别“九龙治水”。

开展地方立法，制定出台《宜昌市黄柏河流域保护条例》，这是《中华人民共和国立法法》修改后宜昌第一部地方性法规，为流域保护工作提供了科学权威、坚强有力的制度保障。按照“依法保护、依法治理”原则，让治污者受益、造污者受罚，建立生态补偿机制，创造性提出水质达标情况与生态补偿资金、磷矿开采计划“双挂钩”，着力发挥生态补偿机制“四两拨千斤”作用，调动属地政府、企业加大投入力度，开展治污、减污、控污等污染防治工作。

如今，站在黄柏河两岸，但见水清岸绿入画来。

高杰告诉记者，通过综合治理，2021 年，流域Ⅱ类水质达标率达到 98.18%，较 2016 年提高 30.9 个百分点，流域磷矿产值从 2016 年的 127.6 亿元增加到 184.1 亿元，增长 44.3%，实现了“矿要开，水要好”的“双赢”，有力保障了城乡居民饮用水安全和长江水质改善。

今日之宜昌，水越来越清了，环境越来越美了—— 2017 年以来，宜昌市纳入国家和省“水十条”考核的地表水断面连续 5 年水质优良比例为 100%；山川与碧水相依，美景吸引八方来客，宜昌正成为许多人心中的“诗和远方”。

遥看未来，宜昌的建设目标直指“山水辉映、蓝绿交织、人城相融”的长江大保护典范城市。一座城守护一条江，一条江成就一座城。长江见证着宜昌的绿色变迁，也将目睹宜昌奔向更广阔的绿意天地。

（刊登于《中国环境报》2022 年 10 月 12 日五版）

部门地方协作，聚焦减磷控氮，实施分区治理

十年治藻控磷护太湖安澜

◎薛丽萍

“眼中何所有？三万顷，太湖宽。”200多年前，更生居士语带惊叹地描绘出了一片苍茫之中浩浩荡荡的太湖。

如今，一位网络博主如此讲述她在环太湖1号公路自驾的经历：“我见了西山湖上的粼粼波光，赏了东山明月湾的浪漫日落，与光福铜观音寺的诵经声相伴入眠……”时光交织，古今众人的字里行间都体现出对长三角“幸福湖”的喜爱。

太湖流域地处长三角地区的核心区域，处于长三角区域一体化发展、长江经济带、长江大保护、“一带一路”等重大国家战略的交会点。如何呵护好太湖安澜，让群众共享太湖美景，是环太湖地区十年来不懈奋斗的目标。

连续14年实现“两个确保”目标

太湖不仅是长三角区域水资源调配中心，还是长三角地区水生态、水环境的晴雨表。

但太湖并不总是像现在这般宁静。2007年5月底，太湖蓝藻大面积暴发，饮用水水源地水质遭受污染，引发无锡市供水危机。随后，国务院作出重要批示，要求加大太湖水污染治理力度。

治病还需找准“病因”。太湖的问题在哪儿？

水体富营养化。从太湖的生态系统来看，要想控制太湖蓝藻水华，“减磷控氮”是必经之路。

可磷、氮的问题，管起来并不容易。太湖流域总面积为3.69万平方公里，流域内分布着超大城市上海，特大城市杭州、苏州，大中城市无锡、常州、镇江、嘉兴、湖州

及迅速发展的众多小城市，人口密集、城镇化率高，这些既是太湖流域社会经济发展的“引擎”，也增加了污染物排放量，使太湖流域水环境持续承受着巨大压力。

另外，太湖流域河网如织，湖泊星罗棋布，近两万条各种大小河流织成一张网，水体流动性较差，自净能力较低，水环境容量有限。

此外，太湖是典型的大型浅水湖泊，平均水深不足两米。风浪扰动后，底泥便悬浮起来，水和底泥中的磷污染物交换频繁。

太湖东海局监督管理处一级主任科员芦炳炎告诉记者：“太湖流域的这些特点，导致太湖氮磷营养盐偏高、蓝藻水华多发频发，而且治理难度大。”

越是难，越要迎难而上。

2008 年，由国家发展改革委会同国务院有关部门以及太湖流域江苏、浙江、上海两省一市编制的《太湖流域水环境综合治理总体方案》（以下简称《方案》）经国务院批复后实施，治理项目总投资高达 1100 多亿元。高位保障下，太湖流域水环境综合治理工作开启“加速度”。

《方案》实施以来，在太湖流域 2010 年 GDP 较 2005 年增长 1.02 倍、人口增加了 1191 万的前提下，水环境质量保持向好，成绩来之不易。

步履不停，持续攻坚。2013 年，对《方案》进行了修编。2018 年，太湖总氮改善为Ⅳ类，高锰酸盐指数、氨氮和总氮指标已提前达到修编后所确定的 2020 年治理目标。

不懈努力，成效显著。《方案》实施以来，太湖水质由 2007 年的劣Ⅴ类提升至 2020 年的Ⅳ类，湖体营养状态由中度富营养改善为轻度富营养，湖体及 22 条主要入湖河流特征污染物浓度均明显下降。2021 年，太湖总磷浓度降至 0.060 毫克 / 升（Ⅳ类），并达到 2012 年以来最低水平。

“已经连续 14 个年头实现国务院提出的‘确保饮用水安全、确保不发生大面积水质黑臭’治太目标，可以说这个成绩来之不易。”芦炳炎告诉记者。

江浙沪共奏护太“交响曲”

目前，太湖流域在用的县级及以上集中式饮用水水源地就有 42 个。作为长三角居民共同的“大水缸”，太湖的治理自然也非一家之事。

2008 年，太湖流域水环境综合治理省部级联席会议制度成立。协同治太的实践自此开启，两省一市统筹协调推进太湖治理中的重大问题解决，推动部门、地方沟通协作，太湖治理有了“组织护航”。

2011 年 11 月，我国七大流域中第一部流域管理综合性行政法规《太湖流域管理条例》开始施行，不仅开创了流域立法的先河，还将太湖治理从水中延伸至岸上5公里，禁止设置不符合国家产业政策和水环境综合治理要求的生产项目，管水中的“污染”，也管岸上的“根子”。地方配套标准体系立即跟上，江苏省两次修订《江苏省太湖水污染防治条例》。太湖治理的法规标准不断完善。

每年的3—11月，太湖东海局的汤铁男和同事们每周至少开展一次巡查，紧盯蓝藻水华高发、异常水体易发区域和重要水源地，督促地方落实防控措施。“如果遇到异常情况，我们还会加密巡查频次，甚至开展蹲点调查。”汤铁男告诉记者。

在岸上，两省一市对产业结构大力调整和优化产业布局，严格环境准入标准和重点行业污染物排放标准，加快淘汰落后产能。江苏省在太湖一级保护区基本建成了无化区，治理区内累计关闭（关停）化工和不达标企业近万家；上海市完成黄浦江上游饮用水水源保护区（青浦区）内194家工业企业关闭清拆。

实施生活垃圾、面源污染防治。上海、苏州、无锡、常州、杭州、嘉兴、湖州等地的生活垃圾无害化处理能力达5万吨/日。推进农药、化肥减施，依法整治太湖法违规养殖。

在水里，对于底泥和蓝藻，江苏省和浙江省还实施了生态环保修复工程。

2008年以来，江苏省在底泥污染比较严重的梅梁湖、竺山湖、贡湖等湾区持续实施了141平方公里、约4200万立方米的清淤工程。对1100余条入湖河道开展疏浚整治，长度超过2500公里，累计打捞蓝藻约1700万吨。在蓝藻打捞方面，88个固定打捞点和31座藻水分离站（车、船）“共上阵”，做到重点区域蓝藻“日生日清”。江苏省还安排了105支打捞队、238艘机械打捞船，可随时进行应急打捞。

浙江省开展西山漾等湿地和贯泾港等水源地生态湿地建设，实施青山水库生态修复工程、秀洲区北部湖荡整治及清淤工程、苕溪清水入湖河道整治工程等。

为了监测预警，环太湖地区多手段齐上阵。太空里卫星遥感监测，天空上无人机巡飞，陆地上人工巡航，湖水处视频监控……不仅如此，各地还引进国家“十三五”水专项加压灭除蓝藻整装成套技术、蓝藻磁捕船，提升应急防控能力。

今年，江苏省太湖流域已建成由419个水质自动站、4艘监测艇、两艘监测船、1个观测站和1颗卫星组成的水质藻情监测监控网络，涵盖60余项指标自动监测能力，可实现每30分钟监测1次藻情。

浙江省湖州市和江苏省无锡市跨省“结盟”，通过信息共享、联合巡查、交叉检查，共同完善太湖水质监测网络，一起推动区域智慧平台建设，联合发布预警监测报告，甚至还互相帮忙打捞蓝藻，走在了联手“治太”的前列。

新起点上再出发

多年攻坚克难，太湖流域水环境综合治理成效明显，实现了经济持续增长、污染持续下降的“双赢”。

但需认识到，太湖治理是一个长期、艰巨、复杂的过程。“十三五”以来，太湖水质总体上逐年改善，但太湖总磷浓度出现波动反弹，营养过剩状况未得到根本扭转，氮磷营养盐浓度仍超蓝藻水华发生阈值，暴发大面积蓝藻水华风险犹存。

目前，入太湖河流污染物输入量依然较大，超过太湖环境容量，是太湖水生态环境问题的根本原因。对此，太湖东海局副局长章元明坦言：“首先，流域城市和工业污染治理‘好啃的肉已啃完’，剩下了环境基础设施、城乡面源污染治理短板等‘硬骨头’，进一步削减氮磷入湖负荷难度越来越大。其次，近年来太湖生态系统退化，导致太湖湖体对磷的吸收转化能力和生物固氮抑藻能力下降。在当前的水体氮磷水平下，太湖浮游植物生产力水平、蓝藻水华情势，受到气温、风速、光照等水文气象条件及季节变化的极大影响，这也不利于水体磷的控制。”

十年治太，当前治太工作面临边际效应递减规律，进入爬坡过坎阶段。而新时期太湖流域水环境综合治理的部署仍在继续。

2022 年 7 月，国家发展改革委、生态环境部等六部门联合印发新一轮《太湖流域水环境综合治理总体方案》（以下简称《总体方案》），以破解太湖流域水生态环境问题为着力点，谋划推进太湖保护治理的思路目标和任务举措。

《总体方案》提出，到 2025 年，太湖流域水生态环境质量持续改善，主要污染物排放总量明显下降，入河湖污染物大幅削减，地表水优良比例持续增加，饮用水安全保障水平持续提升，湖泊富营养化程度得到稳定控制等。

为了精准治理，《总体方案》将太湖流域划分为 4 类区域，实施分区治理。

在太湖湖体保护区域，重点加强蓝藻水华的监测预警和打捞处置，科学推进重点水域生态清淤，促进重点区域水生植被恢复，改善湖泊生境，提高湖泊生态功能。

江苏省上游地区主要包括无锡市、常州市和镇江市，这一区域入湖污染负荷较高，是入湖污染负荷防控重点区域，主要负责大幅削减各类入湖污染负荷。

浙江省上游地区主要是湖州市、杭州市的临安区和余杭区，这一区域主要实现提高水源涵养能力，实现清水入湖。

太湖下游地区主要包括江苏省苏州市，浙江省嘉兴市、杭州市等地以及上海市青浦区练塘镇、金泽镇和朱家角镇，坚持节水优先，提高区域水资源利用效率，全力提升河网湖荡水质，恢复水生态功能。

回头看，治太之路崎岖坎坷；向前看，治太决心不言放弃。

章元明表示：“我们要始终心怀‘国之大者’，坚持生态优先、绿色发展，坚持水陆统筹、系统谋划，坚持问题导向、源头治理，围绕‘污染减排’和‘生态扩容’两条主线，在继续巩固提升减排成效的基础上，进一步增加太湖环境容量，擦亮‘太湖明珠’，为推动流域高质量发展提供有力生态环境支撑。”

（刊登于《中国环境报》2022 年 10 月 18 日五版）

宁阳向直排漏排动刀，
环境执法“精准智控”，大力实施清淤整治

海子河褪去黑臭重归“舒心河”

◎董若义

“这是沙里趴鱼，这是黑壳虾，这些是小草鱼……”在山东省泰安市宁阳县海子河畔，磁窑镇北村村民刘长富兴致勃勃地向记者展示他和孩子们今天的“收获”。“去年夏天，海子河的水还很差，下水走一圈，腿肚子都痒痒。”刘长富说。

短短一年间，海子河何以褪去黑臭，重焕生机？

宁阳经济开发区党工委书记、管委会主任罗士贞介绍，2021 年第二轮中央生态环保督察“点名”海子河污染问题后，当地按照“一个问题、一套方案、一名责任人、一抓到底”的要求，实行台账式、清单式管理，倒排工期、挂图作战，精准施策、坚决整改。目前，海子河水质已稳定达到地表水Ⅳ类水质标准。

截污控源，实现污水全收集、全处理、全达标

海子河的污染症结，主要在于宁阳化工产业园高浓度污水通过污水管网溢流直排、企业污水漏排、雨污混流。督察指出，园区环境问题整改不力，工业污水长期直排，环境污染问题突出。

为推动海子河尽快恢复水清岸绿，宁阳县将问题整改“第一刀”砍向直排漏排。

宁阳县委常委、副县长范长征介绍，“救水”第一步是截污控源。为彻底截断海子河污染源，宁阳县以督察整改为契机，迅速启动实施“一口一策”分类处置，聘请专家团队对海子河沿线 34 个排水口逐一制定整改方案，逐口落实整改措施。

在此基础上，狠抓污水处理能力和管网基础设施建设，聘请专家多次会诊，投资

5300余万元，对现有磁窑污水处理厂提标改造，投资820余万元对污水管网进行清淤、优化。

宁阳经济开发区党工委委员、副主任杜肖肖介绍："我们在磁窑污水处理厂新建了一座提升泵站，解决了提水能力不足问题。对污水处理工艺及设施进行改造提升，大幅提升污水深度处理能力，污泥沉降比保持在50%左右。"

针对园区污水管网老旧破损问题，宁阳县全面排查、清理疏通，及时维修更换、封堵漏洞。制定园区管网改造提升整体方案，新改建管道12公里，将化工企业污水管网通过专管单独接入磁窑污水处理厂，取缔不合规溢流口，解决工业污水溢流直排问题。

短短一个月的时间，宁阳化工园区污水管网改造即全部完工，实现园区工业污水密闭运行，与海子河环境完全隔离开来。

严查严管，彻底解决非法排污问题

行走在化工产业园区，只见一排排管廊四通八达，一眼望不到头。管廊底层跑原料、蒸汽，上层专门用于输送工业污水。这是宁阳经济开发区投资1.95亿元建设的公用管廊项目。

目前，宁阳经济开发区投资1.88亿元的化工产业园工业污水处理厂正在加紧施工，计划于今年年底前建设完成。届时，地上管廊"一企一管"将真正发挥环保效用。

为提升企业污水预处理水平，泰安市生态环境局宁阳分局联合开发区管委会，对园区企业逐一开展执法帮扶行动，"一企一策"整治各类环境问题，全面提升管理水平。23家化工企业投入环保整改提升资金3.13亿元，已全部完成215项整改内容。

让守法者享受生态红利，让违法者付出应有代价。为及时发现环境问题、严厉打击违法行为，宁阳县不断强化科技支撑，提升执法监管能力和水平。

宁阳经济开发区应急环保部部长张海洋介绍："我们在园区建设了环境污染防治全维感知监控平台，及时发现、定位非法排污行为，严防企业通过雨水排放口偷排偷放污水。同时，建设了水质指纹溯源系统，大幅提升园区水污染预警和快速溯源能力，推动环境执法由'大海捞针'向'精准智控'转变。"

宁阳分局党组副书记、二级主任科员魏亮介绍，宁阳县出台了《关于严厉打击违法违规排污行为的意见》，宁阳经济开发区制定了生态环境违法行为举报奖励办法，明确10种环境违法行为举报情形，最高给予10万元奖励。建立了部门联合执法机制，近6个月，未再发现园区企业非法排污行为。

生态修复，海子河再现绿水清波

驻足海子河边，流水潺潺，野鸭游弋。

宁阳分局生态科科长韩峰告诉记者，为全面提升海子河水生态环境，当地在截污控源的基础上，大力实施海子河清淤整治，给污染河段“大换血”。

宁阳县累计投资5000余万元，对污染河段进行截污换水，消除污染水体。开展河道清淤治理，清除了多年沉积污染物。在海子河河底栽植了十多个品种共70余万株水生植物，在岸边播撒四季青草种两万余平方米，持续提升海子河湿地自净能力。

在海子河沿线重要通道，实施监控设施建设工程，先后安装视频监控39处，实施24小时全方位监控，及时发现、处理私自倾倒污水、垃圾等行为，保护海子河水环境。

宁阳县将启动海子河全线雨污分流工程，推动海子河沿线所有企业、村居、小区雨污管网逐步实现雨污分流。

“目前，我们正在对海子河进行湿地公园建设，同时建立完善从源头到末端的污水全过程管控治理体系，实现污水‘全收集、全处理、全达标’，推动水生态环境持续改善，让海子河成为产业振兴、乡村振兴的新载体，成为造福一方的‘母亲河’‘舒心河’。”宁阳县委书记王立军对记者说。

（刊登于《中国环境报》2022年11月8日一版）

黄骅港从黑灰漫天到工业旅游景区

◎韦　璐

坐落于渤海湾畔的黄骅港，是国家西煤东运、北煤南运的重要枢纽港口。数据显示，截至2022年年底，黄骅港累计运输煤炭超25亿吨，连续4年煤炭吞吐量居全国港口首位，每年约有两亿吨煤炭从这里下海输出。

与人们往常印象中漫天扬尘、遍地黑灰的煤港不同，近日记者来到黄骅港，看到的却是一番新貌：港口周边天蓝海碧，翻车机房内空气透亮不起尘，“两湖三湿地”水畔芳草如茵，湖中锦鲤翔游。若不是数万吨的煤炭就在不远处堆放着，几乎感受不到这是煤炭港口。据悉，黄骅港如今已获评3A级工业旅游景区。煤炭大港变身海岸花园，这背后得益于黄骅港落实绿色发展理念书写绿色新篇章。

自主研发新技术，减少煤尘污染

“现在在港区内作业，穿着白衬衫，一天下来衣服上也是干干净净的。”国能黄骅港务公司共享服务中心经理王霞告诉记者，“但过去为了防尘，一线员工都穿着蓝色工装作业，即便如此，回家时大家脸上都是一层黑灰，只有牙是白的。”

在全球范围内，粉尘治理是一直困扰煤炭港口的难题。“因为煤本身就是粉质的，装卸时肯定会起尘。”国能黄骅港务公司相关负责人告诉记者，面对难题，在“绿色港口”理念指引下，黄骅港走出了一条煤尘治理的新路。

治理尘就得靠水，但水怎么加是个“巧活儿”。水加少了，起不到抑尘效果；水加多了，煤质可能受到影响。“以前我们也用喷枪洒水除尘，但要么就是喷洒之后污水横流，要么就是煤的表层水很多，但底下还是干的。”这位负责人介绍，2016年，国能黄骅港务公司自主研发了“本质长效抑尘技术”，力求从源头解决煤炭起尘问题。

在黄骅港三、四期翻车机房内，4 台大型翻车机整齐排列，运煤专列的车厢缓缓从中穿过。当满载煤炭的车厢行至与翻车机对齐后，作业警笛响起，翻车机一次“抱”住 4 节车厢，将车厢整体翻转近 160 度，煤炭从车厢中倾泻而出。与此同时，翻车机两侧的高压干雾喷薄而出，黑色的煤炭与白色的水雾交融在一起，迅速抑制翻腾欲起的煤尘。整个过程一气呵成，仅约 20 秒，320 吨细煤便卸载完毕，而翻车机房内始终保持洁净。

国能黄骅港务生产三部副经理许宁介绍，翻车机使用的这套抑尘技术，正是“本质长效抑尘系统”中的一个环节。

“通过专项技术的研究和试验，我们将整个港口作业的最初始环节——翻车机漏斗给料点，作为最优外水添加点。将喷淋装置加装在翻车机底部、漏斗对皮带机给料的部位，对煤炭进行均匀外水添加，在振动给料机的过程中，让水与煤均匀混合，保证水分均匀覆盖煤炭表层，使细小的煤粉牢固吸附在煤块上彻底固化，在装卸和堆存期间不会扬尘，实现皮带机、转接机房、堆料机等环节煤尘近零排放，从源头控制可吸入粉尘颗粒对人体的伤害。”许宁介绍。

据了解，“本质长效抑尘系统”是黄骅港务公司煤尘治理的核心技术，获得了 3 项国家专利，并荣获 2017 年第 45 届日内瓦国际发明博览会金奖。

打造“两湖三湿地”，让煤港变景区

黄骅港的创新不止于此，作为全国散货港口中唯一的五星级绿色港口，“两湖三湿地”生态系统的打造，让它变身一座“花园港口”、3A 级工业旅游景区。

据了解，黄骅港处于盐碱地之上，淡水资源匮乏。为有效利用淡水，国能黄骅港务公司从 2016 年起在原有湖泊的基础上，将闲置荒地、垃圾场改建成“两湖三湿地”，总面积 70 万平方米。

国能黄骅港务公司生产保障中心经理怀全指着园区内指引路牌向记者介绍，“莲园”及三期翻车机房旁的“和园”两处人工湖，面积约 20 万平方米，蓄水能力约 30 万平方米，主要用于压舱淡水回收和雨水收集。“长江流域来港的货船大多携带大量淡水用于压舱，船舶到港后需排空压舱水后才能作业。以前，这些淡水直排入海，不仅浪费水资源，其富含物还对海洋环境造成一定的污染。如今，我们做了专门的管道，与货轮出水口连接，用于压舱水的提取回收。”怀全说。

黄骅港也不放过煤炭在装卸、储存及降雨过程中产生的“含煤污水”。其经收集处理、分级沉淀达标后，将被储存至人工湖中。

雨水、压舱水、含煤污水“三水”成了黄骅港珍贵的淡水资源，为港区道路降尘、洒水除尘等提供了充足水源，不仅改善了港区的生态环境，还创造了可观的经济效益。

怀全告诉记者，仅 2022 年，黄骅港就收集“三水”415 万立方米，节约淡水成本 2000 多万元，通过淡水资源循环利用，实现了工业用水的自给自足。同时，公司回收含煤污水中经分级沉淀的煤渣和粉尘，通过渣浆泵压制形成“粉尘煤饼”再次销售，每年可回收利用煤尘约 18000 吨，每吨收益 30 元左右，年增收约 54 万元。

步入“莲园”，记者看到的是一幅绿草如茵、月季丛生的生机之景，湖中的锦鲤跃动着争抢工作人员抛撒的鱼食，这片工业场景之中透露着世外桃源般的惬意。

“夏天的夜晚，这里蛙声一片。各种鱼类就更多了，还有大闸蟹、原生中华虾，候鸟迁徙时，许多鸟类在这里捕食、繁殖。这些生物我们都没有特意去引入，但也和上海环境工程设计院进行了初步交流，今后将开展‘引鸟计划’，进一步丰富港区的生物多样性。”怀全告诉记者。

搭建生态环境管控的“智慧大脑”

守护港区生态环境，黄骅港没少下“硬功夫”。

在黄骅港生态环境管控中心内，一张布满各项环境指标的硕大电子屏映入眼帘。这是黄骅港务公司自主研发的国内首套港航产业环保智能一体化管理系统，也是黄骅港环境保护管理的“智慧大脑”。工作人员介绍，此系统可实现智慧调水、智能洒水、水务智能管理和环保信息“一张图”展示，为港区生态环境治理的分析与决策提供了有力支撑。

“通过图中这些环保管网还有泵站，我们可以将‘两湖三湿地’、污水处理站等水终端联系起来，实现对水源的综合调用。这边是我们的堆场还有筒仓，其垛位、堆存量、含水率以及对应的料机舱开启和关闭的状态，我们都可以及时监测。”工作人员称。

此外，黄骅港还在翻车机区域、堆场区域、码头区域、港区厂界布置了 18 套 TSP（总悬浮微粒）在线粉尘监测设备，用于检测空气中直径在 100 微米以下的总悬浮颗粒物浓度。相关数据在智能管控平台可实现实时更新。

“不用去到现场，港区各个地方的空气质量情况也尽在掌握。”据介绍，当粉尘检测的数据达到国标限值的 30%，系统会出现黄色预警；当数据达到国标限值的 50%，系统会发出红色报警，向区域负责人推送短信，并同步调整抑尘洒水档位、作业流量等，防止粉尘扩散。

“对煤炭港口而言，污染严重本就不利于自身的可持续发展，国能黄骅港务公司作为央企，又位于港口密布的渤海湾，更要走出一条绿色道路。通过一系列措施，我们成功摆脱污染严重的标签，在实现自身发展的同时，带动周边企业和地区开展生态环保工作，全面履行企业社会责任。”怀全表示。

黄骅港环境改善的背后，离不开当地海事部门的支持与协作。记者了解到，自河北省船舶大气污染物排放相关政策实施以来，沧州海事局积极联合科研单位和港口企业开展船舶尾气遥测系统建设研究，并推动河北省首套船舶尾气遥测系统于去年 7 月在黄骅港煤炭港区上线运行。同时，为减小拖轮生活污水对近岸海域海水水质的影响，在沧州海事局的推动下，国能黄骅港务有限责任公司、沧州渤海新区港兴拖轮有限公司先后于 2020 年 11 月、2021 年 1 月完成拖轮有关设施及管系改造，开始实施生活污水排岸接收。

为减少船舶靠港期间的大气污染物排放，沧州海事局向码头业主单位宣讲岸电建设政策和要求，帮助其协调解决岸电建设及使用过程中的问题和困难。2022 年，黄骅港煤炭港区 19 个已投产泊位全部完成岸电安装工作，率先在国内实现码头高低压岸电综合布局全覆盖。

（刊登于《中国环境报》2023 年 6 月 20 日五版）

行驶八千公里，给长江水生态做体检

◎邢　彭

“将D型网的金属边框开口方向逆着水流来向放入河底表面，用脚翻搅起金属边框前河底的石头，再用D型网网兜尽可能多地进行收集，藏在石头底下的底栖动物就会顺着江水进入网中。”距离四川省甘孜藏族自治州呷拉乡数公里外，在雅砻江中游的水生态调查点位，中国环境科学研究院的高欣向四川省成都生态环境监测中心站的跟组成员们讲解着调查河流大型底栖无脊椎动物时的注意事项。

根据《长江流域水生态考核指标评分细则（试行）》（以下简称《评分细则》），将以2022—2024年在长江流域开展的水生态考核试点工作数据，确定考核基数，预计在2025年开展第一次考核。高欣及其所在的团队主要负责四川省河流和重庆市嘉陵江水生态监测采集和记录工作，为长江水生态考核试点工作收集基础数据。

52个点位、8000多公里、156个样本，为确定考核基准值奠定基础

一踢一搅一收，生物样本夹杂着底泥和碎石被顺利地取上来后还需经过60目的不锈钢网筛过滤，进行初洗和筛选等流程。“有扁蜉，有钩虾。”高欣激动地说，“与秋冬季相比，春夏季江水里的底栖动物更丰富多样，这些‘小精灵’是江河生态系统的重要组成生物，对所在底质、水质、生境等环境变化较为敏感，并且底栖动物处于食物网的中间环节，参与生态系统物质循环和能量流动，被广泛用于江河水生态健康评价。”

高原上的水生态监测采样工作听起来简单，但实际困难重重。长江流域水生态监测点位的设置，综合考虑了调查区域的生境组成，并代表流域内主要水体水生态状况，采样点位要避开污染源的直接影响。因此，四川省内雅砻江和金沙江的监测点位多分布在海拔3000米以上的高原，而且相对分散，相隔远的两个点位距离有300多公里，最近的

也超过 100 公里，驾车把所有点位都采集到要行驶超 8000 公里的路程。

水生态监测是一项长期而艰巨的任务，不仅要克服天气、道路、高原反应等困难，还要应对各种突发状况。

“第一次来雅砻江的一个监测点位时，由于不熟悉路况，跟着点位的坐标导航，走着走着就没了路，最后只能边走边问当地藏民老乡，从驻地开车到达监测点位就用了 7 个多小时，而且一路上伴有落石塌方，还未到达点位，轮胎就被磨损划破，监测小组只能现场更换备胎，然后继续前行完成当天监测任务。”高欣回忆起第一次来雅砻江采样时说道。

像高欣一样来到高原参与水生态监测工作的队员共有 4 位，他们对四川省内 49 个监测点和重庆市内 3 个监测点逐一采样，经历 20 余天连续工作，共采集大型底栖无脊椎动物、浮游动物和着生藻类样本共 156 个。“没有这些样本，后期很难合理确定考核基准值。”高欣回想起一直以来开展水生态监测工作，仍十分感慨。

统一技术标准，确保监测数据质量的“生命线”

做好水生态监测样本的采集光靠“脚力”是远远不够的，还需要保证操作技术的科学性、规范性，从而确保监测数据的质量。

“首先，我们需要根据给定的经纬度，通过专业的导航软件到达指定点位。其次，现场对生境进行研判，决定在多长河段范围内选用何种工具开展大型底栖动物监测。生境类型的确定需综合流速、水深、底质类型（泥沙、卵石、枯木、草丛等）等进行判断，不同类型需选对合适采集工具。再次，现场对采集到的生物样品（定量、半定量、定性样品）进行‘无遗漏’的挑拣并复核。另外，还需通过专用手机 App 对现场的生境、样品采集的类型和保存方式等进行记录。最后，打印样品标识码，清点样品并妥善保存。”高欣现场向记者介绍了如何科学开展大型底栖无脊椎动物监测工作。

在长江流域水生态监测工作开展之初，我国就建设运行了共享共用的水生态监测评价数据平台，目前基本实现了任务下达、采样、现场监测、样品流转、实验室分析、监督检查、数据报送审核、状况评估等全过程的在线管理。通过信息化手段，提高监测过程的规范性和监测数据的可靠性。

水生态监测不仅有通信技术手段的加持，还有“操作指南”的保障。随着对长江流域水生态考核逐渐深入，对监测工作也提出了更高要求。

据了解，早在 20 世纪 90 年代，原国家环保局就组织编制了《水生生物监测手册》，规范了生物监测方法、评价方法和分类技术等要求。为进一步完善水生生物监测质量管理体系，生态环境部还印发了《长江流域水生态监测质控方案（试行）》和《水生生物监测质量保证和质量控制技术要求》，进一步明确从采样到数据分析的全流程质量控制要点，规范内部质控和外部监督检查要求。

此外，监测人员的质控意识同样重要。高欣告诉记者，为尽可能全面地监测到调查河段的生物多样性状况，保证数据质量，工作组成员往往需要沿河岸带徒步 500 ～ 1000 米的距离，就是为了监测到每种生境，为水生态考核基数确定提供客观的监测数据，也为后续制定科学有效的保护修复措施提供依据。

强化协同合作，推动水生态监测常态化

“以前我们的工作，主要是围绕水环境的污染治理展开的。近年来，我国长江保护修复攻坚战取得显著成效，总体水质由良好转为优。我们的工作重心也朝着‘三水’统筹、系统治理的方向发生转变，由于之前都没有水生态监测操作的理论学习和实践经验，在听到要开展这项工作时就犯了难。”四川省成都市生态监测队员邓宇告诉记者。

为解决地方监测人员的技术难题，四川省生态环境厅组建成都市生态监测队伍，并举办了 2023 年生态质量样地地面监测和水生态监测培训班，邀请高欣和他的团队开展水生态监测技术示范，通过理论学习和现场实训，监测队伍人员两人一队跟组进行实地操作练习。

“本次跟着中国环科院的专家团队进组学习，加深了对水生态监测方案及工作重点的理解，提升了对水生态监测基础知识的认知，提高了相关监测工作的现场调查、采样、质量控制等工作的技术水平和组织能力。”邓宇说。

通过跟组协作不仅给成都市生态监测队伍带来了水生态监测技术，还为四川省水生态监测现场踏勘工作打下坚实基础，为四川省今后进一步优化细化监测方案，实现水生态监测常态化，提供了双重保障。

高欣告诉记者，在监测过程中，跟地方环境监测部门的同事们多进行技术上的沟通交流，把一线的数据全面、准确、及时地提供给生态环境部门，对后续长江流域水生态保护与修复工作有重要意义。

（刊登于《中国环境报》2023 年 8 月 4 日四版）

三年来空气质量累计改善幅度达 31.2%，
列全国 168 个重点城市第一位
“一市一策”助力潍坊大气环境质量改善

◎孙　浩

“大气环境质量持续向好，2020—2022 年空气质量累计改善幅度达 31.2%，列全国 168 个重点城市第一位。”这是山东省潍坊市三年来的大气污染防治“成绩单”。这份亮眼的“成绩单”背后，以中国环境科学研究院专家为核心的大气污染成因与治理“一市一策”跟踪研究团队功不可没。

深入一线，调研和收集第一手资料，开展来源解析、排放清单编制、应急预案修订和大气污染综合治理方案等研究……从 2016 年开始，大气污染成因与治理“一市一策”跟踪研究团队送科技、解难题，为京津冀及周边地区大气重污染总体解决方案提供有效、可靠的基础保障，支撑完成大气重污染成因与治理攻关的既定目标。

以高水平保护推动高质量发展，三年来，在大气环境质量持续向好的同时，潍坊市经济发展也保持着平稳健康的良好态势，GDP 累计增长 17.9%，经济结构不断优化，企业集群竞争力进一步增强，实现了环境效益、经济效益和社会效益多赢。

把握全貌，为大气污染成因精准“号脉”

潍坊市是山东半岛城市群 8 个城市之一，是一个以海洋化工、机械、食品加工为主导的综合制造业基地。

因历史原因，传统产业在潍坊产业结构中占了相当大的比重，万元 GDP 能耗高于全省平均水平，产业、能源、运输结构矛盾突出，污染物排放总量较高。

数据显示，2019 年，潍坊市空气优良率仅有六成，重污染天数有 18 天，空气质量多

次落入全国 168 个重点城市后 20 位。

“当时，潍坊并没有纳入生态环境部大气污染成因与治理‘一市一策’帮扶的范围，但潍坊市委、市政府主动担当作为，积极筹划开展‘一市一策’跟踪研究工作。”中国环境科学院大气研究所副所长高健告诉记者。

$PM_{2.5}$ 成分复杂、来源广泛，对颗粒物化学组分和来源开展系统性的观测和研究是制定科学有效防控对策的依据。初到潍坊，必须要做到对全市大气污染物排放总量心中有数。“我们首先开展了针对污染排放来源、污染特征与成因、行业治理方向三大方面的宏观研究，主要从大气污染物源排放清单、应急减排清单等具体工作入手。”高健说。

随后，潍坊“一市一策”驻点跟踪研究工作组（以下简称潍坊工作组）在有限的时间里以颗粒物组分、臭氧前体物等监测数据为基础开展来源解析，摸准了潍坊主要污染问题特征、关键影响指标、关键来源行业区域等“污染脉象”。这也是“一市一策”驻点跟踪研究工作组每到一地首先要完成的规定动作。

通过对潍坊近万家涉气企业的实地调研，结合主要污染源本地化排放因子的实测，潍坊工作组建立了主要大气污染源排放清单。通过源解析，确定把工业源排放污染物削减作为发力重点。

如何利用有限力量，盯住污染物排放大户？潍坊工作组向科技借力量，抓住“一头一尾”开展精准治理。组织专家团队针对典型工业行业企业、机动车移动源、料堆扬尘等污染排放来源的污染控制情况进行全面排查，并针对性制定深度治理方案。

同时，实行重污染天气差异化管控，通过技术手段摸清楚企业的位置及排放类型，对重点行业企业开展绩效分级管理。针对环境管理水平和环境保护意识较好的企业，用在线监控设备进行监管，要求严格依法排放；针对相对较差的企业，下硬功夫加强管控，不让其违法排放；针对处于中部的企业，通过帮扶提高其环境保护意识和能力，包括升级设备、建设智慧平台、走航监测等。

在一系列灵活而有针对性的措施下，2022 年，潍坊市空气质量在全国 168 个重点城市中排第 99 位，同比前进 17 个位次，历史上首次进入前 100 名。

潍坊市生态环境局党组书记、局长孙吉海告诉记者：“在专家团队的指导帮助下，市委、市政府认真分析问题根源，制定结构调整、污染治理、机制完善等一系列攻坚举措，举全市之力治理大气污染，取得了良好成效。”

有的放矢，织密“天罗地网”联合发力

一个巨大的电子屏上正闪动着各种数据，工作人员正在操作台前密切关注数据的变

化……近年来，潍坊市先后引入多个科技创新团队，将精准治污融入大气污染防治“血脉”，织牢大气污染监管“天罗地网”，治理精准度和成效大幅提升。

比如遇到较重污染过程，在全面掌握污染源范围的情况下，有的放矢，抓住集中力量解决“牛鼻子”问题，确保减排措施落实到位。“这样做既能够高效地把污染源管住，还可以在提高执法精准性的同时，扩大执法效果和影响，在经济上也较为友好。”高健表示。

经过数年努力，潍坊市突出污染问题控制成效非常显著，污染问题趋于隐性、分散和轻量。潍坊工作组在已有宏观结论基础上，进一步深入开展微观细节的深入分析，着重数据表象分析和现场排查联动，推动污染治理落小、落细、接地。例如，使用高清卫星将潍坊整个主城区按照行政区划分成多个地块，将各部门、各区县涉及的相关生态环境问题通过图表的形式表现出来，并用经纬度标注。对各种扬尘源比如正在施工的工地根据不同的施工阶段，进行二次细分，哪些已经治理，哪些没有治理，哪些是新增的，一清二楚。

在科技手段加持下，专家团队先后准确识别了铸造行业浇注冷却工段 VOCs 排放导致臭气并引起周边投诉、氧化法脱硝导致 NO_x 在线监测数据失真等各类问题。结合潍坊的典型案例交办机制，有效推动了相关行业、区域的整改工作。

“挥发性有机物重点行业监督帮扶组到我公司开展监督帮扶工作，发现公司稳定塔顶部一处漏点，在现场监督帮扶技术人员的协助下，顺利完成了漏点的处置。”有一次，帮扶组在现场帮扶期间，利用红外成像发现一家企业 65 米高处的塔顶泄漏并迅速组织处置，及时消除了安全隐患，企业特意致信表达感谢。

三年来，潍坊工作组与潍坊帮扶团队紧密合作，始终坚持“污染在哪里，我们就在哪里”“污染什么时候出来，我们就什么时候到位”的作风，几乎全年无休，冬天顶着寒风排查露天焚烧和散煤燃烧，夏季高温天开展 VOCs 走航和现场检查，“爬烟囱”“爬炉子”成为常态。各类工业排放口、无组织废气收集点、治理设施和在线监控设施、各类扬尘工地都是他们的工作场所。

功夫不负有心人。数据显示，2020 年潍坊市重污染天数下降至 11 天，2021 年下降至 6 天，2022 年下降至仅有 1 天。$PM_{2.5}$ 浓度连续三年保持两位数改善，空气优良率连续两年达 78% 以上，2022 年首次达到空气质量二级标准。空气质量综合指数累计改善幅度在全国 168 个重点城市中位列第一，荣获国务院 2021 年度生态环境领域真抓实干成效明显地方督查激励。

利用“一市一策”机制，做好“接地气”人才培养和带动作用

“参与跟踪研究工作的科研人员积极响应和落实驻点要求，切实深入区县一线，摸清各地污染现状，掌握大气污染防治的第一手资料……”这是写在《“2+26”城市大气污染防治跟踪研究工作手册》中的一段话。

“一市一策”的落地实施，离不开大气攻关项目管理办公室和国家大气污染防治攻关联合中心的统一组织。成立“国家队＋地方队”相结合的“2+26”城市跟踪研究组，编制《“2+26”城市大气污染防治跟踪研究工作手册》，组织专家指导组赴各城市开展现场调研与技术指导，与地方政府对接，明确地方需求，为不同城市“把脉问诊”，确保“一市一策”落地实施。

随着“双碳”目标的提出，减污降碳协同增效作为促进经济社会发展全面绿色转型的总抓手，已经被纳入《关于深入打好污染防治攻坚战的意见》等重要文件。减污与降碳，同频同效同路径，同时同步同目标，不仅要在战略上统筹谋划，也要在战术上一体考虑。“一市一策”驻点跟踪研究的工作重点也随之发生了变化。

近年来，“一市一策”驻点跟踪研究科技帮扶在保持方向不变、力度不减的同时，寻求新突破。“目前，‘一市一策’驻点跟踪研究已经拓展到全国50多座城市，深入京津冀及周边地区、汾渭平原、苏皖鲁豫交界等城市一线进行驻点跟踪研究和技术帮扶指导。”高健告诉记者。

从范围来看，当前，“一市一策”驻点跟踪研究已经进一步扩大到污染问题严重、治理难度大的区域，如新疆、湖南、湖北、广东等地。从具体做法来看，进一步开展“成因与治理”分析，针对$PM_{2.5}$和臭氧复合污染问题开展跟踪研究。同时，充分发展和利用好信息化、大数据、平台等工具资源，提高管理水平、精准性和治理效率。

“主要是要利用好数据，尤其是跨行业部门数据，如用电数据、交通数据、铁塔监测数据等。利用好平台技术，实现污染源监控的全覆盖、动态化、高精度。利用好决策闭环的数据化，以空气质量改善为目标，将成因、排放、监管、成效等方面串联起来。”高健表示。

积极发展城市地方技术团队力量，是“一市一策”驻点跟踪研究工作接下来的方向。下一步，将利用好“一市一策”机制，发挥好人才带动作用，培养提升地方科研和管理力量，加强地方技术支持和能力提升。

（刊登于《中国环境报》2023年9月13日一版）

富可敌国当有锦绣山河

◎陈廷榔

2013年，我国全年国内生产总值达到568845亿元，比上年增长7.7%。更多的省份GDP总量已经和一些国家相当，可谓富可敌国，达到了中等发达国家的水平。

据媒体报道，2013年，上海市全年生产总值为21602.12亿元，合3488亿美元。如果跟其他国家比较，那么上海的GDP高于丹麦、新加坡，仅次于泰国。GDP总量居于前列的广东、江苏和山东，GDP超过了比利时、波兰、瑞典、奥地利等G20成员国；排名在前10名之外的天津，也超过了斯洛伐克、卢森堡、斯洛维尼亚和冰岛等国家。广东则是全国唯一一个GDP超6万亿元的省份。广东省统计局负责人透露，继1998年超越新加坡、2003年超越中国香港、2007年超越中国台湾等地之后，广东GDP今年有望超越韩国。

从经济发展的角度来看，这些年来我们一路赶超，取得了激动人心的成果，而且未来随着改革红利的释放，富可敌国的省市名单肯定会越来越长。

但是，从人居环境的角度来看，既然一些省市的GDP已经超过世界上一些国家和地区，那么，为何其环境质量没有像他们一样优良？在GDP被超越的这些国家和地区内，严重的环境问题已经基本解决，但是我们却面临着严峻的环境形势。这个巨大反差值得我们深思经济上赶超所付出的环境代价以及所依赖的增长方式。

在经济数据背后，节能环保等方面的数据可以使我们看出问题所在。国家统计局发布的数据表明，2013年全年能源消费总量为37.5亿吨标准煤，比2012年增长3.7%。也就是说，我国每消耗一吨标准煤产生1.5万多元GDP，全球平均水平是消耗一吨标准煤创造2.5万元GDP，其他诸如水泥、钢材以及水资源等的消耗也远远高出了国际水平。这说明我们生产总值的增加仍是靠大量能源资源的投入而产生的。虽然过去的一年在经济运行保持平稳的前提下，资源和能源利用效率等都实现了稳步提高，但是，与发达国家甚至一些发展中国家相比，能耗水平仍然是很高的，经济增长与资源环境还没有脱钩。

按照环境库兹涅茨曲线，在经济发展的初期，环境质量可能随着经济增长而不断下降和恶化，但到一定拐点时，环境质量又有可能随经济的进一步发展而逐步改善。那么，在这些富可敌国的地方，环境的拐点什么时候到来？有人说美国在人均GDP一万美元的时候出现了拐点，还有一些国家在6000美元的时候就出现了。从这点来推算，有很多省市早就应该进入拐点了。上海率先于2008年进入了人均GDP一万美元的新台阶，之后是北京、天津，2012年，江苏、浙江、内蒙古3个省份一起突破一万美元大关，至此，长三角集体进入“发达状态”。今年预计还有更多的省份进入万元俱乐部，如，辽宁2012年人均GDP达9352美元，2013年预计可突破一万美元大关。2014年，预计广东、福建、山东人均GDP将突破一万美元，届时东部沿海发达地区将集体进入“发达状态”。从理论上说，这些地方应该提前进入环境“拐点”，但是否真的出现，目前还看不出来，至少趋势不明显。

我国的环境污染是结构性的，区域产业结构类似，环境污染问题也高度趋同。有人指出，我国的产业结构从20世纪90年代以来到现在变化都不大。这几年来，为了应对国际金融危机所造成的经济下滑的严峻挑战，有的地方又上了一些高耗能高排放的项目，原来的产业结构得到了进一步强化，污染情况甚至更加严重。由于产业结构没有根本性变化，虽然生产总值追上或超过了别人，但是环境问题不会有太大变化。北京、上海等地第三产业比重已经达到了百分之六七十，但是受周边地区排放的影响以及自己原有高耗能高排放产业并没有完全退出，环境问题也仍然突出。从微观的经济现象中也可略见端倪，虽然一些国家GDP不及我国一些省份，但是拥有一批全球闻名的品牌和跨国公司，我们在这方面差距甚大，仍处于追赶的位置。由此可见，虽然一些地方已经具备了让拐点到来的条件，但是拐点不会自动到来，它取决于污染排放有没有达到顶峰，取决于我们在转变发展方式、调整产业结构上花多大力气。

国家统计局负责人在介绍2013年国民经济运行情况时表示，我国经济正处于发展转型的关键时期，长期积累的深层次矛盾尚待缓解，经济企稳回升的基础仍需巩固。这样的形势给我们解决环境问题出了一道难题：一方面，我们必须保持经济一定的发展速度，需要做加法；另一方面，需要转方式调结构，减少排放，节约资源，需要做减法。各地能否做好这道加减算术题，是对执政能力的考验。

（刊登于《中国环境报》2014年2月20日一版）

第六章 生态篇

“豹”出没　请注意

◎吴殿峰

今年7月，来自黑龙江省绥阳林业局老爷岭国家级东北虎自然保护区红外监控相机的视频显示，金钱豹已在这一保护区安家落户。

这是我国东北地区近年来积极开展的天然林停伐、建立跨境自然保护区的成果，生态环境得到有效恢复，野生动物找到了乐园。

虎豹足迹频频出现

今年6月底到7月上旬，黑龙江省老爷岭自然保护区管理局与北京师范大学生命科学院联合在保护区内开展东北虎监测生活环境样本调查，在整理红外相机数据时，工作人员发现视频里一只东北豹正在“标记”领地“悠闲”散步。

经鉴定，这个东北豹系雄性成年个体，曾于去年9月被拍摄，属于经常在老爷岭地区活动的5个个体之一。东北豹“标记”领地的行为以及重复被拍摄，说明它在保护区内已经有了自己的生活领地，属于“常住居民”。这一视频拍摄于2015年5月29日早上4时27分，拍摄地点是老爷岭保护区内的观音岭。

根据统计，今年老爷岭东北虎保护区内架设的远红外摄像机共计监测到东北虎10次，东北豹7次，专家据监测信息判断，保护区内现有东北虎不同个体3只，东北豹不同个体5只。

而今年5月，布设在黑龙江东宁县朝阳沟林场的红外相机也拍到了东北豹的图像和视频。图像中，一只健壮的东北豹清晰可见。这些图片和视频分别是3台红外相机所摄，相机各间隔5公里。3张图片中的东北豹平均每一个半月要经过一次，巡回路线确定，截至目前已经拍到它8次。

“这次拍到的东北豹不应是一只游荡的个体。”姜广顺说，东北豹是跨国分布物种。朝阳沟林场地势南高北低，山势陡峭，最高海拔 684 米，有东北豹最爱落脚的生存空间。“东北豹活动范围一般不超过 100 平方公里，根据这次东北豹频繁‘上镜’迹象，很可能朝阳沟林场存在一个东北豹家族种群，拥有自我繁衍的能力。”

专家认为，东北豹的出现与林区生态环境的改善和野生动物的增多有着直接关系。近年来，包括东北虎、金钱豹等野生动物在黑龙江省林区出没已经不是新鲜事儿了，其中部分靠近中俄边境的保护区更是“虎迹频现”。去年，俄罗斯的普京虎作为“名虎”曾经造访了黑龙江，让两国人民津津乐道。

野生动物有了家园

记者从黑龙江省环保厅了解到，去年年底，频繁出没金钱豹的老爷岭东北虎自然保护区被批准为国家级自然保护区。一并上榜的还有“普京虎”库贾年造访地——黑龙江省太平沟国家级自然保护区。

目前，黑龙江省已建立各种类型的自然保护区共 248 个，其中国家级 36 个、省级 85 个、市县级 128 个，面积 760 万公顷，占全省总面积的 17%，数量位列全国第一。这些自然保护区是全省自然生态系统和生物多样性最重要、最敏感的区域，也是珍稀野生物种资源最集中分布的区域。

据了解，黑龙江省国有重点林区目前已全面停止天然林商业性采伐，为濒危物种提供了一个良好的生存环境和活动空间，东北虎、东北豹等濒危野生动物的种群数量有了恢复性增长，分布范围不断扩大。东宁县地域是东北虎和东北豹等濒危野生动物的活动地带，并且由于与俄罗斯的虎豹保护区接壤，是东北虎、东北豹等野生种群重要的栖息地和生态通道。

10 年来，随着国家天然林资源保护工程的实施，森林资源逐渐得到恢复，黑龙江省通过科学划建自然保护区、开展禁猎活动、成立专业管护队伍、与国际组织合作开展野生动物科研宣教活动等措施，生态建设成果不断显现，人们的保护意识越来越强，鹿、狍子、野猪等动物数量逐年增加，这次东北豹的出现就与林区生态环境的改善和野生动物的增多有着直接关系。

去年以来，黑龙江省环保厅对全省国家级自然保护区开展专项执法检查，对保护区内的人类活动逐一进行核查分析，检查其是否存在探矿、开矿、采石、挖沙以及其他法律法规禁止的活动，建设项目和生产经营活动是否符合法律法规规定和《自然保护区总体规划》的要求，是否经过有批准权限的自然保护区行政主管部门的批准，是否按要求进行了环境影响评价，是否符合环评的要求。对发现的重大破坏自然保护区违法案件，移交公安、司法等部门处理。

濒危物种跨界保护

专家调查发现，目前，黑龙江省与俄罗斯毗邻的老爷岭南部区域已经初步形成一个稳定的东北豹小种群，分布的 4 种有蹄类动物中，狍和野猪的种群密度相对较高，梅花鹿和马鹿的种群密度相对较低，而前两者是东北豹的主要猎物资源，东北豹在老爷岭南部的猎物资源比较丰富。

黑龙江省东宁县东北豹的拍摄表明这一区域是我国与俄罗斯开展跨国联合保护东北豹的重要区域。这个保护区地处张广才岭东坡、长白山老爷岭余脉，与俄罗斯滨海边疆区豹地国家公园仅一河之隔。栖息其中的国家一级保护动物有东北虎、东北豹、梅花鹿、紫貂、原麝和斑羚，二级保护动物有黑熊、棕熊、赤狐、水貂、花尾榛鸡等。

野生动物保护专家表示，野生动物频繁“跨境”得益于中俄双方保护水平提升，中国自然保护区适于野生动物生存的环境逐渐改善。来自黑龙江省环保部门的消息显示，黑龙江省中俄跨境东北虎保护区面积已达 181 万公顷。这一数字已经占到了全省陆地面积的 3.8% 左右。

WWF（中国）亚洲大型猫科动物保护项目主任石全华表示，在老爷岭自然保护区开展的专项调查结果显示，无论是从东北豹个体数量，还是它的猎物种群数量来看，在黑龙江境内恢复野生东北豹种群是大有希望的。

目前，中俄双方约定，成立专家组研究中俄边境地区保护东北虎长白山种群和完达山种群的共同措施。同时，拟筹备建立“远东豹栖息地”跨界自然保护区。

此外，黑龙江省还提出将大兴安岭区、小兴安岭区、三江平原区等划定为生物多样性优先保护区，并以中俄跨界自然保护区网络建设为切入点，优先打造中俄边境生态示范区。

环保部门表示，黑龙江省未来还将加大对东北虎的保护力度，同时还将扩大国家级自然保护区范围，提升对珍稀物种的保护管理能力。同时，将密切与俄罗斯的生态保护合作，根据保护东北虎、东北豹的需求，通过建立生态廊道、保护原有植被和扩展保护区范围等措施，不断恢复东北虎、东北豹栖息地，逐步增加东北虎、东北豹的种群数量。

（刊登于《中国环境报》2015 年 7 月 31 日六版）

携手植绿保护藏区生态

“绿哈达”成功种植5800亩人工草地

◎查　玮

金风掠过草原，带来阵阵凉意。然而，西藏自治区林周县卡孜乡托门村却是暖意融融。一望无垠的大草原上，牧民们手捧绿色哈达和自酿美酒，迎接着远道而来为青藏高原增添绿意的人们。

时值西藏自治区成立五十周年之际，由中华环境保护基金会主办的“力士·绿哈达行动——一人一元一平方米，青藏高原万亩植绿计划”大型环保公益活动日前在拉萨举行。在成功种植4200亩人工草地的基础上，这次行动将再次为林周县托门村捐种1600亩人工草地。

建设人工草地改善当地生态

西藏作为亚洲乃至北半球气候变化的调节器，是维系高原生态、生物多样性及周边地区生态平衡的重要屏障。然而，长期的超载放牧导致天然草地退化加速和加重，影响了西藏生态、环境及经济可持续发展。西藏第二次草原普查数据表明，全区有天然草地13.2亿亩，其中31.23%的草地出现不同程度退化。

中华环境保护基金会副秘书长王庭建表示，西藏生态环境的安危关系整个国家的生态文明建设，而保护草地生态安全是西藏生态安全屏障建设的重中之重。

中国科学院地理科学与资源研究所相关专家介绍，人工种植饲草可以有效起到防风固沙、涵养水源、保持水土、改良土壤的作用，还可以减轻天然草场压力，解决饲草季节性严重短缺等问题。

连续多年，通过在青藏高原种植优质多年生牧草的方式，“绿哈达”行动致力于加快青藏高原人工草地建设、退化天然草地恢复，保护高原生态，促进当地农牧业经济可持续发展。

2011 年，“绿哈达”行动在贡嘎县岗堆村建设 1100 亩人工草地基地，其中，种植和补播紫花苜蓿 700 亩，种植生物量较高的一年生牧草和饲料作物 400 亩。

2013 年，“绿哈达”行动在林周县卡孜乡白朗村采用免耕补播技术治理退化天然草地 1150 亩，种植优质人工放牧草地 450 亩。

2014 年，“绿哈达”行动在日喀则曲布雄乡顶村种植 1500 亩人工草地，以紫花苜蓿、燕麦为主，惠及村民 370 人，人均增收 300 元。

2015 年，“绿哈达”行动再次为卡孜乡托门村捐种 1600 亩紫花苜蓿和绿麦草混播人工草地。

自活动开展以来，“绿哈达”行动凝聚了政府部门、合作企业、媒体以及消费者、名人明星等社会各界力量，积极参与高原植绿。到 2015 年，已成功种植 5800 亩人工草地。经测算，所种植的牧草平均每年可吸收二氧化碳近 3 万吨，惠及 2181 位村民。同时，重度退化的草地改良成优质放牧草场后，大大减轻了天然草地的载畜压力。建设人工草地，还在一定程度上降低了水土流失风险，减缓了高原地区的生态恶化。

在恶劣条件下引进抗旱耐寒高产品种

在气候寒冷、土地贫瘠的世界屋脊，种植优质牧草十分不容易。由于高寒、干旱、降水少等气候条件，西藏地区天然牧草生长期很短，并且，热量不足导致生产力低下，产草量很低。

林周县是拉萨市牧业大县，多年来牧草退化严重，草地退化面积已占 42.78%。为此，急需在划定禁牧区之外，大规模推广人工种草。“绿哈达”行动先后两年将种植点选择在林周县。

项目组工作人员不顾高原缺氧，长期驻守在高原，和牧民吃住在一起，精心选择种植地、种植品种，力争在恶劣自然条件下种植出高产优质的人工饲草。

在高原上种草相对来说费用较高，怎样在资金有限的情况下把项目做好，考验着科技人员的水平和智慧。他们不仅要上下协调，想办法解决土地、品种等问题，还要做好准备工作，解决灌溉等问题。

特殊的地理环境，需要选择不同的种子。紫花苜蓿根系发达，在贫瘠土壤也扎根达 2 ～ 3 米，具有良好的水土保持功能和土壤改良功能，因此成为首选草种。科技人员先是提出采用覆膜点播技术种植紫花苜蓿，这一方法在阿里地区曾经实践成功，但是在林周却遇到不同情况。因为项目用地是刚开垦的荒地，石头太多，覆膜点播一体机难以正常工作。

于是，科技人员再提出采用紫花苜蓿和绿麦草混播的方案，两个品种采用十字交叉型播种。并且，底肥使用袁氏缓效复合肥，以保障肥力缓慢、稳定释放。

6 月的西藏本应进入雨季，但是今年遇到了五十年一遇的大旱，紫花苜蓿和绿麦草的草籽不得不推迟到下旬才播种。为了及时补充水源，县政府打了 12 口灌溉井，但是一直打到地下 70 米仍未到深水层，出水量有限，灌溉问题尚未完全解决。在恶劣的自然条件下，科技人员一直在坚守，终于在秋季迎来了茂盛的牧草。

西藏高原草业工程技术研究中心主要为“绿哈达”项目提供技术支持和具体实施工作。草业中心的武俊喜博士表示，今后他们将会研究、选择更适合高原的草种，进一步提高人工草地的产量。

让“绿哈达”在藏区高高飘扬

作为中华环保基金会长期开展的一项公益环保活动，“绿哈达”行动受到了社会各界广泛关注，也受到项目所在地干部群众的热烈欢迎。

林周县副县长李继明表示，全县贫困户有 1142 户共 9000 多人，小康社会建设任重道远，感谢“绿哈达”行动对林周草牧业发展的支持，希望活动能够延续，为建设西藏的生态安全屏障作出贡献。

白朗村党委副书记拉巴次仁说，这个项目受到了全村人欢迎，不仅改善了生态环境，而且增加了农牧民收入，老百姓对项目评价很高。

27 岁的达娃德吉是托门村人，一直帮着项目组干活。她说，希望牧草长得更好一些，这样牛羊就有充足食物，冬天再不用发愁了。48 岁的藏族司机洛桑说，希望人工草地越来越多，为老百姓带来更多收入，也能更好保护生态环境。

林周县农牧局局长郭果介绍，“绿哈达”项目具有很好的示范性和带动性，期望项目今后能扩大面积，推广新品种，使当地老百姓获得更多的收益。

采访中，无论是企业代表，还是当地干部群众，都希望有更多的公益组织和爱心企业加入进来，逐步实现在青藏高原植绿万亩的愿景。

作为发起方，联合利华个人护理品类副总裁马文说：“希望通过这样的环保项目，引导消费者绿色消费，从每一个人的小行动做起，为促进藏区环境可持续发展带来大不同的影响。”

王庭建表示，“绿哈达”行动将逐步加大力度，为保护高原生态环境，推动藏区生态安全屏障建设和农区草畜良性发展作出进一步努力。

（刊登于《中国环境报》2015 年 10 月 8 日五版）

山水镶嵌风情中
——记著名中国画画家沉浮

◎黄 勇

从艺30余年，著名画家沉浮从安徽的一个小县城走出，凭借一幅幅独具特色的中国画，走遍大江南北，走出国门。回首往昔，他越发确信，一名艺术家，留下什么样的作品最重要，绝不能被市场左右。这是艺术家的责任和担当。

画遍中国，记录时代

“你说，要是一个人现在就知道今后30年要干的事情，这是无聊还是幸福？”沉浮点燃一支烟，在袅袅升起的烟雾中，若有所思地发问。

这件“今后30年要干的事情”就是由沉浮策划的中国美术界品牌文化活动——“中国画·画中国”。

世纪之交，中国书画在迎来繁盛之时，也产生了诸多乱象，很多迎合市场癖好、滥竽充数之作迅速膨胀，“猫好卖画猫，狗好卖画狗”，而反映时代精神、记录社会现实的原创书画精品却日渐鲜见。

对此，沉浮深以为忧：“张择端的《清明上河图》为何成为传承千年的文化精品？就是因为他关注当下、关注社会、关注生活，在没有现代技术的帮助下，用艺术手段，真实记录了宋代的建筑、交通、经济、生活，乃至服饰、发型等，让我们这些后人一看就知道：喔，宋代是这样的！不被市场左右，真实记录时代，这才是艺术家的责任和担当，这才是艺术品的价值。”

于是，由沉浮策划、中国美术家协会组织的大型文化品牌活动“中国画·画中国”于2004年在江苏省启动，计划用30年的时间，一年画一省，画遍中国，记录时代。“中国画・画中国”以其求真、求精、务实的态度，取得了令人瞩目的成绩。自启动以来，至今已坚持 13 年，画完了 13 个省，大量反映时代精神、记录社会现实的原创精品在中国美术馆和各地展览，出版专题画集多本，产生了良好的社会反响。

有一件事情至今让沉浮刻骨铭心。

2007 年，“中国画・画中国”活动走进四川成都，沉浮和一批画家用自己的画笔，记录了当时的北川、映秀等地的美丽风光、人文风情。

“我记得非常清楚，2008 年 5 月 12 日，我正好在成都，与四川的朋友讨论怎么把我们的作品进行展览。可谁曾想，就在那天的下午 2 点半，震惊中外的‘5・12’汶川大地震发生了！”沉浮沉浸在回忆中，“北川、映秀遭到了毁灭性破坏，我们画过的很多地方瞬间消失了，但由于我们的作品记录了北川、映秀此前的环境与风貌，竟成了‘绝笔’，后人可以通过这些作品了解这里曾经的风貌。一件作品拥有如此巨大的意义和力量，这是我们事先根本没有想到的。”

这进一步坚定了沉浮把“中国画・画中国”活动坚持下去的决心。

“我找到了今后 30 年坚持要干的一件事。”沉浮笑着说道。

保护环境就是保护文化

人从自然中走出，最终也将归于自然，回归田园、山水。现代社会，农村城市化、城市商业化愈演愈烈，水泥森林林立，人类的生存环境遭受巨大破坏和改变，谁来关注？作为主攻山水的画家，沉浮对山、水、环境三大元素之间的辩证关系似乎更为敏感，也有着更为深刻的感悟。

2012 年，“中国画・画中国”活动走进宁夏。沉浮和其他画家深入宁夏，画遍了这里的山山水水。

这次活动给沉浮印象最深的，就是那里恶劣的生存环境和创作条件。在西海固地区，他们在路边写生画画时，只要车一过就尘土漫天，把画布都遮住了，拂去尘土继续创作，等一幅画完成时，满头满脸沾满了泥土，头发都打结。西海固非常缺水，一天只能用 3 次水，“这增强了我对水的保护意识。”沉浮说。

作为一名画家，沉浮在创作时首先感受到的是这个地方的环境和文化元素，没有好的环境，画家创作岂不是无本之木吗？从这个意义上说，保护环境就是保护文化。

在法国尼斯举办展览和文化交流活动时，沉浮对这里的建筑环境留下了深刻印象，“尼斯的建筑从色彩到造型都是由政府统一规划、统一管理的，与城市环境非常和谐，不是比谁的牌子大、谁的牌子亮。”

“反之，我们有些地方，不顾自身历史文化特色，不顾自然环境，乱搞城市雕塑，反而破坏了环境。”沉浮说。

沉浮直言，当前，随着经济的快速发展，我们的环境遭受严重破坏，雾霾频发，环境污染，已经到了必须采取有力措施加以遏制的地步。作为一名艺术家，要有责任感、会思考，给这个社会留下一些有用的、有价值的东西。

“中国画·画中国”活动10多年的坚持，使沉浮感受到了祖国的山山水水，保护环境的意识也逐渐增强，逐步内化为自觉意识。“我们现在野外写生，不留下一张废纸，废水也收集带走。保护环境的意识不会突然产生，但会慢慢产生，每个人都要从自身做起，一点点去改变。”

用艺术改变贫穷

艺术来源于生活，也服务于生活。道理虽然简单，但做起来却并不简单。过去美术扶贫，不是捐钱，就是捐画、捐物。对于贫困地区的人们来说，这样的扶贫方式，只是输血，不是造血。怎样用艺术的方式改变贫穷，为贫困地区带来可持续的收益呢？多年来一直致力于公益事业的沉浮时常在思考这个问题。

在安徽省滁州市的明光市三界镇，沉浮找到了答案。

2011年，沉浮开始在这里进行艺术创作。为什么选择这个地方呢？“不知是自然的造化，还是上苍的安排，每次我驱车回安徽老家时，都会经过一个让我驻足的地方。这里没有名山、没有大川；没有古刹，也没有奇观。但这里既有江南的秀润，也有西部的苍茫、博大和深远。近40年的海内外艺术之旅，让我的心在这里停驻。”沉浮说。

三界镇地处长江、淮河分水岭，是针叶林、阔叶林互生的丘陵地带，村庄、树林、土包、小湖，线条优美、安静纯净，非常适合沉浮的画风。在这里，沉浮摈弃心中杂念，醉心画幅，挥洒天地，一幅幅令人心旷神怡、独具特色的画作诞生，名为“三界外”的画展也将这些来源于沉浮心中“世外桃源”的佳作展现在全国人民面前。

渐渐地，三界这个曾经名不见经传的小地方名气渐起，更多的人慕名而来，三界镇借此建起了三界外景区，日接待游客近万名，节假日更是人来人往，当地百姓的生活也由此逐渐改善。

从2013年开始，沉浮带领一批画家和学生，把三界镇梅郢村村民居住的白墙当成画布，各种涂鸦营造出浓厚的艺术氛围。一个很普通的村庄，逐渐变成了吸引游客的艺术旅游休闲目的地和儿童美术体验区。

大批游客的到来，让村民们的生活发生了改变。有的村民，光靠卖给游客画画的小盒颜料，一天就可以卖到 8000 多块。

沉浮因此获得了村民的尊重，被授予“荣誉村长”称号，“老百姓的认可比什么都重要”。

艺术扶贫收到了良好效果，沉浮计划将这种模式复制到安徽省池州市石台县钓鱼台村、河南省林州市石板岩镇上坪村等地，探索中国美术界艺术扶贫新模式。

“用艺术改变人生，我做了点儿力所能及的事。”沉浮说。

（刊登于《中国环境报》2017 年 2 月 15 日十二版）

南京首次全域同步调查中华虎凤蝶

充满香味儿的寻蝶之旅

◎徐小怙　褚方樵　王　莎

黄色前翅、间有虎斑状的粗黑条纹，很多人第一次看了，就会爱上这种美丽的蝴蝶。它就是中华虎凤蝶。

每年的3月“惊蛰”节气前后，中华虎凤蝶便开始羽化。因此，它又被称为“惊蛰蝶”。中华虎凤蝶是我国特有的蝴蝶种类，属于国家二级保护动物，是昆虫专家眼中的“国宝”。

据蝴蝶专家张华介绍，一只中华虎凤蝶雌蝶大约产卵120枚，最终真正能羽化成蝶的只有个位数。而且，中华虎凤蝶成虫生命周期特别短，只有20多天。

南京是长江中下游地区观赏中华虎凤蝶的最佳观测地点之一。选择3月成虫发生高峰期进行同步调查，对一年一代的中华虎凤蝶尤为合适。

南京市环境保护宣传教育中心和南京中华虎凤蝶自然博物馆近日联合开展了“2018年南京中华虎凤蝶同步调查”，首次针对南京地区的中华虎凤蝶种群状况进行了一次大规模同步调查，并采用多地点直播方式，对调查过程进行跟踪记录。

本次调查观测点有南京老山、紫金山、牛首山、幕府山、汤山、孔山等23座低山及丘陵，范围几乎涵盖南京全市，其中以曾经发现过中华虎凤蝶栖息地的老山狮子岭一带为重点调查路线。

“从事蝴蝶研究这么多年，还从来没有过在同一时段内观测到这么多中华虎凤蝶”

9点整，记者跟随老山狮子岭线路的专家组一行十余人，准时从山脚出发。专家组中有人已白发苍苍，尽管山路崎岖，热情却丝毫不减。阳光明媚，人人脸上洋溢着笑容，更多的是期待。

春天的气息在山里格外浓郁，四处盛开着不知名的野花，这可把随行的一位植物专家——中山陵园管理局高级工程师董丽娜乐坏了。董老师走走停停，见到缤纷的花儿简直挪不动步子，还不时跟身边人提个醒："小心点，不要踩到野花。这个小白花叫天葵，现在还没开，太阳再好一点就会盛开了。""这一串紫色的小花经常大片大片聚在一起，叫延胡索，是紫金山的优势种。"

忽然，董老师发现了什么，急切地招手让记者去看。只见眼前一串低矮的紫色小花，似乎并不怎么稀奇。"这是堇菜科的犁头草，正是中华虎凤蝶成虫的蜜源植物。如今正是中华虎凤蝶活动的季节，犁头草也纷纷开花了，这正是植物动物协同进化的很好证明。"

看到眼前这不起眼的小花竟然是中华虎凤蝶的蜜源植物，记者心里不禁充满了敬畏，对今天的主角也更加充满了期待。

跟着队伍一路前行，海拔逐渐升高，不知不觉来到了一处山谷。这片谷地三面环山，前方则是海拔 363 米的狮子岭。"从习性来讲，中华虎凤蝶有个习惯，不爱在密林深处活动，喜欢阳光较好的时候在树林边缘翩翩起舞，"蝴蝶专家张华介绍说，"可能要再等一会儿，等温度上来一些。中华虎凤蝶必须依靠周围的温度让体温升高才能活动，所以天冷的时候容易在树叶下发现。有时候你用手指碰它都不跑，因为体温不够。"

突然，队伍中有人发出一声惊呼"在那边有一只'小虎'！"众人循着手势看过去，果然看见草丛中有一只黄底黑纹、外形酷似老虎的中华虎凤蝶。大家压抑住激动的心情，蹑手蹑脚地靠近，生怕惊扰这美丽的精灵。遗憾的是，晒饱了太阳的"小虎"似乎感觉到了什么，还未等众人靠近，就扑扇着翅膀飞走了。

调查团仔细搜索，很快在一片草地的边缘又发现一只中华虎凤蝶。这只"小虎"就不那么怕人了，在阳光下慵懒地舒展着翅膀，让众人拍照拍了个够，这才翩翩离去。

两小时的探索之旅很快结束，老山——狮子岭这条线途中一共观测到 16 只中华虎凤蝶，用张松奎老师的话讲，"从事蝴蝶研究这么多年，还从来没有过在同一时段内观测到这么多中华虎凤蝶。"

"这次记录到 83 只，并不意味着南京地区只有这么多中华虎凤蝶"

很快，其余 20 多个点位的捷报传来。经过初步统计，此次活动的主办方之一、南京中华虎凤蝶自然博物馆馆长张松奎告诉记者，此次同步调查活动中观察到中华虎凤蝶数量最多的点在高淳花山，一小时内观测到了 50 多只。其次是东郊的青龙山，观测到 30

多只，而城区周边则是老山观测到的最多，达到16只。

“不过这些数据我们还要进行分析，从统计学的角度来讲，由于蝴蝶不是大型动物，有重复统计的可能，所以我们会在观测数据上乘以系数，用严格的概率来计算。”张松奎告诉记者。

随后的调查结果显示，本次同步调查23个点，每个点调查面积约100米×200米，其中有20个点观测到成虫，共观测到125只，按可能重复的概率计算后为83只。

“这次记录到83只，并不意味着南京地区只有这么多中华虎凤蝶。”南京市环保宣教中心有关人士介绍，这只是观测的时间内在观测点发现的数据，而整个地区中华虎凤蝶数量目前难以精确统计。据悉，所有调查地信息均以编号出现，最后汇总数据和调查地信息，汇集成册提供给农林、环保等单位。同时，中华虎凤蝶同步调查作为“南京生物多样性调查活动”的一部分将会持续进行下去，未来还将和俄罗斯、日本、韩国等国对东亚地区特有的虎凤蝶属，进行国际间的合作调查。

此次同步调查，也让众多网友大饱眼福。老山——狮子岭线路的调查过程被全程视频直播，其余20多个点位也有工作人员将现场实时情况以图片文字的形式在南京环保局官方微博、微信进行直播。不少网友纷纷留言互动，表示通过这场别开生面的蝴蝶调查活动，了解了南京存在着这样一个美丽的精灵，今后一定会更加爱护自然环境，共同守护好这张南京的“生态名片”。

专家观点：
适度干预才是最好的保护

“我们国家近年来为恢复植被、修复环境做了很多工作，很多地方的绿化越来越好，但是我们调查下来发现一个很有意思的现象，并非植被越茂密的地方中华虎凤蝶就越多。”南京中华虎凤蝶自然博物馆馆长张松奎表示。20世纪末，南京周边一些村落还会砍柴生火烧饭，对周边的灌木植被有一定砍伐，那时候周边的中华虎凤蝶反而非常多。

对此，张松奎解释道，原来中华虎凤蝶最爱栖息产卵的植物——杜衡比较低矮，如果灌木丛植被茂密反而不利于它们生活，所以适当地修剪可以给它们创造更好的环境。

“我们观察也发现，中华虎凤蝶的这一特点也让它们更亲近人，所以我们经常可以在风景区的步道附近看到，很多景区内的游客都能拍到中华虎凤蝶。”张松奎告诉记者，如今游人对虎凤蝶也十分友好，远远地拍摄并不会打扰它们生活。

（刊登于《中国环境报》2018年4月3日五版）

阳光照在赤松林上

◎王奎庭

历经几十年的建设和发展，我国国家级自然保护区已达474个（截至2018年），许多保护区以物种的珍奇、生物的多样、山川的壮丽而蜚声海内外。但也有一些自然保护区大肆修建别墅、建养殖场，保护区生态遭到严重破坏。

位于烟台的昆嵛山国家级自然保护区，是暖温带生物多样性最丰富的地区之一、中国赤松原生地和天然分布中心、山东省目前唯一的森林生态系统类型的国家级自然保护区，是东部沿海重要的生态屏障。其如何处理保护与开发的关系？如何保障周边群众的利益？记者日前进行了深入采访。

变味儿的“修枝定株”曾让生态系统遭到破坏

昆嵛山国家级自然保护区位于山东半岛东部，2008年经国务院批准成立。保护区的前身是国有昆嵛山林场，1944年建立。1971年林场划归兵团管理，1974年兵团撤销，又恢复了林场体制。

20世纪80年代，财政“断奶”，林场改为企业化管理，自收自支。为谋生存，昆嵛山林场依靠森林资源，实施“以林养林，多种经营”，也曾一度尝试“工业兴场”的策略。

20世纪90年代初，国家规定生态型林场严禁采伐树木。一夜之间，以木材为原料的支柱产业和多种经营项目全军覆没，创利大户纤维板厂被迫关闭。林场职工基本生活失去保障，日子过得很艰难，就像打了一根死结的井绳拉拽在井沿上。

经济危困导致生态危机。为了发工资，部分分场开始把手伸向森林。“修枝定株”本是一项营林生产措施，目的是合理调整林分结构，抚育森林健康成长。但此时“修枝定株”已完全变味，成为变相伐木，即根据立木材质、客户和市场需求，选择优木良材进行木材生产。几年时间，近山大树被大量砍伐，生态系统受到损害。

“最艰难的时候是在1996年，全林场负债1300多万元，300多名职工长达11个月未发工资。因没钱缴纳电费、电话费，电闸被拉，电话被停。”谈起过去林场的困境，保护区工委书记于善栋已没有当年的愁容。

“来的人都说昆嵛山好，就是嫌它开发少。”当时，也曾有许多开发商认为大山是闲置资产，没有效益。于是打着养生养老的旗号，想在昆嵛山搞旅游地产开发。

“保护区是用来保护的，不是用来开发的。不管谁介绍来的开发商都被我们拒之门外，一律免谈。”于善栋说，至今保护区没有一家地产开发商进入。就连保护区工委、管委、管理局和林场都没有新建办公场所，而是仍然沿用20世纪50年代昆嵛山林校的旧校舍，只是在内部进行了一些简单加固与装修。

成为独立行政区，不设经济指标

为更好地保护昆嵛山，从根本上解决保护与发展的矛盾，2010年7月，烟台市决定设立昆嵛山国家级自然保护区工委、管委和管理局，作为市委、市政府的派出机构，统一领导、管理全区经济和社会事务。同时，按照生态系统的内生需要，增设了20平方公里的外围保护带，将紧邻保护区的36个村1.2万人口组建成昆嵛镇，纳入重点保护范围一并划归工委、管委和管理局管理。

现在，保护区下辖国有昆嵛山林场和昆嵛山镇，总面积174平方公里，成为与烟台市其他县级行政区一样的独立行政区，被赋予了行政管理权限。并且在烟台市15个县级行政区中，是唯一不设经济指标，也没有招商引资任务的行政区。主要考核国家级自然保护区建设管理、森林防火、林业有害生物防控和改善民生等生态指标。烟台市财政每年拨付1.2亿元资金，对保护区实行“三保”政策：保区工委、管委、管理局和镇机关正常运转，保国有林场规范化管理，保辖区群众基本生活和全区基础设施建设。

怎样协调生态保护与居民生活之间的关系？能否提高当地百姓的收入水平和生活质量？这是保护区面临的难题。

2001年9月，烟台市政府投资500万元在保护区外建立了居民新区，对过去散居在昆嵛山自然保护区缓冲区内的90户237名林民实施生态移民，并让其享受城市居民最低生活保障待遇，确保了移民生活的持久稳定。安排专门资金大力扶持特色生态农业，嵛丰盛天园、广泉幸福农庄、君沅茶厂等一批具有引领示范作用的生态农业项目全面动工。免费为全区60～80岁的老人办理了意外伤害险，为每位60岁以上农民每月发放60元生活补贴。实施了环区免费公交服务、饮水净化、农村电网改造、农田水利设施兴建、公路硬化等便民利民惠民措施，一批有劳动能力的贫困人口走上了护林防火公益岗，辖区群众真正分享到了生态红利。

昆嵛镇东殿后社区的村民解清玉、徐元涛说，自从划入了保护区，生活富裕了，各方面设施也健全了，生活很方便，没有划入保护区的村民很羡慕他们呢。

重视保护生态，昆嵛重新焕发生机

保护区的早晨，空气中弥漫着草木的芬芳，偶尔有赤腹鹰、小杜鹃从头顶掠过，阳光透过高大挺拔的赤松树冠斑驳地洒下。

原烟台市林业局副局长司继跃介绍，保护区现在记录野生高等植物 1265 种，野生动物 1164 种。记录鸟类 260 种，占我国鸟类总数的 19.6%，是东北亚内陆与环西太平洋鸟类迁徙的重要驿站。保护区还成立了由两名院士领衔、6 名知名专家学者组成的专家顾问组，为保护区科学管理工作保驾护航。

为了提升昆嵛山原始指数，保护区高度重视生态系统的自然性、完整性和原生物种保护，严格控制道路修建、河滩治理，严禁外来物种入侵，有效防止了生态系统破坏和退化。

山东大学生命科学学院、山东环境科学研究院研究表明，昆嵛山森林生态系统每年在涵养水源、保持水土、释放氧气、固化二氧化碳、分解二氧化硫、滞留大气尘埃、科学研究七大生态服务功能上创造的直接生态价值超过 10 亿元，在森林生态系统自然演替规律研究和生物多样性、遗传多样性保护中潜在的价值难以估量。

昆嵛山国家级自然保护区顽强拼搏的精神力量，使之独树一帜，在中国自然保护区中脱颖而出。2015 年，昆嵛山在全国保护区管理工作评估中位列华东组第一名；2016 年 5 月，荣获全国自然保护区建设管理先进集体荣誉称号；2018 年，山东昆嵛山赤松林入选第二届“中国最美森林”，成为山东省首个入选这一榜单的森林景观。

目前，昆嵛山森林生态系统安全、稳定、健康，赤松群落的自然演替已达到相对稳定的亚顶级状态，多种濒危的珍稀动植物群落正在恢复，飞禽走兽、鱼鳖虾蟹等原生野生生命不断回归。

（刊登于《中国环境报》2019 年 7 月 22 日四版）

捕鱼世家的后代王明武
从渔民到护渔员

◎肖　琪

59岁的王明武身穿一身长江护渔员的制服，整个人显得精神又利落。2020年7月1日，湖北省武汉市长江干流江夏段开始实施为期十年的常年禁捕，江夏区金口街道的渔民王明武离开了他赖以为生的渔船，不久后穿上了另一身衣服。

随着全国范围内长江“十年禁渔”政策的实施，沿江“最后一代”渔民将迎来怎样的命运？

渔业资源衰减，难现“归来鱼满仓”

与很多职业类似，渔民基本遵循着世代承袭的规律。“从我爷爷开始，家里就以捕鱼为生，我16岁时跟着父亲出江捕鱼。”王明武说，“我没有想过自己要做其他事情谋生，船开到江里，一网撒下去，捞上来的东西就能变成钱，这是一句俗话‘下钩子，给钱’。”

“靠山吃山，靠水吃水”，生于长江边，渔民们的一生也都围绕着长江转。他们的生计是否有望，跟长江里的鱼类资源是否丰富紧密相关。

船跟着鱼走，是大家不用言说的默契。哪些水域鱼多，哪一种鱼藏在哪里，经验丰富的渔民心中都有一本账。

年轻时，开着渔船上至湖南下至江西，“有时候一出门就是一个月，吃住都在船上，”王明武的思绪似乎回到了以前住在船上的日子，“一艘船，就是一个家。”

“20世纪60年代，我的父母出门捕鱼，很快就能收获一满仓，到80年代我开始捕鱼，数量减少了一半，近几年最明显，一天最多能收获几十斤。”王明武这一直观感受与农业农村部的一项公开数据不谋而合：长江流域渔业资源曾占全国淡水捕捞总产量的60%，在禁渔之前全国每年水产品总量是6300多万吨，而其中长江不足10万吨，占比不到0.16%。

就是这占比不到 0.16% 的淡水鱼类资源，曾经在很长一段时间支撑着渔民们的生计。王明武说：“鱼的数量变少，鱼也变小了，但鱼却越卖越贵。”长江流域鱼类资源的衰减直接导致“归来鱼满仓”的景象难以重现。慢慢地，渔民也不再沿着长江将船驶向更远的水域，“都是‘各扫门前雪’，在附近活动，因为走得更远既浪费成本也不会有鱼。”王明武解释。

在江夏区金口街道，有一个花园社区，这里住着曾经隶属八一渔业大队的 248 位渔民，从渔业大队到住进社区，渔民始终是一个熟人圈。与王明武一样，渔民汪贤堂对自己的身份很有认同感，“在江上捕鱼的日子自由自在，不过我们渔民是有组织的，休渔期都要坐在一起学习文件。”

实际上，湖北省武汉市长江流域从 2002 年开始就实施 4 月 1 日—6 月 30 日为期 3 个月的休渔期，到 2016 年休渔期调整为 4 个月。这期间，渔民能拿到生活补贴，等待下一次开捕期的到来。

为了长江的未来，我们愿意放弃渔船

渔民与渔船的感情是漫长的时间与每一次捕鱼时的亲密接触所累积下的。“十年禁渔”的到来意味着他们必须割舍掉这份不舍，心情会如何？

“难过得想掉眼泪。”王明武说，“不过我们心里都明白，这是为了子孙后代好，为了长江好，我们支持禁渔。”

王明武的经历，折射了中国数十万长江渔民正在经历的生活巨变。根据沿江各地测算，长江流域重点水域禁捕共涉及沿江 10 个省市的合法持证渔船 11.3 万多艘、渔民近 28 万人。

2020 年 6 月 30 日，是华夏船厂来收船的日子。武汉的天气很热，与渔民的心情形成极大反差。

“6 月底前全区禁捕水域共计回收渔船 322 艘，其中持证渔船 250 艘、事实渔船 72 艘，回收渔网 6134 条。拆解退捕 302 艘，其中钢制渔船拆解残值 9 万元全部上缴国库；封存 20 艘渔船，根据需要转作防汛物资、文化展示、辅助执法使用。250 艘持证渔船捕捞权证全部按要求公示注销。”这是江夏区长江禁捕退捕 2020 年工作情况中的一组数据。

材料中还交代了网具的去向，“回收的 6134 副网具在与市禁捕办同步开展的长江流域重点水域非法捕捞器具销毁活动现场予以销毁，网具残渣通过再生资源有限公司进行处理。”

从此以后，长江江夏段 32.6 公里、梁子湖保护区江夏水域 26 万亩、鲁湖保护区 5.1 万亩的水域不再有持证渔船的行迹。曾经热闹的江面，也将迎来难得的平静。

如今的长江岸线是这样一幅景象：两岸整洁有序，生机盎然。近年来，武汉市持续扎实开展长江、汉江岸线已取缔码头的生态修复工作，复绿面积 788.13 万平方米，恢复自然岸线30余公里。记者从相关部门了解到，武汉市还开展河道非法采砂整治专项行动、船舶污染防治专项行动、尾矿库综合治理专项行动、长江两岸造林绿化专项行动等。去年，共完成长江（含汉江）两岸造林9461亩。专项行动都取得了不错的效果。

长江生态的明显改善，王明武感受很深，这让他更快地转变了思想，“我的船是第一个上岸的，我还给其他人做思想工作，因为每个人的处境千差万别，年纪大的人担心再就业难，每个人感受都很复杂。”无论怎样不舍，一代渔民的职业生涯都就此画上了句号。

穿上新制服，我是长江护渔员

幸运的是，拿到了渔船、渔网、捕捞权证以及社保补贴共计26万余元后，王明武新的职业生涯又很快开启了——他被聘为长江护渔员。

江夏区禁捕办工作人员吴冲告诉记者，“区农业农村局和区禁捕办在金口八一渔业队开展长江护渔员机制试点，招聘6名退捕渔民为护渔员，按照年人均3.6万元的标准落实待遇。”

江夏区全区共625个退捕渔民，平均年龄偏大，再就业解决得好不好，关乎渔民生计。“渔民中享受退休待遇有138人，71人无就业和培训意愿，余下需要就业的渔民中，通过招聘会、技能培训、设立公益性岗位等途径，66人在企业就业，自主就业或创业256人，非全日制公益岗位就业94人，有就业意愿的退捕渔民就业率达到100%。”吴冲告诉记者。

渔民变身护渔员，人还在长江上，身份却发生了翻天覆地的变化。“我们6个护渔员轮班在长江上开展巡护工作，白天和晚上都有巡查，24小时待命。”今年47岁的彭军在渔民中算较年轻的，他没有选择去企业。“我还是愿意天天看着江水，心情也更开阔。”

不久前，王明武还参加了区里针对护渔员开展的无人机驾驶培训课，“成为护渔员让我感到光荣又自豪。”王明武的思想转变得最快，“虽然收入减少了，但我现在做的事情是为了保护母亲河，这也是我对长江的一份感情。我很期待‘十年禁捕’结束后，如果长江开捕，年青一代能有机会再尝到长江鱼的滋味。”

如今，“十年禁捕”正以不同的方式出现在人们的生活中，在金口街道，随处可见禁捕的宣传标语，而每一家餐馆都张贴着杜绝食用长江野生鱼鲜的海报。保护长江，与每一个消费者也息息相关。

吃完午饭，护渔员们又娴熟地登上江面的一艘执法小艇，开始了一天的例行巡护。“十年禁捕”后，长江的未来将更加光明。

（刊登于《中国环境报》2021年4月14日六版）

大熊猫的漫漫放归路

◎李翔宇

今年全国两会上，全国人大代表、四川省成都大熊猫繁育基地副主任侯蓉说："我始终认为，繁育大熊猫只是其中的一个阶段，我们最终的目标是让它们恢复野性、回到野外，让野生大熊猫能够永久生存和繁衍下去。"

作为大熊猫"放归山林"计划的倡导者，远在四川省都江堰市的中国大熊猫保护研究中心（以下简称熊猫中心）首席科学家张和民十分欣慰。开展了长达40年的大熊猫保护工作，野化放归大熊猫的必要性，他比谁都清楚。

虽"人丁兴旺"但被分割成多个局域种群

在张和民看来，大熊猫保护早已不是一件稀奇的事。在他的印象里，从20世纪80年代起，相比于国内的其他物种保护，我国的大熊猫保护一直处于领先水平。"改革开放后不久，熊猫中心就和世界自然基金会开展了合作，比如无线电颈圈等技术，在其他动物身上还没有使用，但已经运用到了大熊猫身上。"

20世纪80年代，四川省邛崃山系、岷山山系大熊猫栖息地箭竹出现大面积开花的情况。突如其来的粮食危机给大熊猫的生存带来巨大威胁。家住蜂桶寨乡邓池沟熊猫新村的何永芬回忆，那时，她们在山里曾将饥饿的大熊猫抬上担架，送医救治。

当地政府和百姓的救助，给大熊猫人工繁育研究创造了契机。通过对被救助大熊猫的研究，繁育工作取得突破性进展。经过长期研究，大熊猫繁育中常见的发情难、配种受孕难、幼崽存活难的"三难"，目前已经被攻克，圈养熊猫种群发展十分迅速。张和民回忆道："当时留下圈养的大熊猫仅有8只，目前，已经达到380只左右，全国大约有698只。"

欣喜之余，熊猫中心有着更加长远的考虑。看着圈养大熊猫“人丁兴旺”，科研人员意识到：虽然繁殖取得成功，但这终归是在人工环境下进行的。人工繁育大熊猫满足了科研及游客观赏的需要，推动提升了公众的保护意识，但其最终目的还是反哺大熊猫野生种群，保障它们的安全。

2015 年开展的全国第四次大熊猫调查结果显示，全国野生大熊猫种群数量比 2005 年第三次调查时增加 268 只，达到 1864 只，增长 16.8%。虽然种群数量有较大增长，但由于自然隔离和人为干扰等因素的影响，大熊猫野外种群被分割成 33 个局域种群。

张和民告诉记者：“1864 只野生大熊猫分布在这 33 个局域种群里，其中有 22 个种群小于 30 只，有些仅有几只。一般来说，一个总数低于 50 只的种群，如果不进行重点保护，那么，不到 50 年，这类小种群就可能灭绝。”

小种群极易出现近亲繁殖，产生疾病，加速种群灭绝。要维护大熊猫小种群的安全，最重要的就是增强遗传多样性。熊猫中心研究发现，放归大熊猫是改善遗传多样性最有效的办法。

与被救助后的野生动物放归大自然不同，圈养大熊猫放归并不是一蹴而就的。长期处于“衣来伸手，饭来张口”的人工养育环境下，养尊处优的大熊猫已经淡化了野生本能。对此，熊猫中心在 2003 年率先启动了大熊猫野化培训。“这个培训实际上是培养大熊猫独立生存的能力，让它们能够在野外建立起自己的领地，学会躲避天敌，能够与同类及其他野生动物平等竞争，最后组建起自己的家庭。”张和民介绍。

破解野化放归难题，让熊猫妈妈当“老师”

熊猫中心卧龙核桃坪基地位于四川省汶川县，这里被高山环抱，树木葱郁，适合大熊猫栖息。作为熊猫中心最早的大熊猫饲养、繁育研究基地，这里也被选为圈养大熊猫野化培训放归的地点。

“知春！知春！”

一大早，核桃坪基地的饲养师冯高志就呼唤起了野化培训 2 号圈舍里的大熊猫知春。他告诉记者，知春是一只雌性大熊猫，已经第二次带着幼崽来参加野化培训了。“怀孕之后，我们就把知春放到了一期野化培养圈舍里。它的幼崽也会在这里出生。这些已经跟我们建立深厚感情的熊猫妈妈是无法放归野外的，我们只能从它们的孩子开始。”

圈舍内是茂密的树丛、竹林以及陡坡，鲜有人工痕迹。这片场地是为了保证幼崽出生后就能在近似野外的环境中生活而特别规划的。从出生起，熊猫宝宝都将由知春亲手抚养长大，不会有人为干预。冯高志介绍，这个方法叫“母兽带崽法”。让幼崽妈妈当野化培训的“老师”，既能避免人类影响，又能让幼崽更快地掌握生存技能。

这种科学的野化培训方法，是在不断尝试与失败中总结出来的。在2003年培训初期，熊猫中心挑选出两岁的雄性大熊猫祥祥，采用“以人带崽”的方法进行培训。饲养师会先给它提供一定的食物，随后慢慢减少，让它自己寻找竹子，进而逐渐适应自然环境。随着培训时间的增长，祥祥学会了自己觅食筑窝，对饲养师的口哨声也不再敏感。2006年，专家评估认为，祥祥已经具备了野外生存的能力，并将它放归野外。但这件事却成了张和民一生的痛。

2007年1月的一天，张和民率领的科研团队突然发现祥祥的无线电颈圈信号变得十分微弱。直到信号完全消失，科研人员也没有找到祥祥。1个多月后，搜寻人员发现了它的尸体，无线电颈圈也已经损坏。看着伤痕累累的祥祥，研究大熊猫多年的张和民流下了泪水。

后续研究发现，祥祥在与同类竞争的过程中落败受伤，并从高处摔落而死。张和民也因此更加深刻地感受到野生大熊猫之间竞争的残酷。“以人带崽”的方式还是难以让这些被培训的“学生”回归自然。

祥祥的去世令人惋惜，但培训还要继续。在之后的培训中，科研人员发现了问题的核心——人难以将想法传递给大熊猫。如何躲避寄生虫、如何寻找水源、什么样的竹子好吃，这些技能仅靠人力还不能准确传递给大熊猫，让它们形成本能。

最终，科研人员想到：我们何不穿上熊猫伪装服，再让熊猫妈妈帮助带崽？

在核桃坪基地，知春进入笼子后，冯高志便穿上基地专门制作的熊猫伪装服，进入圈舍内打扫。伪装服不仅外形酷似大熊猫，还被抹上了大熊猫的粪便和分泌物。饲养师穿上它，在“野生”环境下出生的幼崽才不会意识到人类的存在，进而减轻对人类产生依赖感。

冯高志一边收拾着知春前一天吃剩的竹子，一边讲解：“我们每天只会给知春提供食物，如果看到幼崽去吃，我们还会把它赶走，要让它从小就在妈妈的指导下生存。对它而言，我们只是一群黑白的生物，而不是会养育它的人类。”

事实证明，“母兽带崽法”是成功的。过去，饲养师几天也教不会熊猫宝宝爬树，还要被咬上一口，可熊猫妈妈来后，用嘴把宝宝往树上一顶，两次就爬上了树顶。至于其他生存技能，在熊猫妈妈的指导下，幼崽也能快速掌握。

专家会在熊猫幼崽1岁半至两岁期间进行放归评估。倘若通过评估，幼崽就会被带到二期野化培养圈舍。与一期相比，这里占地面积约1平方公里，幼崽将在更大、更复杂的生活空间中为将来在完全野生的环境中生活做准备。

目前，熊猫中心已经成功野化放归人工繁育大熊猫11只，存活9只，存活率为

81.18%，大大降低了野外大熊猫小种群的濒危程度以及灭绝风险，初步实现了增强大熊猫遗传多样性的目标。

任重道远，野化放归仍需共同努力

对于科研人员来说，野化培训并非易事，有时也会遇到危险。

回忆起自己的经历，张和民挽起裤腿，给记者看了他小腿上的伤痕。第一次野化培训探索实验时，张和民正穿着伪装服在圈舍内进行评估，一只幼崽忽然咬住了他的小腿。对大熊猫来说，这可能只是嬉戏，但它的咬合力与北极熊相当，人类难以承受。因为不舍得打它的头，张和民只能用手使劲掰开幼崽的嘴。他的腿流了很多血，那次受伤后，张和民在医院休养了 3 个月。

熊猫中心的培训人员韦华，在一次野化培训中差点丢了性命。当时，接受培训的幼崽“八喜”已经接近放归的年龄，但那几天却一直没有找到它的身影。韦华和同事十分担心，就进入圈舍搜寻。由于天降大雪，踩在雪地里的声响刺激到了熊猫妈妈，误以为韦华要来伤害它的孩子。还没等韦华反应过来，大熊猫妈妈已经从高处冲了下来，对他一阵撕咬……经过几天的抢救，韦华才脱离了生命危险，却也留下了后遗症。

工作虽然艰辛、有危险，但熊猫中心的科研人员反而十分高兴。他们认为，这些大熊猫越是对人类保持警惕甚至有攻击性，越能证明野化培训的成功。如果人类进入了它们的领地，它们却无动于衷，在野外环境还怎样生存？

目前，除了大熊猫野化培训的技术以及培训熊猫评估体系外，放归地评估体系、放归熊猫监测体系也都得到了健全。放归地的环境如何、有多少种群，都会进行专业评估。针对被放归的大熊猫，科研人员会给它们戴上无线电颈圈，以便定位监测，两年后颈圈自动脱落，届时会通过红外相机或提取粪便中的 DNA 进行持续监测。

据悉，我国已经开始对全国大熊猫野化放归进行总体规划。野生小种群，无论是否生活在国家公园内，都将被纳入统一布局。未来，熊猫中心也将逐步把接受过野化培训的人工繁育大熊猫放归到这些种群中。

张和民认为，除了熊猫中心在技术水平上的持续提高外，作为科研工作者，还要通过科普教育将人们的保护意识推向更高、更深的层次。“我们都很喜欢大熊猫，但也要意识到它们并不是我们的宠物。对于它们来说，回归山林才是最好的归宿。我们要把对大熊猫的喜爱变成一种理性的爱，这些都需要从国家到个人的共同努力。”

（刊登于《中国环境报》2023 年 3 月 24 日四版）

老君山翻新篇

◎董亚楠

夏日，清晨第一缕阳光照耀在“长江第一湾”西岸，黑顶噪鹛的晨鸣打破了山间静谧，怒放的紫背杜鹃染红了山坡，绿绒蒿摇曳风中静等熊蜂前来传粉，滇金丝猴刚刚开始新一天的觅食，黑颈长尾雉则站在地面机警地观察着四周……这是云南省丽江老君山刚刚苏醒的早晨。

丽江市丰富的珍稀动植物资源，吸引着对大山有无限好奇和憧憬的魏行智。从 2013 年年初起，他便申请去丽江市玉龙县野生动植物保护协会做环保志愿者。原计划只体验几个月，结果一做就是 10 年，从 26 岁到 35 岁，魏行智把自己最好的青春年华献给了大山里的生物多样性保护事业。

他所在的机构拾得自然教育科技（云南）有限责任公司（以下简称拾得自然）设计的“云南老君山利苴村生物多样性科考体验项目”，还获得了 2022 年“福特汽车环保奖”生态旅游路线奖。本报记者近日来此体验了这一项目，听魏行智讲述这片高山深谷间的故事。

远离都市走向“山野”，跨界开启生物多样性保护工作

谈及云南老君山利苴村生物多样性科考体验项目，玉龙县野生动植物保护协会老君山滇金丝猴和生物多样性保护项目负责人魏行智一脸欣慰。“项目获奖，让老君山利苴村的生物多样性保护工作进入更多人的视野。这是对我们的肯定，证明我们努力的方向是正确的，也坚定了我们未来开展与生物多样性保护相关工作的信心。”魏行智说道。

老君山以其丰富的原始森林及动植物资源、丹霞地貌奇景，被誉为“滇省众山之祖”。金沙江环其左，澜沧江绕其右，是“三江并流”世界自然遗产的重要组成部分，生物多样性十分丰富。

这里是国家一级保护动物——滇金丝猴的重要分布区之一。在老君山核心区域金丝厂和大坪子约300平方公里范围内，分布有两个滇金丝猴种群，总个体数量300多只，占滇金丝猴全部种群数量的1/10，具有极高的保护价值。

“老君山不仅具有高度丰富的物种多样性，而且具有丰富的基因多样性。老君山内有植物3000多种，鸟类176种，两栖爬行类45种，兽类29种……”介绍起老君山的物种多样性，魏行智如数家珍。很难想象，热衷滇西北生物多样性保护工作的魏行智，并非相关专业科班出身。

魏行智告诉记者，大学毕业后，他从事专业对口的船舶重工业，每天和机器设备打交道。也许是出于年轻人对外闯荡世界的向往，他辞去了稳定的研究工作，去追求他心中的“桃花源”。

“我老家在一马平川的河南，鲜见高山与森林，所以我对高山无限憧憬，也对与大自然有关的工作充满好奇。”魏行智告诉记者，辞职后他到处旅行，想体验大千世界的不同。2013年，在云南游玩时，他正好看见玉龙县野生动植物保护协会招募滇金丝猴保护志愿者，觉得很新奇有趣，就报名体验，结果一干就干到了现在。

“跟踪监测滇金丝猴并不是项容易的工作，常常需要翻过座座山谷。起初，我每个月过半的时间都在大山里，跟着巡护员在海拔三四千米的原始森林里工作。一开始，在高海拔缺氧环境里我很不适应，在大山里跋涉，走几步就开始喘，巡护员都很照顾我，放慢脚步等着我。”魏行智对初来乍到的场景仍印象深刻，他告诉记者，一线巡护工作虽然艰苦，但这项工作很有价值。

作为全职的野生动物保护志愿者，魏行智负责项目协调、跟踪滇金丝猴保护项目进度、对接巡护员等。后来，工作慢慢扩展到巡护工作规划、数据分析、监测计划实施、生物多样性调查研究、公共关系维护、项目申请、自然教育、公众参与以及开展山村的社区发展工作等。

在这片山野间，魏行智找到了以往在繁华都市没有体会过的获得感，也找到了自己人生的重要方向——生物多样性保护事业。

建立多方参与保护机制，改变利苴村“靠山吃山”状态

在云南丽江老君山的高山密林当中，一队穿着迷彩服的人马正在行进。他们身手矫捷，不时观察周围环境，在合适的地点布下一个个红外监测相机，寻觅滇金丝猴的踪迹，顺带观察有没有可以拆除的猎扣和陷阱。他们是老君山周边村庄的滇金丝猴保护者——巡护员。

老君山有大量社区居民，其中，利苴村是与滇金丝猴栖息地距离最近、关联最密切的。作为以傈僳族、普米族、彝族、汉族等多民族聚集的社区，利苴村总人口1300多人，生产资源匮乏，村民一度“靠山吃山”，以木料砍伐、捕猎作为重要经济来源，对生态环境影响巨大。

开展天然林保护和滇金丝猴保护后，木料经济逐渐衰落，捕猎现象也得到遏制，放牧、林下采集、药材种植等成为社区的主要经济来源。然而，村民采集和放牧等活动区域与滇金丝猴活动的核心区互相重合，人类活动干扰滇金丝猴的生存。通过对近几年的数据分析，研究人员发现，滇金丝猴的活动范围逐年缩小，并有开始向北部更远方向迁移的迹象。

“在高山草甸上过度放牧也会导致草地退化，使高山底部的生态系统遭到破坏。放牧、上山采集、挖药材，这些人为因素对滇金丝猴及其栖息地保护工作干扰最大。”魏行智告诉记者，不可持续的生活、生产方式造成的对自然资源的过度依赖和利用，是利苴村面临的主要问题。

如何使利苴村摆脱这种不可持续的生产方式，成了当地亟须探索解决的难题。于是，在丽江市林草主管部门的主导下，由社会组织阿拉善SEE生态协会和玉龙县野生动植物保护协会执行保护项目的老君山滇金丝猴和生物多样性保护工作开始了。当地建立了由县林草局牵头，科学家指导，基层政府、林业站和社区共同参与的老君山滇金丝猴栖息地共同管护巡护队，形成多方参与保护的机制。如今，这里已逐步建立了完善的巡护体系和稳定的巡护队伍，当地社区村民通过参加社区巡护队加入生物多样性保护工作中，开展滇金丝猴及其栖息地的生物多样性监测、护林防火和反盗猎活动。

“这两年，我们滇金丝猴的保护工作取得了一定的成效，从2005年的180只，增加到现在的350多只，滇金丝猴栖息地退化得到了一定程度的遏制，当地居民的保护意识也有所提升。金丝猴栖息地的其他野生动物伴生物种，比如黑颈长尾雉、黄喉雉鹑等国家一级保护野生动物也频频现身。”魏行智说道。

与此同时，魏行智所在团队也探索出新的社区可持续发展路径——利用当地的自然资源禀赋，开展与生物多样性保护有关的生态科考体验项目。

爱鸟护鸟背后的“鸟生意”，带动当地可持续发展

优良的自然生态环境、高达95%以上的森林覆盖率、丰富的高山植被、珍稀的鸟类和野生动植物、奇绝的丹霞地貌，以及纳西族、白族、傈僳族、普米族、彝族等各民族多姿多彩的民俗文化……这些在魏行智的眼中都是老君山利苴村得天独厚的自然人文禀赋。

自2014年起，拾得自然团队基于老君山利苴村的人文和自然资源，将独特的野生动物、鸟类、高山植物、地质地貌和巡护员体验等元素研发成生态旅游产品，使参与者走进大自然，深度体验利苴村当地独特文化与自然胜境，并参与野生动物和濒危植物监测保护活动，获得身心愉悦并贡献自己的价值。

同时，项目依托社会企业和社会组织运作，以社区保护为基础，开展生物多样性科考体验，培训当地村民成为观鸟、观花向导，为游客提供饮食、交通、住宿、解说、安全、摄影等配套服务，引导社区拓展经济来源，走上可持续发展之路。

在利苴村，观鸟活动开展得有声有色，生态之旅体验项目让观鸟向导乔丽华的鸟类观测点热闹非凡。

乔丽华是利苴村傈僳族村民。一次偶然当向导的机会，让他认识了在家乡山林中飞翔栖息的“精灵”们，并心生爱意，萌发了设鸟类观测点方便人们研究、拍摄鸟的想法。

在县林草局、玉龙县野生动植物保护协会的支持和观鸟专家的指导下，乔丽华在离家300多米、隐蔽性好、食物充足、海拔适宜的林区，先后设置了两个鸟类观测点，并为拍鸟爱好者提供摄影场所、餐食和村里住宿信息。他还前往高黎贡山百花岭学习鸟的知识。如今，他身怀绝技，能用口哨把9种鸟的叫声模仿得惟妙惟肖，鸟儿也开始对他“随叫随到”。

这样的“鸟生意”，让村民看到了爱鸟护鸟背后的价值：不但生态好了，人来得多了，蜂蜜等农特产品也有了销路，村民们又多了一条收入来源，大家也自觉地想守护好鸟类资源。同时，社区逐渐改变传统的对自然索取型经济发展方式，探索出生态价值与经济价值的转换之路。

除此之外，体验项目大多都设计在自然保护地周边，以期游客对当地生态环境保护工作的关注和参与能带动当地社区居民的重视，当生态旅游为社区带来收入时，村民便更主动地对当地生态进行保护。

事实也确实如此。在老君山游客经常去的山谷中，红豆杉保护得比其他地方更好。而处于三地交界处的九十九龙潭高山森林区域，因为设立了生态旅游点而在偷砍盗伐猖獗的时代保护住了仅存丰富的原始森林。

魏行智告诉记者，社区村民在看到生态旅游带来的益处后，一方面自发进行生态保护；另一方面，村民自然向导对于自然知识的了解也有助于建立人与自然的情感连接，推动保护工作，提升村民环境意识，形成保护自然的社区文化。尤其是社区青少年，将在充满自然美好故事的文化中成长，在心中播下绿色的种子。

（刊登于《中国环境报》2023年8月1日四版）

让海拔 4000 多米的高寒矿石上长草
为矿坑穿上“绿衣”

◎张韵晨

5 月的北京，气温已爬升，在 24 ～ 27 摄氏度徘徊。中国矿业大学（北京）化学与环境学院教授、土壤修复生态材料研究所所长黄占斌，正和学生孔令健裹上厚厚的羽绒服，坐上飞往青海省果洛藏族自治州（以下简称果洛州）的飞机。彼时，果洛州气温在 −3 ～ 15 摄氏度，依旧延续着冬日寒凉。

果洛州位于青海省东南部，地处青藏高原腹地的巴颜喀拉山和阿尼玛卿山之间，平均海拔 4200 米以上。他们此行的目的，是将实验室研究调配的高寒矿区绿化喷播基质配方，带到果洛州玛沁县矿区进行实地验证。

“简单来说，我们的课题任务是将矿渣改造为种植基质，为高原植物建造一个适合其生长的‘住房’。”黄占斌告诉本报记者。那么，这有望变成现实吗?

修复矿山土壤，给植物“造房”

青海省地理位置特殊且矿产资源丰富，如何正确处理生态环境保护与矿产资源勘查开发的关系，探索“既要金山银山又要绿水青山”的绿色发展之路，对青海省来说至关重要。

对于青海省矿产资源在产企业来说，选择“边生产、边修复”的生态修复方式是国家高质量发展的需求。位于果洛州的青海威斯特铜业有限责任公司（以下简称威斯特铜业）于 2022 年结束了德尔尼铜矿的开采活动，将在后续业务全部完成后开展闭矿工作。

与此同时，威斯特铜业严格按照青海省果洛州委、州政府《德尔尼铜矿生态修复治理工作方案》与《矿山地质环境保护与土地复垦方案》要求，在海拔 4200 多米的雪域高原上开展矿山生态修复工作。

德尔尼铜矿所在的阿尼玛卿雪山末端地区具有较高的生态价值，按照地方要求，威斯特铜业要在2026年闭矿前全面完成矿区内的生态修复工作，将矿坑修复到近似于被天然植被覆盖的程度。

时间紧，任务重。“2021年，威斯特铜业邀请我们前往矿区考察，为生态修复施工技术提供科学指导并商定合作。”黄占斌说。

土壤是植物生长与生存的“住房”，房子好不好，要看其结构、材质和功能，而德尔尼铜矿区的土壤在这三个方面并不能满足植物生长的需求。

“首先，矿区‘客土’资源缺乏，矿山渣土结构差，缺乏土壤团粒结构；其次是土壤肥力（水肥气热）低下，有机质及水肥保持能力差，低温缺氧和植物生长缓慢；最后，该区域高海拔低温缺氧、冻融侵蚀、水蚀突出，边坡水土流失问题严重。”黄占斌向记者列举了矿区土壤所存在的三方面问题。

矿区土壤修复若想达到土壤结构改良、土壤肥力提升、降低土壤重金属污染和植物生长环境改善等修复目标，需要专业人士来保驾护航。

2022年2月，威斯特铜业签订《高寒矿区边坡绿化喷播基质配制及其应用技术研究》课题技术（委托）合同，课题由中国矿业大学（北京）承担。这也意味着，黄占斌所负责的课题组需要以矿区产生的矿渣（主要成分为蛇纹石）为原料，研究出适合高原植物生长的“住房”建造方案，即种植基质配方。

反复研发调配，完成矿渣变种植基质的实验室模拟

课题研究里反复提及的种植基质是什么？黄占斌解释：“相较于自然形成的土壤，种植基质则是人工配制的，模拟了自然土壤的种植材料。”

将矿渣变成种植基质，这个“变废为宝”的过程能实现吗？

两年时间过去了，阶段性修复目标已完成。黄占斌向记者介绍：“截至目前，已完成了高寒矿区边坡绿化喷播基质材料的分析、筛选和基质配方研发，得到蛇纹石渣土为主高寒矿区边坡绿化喷播基质配方3个，高寒矿区植被恢复土壤基质应用技术规程一份。”

这份成绩喜人，但过程并不容易。

“我一开始跟着老师接触这个课题的时候，觉得这就是让石头上长草，相当有挑战性和创新性，一度认为不可能实现。”孔令健告诉记者。

从“不可能”到“可能”，经历了实验室内一次次地反复研发调配，直至翠绿的嫩芽从一方小小的土地中破土而出。

在黄占斌的指导下，基质配方的研发由孔令健在中国矿业大学（北京）的实验室内模拟完成。其中，混土比例与改良剂添加的比例很有讲究。“在实验过程中，需要测试土壤的团粒结构指标，经过多轮测试，团粒结构始终不稳定，无法形成土块。”孔令健回忆起实验过程，印象颇深，“这一指标决定着土壤是否能够固坡，十分重要。后来，黄占斌老师指导我进行基质材料改良及其用量把控，最终解决了这一卡顿问题。”

在实验室内，虽然成功研制出蛇纹石渣土与原土配比、高寒矿区平地种植基质与边坡植被恢复喷播基质配方，但实验方案走出实验室是否适合青海的气候条件？答案还尚不可知。

应用于矿区生态修复的基质改良配方实现三个“第一”

由于青海省年平均温度较低且含氧量不足10%，植物生长周期很短，“原生条件”并不占优势。加之矿区土壤修复是需要在开采留下的裸露矿岩上喷播覆土，并将其稳定留住，形成“后天的生态系统”，其中的难度可想而知。

“基质配方虽然在实验室成功了，但其实我们内心也不踏实，到现场实际应用后发现效果还是不错的，试验田的结果显示与实验室结果基本一致。”黄占斌话语中露出一丝欣喜。

结合实地验证，最终确定了高寒矿区蛇纹石渣土与原土的配制比例为6∶4，高寒矿区平地种植的基质则需要添加当地出产的羊板粪、课题组研制的TG改良剂以及提高基质水肥保持的保水剂。

而高寒矿区边坡植被恢复喷播土壤基质与高寒矿区平地种植的基质略有不同。在添加羊板粪、TG改良剂和保水剂的基础上，还需添加提高水土保持能力的黏合剂，以及长纤维和短纤维等材料。

黄占斌表示：“研制的基质改良配方应用于矿区生态修复，相比大量添加有机肥的传统修复方法，成本可节约近一半，还大大提高了植被后续演替到自然养护的能力。”

往返于北京与青海的这条线路，黄占斌与孔令健加起来跑了共有十余次。尽管北京与青海都属于北方，但青海独特的高寒缺氧环境导致的高原胸闷、头疼等症状，让师徒二人在田间验证基质配方的可行性又增添了几分难度。

“在矿区用环刀和锤子取样的时候，身体特别不适应，砸一下就得歇两分钟，高原反应症状很严重。”孔令健回忆道。

高原天气十分多变，一年中适合生态修复的最好时节也只有在6月到8月期间。“3个月的修复黄金期很短，我们只能争分夺秒。我的学生每次在矿区都会待上半个月至一个月的时间，能耐得住寂寞，并且和工人们一起吃住。”说起学生，黄占斌十分欣慰，他表示生态修复从来都不是一个人、一个地方的事，而是需要社会各界共同坚守迈进。

看似只是一个研究“基质配方”的实验，但背后却藏着三个“第一”。“这是全国第一例成功实现矿山渣土改良成为种植基质的案例，也是第一例实现在4000米以上高海拔地区边坡喷播成功的案例，还是第一次大规模在高寒地区金属矿山完成生态修复（面积达3000亩）的案例。”黄占斌自豪地说。

掷地有声的三个“第一”，在高原矿区生态修复的进程中留下了浓墨重彩的一笔，课题研究已接近尾声，但生态修复仍在路上。在这个“半年冬季、半年好似在冬季”的高原上，为矿坑穿“绿衣”的故事还在持续上演着……

（刊登于《中国环境报》2023年9月15日四版）

湿地守护者镜头里的若尔盖花湖

◎程小雨

花湖之畔，一批游客在景点介绍牌的照片旁纷纷驻足停留。介绍牌上的照片出自纳么玖的镜头。他是四川若尔盖湿地国家级自然保护区管理局的一名工作人员，业余爱好摄影。

花湖是黄河上游重要的水源涵养区，世界上最大的“固体高原水库”。

早年间，湿地退化、生态系统退化、水源涵养功能降低，水资源保障形势较为严峻。近年来，四川省践行黄河流域生态保护和高质量发展的要求，致力于提升黄河源区水源涵养能力。作为黄河上游重要的水源地，若尔盖花湖湿地水源涵养生态保护和修复工作由此加快推进。

为科技支撑黄河流域生态保护治理，生态环境部以国家黄河流域生态保护和高质量发展联合研究中心（以下简称黄河中心）为实施主体，组织专家在包括四川省阿坝州、甘孜州在内的32个沿黄市（州）开展驻点科技帮扶。近日，中国环境报记者跟随黄河中心四川调研行的脚步，走进花湖。

花湖的拆与建

“与现在你见到的大片涟漪不同，花湖也曾‘枯萎’过。”

“不保护会酿成大问题。”纳么玖说。面对花湖的“枯萎”，2010年当地开始实施花湖湿地修复试点工程，一场花湖“建与拆”的拯救随即开展。

“建”的是一条长1740米的生态堤坝。2011年，阿坝州投资1000万元州财政资金，在花湖筑起一道高1米、宽6米、长1740米的护堤。60米的生态溢流坝修建在出水口的地方，湿地上游的水在这里被“锁”住。

“拆”的是湿地缓冲区内违规修建的木栈道及观景台等旅游设施。2017 年中央环保督察反馈结果显示，花湖景区的设施建在缓冲区内，违反了《中华人民共和国自然保护区条例》的规定。当地政府及时整改，花湖内不符合规定的旅游栈道及观景台全部被拆除，共计 21.26 亩。对于拆除而被裸露在外的植被，政府投资 100 万元进行修复。最终，湿地的花草恢复了昔日的样貌，裸露区域植被盖度达到 90%。

纳么玖向记者展示卫星拍摄的旅游设施整改前后图片。俯瞰图的宏观对比下，原有的观景平台已不见踪影。监测数据显示，如今花湖湖泊的水位抬高了 52 厘米，面积由原来的 215 公顷，涨到了 650 公顷。

花湖人的管与护

花湖作为黄河上游名副其实的“蓄水池”，每年为黄河补水量达 44 亿立方米左右，占黄河多年平均天然径流量的 7.58%。

这里拥有世界上最大的泥炭沼泽地。在谈到泥炭的作用时，纳么玖称之为湿地“最重要的保护对象”。“泥炭有超强的净化水质作用，在丰水期它会存储水源，枯水期又可以慢慢把水释放出来，还可以给诸多野生动物提供氧分和食物。”

为了保护花湖内珍贵的自然资源，一支由当地牧民组成的“湿地管护员”和“公益林管护员”队伍在若尔盖湿地保护区组建。当地政府聘请了 96 名管护员，以网格化方式实施管理，守护花湖这片天然净土。

“湿地管护员一年的收入是 1 万元，公益林管护员是一年 1.5 万元，既保护了当地的生态环境，又有一定的酬劳，老百姓都愿意做这件事。”纳么玖说。

管理同样不乏科技带来的便利，花湖安装了智慧生态系统。几公里范围之内，保护区内生态环境及人员活动情况一目了然。利用生态定位监测站、智慧生态监测网等基础设施，重点区域气象、水文、水质、鸟类活动都能被实时监测。

（刊登于《中国环境报》2023 年 9 月 20 日一版）

第七章 产业篇

经济下行 产能过剩 环保趋严
焦化企业如何迈过“三道坎”？

◎高岗栓

作为污染排放大户，焦化行业的环境问题一直备受关注。按照国家《炼焦化学工业污染物排放标准》分步实施的管理要求，自2015年1月1日起，焦化行业开始执行新的污染物排放浓度限值要求。

然而，在经济下行的压力下，焦化行业的生产经营面临诸多困难和挑战。目前，焦化行业产能平均利用率约62%，行业产能过剩问题突出。从山西省的情况来看，虽然大多数焦化企业都制定了脱硫脱硝环保升级改造方案，但受资金等因素影响，真正完成升级改造并投入运行的企业并不多。

如今，新标准执行一年有余，面对经济下行、产能过剩和环保趋严的“三道坎”，焦化行业整体运营和生产状况如何？在升级改造过程中，焦化企业还有哪些难题待解？日前，本报记者深入山西焦化企业进行了为期一周的调查采访。

新标准执行状况为何不佳？
产能过剩行业低迷，焦化治理处境艰难

焦炭出口受阻、产能严重过剩、价格“跌跌不休”、市场竞争加剧、企业效益加速下滑，这就是焦化行业面临的现状。受多种因素影响，2015年，我国焦化行业亏损面已超过九成。

中国炼焦行业协会提供的数据显示，到2015年年底，全国焦化产能为6.87亿吨，实际产量4.47亿吨。目前，获得准入的产能约占总产能的50%。按照国家淘汰焦化落后产能的规定，我国碳化室高度低于4.3米的落后产能约有2000万吨。

作为全国最重要的焦炭生产基地，目前山西焦化产能约 1.45 亿吨，实际产量在 9000 万吨左右，约占全国市场的 1/5。据了解，山西省焦化行业兼并重组完成后，独立焦化企业数由 223 家减少到 67 家，厂均产能由 70 万吨提升至 200 万吨以上。目前，山西省已基本形成孝义、介休、洪洞、河津 4 个千万吨级焦化集聚区，清徐、交城、潞城、襄汾等一批 500 万吨级焦化集聚区，集聚区内产能达到全省的 70%。

"山西焦化企业经营状况是全国焦化行业的缩影，虽然产业集中度大幅度提高了，但焦化行业整体生产经营状况不容乐观。"一位焦化行业资深人士向记者透露，目前行业平均产能利用率约为 62%。

尽管行业亏损面较大，但节能减排的刚性约束指标不容忽视。记者在采访中了解到，要达到国家环保要求，一家产能 100 万吨的焦化企业新上一套脱硫、脱硝环保装置，仅购买设备就需要 1500 万～ 2000 万元，且每年设备运行费用还得 400 万～ 500 万元，这对目前尚不景气的焦化企业来讲，是一笔不小的开支。

"每家焦化企业的资金压力都非常大，现在资金回笼比供需关系更为重要。"山西美锦能源集团一位负责人表示，如果资金转不动，环保技改就很难推进。

截至 2015 年年底，山西省 67 家正在运行的焦化企业虽然 95% 以上制定了脱硫、脱硝环保升级改造方案，但真正完成烟气脱硫升级改造并投入运行的不超过 10 家，仅占总数的 15%；真正实施烟气脱硝升级改造工程的焦化企业仅两家，占总数的 3%。焦化行业执行新标准整体状况不佳，已成为不争的事实。

焦炉烟气治理难在哪儿？
排污环节多、强度大、种类繁、毒性大，污染防治难度大

按照国家《炼焦化学工业污染物排放标准》分步实施的管理要求，在经过两年过渡期之后，现有焦化企业自 2015 年 1 月 1 日起开始执行更严格的污染物排放限值要求，即焦炉烟气中二氧化硫排放 50 毫克 / 标准米 ^{3}，氮氧化物排放 500 毫克 / 标准米 ^{3}。

但是，记者在采访中了解到，目前绝大多数焦化老企业烟气中二氧化硫的平均浓度达到 450 毫克 / 标准米 ^{3}，氮氧化物浓度为 1800 毫克 / 标准米 ^{3} 左右，比新标准污染物排放限值要求分别高出 88.9% 和 72.2%。

据悉，炼焦生产过程中排污环节多、强度大、种类繁、毒性大，污染防治难度大。北京工业大学环境与能源工程学院教授何洪表示，焦化行业氮氧化物减排技术的难点在于温度。现在，选择性催化还原（SCR）技术是主流，但要求烟气温度在 350 摄氏度以上才能完成催化还原反应，而焦炉烟气温度普遍在 250 ～ 300 摄氏度，因此开发低温 SCR

法技术成为当务之急。

太原理工大学煤化工研究所副所长苗茂谦告诉记者，目前的焦炉煤气脱硫技术主要分为焦炉煤气脱硫和焦炉烟气脱硫两种方式。

焦炉煤气脱硫属于前置脱硫，主要脱去焦炉煤气中的硫化氢气体和部分有机硫，目前效果比较好的方法是改良型湿式催化氧化法。焦炉烟气脱硫属于后置脱硫，主要脱去焦炉烟气中的二氧化硫，目前有 4 种方法可供选择，包括碳酸钙法、氨法、双碱法和有机催化法。

上述 4 种方法中，从设备投资额来看，有机催化法需 1273 万元，投资最大，而双碱法需 850 万元，投资最小；从吨焦脱硫成本来看，碳酸钙法 6.5 元 / 吨焦成本最高，而双碱法 2.8 元 / 吨焦成本最低。

据了解，山西晋阳焦化有限公司不仅在规定限期内完成了焦炉煤气脱硫治理工程，而且顺利通过环保部门竣工验收。

监测数据显示，其焦炉烟气中二氧化硫平均浓度为 31 毫克 / 标准米 ^{3}，氮氧化物浓度在 300 ～ 400 毫克 / 标准米 ^{3}，两项指标均低于新标准排放限值要求。

负责此项治理工程的江西富山环境工程技术有限公司总经理林吉萍告诉记者："之所以能实现污染物稳定达标排放，关键在于工程采用的是改良型湿式催化氧化脱硫技术。"

与传统的焦炉烟气后置脱硫技术相比，这种焦炉煤气前置脱硫技术可以充分利用原有脱硫装置，从而减少改造费用，投资一般为 500 万～ 1000 万元；脱硫残留物大部分以硫黄形式存在，可进行资源化回收。另外，这一技术可脱除 30% 的有机硫，还可对焦炉燃烧室和炭化室采取"补漏"措施，从而有效减少二氧化硫排放。

焦炉煤气实施脱硫升级改造后，给企业带来了实惠。山西晋阳焦化有限公司总工程师景学韧坦言，企业吨焦成本降低了 30 多元。具体而言，由于入炉煤挥发分、煤气产量、化产回收率、煤气质量等不同程度得到提高，企业缴纳的排污费相应减少了。最难能可贵的是，改造后的节能效果十分显著，可节能 47% 以上，实现了节能与减排"双赢"。

焦化企业如何实现升级？
加大政策扶持力度，以改革创新赢得发展空间

"没有达到环保标准要求的企业，必须加紧补课。"中国炼焦行业协会副秘书长曹红彬指出，作为行业准入门槛，强制性国标的实施将会进一步加快淘汰落后产能和焦化企业兼并重组的步伐，必将促使一批生产设备落后、资源能源消耗高、对环境污染严重、小而弱的企业被淘汰出局，对推动焦化行业经济结构调整和经济发展方式转变，促进工

业生产工艺和污染治理技术进步具有积极意义。

一边是日益严格的政策标准和治理期限，一边是企业环保资金紧缺的事实，如何促使焦化老企业快马加鞭完成环保升级改造，提高其市场竞争力和抗风险能力，从而实现绿色发展和转型发展，是摆在地方政府和焦化企业面前的一道选择题和必答题。

山西大学教授李瑞金提议，要综合运用各种经济和技术手段推进焦化企业脱硫脱硝工作，以最小的经济成本换取最大的环境效益。她建议，可以借鉴电力行业对脱硫脱硝进行电价补贴的办法，以地区或地市为单元，计算当地脱硫脱硝的平均成本，以平均成本和企业实际脱除的二氧化硫、氮氧化物量为依据，计算各焦化企业的烟气脱硫脱硝成本，然后通过一定方式给予焦化企业补贴。

李瑞金呼吁，想要生存发展的焦化企业也要积极投身节能减排事业中，在资源循环利用上下功夫、做文章，力争成为行业中的优势企业，在未来3年内分享更多的市场蛋糕。

中国炼焦行业协会会长崔丕江一针见血地指出，从与焦化行业关联度最高的钢铁行业来看，我国钢铁生产和钢材消费都已进入峰值平台区。今后相当长一段时间，我国钢产量总体将呈下行趋势，而钢铁行业的低迷必然会给焦化行业带来诸多困难。

他建议，焦化行业和企业要以改革创新为动力，推进行业创新驱动发展；以转型升级为发展目标，加快产业结构优化调整；以科技进步为支撑，实现行业高效绿色发展；以精细化管理为抓手，全面提升行业的运行质量和效益；以人才培养为根本，增强企业整体竞争力。

（刊登于《中国环境报》2016年2月18日九版）

资溪县专注绿色发展赢得“金山银山”

◎张林霞　熊志强

开春时节，走在江西省抚州市资溪县，县城道路两旁绿意盎然，一块块“纯净资溪”的宣传牌，提示着这里在生态文明建设方面的努力。

继全国生态示范区、中国生态旅游大县、中国十佳休闲旅游名县、全国绿色小康县、全国绿化模范县、省级生态县、省生态文明先行示范区之后，资溪县又多了一块响当当的绿色品牌——今年 1 月，资溪创建国家级生态县建设通过技术评估。

干部政绩好不好　生态审计来说话

作为森林覆盖率达 87.3% 的生态大县，13 年来，资溪县坚持推行的“生态审计”模式广受关注。

徐国义，是资溪县委书记，在这里担任主官近十年。主政资溪初期，徐国义在调研中听到两种声音，一种是建议大办工业，迅速做大经济总量；另一种是继续保护好青山绿水，在保护生态的基础上发展经济。

降低环境要求，引进工业做大经济总量，能马上出政绩；走绿色发展道路，意味着任期内难以改变资溪的发展现状。纠结困惑中，资溪县领导班子坚定不移地选择了走绿色发展的道路。

早在 2002 年，资溪就在江西所有县区中第一个作出生态立县的决策。2003 年 6 月，资溪在江西省率先实施领导干部生态环境保护责任审计制。

2005 年，资溪把生态立县的突破口和着力点选定为领导干部生态审计，在全国率先出台了《领导干部生态文明建设责任审计办法（试行）》。

根据该办法，资溪县对各单位和部门的主要领导干部实行生态审计，将森林覆盖率、水质标准、空气负氧离子等38项指标作为领导干部政绩考核、离任审计的重要内容。

2013年，资溪县再次完善、细化考核项目和标准，对所有乡（镇、场）和县直有关单位主要领导的生态文明建设责任实行两年一考核、离任再审计，对其中审计不过关的干部实行严格问责。

2005年以来，全县有30名干部因生态保护成绩出色得到提拔重用，也有38名干部因审计结果不达标而分别受到免职、降级等处罚。

经济发展快不快　绿色崛起是关键

“2014年，我们关停了一家民营化工厂。这个厂的环保手续、监测数据都是合格的，县里最终还是决定赔偿1600万元予以关停，每年减少600万元税收。”资溪县分管环保的副县长傅武彪告诉记者。

财政收入在江西省排名靠后的资溪县，也是江西少数几个没有工业园区的县。十几年来，资溪县咬着牙逐步关停存在污染隐患的企业。

2014年9月，某企业集团欲投资180亿元在资溪兴建一大型火力发电厂，建成后年可创利税近20亿元，相当于资溪5年的财政收入总额，但被拒绝。据统计，近三年，资溪县婉拒的工业污染项目几十个，投资额近300亿元。

同时，资溪县依托生态优势，加快构建以生态旅游为主导，现代有机休闲农业、低碳工业、绿色服务业为重点的绿色产业体系。

“我到这里投资建设迦南生态农业观光园，就是看中这里的环境好。”来自浙江绍兴的王振军说。迦南生态农业观光园是一个大型综合性的农业生态观光旅游项目，用地约3000亩，总投资1.72亿元。

“马头山镇正打造1万亩有机食品生产基地，去年接待了10批上市公司来考察，感兴趣的投资商越来越多。”当了10年马头山镇党委书记的李旺仁告诉记者。

守护生态资源，赢来“金山银山”。四年来，资溪县域经济社会发展蒸蒸日上，生产总值由2010年的16.5亿元增长到2014年的30.5亿元，同期财政总收入由3.3亿元增长为6亿元，而绿色经济占到生产总值的91%。

幸福指数高不高　绿色发展保民生

绿色崛起，根本目的在于增加百姓福祉。三年来，资溪县用于生态建设的资金2.7亿元，相当于同期GDP的2.76%。

资溪县生态环境综合评价指数列中部6省586个县区第一位、全国第七位，空气中负氧离子含量每立方厘米最高达36万个单位。

为保护山林资源，资溪县引导农民告别靠山吃山的传统生产生活方式，走出大山，在全国各地从事面包产业，年林木采伐量由最高每年近15万立方米下降至不到5万立方米。

“我们每年每亩田地付给农民400元租金，用工季节男劳动力每天费用100元，女劳动力每天费用80元，一年按有机种植要求，生态园的用工需求给附近村民带来了两万余元的收入。”王振军算了一笔当地村民受益的生态账。

在一亩茶园有限公司，记者了解到，公司采取“公司+基地+合作社+农户”的运营模式，致力于带领周边村民共同致富，户均增收达1.3万余元。

好环境，好心情，好身体。资溪目前人均预期寿命为77.1岁，均超过“中国长寿之乡”规定的指标。

资溪县长吴建华说：“全县长寿人口的逐年增多，得益于经济快速发展、人居环境改善、公共服务优质提升。而最关键的还是资溪一流的生态环境，为人们健康长寿提供了基础保障。”

（刊登于《中国环境报》2016年3月2日一版）

湘潭调结构补短板砥砺前行

◎郭　薇

传统重化工城市的绿色转型之路怎么走？记者在湖南省湘潭市的采访中了解到，湘潭作为一个传统重化工业城市，面对长株潭城市群“两型社会”建设综合配套改革试验区和长株潭国家自主创新示范区建设这一历史发展机遇，持续加大转型力度，尽快补齐短板，不断提高环境质量。

2015 年湘潭市完成产业结构调整项目 61 个、污染源综合整治项目 39 个；铅、镉、铬、砷 4 种重金属污染因子提前一年完成“十二五”削减目标任务，较 2007 年分别削减 74%、72%、99%、80%；城市空气优良率 74.2%，较 2014 年同期上升 8.2 个百分点，优良天数增加了 27 天。PM_{10} 浓度值为 89 毫克 / 米^3，与上年相比下降 16.8%；$PM_{2.5}$ 浓度值为 56 毫克 / 米^3，与上年相比下降 22.2%；辖区内县级以上城市集中式饮用水水源达标率为 100%，市级交界断面水质达标率为 100%。今年前 4 个月大气优良天数累计达标率为 71.8%，较去年同期上升 8.6 个百分点。

对于湘潭这一传统重化工业城市来说，这一进步的确来之不易。

抓重金属污染治理　破“瓶颈”方能见成效

湘潭市环保局局长苏国军告诉记者，湘潭市作为重化工业城市，涉重金属企业比较多，尤其是五矿湘铁等一批企业造成的重金属污染较为严重，且这批企业所在的竹埠港工业区、锰矿工业区等敏感区域环境安全隐患比较突出；传统的产业结构短期内难以彻底改变，加上城市化和工业化的快速推进，使得湘潭市大气污染防治工作形势更加严峻；湘潭地处长沙市的上游，为确保长沙饮用水水源的安全，湘潭承担着极大的环保压力。

面对大量历史遗留的难题，湘潭市抓住重金属污染治理和产业结构转型调整这一关键，制定了“三年行动”方案，重点是推进竹埠港和锰矿地区等重金属污染治理。竹埠港位于湘潭市岳塘区，属于湘江治理“一号工程”的重污染化工区，对湘江下游水质影响严重。湘潭市按照“关停、退出、治理、建设”四步走方案，于2014年9月将这一区域内的28家化工企业全部关停，经监测，这一区域全年共减少用电量约9600万千瓦时，减少用煤量约14.5万吨，每年可减少废水排放约260万吨，减少废气排放约20亿立方米，减少二氧化硫、氮氧化物等污染物排放2000多吨，重金属镉减排约81千克、铅减排约17千克、铬减排约58千克。

记者在湘潭锰矿矿山地质环境治理示范工程项目现场看到，矿山公园已现雏形，项目负责人向记者介绍，湘潭市启动了湘潭锰矿矿山地质环境治理示范工程项目，将环境治理工程与矿山公园建设紧密结合，同步推进，目前已完成重金属电解锰废渣及尾砂治理一期工程项目，正在实施涉锰企业综合整治二期、含锰固废综合整治三期，项目预计今年下半年可以竣工验收。

苏国军介绍，通过淘汰落后产能和污染企业，“倒逼”现有企业转型升级，2015年，锰矿雨湖工业集中区面对经济下行压力，在落实湘江流域重金属污染治理关停涉锰企业的情况下，实现技工贸总收入51.97亿元，同比增长4.3%；完成工业总产值46.82亿元，同比增长1.7%；完成固定资产投资26.40亿元，同比增长17.94%；完成税收1.42亿元，同比增长4.26%，实现了产业的升级转型。

据了解，氮氧化物超标是湘潭市面临的又一个治理难题。湘潭市主城区内分布有湘钢和电厂，是全市最大的氮氧化物（NO_x）排放源，分别占全市排放量的32.6%和44.1%，且集中在市区80平方公里范围内排放，其单位面积氮氧化物排放强度居全省第一，加上机动车保有量的快速上升，造成氮氧化物年均浓度值居高不下。为了解决氮氧化物污染严重的问题，湘潭市出台了《2016年湘潭市大气污染综合整治实施方案》，将大气防治考核工作纳入城管考评，这一系列举措对湘潭市空气质量改善起到了一定作用，今年前4个月累计达标率为71.8%，较去年同期上升8.6个百分点。

相关部门分工协作　创新工作考核机制

湘潭市坚持和完善以市长为总召集人的全市环保联席会议制度，制定了“周碰头、月调度、季督查”工作机制和考核机制，考核成员包括市绩效办等；同时争取市人大、政协对环保工作的支持，市人大每年组织开展一到两次专项执法检查，督促整改落实；市政协建立特约监督机制，明确特约监督点，积极开展监督工作。

同时，湘潭市委组织每年对全市（县）处级党政领导班子和领导干部进行严格考核，其中，环保工作是一项重要的考核内容，考核结果与干部奖金直接挂钩。

“比如建筑施工扬尘归住建部门负责，垃圾焚烧归城管部门……哪项工作搞不好就会丢分。”苏国军告诉记者：“丢分的后果很严重，直接导致单位职工绩效奖金下降。这项工作各个单位都十分重视。”

环保工作做得好不好利益攸关，这就要求考核评分公正、公平。湘潭市建立了以市长为总召集人的环保联席会议制度和考评制度，评分人员会通过明察暗访等形式对有关单位进行调查，并及时听取公众的反馈。

组建环境保护联盟　志愿者成为智囊团

在每月的5日，你会在湘潭市发现一个特有的现象，那就是每块电子显示屏上都闪烁着同一个主题的标语：爱护环境。每年6月5日是环境日，在湘潭，每月的5日都是环境日。

据介绍，湘潭市组建了环境保护联盟，每个单位和组织都有一个专职的环保联络员。每个月都会更新爱护环境的标语，联络员会提前将每月的标语准备好，然后在5日当天在电子显示屏上滚动播放。

“湘潭市大概有200块电子显示屏，再加上出租车车顶显示屏，当天的宣传很具规模。”谈起这点，苏国军很骄傲。

“我们相信，环保志愿者是帮助我们解决环境问题的智囊团和监督者。”苏国军说，湘潭市环保局会定期召开环保志愿者座谈会，还会主动邀请志愿者们参观他们的工作和监测点。据说，湘潭竹埠港化工区一个排污口就是一名环保志愿者通过连续15天凌晨的蹲守，获取了企业排污的证据，从而让偷排企业受到处罚的。

明确园区产业定位　调整工业产业体系

湘潭市坚定不移地走内涵发展、绿色发展之路，中心城区功能不断优化，各大园区、示范区的产业定位明确：湘潭高新区定位为“新能源之都、新技术之源”，湘潭经开区定位为“产业新区、滨江新城”，昭山示范区定位为“生态绿谷、创意之都”，天易示范区定位为“创新服务基地、生态工业新城”。目前，各大园区、示范区已成为产业集聚的高地、两型发展的示范。

湘潭市还积极调整构建了“1+4”的工业产业体系。即1个重大支柱产业（智能装备制造产业），四大重点工业产业（汽车及零部件、食品医药、新一代信息技术、新材料产业），推动产业集群发展，其中以新能源装备等为龙头的智能装备制造产业。

下一步，湘潭市将围绕改善环境质量这一核心，全力打好水、大气、土壤污染防治三大攻坚战，推进长株潭联防联控。同时，湘潭市明确责任、强化考核，全面构建源头严防、过程严管、后果严惩的环保基本制度和工作机制，确保全市环境安全和环境质量稳中向好。

（刊登于《中国环境报》2016年7月14日六版）

我国绿色企业债券发行今年有望提速

前两月获批发行总规模达183.7亿元，超去年全年一半

◎黄冀军

3月9日，发行规模达8.7亿元的“2020年武汉三镇实业控股股份有限公司绿色债券”在中央结算公司上海总部成功簿记建档发行。其中4.35亿元用于补充营运资金，可用于新冠疫情防控相关支出。绿色企业债券将为疫情防控提供支持。

而这只绿色企业债券是国家发展改革委于2月21日批复核准发行的，也成为核准制下最后一只绿色企业债券。

至此，今年前两个月，国家发展改革委核准发行的绿色企业债券总规模已达183.7亿元，已超过2019年全年核准发行总规模的一半。速度之快，力度之大，出乎人们意料。

随着3月1日起企业债券注册制的到来，我国绿色企业债券或将迎来新一轮的发行高潮。

今年前两个月，8家企业获批发行绿色企业债券

由于部分准入条件有所放宽，且允许使用不超过50%的债券募集资金用于偿还贷款和补充营运资金，与一般企业债券相比，绿色企业债券更易受到企业的青睐。从2016年以来的发行情况来看，绿色企业债券的发行区域和领域正在不断拓展。

2015年12月31日，国家发展改革委印发《绿色债券发行指引》，明确了绿色企业债券的项目范围和支持重点。今年1—2月，国家发展改革委共核准了8家企业的绿色企业债券发行，主要用于轨道交通、城市建设、水处理、新能源以及“气代煤”等绿色项目，债券期限为5～10年不等。

除了非公开发行的山东省济南轨道交通集团有限公司的30亿元债券未公布具体用途外，湖北省武汉三镇实业控股股份有限公司8.7亿元债券、宁波市奉化区投资有限公司10亿元债券用途均为水处理项目建设及补充营运；浙江省桐乡市振东新区建设投资有限公司10亿元债券及安徽省淮南市城市建设投资有限责任公司15亿元债券分别用于海绵城市建设和绿色出行公共交通体系建设及补充营运；广东电力发展股份有限公司40亿元债券和北京市新奥（中国）燃气投资有限公司50亿元债券则主要用于能源建设，前者作为3个海上风电场建设及补充营运资金，后者则主要投向“气代煤”工程、天然气管道建设、分布式能源等领域符合国家产业政策的绿色项目及补充营运资金；湖北省宜昌兴发集团有限责任公司20亿元绿色债券则用于长江宜昌枝城段绿色生态产业园改造升级项目及补充营运资金。

轨道交通、绿色能源成为募集资金主要去向

今年1—2月绿色企业债券募集资金的投放方向也符合近年来绿色企业债券募集资金投放趋势。轨道交通、绿色能源项目、城市水处理及水源保护项目、绿色城市建设及工业园区建设等都成为募集资金的主要去向。其中，轨道交通和绿色能源项目当仁不让占据着前两位。

在2019年获批发行的总规模354亿元的绿色企业债券中，江苏省南京地铁集团有限公司（100亿元）和甘肃省兰州市轨道交通有限公司（10亿元）的获批发行规模约占全年总规模的28%。2018年12月获核准的广东省广州地铁集团有限公司的绿色债券发行额度达到300亿元，则是我国目前绿色企业债券中规模最大的一只。截至2019年12月27日，广州地铁已完成前四期合计85亿元债券发行，为广州市轨道交通项目提供了“一揽子”资金保障。

资金需求量大的绿色能源领域也是募集资金投放的“重仓”所在。在今年1—2月获批的绿色企业债券中，广东电力发展股份有限公司和北京市新奥（中国）燃气投资有限公司两只债券（共计90亿元）就锁定了已获批的债券总规模的近一半额度。2019年获批的绿色企业债券中，3只能源方向的债券额度也约占全年获批总规模的近两成。

绿色企业债券发行与国家重大战略“合拍”

通过分析可以发现，随着国家重大战略的部署推进，获得绿色企业债券发行核准的多数与京津冀协同发展、长江经济带、粤港澳大湾区、长三角一体化等区域发展战略

相关。

在去年和今年的绿色企业债券发行中，长江经济带省份获核准的绿色企业债券数量和规模都不小，成为长江大保护的重要资金来源。今年1—2月，长江经济带湖北、浙江、安徽3省共5家企业获批发行，发行规模为63.7亿元，占了今年已获批发行总规模的三分天下。去年，长江经济带湖北、云南、湖南、浙江、江苏、贵州、四川、江西8省份获批企业数量达13家，总规模达到325.1亿元，分别约占全年的76.5%和91.8%。

粤港澳大湾区金融发展基础相对较好，2019年2月发布的《粤港澳大湾区发展规划纲要》也为区域绿色金融发展提供了更大的机遇。广东电力发展股份有限公司今年获批发行的绿色企业债券，正是立足于广东省大力发展海上风电和大湾区发展，其募集资金用于粤电阳江沙扒海上风电项目、珠海金湾海上风电场项目、广东粤电湛江外罗海上风电项目二期以及补充营运资金。而先后于2018年和2019年获得发行核准的广东省广州地铁集团有限公司和广东省珠海港控股集团有限公司的绿色企业债券也无疑是"大湾区"概念。

注册制、统一标准，绿色债券再迎利好

企业债券注册制实施，将有力助推今年的绿色企业债券发行延续前两月的"旺市"。

随着修订后的《中华人民共和国证券法》于3月1日施行，企业债券发行由核准制改为注册制。依据国家发展改革委日前印发的《关于企业债券发行实施注册制有关事项的通知》，取消企业债券申报中的省级转报环节，而更强调发行人的信息披露。业内专家普遍认为，企业债券发行时间将大大缩短，有利于激发企业的积极性，绿色债券市场规模有望进一步扩大。

实行注册制后，国家发展改革委为企业债券的法定注册机关，并指定中央国债登记结算有限责任公司为受理机构，中央国债登记结算有限责任公司、中国银行间市场交易商协会为审核机构。3月2日，中央国债登记结算有限责任公司业已发布通知，开始开展企业债券受理工作。

此外，绿色企业债券市场发展还有一重利好。中共中央办公厅、国务院办公厅近日印发的《关于构建现代环境治理体系的指导意见》明确要求，"统一国内绿色债券标准"。有研究机构认为，标准统一后，绿色债券企业的识别度和市场认可度将明显提高，将获得更大的市场空间。

（刊登于《中国环境报》2020年3月16日二版）

蓝天碧水值多少钱?
南京市高淳区采用 GEP 核算，蹚出“两山”转化新路径

◎关欣悦 王鹏桢 张 健

依山傍水的万亩茶园，清溪环绕的国际慢城，以及波光潋滟的“天空之境”……连绵的绿水青山，是江苏省南京市高淳区丰厚的自然“家底”。

对于高淳人来说，以前开农家乐、民宿是可以想象到的致富来源，但 GEP 的出现却让他们意识到，原来清新的空气、清澈的溪流也能“卖”上大价钱。在高淳，无价的“绿水青山”正转化成有价的“金山银山”。

丈量生态的“绿色标尺”

GEP 即生态系统生产总值，旨在建立一套与 GDP 相对应的、能够衡量生态良好状况的统计与核算体系。

“GDP 无法体现经济发展所消耗的自然资源和对生态环境的破坏，GEP 核算将在很大程度上弥补 GDP 核算体系的缺陷。”高淳生态环境局负责人向记者介绍，简单来说，GEP 就是用科学的方式给生态环境算一笔账，填补 GDP 不能给自然资源消耗和生态环境破坏核算的缺陷。

江河湖海，种类繁多，数据复杂。生态系统生产总值究竟应该如何核算?

去年 9 月，高淳区发布了全国首个县域 GEP 核算体系。该核算标准设定生态物质产品、生态调节服务、人居文化服务 3 个一级指标，以及农业产品、土壤保持等 18 个二级指标。“这套体系设置的一级指标和二级指标，通过先进的算法充分挖掘出生态产品价值，可复制性强，示范引领作用明显。”中国计量大学副校长、国家科技评估标准化委员

会委员俞晓平表示，这也是高淳核算体系备受关注的原因。

“通过建立 GEP 核算系统，这里的清新空气、清澈河水，都有了扎实的数据支撑。”主持这次生态系统生产总值核算的南京大学环境学院教授朱晓东说。高淳区和南京大学团队历时 1 年半，终于摸清了高淳区的绿色“家底”—— 2019 年高淳区生态系统生产总值约为 1575.71 亿元，为当年全区 GDP 的 3.4 倍。

“这一道道数学题，就是丈量全区生态价值的绿色标尺。”朱晓东说。

“长期以来，我们更多只是从 GDP 的维度去评判一个地方的发展，而百姓的美好生活绝不只是 GDP 带来的，GEP 至关重要。”高淳生态环境局相关负责人说道。在 GEP 这把“绿色标尺”的引导下，高淳更加注重生态环境保护，通过水系连通综合整治、深化生态补偿制度等生态工程建设，持续优化“绿色家底”，提升了老百姓的幸福感和获得感。

走在全国前列，高淳率先推出 GEP 考核体系

阳江镇，因水阳江穿境而过得名，全镇共有 108 条河道，水域面积占全镇面积的三成。

过去三年，“砸”在水里的钱是阳江镇最大的投入，累计超过 4 亿元。但在 GEP 考核中，阳江镇的排名却居全区首位—— GEP 达 319.4 亿元，是 GDP 的 9.4 倍。

“大家对好生态只有感性认识，要衡量哪些生态要素能成为发展要素，不可盲目跟风。”朱晓东介绍，所以要先核算出对生态的保护和改善，对生态释放的经济效益的价值。

今年 4 月 26 日，中共中央办公厅、国务院办公厅印发《关于建立健全生态产品价值实现机制的意见》，提出到 2025 年，生态产品价值实现的制度框架初步形成，比较科学的生态产品价值核算体系初步建立，生态产品价值实现的政府考核评估机制初步形成。

同月，高淳区出台《2021 年度生态系统生产总值（GEP）考核意见（试行）》，对全区部门、园区、街镇共 29 个单位实施 GEP 考核，这是全省乃至全国首个县域级绿色 GDP 考核办法。“生态价值的衡量是 GEP 发展推进的基础，能够为管理和开发生态、实施 GEP 考核提供有力支撑，避免破坏性发展，实现生态环境高颜值与经济发展高素质‘双赢’。”朱晓东说道。

建立一套数，绘就一张图。GEP 这把“绿色标尺”几乎与高淳区的试点探索同时起步，经过两年打磨，刻度愈加精细，县域核算体系也“升格”成为市级地方标准。7 月 10 日，由高淳区牵头制定的南京市地方标准《生态系统生产总值（GEP）核算技术规范》正式发布，这是江苏省首个 GEP 核算地方标准。

目前高淳区已成功获批全省首个生态系统生产总值（GEP）核算标准化试点，并完成了《高淳区生态产品价值实现机制试点试验区三年行动纲要（2021—2023年）》编制，将通过实施生态系统服务功能提升等八大类工程，全面建立“绿水青山”与“金山银山”的转化通道，保值增值生态本底，释放生态红利。

好生态带来“鼓口袋”，这里一公斤大米值30元

“GEP核算只是基础，我们下一步该思考的是核算出来的生态产品价值如何实现。”江苏长江经济带研究院院长成长春说道。

近日，高淳区发布一则数据——2020年GEP达1656.07亿元，较2019年增长5.1%；GDP达513.13亿元，较2019年增长5%。

“这意味着高淳2020年实现了GDP和GEP双提升。”成长春介绍，探索GDP、GEP共荣共生，高淳已经迈开了步子。

“守着好生态过上好日子，作为高淳人还是挺幸运的。”在高淳土生土长的魏清对家乡有着格外的依赖。从高中毕业后就离开家乡，多年在城市打拼的魏清越来越想念家乡的好山好水，便萌发出为发展自己的家乡尽一份力的念头。后来，回到老家东坝镇的魏清承包了200多亩地，可传统的种植模式和销售方法在经济高速发展的今天已经“过时”。“一公斤稻谷才3块钱，农业不应该这么不值钱。”

为改变这一现状，魏清多次跑到国外学习农业科学技术，“不仅城市要发展，农业也应该与时俱进。”敢想敢干的魏清也是南京第一个用上无人机的农户。9年过去，他共承包土地4000亩，投入1400多万元种地，牵头成立禾田越光农业种植专业合作社，创设了“禾田之美”农产品品牌。

务农近10年的魏清深知自然只能呵护，不能压榨，每年他把部分承包的土地用来休耕，每次新米上市前，合作社聘请第三方对耕地的土壤、水、大气进行检测。“有了这些检测数据，大米卖好价才有保证。”无限可能的生态也给了魏清不一样的惊喜。最好的大米1公斤卖到33.6元，合作社12名社员，去年每人平均收入达到17万元。

更给了魏清信心的是，合作社还吸引了两名30多岁的壮劳力加入，这也是今年合作社首次有了40岁以下的社员。“他们和我一样，心中有着让家乡更美更好的梦想。”魏清说道。

近年来，高淳被誉为“国际慢城”，处于丘陵山区的东坝街道也抓紧这一契机，找准生态优势，集中力量投入特色产业发展，促进农民增收致富。“多年的美丽乡村建设让曾经的破烂村子大变样，农村、农业今非昔比。”街道办事处主任唐庭辉介绍，今年就有知

名企业看中东坝的山水环境和万亩茶园，正在规划一个7亿元的综合休闲项目。

用好数字指挥棒，更好地保护生态，让生态产品具有更高的价值。以高淳为案例，南京市也正着手制定配套实施方案。朱晓东表示：“要积极探索具有南京特色的生态产品价值实现模式，把推动生态产品价值实现和碳达峰碳中和结合起来，统筹推进生态产品产值化利用、价值化补偿、市场化交易，为贯彻新发展理念、实现高质量发展作出更多南京贡献。”

（刊登于《中国环境报》2021年8月4日一版）

甜瓜成为乡村振兴的“黄金瓜”

打造环蒙山片区生态示范区，临沂走出新路子

◎王文硕

“蒙山高，沂水长，沂蒙山区好地方……”地处蒙山沂水间的临沂市是全国著名的革命老区，也是沂蒙精神的发源地。多年来，山东省临沂市传承红色基因，弘扬沂蒙精神，在乡村振兴的“战场”上，走出一条具有沂蒙山区特色的新路子。

“以前俺们村有好几十处荒废老宅，夏天蛤蟆叫，冬天耗子跳，残垣断壁、荒草丛生。后来通过盘活闲置宅基，发展民宿产业，探索农村宅基地所有权归村集体、资格权归村民、使用权归企业的模式，村里的环境改善了，村民的钱包也鼓了起来。”近日，记者跟随山东省乡村生态振兴工作专班在临沂市采访时，平邑县柏林镇崔家峪村支部书记崔继玉高兴地说。崔家峪的变化，是临沂市大力推进乡村生态振兴的一个缩影。

建设环蒙山生态文明实践高地

位于临沂市蒙山主峰龟蒙景区东侧的李家石屋村是一个典型的山区村落，走进村里，只见乡土民居依山而建、错落有致，充满浓郁的沂蒙山村风情。

“过去村里垃圾靠风刮，污水靠蒸发，村民的主要收入来源是种花椒、卖核桃、卖板栗。现在镇上给我们通了天然气，铺设了给排水管网，生活污水都进了管网，村里环境变好了，大伙心里也舒坦。依托生态资源优势，我们还跟旅游开发公司合作开起了民宿。”李家石屋村支部书记卜祥峰告诉记者。

从顶层设计到科学谋划，从夯基垒台到立柱架梁，临沂打造环蒙山片区生态示范区的目标明确、路径清晰。

临沂市生态环境局工会主任王建慧告诉记者：“近年来，临沂市委、市政府高度重视

乡村生态振兴和环蒙山生态示范区建设，成立乡村生态振兴工作领导小组，设立工作专班，实行专班、专线、专人负责。印发了《环蒙山片区生态示范区建设实施方案》，将全省唯一一个拥有国家‘两山’实践创新基地和国家生态文明建设示范县两块‘金字招牌’的蒙阴县与蒙山周边乡镇闭环形成环蒙山生态文明建设示范区，提出将环蒙山周边的规划示范区域内的乡镇创建成省级生态文明建设示范乡镇，将环蒙山片区建设成高标准生态文明示范区的总体目标。”

2021 年，临沂市在全省率先探索开展市级生态文明建设示范村镇创建工作，遴选费县薛庄镇等 7 个乡镇为第一批“市级生态文明建设示范镇”，旨在打造一批生态文明建设实践样板，进一步凸显沂蒙乡村生态环境优势，带动整体工作提升。

一体化保护修复沂蒙山区山水林田湖草沙

位于国家 5A 级旅游景区沂蒙山旅游区脚下的百泉峪村，因山泉众多而得名。20 世纪 90 年代，该村大量开采花岗岩矿石，让石头变成“金蛋蛋”。然而，村民一时的增收换来的是毁山毁林、透支资源，破坏了生态环境，动摇了发展根基。

2007 年至 2014 年，该村先后引进社会资本 6400 万元，绿化荒山 1 万多亩，在矿坑废墟上建起酒店，并陆续发展 38 家农家乐，年接待游客 20 万多人次，村民人均收入达到 4 万元。

2021 年，临沂市通过中央补助、省市两级配套、各县筹集、社会投入等方式投资 53.3 亿元实施沂蒙山区域山水林田湖草沙一体化保护和修复工程项目，提升蒙山区域生物多样性保护、水源涵养、水土保持、森林防火等综合防控能力。项目有助于区域“三山三水”总体生态布局，构建自然生态屏障，促进当地整体高质量绿色发展。

为确保工程顺利实施，临沂市成立由市委书记、市长任组长的市山水林田湖草沙一体化保护和修复工程领导小组，抽调生态环境、财政、自然资源、水利、应急、林业、农业等部门组成工作专班，实行工作专班集中化办公，并对 5 个县 48 个工程项目逐一落实项目责任人，实行终身追责。据了解，临沂市还建设了沂蒙山区域山水林田湖草沙一体化保护和修复工程数字化管理平台，通过信息技术以及应用功能，实现从项目立项到工程实施、过程反馈、竣工验收的全过程动态监管。

生态农业带动农民增收和乡村绿色发展

现代农业发展是乡村振兴的重要支撑。近年来，临沂市围绕“稳粮增收调结构，提质增效转方式”的主线，紧抓畜禽养殖污染治理、化肥农药减量增效、秸秆综合利用等工作，全力推动农村绿色发展。

自制植物型饲料，拒绝催肥，畜禽自由长大；研发大型青贮技术，解决饲料和秸秆焚烧问题；农场肥水不流外人田，污水零排放；采取“物理 + 生物”组合方式防治病虫害；设计人工湿地，保证春季灌溉水源……这是临沂市平邑县弘毅生态农场围绕生态农业进行的探索。

这一农场充分利用生态学原理，创建“低投入、高产出”的农业可持续发展模式，带动农民就业，增加农民收入。自 2011 年后，农场的试验田年亩总产量超过一吨（玉米、小麦周年产量），农场花生、玉米、小麦、小米、苹果等均超过普通农田产量。

在蒙山脚下，有一个“全国瓜果之乡”——费县薛庄镇，该镇种植的甜瓜具有“香、甜、脆”等特点，现已成功打入北京、上海等一线城市，真正成为乡村振兴的“黄金瓜”。带动 1 万余户农民实现年人均增收 2000 ～ 3000 元。

山东省乡村生态振兴工作专班二级调研员张懿表示，山东省乡村生态振兴工作专班将对临沂市的先进经验进行分析总结，形成可复制、可借鉴的“临沂路径”在全省进行推广。

（刊登于《中国环境报》2022 年 1 月 12 日四版）

建筑可以全过程、全范围减少消耗降低排放，
提高能效水平优化用能结构

绿色建筑需政策支持技术支撑

◎尚 玉

近日，在《北京市“十四五”时期城市管理发展规划》新闻发布会上，北京市住建委副主任、一级巡视员冯可梁介绍，“十四五”期间，北京市新建民用建筑全面落实节能设计标准，大力发展高星级绿色建筑、推进超低能耗建筑示范、开展公共建筑节能绿色化改造、推广绿色建材应用。

另外，“无废城市”试点深圳拟于今年7月1日起实施《深圳经济特区绿色建筑条例》。而今年3月，住房和城乡建设部印发的《“十四五”建筑节能与绿色建筑发展规划》聚焦绿色建筑发展，去年生态环境部会同多部门联合印发的《“十四五”时期“无废城市”建设工作方案》五大重点领域中，也提到在建筑领域采取有针对性的措施。

绿色建筑将成为推动“无废城市”建设的重要发力点。

建设“无废城市”需大力发展绿色建筑

此前发布的《国务院办公厅关于印发“无废城市”建设试点工作方案的通知》提出，要开展建筑垃圾治理，提高源头减量及资源化利用水平。

“对建筑行业而言，‘无废’意味着全过程、全范围地减少消耗、降低排放，在城市建设阶段中减少资源消耗，或者循环使用材料，在建筑使用阶段减少日常消耗，在报废拆除阶段加强资源综合利用，持续推进垃圾源头减量和资源化利用，将环境影响降至最低的城市发展模式。”中国建筑节能协会秘书长、高级工程师吴景山说。

建筑业作为三大用能终端之一，绿色转型尤为重要。

中国建筑节能协会副会长倪江波表示，建筑运行约占全国碳排放量的 21%，占整个城乡建设领域碳排放量的 90%。因此要落实“双碳”目标，着力点应在大力发展绿色建筑，规模化发展低碳建筑、零碳建筑上。

那么绿色建筑应该具备哪些特点？《绿色建筑评价标准》（GB/T 50378—2019）（以下简称《标准》）给出了答案：即安全耐久、健康舒适、生活便利、资源节约、环境宜居等五个方面。

住房和城乡建设部科技与产业化发展中心绿色建筑发展处高级工程师宫玮对此进行了解读：

在安全耐久方面，《标准》对采取通用开放、灵活可变的空间设计，建筑结构与管线分离、耐久性较好的结构和装饰材料应用等提出明确要求，可以提升建筑适变性，尽量减少因建筑结构空间改造和维护产生固体废物排放。

在资源节约方面，《标准》涵盖装配式建筑、全装修等绿色建造方式推广和绿色建材应用，对推广绿色化、工业化、信息化、集约化和产业化建造方式具有重要作用，可以有效降低建筑垃圾排放水平，并推动可再循环材料利用，带动建造垃圾回收利用产业链发展。

在生活便利方面，《标准》对运营阶段绿色理念宣传要求进行了明确，有利于引导绿色生活方式，推动生活垃圾源头减量和分类收集处理等工作开展，减少固体垃圾排放。

出台政策支持绿色建筑建设

在生态环境部 3 月例行发布会上，生态环境部固体废物与化学品司司长任勇表示，2019 年以来，“无废城市”建设试点工作顺利完成改革任务，达到预期成效。

那么目前“无废城市”绿色建筑建设总体情况如何呢？根据梳理，记者发现相关政策条例存在一些共性。

推动绿色建筑发展的政策陆续出台。《深圳经济特区绿色建筑条例》是全国首部将工业建筑和民用建筑一并纳入立法调整范围的绿色建筑法规，从建筑全寿命周期视角展开，明确将绿色建筑的规划、建设、运行、改造、拆除全过程活动纳入法规调整范围。

“江苏、浙江、河北、辽宁、内蒙古、安徽、福建、河南、山东等其他‘无废城市’试点地区所在的省（自治区）均发布了绿色建筑条例或政府令。”宫玮补充道。

针对新建建筑，各“无废城市”均要求全面执行绿色建筑标准，并不断提升绿色建筑发展水平。

雄安新区要求规划范围内的城镇新建民用和工业建筑全面执行二星级以上绿色建筑

标准，新建政府投资及大型公共建筑执行三星级标准；北京经济技术开发区在全国率先开展绿色工业建筑集中示范区建设，要求新建工业建筑全部达到绿色工业建筑标准要求，将绿色建筑推动从民用建筑向工业建筑领域拓展。

同时，各“无废城市”以财政奖励方式为主，探索多种形式推动绿色建筑建设。

江苏省徐州市印发了《2021 年度绿色城市绿色建筑运行标识项目奖补标准》，对获得绿色建筑标识的 2 万平方米以上公共建筑或 8 万平方米以上居住建筑按照不同星级给予奖励。

“基于目前各地财政奖励资金有限，实际可享受优惠政策项目较少，部分地区如安徽省铜陵市等地在绿色建筑条例中明确对绿色建筑项目给予贷款利率优惠等绿色金融支持政策。”宫玮说。

为保证绿色建筑项目建设质量，各“无废城市”根据所在省（自治区）要求持续加强过程管理。

江西省瑞金市将绿色建筑工程施工质量验收纳入建筑节能分部的专项验收，明确建设单位为绿色建筑与节能工程质量的第一责任单位。

创新驱动，大力推动绿色化改造

在谈到建筑领域如何落实“双碳”目标时，吴景山坦言：“在现有政策的惯性情景下，建筑行业的碳达峰时间为 2040 年。如果要实现 2030 年建筑碳达峰目标，就预示着，要提高建筑能效水平，优化建筑用能结构，部署并推动建筑领域节能减碳重点工作。”

然而，目前传统的建筑模式已难以满足“双碳”要求，创新科技发展是大势所趋，建筑业也要由要素驱动、投资驱动转向创新驱动。

相关技术创新发展层面，据北京建工资源公司副总经理、高级工程师李烁介绍，其公司的核心技术——建筑垃圾原位处置技术、模块化处置技术于 2019 年入选生态环境部“无废城市”首批先进适用技术。另外，在宫玮看来，应加强两个领域技术融合发展，例如在“无废城市”标准中明确绿色建筑指标要求，在绿色建筑标准中加强建筑垃圾固废减少和再利用技术要求等。还要加强绿色建筑碳减排量计算方法研究，实现技术联动发展。

“重建设、轻管理”是当前绿色建筑发展中存在的问题。

对此，宫玮建议推动物业服务与绿色建筑运行管理要求深度融合，积极引入合同能源管理等市场化服务模式，开展绿色建筑后评估，建立绿色宣传教育制度。

为大力推动绿色化改造，充分发挥绿色建筑经济环境效益，根据《中华人民共和国国民经济和社会发展第十四个五年规划和2035年远景目标纲要》，宫玮认为，应结合城市更新、老旧小区改造等工作，推动既有建筑绿色化改造，充分提升既有建筑安全耐久、资源能源节约水平，减少既有建筑领域固体废物排放。

而在建筑垃圾资源化利用中，“上海市宝山区装修垃圾项目是高资源化率装修垃圾资源化项目，资源化率达85%以上；上海市闵行区华漕再生资源化利用中心项目，是建筑垃圾领域多元化协同处置项目，也是国内建筑垃圾领域规模最大的设备集成项目。”李烁说。

（刊登于《中国环境报》2022年4月26日八版）

用好“三线一单”成果，做强传统主导产业

湖南双峰打造农机特色小镇

◎刘立平　刘小惠　梁旦华　陈　强

“湖南省双峰县永丰农机特色小镇以‘一园、两轴、四片区’进行产业布局，围绕‘两平台、三基础’进行规划建设，建成了农机博览展示中心、农机企业主题馆、农机历史博物馆、企业总部大楼、农机检测楼、农机嘉年华等项目，现在小镇变美了，入园企业也多了，双峰的农机产业发展迎来了春天。”湖南农友机械集团董事长刘若桥最近深有感触地说。

农机制造业是双峰县的传统主导产业，近年来，双峰县以“三线一单”为指导，从打造“永丰农机特色小镇”入手，不断增强“龙头牵引力、产业竞争力、市场扩张力”，走出了一条具有双峰特色的农机高质量发展之路。2021 年，双峰县农机产业规模以上累计产值达 93.39 亿元，累计税收 2254 万元，就业人员达 3 万人以上。

农机企业入园，打造特色小镇

双峰县湘东机械制造有限公司原来是一家位于永丰街道东华生活小区的小型农机企业，年产值不足 3000 万元。自今年 5 月搬迁至永丰农机特色小镇后，企业坚持高起点规划，引进了三条智能化全自动流水生产线和一条天然气喷塑节能环保流水线，产品质量、产能、产值和效益大幅提升。

“今年我们厂农机生产产值已达 1.1 亿元，产品远销东南亚和非洲等地的 28 个国家和地区。”湘东机械制造有限公司总经理胡欣燕介绍说。

曾经，双峰县农机产业在 16 个乡镇（街道）遍地开花，环境污染防治投入不足、产业创新与推广应用能力不足、安全生产隐患较严重等问题困扰着企业和周边群众，严重制约了全县农机产业的绿色发展。

2020年9月,《湖南省“三线一单”生态环境总体管控要求暨省级以上产业园区生态环境准入清单》发布,双峰县充分运用“三线一单”成果,科学规划、整合产能,将原来农机企业相对集中的东华、东塘工业园区统一整合,打造成永丰农机特色小镇。

同时,根据“三线一单”要求,双峰县按优先保护单元、一般管控单元、重点保护单元实行科学规划,编制《双峰县农机特色小镇规划设计》《双峰县农机特色产业小镇总体规划》,明确小镇的建设发展定位,科学布局生产、生活、生态空间,总计投资30多亿元,力求将永丰农机特色小镇打造成全国农机生产示范基地、全国农机集散基地、全国农机交易中心、全国农机文化体验中心、全国农机特色产业第一城。

目前,双峰县永丰农机特色小镇已初具规模,并被列为湖南省首批12个示范型特色小镇之一。

企业共享生产线,降低生产成本

按照“三线一单”管控要求,双峰县引导原来的企业升级改造、搬迁入园,园区农机制造行业严格禁止使用高污染燃料,全部淘汰燃煤设施,逐步使用燃气窑炉、电窑炉等设备,并引导企业共享喷塑、烘烤生产线。把好项目环评审批关,严格执行大气污染因子排放标准。同时,对不符合“三线一单”管控要求和小镇产业定位的企业进行清退。近两年来,共有3家企业被清退出农机产业园区。

如今,永丰农机特色小镇园区内除少数企业使用生物质燃料设备外,90%以上的农机企业都已使用燃气、电窑炉设备。

湖南好运来机电设备有限公司是共享湖南农友集团股份有限公司喷塑、烘烤生产线的20多家农机企业之一,公司董事长兼总经理王跃文介绍,在共享喷塑、烘烤生产线后,企业生产成本至少下降了8%。

双峰县东方龙机械有限公司、湖南韶峰机械有限公司等60多家农机企业则委托湖南金峰机械制造有限公司生产农机铸造配件。韶峰机械有限公司董事长刘炳成表示,在委托湖南金峰机械制造有限公司生产农机铸造配件后,企业生产成本下降了10%。

实行政策扶植,优化服务环境

“永丰农机小镇建设之前,我们东塘工业小区可以说是脏乱差。近几年,通过特色小镇建设,这里真的变化很大,我最大的感受就是现在小镇的规划好、环境好,希望小镇的农机产业发展得越来越好。”家住永丰农机特色小镇东塘工业园区的谭海说。

根据《湖南省支持省级特色产业小镇发展的政策意见（2019—2021年）》的要求，双峰县在保障农机小镇建设用地、降低企业运行成本、强化改革创新、支持重点项目建设、支持开展联合研发、鼓励特色产业链招商、支持物流电商配套、提高产业开放水平、支持品牌推广、美化人居环境等方面，对永丰农机特色小镇的建设给予了大力支持。

双峰县将粮食、生猪等重要农畜产品生产所需机具全部纳入农机补贴范围，应补尽补；将育秧、烘干、畜禽粪污资源化利用等方面成套装备纳入农机新产品补贴试点范围，加快推广应用步伐。鼓励农机企业技术改造和转型升级，并给予政策和资金扶持，支持农机企业申报污染防治项目资金。

小镇良好的服务环境吸引了大批农机企业进驻，今年以来，小镇共进驻农机企业达18家。2022年1—9月，全县农机产业产值达55.12亿元，出口额达1328万美元。

（刊登于《中国环境报》2022年11月30日七版）

江西以绿色金融助力企业减污降碳协同创新

◎张林霞　吕卓然

近年来，江西以“实现减污降碳协同增效”为抓手，强化与金融管理部门、金融机构合作，共建全省企业碳账户、碳减排项目库，支持重点行业、重点企业减污降碳技术改造，推动绿色低碳发展，在应对气候变化工作方面取得新成效。

推行机构合作改善金融政策环境

“在推进减污降碳工作过程中，我们发现有些企业想实施减污降碳项目，但缺少资金。一些金融机构有绿色金融优惠政策，但是与企业项目对接的渠道不通畅。因此，我们萌生了完善绿色金融政策、服务企业和金融机构，进而推动减污降碳措施落地的想法。”江西省生态环境厅应对气候变化处处长郑文育告诉记者。

2022 年 10 月，江西省生态环境厅等 7 部门联合印发《江西省减污降碳协同增效实施方案》，提出六大方面 26 项具体举措，以强化绿色金融支持为突破点，助力企业减污降碳协同创新，促进经济社会绿色低碳高质量发展。

早在 2022 年 1 月，江西省生态环境厅与人民银行南昌中心支行联合制定《金融支持江西绿色低碳转型发展的若干措施》，强化碳市场深度合作，推进碳减排支持工具在江西充分运用，共同支持气候投融资活动，签署《助力“双碳目标”金环合作备忘录》，“十四五”以来引入生态环保领域资金 5000 多亿元，用金融手段为绿色低碳发展注入“血液”、增强动能。

“在省生态环境厅的支持下，我们加强能耗管理和技术改造，碳排放效率大幅提升，除去需要在全国碳市场强制履约的部分配额，去年我们还盈余了不少。在人民银行南昌中心支行的宣传引导下，我们渐渐明白碳排放配额是一种金融资产，能够抵押变现，甚至还可以出售盈利。”中国华能集团有限公司江西分公司市场营销部主任万常洪说。去年，公司就通过出售 270 万吨碳配额，获利约 1.5 亿元，实现了扭亏为盈。

2022 年 6 月，江西省生态环境厅进一步深化绿色金融合作，与国家开发银行江西分行、北京银行南昌分行签署《关于深入打好污染防治攻坚战　共同推进美丽江西合作备忘录》，与中国银行江西省分行、九江银行签署《“减污降碳”金融服务合作备忘录》，支持深入打好污染防治攻坚战，共同推进减污降碳协同增效，助力企业绿色低碳发展。

“我们围绕企业的金融需求，专门创设了‘碳效贷’‘数碳融’‘光伏贷’等减污降碳绿色金融产品，向电瓷制造、药业、新材料、生物科技、纺织等一批中小企业推广，助力企业绿色低碳发展。”九江银行绿色金融事业部工作人员向记者介绍情况时说。

推进构建企业联盟搭建共享渠道

“2022 年，我们公司建成投用煤制氢高浓度二氧化碳回收利用装置，截至今年 6 月底，累计回收二氧化碳 7.9 万吨。今年 5 月我们公司首个分布式光伏发电项目投用，实现自发自用。通过强势推进节能降碳管理，今年上半年炼油综合能耗、吨油燃动费用均创历史最低；吨油碳排放量持续下降，与 2022 年同期相比下降 9.94%。”作为“江西省企业自愿减污降碳联盟”的主要发起单位，中国石油化工股份有限公司九江分公司副总经理邹圣武与记者分享了减污降碳的可喜成效。

2022 年，江西省生态环境厅推动支持省内 40 余家碳排放重点企业成立“江西省企业自愿减污降碳联盟”，搭建了企业、金融、政策、技术等互通互联桥梁。

江西省生态环境厅还依托“企业自愿减污降碳联盟”实施“五进企业”举措，即习近平生态文明思想进企业、绿色发展利好政策进企业、政策性资金进企业、先进减污降碳技术进企业、绿色金融产品进企业，引导企业从“要我减排”向“我要减排”转变，激发企业自主减污降碳新活力。

“为支持江西省企业自愿减污降碳联盟发展，我们将有利于企业绿色低碳发展的政策、资金和技术送到企业面前，帮助企业实现低成本减排和高质量发展。”江西省生态环境厅应对气候变化处副处长唐正表示。

此外，江西省生态环境厅还指导重点减污降碳联盟企业制定碳达峰实施方案，引导企业走绿色低碳发展路径，为实现碳达峰碳中和目标作出积极贡献。

推动建设项目库激发金融政策红利

“前不久，我们项目库里又有 4 家企业获得授信 12 亿元，放款 3 亿元，加快了减污降碳项目的建设力度。”郑文育指着项目库的清单介绍说。

江西省生态环境厅积极谋划在全省范围内打通沟通渠道对接有关企业，联合人民银行南昌中心支行共同建设减污降碳、碳减排等重点领域后备企业和项目库。2022 年，共收集项目 763 个，涉及总投资金额 3572.94 亿元，符合碳减排支持工具重点领域分类项目 109 个，涉及金额 628.74 亿元，打破了以往企业缺少资金开展降碳技术改造的局面。

截至今年 6 月底，人民银行南昌中心支行与江西省生态环境厅联合撬动全省 16 家金融机构，发放碳减排贷款 169.5 亿元，支持碳减排项目 305 个，带动碳减排约 393.5 万吨二氧化碳当量。

今年下半年，江西省生态环境厅与人民银行南昌中心支行将继续深化战略合作，推进部门间系统互联，强化协作能力。江西省生态环境厅向人民银行南昌中心支行提供企业碳排放数据和项目信息，人民银行与江西省生态环境厅共享减污降碳项目对接授信放款进展，高效助力减污降碳项目落地。

（刊登于《中国环境报》2023 年 8 月 24 日一版）

合肥高新区以绿色转型推动减污降碳协同增效

◎潘　骞　刘　俏　徐寅祺

“全国首个工业园区‘碳积分’试点”“全国首批环境健康管理试点”……2023年，安徽省合肥高新技术产业开发区（以下简称合肥高新区）在绿色转型后再次创造出许多“首个”的亮眼成绩。

这得益于合肥高新区始终坚守可持续发展理念，在绿色转型上下足功夫，科学谋划产业布局，全力推动能源结构优化。生态环境质量和主要污染物排放弹性系数持续向好，工业固体废物综合利用率达99.55%，碳排放强度年均下降5.8%。2022年，合肥高新区用全市1.1%的土地，贡献了全市近12%的GDP和近25%的税收，亩均效益全省第一。

合肥高新区生态环境分局副局长张艳表示：“谁转型得快，谁将获得产业发展的先机。”近几年，在“双碳”战略牵引下，合肥高新区编制并发布全国工业园区首个绿色发展规划，从顶层设计上引领全域绿色转型，推动减污降碳协同增效。

产业结构转型升级，打造绿色“聚宝盆”

“这家企业耗能过高，不符合重大项目引进要求。”2022年合肥高新区拒绝了12个高能耗项目，核减能耗约1.5万吨标准煤。

项目准入门槛提高，是源头管理的关键。合肥高新区研制主导行业生态环境准入判定模板，实施“区域能评＋产业能效评价”准入制度，环评和能评提前介入，从源头上避免高污染、高能耗企业入驻。

产业结构转型，不仅要守好“增量关”，也要把好“存量关”，用切实的政策浇筑园区企业质效升级的坚实基座。

“从政策宣贯到市场分析，从技术指导到政策兑现，高新区政府一直用实际行动鼓励我们企业实施节能技改，是我们发展的‘引路人’。”合肥高新区内企业安徽美芝制冷设备有限公司负责人感慨道。

合肥高新区在全国率先设置“环保鼓励奖”“环保技改奖”“绿色发展奖”，试点实施工业企业碳积分制度，鼓励企业采用先进技术实施节能技改，累计兑现奖励资金 1 亿元，独创金融产品“转型升级贷”，支持 40 家企业融资达 3.2 亿元。

在当前的经济背景下，许多工业园区面临着外部“卡脖子”危机和内部产业转型的双重压力，而合肥高新区抢占先机，合理布局产业高端发展。

目前，合肥高新区已形成“421”（新一代信息技术、生物医药、光伏新能源、公共安全四大战新产业，家电、汽车两大传统产业，现代服务业）融合发展的创新型现代产业体系，传统家电产业比重由 49.9% 下降至 16.7%，战新产业比重由 28.3% 提升至 57%，战新产业年均保持两位数增速增长。规模以上工业企业实现利润占全市的 42%，亩均税收（67.8 万元 / 亩）、单位能耗营业收入（38.7 万元 / 吨标准煤）均位居全省第一。

能源结构清洁转型，提高发展“含绿量”

走进合肥高新区，随处可见排列整齐、发着亮光的“黑白格”，这是提升可再生能源利用比例、减少碳排放的关键一招。

“布局建设综合能源基础设施，支持园区企业实施光伏应用示范工程是大势所趋，也是高质量发展的必由之路。”张艳表示，2022 年合肥高新区分布式光伏示范项目合计并网达到总装机容量 212.379 兆瓦。

“我们园区不同于传统工业园，产业结构具有特色，因此我们尝试以降碳带动减污，以实现最大限度的协同增效。”高新区生态环境分局对于“减污降碳”有着独到的思路。

优化能源系统是有效削减碳排、推动减污降碳的“不二法门”。

节能降耗三年行动计划，推行合同能源管理，推动园区工业搬运车辆“油”换“电”，试点重卡新能源替代，合肥高新区政府打出能源优化“组合拳”。2022 年，园区万元 GPD 能耗 0.12 吨标准煤，是全国平均水平的 1/4。

政府发力的同时，园区企业也各显神通，“黑科技”层出不穷。

国家级工业产品绿色设计示范企业阳光电源股份有限公司，年生产清洁电力 4711 亿度，每年减少二氧化碳排放近 3.8 亿吨；通威太阳能（合肥）有限公司，实施节能降碳项目，实现年减排污水约 87 万吨，能耗下降 18435 吨标准煤，二氧化碳减排 105525 吨。

城市发展绿色升级，描绘生态“新画卷”

不仅产业和能源结构要转型，城市发展方式也是重要一环。怎样让有限的土地发挥最大的经济效益和碳汇能力?

在这种压力下，合肥高新区选择刀刃向内，向存量要空间，首创“健康体检”和“土地管家”制度，推动产业“腾笼换鸟”，促进亩均发展提质增效，共计盘活3000余亩闲置和低效土地（按每亩节约100万元计算，节省资金至少30亿元）。

此外，园区关停传统制造企业17家，升级改造传统制造企业60余家，有效促进空间利用集约紧凑、功能复合、低碳高效。

企业“改头换面”，土地“身价”攀升，工业园区还能够保障居民生活活动空间吗?

“我们都是高新区企业员工，‘职住平衡’的政策让我们省钱又省事。”高新区某小区开盘当天，售楼部人头攒动。

合肥高新区以实际行动推动产城融合，在全市率先开展“职住平衡”试点，同时高标准高品质建设和改造一批城市慢行道、慢行设施等，为市民打造“15分钟低碳生活圈”，降低交通出行碳排放。

同时，为满足人民日益增长的优美生态环境需要，“碳”寻绿色生产生活方式，合肥高新区实施扩绿降碳行动，谋划实施了一批绿色生态建设工程。

“林长制”让绿水青山走向“国际化、森林化、花园化、低碳化”，园区现绿化覆盖率提升至49.8%；再生资源综合利用基地让垃圾处理跑入高端赛道，垃圾分类处理及大宗固废综合循环利用水平飞跃；水体修复净化，让每一条河流成为“景观带、净化器、蓄水池”……

在坐拥“一山两湖”天然优势的合肥高新区，一幅河网纵横、绿树成荫、和谐发展的现代宜居画卷正在徐徐展开。

（刊登于《中国环境报》2023年10月26日一版）

第八章 应急篇

天津滨海新区危险化学品仓库发生爆炸

天津市环境保护应急人员夜间迅速集结赶到事故现场展开监测　陈吉宁委托翟青率领环境保护部环境应急人员和专家赶到天津

◎郭文生　任效良

8 月 12 日 22 时 50 分左右，天津市滨海新区天津港务集团瑞海物流危险化学品堆垛发生火灾，并在 23 时 30 分左右发生爆炸。

事故发生后，党中央、国务院高度重视。中共中央总书记、国家主席、中央军委主席习近平立即作出重要指示，要求尽快控制消除火情，全力救治伤员，确保人民生命财产安全。中共中央政治局常委、国务院总理李克强就救援和应急处置工作作出批示。

根据习近平和李克强指示，国务委员、公安部部长郭声琨已率国务院工作组赴现场指导事故救援和应急处置工作。

获悉消息后，环境保护部部长陈吉宁立即作出安排部署，并委托环境保护部副部长翟青率领环境应急人员和专家组，于 13 日凌晨赶赴天津滨海新区事故现场，迅速与天津市环保局局长温武瑞带队的环境监测部门一起会合查勘现场，了解事故发生后环境污染影响情况，并召开会议提出下一步环境应急要求。

记者于 13 日凌晨 2 时许由天津市区驱车抵达滨海新区，跟随天津市环保局环境应急人员赶赴事故现场。滨海新区环保和市容管理局环境应急人员已先期在现场开展应急监测工作。

2 时 50 分左右，天津市环保局环境应急人员抵达事发地点迅速开展工作。在距爆炸中心点约 1 公里的位置，记者看到，周围住宅受爆炸冲击波影响，窗户出现严重变形，高空撒落的玻璃碎渣等杂物铺满道路。道路远端一侧的爆炸点浓烟滚滚向东北方向飘去，同时，空气中弥漫着刺鼻的味道。

翟青一行与温武瑞带队的环境应急人员，一起来到位于事故地点下风向的东疆港保税区美洲路监测点位，部署下一步环境应急监测工作。同时，天津市环保部门紧急调动邻近区县环保部门应急监测力量赶赴滨海新区支援。

8 时 30 分左右，天津市东丽区、津南区、宝坻区等多个区县环境监测应急人员携装备抵达现场，进一步扩大了监测点位部署范围。

翟青还到保税区污水处理厂、入海排污口等多个点位调查了解预防水污染次生灾害发生有关情况，并向相关部门和单位提出建议和要求。

天津市环保局应急中心主任郭胜华向记者介绍了此次应急监测有关工作的情况。截至发稿时，天津市环境监测中心共组织出动监测人员近 200 人（次），在事故现场周边布设环境空气监测点位 17 个，采集空气样品 80 余个；布设水和废水监测点位 5 个，采集水样品 12 个。

在事故特征污染物监测方面，3 时 30 分通过现场快速监测仪器对爆炸点下风向周围气体进行采样分析，同时，使用环境自动监测车对事故点下风向（新港八号路）气体进行监测。

3 时 40 分，检出甲苯、三氯甲烷、环氧乙烷 3 种有害物质。

4 时整，监测数据显示，环氧乙烷浓度范围为 1 ～ 2 毫克 / 米 ^{3}，根据《工作场所有害因素职业接触限值》（GBZ 2—2002），环氧乙烷在空气中短时间接触容许浓度为 5 毫克 / 米 ^{3}。

5 时 30 分，应急监测采样监测数据显示，甲苯浓度为 3.7 毫克 / 米 ^{3}，超过了《大气污染物综合排放标准》（GB 16297—1996）规定的厂界无组织排放浓度限值（2.4 毫克 / 米 ^{3}）；三氯甲烷浓度为 1.72 毫克 / 米 ^{3}，低于《车间空气中三氯甲烷卫生标准》（GB 16219—1996）规定的车间最高允许浓度 20 毫克 / 米 ^{3} 限值；VOCs 为 5.7 毫克 / 米 ^{3}，超过了《工业企业挥发性有机物排放标准》（DB 12/524—2014）规定的无组织排放浓度限值（2.0 毫克 / 米 ^{3}）。

6 时整，应急监测采样监测数据显示，甲苯浓度为 3.06 毫克 / 米 ^{3}；三氯甲烷浓度为 1.72 毫克 / 米 ^{3}；VOCs 为 5.02 毫克 / 米 ^{3}。

8 时整，应急监测采样监测数据显示，三氯甲烷浓度为 0.06 毫克 / 米 ^{3}；VOCs 为 0.1 毫克 / 米 ^{3}，已经低于《工业企业挥发性有机物排放标准》（DB 12/524—2014）规定的无组织排放浓度限值。

截至 13 时整，现场监测未检出环氧乙烷。

在空气质量常规污染物监测方面，截至记者发稿时，事故点周边 5 个空气质量自动监测站（第四大街、塘沽营口道、汉北路、河西一经路、滨水东路）6 项常规污染物

（$PM_{2.5}$、PM_{10}、一氧化碳、二氧化硫、二氧化碳、臭氧）未受到明显影响，周边区域环境空气质量为二级良至三级轻度污染水平，实时 AQI 指数为 86～105，首要污染物为 $PM_{2.5}$，与全市平均水平基本相当。二氧化硫、二氧化氮和一氧化碳等实时指数均为一级优，空气质量 6 项常规指标未见明显异常。

在水环境监测方面，事故发生后，入海排水口已经全部关闭。正在对事故水进行监测分析。

16 时 30 分，记者参加了由天津市召开的新闻发布会。发布会上，天津市滨海新区区长张勇介绍了爆炸事故总体情况，市消防局局长周天介绍了现场处置情况，市卫计委主任王建存介绍了伤员救治情况，天津市环保局局长温武瑞介绍了环境监测情况。

目前，环境保护部组织中国环境监测总站专家携带专业设备正赶赴现场，进一步支持当地开展环境监测及科学处置工作。

（刊登于《中国环境报》2015 年 8 月 14 日一版）

争分夺秒转移群众　清理遗留污染物
武汉江夏区环保人“断后”截污

◎魏红明　杨　海　孙　瑾

湖北省武汉市近日遭遇特大暴雨，汛情严峻。7 月 6 日，武汉市江夏区鲁湖水位突破 23.2 米，超过保证水位。江夏区防汛指挥部当机立断，要求一面抢险排险，一面转移人员。区环保局迅速组织 38 名干部职工连夜赶赴汛情紧急的法泗街道，协助转移东港村 330 名村民到安全地带。

次日凌晨 1 时许，村民们乘坐 5 辆中巴车抵达法泗小学安置点，38 名干部职工分成 3 个组，在街道工作人员带领下，对东港村 3 个村民小组挨家挨户进行排查，争分夺秒帮助极少数尚未转移的村民安全转移。

此时，另一场危机也在酝酿之中。

7 月 7 日凌晨 3 时，梁子湖水位告急，达到 21.36 米的保证水位，7 月 8 日下午达到 21.49 米，此后一直居高不下，至 7 月 12 日依然在 21.48 米的水位高度。

7 月 13 日，湖北省武汉市防汛抗旱指挥部决定在 7 月 14 日前炸毁梁子湖与牛山湖之间的堤坝，进行破垸分洪。江夏区环保局得到这一消息后，立即安排 30 名环保人员前往牛山湖区域，挨家挨户清理未转移的污染品，严防农药、柴油等污染物混入水体，同时密切监测水质。

“这里有半瓶杀虫剂。”“这家还有一袋化肥。”大雨里，江夏区环保局局长苏军打着伞，和几名同事正在一处已经搬走的房屋里检查。

“这里的渔场是种养结合型的，渔民在种植作物和养殖水产的时候，免不了要使用农药、化肥等。”苏军介绍，这些剩下来的农药、柴油和化肥，渔民在转移的时候，大多数都不会带走。牛山湖大坝破垸后，渔场的大部分都将被梁子湖水淹没。这些遗留的农药、柴油和化肥，对水质的污染是毁灭性的。

截至当日中午，牛山湖渔场200余人均安全转移，并得到妥善安置。此时，苏军及其他30名环保工作人员则作最后“清场”，带着找到的五大袋污染物、两半桶汽柴油和少部分鱼药，到安全地区进行销毁。

此外，东湖高新区环保局也赴龙泉街和滨湖街现场检查，出动车辆5车（次）、人员14人（次），及时清理了生产生活垃圾。分洪后，东湖高新区环保局将加强对湖面、淹没区域及周边的巡查，同时将密切监测水源地水质，确保居民用水安全。

（刊登于《中国环境报》2016年7月21日一版）

美国对华核能新政影响几何？

专家表示，我国核电安全有保障，美国对华核能新政影响总体有限，仍需积极应对

◎鲁　昕　李玲玉

《华尔街日报》前不久报道称，比尔·盖茨表示，由于美国政策的变化，他担任董事长的美国泰拉能源公司和中核集团合作的行波堆项目，很可能将无法继续进行。这一项目原计划在未来20年内分阶段实施小、中、大型商业化行波堆电站的建造和运行，合作推进行波堆技术产品推广和市场开发。

2018年10月，美国能源部网站发布《与中国民用核能合作政策框架》（也称“对华核能新政”，以下简称“新政”），对与中国的民用核能合作提出多项具体限制条件。新政对我国会产生多大影响？中国应当如何应对？对此，本报记者专访了中国工程院资深院士叶奇蓁和生态环境部核与辐射安全中心总工程师李吉根。

新政总体影响有限，我国核电安全有保障

根据美国能源部网站的有关内容显示，美国此番新政的出台，专门针对我国核工业，并就技术、设备和材料的出口政策给出了具体清单。

国之重器“华龙一号”被新政直接点名，与其相关的设备部件对华出口均“推定不批准”。

对此，叶奇蓁表示“华龙一号”自主化程度高，基本不受影响。说起“华龙一号”，叶奇蓁如数家珍，“从设计、制造到建设、调试，它的每个环节都体现着自主知识产权，装备的国产化率达到86.42%，批量化建设后可以达到90%。福清核电示范工程建设稳步

推进，5 号、6 号机组也已经全面进入设备安装阶段。可以说，就算美国关起门来，我们也能自己做出来。”

中国核电官方也曾发文回应称，“华龙一号”属于我国自主化知识产权的三代核电技术，设备国产化率超过 85%，进口设备基本没有美国提供的产品。

对于新政是否会影响我国核电安全，李吉根表示，“从核安全监管角度来看，我国核电安全可控。目前美国核管会与中国国家核安全局的交流合作一切正常。”

“当然，很多人会关注这一新政是否影响我们的核电安全问题，毕竟核电运行，安全第一。我国从核电发展初期就设立了专门的核安全监督管理部门，秉承独立、公开、法治、理性、有效的核安全监管理念，参照国际原子能机构核安全标准框架，建立了与国际接轨的核安全法规标准体系，依法对核设施、核材料、核活动和放射性废物实施独立安全监管。”

李吉根表示：“我国现有 56 台核电机组，其中装料运行 45 台、在建 11 台。核电机组安全稳定运行累计 300 余堆年，从未发生过国际核事件分级表（INES）2 级及以上的事件或事故，持续保持良好的运行安全业绩。核电安全由多方面保障，仅这一核能新政不会影响我国核电安全。”

我国应在技术上加快研发，进一步提升监管能力

“技术上，新政会‘倒逼’我国加快关键技术的研发进程，进一步解决技术难题，彻底摆脱对国外核心技术、设备和原材料的依赖。”叶奇蓁表示。

当前我国核电多国进口、机组类型多，采用不同进口国的不同工业技术标准和规范，自主核电标准化程度需要进一步提高。随着我国自主研发生产设备的增多，核电工业技术标准和规范的统一是趋势。李吉根表示：“新政会加快我国核电工业技术标准和规范的自主化和统一，便于实施统一的核安全标准。”

叶奇蓁认为，中国要抓住这个机遇，积极推进科研创新，加快自主化进程，推进战略性、基础性、公益性核能科技研发，尤其要加强关键核心技术攻关，开展聚变堆、超临界水堆、行波堆等前沿核能技术研究，推动重要设备的国产化，提高知识产权意识，抢占新的战略制高点，并在政策和资源上加大对高端装备国产化的支持力度，创新核能行业科技管理体制，培养人才队伍。

“我国在建核电规模位居世界第一，随着自主化进程的加快，新技术在核设施中的使用也日益增多。要确保核设施安全，就必然要求我们强化核安全监管能力建设，完善监管程序制度，深化核安全文化建设和公众沟通，全面提升监管水平，不断增强全社会对

核安全的信心。目前，核安全监管体系和监管能力现代化进程正有序推进，可有效保障核安全。”李吉根表示。

李吉根说：“在核电‘走出去’的过程中，我们可以借助‘一带一路’倡议等国际合作平台，进一步强化核与辐射安全国际合作，提升我国核安全监管在国际上的影响力。”

我国三代核电发展顺畅，国际合作持续开展

“我国核电正逐步走向国际舞台，我国的核安全监管也越来越重要，”李吉根表示，“在生态环境部（国家核安全局）的积极推动下，‘华龙一号’工作组在经合组织核能署‘多国设计评价计划’（MDEP）框架下建立，我国自主核电堆型与美国 AP1000、法国 EPR、俄罗斯 VVER 等国际主流核电技术在同一平台接受各国核安全监管部门评价。”

当前，我国已加入《核安全公约》《乏燃料管理安全和放射性废物管理安全联合公约》《及早通报核事故公约》等多项国际公约，参加公约履约机制活动，履行国际义务和承诺。建立了多边、双边、区域合作交流机制，开展国际同行评估活动。

受我国政府邀请，国际原子能机构多次对我国核安全监管开展同行评估和跟踪评估。国际原子能机构高度评价我国政府对维护核安全作出的不懈努力，对我国核安全监管体系的可靠、有效给予了充分肯定。

在“一带一路”欧洲端的终点英国，中广核与法国电力集团、英国政府签署了英国新建核电项目“一揽子”协议，其中布拉德韦尔 B 项目拟采用中国“华龙一号”技术。

在当地时间 2018 年 11 月 15 日上午，英国核能监管办公室（ONR）和英国环境署（EA）发布联合声明，宣告“华龙一号”在英国的通用设计审查（GDA）第二阶段工作完成，正式进入第三阶段。

“中国主张开放、合作，在核不扩散的框架下，我们帮助不具备成熟核电技术的国家建设核电，也和技术先进的国家积极交流。以前我们单纯从法国引进技术，如今凭借自身的技术优势、成本优势、管理优势、施工优势、产业链优势和互惠互利、共同发展的国际关系优势，我们已经成为法国的合作伙伴，联合一道进军英国市场，”叶奇蓁表示，“英国与中国进行合作，可见‘华龙一号’已经跻身当前核电市场上接受度最高的三代核电机型之列。”

叶奇蓁说：“‘华龙一号’已成为重要的国家名片，我们的核电设计、制造、建造能力已经经过验证，接下来要思考的是如何攻坚克难，继续加强创新，走到前面去。”

（刊登于《中国环境报》2019 年 1 月 14 日六版）

“火灭的那刻　大家相拥而泣”

◎余常海　杨青敏

从没有哪个夏天，让曹玉宸如此急切地盼望一场雨。

持续近一个月的连晴高温，不仅打破了重庆市有史以来的气象纪录，更出现了干旱、山火等紧急情况。8 月 21 日 22 时 30 分许，位于重庆市北碚区歇马街道虎头村凹儿坪的虎头山突然出现了山火，这让包括曹玉宸在内的重庆人的心都提到了嗓子眼儿。

虎头山属于缙云山脉，绵延向北 7 公里就是著名的缙云山自然保护区。今年 26 岁的曹玉宸，是土生土长的北碚人，如今他是重庆市北碚区生态环境局（以下简称北碚局）水生态环境科科员，缙云山承载着他从小到大的无数美好记忆，儿时与父母避暑，恋爱时来山上踏青，他深爱着这里的一草一木。

望着山上不断升起的阵阵浓烟，铮铮男儿曹玉宸眼里含着泪，看到现在缙云山受伤的模样，他心疼极了。

“我要去保护它，它是我从小看到大的山。”

奔赴：向山火挺进

一场山火，牵动了重庆所有人的心，也牵动着北碚局干部职工的心。

得益于北碚局建立的智慧生态环保系统，布局在北碚区多个地方的高空瞭望塔，在 8 月 21 日晚第一时间就发现了有山火的迹象，曹玉宸在系统监控中看到了他难以想象又无比揪心的画面：夜空下的虎头山，火借风势，浓烟滚滚……

8 月 22 日，这套系统全部移交给应急管理部门，用于监测山火以及救援研判。北碚局也组织了由主要领导任组长的应急工作组，并成立了 3 支志愿者队伍，支援救火，曹玉宸第一时间加入了志愿者队伍。

同为志愿者，北碚局的侯海林、杨晓宇率先奔赴火场，杨晓宇告诉中国环境报记者，由于进山没路，他们需要徒步半小时后才能到达任务分配点，领取任务后再徒步半小时到达具体任务处。

在指挥部的统一指挥下，山火现场由武警官兵以及挖掘机负责开辟出隔离带，侯海林、杨晓宇等志愿者负责将散落的树木运输到隔离带以外。

山坡陡峭，救援汽车无法通行，数百名摩托车骑士在 1 小时内集结完毕，身背 50 斤的救援物资往返，呛人的尘土，在摩托车灯的光束中肆意飞扬，再往上热浪扑面，山火的狰狞逐渐显现。但山上更多的仍是志愿者肩挑背扛，短短的隔离带上，几乎所有志愿者都摔倒过，但所有人还是义无反顾地爬了起来。

山火，临近……

志愿者，更近。

决战：出其不意的战术

雨，始终没有来。火，还在燃。

8 月 25 日，夜幕降临，扑灭虎头山山火的决战正式打响。

阻隔带是有效隔离山火的最后一道防线，一旦被突破，后果不堪设想。

8 月 25 日 17 时许，山火离八角池森林防火阻隔带越来越近，不到一公里的土黄色阻隔带上，是密密的人墙，曹玉宸也淹没在“钢铁长城”之中。

阻隔带上，曹玉宸与同事们坚守在一线，防止山火的蔓延。

从山脚到山上，他们同社会各界的志愿者们，用接力的方式，将灭火器、头灯等物品，纷纷运送至最高处，为最后的决战做准备。

“来了！他们来了！”

远处的山下，人群中爆发出阵阵欢呼声。来自云南、甘肃、四川等地的消防指战员、武警官兵们沿着陡峭的山路一路向上。

“重庆雄起！”

专业救援队伍的到来，让曹玉宸与同伴倍感振奋，声嘶力竭地鼓劲，呐喊声响彻天际。

8 月 25 日 20 时左右，全体救援人员均已集结在八角池森林防火阻隔带。

人员到位，夜幕降临。坚固的人墙，冷色调的头灯，宛如璀璨星河，与一个山头之隔的烈焰形成对峙之势，决战在即。

“点火！”8 月 25 日 20 点 30 分许，随着指挥部一声令下，决战的号角正式吹响。云南森林消防人员在阻隔带边点燃一簇火苗。不多时，一团火球轰然而生，又迅速变成一条火龙。

“怎么回事？”

“火势怎么变大了？”

还不明就里的曹玉宸与同伴瞬间懵了，火龙肆掠，他们的心也在揪紧。

但疑虑很快就消散了，现场也传来了声音，原来这是云南森林消防采用的一手奇招——“火攻法”，也被称为“反烧法”，其原理就是“以火灭火”，由人工点燃火头（火线），与相向烧来的林火对接，使结合部位骤然缺氧失去燃烧条件。这种方法灭火效率高，能有效控制大面积、高能量森林火灾。

胜利：志愿者仍在守护

然而，在等待林火相接的时间，火势持续增大，现场的人群无不屏住呼吸，手里的灭火设备早已沾满了汗。

8 月 25 日 23 时许，“火攻法”取得明显效果，山火终于得到有效控制。指挥人员宣布，现场全部撤离。

曹玉宸与志愿者们相拥而泣，高声呐喊，那一刻，他们再也抑制不住内心的欢喜，阵阵欢呼声划破凌晨的长空。

凌晨，山火扑灭，志愿者们仍守护在山上。

“我们还要继续坚持清理余火。”北碚局里的不少志愿者又聚在一起，分了工，有些依然坚守在一线。

在他们的身后，还有数百位官兵、消防队员、党员干部，有的在灭余火，有的在运送物资，有的则在原地休整。明火虽灭，但不能有丝毫懈怠，他们坚守阻隔带，共同守住这来之不易的胜利。

一夜苦守，红日冉冉升起。

战斗还未完全结束。26 日上午 8 时，曹玉宸看到部分志愿者忙着清点物资、清理垃圾，让山道重新变得洁净。

已疲惫不堪的他看到又有志愿者准备将救援物资送上山，曹玉宸转眼望向他，也望向了这片他们拼命守护的缙云山。

“一切都会好起来的。”他像是对自己说，也像是在对这片美丽的青山说。

即将入秋的巴山，终来一场雨，酣畅淋漓。

（刊登于《中国环境报》2022 年 9 月 9 日四版）